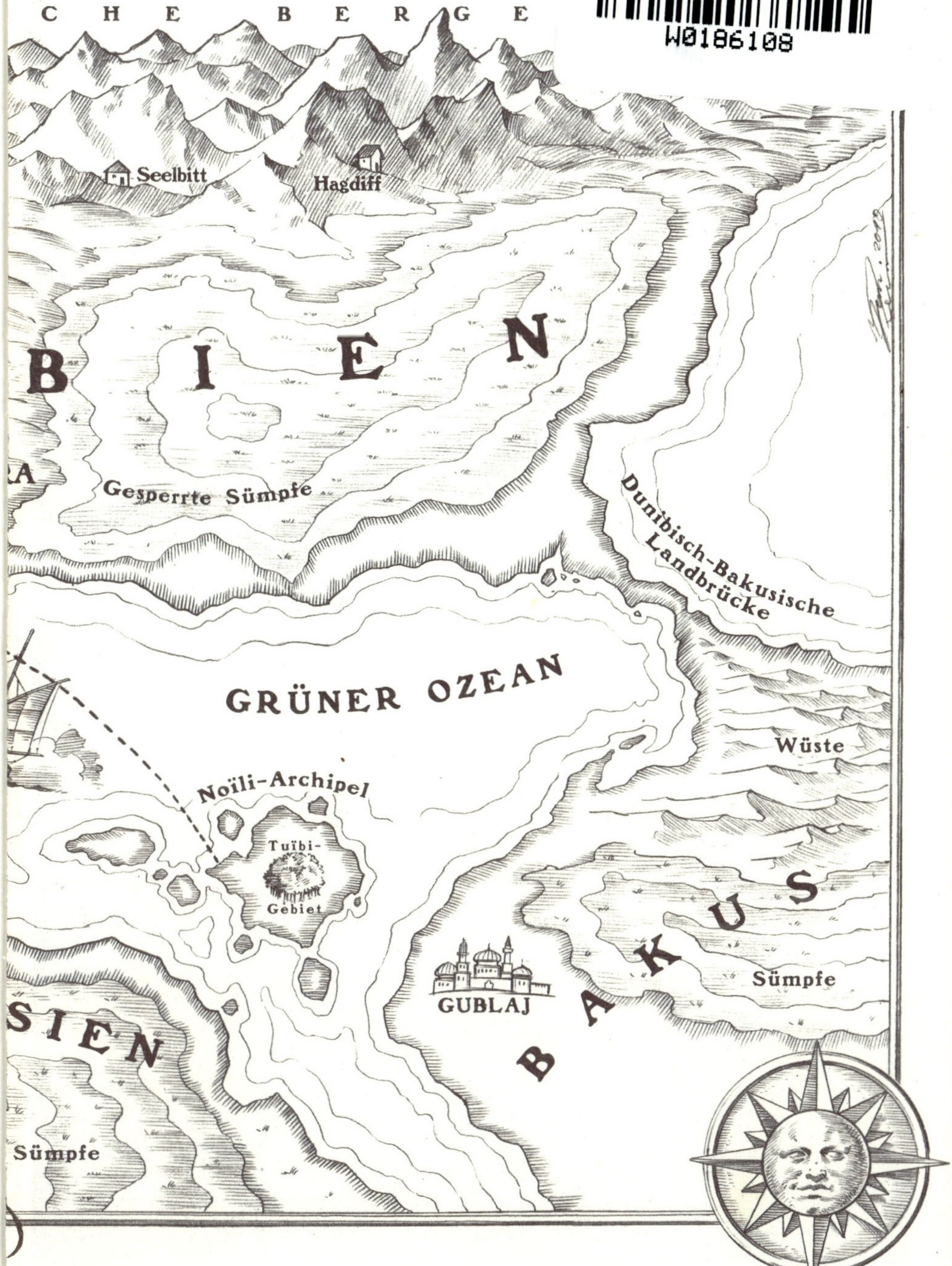

C H E B E R G E
Seelbitt
Hagdiff
B I E N
Gesperrte Sümpfe
Dunibisch-Bakusische Landbrücke
GRÜNER OZEAN
Wüste
Noïli-Archipel
Tuïbi-Gebiet
B A K U S
Sümpfe
GUBLAJ
SIEN
Sümpfe

Andreas Gößling

Der Ruf der Schlange

Klett-Cotta

Hobbit-Presse
www.klett-cotta.de/hobbitpresse.de

Printed in Germany
Schutzumschlag: HildenDesign, München
Umschlagillustration: © Max Meinzold
Vorsatzkarten: © Jan Reiser, www.enter-and-smile.de
Gesetzt aus der Guardi von Dörlemann Satz, Lemförde
Auf säure- und holzfreiem Werkdruckpapier gedruckt
und gebunden von GGP Media GmbH, Pößneck
ISBN 978-3-608-93875-3

Inhalt

Prolog

Bei Tag und bei Nacht lag die schwarze Riesenkatze reglos in ihrem Steinholzkäfig und starrte sie beide an. Nur ganz selten schlossen sich die grünen Augen, deren kaltes Glühen Maki bis in ihre Träume verfolgte. Sico machte ihr dann immer das gleiche Zeichen – die flache rechte Hand neben dem schräg gelegten Kopf – und auf Zehenspitzen stahlen sie sich in ihren Winkel. Dorthin, wo Sico eine Bettstatt für sie beide errichtet hatte, aus Matten und Lumpen und was sie sonst noch hier im Schuppen gefunden hatten.

Auf ihrem Lager zog Sico sie an sich und sein Flüstern wurde heiser und atemlos. »Wir müssen ihn töten – bevor er uns umbringt.«

Maki schüttelte dann meist nur stumm den Kopf. Sie beide waren bloß hölzerne Figuren, mit Schnitzereien versehene Yasnabaumstämme, die er zu zauberischem Leben erweckt hatte. Er – Axoras, der Mächtigste im ganzen Moliat. Maki erinnerte sich noch an ihr Erwachen vor einer unbestimmten Anzahl von Tagen, an die allmähliche Fleischwerdung ihres hölzernen Körpers, wie man sich an Fieberträume erinnert, an Dämonentänze in der Morgendämmerung.

Wie könnten sie jemals imstande sein, Axoras zu töten? Den Herrn über ihr Dasein, der nur aus List die Gestalt eines Nachtparders angenommen hatte und der auch sie beide jederzeit wieder verwandeln konnte. In Felsen, in Pfützen, in ein Gewimmel aus Würmern – wie es ihm gerade gefiel.

Doch Sico berauschte sich an seinen Fantasien, genauso wie am Brausen der Leidenschaft in ihren Körpern, die doch nur so lange jung und kräftig waren, wie es Axoras gefiel. »Wäre er wirklich so mächtig«, flüsterte Sico ihr ins Ohr, »würde er dann immer noch in diesem Käfig sitzen? Hätte er sich nicht längst befreit und seine wahre Gestalt wieder angenommen? Glaub mir doch, Maki, das ist einfach ein gewöhnlicher Nachtparder – wir müssen ihn töten, bevor er uns in Stücke reißt und verschlingt.«

Nachtparder waren die schnellsten, stärksten, tödlichsten Raubkatzen Zaketumesiens und wahrscheinlich der ganzen Welt. Das konnte Maki aber nur vermuten, denn von ihrer Heimat kannte sie bloß die endlosen Nebelwälder des Moliat und von der restlichen Welt kaum mehr als diesen Schuppen.

Bleibt in meinem Blickfeld – sonst seid ihr tot. Das kalte Grün seiner Augen verfolgte sie bei Tag und bei Nacht. *Keinen Laut, sonst seid ihr tot.* Maki war sicher, dass alle diese Gedankenbefehle von dem Parder ausgingen. *Versucht nicht zu fliehen, sonst seid ihr tot.* Also konnte er niemand anderes als Axoras sein, der mächtigste Zauberer im Moliat, ja höchstwahrscheinlich auf der ganzen Welt. Wann hätte man jemals gehört, dass ein gewöhnlicher Nachtparder, und wäre er noch so kräftig und wohlgenährt, Gedankenbefehle aussenden konnte?

Und noch dazu schien er keinerlei Nahrung zu benötigen oder auch nur ein wenig Wasser. In einer der unzähligen Kisten hatte Sico Dörrfleisch und mehrere Fässer Maisbier gefunden. Doch Axoras hatte sich überhaupt nicht dafür interessiert. *Es ist alles für euch.* Bei Tag und bei Nacht lag er in seinem Käfig und starrte sie an. Weshalb die Männer, die ihn zusammen mit all den anderen Frachtgütern hier hereingeschleppt hatten, wohl auch geglaubt hatten, dass es sich um einen ausgestopften Tierkadaver oder um eine schwarz und grün bemalte Holzfigur handelte. So wie sie annehmen mussten, dass auch Sico und Maki keine lebendigen Menschen waren, sondern kunstvoll geschnitzte und bemalte Statuen aus Yasnaholz. Sie hatten die unzähligen Kisten, die Holzfiguren und den Käfig mit der starren schwarzen Katze aus dem Schiffsbauch in diesen Schuppen getragen und die Tür dann sorgsam hinter sich verriegelt.

Durch Ritzen in den Bretterwänden konnten Maki und Sico spärliche Ausschnitte ihrer Umgebung sehen. Anscheinend befanden sie sich in den Außenbezirken eines ungeheuer ausgedehnten Hafens. Zuweilen zogen Schiffe in einiger Entfernung vorüber – wendige Segler oder tempelgroße Kolosse, die Dampfwolken in den Himmel emporstießen. Ihr Schuppen lag offenbar am äußersten östlichen Rand des Hafens. Kein Schiff hatte an ihrem Steg angelegt, seit sie hier drinnen festsaßen. Nie waren dort draußen Schritte zu hören. Es war ein Ort wie in der Schattenwelt zwischen der Erde und dem Geisterreich. Zumindest von hier aus ähnelte die Küstenstadt mit ihren glitzernden Palästen der erhabenen Götterstadt, die Maki und Sico aus den Erzählungen der weisen Alten im Moliat kannten.

Aber das da draußen war nicht Naxoda, die versunkene Stadt im Nebelwald. Maki hatte gehört, wie die Lastenträger mehrfach den Namen der Stadt genannt hatten. Es war ein Name, den selbst die weisen Alten zu Hause mit widerwilliger Ehrfurcht aussprachen.

Phora, der strahlende Smaragd des Dunibischen Königreichs. Die reichste und mächtigste Stadt dieser Welt.

Sicos Atem ging keuchend. Schwer legte er sich auf Maki und seine Lippen stammelten den immer gleichen hitzigen Unfug in ihr Ohr. »Nur eine gewöhnliche Bestie … Ihn töten, bevor er dich, Geliebte … es nicht ertragen …«

Ungestüm drang er in sie ein. Maki stöhnte auf, biss sich auf die Unterlippe – zu spät, sie spürte es noch im selben Moment: das kalte grüne Augenpaar, das sie im Dämmerlicht des Lagerschuppens suchte.

»Er ist wach«, flüsterte sie.

»Und wenn schon! Er muss sterben!«, schrie Sico. »Noch heute, bevor …«

Was er in seinem Zorn noch hatte herausschreien wollen, sollte Maki nicht mehr erfahren. Von der anderen Seite des Schuppens her, wo der Steinholzkäfig stand, erhob sich mit einem Mal ein Grollen und Donnern. So als ob dort drüben die Erde bebte oder Felslawinen zu Tale rasten. Ein Brausen mischte sich dazu – es klang wie Sturmwind und zugleich wie eine mächtige Stimme, die in einer uralten und doch seltsam vertrauten Sprache Beschwörungen formte.

Maki hatte ihre Finger in den Rücken ihres Liebsten gekrallt. Jetzt spürte sie, wie sich unter ihren Händen sein Rückgrat bewegte. Wie es sich unter seiner Haut hervorbuckelte, wie es sich schlängelte und bäumte und Wirbel um Wirbel aus seinem Fleisch hervorgebrochen kam.

Kein Laut – sonst bist du tot.

Sieh nicht hin – sonst bist du tot.

Sie kniff die Augen zusammen, biss ihre Zähne aufeinander, presste die Kiefernknochen gegeneinander, dass es in ihren Ohren knackte und knirschte. Doch lauter, tausendmal lauter waren Sicos Schreie unmittelbar an ihrem Ohr. Sein erbärmliches Geheule, grässlicher als alles, was Maki jemals vernommen hatte, während die Wirbelsäule ihres Liebsten unter ihren schreckensstarren Fingern aus ihm hervorgeplatzt kam – Wirbel um Wirbel den Rücken hinauf bis in sein Genick – und dann mit trockenem Krachen sein Schädel gerade über dem Nacken zerknackte. Maki fühlte das alles mit ihren Fingern, auch das schleimige Etwas, das nun aus seiner Schädelschale hervorglitt. Ein Stück von seinem Gehirn, dachte sie, aber es fühlte sich federnd straff an unter all dem blutwarmen Schleim. Wie der Kopf einer kleinen Kreatur, durchfuhr es sie, und Sicos Rückgrat – der Leib einer sterbensmageren, kampfzerfetzten Schlange. Unerwartet kraftvoll bäumte sich das Kriechwesen auf, zuckte und wand sich, glitt durch ihre Finger und war fort.

Weiterhin wagte Maki nicht, ihre Augen zu öffnen, etwas zu flüstern, sich auch nur mit einer einzigen Faser zu bewegen. Auch Sico gab nicht einen erbärmlichen Laut mehr von sich. Starr und schwer lag er auf ihr, so als ob er wieder zur Statue aus Yasnaholz geworden wäre.

Aber er war noch immer aus Fleisch und Blut. Maki spürte seine Wärme auf ihrem Bauch, ihrer Brust, in ihrem Schoß. Und ihre Finger fühlten die schmierig nasse Furche hinten in seinem Rumpf, wo sein Rückgrat Wirbel um Wirbel aus ihm hervorgeborsten war.

Das geschah im siebenhundertunddreizehnten Jahr neuer Zeit, im zehntausendeinhundertsiebenundsiebzigsten Jahr nach dem Untergang von Naxoda.

Erstes Kapitel

Das Tempelzelt der Ragadhani

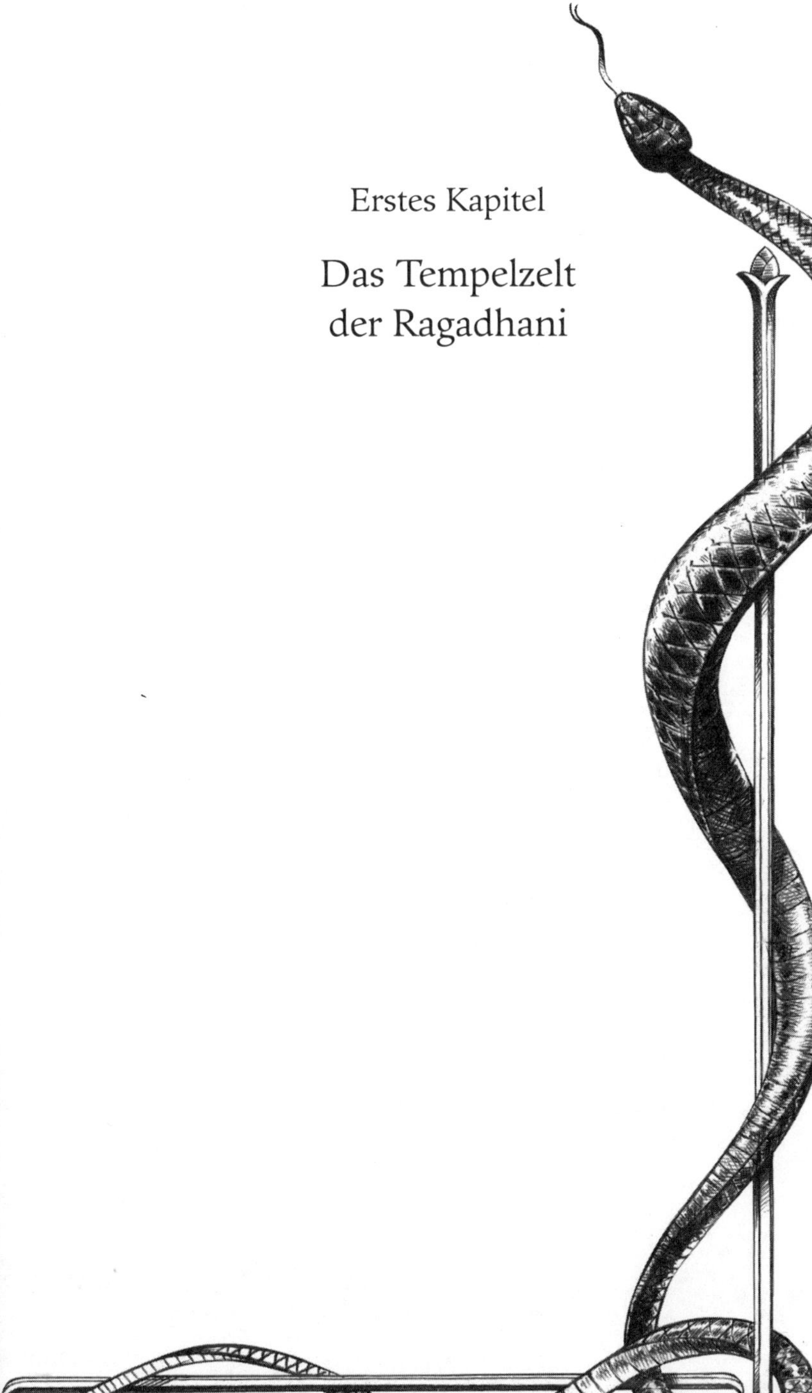

1

Auf dem Schindanger vor dem Schiffstor von Phora baute ein bakusischer Zirkus seine Zelte auf und damit begannen Samu Rabovs Probleme. Jedenfalls sollte er auch später noch hartnäckig an dieser Version festhalten.

In Wahrheit hatten seine – und keineswegs nur seine – Schwierigkeiten lange vorher angefangen. Jahre zuvor, an einem von Schlingpflanzen mit fleischigen Blättern und tiefgründigen Blüten (schorfroten, mitternachtsblauen) überwucherten Ort im zaketumesischen Nebelwald, dessen Name Rabov damals nicht einmal hätte buchstabieren können.

Naxoda. Gesprochen, unerwarteterweise: *Nachkodá*.

Es war ein Spätsommertag im Jahr 713 neuer Zeit. Die Einwohner von Phora, Hauptstadt des Vereinigten Dunibischen Königreichs, dämmerten oder delirierten in der drückenden Schwüle, je nach Herkunft und Temperament. Auch Samu Rabov hatte gerade erst seinen Frühstückstee geschlürft, dabei schlug die lärmende Pendeluhr neben der Tür zu seinem »Ladenlokal« bereits halb zwölf. Aber seine Klienten, sofern sich überhaupt welche blicken ließen, rüttelten selten vor Sonnenuntergang an seiner Tür.

Mit eingezogenem Kopf stand Rabov unter der niedrigen Decke seines notdürftig möblierten Hinterzimmers, das ihm als Wohn- und Schlafraum diente, außerdem als Büro, in dem er die meist tadelnswert hingeschluderten Berichte für seine Vorgesetzte Calin Stingard verfasste. Er klopfte die Taschen in seinem schlammfarbenen Überwurf ab, wobei er aus reiner Gewohnheit seufzte – alles, was er für die anstehende Ortsbegehung brauchte, trug er wie üblich bei sich. Eine Handvoll dunibische Kronen und Groschen, um die Zirkusleute für sich einzunehmen. Seine unverwüstliche Kladde, kaum größer als sein Handteller und in Reptilienhaut gebunden, nebst angespitztem Stift. Außerdem natürlich die silberne Anstecknadel, gekrümmt und bleich wie die Mondsichel kurz vor dem Verblassen, die ihn als königlichen Spezialagenten auswies. Aber dieses Erkennungszeichen, bei dessen Anblick selbst gesetzestreuen Dunibiern das Blut aus den Backen sackte, trug Rabov stets tief im Innern seines Überwurfs, praktisch schon unter der linken Achsel. Nur im äußersten Notfall ließ er das furchteinflößende Gestirn aufblitzen. Bisher war es ihm fast immer gelungen, seine Gegenüber auf andere, weniger verstörende Weise davon zu überzeugen, dass sie zu ihrem eigenen Besten mit ihm kooperieren sollten. Durch einige wohlgewählte Worte oder notfalls durch ein wenig Magie.

Nicht, dass Samu Rabov über staunenswerte magische Kräfte verfügt hätte. Es reichte gerade so eben, um ein paar Gedanken zu lesen, hier und da einen verschwommenen Blick in eine mögliche Zukunft zu erhaschen oder dem Willen widerborstiger Klienten einen schwachen Schubs zu versetzen. Hätte er mehr magische Macht besessen, so hätte sich Calin Stingard nie und nimmer dafür eingesetzt, dass ihm vor bald drei Jahren die Leitung der Königlichen Ermittlungsstelle für Mysteriöse Todesfälle (kurz *Mysto*) übertragen worden war. Davon war Rabov jedenfalls überzeugt und damit befand er sich auch in allerbester Gesellschaft: Die Verfasser sämtlicher Lehrbücher, die er damals studiert hatte, um die nötige Qualifikation für den Mysto-Posten zu erwerben, warnten vor leichtfertiger Stärkung des *Dunkeldu*. Je höher die magische Begabung einer Person, desto kraftvoller ihr Dunkeldu und desto schwächer die Persönlichkeitsseiten, die in den Lehrbüchern als *Lichtich* verherrlicht wurden – Vernunft, Logik, Gewissen. Mehr als einmal hatte Calin Stingard durchblicken lassen, dass Rabov nicht zuletzt deshalb sogar hochkarätige Konkurrenten ausgestochen hatte – weil er neben schwachen magischen Fähigkeiten eine eiserne Selbstkontrolle und unbeirrbares analytisches Denkvermögen besaß. Tückische Zungen zischelten allerdings bis heute von gänzlich anderen Beweggründen der einflussreichen jungen Frau aus dem Ministerium für Innere Angelegenheiten des Dunibischen Königreichs. Nach dieser rufmörderischen Version verdankte Samu Rabov seine Ernennung zum Leiter der Mysto einzig und allein der Tatsache, dass er vor vier Jahren für kurze Zeit Calin Stingards Liebhaber gewesen war.

Frechheit, dachte Rabov. Missgünstiges Geschwätz. Wenn diese Vipern wüssten, was es hieß, Calin Stingard zu lieben. In ihren moosfarbenen Augen zu versinken, in ihrem Lächeln, ihren innigen Umarmungen. Gütiger Linglu! Auf der Stelle würde er noch heute den so hart erkämpften Posten mitsamt allen fragwürdigen Vorrechten wieder aufgeben, wenn er dafür bloß wieder unter Calin Stingards rohseidenen Himmelbettvorhang schlüpfen dürfte.

Er seufzte von neuem. Zumindest war er für heute Abend mit Calin verabredet, wenn auch natürlich nur dienstlich. Und damit dieses Treffen möglichst harmonisch verlief, sollte er sich nun endlich auf den Weg machen – bei klebrig feuchter Hitze bis zum anderen Ende der Stadt, wo der Zirkus die Uferwiesen zweifellos bereits in eine halluzinatorische Karawanserei verwandelte.

Jedenfalls, wenn dem Geraune der Hellseherin Selda zu trauen war. Schon vorgestern Abend hatte sie an seine Tür geklopft und ihm den von Südwesten sich herbeiwälzenden Tross mit erschöpfender Ausführlichkeit geschildert. Zahnarm nuschelnd, unter gelegentlichem Gliederzucken, die Augen mal zusammengekniffen, dann wieder alarmierend weit aufgerissen, hatte sie ihm jede einzelne Pferdekutsche, sämtliche Lastkarren und bunt ausstaffierten Reitakrobaten beschrieben. Und natürlich war Selda zu trauen – Rabov konnte sich an keinen einzigen Fall erinnern, in dem die Voraussagen der mageren Alten mit dem knorpelverwucherten Gesichtskrater nicht mehr oder weniger eingetroffen wären. Ihre Nase mochte Selda durch einen Anschlag verloren haben, über dessen genauere Umstände ihr nichts zu entlocken war. Doch ihr übersinnlicher Riecher für ins Haus stehenden Ärger war desto ausgeprägter und Rabov schalt sich, weil er nicht schon gestern oder zumindest heute früh zum Schiffstor hinausgefahren war, um die Zirkusleute aus Bakus in Augenschein zu nehmen.

Schuld war die Schwüle. (Und die Schlangen.) Angeblich war diese regenträchtige Wärme überhaupt erst mit der Zeitenwende in die einst sandig trockene phoräische Tiefebene gekommen, als Folge der Großen Flut. Aber obwohl sich die Leute über das mit jedem Tag noch widerwärtigere Wetter mit Feuereifer die Mäuler zerrissen, wusste im Grunde keiner darüber Bescheid. Jedenfalls niemand, der sich in den überfüllten Wirts- und Kaffeehäusern in der Altstadt von Phora herumtrieb, wo Samu Rabov in einem Kellerloch hauste.

Sammo, wie Calin ihn einst genannt hatte. Zärtlich oder neckend, an seine Seite geschmiegt oder sogar – das allerdings nur ganz selten – wenn sie ihn vom Ministerium aus angerufen hatte. Ah, dies süße Rieseln, wenn er das Hörrohr an sein Ohr gedrückt und mit ungläubigem Entzücken ihre Stimme gehört hatte, die seinen Kosenamen durch die Leitung keckerte. *Sammo, mein Liebster.* Vorbei, für immer vorbei!

Nein, nur vorübergehend, berichtigte er sich, während er mit drei raschen Schritten seinen »Laden« durchmaß, ohne den von allen Wänden glotzenden Masken (Holzvögeln, Lederlarven, Porzellandämonen) und den in langen Kleiderbügelreihen an Stangen schlotternden Kostümen (Jägern, Henkern, Sternenfahrern) mehr als die allerunvermeidlichste Aufmerksamkeit zu schenken. Eines Tages würde ihre alte Liebe in Calin erneut lebendig werden – das spürte er gerade jetzt wieder mit überwältigender Deutlichkeit. Wobei nur die Frage offenblieb, ob magisches Gespür oder bloßes Wunschdenken ihm diese so angenehme Gewissheit einflößte.

Magie, keine Frage, entschied Rabov – oder *Lakori,* wie das bei den Leute von den Noïli-Inseln hieß. Als Lakori bezeichneten sie die magischen oder eben lakorischen Kräfte, die jemandem innewohnten, aber das Wort stand auch für die Zauberer selbst. »Er hat Lakori« (oder auch »Er ist ein Lakori«) konnte bei diesem magiekundigen Völkchen vielerlei bedeuten – dass jemand wahrsagen konnte, Gedanken lesen oder auch senden, physische Objekte allein mit seiner Willenskraft durch den Raum bewegen und noch etliches mehr.

Rabov trat aus seiner Tür und erklomm die klamme Treppe zur Straße. Noch ehe er mit beiden Füßen auf dem Trottoir stand, rollten ihm Schweißtropfen den Rücken herunter. Sein schütteres aschblondes Haupthaar trug Samu (einst der Schönste eines dunibischen Provinzschulhofs) noch immer schulterlang, seit einigen Jahren jedoch zu einem rattenschwanzdünnen Zopf zusammengefasst. Er war fünfunddreißig Jahre alt und an Tagen wie diesem fühlte er sich für die Bürde, die Calin ihm im Namen Seiner Königlichen Majestät Sorno I. auf die Schultern geladen hatte, beinahe schon zu alt.

Nach einem Blick auf sein Firmenschild trottete Rabov die Flötenmachergasse linker Hand hinab. Das Emailleschild hatte er im Herbst 710 n.Z. eigenhändig an die Hausmauer neben seiner Kellertreppe geschraubt. Darauf stand in reich verzierten Lettern:

MYSTO – KOSTÜME & KULISSEN
VERKAUF, ANKAUF, VERLEIH
GESCHÄFTSZEITEN: ABENDS & AUF GUT GLÜCK
INHABER: SAMU A. RABOV

Er konnte an seinem eigenen Schild niemals vorbeigehen, ohne sich zu vergewissern, dass die Aufschrift dieselbe war, die er seinerzeit in Auftrag gegeben hatte. Ganz zu Anfang seiner neuen Tätigkeit war es einmal passiert, dass ein Verwandlungsmagier namens Tarek vor seinen Augen den Wortlaut auf dem Emailleschild verändert hatte – allein durch seine Willenskraft, während er die Arme vor seinem mit goldenen Spiralnebeln gemusterten Umhang verschränkt hielt. Nur weil er einige Minuten vor verschlossener Tür auf Rabov warten musste, hatte sich der krankhaft bleiche und hagere Magier aus Wut an dem Schild vergangen. Nun gut, vielleicht hatte sich Rabov damals auch um eine halbe Stunde oder sogar ein wenig mehr verspätet, aber das gab niemandem das Recht zu so schändlichem Schabernack. *Mysto* – KÖNIGLICHE SCHNÜFFELSTELLE, stand auf einmal auf dem Emailleschild zu lesen. Und weiter:

VERLEUMDUNG, ANSCHWÄRZUNG, VERHÖR
GESCHÄFTSZEITEN: ABENDS IM SERP'S
INHABER: SAMU AAS. GEIROV

Noch während er damals ungläubig mit den Augen blinzelte (das *Serp's* war ein einschlägiger Nachtklub, in dem »Schlangentänzerinnen« vor wie hinter den Kulissen ihre Biegsamkeit bewiesen), verwandelte sich der Schriftzug in die gewohnte Zeichenfolge zurück. Transformationszauber ersten Grades wirkt immer nur so lange, wie der betreffende Verwandlungsmagier seine lakorischen Kräfte dafür einsetzt – und auch das nur bei denjenigen, gegen die sich der magische Anschlag richtet. Doch obwohl sich Rabov dieser Tatsache natürlich bewusst war und jener Zwischenfall bald drei Jahre zurücklag, konnte er bis heute niemals an seinem Firmenschild vorbeigehen, ohne die Aufschrift mit raschem Blick zu prüfen. Ja, es war sogar vorgekommen, dass er zu nächtlicher Stunde, eine Gaslampe in der Hand, aus seiner Ladentür und die jederzeit schmierigen Stufen emporgetapst war, um sich zu vergewissern, dass er als Masken- und Kulissenanbieter und nicht etwa als königlicher Schnüffler firmierte.

2

Wie eine Bisswunde prangte die Sonne am Mittagshimmel, in der Farbe reifen Eiters und umweht von Wolkenbändern, die Rabov an Verbandmull erinnerten. Schwitzend schleppte er sich die Flötenmachergasse hinab, entschlossen, am Rossmarkt in die Tram zu steigen – Dampfbahn, Mulibahn, was gerade fuhr.

Piepen und Fiepen, Tröten und Tirilieren drang aus den Kellerwerkstätten zu ihm herauf. In diesen lichtarmen Gewölben, feucht und stickig wie seine eigene Behausung, gingen die weltberühmten phoräischen Flötenmacher ihrem altehrwürdigen Handwerk nach, in siebter oder sogar schon in elfter Generation. Aus Korkrohr, Mahagoni und dem legendären Steinholz der zaketumesischen Nebelwälder schnitzten, bohrten und schliffen sie kunstvolle Flöten in allen Größen und Formen, für jede Tonart und Gelegenheit, für anspruchslose Schulkinder ebenso wie für Wildjäger in aller Welt. Mit phoräischen Flöten ließen sich die Balzrufe der schmackhaften Sumpfammern, die im Schwemmland westlich von Phora nisteten, ebenso täuschend nachahmen wie der Alarmschrei des Hochwaldfalken in den norddunibischen Bergen, das Muhen des bakusischen Auerfroschs genauso wie wollüstiges Maunzen oder nervenzerfetzendes Säuglingsplärren.

Die Erfindung des *mechanischen Melodophons* (seit 709 n.Z. mit Federwerk, seit 711 auch dampfbetrieben) hatte der Flötenmacherzunft allerdings einen Stoß versetzt, von dem sie sich vielleicht nie mehr gänzlich erholen würde. Wozu sollte man noch länger altmodische und kostspielige Flöten kaufen und aus diesen dann auch noch die gewünschten Töne eigenmundig hervorblasen – wenn man doch neuerdings ganze Waldvogelchöre oder bakusische Arien in Metallscheiben geritzt beim Musikalienhändler erwerben konnte? Seit der letzten Jahrhundertwende hatten die phoräischen Flötenmacher einen großen Teil ihrer angestammten Käuferschaft verloren. Und nur weil ihnen die Schlangenbeschwörer und Priester gewisser serpentistischer Kulte zugewachsen waren, hatten einige der traditionsreichen Handwerksbetriebe in der Flötenmachergasse überlebt. Mehr als die Hälfte der kleinen Werkstätten aber stand mittlerweile leer oder beherbergte zwielichtige Händler oder sogar Fuselschenken, sichere Anzeichen eines vor wenigen Jahren noch unvorstellbaren Verfalls.

Samu Rabov entgingen die abschätzigen Blicke keineswegs, die auch heute von unten herauf durch halbblinde Kellerfenster auf ihn abgeschossen wurden. Schmerzlich war er sich der Tatsache bewusst, dass, mit den Augen der Flötenmachermeister, ihrer Familien, Gesellen und Lehrjungen besehen, er selbst zu den Vorboten oder sogar Vollstreckern des besagten Niedergangs zählte. Anfangs hatte Rabov versucht, sich mit seinen Nachbarn anzufreunden, sie zumindest von seiner aufrichtigen Gesinnung zu überzeugen. Aber wann immer er einen der stolzen Meister grüßte oder in ein Gespräch verwickeln wollte, schauten sie durch ihn hindurch, mit starren Mienen und zusammengepressten Lippen, als ob er eine Spukerscheinung wäre, die man sich auf diese Weise am sichersten wieder vom Hals schaffen konnte. Also hatte er es schließlich aufgegeben und sich in das anscheinend Unabänderliche gefügt. Wie zum Spott pfiff und trötete es aus einem halben Dutzend Kellerwerkstätten, wann immer er durch die Flötenmachergasse ging, doch in all den Jahren hatte niemand aus seiner Nachbarschaft auch nur ein Wort mit ihm gewechselt. Hätten sie geahnt, welcher hochheiklen Mission sich der vermeintliche Maskenhändler, Kulissen- und Kostümverleiher Samu A. Rabov in Wahrheit verschrieben hatte, so hätten sie sich ihm höchstwahrscheinlich zu Füßen geworfen – aus Angst vor der Reichsgewalt, die er ein wenig mitverkörperte, aber wohl auch aus Respekt vor einem Mann, der sein Leben in den Dienst ihres ruhigen Schlafs gestellt hatte. Doch er konnte diesen braven Handwerkern ja nicht rundweg offenbaren, dass er in Wahrheit ein königlicher Spezialagent war, Leiter der Mysto, von deren Existenz im ganzen Königreich allenfalls eine Handvoll Personen wusste.

»Verstehen Sie, Meister Lowiz« – so hieß sein Nachbar zur Linken – »in unserem schönen Phora leben überschlägig zwei- bis dreihundert Personen mit beunruhigenden lakorischen Fähigkeiten und meine Aufgabe ist es, kurz gesagt, brave Bürger wie Sie, Ihre Gattin und Ihr Töchterlein vor dieser zwielichtigen Brut zu beschützen – denn diese Leute haben die Kontrolle über ihr Dunkeldu mehr oder weniger vollständig verloren. Viel zu viel ungebundene Lakori, Sie verstehen?« Nein, das ging wirklich nicht. Und so war Rabov – seit Kindesbeinen ein gedankenreicher Eigenbrötler – nur noch einsamer geworden, seit er zum Leiter der Mysto berufen worden war.

Wäre es nach ihm gegangen, er hätte sich im Künstlerviertel auf dem Donarberg oder sogar im quirligen Hafenquartier unweit des Smaragdtors eine Behausung gesucht. Aber Calin Stingard hatte darauf bestanden, dass er gerade hier, in der unübersehbar heruntergekommenen Flötenmachergasse, seinen Posten bezog. In ihrem rußschwarzen Dampfwagen hatte sie ihn an seinem ersten Arbeitstag höchstpersönlich in sein neues Domizil chauffiert. »Das hier ist der perfekte Ort für dich«, hatte sie verkündet, »und eines Tages wirst du auch erkennen, warum.« Sie hatte ihm den Schlüssel in den Schoß geworfen, sich über ihn hinweggebeugt und die Beifahrertür aufgestoßen. »Alles Gute, Samu.«

Wieso das hier der perfekte Ort sein sollte, leuchtete ihm jedoch bis heute nicht ein. Feindselige, verbitterte Nachbarn – und beinahe die einzigen Passanten, die einem zwischen den schmalbrüstigen Fachwerkhäusern über den Weg liefen, waren ausgemergelte, dunkelhäutige Männer mit wallenden Gewändern und silberfarben geschminkten Lidern, die in Flechtkörben ein kaltes Gewimmel mit sich trugen. Starre Augen, die Rabov im Vorüberschlendern durch die Korbmaschen fixierten, und zwiegespaltene Zungen, die zwischen nadelspitzen Zahnreihen hervorschnellten. Der Gedanke, dass hinter seinen Zimmerwänden bald jeden Tag Körbe und Käfige geöffnet wurden, Speikadoras oder bakusische Lyrissen sich hervorringelten, um mit wechselnden Flöten probeweise beschworen zu werden, war ihm alles andere als angenehm. In seinem tiefsten Herzen wünschte sich Rabov zuweilen, dass auch Meister Lowiz und (zu seiner Rechten) Meister Miceo lieber heute als morgen vor der Übermacht des Melodophons kapitulieren und ihre Werkstätten für immer schließen würden. Stattdessen aber, so schien es ihm zumindest, schwoll der Strom der Schlangenbeschwörer und serpentistischen Gurus, die in die Keller seiner Nachbarn drängten, seit Wochen und Monaten immer weiter an.

Gegen die Schliche von Verwandlungsmagiern und selbst von Dämonenbeschwörern konnte Rabov sich notfalls zur Wehr setzen – das hatte er während seiner Ausbildung gelernt und im mehrjährigen Frontdienst weidlich erprobt. Aber mit ausgewachsenen Gift- oder Würgeschlangen hatte er es noch nie zu tun bekommen und Rabov hoffte inständig, dass er auch niemals in die Verlegenheit kommen würde, mit einer bakusischen Lyrissa oder einer zaketumesischen Makuba kämpfen zu müssen.

In solcherlei Gedanken versunken, erreichte er das weite Rund des Rossmarkts, das heiße Hirn der phoräischen Altstadt. Von hier aus fuhren Trambahnen, mit neumodischen Dampfmaschinen betrieben oder von den guten alten Mulis gezogen, sternförmig bis in die entferntesten Viertel der Stadt. Entsprechend vibrierte der Platz, den türmchengeschmückte Patrizierhäuser säumten, vor geschäftigem Treiben. Händler in Bretterbuden, mit Holzkarren oder mit vor den Bauch geschnallten Läden priesen zaketumesische Buti-Nüsse, süddunibische Orangen und bakusisches Fettgebäck an. Ortsfremde

Passanten liefen flackernden Blicks durcheinander, mit den Schultern rempelnd und in laute Verwünschungen ausbrechend, wenn eine Bahn ihnen vor der Nase davonfuhr. Kutscher ließen ihre Peitschen über den Köpfen der schicksalsergebenen Maultiere schnalzen, Dampfwolken schossen mit erschreckendem Puffen und Zischen aus den Schornsteinen der maschinengetriebenen Schienenbahnen.

Rabov schwang sich in den hintersten Waggon der Grünen Linie, die ihn in halbstündiger Fahrt zum Schiffstor bringen würde. Immerhin gab es noch einige freie Plätze, und als der Tramführer die Dampfsirene ertönen ließ, beeilte sich Rabov, vis-à-vis einer anscheinend wohlsituierten Dame in den Dreißigern Platz zu nehmen, die ihm verheißungsvoll entgegenlächelte.

Noch während er im Sitzen seine Beinkleider ordnete, fuhr die Tram mit so brutalem Rucken an, dass er rücklings gegen die Lehne geworfen wurde. Das Lächeln der jungen Dame gerann zum hämischen Grinsen. Ihr Pfirsichteint wurde krankhaft bleich und übersäte sich mit schwarzen Stoppeln. Zugleich wich ihr Haaransatz um vier Fingerbreit zurück und ihr Blick wurde stechend. Anstelle der blütenweißen Rüschenbluse und des farngrünen Leinenrocks trug Rabovs Gegenüber auf einmal einen speckigen schwarzen Anzug, dessen beste Zeiten gewiss ein ganzes Jahrzehnt zurücklagen.

»Dachte ich's mir doch«, sagte der Verwandlungsmagier Tarek (denn kein anderer war es), »dass Sie auf so ein Frätzchen fliegen würden, Chef.« Er schlug ein Bein übers andere, so dass sein knochenspitzes Knie durch den Hosenstoff stach und am unteren Ende ein Schienbein von der Farbe ungelöschten Kalks zum Vorschein kam. »Na, seien Sie doch nicht gleich wieder böse.« Tarek beugte sich vor und haschte mit seiner Rechten nach Rabovs Unterarm.

Hastig zog Rabov seine Hand zurück. Vor ein paar Wochen erst hatte Tarek auf diese Weise einem unseligen Opfer ein Stück Gazellenfell wachsen lassen – einen akkurat gestreiften braunen Pelzring in Höhe des linken Ellenbogens.

»Hören Sie mir erst mal zu, Chef – danach werden Sie dem ollen Tarek mit Tränen in den Augen danken.«

3

»Was willst du, Tarek?«, fragte Rabov und bemühte sich, möglichst abweisend und gleichgültig zu schauen. Allerdings machte er sich wenig Illusionen, dass er imstande wäre, den Magier hinters Licht zu führen.

Tarek sah ihn unablässig an, mit lauerndem Blick, als ob der richtige Moment für seine jüngsten Offenbarungen noch nicht gekommen wäre. Auch das gehörte längst zum Ritual, das sich zwischen ihnen mit den Jahren eingespielt hatte. Mit seinem schwarzen Stoppelbart, dem bleichen, scharf gezeichneten Gesicht, den wie Kohlestücke glühenden Augen bot der Verwandlungsmagier einen geradezu furchteinflößenden Anblick – den er jedoch handkehrum in sein Gegenteil verkehren oder in jede beliebige Erscheinung umwandeln konnte. Alles, was er dafür brauchte, war ein gewisses Quantum an lakorischer Energie. Allerdings beruhten solche Verwandlungen einzig auf Illusion, einer Täuschung der menschlichen Sinne, die wie Nebel in der Sonne verschwand, wenn er sie nicht länger aufrechterhielt.

Tarek war ungefähr so alt wie Rabov. Er gehörte zu den eifrigsten Informanten der Mysto, doch Rabov lag mit ihm überkreuz, seit der noïli-stämmige Magier ihn damals mit dem Firmenschild gefoppt hatte. Ständig schien Tarek darauf aus, ihn zu täuschen, zu verwirren, auf jede erdenkliche Weise in die Irre zu führen. In Rabovs Augen war er ein trauriges Beispiel für die Verwüstungen, die Lakori im menschlichen Charakter anrichten konnte – oder, im Jargon der Lehrbücher, für die *zerstörerische Tyrannei des Dunkeldu*. Aber Tarek kam in den Untergrundszenen der Hauptstadt viel herum und Rabov hatte lange schon begriffen, wie wertvoll die Informationen waren, die Tarek ihm oft regelrecht aufdrängte. Das meiste daran war haarsträubende Lüge und abenteuerliche Verdrehung, aber wenn man nur geduldig suchte, fand sich in der faltenreichen Verpackung doch jedes Mal ein Körnchen Wahrheit. Ein Hinweis auf ein drohendes oder bereits geschehenes Mysteriöses Verbrechen, das er dank Tareks Finten verhindern oder zumindest aufklären konnte.

Schnaufend ratterte die Dampftram der Grünen Linie durch die Dämmerungsallee, eine der prachtvollsten Straßen Phoras, und Tarek schwieg noch immer lauernd. Vor den ovalen Tramfenstern zogen, hinter Laub und Astwerk der Königspappeln und zaketumesischen Butipalmen halb verborgen, die Villen der mächtigen phoräischen Kaufmannssippen vorüber. Die Namen der beiden größten hauptstädtischen Handelshäuser – Seelbitt und Hagdiff – kannte in ganz Dunibien jedes Kind. Sie waren durch den Handel mit Dunibiens Schätzen reich geworden – mit dem Holz der unerschöpflichen Wälder, dem funkelnden Masalith aus den Steinbrüchen im Norden und neuerdings auch mit erstaunlichen Apparaturen wie dem Dampfmobil oder dem Melodophon. Die ehrwürdigen Patriarchen dieser Dynastien waren beide im dunibischen Norden geboren und aufgewachsen (genau wie Calin Stingard). Die Menschen aus dieser gebirgigen Gegend galten allgemein als zielstrebig und zäh – schon der schroffe Klang ihrer Namen ließ die kühle Härte erahnen, die für Norddunibier so typisch war. Aber das allein erklärte sicher nicht, weshalb es einzig Konsul Gero zu der Seelbitt und Geheimrat Loscha von Hagdiff seit Jahren immer wieder schafften, dem Königspalast Ausnahmegenehmigungen für die Herstellung mechanischer Apparate und sogar dampfgetriebener Maschinen abzulisten. Darüber rätselte ganz Dunibien bei jedem einzelnen Sündenfall aufs Neue.

Denn Sünde war es ohne Zweifel, derlei selbstbewegte Apparaturen zu produzieren und zu verkaufen – jedenfalls in den Augen und Donnerreden der rechtgläubigen Lichtzungenpriester. Der Linglu-zismus war die offizielle dunibische Reichsreligion und so wie Seine Majestät Sorno I. sich höchstselbst zur lingluzielischen Kirche bekannte, so hingen alle Dunibier kraft Geburt diesem wahrhaft erhebenden Glauben an. Auch Rabov versäumte es selten, an den vorgeschriebenen Tagen ein Linglu-Bethaus aufzusuchen und in rituellem Sprechgesang die allmächtige Himmelsgottheit anzurufen, die sich durch die *lingua lucis*, die Sprache oder auch Zunge des Lichts, ihren sterblichen Geschöpfen offenbarte.

Im Heiligen Buch der Lichtzungenkirche stand allerdings geschrieben, dass die Dunibier (und mit ihnen der Rest des Planeten) für die Todsünde der Herstellung selbstbewegter Maschinen mit der Großen Flut gestraft worden seien. Gleichwohl waren die meisten Phoräer stolz auf ihre neumodische Dampfbahn und den Musikalienhändlern rissen sie die Melodophone mit den an riesenhafte Tiefseemuscheln erinnernden Schalltrichtern geradezu aus den Händen. Feiertags im Bethaus hörte man sich gesenkten Hauptes die Strafpredigten der Priester an und anschließend stieg man in die Dampfbahn oder, wer es sich leisten konnte, in sein eigenes Dampfmobil und ließ den großen Linglu einen guten Geist sein. So hielten es die Phoräer seit jeher, vor wie nach der Zeitenwende, jedenfalls wenn man dem Sprichwort trauen wollte – »Götter gehen, Flut versickert, Phora bleibt«. Draußen im weiten Land, in den Provinzstädten oder gar in den norddunibischen Bergweilern, sah die Sache allerdings etwas anders aus. Hier und dort war es bereits vorgekommen, dass lingluzielische Eiferer, von Dorfpriestern aufgehetzt, die Behausung eines Mitbürgers gestürmt hatten, um dessen neu erworbenes Melodophon in Stücke zu hacken und den Frevler selbst grün und blau zu prügeln. Es war allerhöchste Zeit (so dachte Rabov), dass König Sorno, als Herrscher Dunibiens zugleich Oberster Betherr der Linglu-Kirche, eine Formel verkündete, die Himmel und Erde, Licht und Dampf miteinander versöhnte.

Die Hitze wurde immer quälender. Zischend schleppte sich die Trambahn den Donarberg hoch und anstelle von kühlendem Fahrtwind wehten lediglich brühwarme Dampfwolken durch Türen und Fenster herein. Doch Tarek machte die Treibhausluft anscheinend wenig aus. In seinem schlotternd weiten schwarzen Anzug ähnelte er einem Totengräber und während Rabov seinen schweißfeuchten Überwurf längst abgestreift und neben sich auf die Bank gelegt hatte, schien sich der Magier in seiner mit Flecken übersäten Kluft immer tiefer zu verkriechen.

»Eine Frau, noch ziemlich jung, Chef«, begann er schließlich, in der abgehackten, keuchenden Sprechweise, die er aus irgendeinem Grund für seine Offenbarungen bevorzugte. »Starr wie ein Holzklotz. In einem dunklen Zimmer, tot.« Er unterbrach sich und beobachtete mit funkelnden Augen, wie sein Gegenüber die Neuigkeiten aufnahm.

»Und was weiter?« Rabov zuckte die Schultern. »Jetzt rede schon, Tarek, ich habe heute keinen Sinn für deine Winkelzüge.« Doch der Lakori sah ihn aufs Neue nur schweigend an und leckte sich dabei die bläulichen Lippen.

Demonstrativ wandte sich Rabov ab und schaute erneut aus dem Fenster. Das war allerdings mittlerweile so beschlagen, dass er mit dem Hemdsärmel darüberfahren musste, um zumindest die Umrisse des lebensfrohen Treibens im Künstlerviertel von Phora zu sehen. Schattige Gastgärten, in denen sich ein buntes Völkchen schon zur frühen Nachmittagsstunde Wein und Schnäpse schmecken ließ. Unbekümmerte Lebenskünstler, die sich am Straßenrand zu einem Nickerchen ausgestreckt hatten, den Noïli-Hut tief in der Stirn. Auf einer Veranda ein hakennasiger Maler mit Skizzenblock und Kohlestift in Gesellschaft einer hübschen jungen Frau, die ihm freizügig Modell stand. Ah, wie viel würde er darum geben, sagte sich Rabov, wenn er hier oben auf dem Donarberg Quartier beziehen könnte. In seiner Jugend hatte auch er davon geträumt, ein berühmter Maler zu werden. Nun, daraus war allerdings nichts geworden und statt halbnackte junge Frauen zu zeichnen, musste er sich so mit einem hohlwangigen Gesellen wie Tarek abplagen.

»An einem Seil erstickt, Chef«, fuhr der Magier endlich fort, »so dick wie Ihr Unterarm.« Wieder griff er nach Rabovs Handgelenk, aber Rabov entriss es ihm mit einer heftigen Bewegung. Mit seinen Gliedmaßen war er ein wenig heikel, seit sie ihm gegen Ende seiner Kindheit beinahe abgefressen worden waren. Wobei *fressen* nicht einmal das vollständig richtige Wort war.

»Ein Seil?« Er dämpfte seine Stimme und beugte sich ein wenig vor. Der Waggon war mittlerweile bis auf den letzten Platz gefüllt. Er versetzte sich in leichte lakorische Trance, um seine telepathische Gabe zu wecken, und vergewisserte sich, dass niemand im Wagen sich für ihr kleines Zwiegespräch interessierte. Zumindest keiner, dessen Gedanken er mit seiner schwachen Lakori zu lesen vermochte. »Was hat das mit Magie zu tun«, fuhr er fort, »wenn irgendjemand so einem armen Fräulein eine Schlinge um den Hals legt?«

»Nicht *um* den Hals.« Tarek setzte ein versonnenes Lächeln auf.

Seine Wangen begannen sich abermals zu runden. Seine Bartstoppeln verschwanden, ein rosiger Hauch ließ ihn jünglingshaft und arglos erscheinen. »Das Ding ist in sie reingeschlüpft, durch den Mund, den Rachen runter – *so.*« Er formte mit dem Mund ein O und stieß mit seinem Zeigefinger hinein. »Und als es in sie rein ist, Chef, war es wohl noch kein Seil?« Auch seine Stimme klang nun ganz anders als vorher – hell und fragend, beinahe als ob er sänge.

Wieder zuckte Rabov mit den Schultern. »Vielleicht ein Vögelein?«, äffte er Tareks zimperlichen Singsang nach. »Aber wie auch immer – wir überprüfen die Sache natürlich. Du weißt nicht zufällig den Namen der jungen Frau? Und den Ort, an dem die Sache passiert sein soll?«

Mit beiden Händen fuhr sich Tarek über das Gesicht. Seine Bartstoppeln kehrten zurück, sein Gesicht wurde wieder hager und ungesund weiß, sein Blick glühend. »Ich hab's nur zufällig aufgeschnappt«, keuchte er hervor. »Aus den Gedanken von so einem Kerl, der letzte Nacht neben mir an der Theke stand.« Er streckte Rabov seine offenen Hände entgegen. »Mehr weiß ich nicht, Chef, ehrlich.«

Rabov nickte ihm zu und nestelte gleichzeitig sein Notizbuch aus einer Innentasche seines Überwurfs. Er klappte es auf, nahm den im Falz befestigten Stift und machte sich ein paar Notizen. Mit diesen bruchstückhaften und zweifellos auch noch absichtlich verdrehten Informationen war wenig anzufangen. Aber ein Körnchen Wahrheit enthielt auch diese Geschichte, das spürte er, obwohl seine Lakori bei weitem nicht ausreichte, um Tareks Gedanken zu lesen. Ganz zu Anfang ihrer Bekanntschaft hatte er das einmal versucht und war erwartungsgemäß auf eine Sperre gestoßen – ein unüberwindliches Hindernis, das für sein inneres Auge ausgesehen hatte wie eine rußgeschwärzte Mauer.

»Ich muss bei der nächsten Station raus.« Tarek erhob sich und blieb schwankend neben der Bank stehen, während die Tram durch eine langgezogene Kurve fuhr.

»Eins noch – wie heißt der Laden, in dem du das aufgeschnappt hast?«

Für einen kurzen Moment nahm das Gesicht des Verwandlungsmagiers wieder mädchenhafte Züge an. Aber diesmal war es nicht das »Frätzchen« der wohlsituierten Dame, mit dem er Rabov vorhin überrumpelt hatte. Von Kopf bis Fuß ähnelte er nun verblüffend einer burschikosen, gleichfalls noch jüngeren Frau mit kurz geschnittenen braunen Haaren, schlanker Figur und verstörtem Gesichtsausdruck – der Frau höchstwahrscheinlich, über deren lakonische Ermordung er sich eben ausgelassen hatte.

Nur einen Wimpernschlag später war die Illusion wieder verweht. »Habe ich das nicht schon gesagt?«, keuchte Tarek. »Das war in den *Sieben Vipern*, so gegen zwei Uhr früh. Derzeit einer der heißesten Klubs in ganz Phora – da sollten Sie auch mal wieder hingehen, Chef.«

Ehe Rabov diese weitere Neuigkeit verdaut hatte, hielt die Tram im brodelnden Durcheinander des Hafenviertels und im nächsten Moment stieß Tarek die Tür auf und sprang steifbeinig hinaus.

4

Die Tramlinie endete in Sichtweite der Stadtmauer und in einem Pulk von Männern und Frauen mit verhärmten Gesichtern stieg Rabov aus. Im Schatten einer teilweise eingestürzten Lagerhalle trottete er dahin, während die Dampftram schnaufend das Weite suchte. Auch die Mietskasernen auf der gegenüberliegenden Straßenseite sahen reichlich heruntergekommen aus. Bröckelnder Fassadenputz, viele Erdgeschossfenster mit Brettern verrammelt.

Unwillkürlich hielt Rabov nach dem Gebäude Nummer Sieben Ausschau – seinen geheimen Instruktionen zufolge gab es an jedem der großen Plätze Phoras eine »Notfallstation« für königliche Spezialagenten und sie alle waren im jeweiligen Haus Nummer Sieben untergebracht. Die hiesige Sieben, ein schiefergedecktes fünfstöckiges Eckhaus, war zumindest dem Anschein nach allerdings eine abrissreife Ruine – das Dach schadhaft, die Fenster vernagelt und etagenweise sogar zugemauert, die Haustür mit rostigen Eisenplatten beschlagen. Bisher war er noch nie in die Verlegenheit gekommen, sich in einen solchen geheimen Schutzraum flüchten zu müssen. Während er das offenbar verwaiste Bauwerk gegenüber dem Schiffstor musterte, hoffte er einmal mehr, dass er niemals auf diesen Schutz angewiesen sein würde.

Ihm war ein wenig übel und das kam gewiss auch von der drückenden Witterung und dem Geruch fauligen Wassers, der vom Fluss herüberwehte. Vor allem aber kam es von seiner Begegnung mit Tarek. (Und von den Schlangen.)

Er befand sich im Schiffstor- oder auch Nibraviertel, benannt nach der lehmreichen Roten Nibra, die die bescheidenen Wohnquartiere im Südwesten Phoras säumte und ein- bis zweimal jährlich überflutete. Es war eine der ärmsten Gegenden der Stadt und entsprechend besaß das Nibraviertel einen miserablen Ruf. Alle Welt schwärmte vom Smaragdbusen des Grünen Ozeans, an dessen Gestade Phoras prächtigste Paläste wie aufgefädelt lagen, und zweifellos war dies eine der zauberhaftesten Meeresbuchten des Planeten. Dagegen wurde die Rote Nibra in den meisten dunibischen Reiseführern allenfalls am Rande erwähnt – und wenn, dann mit abschätzigem oder sogar warnendem Unterton. Hier draußen am Fluss lebten Tagelöhner und Flößer mit ihren Familien in stockfleckigen Mietwohnungen oder in windschiefen Häuschen, die sie eigenhändig aus Lehm und Baumstämmen errichtet hatten. Für Samu Rabov aber hatte gerade diese kümmerliche Idylle einen sentimentalen Reiz.

Die Nibra war der Fluss seiner frühen Jahre. Raginor, das zentraldunibische Städtchen, in dem er aufgewachsen war, lag am Oberlauf des schlammigen Gewässers, das dort allerdings noch schmal und reißend war. Am Ufer der Nibra hatte er zum ersten Mal ein Feuer entfacht, ein Mädchen geküsst, einen verschwommenen Blick in seine Zukunft erhascht. In den roten Fluten der Nibra hatte er schwimmen und fischen gelernt. Der Geruch des Nibrawassers weckte tausend Erinnerungen in ihm – süße, peinliche, unheimliche Erinnerungen.

Seinen Überwurf, den er im Aussteigen übergestreift hatte, warf er gleich wieder ab. Die Luft über dem Lehm der Schiffstorstraße flimmerte, als ob sie sich im nächsten Moment entzünden wollte. Doch da half alles nichts – den restlichen Weg, durch das halb verrottete

Schiffstor und über die Brücke hinaus zu den Schwemmwiesen, musste er zu Fuß hinter sich bringen.

Erst vor ein paar Wochen hatte Rabov im Museum für Phoräische Geschichte einige Gemälde aus dem 6. Jahrhundert n.Z. gesehen, die das Schiffstor in seiner früheren Pracht zeigten. In kräftigem Rostrot hatte die Fassade des holzverkleideten Bauwerks damals geprangt – heute dagegen waren Balken und Bohlen von Sonne und Nässe zernagt. Einzelne Bretter waren herabgestürzt und hatten die nackte Lehmmauer darunter entblößt. Fledermäuse hausten in der Torwache, die einst mit Schwertern bewehrte Stadtknechte beherbergt hatte. Rabov ging rasch hindurch, der Anblick des verrottenden Bauwerks tat ihm regelrecht weh.

Die Brücke, die sich dahinter über die Nibra spannte, machte einen sogar noch baufälligeren Eindruck. Bald jede dritte Planke war aus dem Boden herausgebrochen oder einfach weggefault, so dass er unter seinen Füßen die Nibra dahinschäumen sah. Noch vor zehn Jahren war die Rote Nibra eine bedeutende Schifffahrtsstraße gewesen. Holzschnitte und Rötelskizzen im Museum zeigten die gewaltigen Lastschlepper, die früher den Fluss hinabgesegelt waren, beladen mit Klaftern geschälter Königspappeln, deren Holz sich so vorzüglich für den Schiffsbau eignete, und mit Masalith-Quadern, aus denen die Reichen und Mächtigen in aller Welt ihre Paläste errichten ließen. Doch vor einigen Jahren war die Dampfbahnstrecke eingeweiht worden, die das ganze Land vom gebirgigen Norden bis zum phoräischen Süden verband, und seitdem war die Lastschifffahrt auf der einst so lebhaften Wasserstraße praktisch zum Erliegen gekommen.

Alles hier draußen atmete Bedrückung und Verfall und doch fühlte Rabov tief in sich eine zärtlich bange Sehnsucht, während er die Brücke überquerte und den modrigen Geruch in seine Lunge strömen ließ. Ein einsamer Angler hatte seinen Nachen an einem tief hängenden Ast befestigt. Einer jener hochwandigen Ruderkähne, wie sie von Liebespärchen bevorzugt wurden, schaukelte weiter flussabwärts im Schilf – sonst war links wie rechts der Brücke niemand zu sehen.

Eine Stille wie zu Anfang aller Zeiten, dachte er – des Alten Zeitalters, das angeblich vom Brausen Tausender Maschinen widerhallte. Außer dem eintönigen Gurgeln des Wassers und dem Keckern der Sumpfvögel war weit und breit kein Laut zu hören. Seltsamerweise konnte Rabov auch von dem Zirkus, der doch auf der anderen Flussseite seine Zelte aufbauen sollte, nicht den leisesten Laut vernehmen. Kein Brüllen bakusischer Steppenlöwen, kein Donnern vom Aufprall der mächtigen Objekte, die bakusische Telekinetiker mit reiner Willenskraft durch die Luft schleudern konnten, nicht einmal Kommandorufe oder Hammerschläge, wie sie beim Zusammenzimmern einer Zirkusmanege doch kaum zu vermeiden waren.

Sein Übelkeitsgefühl wurde stärker, doch Rabov beschleunigte seine Schritte. Irgendetwas stimmte hier ganz und gar nicht. Er ließ die Brücke hinter sich und trat auf den schlammigen Weg, der durch Schilf und sumpfige Wiesen auf ein kleines Waldstück zuführte. Dahinter befand sich der sogenannte Schindanger, auf dem noch im letzten Jahrhundert die Schwerter der königlichen Scharfrichter auf todgeweihte Nacken niedergesaust waren. Heutzutage wurde die weitläufige Wiese vor allem als Rast- und Rummelplatz für Schausteller und anderes fahrendes Volk verwendet. Doch obwohl Rabov nur noch ein paar Dutzend Schritte vom Schindanger trennten, waren von dort nach wie vor keinerlei Geräusche zu hören.

Konnte es sein, dass Selda sich geirrt oder ihn gar absichtlich getäuscht hatte? Nein, ausgeschlossen, dafür kannte er sie zu gut – die Hellseherin war launisch wie alle Geschöpfe, in denen die Macht des Dunkeldu überhandgenommen hatte. Aber sie war auch eitel und geltungssüchtig und rühmte sich selbst bei jeder Gelegenheit, weil sie mit ihren Voraussagen angeblich durchweg richtig lag. In den Lehrbüchern für den Umgang mit magisch begabten V-Leuten hieß es immer, als Spezialagent habe man letztlich nur zwei Möglichkeiten, um seine Informanten in der Spur zu halten: Drohung und Belohnung. Und natürlich spielte beides eine wichtige Rolle – Rabov wusste über jeden seiner Informanten mehr als genug, um ihn oder sie ins Gefängnis sperren oder für alle Zeiten auf einer der gefürchteten Zuchthausinseln vor der Küste Norddunibiens verschwinden zu lassen. Umgekehrt achtete er sorgsam darauf, dass es diejenigen, die ihn mit brauchbaren Hinweisen versorgten, im alltäglichen Leben ein wenig leichter hatten. Lakoris gerieten unablässig mit Gesetzen und gesellschaftlichen Regeln in Konflikt, und nur weil er immer wieder bei der Polizei und anderen königlichen Behörden ein gutes Wort für sie einlegte, konnten seine Schützlinge einigermaßen unbehelligt leben. Aber letzten Endes gab etwas ganz anderes den Ausschlag – weder Drohungen noch Belohnungen, sondern der innere Halt, den sie bei ihm suchten.

Den schmalen Waldstreifen vor dem Schindanger durchmaß Rabov beinahe rennend. Alles in seinem Innern schrie Alarm. Er stolperte über eine Palmwurzel und fing sich mit rudernden Armen.

Dann stand er bloß noch da und starrte. Er vergaß, dass ihm eben noch speiübel gewesen war. Wie versteinert verharrte er am Rand des einstigen Schindangers und sah dem Treiben der Zirkustruppe zu. Ein Bändiger mit gesträubtem Schnauzbart zwang zwei grau-schwarz gescheckte Steppenlöwen, zu seinen Füßen Männchen zu machen. Zwei Telekinetiker stemmten kutschkastengroße Masalith-Quader um die Wette – allein mit ihrer Willenskraft, die Hände in den Taschen ihrer überweiten Pluderhosen, während die tonnenschweren Gesteinsbrocken hoch über ihren Köpfen schwebten. Ein halbwüchsiges Akrobatentrio führte haarsträubende Reitkunststücke vor – auf dem Rücken bakusischer Mammuts stehend, zottiger Ungeheuer, die wie besessen im Kreis umherjagten, von den Reiterburschen einzig durch Zurufe gelenkt. Jonglierzauberer warfen Buti-Nüsse in den Mittagshimmel, die sich im Flug verwandelten – in grimmige Schrumpfköpfe, in funkelnde Sterne, schließlich in schwarze Hühner, die flügelschlagend auf Schultern und Scheitel der Magier landeten. Zwischen den Artisten liefen Unmengen kleiner Kinder und Hunde umher, dazu Dutzende weiterer Hühner, ganz zu schweigen von den glutäugigen Jungfrauen, die in brennenden Rädern stehend auf dem Schindanger umherrollten, oder von der menschlichen Pyramide, die sich mit sinnverwirrender Raschheit zu schwindelnder Höhe auftürmte, um im nächsten Augenblick zu einem Chaos überbeweglicher brauner Glieder und Leiber zu zerfallen und im übernächsten eine Brücke zu bilden, die sich beinahe bis zu Rabov am Waldrand herüberspannte.

Doch all das geschah vollkommen lautlos.

5

Die Steppenlöwen rissen ihre Mäuler auf und zu hören war nichts. Die Mammuts stampften im Kreis, so leise wie tanzende Feen. Die Lastenzauberer ließen die Masalith-Quader zu Boden sausen und Rabov vernahm nicht den leisesten Rumms. Die Kinder schrien und lachten, ebenso wie die Reiterburschen auf den umherrasenden Mammuts, aber er sah nur ihre Münder, die auf- und zugingen, ihre funkelnden Augen, während ihr Gelächter, ihre Rufe für ihn unhörbar blieben.

Ein Ruhezauber, dachte Rabov. Er hatte schon mehrfach von diesem legendären Lakori gehört, aber es war das erste Mal, dass er selbst es damit zu tun bekam. Die Wirkung war beklemmend – man fühlte sich wie in einen Glaskasten eingesperrt. Nur sehr mächtige und erfahrene Magier waren imstande, diesen Zauber anzuwenden – und dazu auch noch auf eine so große Gruppe von Menschen und Tieren, die allesamt lärmend durcheinanderliefen und -riefen. Der erforderliche Aufwand an geistiger Energie war zweifellos beträchtlich und Rabov fragte sich, was der oder die Magier, die diese Lakori angezettelt hatten, damit eigentlich bezweckten. Und warum sollte sich jemand, der über lakorische Kräfte dieses Kalibers verfügte, als Zirkuszauberer durchschlagen?

Rabov schüttelte die Erstarrung ab und ging durch die knöcheltiefe Wiese weiter auf die Zirkusleute zu. Gerade eben löste sich vor ihm die menschliche Brücke wieder in ihre Bestandteile auf, und er packte einen der umhertaumelnden Burschen beim Arm und zog ihn zu sich heran. »Bring mich zum Direktor«, sagte er und sah den Kerl dabei grimmig an.

Der junge Akrobat riss die Augen auf und antwortete irgendetwas, aber zu verstehen war nach wie vor nichts. Rabov sah nur, wie der

Mund des Burschen auf- und zuklappte. Seinem Gegenüber schien es nicht anders zu ergehen – als Rabov seine Aufforderung wiederholte, zuckte der junge Mann nur hilflos mit den Schultern. Er war nackt bis auf einen schwarzen Lendenschurz und sein sehniger Körper glänzte vor Schweiß. Seine Kameraden und er wechselten verstohlene Blicke. Wie die meisten Bakusier waren sie dunkelhäutig und hatten tiefschwarzes, metallisch funkelndes Haar. Doch anders als bei sämtlichen Bakusiern, denen Rabov jemals begegnet war, bestanden ihre Knochen anscheinend aus Gummistäben.

Wie eine Schlange drehte und wand auch der Bursche, den Rabov eingefangen hatte, seinen Unterarm zwischen den Fingern seines Bezwingers, aber Rabov machte keine Anstalten, seinen Griff zu lockern. So allmählich begann er zu ahnen, was möglicherweise hinter dem Ruhezauber steckte. Die Akrobaten redeten jetzt allesamt lautlos auf ihn ein, aber er schüttelte nur den Kopf und setzte sich abermals in Bewegung. Mit einer Hand zog er den Burschen hinter sich her, in der anderen trug er seinen mittlerweile übel zerknitterten Überwurf. So ging er schnellen Schrittes durch die Menge der Zirkusleute, ohne nach links oder rechts zu sehen. Mit mürrischen Mienen wichen sie zur Seite und gaben eine schmale Gasse frei, an deren Ende ein hochgewachsener Mann stand, in sonnenfarbenem Umhang und mit einem kunstvoll geschlungenen Turban von der gleichen Farbe auf dem Kopf.

Bist du hier der Chef? Nenne mir deinen Namen.

Der dunkelhäutige Hüne schien durch die lakorische Anrede wenig beeindruckt. *Radschi Varusa*, antwortete er auf demselben Weg. *Das hier ist mein Zirkus.* Er hob beide Arme und entblößte gleichzeitig zwei Reihen gelber Zähne. Für einen kurzen Moment schloss er die Augen.

In der nächsten Sekunde erhob sich um sie herum ein ohrenbetäubender Lärm. Die ganze Zirkustruppe schrie aus Leibeskräften durcheinander. Die Steppenlöwen brüllten. Die Erde erzitterte vom Stampfen der Mammuthufe. Die Reitakrobaten riefen ihre Kommandos, die Hühner gackerten, die Jungfrauen in den brennenden Rädern stießen rhythmische Jauchzer aus. Aber da waren noch weitere Geräusche und sie passten überhaupt nicht zu der fröhlich turbulenten Szenerie. Keuchender Atem, unterdrücktes Schluchzen. Und ein Zischlaut, der Rabov erschauern ließ.

Mit einem spöttischen Lächeln hob Varusa abermals seine Arme und schloss kurz die Augen. Im selben Moment erstarb aufs Neue alles Gelärme um sie herum.

»Unterhalten wir uns doch auf herkömmliche Weise«, schlug er vor. Er sprach ein makelloses Dunibisch mit kaum hörbarem bakusischen Akzent. »Ich habe doch einen Behördenvertreter vor mir? Sie werden sehen, dass bei uns alles in bester Ordnung ist.« Er unternahm einen diskreten Versuch, in Rabovs Bewusstsein einzudringen, und runzelte die Stirn – ohne sonderliche Mühe hatte sein Gegenüber den Angriff abgewehrt.

Rabov spürte, dass der Magier nun doch ein wenig beeindruckt war. Aus eigener Kraft hätte er den telepathischen Stoß eines so mächtigen Gegners niemals abblocken können. Aber während seiner Ausbildung zum Spezialagenten hatte er einige Abwehrtechniken gelernt, die normalerweise nur Personen mit sehr viel stärkerer Lakori beherrschten.

Er beeilte sich, Varusas kurzzeitige Verwirrung auszunutzen. »Ich sehe vor allem eins«, gab er zurück. »Einen hochgradig befähigten Magier, der aus irgendeinem Grund so tut, als ob er nur ein gewöhnlicher Zirkusdirektor mit einer harmlosen Begabung zur Zauberei wäre.«

Noch immer hielt er den Schlangenburschen am Handgelenk fest. Dabei wusste er selbst nicht, warum er den Kerl nicht längst hatte laufen lassen – doch in solchen Dingen verließ er sich auf sein Gespür. Irgendetwas in seinem Innern sagte ihm, dass er den schlangenhaft geschmeidigen Akrobaten noch brauchen würde. Unauffällig zog er ihn näher zu sich heran. Der Bursche bewegte seine Lippen und Rabov erriet, dass er in seiner Sprache etwas wie »Bitte lass mich« gesagt hatte.

Währenddessen erging sich der angebliche Zirkusdirektor Varusa in wortreichen Beteuerungen. Vielleicht besitze er ja wirklich ein klein wenig mehr an magischen Kräften, als dies in Zirkuskreisen üblich sei. Das könne der Herr königliche Ordnungsbeamte naturgemäß besser beurteilen als er selbst. Schließlich kenne er nur sein eigenes Programm, der Herr königliche Ordnungsbeamte dagegen kenne zweifellos Dutzende Zirkusse, die darum wetteiferten, das verwöhnte hauptstädtische Publikum an diesem vorzüglichen Ort in Staunen zu versetzen. Eben darum, weil die Phoräer in der ganzen Welt als besonders anspruchsvoll bekannt seien, habe er sich ein neuartiges Kunststück ausgedacht, das garantiert noch von keinem Zirkus und keiner fahrenden Zaubertruppe vorgeführt worden sei. Und gerade, als er wieder einmal im Begriff gewesen sei, diese äußerst schwierige und kräftezehrende Nummer einzuüben – da sei der Herr königliche Ordnungsbeamte ins Geschehen hineingeplatzt und habe nun möglicherweise einen etwas verzerrten Eindruck gewonnen. Wie sei noch gleich der Name des ehrenwerten …?

»Rabov«, sagte er. »Samu A. Rabov.«

Während Varusas weitschweifiger Rede hatte er unter halbgesenkten Lidern den Grasboden im Umkreis des Magiers nach verdächtigen Anzeichen abgesucht. Einem Flimmern oder Flirren, wie es sehr ähnlich durch heiße Luft hervorgerufen wurde, und doch auf charakteristische Weise anders: Wenn man genau hinsah, und vor allem, wenn man sehr genau wusste, worauf man achten musste, bemerkte man, dass das Flimmern auf verdächtige Weise einen Kreis bildete, der sich mit irrwitziger Geschwindigkeit auf der Stelle drehte. Was sich im Innern eines solchen Kreises befand, hieß im Jargon »der heiße Fleck« und wenn Rabov sich nicht sehr täuschte, dann befand sich ein solcher heißer Fleck genau neben Varusas linker Flechtsandale. Ein flirrend fahler Kreis über dem Wiesengras, eben groß genug, dass der Bursche, dessen Arm er weiterhin umklammert hielt, sich darin der Länge nach ausstrecken könnte. »Und die Phoräer sollen Ihnen also applaudieren, Herr Varusa«, fügte er hinzu und setzte seinerseits ein spöttisches Lächeln auf, »weil Sie ihnen das Gefühl geben, plötzlich ertaubt zu sein? Für mich klingt das nicht gerade nach einem erfolgversprechenden Plan.«

Die Augen unter dem sonnengelben Turban zogen sich zu Schlitzen zusammen. »Taub und blind«, sagte Varusa. Er hob die Arme und malte beidhändig Arabesken in die Luft. »Nämlich so.«

Im nächsten Moment war Rabov auf dem weiten Platz allein. Von der Zirkustruppe war nichts und niemand mehr zu sehen. Keine Mammuts samt Reitern, keine Steppenlöwen mit ihrem Bändiger, auch keine jauchzenden Jungfrauen, keine überbeweglichen Schlangenkerle, keine spielenden Kinder, keine Buti-Nüsse, die sich in der Luft in Schrumpfköpfe oder Hühner verwandelten – nein, niemand, nichts. Auch Radschi Varusa selbst war im selben Moment, in dem er »so« ausgerufen hatte, vor Rabovs Augen verblasst.

Mit seiner rechten Hand, die sich noch immer um seinen Überwurf klammerte, fuchtelte Rabov vor sich in der Luft herum. Aber da war wirklich niemand. Ruhe- *und* Blendzauber, dachte er. Auf dem ganzen Planeten gab es höchstwahrscheinlich nur eine Handvoll Magier, die dieses Meisterstück beherrschten. Und die vor allem die nötige Energie aufbringen konnten, um so viele Lebewesen für so lange Zeit scheinbar verschwinden zu lassen.

Aber wozu all dieser hochgradige Spuk? Nun, das würde sich jetzt zeigen.

Der flimmernde blasse Kreis über dem Grasboden war noch genau dort, wo er ihn vorhin entdeckt hatte. Auch den gummiweichen Arm des jungen Akrobaten spürte Rabov nach wie vor in seiner linken Hand, wenngleich er von dem Burschen kein funkelndes Haar und keine braune Hautschuppe mehr entdecken konnte.

Er umfasste das hagere Handgelenk fester und stieß den Kerl mit all seiner Kraft in den heißen Fleck hinein. Zugleich machte er sich selbst möglichst leicht, denn gerade darauf kam es jetzt an: dass der Bursche ihn mit sich ins Innere des Lakori-Kreises riss.

6

Rabov hatte mit einem harten Aufprall gerechnet, einem tiefen Sturz oder dem sofortigen Angriff zu allem entschlossener Widersacher. Ein heißer Fleck konnte alles Mögliche enthalten und vor allem war das Innere eines solchen Rings meist sehr viel geräumiger, als es von außen den Anschein hatte. Die

Lehrbücher wussten von den abenteuerlichsten Orten zu berichten, an denen man sich nach einem Sprung in einen magischen Kreis wiederfinden konnte – einem Felssaal klaftertief in der Erde, einem Hüttendorf im zaketumesischen Nebelwald, einer Folterkammer in einem lingluzielischen Kerker zu Beginn der Neuen Zeit.

Doch stattdessen fand sich Rabov bäuchlings auf einem Knüpfteppich liegend, der Länge nach hingestreckt. Seine rechte Wange war in muffig riechende Wollschlingen gebettet. Neben ihm lag der Bursche, der ihn mit sich gerissen hatte, auf den Knien. Rhythmisch ließ er seinen Oberkörper nach vorn schnellen und jedes Mal, wenn er mit seiner Stirn den Teppich berührte, stieß er einen Stöhnlaut hervor, der ungefähr wie »Ohumbá!« klang.

Und da war auch wieder dieser schneidende Zischlaut, den Rabov schon vorhin wahrgenommen hatte, untermalt von Keuchen und leisem Schluchzen.

Er richtete sich auf seine Knie auf und erhielt im selben Moment einen Schlag auf den Hinterkopf. »In den Staub, Fremdgläubiger!«, raunte eine Stimme, die Rabov nicht sogleich wiedererkannte – anders als vor kurzem noch klang sie nun ängstlich und gepresst. Ungeachtet seiner gewaltigen Lakori schien Radschi Varusa hier drinnen eine untergeordnete Rolle zu spielen.

Fügsam beugte Rabov seinen Oberkörper nach vorn, wie es ihm der Schlangenkerl vorgemacht hatte. Abermals ertönte der scharfe Zischlaut. Der Bursche neben ihm stöhnte »Ohumbá, Ohumbá«, wobei er seinen Oberkörper wie ein Klappmesser hoch- und wieder runterschnappen ließ. Soweit es seine mehr als unbequeme Haltung erlaubte, spähte Rabov derweil nach links und rechts und schließlich nach vorne, worauf er abermals erstarrte.

Sein Herz setzte für einen halben Schlag aus. Ruhig, ganz ruhig, wies er sich an – schließlich hatten ihn seine Lehrmeister einem sorgfältigen Training unterzogen, damit er in Situationen wie dieser kaltes Blut bewahrte.

Er befand sich in einem geräumigen Rundzelt, wie sie von wohlhabenden Nomaden aus den nordbakusischen Breiten bevorzugt wurden. Der Boden war mit Teppichen in leuchtenden Farben ausgelegt (feuerrot, sonnengelb, wüstenhimmelblau), auch die Wände waren mit Flechtteppichen dekoriert, die allesamt nur ein einziges Motiv zeigten, dafür aber in unerschöpflichen Variationen: Schlangen von unerhörter Größe, mit Gold- und Edelsteinkronen auf dem Schuppenhaupt.

Wieder das Zischen. Es kam von dem mit Teppichen überhäuften Sockel, vor dem er und der junge Akrobat auf den Knien lagen. Der Sockel hatte die Form eines Halbrunds und nahm eine ganze Hälfte des geräumigen Zeltes ein. In großzügigen Schlaufen zusammengerollt, ruhte darauf die monströseste Riesenschlange, die Rabov jemals gesehen hatte, sei es auf Gemälden oder im phoräischen Tiergarten, in seinen Albträumen oder gar (Linglu behüte) in freier Natur.

Eine nordbakusische *Lyrissa gigante,* in entringeltem Zustand mindestens fünfundzwanzig Meter lang. Der goldgelbe Bestienleib, mit funkelnd grünen Netzlinien gemustert, ein ungeheurer Muskelwulst, mächtig genug, um jede erdenkliche Kreatur auf diesem Planeten mit einer einzigen Umschlingung zu protoplastischem Brei zu zermalmen.

Sein Kinn in den Teppich gedrückt, die Augen nach oben verdreht, starrte Samu Rabov die Lyrissa auf dem Sockel vor sich an. Sie war von furchtbarer funkelnder Schönheit und ihm war bewusst, dass er sie nicht länger in dieser Weise ansehen sollte. Gerade der Blick einer Lyrissa konnte selbst willensstarke Widersacher lähmen. Aber es gelang ihm nicht, seine Augen von ihr loszureißen, wie sie, das mächtige Haupt wohl einen Meter hoch erhoben, aus gelben Augenschlitzen reglos auf ihr Opfer hinuntersah.

Auf den Jungen, der in der schimmernd schönen Spirale ihres nachlässig zusammengerollten Leibes lag.

So wie ich, bei allen Göttern und Geistern (wisperte es kindlich in Rabovs Seele), beinahe so wie damals ich.

Auch der Junge hatte sich zusammengerollt, die Knie bis unters Kinn gezogen, den Kopf unter seinen Armen verborgen – so lag er auf der Seite und keuchte und schluchzte so leise wie überhaupt möglich in sich hinein. Er war vielleicht elf, zwölf Jahre alt, hellhäutig, sein Gesicht unter den braunen Haaren war nicht zu erkennen. Aber

Rabov spürte, dass es ein dunibisches Kind sein musste, hier in Phora geraubt, im Nibraviertel höchstwahrscheinlich, um es der Lyrissa zu opfern.

Was soll das, Varusa – ich verlange, dass Sie den Jungen auf der Stelle freigeben. Er ist ein dunibischer Bürger und …

… und ich fürchte, schnitt ihm Varusa die Gedankenrede ab, *dass der Herr königliche Ordnungsbeamte hier wenig zu verlangen hat. Dies ist eine heilige Stätte – der Tempel der göttlichen Schlange Ragadhani, Schöpferin alldessen, was da ist und war und jemals sein wird in dieser Welt. Und nun schweigen Sie und beten, dass die Gottheit unser bescheidenes Opfer annimmt.*

Rabov kam es vor, als würde gleich der Boden unter seinen Füßen einstürzen. Verzweifelt versuchte er, Ordnung in den Wirrwarr seiner Gedanken zu bringen. *Aber das hier ist Phora,* gelang es ihm schließlich einzuwenden. *Wir Dunibier glauben an Linglu – was haben die Gottheit Ragadhani und ihre Priester bei uns verloren?*

Die große Ragadhani hat uns befohlen, mitsamt ihrem Tempelzelt und ihrer gegenwärtigen Verkörperung nach Phora zu reisen. Wir haben die Vision empfangen und uns sogleich auf den Weg gemacht. Um kein unnötiges Aufsehen zu erregen, haben wir entschieden, uns den Anschein einer bakusischen Zirkustruppe zu geben. Für diese kleine Täuschung bitte ich um Nachsicht. Aber Ihr König, Herr Ordnungsbeamter, gewährt seinen Bürgern und allen Fremden Religionsfreiheit und folglich haben wir gegen kein dunibisches Gesetz verstoßen.

Noch während Rabov diese Antwort auf dem Gedankenweg empfing, erklangen die ersten Töne einer schmelzend süßen Flötenmelodie. Weitere Flöten fielen ein und kurz darauf mischten sich Trommeln hinzu. Es klang für Rabov wie ein Zwiegespräch – sehnsuchtsvoll, schwermütig, dann mehr und mehr in heißer Leidenschaft vereint.

Die Musiker befanden sich offenbar hinter ihm und dem jungen Akrobaten, der sein »Ohumbá«-Stöhnen mühelos dem Trommelrhythmus anpasste. Rabov verrenkte sich beinahe den Hals und schließlich gelang es ihm, um sein linkes Knie herum nach hinten zu spähen. Dort zog sich ein weiterer Sockel die Zeltwand entlang, so schmal jedoch, dass man eben mit angezogenen Beinen darauf sitzen konnte. Fünf Männer unterschiedlichen Alters hockten darauf, allesamt in sonnengelben Kutten und mit ebensolchen Turbanen auf den Köpfen, und der mittlere von ihnen war Radschi Varusa. Der Magier blies auf einer Flöte, die aus einem Knochen gefertigt schien. Die Männer zu seinen Seiten taten es ihm gleich, während die beiden außen Sitzenden mit ihren bloßen Händen auf kleine Trommeln schlugen.

Rabov richtete seinen Blick wieder nach vorn. Sein Genick und seine Augen schmerzten von den gewaltsamen Verdrehungen, die er ihnen zugemutet hatte, und noch immer klopfte ihm das Herz wild in der Brust. Vor allem aber bereitete es ihm weiter die allergrößte Mühe, seine Gedanken zu klären und zu entscheiden, wie er jetzt weiter vorgehen sollte.

Der angebliche Zirkusmann Radschi Varusa war offenbar kein Geringerer als der Hohepriester einer bakusischen Schlangengottheit, die sich nach Ansicht ihrer Anhänger in leibhaftigen Riesenschlangen verkörperte. Warum aber hatte die göttliche Ragadhani den Priestern befohlen, sich auf eine so beschwerliche Reise zu begeben? Tausende Meilen trennten den bakusischen Norden vom äußersten Süden Dunibiens, das mit Bakus durch eine schmale Landbrücke verbunden war. Wie seltsam, dachte Rabov und grübelte benommen an diesem Rätsel herum.

Während die Priester hinter seinem Rücken ihre beschwörende Weise trommelten und bliesen. Beschwörung der göttlichen Schlange, damit sie das Opfer gnädig annahm.

Erst als Rabov abermals jenen Zischlaut hörte, tauchte er aus seinem Dämmerzustand wieder auf. Der Junge vor ihm auf dem Sockel hatte sich in eine sitzende Haltung aufgerichtet. Die Knie noch immer an die Brust gezogen, starrte er mit weit zurückgelegtem Kopf zur Lyrissa hinauf. Sie hatte ihren Hals zu einem Fächer aufgebläht, der wie ein beschützendes Dach über dem Jungen schwebte, während die Riesenschlange ihren Kopf ruckweise zu ihm herabstieß. Aus funkelnd grünen Augen starrte sie ihn an. Als ihr Kopf genau vor dem Gesicht des Jungen war, riss sie ihr Maul auf und die zwiegespaltene Zunge schnellte hervor.

Der Junge schrie auf. Im selben Moment sprang Rabov hoch und warf sich herum. Noch in der Aufwärtsbewegung zerrte er mit beiden Händen seinen Überwurf auseinander und schwenkte ihn wie eine Fahne im Halbkreis. Ganz kurz ließ er das königliche Zeichen vor den Augen der thronenden Priester aufblitzen und im selben Moment erstarrten die trommelnden Finger und flötenden Lippen und die Beschwörungsmelodie erstarb. Die Silbersichel war mit einer Kraft aufgeladen, die er nach den Vorschriften der Mysto nur im Notfall einsetzen durfte – ihr Blitzen ließ jeden, der davon getroffen wurde, für eine mehr oder weniger kurze Zeitspanne erstarren.

Während die fünf Priester wie Steinfiguren auf ihrem Sockel verharrten, löste Rabov mit fliegenden Fingern die Silbersichel aus dem Innenfutter seines Überwurfs. »Schau nicht zu mir«, befahl er dem Jungen, der sich halb zu ihm umgewandt hatte. Der Kopf der Lyrissa, drei Zoll neben seiner rechten Schläfe, war größer als der Kopf des Jungen.

Der Junge senkte seinen Blick. Er zitterte am ganzen Leib und seine magere Brust hob und senkte sich stoßweise.

Er war älter, als Rabov geglaubt hatte, dreizehn oder vierzehn Jahre. Rabov sah ihn an und fühlte sich wie von einer uralten Last befreit. Das hier war ein Auftrag wie jeder andere, eine Arbeit, für die er von den besten Lehrmeistern des Dunibischen Königreichs ausgebildet worden war. Darüber hinaus hatte der Junge da drüben nichts mit ihm zu tun. Linglu sei gelobt.

Rabovs Hand flatterte höchstens ein ganz klein wenig, als er die Silbersichel in Richtung der züngelnden Lyrissa schwenkte. Ihr Kopf ruckte herum, die Augenschlitze richteten sich auf die Sichel und da traf sie der versteinernde Blitz.

»Komm jetzt, Junge. Klettere über die Schlange. Sie kann sich nicht bewegen. Aber mach schnell.«

Der Junge erhob sich taumelnd. Er war nackt bis auf einen sonnengelben Lendenschurz, die rituelle Bekleidung des Schlangenopfers, wie Rabov annahm. Der Junge starrte ihn an, seine Unterlippe zitterte, gleich würde er in Tränen ausbrechen.

»Reiß dich zusammen. Uns bleibt nicht viel Zeit, bis hier alle wieder aufwachen.«

Zögernd streckte der Junge eine Hand aus, zuckte vor dem glitschig kalten Schlangenleib zurück, probierte es dann aufs Neue. Unbeholfen krauchte er über die Wülste der Lyrissa hinweg und gerade in dem Moment, als Rabov vor den Sockel trat, um dem Jungen herunterzuhelfen, nahm er aus den Augenwinkeln einen Schemen wahr, der vom Boden aufsprang und sich durch einen Spalt in der Zeltwand nach draußen schlängelte.

Der junge Akrobat – Rabov verfluchte sich selbst, er hatte den Schlangenburschen im Getümmel ganz einfach vergessen. Er schaute dem Schatten hinterher, der sich rasch vom Zelt entfernte.

»Nichts wie weg.« Er schob die Silbersichel in seine Hosentasche und versuchte, dem Jungen seinen Überwurf umzuhängen, aber der schüttelte den Kopf und rannte schon los. Durch den Spalt in der Zeltwand und dann in gestrecktem Lauf über den ehemaligen Schindanger, auf dem noch im letzten Jahrhundert die zum Tode Verurteilten hingerichtet worden waren.

Überall auf dem weiten Platz standen Zirkusleute zu zweit oder in größeren Gruppen, steckten die Köpfe zusammen und starrten hinter ihnen her. Die Steppenlöwen brüllten in ihrem Käfig. Im Laufen sah Rabov über seine Schulter zurück und staunte über die Größe und Pracht des Tempelzeltes, das nun für aller Augen sichtbar am Rand des Rummelplatzes stand. Sonnengelb wie die Umhänge und Turbane der bakusischen Priester, von einer Kuppel gekrönt, die die Umrisse eines riesenhaften Schlangenhauptes aufwies. Wenn Varusa und die anderen Priester zu sich kämen, würden sie sich zunächst nur dunkel an das eben Erlebte erinnern. Erfahrungsgemäß war auch die Lakori einer Person, die in die Starre geschickt worden war, noch für einige Zeit geschwächt. Bis Radschi Varusa wieder imstande wäre, einen Bannzauber gegen sein entflohenes Opfer und dessen Retter zu wirken, mussten sie außerhalb seiner Reichweite sein.

Doch der Junge war kaum ein Dutzend Schritte gelaufen, als er so abrupt stehen blieb, dass Rabov ihn beinahe umrannte. »Ich muss zurück«, stieß er japsend hervor. »Die Göttin …«

»Blödsinn.« Rabov erinnerte sich nur allzu gut – gefährlicher als jedes Schlangengift war der lähmende Wahn, dem man mehr und mehr verfiel: Dass man auserwählt sei, um der gefräßigen Gottheit geopfert zu werden, und es frevelhaft und feige wäre, sich dieser heiligen Pflicht zu entziehen. »Wie heißt du eigentlich?«

Der Junge gab ein kaum verständliches Murmeln von sich.

»Zoran? Also auf jetzt – wir müssen weiter, so schnell wie überhaupt möglich.«

Doch Zoran blieb stehen, wo er stand, und schaute mit reuevoller Miene zum Tempelzelt zurück. Da packte Rabov den Jungen beim Arm und riss ihn mit sich, weiter auf das schüttere Waldstück zu. Außer Atem rannte er zwischen den Bäumen hindurch und schon unterschied er vor ihnen die kleine Wiese, den schilfgesäumten Pfad und die halb zusammengebrochene Brücke vor dem genauso verwahrlosten alten Schiffstor.

Dann drehte er sich im Laufen noch einmal um. Und sah die Schlangenkerle, zwei Dutzend dunkelhäutiger Burschen, die in wilden Sprüngen hinter ihnen herhetzten. Wie Heuschrecken, die sich zu Gebilden von beliebiger Höhe übereinander auftürmen konnten, oder wie magnetisch aufgeladene Eisenklammern, die sich im Nu ineinander verhakten und wieder voneinander lösten. So sprangen die Kerle im Rennen einander auf die Schultern, stießen sich voneinander ab, hangelten sich an Bäumen hoch, schwangen sich an Lianen durch die Luft, um wieder auf Schultern oder Rücken eines ihrer Kameraden zu landen. Es waren viel zu viele für die Silbersichel, sagte sich Rabov, und sie waren zu schnell und über einen zu weiten Raum verstreut. Wenn er jetzt stehen bliebe, um ihnen den magischen Blitz zu schicken, würde vielleicht ein halbes Dutzend von ihnen für kurze Zeit erstarren. Die restliche Brut aber würde sich auf sie beide stürzen, um Zoran zu überwältigen und zurück ins Tempelzelt der Lyrissa zu schleppen.

»Schneller«, feuerte Rabov den Jungen an. »Hinter dem Tor sind wir in Sicherheit.«

7

Die Schlangenkerle sprangen einander auf die Schultern, fassten sich bei den Händen, warfen sich wechselseitig in weitem Bogen hinter Rabov und Zoran her. Sie tänzelten über das Geländer, flickflackten über Breschen im Plankenboden, schlängelten sich ober- und hangelten sich unterhalb der Brücke voran. Noch ehe Rabov den Jungen in den verrotteten Bogen des Schiffstors gezerrt hatte, waren die ersten Zirkusburschen bei ihnen. Sie bildeten einen Ring um ihn und Zoran, der wie schicksalsergeben neben Rabov stand, den Kopf auf die keuchende Brust gesenkt.

Die Kerle sprachen kein Wort, starrten sie nur aus zwei Dutzend funkelnd schwarzen Augenpaaren an. Sie fassten Rabov und Zoran bei Schultern und Armen, offenbar entschlossen, ihre Beute zurück zum Tempelzelt zu zerren. »Schau nicht zu mir, Zoran«, sagte Rabov. »Aber Obacht, gleich geht es weiter.«

Ohne auf eine Antwort des Jungen zu warten, riss er die Sichel aus seiner Hosentasche und schwenkte sie so, dass das Blitzen wenigstens ein halbes Dutzend Schlangenburschen traf. Mit Schulter und Ellbogen rempelte er die Versteinerten an und sie kippten nach hinten weg wie angesägte Bäume. Ehe die restlichen Kerle sich von ihrem Schrecken erholt hatten, rannte Rabov durch die Bresche und zog Zoran hinter sich her, durch das Schiffstor zurück in die Stadt.

Entgegen seiner Beteuerung waren sie diesseits der Stadtmauer jedoch keineswegs in Sicherheit. Mindestens fünfzehn dunkelhäutige Burschen im schwarzen Lendenschurz schlängelten sich hinter ihnen in die Stadt. Auf dem langgezogenen Platz zwischen Schiffstor und Tramstation ging es mittlerweile recht geschäftig zu – gerade eben hielt wieder eine Dampfbahn vor der abgewrackten Lagerhalle, von Pferden und Mulis gezogene Kutschen und Karren rumpelten die Straße entlang. Trauben von Leuten rannten von allen Seiten auf die Tram zu, aus der gleichzeitig Dutzende von Fahrgästen ausstiegen – vom selben abgehärmten Typus wie jene, mit denen Rabov gekommen war. Straßenhändler priesen schreiend ihre kümmerliche

Ware an (geflickte Kittel, zerbeulte Töpfe, zerfledderte Linglu-Gebetbücher), Bettler reckten klauenartige Hände aus der Gosse empor, und nur von den königlichen Ordnungshütern ließ sich wieder mal niemand sehen.

Allerdings wäre den Stadtpolizisten wohl auch nichts Verdächtiges aufgefallen, denn die Schlangenburschen gingen äußerst geschickt vor. Anstatt sich einzeln und bemüht unauffällig an ihre Beute anzupirschen, führten sie im Gegenteil atemberaubende Gemeinschaftskunststücke vor. Sie sprangen sich gegenseitig auf die Schultern, kletterten gedankenschnell aneinander empor, formten ihre Leiber zur Pyramide, zum Turm, dann wieder zu einem kühn gewölbten Torbogen.

Die Leute lachten und applaudierten und währenddessen schnellte und flickflackte das Bauwerk aus schlangenhaft beweglichen Leibern unbeirrbar hinter Rabov und dem Jungen her. Im nächsten Moment spannten sich die Kerle zu einer Brücke, die im übernächsten in sich zusammenstürzte. Die Leute riefen »Ah!« und »Oh!« und starrten erwartungsfroh auf das Chaos aus dunkelhäutigen Leibern und Gliedern, das sich zu ihren Füßen zu immer ärgerem Durcheinander verwirrte.

Mittlerweile hatte sich auch ein königlicher Stadtpolizist den Schaulustigen zugesellt. Gedankenverloren streichelte er den Knüppel, der ihm am Gürtel baumelte, doch er wäre nicht im Traum auf den Gedanken gekommen, gegen die Schausteller einzuschreiten. Sowenig wie die anderen Gaffer hatte der Ordnungshüter mitbekommen, dass die menschliche Brücke im Augenblick ihres Zusammenbruchs zwei Passanten unter sich begraben hatte, einen hoch aufgeschossenen Mittdreißiger mit dünnem Haarzopf und einen ungefähr vierzehnjährigen Jungen. Wie die Akrobaten war der Junge nur mit einem (allerdings sonnengelben) Lendenschurz bekleidet, aber im Gegensatz zu ihnen gehörte er dem hellhäutigen dunibischen Typus an und das zumindest hätte den königlichen Büttel aufrütteln müssen. Doch die Zirkusleute schirmten ihre Beute so geschickt ab, dass die Gaffer nicht einmal bemerkten, wie Rabov und der Junge mit Fäusten und Knien bearbeitet wurden.

Weiterhin zu einem amorphen Gewimmel am Boden zusammengeballt, machten sich die bakusischen Schlangenburschen mitsamt ihrer Beute auf den Rückweg. Erbarmungslos schleiften sie Rabov und Zoran, die ihrerseits aneinandergepresst und ineinander verknotet lagen, über den gestampften Lehmboden in Richtung Schiffstor. Wundersamerweise hatte Rabov seinen geliebten Überwurf noch immer nicht verloren, mit den Münzen darin, mit denen er eigentlich die Zirkusleute für sich hatte gewinnen wollen. Aber diese Schlangenkerle gaben sich ohnehin nur den Anschein, harmlose Akrobaten zu sein – in Wahrheit waren sie Tempelwächter der Gottheit Ragadhani, das wurde Rabov mit jedem Faustschlag, den die Burschen ihm oder seinem Schützling versetzten, aufs Neue bewusst.

Auch wenn ihm infolge eines besonders tückischen Stübers das rechte Auge unaufhaltsam zuschwoll, bemühte sich Rabov, den Überblick zu bewahren. Die Kerle schleiften sie beide schnurstracks auf das Schiffstor zu. Zoran hatte sich an ihn geklammert und wimmerte, wie vorhin auf dem Opfersockel, fast bewusstlos vor sich hin. Mit seinem guten Auge peilte Rabov zwischen den auf- und abzuckenden Gliedmaßen seiner Peiniger hindurch und wartete ungeduldig darauf, dass das Eckhaus in Sicht käme. Die Schaulustigen applaudierten nun rhythmisch und riefen »Zugabe, Zugabe« und die Schlangenburschen brüllten gleichfalls um die Wette, zweifellos um etwaige Hilfeschreie ihrer Beute zu übertönen. Doch Rabov lag nichts ferner, als auch noch seinerseits herumzulärmen.

Mitsamt dem Jungen und seinem unrettbar zerfetzten Überwurf ließ er sich einige weitere Meter über den Boden schleifen. Dann endlich tauchte vor seinem Auge das untere Drittel der rostigen Türbeschläge von Nummer Sieben auf. Hatte er sich jemals Vorbehalte gegenüber diesen nützlichen Notfalleinrichtungen erlaubt? Jetzt jedenfalls wäre er schon mit einem Erdloch zufrieden gewesen, in dem er und Zoran sich vor den Tempelwächtern und vor allem vor der Gottheit Ragadhani verkriechen könnten. Er ließ seine Hand in die Hosentasche gleiten und zog neuerlich das Zeichen hervor.

Die Silbersichel blitzte auf und die beiden Burschen über ihm erstarrten. Wie eine menschliche Grabplatte lagen sie auf Rabov. Es gelang ihm jedoch, die Versteinerten von sich zu stoßen, und er richtete sich schwankend auf. Rings umher erschallten Schreie maßlosen Erstaunens – ganz so, als hätte sich vor der Menge ein Grab geöffnet und siehe, der vermeintlich Tote taumelte aus der Unterwelt hervor. Springlebendig, allerdings mit zugeprügeltem Auge und einem ebenso übel zugerichteten Kind im Arm, das er sich nun mitsamt den Überresten seines Umhangs über die Schulter warf. Ungelenk setzte er über das Gewimmel zu seinen Füßen hinweg und rannte auf die Tür von Nummer Sieben zu, obwohl die doch offensichtlich verrammelt war. Mit äußerster Anstrengung gelang es Rabov, sich im Rennen in jenen Zustand zu versetzen, den er für sich Agosch-Trance nannte – eine leichte Benommenheit, die mit Schwindelgefühl einherging und ganz spezielle lakorische Kräfte in ihm freisetzte.

So blieb den Gaffern, den Schlangenburschen und selbst dem phoräischen Stadtbüttel nichts anderes übrig, als sich vor Verwunderung die Augen zu reiben. Für den Bruchteil eines Wimpernschlags schien sich die rostige Eisentür in ein Gespinst aus Nebel- oder Spinnenfäden zu verwandeln. Die beiden Gestalten wurden regelrecht ins Innere hineingesogen und beim nächsten allgemeinen Blinzeln war die Tür wieder eisern und zu.

8

Mit großen Augen schaute sich Zoran um und sah dann Rabov fragend an. Aber das hier verblüffte auch Rabov.

Sie befanden sich im Innern eines geräumigen Tropfens oder einer umfänglichen Träne, die aus einem seidig schimmernden Metall geformt schien. Rabov fuhr mit den Fingerspitzen über die sanft nach außen gewölbte Wand – es war ein Material, das er niemals vorher gesehen oder gar betastet hatte. Es fühlte sich undurchdringlich hart und zur gleichen Zeit elastisch an, wie eine Membran. Es glänzte silbrig und war auf unerklärliche Weise durchscheinend, so als ob es von innen heraus strahlte. Tatsächlich war das Innere des Tropfens von sternenbleichem Licht erhellt, obwohl Rabov nirgendwo eine Lampe oder Laterne entdecken konnte. Abgesehen von einer Art Schrank, der sich als vertikaler Wulst rechter Hand aus der Wand wölbte, war der seltsame Schutzraum leer.

»Was ist das hier?«, fragte Zoran. Er flüsterte, so wie Kinder es im Dunkeln unwillkürlich tun. Vom Gelärme der Menge auf dem Schiffstorplatz drang lediglich ein dumpfes Summen zu ihnen herein.

»Ein Schutzraum«, gab Rabov in entschiedenem Tonfall zurück. »Ich bin Samu Rabov, königlicher Spezialagent. In Notfällen wie diesem ...« Weiter kam er nicht – hinter den Schranktüren begann ein Telefon zu gongen.

Es klang vollkommen unwirklich in dieser Umgebung. Rabov war sich nicht einmal sicher, ob die seidig schimmernde Membran um sie herum aus einem von Menschen legierten Metall bestand – oder vielleicht aus organischem Material. Wie eine Eihülle oder ein Kokon. Aber das Telefon gongte weiter und weiter.

»Gehen Sie nicht dran?«, flüsterte Zoran.

»O doch«, antwortete Rabov zuversichtlicher, als ihm zumute war. Er zog am oberen der beiden rundlichen Schrankknöpfe. Daraufhin schwangen zwei Flügeltüren auf – nach oben und unten wie die Kiefer eines hinter der Membran verborgenen Riesenmauls.

Gebückt spähte Rabov zwischen den Flügeln hindurch. Dahinter befand sich in der Tat ein geräumiger Schrank, mit einem an der Rückwand festgeschraubten Telefon im obersten Fach und sorgsam aufgestapelten Utensilien in den Abteilungen darunter.

Das Telefon war genau so ein schwarzer Kasten wie zu Hause in Rabovs Kellerbüro. Der vertraute klobige Anblick flößte ihm neue Zuversicht ein. Er beugte sich noch weiter vor und nahm Hörrohr und Sprechmuschel zur Hand. »Wer da?«

Zunächst vernahm er nur ein Rauschen und Brausen wie aus der Tiefe eines Ozeans. Dann jedoch mischte sich eine energische weibliche Stimme hinzu: »Sammo, bist du das? Die Verbindung ist so schlecht.«

Sammo. Wie lange hatte sie ihn nicht bei seinem Kosenamen gerufen. Rabov seufzte auf vor Glückseligkeit. »Calin? Ah, Linglu sei Dank. Ich bin am Schiffstor in Nummer ...«

»Ich weiß, wo du bist. Was ist passiert?«

Er tastete behutsam über sein nahezu vollständig zugeschwollenes Auge. Wenn Calin ihn heute Abend so sähe – vielleicht würde sie seine Wunden mit zarten Lippen küssen, wie sie es einmal gemacht hatte, als er zerschrammt und zerschunden von einem Überlebenstraining in den Gesperrten Sümpfen zurückgekehrt war. Alles würde wieder wie früher werden, bevor er aus Calins Herz und Haus verstoßen worden war.

»Bist du noch dran? So rede doch endlich, Samu.«

Die kalte Anrede riss ihn aus allen Träumen. Er räusperte sich und berichtete nüchtern, was in den zurückliegenden Stunden geschehen war. Der angebliche Zirkus mit seinem falschen Direktor Varusa. Das Tempelzelt der bakusischen Schlangengottheit Ragadhani. Die Opferung des Jungen, die er mit knapper Not verhindert hatte. Die Schlangenburschen, zweifellos Tempelgardisten, die ihn und Zoran beinahe wieder eingefangen hätten. »Bevor du wieder fragst, Calin«, schloss er, »ja, ich kenne die Vorschriften. Schutzräume dürfen nur im Notfall geöffnet werden. Aber ich hatte keine andere Wahl.«

Das Brausen und Knattern in der Leitung wurde stärker. Der Junge kauerte sich zu seinen Füßen vor den Schrank und begann, in den Fächern herumzukramen.

»Und ob du eine Wahl hattest.« Mit einem Mal drang Calins Stimme so klar aus dem Hörer, als ob sie neben ihm stünde. »Anstatt wie ein Wilder in das Tempelzelt zu stürmen, hättest du mir erst einmal Bericht erstatten müssen.« Sie klang erbost und erschrocken und das beunruhigte Rabov fast noch mehr als der Inhalt ihrer Worte. Selbst in Momenten rosigster Innigkeit hatte er Calin Stingard kaum jemals unbeherrscht erlebt.

»Und der Junge?« Er dämpfte seine Stimme. »Ich konnte mir ja nicht gut erst deine Genehmigung, ihn zu retten, holen. Versteht du nicht, Calin? Bis dahin hätte ihn die verdammte Lyrissa mit Haut und Haaren aufgefressen.«

Zoran sah mit gequälter Miene zu ihm auf und Rabov nickte ihm zu. Erstaunt sah er, dass der Junge einen ganzen Stapel bleigrauer

Blechhelme aus dem Schrank hervorgekramt hatte. Aus dem untersten Fach lugten Stiefel mit hohen Schäften, aus den Laden darüber hingen schwarze Jackenärmel mit daran festgenähten Handschuhen hervor.

»Dummkopf«, gab Calin Stingard zurück. »Die Genehmigung hättest du nie bekommen.«

»Du hättest ihn geopfert?«, fragte er. Es erstaunte ihn nicht halb so sehr, wie er erwartet hatte. »Aber aus welchem Grund?«

Calin stöhnte auf, wie sie es immer machte, wenn sie kurz davor war, die Geduld zu verlieren. »Du bist ein sentimentaler Kindskopf, Samu, vor allem, wenn dein wunder Punkt berührt wird. Der gewaltige Radschi Varusa begibt sich mitsamt seinen Priestern, seiner Tempelgarde und der verkörperten Gottheit inkognito nach Phora – und unser Spezialagent Rabov hat nichts Eiligeres zu tun, als Varusa wissen zu lassen, dass wir ihm auf der Spur sind! Wie sollen wir jetzt noch herausbekommen, was er hier bei uns vorhat? Kannst du mir das mal verraten? Na, wir reden heute Abend weiter – und am besten machst du dich schon mal auf Ärger gefasst.«

Bevor er noch etwas zu seiner Rechtfertigung vorbringen konnte, wechselte Calin das Thema. »Im Schrank findet ihr Sicherheitsanzüge und Helme. Sorge dafür, dass auch der Junge die vollständige Ausrüstung anzieht – jetzt, da du ihm schon mal das Leben gerettet hast«, fügte sie knurrig hinzu. »Um den Weg brauchst du dich im Übrigen nicht zu kümmern – ihr fahrt einfach bis zur Endstation. Dort wartest du mit dem Jungen im Schutzraum auf weitere Anweisungen.« Nach diesen rätselhaften Worten hängte Calin ein.

Rabov ließ Hörrohr und Sprechmuschel sinken und drehte sie in seinen Händen hin und her. Beide Gerätschaften erinnerten ihn immer an Tiefseemuscheln, wie man sie zuhauf aus dem Sand des Smaragdstrandes klauben konnte. Vor bald vier Jahren hatten er und Calin einmal, ein einziges Mal, im Smaragdbusen gebadet. In einer warmen Neumondnacht, als die Dunkelheit vom Wispern der Liebespärchen vibrierte.

Wie hatte Calin ihn genannt? Einen sentimentalen Kindskopf? O ja, sagte sich Rabov, das war er allerdings.

Doch schließlich legte auch er auf und ging neben Zoran in die Hocke. »Wir ziehen jeder so ein Ding an«, sagte er und zupfte an einem der schwarzen Ärmel. »Außerdem Stiefel und Helm.«

Zoran machte wieder große Augen. »Und dann?«, fragte er.

Unschlüssig schaute sich Rabov um. Er war schon halb darauf gefasst, erneut mit den Schultern zucken zu müssen, als er das Zeichen auf dem Boden bemerkte. Die Silbersichel, kaum sichtbar in der genauso silbrig schimmernden Membran. Er deutete darauf. »Lass dich überraschen.«

Rabov warf die zerfetzten Überreste seiner altbewährten Kleidungsstücke von sich, leerte Überwurf- und Hosentaschen aus und häufte seine Habseligkeiten neben sich am Boden auf. Nicht einmal in den ersten Wochen seiner Ausbildung zum Spezialermittler für magisch bedingte Kapitalverbrechen hatte er sich so hilf- und orientierungslos gefühlt wie in dieser Situation. Nur noch mit Socken und Unterhosen bekleidet, zog er einen der Schutzanzüge aus dem Schrank hervor und wendete das seltsame Ding in seinen Händen hin und her. Hose und Oberteil samt Handschuhen waren in einem Stück gearbeitet. Es gab keine Knöpfe oder Schnallen oder sonstige Vorrichtungen, um das verflixte Textil zu öffnen und zu schließen. Die einzigen Öffnungen befanden sich unten an den Hosenbeinen und oben am Hals. Schließlich zog Rabov die Halsöffnung so weit wie möglich auseinander und stieg mit den Füßen voran hinein.

Wider Erwarten erwies sich diese Verzweiflungstat als erfolgreich – der Anzugstoff ließ sich beliebig dehnen und schmiegte sich, wenn man erst einmal hineingeschlüpft war, an den Körper wie eine zweite Haut. Zoran folgte Rabovs Vorbild und war noch vor ihm in ein Paar der kniehohen Stiefel geschlüpft, die federleicht waren und anscheinend aus einem ähnlichen Material wie die Anzüge bestanden. Um was für ein Material es sich dabei handeln mochte, erschien Rabov so rätselhaft wie nahezu alles an diesem Ort. Nur das klobige Telefon und die unförmigen Blechhelme, mit denen sie ihre Ausrüstung zuletzt vervollständigten, stammten aus der ihnen vertrauten Welt – alles andere mussten Überbleibsel aus dem Zeitalter vor der Großen

Flut sein, falls nicht der gesamte Tropfenraum mit allem Drum und Dran eine unbegreiflich stabile lakorische Illusion war.

Auch die Handschuhe schmiegten sich wie eine zweite Haut um Rabovs Finger und so gelang es ihm ohne größere Mühe, seine Siebensachen in die Taschen seines neuen Anzugs zu stopfen. Gestiefelt und behelmt standen sie schließlich inmitten der Membran, für weitere Abenteuer bereit. Rabov war schon im Begriff, die Silbersichel über dem Zeichen im Boden zu schwenken, als sich Zoran an seinen Arm klammerte.

»Bitte nicht, Herr. Ich muss zu ihr zurück.« Rabov sah ihn nur düster an und da brach der Junge in Tränen aus und begann schreiend zu stammeln: »Zur Schlangengöttin – ich bin berufen, das wissen Sie so gut wie ich – von Ragadhani auserwählt – und wenn ich mich nicht opfern lasse, sind meine Familie und ich bis in die fünfte Generation verflucht …«

Rabov stieß ihn so heftig zurück, dass der Junge in den Schrank krachte. »Pass gut auf, Zoran«, sagte er so ruhig, wie es ihm möglich war, obwohl ihm das Blut in den Ohren rauschte. »Bei der allernächsten Gelegenheit erzähle ich dir, wie *ich* beinahe von Schlangen verschlungen worden wäre. Und wenn ich dich danach noch ein einziges Mal sagen höre, dass du dich opfern lassen willst …« Keuchend beugte er sich zu Zoran hinab, der gut eineinhalb Köpfe kleiner war. »Dann, mein lieber Freund«, schloss er mit grimmiger Heiterkeit, »verfüttere ich dich eigenhändig an die bakusische Lyrissa, das schwöre ich dir bei meinem Leben.«

Er reichte Zoran die Hand und der ergriff sie sichtlich erschüttert und schüttelte sie, um Rabovs grausigen Schwur zu bekräftigen. Dennoch hielt Rabov die Hand des Jungen vorsichtshalber fest, als er mit seiner Linken nun endlich die Silbersichel über dem Zeichen im Boden der Membran schwenkte.

9

Im Flackerlicht der einsamen Gaslaterne sah Zorans Gesicht beinahe grün aus. »Was machen wir jetzt?«, flüsterte er.

Sie befanden sich auf einer Art Bahnsteig im Nirgendwo. Einer schmalen, sorgsam gepflasterten Plattform, die sich nach wenigen Metern wie im Nichts verlor. Nicht bloß im Dunkeln – Rabov hatte es mit tastenden Stiefelschritten überprüft. Der »Bahnsteig« hörte nach ein paar armseligen Metern hier wie dort ganz einfach auf.

»Wir warten«, verkündete Rabov. Seine Stimme erzeugte abstürzende Echos. Es klang, als ob sie sich in großer Höhe befänden, unter ihnen nichts Festeres als ein paar Hunderttausend Kubikmeter Luft. Kühle, modrig riechende Luft. So als läge ganz unten, am Grund dieses dunklen, dumpfigen Nichts, vielleicht ein Staubecken. Für Abwasser, Grundwasser – verdammt noch mal, was wusste er denn.

Nichts. Gar nichts weiß ich, sagte sich Rabov, während er mit zuversichtlichem Gesichtsausdruck auf dem »Bahnsteig« auf und ab ging und dem Jungen immer im Vorbeigehen aufmunternd zunickte.

»Wo sind wir hier?«, wisperte Zoran.

Rabov blieb neben ihm stehen und legte ihm eine Hand auf die Schulter. »Unter der Erde«, sagte er leichthin. »In Phoras Gedärmen.«

Zur Rechten ihres luftigen Verbannungsorts verlief ein stramm gespanntes Stahlseil, parallel zur Plattform und gerade in solcher Höhe, dass Rabov selbst auf den Zehenspitzen nicht drankam. Bläulich schimmernd und wulstig wie der Oberarm eines Gewichthebers, tauchte es genau wie ihr »Bahnsteig« da hinten aus dem Nichts auf, um nach wenigen Metern wieder im Nichts zu verschwinden. Und doch war es das verlässlichste Indiz für Rabovs Hypothese, dass sie sich in einer Art unterirdischem Drahtseilbahnhof befanden.

»Und ich hab immer gedacht«, hörte er Zoran murmeln, »hier unten wär … na ja, Erde halt. Stein. So wie ein Berg, nur eben unterirdisch. Massiv. Aber jetzt das hier …?«

Mit einem stummen Seufzer pflichtete Rabov ihm bei. Als Kind hatte natürlich auch er die alten Ammenmärchen gehört (und fiebrig geliebt), in denen es hieß, dass die Große Flut nie wirklich wieder verschwunden sei. Zum Ende des Alten Zeitalters hatte Linglu den ganzen Planeten mit brüllenden, reißenden Wassern überschwemmt, um die Menschen (und vornehmlich die Dunibier) für die Erschaffung selbstbewegter Maschinen zu bestrafen. Alle Frevler waren damals in den Fluten ertrunken, all ihre Hervorbringungen und sämtliche Anleitungen, wie die verbotenen Fahr-, Flug- oder Schießmaschinen zu erbauen seien, waren unter klaftertiefen Schlamm- und Geröllmassen begraben worden. Glaubte man den Linglu-Priestern, dann hatte Linglu anschließend die Große Flut in die Meeresbecken zurückgezwungen, die Kontinente waren wieder aufgetaucht (zumindest teilweise) und die Überlebenden hatten sich darangemacht, ihre Dörfer und Städte von Schlamm und Schlick zu befreien. Glaubte man jedoch der volkstümlichen Überlieferung, die in nibräischen genauso wie in noïlitischen oder zaketumesischen Schauermythen lebendig geblieben war, so hatte Linglu damals die Große Flut lediglich angewiesen, sich unter die Erdkruste zurückzuziehen. Sollten seine Geschöpfe den frevlerischen Lebenswandel ihrer Altvordern wiederaufnehmen, so würde eine zweite Große Flut, noch furchtbarer als die erste, aus der Erdkugel hervorplatzen, um ganze Städte (und insbesondere Phora) auf urgewaltigen Wassersäulen hoch in den Himmel zu schießen, und hernach würde es sieben mal sieben Tage lang Maschinentrümmer und Menschenfetzen regnen.

Wie zur Bekräftigung dieser düsteren Prophezeiung begann es tief unter ihnen zu gurgeln und zu glucksen. Als ob sich die dort lauernden Fluten bereits anschickten, auf Linglus Geheiß erneut zu brüllenden Gewässern anzuschwellen und »gar jegliches Gezwerg und Gewerk zu verderben«, wie es in einer Geschichte hieß, die den kleinen Sam tief beeindruckt hatte. Schon spürte Rabov mit Grausen, wie der Boden unter seinen wundersam empfindungsechten Stiefelsohlen erzitterte, und ein schauerliches Ächzen und Malmen hob an und erfüllte das Dunkel all umher. Rabovs Finger krallten sich in die Schulter des Jungen, und Zoran kniff seine Augen zusammen, als wäre das, was nun unweigerlich käme, ungemein grässlich anzusehen.

Ratternd und scheppernd stoppte der Zug neben ihrem Bahnsteig. Es war eine einzelne Kabine, mit offenem Dach und zwei schmalen Holzsitzen hintereinander wie bei den bunt lackierten Spielzeugwagen auf dem Dampfkarussell. Dieses Gefährt hier war allerdings rußschwarz und vielfach zerbeult. Inmitten der Kabine wuchs eine Eisensäule empor, mit einem rostigen Riesenschlüssel in Nabelhöhe, einer leise schaukelnden Gaslaterne darüber und zwei wuchtigen Antriebsrädern am oberen Ende, die sich auf dem Drahtseil mit malmendem Klang langsam drehten.

»Na los, rein«, sagte Rabov. Als der Junge keine Anstalten machte, seine Anweisung zu befolgen, packte er Zoran kurz entschlossen um die Mitte und hob ihn in die Kabine hinein.

Apathisch sackte der Junge auf den vorderen Stuhl. Anstelle einer Waggontür gab es nur einen rostigen Sicherheitsbügel. Mit einem Satz, der ihr Gefährt zum Schwanken brachte, sprang Rabov darüber hinweg. Noch während er dabei war, sich in den hinteren Sitz zu zwängen, fuhr die Bahn mit scharfem Rucken wieder an.

Rabov verstaute leise fluchend seine Knie hinter Zorans Rückenlehne. Diese Bahn war anscheinend für Klein- und Halbwüchsige gedacht – »für Gezwerg und Gewerk«, fiel ihm aufs Neue ein –, jedenfalls nicht für ausgewachsene Spezialagenten mit stattlichem Scheitelmaß.

Ratternd jagte die Seilbahn durch die unterirdische Dunkelheit. Der Fahrtwind versetzte Rabov Backpfeifen und wenn er sich nur ein wenig vorbeugte, wehten ihm Zorans Locken ins Gesicht. Es erstaunte ihn, dass sie mit solcher Geschwindigkeit dahinrasten, obwohl ihre Bahn anscheinend nur durch ein Federwerk angetrieben wurde. Er hörte die Zahnräder im Innern der Eisensäule schnurren und knacken. Der gewaltige Schlüssel drehte sich verblüffend schnell in seiner Aussparung und Rabov war darauf gefasst, dass sie den Mechanismus in Kürze wieder aufziehen mussten. Aber nur einige Augenblicke später verstummte das Räderwerk in der Eisensäule. Der

Schlüssel hörte auf, sich zu drehen, anstelle des ratternden Antriebs war nur noch das Quietschen und Malmen der beiden Räder über ihnen auf dem Stahlseil zu vernehmen. Und anstatt an Tempo zu verlieren, nahmen sie nun erst richtig Fahrt auf.

Rabov presste seinen Rücken gegen die Holzlehne und stemmte die Füße auf den Boden. In irrwitzigem Tempo rasten sie fast lotrecht in die Tiefe. Er merkte es an dem bitteren Geschmack, der ihm plötzlich auf der Zunge brannte – er verspürte Brechreiz. Die Laterne schlug blechern in irrwitzigem Rhythmus gegen die Eisensäule. Es klang wie die Totenglocke in der Friedhofskapelle von Raginor, deren scheppernde Hast den kleinen Sam bis in seine Träume verfolgt hatte. Rabov würgte und schluckte. »Festhalten, Zoran!« Er hatte Mühe, dem Jungen diese Warnung zuzuschreien – der Fahrtwind riss ihm an den Backen, zerrte ihm die Lippen auseinander, haute ihm beinahe den Helm vom Kopf.

Und dann landete ihre Kabine mit einem Krachen auf dem Wasser. Zoran stieß einen Schrei aus – in Rabovs Ohren klang es ebenso nach Entzückensjubel wie nach Angst. Gischt spritzte um sie empor, Wellen klatschten ihnen ins Gesicht und für einige Augenblicke saßen sie fast bis zu den Knien im Wasser. Erstaunt nahm Rabov wahr, dass seine neue Bekleidung allem Anschein nach wasserdicht war. Die Tropfen perlten an seiner Brust, an Stiefeln und Handschuhen herunter wie Regen von zaketumesischen Palmblättern. Gurgelnd lief die Brühe unterdessen wieder aus ihrer Kabine und die Bahn begann, wie ein Boot durchs Wasser zu pflügen, unwirklich langsam nach ihrer Schussfahrt.

Rabov leckte sich über die Lippen. Das Wasser schmeckte nach Salz und das jagte ihm Angst ein: Sie mussten viele Meilen vom Smaragdbusen entfernt sein. Was also hatte Meerwasser hier unten verloren? Hatte der Grüne Ozean unbemerkt die südlichen und südwestlichen Stadtteile Phoras unterspült? Das hörte sich alles andere als glaubwürdig an. Aber ein Staubecken für Grund- oder Abwässer war das hier jedenfalls noch viel weniger.

Der Waggon schlug in regelmäßigen Abständen auf unsichtbare Wellen auf und bei jedem Aufprall ächzte die Karosse aus allen Nieten und Nähten. An ihrem Blechhaken an der Eisensäule sprang die Gaslampe auf und ab und das Flämmchen unter dem Glassturz flackerte zum Erbarmen. Im Schneckentempo pflügten sie noch einige Meter voran, dann erstarb der Fahrtwind vollends und sie verharrten inmitten der unterirdischen See.

So still war es mit einem Mal, dass Rabov hörte, wie Zoran die angestaute Atemluft ausströmen ließ. Er beugte sich über den Seitenrand und tauchte seine Rechte ins Wasser. Kühl und nahezu unbewegt. Die Wellen, durch die sie eben noch gestampft waren, hatte wohl einzig ihr stumpfnasiges Gefährt aufgewühlt. Selbst die Laterne schaukelte nur noch fast unmerklich vor sich hin und darunter klaffte ein längliches Loch in der Eisensäule, wo doch eben noch …

Ein schauerliches Heulen, oder eher ein ekelhaft langgezogenes Stöhnen, aus der Tiefe des Gewässers ließ Rabovs Gedanken gefrieren. Eisig lief es ihm das Rückgrat herunter, so langsam, als ob ein totenkaltes Wesen Wirbel um Wirbel seine Hinterseite hinabkriechen würde. Und dann erklang wieder das unterseeische Gejaule, oder pfeifende Grunzen, die Tonleiter emporschleifend, um schließlich, wenn man das Geheule schon kaum mehr aushielt, mit einem wütenden Röcheln zu enden. Und gleich darauf wieder anzuheben, lauter, zorniger, näher.

»Was … was …«, wisperte Zoran. Mit einem Ruck drehte er sich zu Rabov um, sein Gesicht bleich, der Helm nach hinten verrutscht, die Augen so weit aufgerissen, dass ihm die Augäpfel beinahe aus den Höhlen quollen.

»Ruhig, Junge.« Rabov legte ihm wieder seine Hand auf die Schulter. »Der Schlüssel, Zoran – kannst du ihn irgendwo sehen?«

Das rostige Trumm steckte nicht mehr in der Eisensäule und es ließ sich auch am Boden der Seilbahn nirgendwo blicken. War es vielleicht während ihrer Schussfahrt aus dem Schlüsselloch geflogen und lag jetzt am Grund des subphoräischen Ozeans? Dann gnade uns Linglu.

Das Ungeheuer hob neuerlich an zu heulen. Oder was immer es sein mochte, das dieses nervenzernagende Gejaule hervorrief. Es klang wie nichts, was Rabov jemals gehört hätte. Am ehesten erinnerte es ihn an die dunklen Berichte aus den ältesten Kapiteln des Heiligen Lingluzielischen Buches, die Linglus Kampf gegen die »urbösen Urschlangen der Urmeere« schilderten. »Mit Blitzen zerhackt Er sie, mit Feuern verbrennt Er die Ungeheuer der Ursee, mit Seebeben tötet Er die Riesenwürmer am Meeresgrund, mit Seiner Schlange zerbeißt und vertilgt Er alles Gewürm.«

Mit Seiner Schlange. Über diesen Worten hatte Rabov als Kind und Jugendlicher und noch als junger Mann ganze Nächte gegrübelt.

Widerlich langgezogenes Gewinsel, lauter und näher denn je. Ton um Ton emporschleifend, als ob das Biest durch sein eigenes Geheule veranschaulichen wollte, wie es aus den Tiefen emporstieg.

Gerade in diesem Moment rappelte sich Zoran von seinem Sitz auf. Seine Augen flackerten ärger als die Gaslaterne, glasig sah er durch Rabov hindurch und kippte mit dem Oberkörper voran über Bord. Im letzten Moment bekam ihn Rabov an einem Fuß zu fassen. Er zerrte ihn in den Waggon zurück, kauerte sich neben ihn und rüttelte und schüttelte ihn hin und her. »He, komm zu dir, Zoran. Hier wird jetzt nicht weggedämmert.«

Bäuchlings lag der Junge in dem schmalen Gang neben den Sitzen. Schließlich hob er den Kopf, sah um sich, wie jemand, der aus tiefem Schlaf erwacht. »Was ist los?«, murmelte er.

»Gute Frage«, lobte Rabov. »Wenn du schon da liegst, wirf mal einen Blick unter die Sitze.«

Folgsam, als hätte er nie etwas anderes im Sinn gehabt, fing Zoran an, unter den Stühlen herumzusuchen. Er machte seinen Arm lang und noch länger und ächzte und zappelte und zog schließlich den verlorenen Schlüssel hervor.

»Linglu sei Dank.« Rabov nahm ihm das schrundige Schmiedestück aus der Hand, rammte es noch im Aufstehen in die vorgesehene Aussparung und begann das Federwerk aufzuziehen. Der Schlüssel war so rostzerfressen, als ob er mindestens aus dem Alten Reich stammte, und obwohl Rabov mit beiden Händen drehte, ging es elendig schwer.

Unterdessen hatte das Wasser um sie herum zu schäumen begonnen. Wellen wölbten den Seespiegel und schaukelten ihre Kabine am zitternden Stahlseil wild und immer wilder hin und her. Neuerlich hob auch das Geheule an, nun unmittelbar unter ihnen. Fluchend drehte Rabov den Schlüssel und da traf ihn ein Blick aus den aufgewühlten Fluten, aus Augen wie Bergkrater, schwarz-rot wie Magma. Mit letzter, verzweifelter Kraft zerrte Rabov den Schlüssel im Kreis, bis die Feder endlich, endlich gespannt war und ihre Kabine wie vom Katapult geschossen aus dem Wasser emporflog, am fast senkrechten Seil hoch in den subphoräischen Himmel hinauf.

Rabov sackte in seinen Sitz und sah starr nach unten, auf die schäumenden Fluten, aus deren Tiefe noch einmal das wütende Geheule erklang. Das widerlich langgezogene Stöhnen, oder pfeifende Grunzen, in abfallender Tonfolge, wie um sinnfällig zu machen, dass sich die Bestie (oder was es sein mochte) für diesmal auf den Meeresgrund zurücksinken ließ.

Zweites Kapitel

Am Agoschkreuz

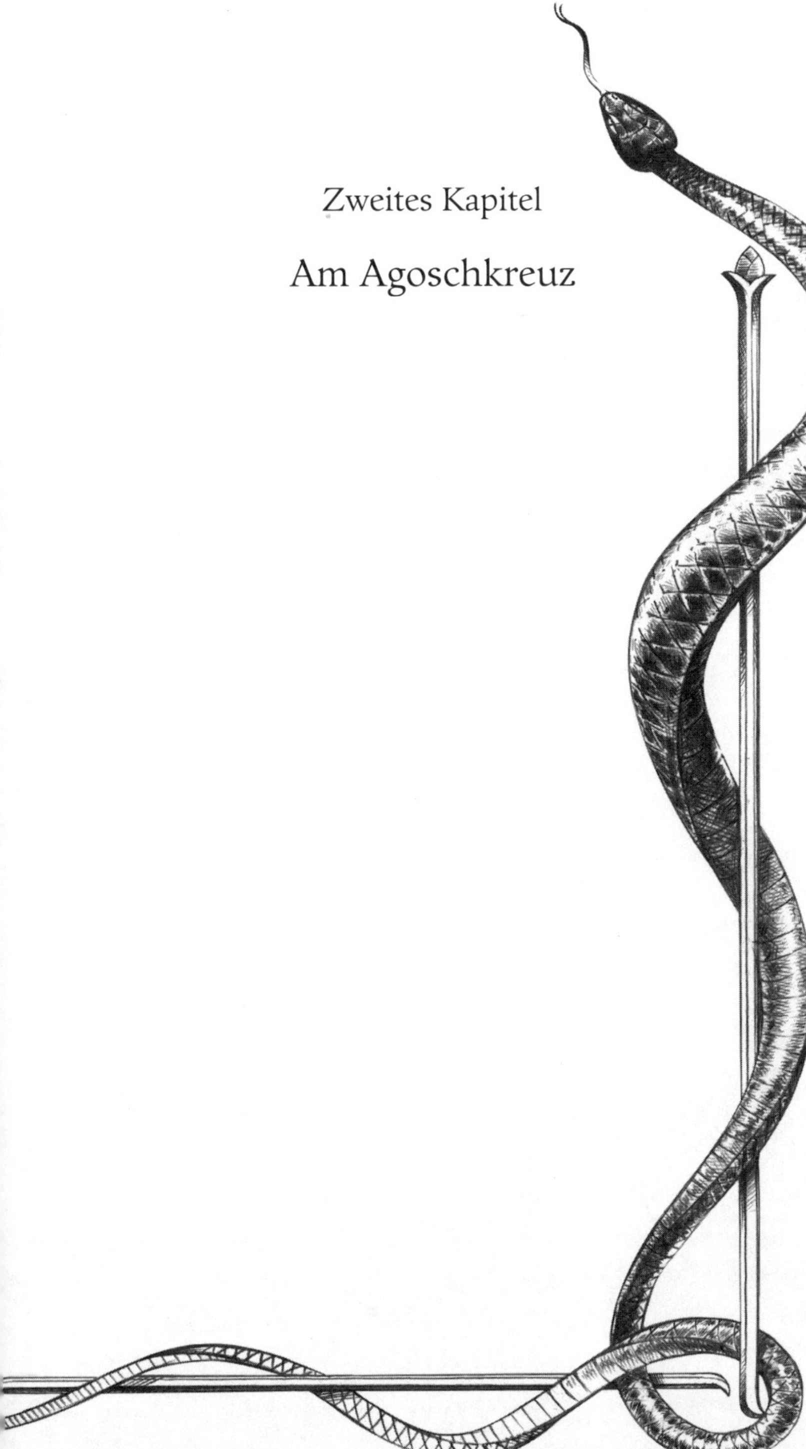

1

»Das Agoschkreuz besteht aus zwei gleich langen Balken, die diagonal übereinandergenagelt werden. Es hat seinen Namen von einem Märtyrer mit Namen Aragos – oder eben Agosch, wie ihn die Zentraldunibier in ihrem silbenverschleifenden Dialekt nennen. Der Legende nach wurde Agosch auf dem Höhepunkt der Großen Flut von einer blutdurstigen Meute an ein solches Marterkreuz gefesselt, das die äußerste Spreizung der Gliedmaßen des Gepeinigten erzwingt.«

Mit diesen Worten begann Rabov seine angekündigte Geschichte, aber der Junge schien nicht sonderlich interessiert. Er kauerte am Boden des Schutzraums, in dem sie zu guter Letzt wieder gelandet waren und der haargenau so aussah wie der, von dem sie aufgebrochen waren. Die silbrig schimmernde Träne, der Maulschrank mit dem Telefon und allerlei Anziehsachen darin. Gewöhnlichen Hosen und Leinenhemden immerhin, froschgrün für Rabov, himmelblau für den Jungen, gegen die sie ihre seltsame Seefahrerkluft eingetauscht hatten. Dazu solides phoräisches Schuhwerk aus Segeltuch. Doch ohne seine schlammfarbenen Kleidungsstücke, die von den Schlangenburschen zerfetzt worden waren, fühlte sich Rabov beinahe nackt.

»Willst du gar nicht hören, wie es weitergeht?«

Zoran kaute an seiner Unterlippe. »Na ja – schon«, gab er zurück. »Aber Sie haben gesagt, wenn Sie mir Ihre Geschichte erzählt haben und ich danach noch mal zu diesem Tempelzelt will, dann verfüttern Sie mich an die Schlange – und *das* will ich auf keinen Fall.«

Verständlich, dachte Rabov. Das habe er doch nur so gesagt, wiegelte er ab – schließlich sei es die Aufgabe eines königlichen Spezialagenten, seine dunibischen Mitbürger zu beschützen und nicht, sie an fremdländische Gottheiten zu verfüttern.

»Eben«, sagte der Junge und sah Rabov argwöhnisch an. »Wollen Sie nicht erst mal telefonieren? Ich glaube, da draußen würde ich mir Ihre Geschichte lieber anhören.«

Er deutete auf die Wand hinter Rabov, der gleichfalls am Boden hockte, mit dem Rücken gegen die Membran gelehnt. Es fühlte sich wahrhaftig an, als bestünde sie aus einem lebendigen Material – eine straffe, seidige, sacht pulsierende Haut. Nur als schwaches Summen drang das Gelärme von einem der bei Tag und Nacht belebten Plätze in der Altstadt zu ihnen durch – vom Rossmarkt, nahm Rabov an, oder zumindest hoffte er es. Dann nämlich wäre er, wenn sie erst einmal hier herauskamen, im Handumdrehen zu Hause.

»Ich soll hier auf weitere Anweisungen warten.« Er versuchte sich an einem komplizenhaften Grinsen. »Befehl von oben.«

»Von der Frau aus dem Telefon?« Zoran schaute skeptisch. »Und Sie müssen machen, was die Ihnen sagt?«

Rabov runzelte die Stirn. Gute Frage, wollte er schon wieder sagen, verkniff es sich aber. »Ich mache dir einen Vorschlag«, sagte er stattdessen, »ich erzähle dir die Geschichte und wenn wir dann immer noch nichts von ihr gehört haben, rufe ich sie an.«

Der Junge zuckte mit den Schultern. »Von mir aus.«

»Agosch«, fuhr Rabov, nachdem er sich kurz gesammelt hatte, mit Erzählerstimme fort, »Agosch war ein hoher phoräischer Verwaltungsbeamter, vom damaligen König Lugo VI. nach Zentraldunibien entsandt, um die Flutschäden in der weithin abgesoffenen Provinz zu begutachten und der Bevölkerung rasche und umfassende Hilfe zu versprechen. Aber die Leute waren der hauptstädtischen Heucheleien und königlichen Vertröstungen überdrüssig und so legten sie den Gesandten in Fesseln und schafften ihn auf den höchsten Hügel vor den Toren Raginors, wo seit jeher das sogenannte Spreizkreuz stand. Dessen Aufgabe im Alten Zeitalter bestand allem Anschein nach einfach darin, Personen, die man tot sehen wollte, auf möglichst langwierige und qualvolle Weise umzubringen. Der Hügel ragte gerade noch ein paar Meter weit aus der Flut heraus, genug, um einen Unschuldigen ans Spreizkreuz zu hängen und sich im Anschluss von Booten und Flößen aus an seinem Verröcheln zu weiden.

Aber Agosch wollte, wenn er schon unbedingt an diesem entlegenen Ort umkommen sollte, sein Leben zumindest nicht sinnlos hingeben. Der Mob hängte ihn ans Kreuz und richtete sich dann, so gut es der unaufhörliche Sturzregen erlaubte, auf den Booten ringsumher ein, um seinem Sterben zuzusehen. Agosch aber richtete das Wort an sie und rief: ›Nicht euer Zorn kostet mich das Leben, wie ihr zu glauben scheint. Vielmehr will ich selbst mich opfern, damit ihr an der Art meines Ablebens erkennt, wie sich die Gottheit besänftigen lässt. Also schaut genau hin und zieht die richtigen Schlüsse aus dem, was ihr zu sehen bekommt.‹

Und was glaubst du wohl …?«, fuhr Rabov fort und sah Zoran an, dessen Kopf aber im selben Moment zum Wandschrank herumfuhr.

Das Telefon gongte.

Im Nu war Rabov auf den Beinen. Er stürzte zum Schrank und riss Hörrohr und Sprechmuschel an sich. »Hier Rabov. Wer spricht – Calin?«

Der Person am anderen Ende der Leitung genügte ein einziges kurzes Räuspern, um Erstaunen und Missbilligung Ausdruck zu verleihen. »Hier spricht der königliche Geheime Oberrat Milar. Agent Rabov? Hören Sie mir gut zu, Sie erhalten hiermit Befehl, im Schutzraum zu bleiben und auf weitere Anweisungen zu warten.«

Rabov starrte auf die Wählscheibe des klobigen Wandapparats. Zumindest waren Telefone nicht von der lingluzielischen Verfluchung selbstbewegter Maschinen betroffen, denn um dieses monströse Wählrad zu bewegen, benötigte man beträchtliche Körperkraft. Allerdings wurde mit Hilfe von Telefonen der Stimmschall über große Entfernungen hinweggeschossen und das war dann möglicherweise doch wieder ein Sündenfall.

»Agent Rabov?«

»Ich will mit Calin Stingard sprechen«, sagte er. »Was ist das für ein Durcheinander bei Ihnen im Ministerium? Die gleichen Instruktionen habe ich vorhin schon von ihr bekommen.«

»Hüten Sie Ihre Zunge, Rabov. Die Geheime Rätin wird sich so bald wie möglich mit Ihnen in Verbindung setzen. Bis dahin halten Sie sich im Schutzraum bereit. Es lebe der König.«

»Es lebe …«, begann Rabov vorschriftsmäßig zu antworten, aber da hatte der königliche Geheime Oberrat bereits eingehängt.

»Eine Schlange hat ihn gefressen, stimmt's?«, ließ sich Zoran hinter seinem Rücken vernehmen.

»Milar? Wie kommst du denn da drauf?«, staunte Rabov.

»Wer soll das schon wieder sein?« Der Junge war unbemerkt neben ihn getreten und rüttelte ihn am Arm wie einen, der nicht ganz bei Sinnen ist. »Na, diesen Agosch meine ich natürlich.«

Tatsächlich war Rabov in Gedanken noch bei dem Telefonanruf – von einem Milar hatte er niemals vorher gehört, geschweige denn ihn gesehen oder mit ihm gesprochen. Laut Calin wusste im ganzen Innenministerium niemand außer ihr und einem namenlosen Reichssekretär, dass es den Spezialagenten Samu A. Rabov und seine Königliche Ermittlungsstelle für Mysteriöse Todesfälle überhaupt gab.

»Erzählen Sie jetzt endlich weiter?«

»Was sagst du, Junge?« Dass Calin mittlerweile den Titel einer königlichen Geheimen Rätin führte, hatte er gleichfalls nicht gewusst. Sie beide hatten heute Abend wohl so einiges zu bereden, dachte Rabov. »Na klar erzähle ich weiter. Aber was die Schlange angeht – hör gut zu und entscheide selbst.«

Er brauchte ein paar Augenblicke für seine innere Sammlung. Der Junge und er kehrten an ihre Plätze zurück und Rabov nahm den Faden wieder auf.

»Während der Großen Flut wurde es niemals wirklich hell. Nicht einmal die Mittagssonne drang durch die schwarzen Regenwolken und bei Nacht war es vollkommen finster. Als an jenem Abend die Dunkelheit hereinbrach, war Agosch noch immer am Leben. Er stöhnte und ächzte am Spreizkreuz, und die Henkersknechte, die extra zu diesem Zweck auf dem Richthügel geblieben waren, zerrten und zurrten die Kreuzbalken nach und nach immer weiter übereinander, bis Agoschs Beine schließlich waagrecht gespreizt waren. Alle hörten noch mit an, wie seine Gelenke in den Hüftpfannen krachten und zerbrachen. Dann fuhren sie mit ihren Nachen und Flößen über das dunkle Wasser zu ihren Schlafstätten und als sie beim ersten grauen Morgenlicht zurückkehrten, war Agosch fort.«

»Die Schlange …«, flüsterte Zoran und sah Rabov aus großen Augen an.

»Die Riemen, mit denen er gefesselt worden war, hingen noch an den Kreuzbalken, sorgfältig aufgeknüpft, und von Agosch fand sich keine Spur. An seiner Stelle aber, den grau-braun getüpfelten Riesenleib vielfach um die Balken geringelt, hing eine gewaltige Speikadora am Spreizkreuz. Der Henker von Raginor und seine beiden Knechte, die als Erste die gerade so noch aus den Fluten ragende Hügelspitze erklommen, fürchteten sich sehr. Aber die Kadora machte keine Anstalten, sie anzugreifen und mit ihrem tödlichen Gift zu bespeien – nach den Worten des Henkers machte sie einen zufriedenen, ja friedlichen Eindruck. Sie glitt vom Kreuz herunter und verschwand in der Flut, und noch am selben Tag hörte der Regen auf und das Wasser begann zu sinken.«

Zoran stülpte die Unterlippe vor und pustete sich die wirren Locken aus der Stirn. »Weil sich Agosch geopfert hat«, murmelte er.

Rabov zuckte mit den Schultern. »So haben es damals viele gesehen und auch heute noch würde dir ungefähr die Hälfte der Agosch-Jünger zustimmen. Damals nämlich ist im Nibratal um Raginor herum der sogenannte Agoschkult entstanden, und bis heute hängen unzählige Leute aus der Gegend dort dieser Sekte an. Das Seltsame bei den Agosch-Leuten ist aber, dass sie sich eigentlich niemals darüber einig geworden sind, was damals auf dem Richthügel vor Raginor überhaupt passiert ist. Die einen glauben, dass sich ihr Kultbegründer der göttlichen Kadora geopfert und durch seinen Märtyrertod die Große Flut beendet hat. Die anderen aber glauben etwas ganz anderes«, fuhr Rabov fort und spürte einen leisen Schauder auf seinem Rücken, wie immer, wenn er sich seinem – wie Calin es genannt hatte – wunden Punkt näherte.

»Und was glauben die?«, wollte Zoran wissen.

»Sie glauben, dass Agosch damals, in jener Nacht auf dem Hügel, in die göttliche Kadora verwandelt worden ist.«

»Verwandelt? Ha!« Mit gesenktem Kopf grübelte der Junge darüber nach. »Und wie sehen Sie das?«, fragte er dann.

Rabov hob eine Augenbraue. Die andere war mit seinem übel zugerichteten Auge zu einem einzigen unförmigen Fleischhügel zusammengeschwollen. »Vielleicht hörst du dir die Geschichte erst mal fertig an«, schlug er vor. »Jetzt kommt ja noch der Teil, wo ich selbst fast gefressen worden wäre.«

Zoran pustete wieder in Richtung seiner Stirn. »Gefressen – oder verwandelt?«

»Sehr gute Frage«, lobte Rabov. »Letztlich sogar die einzige, auf die es bei alldem ankommt. Also hör weiter …«

Doch gerade da gongte wieder das Telefon. Diesmal war Calin Stingard dran und sie hielt sich nicht mit Erklärungen oder Höflichkeiten auf, sondern wies Rabov in knappen Worten an, sich unverzüglich ins *Bufo* zu begeben – ein exklusiver Klub unweit des Innenministeriums, in dem sie mit Vorliebe Hof hielt. »Es gibt Ereignisse und Entwicklungen, über die wir dringend reden müssen, Sammo. Wir treffen uns um Punkt fünf Uhr im Kaskadenzimmer. Ende.«

Sammo, schwärmte Rabov im Stillen. Sie hatte ihn wieder bei dem Kosenamen genannt, den sie selbst einst für ihn erfunden hatte. »Ich bin schon unterwegs«, sagte er in die Sprechmuschel, aber da hatte die königliche Geheimrätin längst aufgelegt.

2

Abermals versetzte sich Rabov in Agosch-Trance, nahm den Jungen bei der Hand und glitt mit ihm zusammen nach draußen. Dann blinzelte er verwundert auf den gleißenden Grünen Ozean hinaus. Sie standen vor Haus Nummer Sieben, wie nicht anders zu erwarten, allerdings am Smaragdtorplatz, im vornehmen Süden der Stadt.

Die weltberühmte Smaragdbucht entlang reihten sich die prächtigsten Bauwerke Phoras wie Edelsteine in einem hochkarätigen Collier. Das Masalith-Memorial zum Gedenken an die Große Flut. Die Neue Kathedrale mit ihren sieben versilberten Türmen, die wie herniederzuckende Zungen geformt waren. Der Königspalast mit seinen zahllosen Lust- und Winter- und Jagdschlössern in der Tiefe unendlicher Parks. Außerdem das Königlich-Dunibische Staatstheater, das unter anderem wegen seiner raffinierten Dampfdrehbühne berühmt war, die festungsartigen Bauten des Handels- und des Schifffahrtsministeriums, die bakusische Botschaft mit ihren bizarren Gurkentürmen und viele staunenswerte Anwesen mehr. Schwärme von Aussichtsdampfern tuckerten von früh bis spät die Bucht entlang und durch die ebenso legendären Hafenanlagen, und die Touristen aus den dunibischen Provinzen, aus Bakus oder sogar von den Noïli-Inseln drückten sich die Nasen an den Panoramafenstern platt, wenn der königliche Palast oder das Phoräische Opernhaus in Sicht kamen – letzteres für seine Seemuschelform berühmt und natürlich für seine Premierenskandale.

»Was mache ich jetzt mit dir?«, fragte Rabov. »Ich muss schnell noch mal nach Hause, und dann nichts wie zu meiner Chefin – das wird verdammt knapp. Aber in dem Zeug hier kann ich mich nicht sehen lassen.« Er zupfte links und rechts an den Beinen seiner froschfarbenen Hose, die zu allem Überfluss eine halbe Handbreit zu kurz war.

Zoran setzte ein freches Grinsen auf. »Besser als die Pferdedecke, die Sie vorher umhatten, sieht's allemal aus.«

»Pferdedecke? Du hast ja keine Ahnung!« Rabov tupfte sich mit den Fingerspitzen über die Schwellung, hinter der er sein rechtes Auge wusste. Er war drauf und dran, dem Jungen auseinanderzusetzen, dass schlammfarbene Überwürfe des von ihm bevorzugten Zuschnitts ein geheimes Erkennungszeichen der nibräischen Agosch-Jünger waren. Aber dann ließ er es doch lieber sein. Schließlich war es nicht ganz leicht zu verstehen, dass er sich seit langem von den Agosch-Leuten losgesagt hatte und sich trotzdem noch in gewisser, oder vielmehr in sehr ungewisser, Weise ihnen zugehörig fühlte. »Jedenfalls kann ich dich nicht einfach nach Hause schicken«, fügte er hinzu. »Nicht, solange die Bakusier da draußen hausen.«

Zoran hatte ihm erzählt, dass die Zirkusleute ihn am helllichten Tag zum Schindanger verschleppt hatten, von der alten Brücke einfach weggepflückt, als er da draußen am Geländer gelehnt und auf die Nibrastrudel hinabgeschaut hatte. Jetzt steckte er die Hände in seine Hosentaschen und sah Rabov erwartungsvoll an. »Wohin also?«

»Meinetwegen komm erst mal mit zu mir, dann sehen wir weiter.« Rabov marschierte los, in Richtung der Tramstation im Hafenviertel, wo früher am Tag Tarek ausgestiegen war. Schon nach einem Dutzend Schritten blieb er wieder stehen. »Und deine Eltern? Macht sich niemand Sorgen, wenn du nicht nach Hause kommst?«

Der Junge kniff die Augen zusammen. »Sie haben keine Ahnung, wie es im Schiffstorviertel zugeht, oder?«

Rabov sah nachdenklich auf ihn herunter. Er rang eine Anwandlung von schlechtem Gewissen nieder, dann versetzte er sich ein weiteres Mal in Agosch-Trance. In diesem Zustand vermochte er nicht nur Hindernisse wie eisenbeschlagene Türen oder massive Mauern zu überwinden, sondern auch in das Bewusstsein argloser Mitmenschen zu gleiten. Er musste jetzt sofort eine Entscheidung treffen – für weitschweifige Wortwechsel hatte er einfach keine Zeit. Trotzdem fühlte er sich ein wenig schuldig, während er aufsog, was dem Jungen gerade durch den Kopf ging.

Er erhaschte einen Blick in eine elende Wohnhöhle. Schimmelflechten an den Wänden, auf dem Boden modrige Schilfmatratzen. Der Raum war überfüllt mit halbwüchsigen Gestalten, aber kleine Kinder waren so wenig wie erwachsene Frauen oder Männer zu sehen. Die Jungen und Mädchen waren allesamt ärmlich gekleidet. Einige lagen auf ihren Betten und starrten apathisch zur Decke. Andere rauften oder rangelten miteinander, während in einer Ecke ein Trio bezopfter Mädchen die Köpfe über einem Schulbuch zusammensteckte.

»Doch«, sagte Rabov, »ich weiß. Du lebst in einer Unterkunft für Straßenkinder. Was ist mit deinen Eltern?«

»Pfff«, machte Zoran. »Müssen wir nicht die Grüne Linie erwischen? Da vorne kommt sie.« Er rannte los und Rabov hinter ihm her. Sein rattenschwanzdünner Haarzopf trommelte ihm auf den Rücken, und ohne besonderen Grund begann er im Rennen mit einem Mal laut und abgehackt zu lachen. Der Junge drehte seinen Kopf zu ihm zurück und sah ihn verwundert an. Aber Rabov winkte nur ab und stolperte weiter hinter ihm her, während die Kronen und Groschen in seinen Hosentaschen mit der Silbersichel um die Wette klimperten.

»Worüber haben Sie eben gelacht?«, fragte Zoran, nachdem sie gerade noch durch die schon zuzischende Tür in den hintersten Tramwaggon gesprungen waren. Glücklicherweise war der Wagen so gut wie leer – in den brütend heißen Nachmittagsstunden versank die Stadt vollends im Dämmerschlaf. Rabov zuckte nur mit den Schultern, aber der Junge wollte ihn offenbar so nicht davonkommen lassen. »Glauben Sie, ich hätte nicht gemerkt, wie Sie meine Gedanken gelesen haben?«

»Oho«, machte Rabov. »Nicht schlecht für ein Sumpfammerküken!« Er schob Zoran zur Seite und ließ sich auf eine Bank fallen. Nach den Abenteuern dieses Tages fühlte er sich ziemlich ausgepumpt. Aber bis zu dem Treffen mit Calin blieben ihm noch gut anderthalb Stunden und bis dahin würde er wieder zu Kräften kommen.

Zoran setzte sich ihm gegenüber und sah ihn finster an. »Worüber haben Sie gelacht?«

»Meine Güte«, sagte Rabov, »ich weiß es nicht. Es kam einfach so über mich – passiert dir so was nicht auch manchmal?«

Der Junge schüttelte den Kopf. Dabei sah er Rabov weiter an, fast ohne zu blinzeln, und Rabov tupfte sich mit den Fingerspitzen über die Gegend seines rechten Auges, um Zeit zu schinden.

»Also gut«, sagte er dann, »ich habe deine Gedanken mitgelesen, aber nur das eine Mal und ganz kurz, weil ich schnell herausbekommen musste, ob ich dich einfach so mitnehmen darf. Und«, fügte er hinzu und legte eine bedeutungsvolle Pause ein, »ich habe nicht über das gelacht, was ich da gesehen habe. Ich schwör's.« Feierlich hob er eine Hand.

Der Junge schien sich ein wenig zu entspannen, doch ganz zufrieden war er offenbar immer noch nicht. Die Trambahn quälte sich puffend und pfeifend den Donarberg hinauf und Zoran beharrte: »Aber gelacht haben Sie trotzdem. Worüber also?«

»Aus Freude«, sagte Rabov. Er hatte selbst nicht gewusst, dass er das sagen würde. Er horchte in sich hinein und empfand, dass es stimmte. »Ich hab dich vor mir rennen sehen und mich selbst gespürt, wie ich da herumgerannt bin, und da hat mich so etwas durchzuckt wie … Es war kein Gedanke, es war eher so eine Botschaft meiner Füße, weißt du – so etwas wie: Ich lebe und renne und wäre doch ums Haar nicht mal so alt geworden wie du. Oder jedenfalls nicht am Stück. Verstehst du?«

Zoran schob die Unterlippe vor und pustete. »Na ja«, sagte er dann gedehnt. »Erzählen Sie jetzt weiter?«

Rabov schloss die Augen zu schmalen Schlitzen. *Diese Geschichte ist nichts für zimperliche Ohren.* Er deutete mit der Schläfe zu der Bank neben ihrer. Mittlerweile waren etliche weitere Fahrgäste zugestiegen. *Aber ich könnte sie dir auf dem Gedankenweg erzählen. Willst du? Dann nicke mir einfach zu.*

Zoran sah Rabov an und schluckte. Sein Adamsapfel fuhr seinen Hals hinunter und wieder hinauf – beinahe so, wie sie vorhin selbst mit der Drahtseilbahn hinab- und wieder aufwärtsgesaust waren. Dann nickte er beiläufig und sah mit gespielter Gleichgültigkeit aus dem Fenster.

3

Sam ist zwölfeinhalb und er liebt Odea. Sie sind eigentlich noch Kinder, aber nicht mehr ganz, und Odea hat ihm gerade erst vor ein paar Tagen ins Ohr geflüstert, dass sie dauernd an ihn denken muss. Vor allem nachts, wenn sie nicht schlafen kann und der Mond durch ihren seidenen Betthimmel schimmert.

Eines Nachmittags gehen sie zusammen am Ufer der Nibra spazieren. Odea in einem neuen blauen Kleid, wie eine Sommerblume anzusehen. Sam in irgendwelchen fadenscheinigen Kleidungsstücken – seine Mutter bringt ihn und sich selbst nur mühevoll durch, obwohl sie Tag und Nacht für andere Leute wäscht und bügelt und näht. Odeas Eltern aber leben in einem kleinen Palast auf dem Hügel über Raginor. Ihrem Vater gehört das größte Handelshaus der Stadt.

Siehst du uns, Junge – wie wir am Fluss entlanggehen, Sam und Odea, Hand in Hand?

Zoran schaute aus dem beschlagenen Tramfenster und nickte.

Auf einmal bleibt sie stehen, umarmt ihn, will auch von ihm augenblicklich umarmt werden. Sam legt seine Arme um sie und sie hebt ihm ihr liebes Gesicht mit den Himbeerlippen entgegen. Ein Anblick, den er niemals vergessen wird: ihre runden, rosig schimmernden Wangen, ihre Augen, blau wie ihr Kleid, die sich ganz langsam schließen, während sich ihr Mund genauso langsam dem seinen nähert.

Siehst du uns, Zoran?

Er nickte.

Und gerade in dem Augenblick, als ihre Lippen sich aneinanderschmiegen wollen, spürt Sam in seinem Nacken einen ungeheuren Schmerz. Der Schmerz zuckt in seinen Kopf hinauf und seinen Rücken hinunter. Es blitzt vor seinen Augen. Er schreit und stöhnt, aber das wird er erst später von Odea erfahren. Er schlägt die Hände vor sein Gesicht, doch dadurch werden die Blitze nur noch gleißender. Ohne im Entferntesten zu wissen, was er da macht, dreht er sich um, lässt Odea stehen und rennt flussabwärts davon. Immer die Nibra entlang, die dort bei Raginor noch schmal und reißend ist, aber genauso lehmrot wie in Phora.

Siehst du mich, Junge?

Natürlich kennt Sam so gut wie jedes Kind in Raginor die schaurigen Geschichten vom Agosch-Eremiten, der weiter unten am Fluss hausen soll. Niemals ist Sam dem Uferweg so weit gefolgt wie an diesem Tag. Aus dem Weg wird ein schmaler, überwucherter Pfad, aus dem Pfad ein kaum mehr sichtbarer Trampelstrich im kniehohen Gras. Die Sumpfammern keckern um die Wette und der Schmerz lässt ganz allmählich nach.

Sam spürt, dass er weiter und weiter gehen muss. Wenn er diesen Weg zu Ende geht, wird auch der Schmerz wieder aufhören. Das Reißen in seinem Nacken, das Zucken in seinem Gehirn. Mit jedem Schritt wird ihm leichter zumute.

Fresspriester nennen die Schulkinder von Raginor den Einsiedler. Sämtliche Schauergeschichten kreisen um das Mysterium, dass der Eremit angeblich zusammen mit seinen göttlichen Schlangen das Opferfleisch frisst.

»Geh niemals weiter die Nibra hinunter als bis zum alten Wehr«. Mit dieser Warnung wächst in Raginor jedes Kind auf, aber immer wieder ist es trotzdem vorgekommen, dass ein Junge oder (viel seltener) ein Mädchen dem Uferweg einfach weiter gefolgt ist.

Der Agoschkult ist damals offiziell verboten, sogar in Raginor. So wie ihr König glauben alle Dunibier an den gütigen Linglu, der vom Himmel herniedergefahren ist, eine ungeheure Zunge aus Licht. Aber gerade in Raginor, und weit darüber hinaus im ganzen Nibratal, hat nie irgendwer ernsthaft versucht, gegen die Agosch-Jünger vorzugehen. Schließlich hat Agosch (Aragos) damals durch sein Opfer, oder durch seine Verwandlung, in Raginor das Ende der Großen Flut eingeleitet, und gerade an diesem Geburtsort des Kultes werden der Märtyrer und seine Nachfolger, die Agosch-Priester, glühend verehrt.

Siehst du mich, Junge?

Zoran presste sich beide Hände seitlich gegen den Kopf und schaute Rabov aus weit aufgerissenen Augen an. Sein Gesicht war bleich, Schweiß schimmerte auf seiner Haut, klebte seine sonst so widerborstigen Locken auf Stirn und Schläfen fest. Aber Rabov war von seinen eigenen Erinnerungen viel zu sehr gebannt, um diese Zeichen zu bemerken.

Schließlich steht Sam vor der Eremitenhöhle. Es handelt sich eigentlich nur um ein Felsloch im Hang über der Uferböschung, mit einer tiefen, trichterförmigen Erdgrube daneben, in der sich allerlei ringelt und schlängelt.

Sam fällt vor dem Agosch-Priester auf die Knie. Noch immer kann er nur undeutlich sehen, auch wenn die Blitze zu einer Art glimmender Nebelfäden verblasst sind. Er erblickt ein hageres, tief zerfurchtes, von der Sonne nahezu schwarz verbranntes Gesicht, das fast vollständig von einem grauen, spinnwebartigen Bart überwuchert ist. Auch das Haupthaar des Einsiedlers ist grau und dünn, und wie der Alte so im Eingang seiner Höhle kauert, verhüllt es den ausgemergelten Leib bis hinab zu den Füßen.

»Tsch, tsch«, zischt der Priester. »Wer bist du, Kind?«

Und Sam nennt seinen Namen, zum ersten Mal überhaupt seinen vollständigen Namen: »Samu Agosch Rabov, Herr.«

»Und du bist gekommen, dich zu verwandeln, wie es der verewigte Märtyrer Agosch getan hat?«

Sam kniet und lauscht mit gesenktem Kopf in sich hinein. »Ja, Herr«, murmelt er.

Der Priester reicht ihm mit ungemein schmutziger Hand einen Becher von der Farbe uralter Knochen, gefüllt mit einer Brühe, die im ersten Moment wie der widerlichste Aassaft schmeckt und dann schon nach gar nichts mehr. Lächelnd reicht Sam den Becher zurück. Er fühlt sich nun ruhig, müde und von allen Schmerzen erlöst.

Genauso fühlt er sich immer noch, als er wieder zu sich kommt und sich in der Grube findet, an einem roh behauenen Spreizkreuz aufgehängt. Nun ist es der Priester, der vor ihm kniet, mit einem verehrungsvollen Lächeln, als ob Sam schon verwandelt worden wäre. In seinen Händen hält der Alte ein Gewimmel von Schlangen, die grau-braun getüpfelt sind wie ausgewachsene Kadoras, aber viel kleiner, vielleicht gerade mal so lang wie Sams Beine.

Der Priester reckt die Schlangenbrut zu ihm empor und für einen Moment sieht Sam vier Kadoraköpfe ganz nah vor sich – die senkrecht geschlitzten gelben Augen, die aufschnellenden Mäuler, die hervorschießenden zwiegespaltenen Zungen, doch seltsamerweise haben die Schlangen nicht einen Zahn im Maul. Dabei sind gerade Kadoras für ihre Doppelreihen pfeilspitzer Zähne bekannt.

Siehst du mich, Junge?

Der Eremit lässt drei der Schlangen zwischen seinen Händen davongleiten und nähert die vierte Sams linkem Fuß. Bereitwillig reißt die Kadora ihr Maul auf, und der Priester greift mit beiden Händen hinein und zieht den Rachen der Kadora weit auseinander. Und dann stülpt er die Schlange über Sams Fuß und den halben Unterschenkel hinauf wie einen lebendigen Strumpf.

Sam spürt, wie sich das Maul und der Rachen und die Halsmuskeln der Kadora um seinen Fuß, seine Wade, sein Schienbein schließen. Die Kadora beginnt sofort zu schlingen und zieht Sams Unterschenkel zollweise weiter in sich hinein. Währenddessen verfährt der Priester mit Sams rechtem Fuß und Bein und einer zweiten Kadora in der gleichen Weise, und nun spürt Sam das Schlingen und Ziehen links und rechts – wie wenn kalte, glitschige, viel zu enge Strümpfe sich unendlich langsam an einem hochrollen.

Die Kadora braucht ihre Zähne nur, um ihr Opfer an der Flucht zu hindern und es in ihren Rachen hineinzuziehen. Wenn die Beute nicht fliehen kann und ihr auch noch ein Stück weit ins Maul hineingeschoben wird, dann besorgt der Schlingreflex alles Weitere von selbst. Diese und andere Details aus dem Sumpfkundeunterricht fallen Sam schlagartig ein, während sich die Kadoras um seine Beine herum aufwärtsschlingen.

Um ihre Nahrung zu zerkleinern und für die Verdauung vorzubereiten, brauchen sie ihre Zähne nicht: Das machen sie allein mit dem Ätzsaft in ihrem Innern, mit dem sie ihre Beute einweichen und umspülen und langsam zersetzen.

Sam meint schon zu spüren, wie der Schlangensaft seine Fußsohlen, die durchscheinende Haut oben auf den Füßen, an seinen Knöcheln und die flimmerfein behaarte Haut auf seinen Waden zersetzt.

Er hat keine Schmerzen, aber ruhig und erlöst fühlt er sich nicht mehr. Während der Priester eine weitere Kadora mit Summlauten anlockt, sie dann blitzartig packt und sich vor Sam aufrichtet.

Die dritte Kadora stülpt er wie einen Handschuh über Sams linke Hand und bis hinauf zu seinem Ellenbogen. Dabei lächelt er Sam aus nächster Nähe ins Gesicht, zahnlos wie seine göttliche Brut, und mit auf- und zuschnappendem Mümmelmaul macht er vor Sam die Schlingbewegungen der Kadoras nach.

Vielleicht ist es das – das verrückte oder höhnische Gemümmel, das Sam auf einmal aufschrecken lässt aus der Ergebenheit des ausersehenen Opfers. Oder es ist einfach ein elementares Entsetzen, weil ihm mit einem Mal klar wird, dass er sterben soll, qualvoll verenden soll, bevor er überhaupt angefangen hat zu leben. Odea fällt ihm ein, ihr Lächeln, das leuchtende Blau ihrer Augen, ihres neuen Sommerkleides.

Was ist eigentlich der Unterschied zwischen fromm und verrückt? Eine Frage, die weit über Sams Verstand geht, aber wie eine Fackel in ihm zu glühen beginnt, zu brennen, schließlich zu lodern.

Der Alte kraucht derweil in der Grube umher und versucht, die vierte Kadora anzulocken. Er summt und zischt und stampft mit den Füßen auf, aber die Göttliche spielt mit ihm Verstecken.

Vielleicht ist er ja nicht Priester und fromm, sondern ein durchgedrehter Mörder, ein vertierter Kinderfresser, der mit seinen Schlangen Lager und Fraß teilt? Wenn der alte Mann, sagt sich Sam, mir auch noch die vierte Schlange übergezogen hat, ist es praktisch schon aus mit mir.

Halbherzig beginnt er, an den Riemen um seine Oberschenkel und Oberarme zu zerren, mit denen er ans Spreizkreuz gefesselt ist. Halbherzig, weil er sich schuldig machen würde, weil er für alle Zeiten verflucht und verworfen wäre, wenn er jetzt auch nur versuchte, sich vom Opferkreuz, aus der Gewalt der Kadoras loszureißen. Geschweige denn, wenn er wirklich freikäme, die Schlangen von seinen Gliedmaßen wieder herunterpellte wie schmutzige Strümpfe.

Ich bin das ausersehene Opfer!, schreit es in ihm. Die göttliche Kadora hat ihn gerufen, vorhin nach der Schule, als er mit Odea am Flussufer war. Sie hat ihn gerufen mit Schmerzen und Blitzen und er ist ihrem Befehl gefolgt und vom Priester ans Spreizkreuz gehängt worden, wie es der Agoschkult vorschreibt.

Die Stimme in seinem Innern klingt so überzeugend. Du bist das ausersehene Opfer. Warum sonst hätte deine Mutter dich mit zweitem Namen Agosch taufen lassen? Da hast du es – auch sie wusste und wollte, dass du eines Tages geopfert würdest.

Siehst du mich?

Zoran hatte seinen Oberkörper so weit vorgebeugt, dass er mit der Stirn beinahe auf Rabovs Knien lag. Seine Arme hatte er auf komplizierte Weise um seinen Kopf geschlungen, wie um sich gleichzeitig am Hören zu hindern und seinen Nacken vor etwaigen Angriffen zu beschützen. Aber all das nahm Rabov im Bann seiner Erinnerungen kaum wahr.

Der Agosch-Priester hat die vierte Kadora endlich doch noch angelockt. Summend kauert er vor ihr in der Grube und als sie sich vor ihm emporwindet, packt er sie blitzschnell um den Hals und richtet sich auf. Wieder dieses Greisengemümmel vor Sams Gesicht und dann zieht der Alte den Rachen der Kadora auseinander und stülpt sie über Sams rechte Hand.

Sam beginnt um sich zu schlagen, so gut das geht, wenn man mit fingerdicken Lederriemen an ein Spreizkreuz gefesselt ist. Die Beine so weit auseinandergespreizt, dass sämtliche Sehnen und Bänder und Muskeln zum Zerreißen gespannt sind.

»Tsch, tsch«, zischt der Agosch-Priester. »Nur diesen Tag noch, nur die Nacht noch, dann bist du von Armen und Beinen befreit. Sie schlingen ja schon, sie ziehen ja schon das böse Gebein in sich hinein. Sie zersetzen ja schon, sie verdauen ja schon und morgen wirst du verwandelt sein. Auf deinem Bauch gleitend, auf deiner Brust schreitend, göttliche Kadora. Tsch, tsch.«

Agosch, denkt Sam – dass er mit zweitem Namen Agosch heißt, bedeutet überhaupt nicht, dass er sich am Agoschkreuz opfern muss. In jeder nibräischen Familie gibt es einen oder zwei Agoschs, es ist eine uralte Tradition, aber nicht einmal jeder fünfte oder siebte Agosch aus Raginor und Umgebung geht das Ufer hinab und lässt sich von dem Fresspriester ans Spreizkreuz hängen.

»Mach mich los!«, schreit Sam. Der Ruf ist einfach so aus ihm herausgebrochen. Er starrt an seinem Körper hinab, zwischen den schlingenden Schlangen hindurch auf den Alten, der zu seinen Füßen in der Grube kauert.

»Tsch, tsch.«

Verrückt oder fromm? Wie soll Sam herausbekommen, was es mit dem Alten auf sich hat? Von dieser Version des Agosch-Rituals hat er jedenfalls noch nie gehört. Seit Jahrhunderten streiten die Agosch-Jünger darüber, ob der verewigte Märtyrer Agosch damals am Spreizkreuz von der göttlichen Kadora gefressen oder seinerseits in eine Kadora verwandelt worden ist. Und dieser ausgemergelte Eremit in seinem Schlammloch am Nibra-Ufer löst den hochheiklen Widerspruch einfach auf, indem er seinen Kadoras die Zähne zieht und das Opferritual kurzerhand ändert.

Siehst du mich?

Wahn oder Offenbarung – was hat den Priester zu dieser drastischen Reformation des Agoschkults getrieben? Sam brummt der mit solchen Fragen hoffnungslos überforderte Kopf. Unterdessen ziehen die Schlangen seine Arme, seine Beine tief und tiefer in ihre Leiber hinein. Er spürt ihre Muskulatur, die sich um seine Gliedmaßen spannt, aber der widerliche Trunk, den ihm der Alte gleich zu Anfang eingeflößt hat, lässt keine Schmerzen zu ihm durchdringen. Er stellt sich vor, wie die Ätzsäfte im Innern der Kadoras sein Fleisch zersetzen, vielleicht schon die ersten Fingerglieder oder Zehenkuppen bis auf den Knochen freigelegt haben. Und da fährt wieder ein Angstschauer durch ihn hindurch und er schreit abermals: »Mach mich los!«

»Tsch, tsch«, zischt der Agosch-Priester. »Sie schlingen ja schon, sie ziehen ja schon das böse Gebein in sich hinein. Sie zersetzen ja schon, sie verdauen ja schon und morgen wirst du verwandelt sein. Auf deinem Bauch gleitend, auf deiner Brust schreitend, göttliche Kadora. Tsch, tsch.«

»Dann beweise mir, dass du wirklich im Auftrag deiner Gottheit handelst!« Sam wedelt mit seinen Unterarmen und die noch leeren unteren Hälften der Kadoras schlackern wie lecke Schläuche.

Der Priester, weiterhin unter ihm in der Grube kauernd, senkt den Kopf. Sam schreit auf ihn herab, aber der Alte reagiert nicht mehr. Wie in Spinnweb eingesponnen hockt er zu Sams Füßen, stumm und regungslos.

Wer von der Kadora zum Agosch-Opfer ausersehen ist, darf sich dieser Pflicht unter keinen Umständen entziehen. Sonst wird der Zorn der Gottheit ihn selbst und seine Familie in Not und Elend, in Schmach und Schande stürzen bis in die fünfte Generation.

Aber wenn der Priester da unten einfach ein zischender, summender Irrer ist, dann wird Sam an diesem Spreizkreuz sinnlos verrecken.

Gib mir ein Zeichen, denkt er verzweifelt, während die Schlangen seine Beine schon bis zu den Knien in sich geschlungen haben. An seinem linken Arm fast bis zum Ellbogen und rechts mehr als die halbe Elle hinauf.

Der Priester zu seinen Füßen rührt sich überhaupt nicht mehr und da wendet sich Sam in seiner Angst direkt an die Gottheit. *Göttliche Kadora,* denkt er beschwörend, *wenn du diesen Priester berufen hast, das Agosch-Ritual abzuändern, dann gib mir ein Zeichen. Wenn er aber eigenmächtig gehandelt hat, so befiehl ihm, mich loszumachen.*

Noch bevor er diese Beschwörung beendet hat, zuckt in seinem Nacken aufs Neue jener grässliche Schmerz auf – tausendfach stärker als jeder Betäubungstrunk, den der Fresspriester anrühren könnte. Er rast Sams Rückgrat hinab und wühlt sich in seinen Kopf. Blitze zucken vor Sams Augen und ein ungeheures Geheule bricht aus seinem Mund hervor.

Als die Blitze verblasst sind und Sam zumindest wieder verschwommen sehen kann, liegt er auf seinem Bauch in der Grube unter dem Agoschkreuz. Der alte Priester kniet neben ihm und hält ihm abermals ein schlangenhaftes Geringel hin, aber diesmal sind es die Lederriemen, mit denen er Sam an das Agoschkreuz gefesselt hatte. »Vergebung, Vergebung, tsch«, winselt der Alte und als Sam sich mühevoll aufrichtet, wirft sich der Priester vor ihm auf dem Rücken in den Schlamm und spreizt seine Arme und Beine, als wäre nun er selbst ans Spreizkreuz gehängt worden.

Siehst du mich, Junge?

Mit den Beinen bis über die Knie in den Kadoras, mit den Armen bis beinahe zu den Schultern hinauf. Er stampft in der Grube umher und er hört, wie die Wirbel der Kadoras unter seinen Füßen zerknacken. Er fuchtelt mit den Armen und schlägt die schlackernden Unterleiber der Kadoras gegen das Spreizkreuz, und immerzu winselt der Alte »Vergebung, tsch«, aber Sam hört erst auf zu stampfen und um sich zu schlagen, als alle vier Kadoras in leblosen Fetzen von seinen Gliedmaßen herabhängen. Er schüttelt und wischt die Überreste, ein schuppig blutiges Geschmiere, von sich ab und kriecht aus der Grube. Draußen kann er sich nicht auf den Beinen halten, vor Entkräftung und weil ihm die Todesangst erst nachträglich in die Glieder fährt. Er verliert das Gleichgewicht, rollt die Böschung hinab und kollert in die reißende Nibra. Er kämpft mit der Strömung und er spürt bei jeder Bewegung seiner Arme und Beine, wie seine Kräfte wiederkehren. Er fühlt sich schuldig und gleichzeitig wie berauscht, weil er noch lebt, weil er den Fresspriester und die Schlangen besiegt hat, weil er die Gottheit angerufen hat – und sie hat ihn, Samu

Agosch Rabov, erhört, ihn und nicht den Eremiten, der ihn ans Spreizkreuz gehängt hat.

»Siehst du, Zoran?« Rabov hielt dem Jungen seine Hände hin. Zoran hatte sich mittlerweile wieder aufgerichtet, aber sein Gesicht war immer noch kalkweiß. »Die Narben – heute sind sie kaum noch zu sehen, nur ein paar dünne bleiche Striche da und da und da.« Rabov drehte seine Hände vor dem Jungen hin und her. »Genau solche Narben habe ich auch die Arme weiter hoch und an Füßen und Unterschenkeln. Als ich damals aus dem Fluss gestiegen bin, dachte ich erst, die Spuren auf meiner Haut kämen von dem roten Schlamm aus der Nibra. Aber die Kadoras hatten wirklich schon angefangen, mein Fleisch zu zersetzen – und manchmal, wenn es mir vorkommen will, als hätte ich diese ganze Geschichte bloß geträumt, schaue ich mir die Narben an und sage mir: O nein, Sam, dieser Alte hat wirklich versucht, dich an die Schlangen zu verfüttern. Und du selbst hast ihn wirklich machen lassen, was er wollte, bis es für dich beinahe zu spät war.«

Zoran starrte ihn an. Niemand im Waggon sagte ein Wort. Schließlich hielt ihre Tram mit kreischenden Bremsen auf dem Rossmarkt und noch während die Tür neben ihnen aufschwang, stürmte Zoran hinaus.

»So warte doch.« Rabov rappelte sich auf und stolperte hinter ihm her. *Du wolltest doch unbedingt, dass ich dir die Geschichte erzähle, oder etwa nicht?*

Mitten im Getümmel der aus- und zusteigenden Passagiere blieb Zoran unvermittelt stehen. Er wandte sich zu Rabov um und sah ihn an, die Augen zu Schlitzen zusammengezogen. *Nicht deine Geschichte hat mir solche Angst gemacht, Sam. Sehr viel mehr fürchte ich mich vor den dunklen Kräften, die du in mir erweckt hast.*

4

Rabov war jetzt wirklich in Eile. Noch eine Dreiviertelstunde bis zu seinem Treffen mit Calin – und sie konnte schrecklich sauer werden, wenn man sie auch nur ein paar Minuten warten ließ. Das war auch früher schon so gewesen, wenn er zu einem privaten Stelldichein nicht überpünktlich eingetroffen war (ihre Stimme wurde dann schneidend wie ein bakusisches Häutemesser), und das galt für dienstliche Verabredungen mit der königlichen Geheimrätin Stingard erst recht.

Aber Rabov kam und kam einfach nicht von zu Hause los. Das lag natürlich auch an dem Jungen, der ihm auf Schritt und Tritt folgte, aber mehr noch an seinem eigenen schlechten Gewissen.

Unter der Zisternenbrause in seinem Hinterhof hatte er sich eilends abgeduscht und dem Jungen geraten, es ihm nachher gleichzutun. Immerhin waren sie heute von den Schlangenkerlen durch den Dreck geschleift und anschließend mit der subphoräischen Salzbrühe begossen worden. Die Zisterne war noch halb voll und wenn Rabov erst aus der Tür wäre, hätte Zoran alle Zeit der Welt, um sich zu säubern. Rabov hatte ihm sogar großzügig erlaubt, sich aus seinem Fundus an kuriosen Kleidungsstücken vorn im »Ladenlokal« auszusuchen, was ihm passte und gefiel. Mit einem Seufzer der Erleichterung hatte er selbst einen seiner fünf (nun nur noch vier) identischen Sätze von Anziehsachen aus dem Wandschrank genommen und sein gewohntes Äußeres wiederhergestellt. Hemd, Hose, Überwurf, alles schlammfarben und aus mitteldunibischem Leinen. Münzen und Sichel, Reptilienkladde und Schlüssel rasch noch von den froschfarbenen Hosen in seinen Überwurf umgepackt – und schon war er wieder ausgehfertig.

Und kam trotzdem nicht aus der Tür. Mit gesenktem Kopf strich und schlich der Junge von seinem Laden ins Hinterzimmer und zurück. »Es tut mir wirklich leid«, sagte Rabov zum soundsovielten Mal. »Wenn ich geahnt hätte, wie stark dein Dunkeldu vorher schon war, hätte ich dir die Geschichte bestimmt nicht auf dem Gedankenweg erzählt.«

Der Junge schaute nicht einmal auf.

»Dabei hätte ich es wissen müssen«, bezichtigte sich Rabov, die Hand auf der Ladentürklinke, »spätestens als du mir gesagt hast, du hättest gemerkt, wie ich deine Gedanken gelesen habe.«

Seine zur Schau gestellte Zerknirschung war echt, allerdings nur zum Teil. Es bekümmerte ihn, dass er gezwungen gewesen war, Zorans Dunkeldu zu erwecken, und es bedrückte ihn erst recht, dass der Junge anscheinend so sehr darunter litt. »Jetzt mach aber mal halblang«, sagte er mit gespielter Munterkeit. »Das bisschen Lakori ist doch kaum der Rede wert. Zumindest bist du diesen bakusischen Kerlen gegenüber jetzt nicht mehr so wehrlos. Und vor allem kannst du mich um Hilfe rufen, wo immer ich gerade bin.«

Der Junge ließ sich in Rabovs Lesesessel fallen, ein exquisites Möbelstück aus zaketumesischem Bambusrohr, die Polster überzogen mit noïlitischem Alligatorleder. »Niemals hätte ich mir träumen lassen«, hörte ihn Rabov murmeln, »dass in mir überhaupt solche … solche Dämonenkräfte sind.«

Von seinem Gewissen gezwackt, kehrte Rabov noch einmal zu der offenen Verbindungstür zwischen seinem »Laden« und dem Hinterzimmer zurück. »Ich bin in ein paar Stunden wieder hier. Dann können wir das alles in Ruhe besprechen«, sagte er. »Ich weiß natürlich so gut wie du, was die Linglu-Priester an jedem einzelnen Bettag in ihren Kirchen predigen. Aber glaub mir, Junge, wenn jemand über dunkle Kräfte verfügt, dann hat das überhaupt nichts mit Dämonen zu tun, die von einem Besitz ergreifen, und was den Leute noch so alles aufgetischt wird.«

Er hatte das undeutliche Gefühl, dass er jetzt besser den Mund halten sollte, aber Zorans Augen glänzten so sehr voll wiedererwachter Hoffnung, dass er es nicht über sich brachte, den Rest seiner Rede einfach herunterzuschlucken. »Unter uns gesagt, die Linglu-Priester können noch so oft das Gegenteil behaupten«, fuhr er fort, »magische Kräfte schlummern trotzdem von Geburt an in jedem von uns. Der Unterschied ist nur, dass diese Kräfte bei den meisten Leuten frühzeitig verkümmern, während die anderen sie rechtzeitig wecken oder in sich erwecken lassen. Aber die Lakori gehört jedenfalls zu uns, so wie auch unsere Fähigkeiten, geradeaus zu denken oder uns in jemanden zu verlieben, zu uns gehören – und nicht etwa zu irgendwelchen Geistern, die Linglu uns geschickt hat.«

Zoran hatte den Mund zu einer Erwiderung schon halb geöffnet, aber gerade da begann Rabovs Pendeluhr lärmend die Stunde zu schlagen. Rabov zählte mit und fand seine ärgsten Befürchtungen bestätigt. »Halb fünf – jetzt kann mich nur noch ein Dampfmobil retten.«

Damit rannte er endgültig durch seinen »Laden« und aus dem Haus. Draußen nahm er die Stufen zur Flötenmachergasse hinauf mit einem einzigen Satz und warf wie üblich im Vorüberhasten einen Blick auf sein Firmenschild. Dort stand nicht etwa wieder *Königliche Schnüffelstelle* oder sonst etwas Unerhörtes – gleichwohl blieb Rabov nichts anderes übrig, als seinen Lauf bereits wieder zu verlangsamen. Neben seinem Emailleschild lehnte die Hellseherin Selda an der Hauswand und als sie seiner ansichtig wurde, richtete sie einen dürren Zeigefinger auf ihn und verkündete, glücklicherweise auf dem Gedankenweg:

Mord, Meister Rabov! Ein magischer Mord im Universitätsviertel – vergessen Sie nur nie, wem Sie den Tipp verdanken.

Rabov beschleunigte aufs neue seine Schritte. »Komm mit, Selda«, befahl er der Nasenlosen mit dem unfehlbaren Riecher, »ich bin furchtbar in Eile, aber unterwegs kannst du mir alles erzählen.«

Mit Riesenschritten jagte er zum Rossmarkt zurück und Selda rauschte hinter ihm her. Trotz ihres beträchtlichen Alters und der atemberaubenden Verunstaltung ihres Gesichts achtete die Wahrsagerin penibel auf ihr Äußeres. Rabov hatte sie nie anders als in gebauschten Roben mit zahllosen Rüschen und Bordüren gesehen. Wie bei ihrer Bekleidung zeigte sie auch bei der Bemalung ihrer Lider und Wangen, Lippen und Fingernägel eine Vorliebe für Zartrosa und Türkis.

Am Rossmarkt steuerte Rabov auf den Droschkenstand zu, eine geräumige Ausbuchtung am Rand des Platzes, die mit einer Mischung aus Sand und Holzspänen ausgestreut war. Aber auch das war im Grunde nur noch eine Reminiszenz an die Zeiten, als Phoras Altstadtgassen Tag und Nacht vom eisernen Räderrattern der Pferde- und Mulidroschken erfüllt gewesen waren, vom Schnauben und Hufgeklapper der Zugtiere und den urtümlichen Kommandos der Kutscher: »Ho! Brrr! Ha!« Überall dort, wo vor wenigen Jahren noch Droschken in langer Reihe gewartet hatten (die Mulis genauso im Halbschlaf dämmernd wie ihre ledern bemützten Herren auf dem Kutschbock), drängten sich heute die neumodischen Dampfmobile. In zitternden Säulen stieg Dampf aus den himmelwärts gerichteten Nüstern der schwarzen Metallungeheuer, selbst wenn sie wie hier am Rossmarkt bloß untätig herumstanden. Im Volksmund hießen sie *Wolkendroschken*, und tatsächlich erinnerten sie in Umriss und Farbe an Schlechtwetterwolken. Rabov jedoch musste bei ihrem Anblick immer an die Walfische denken, die er einmal in einem Buch abgebildet gesehen hatte. In dem Werk hatte sich alles um die geheimnisvollen und furchterregenden Kreaturen gedreht, die mit der Großen Flut (angeblich) aus den Tiefen der Meere emporgestrudelt worden waren. Auf dem Bild, das ihn am stärksten beeindruckt hatte, war ein silbrig schimmernder Riesenwal zu sehen, auf dessen Rücken eine ganze bäurische Großfamilie mitsamt Vieh und Gesinde wie auf einem Schiffsdeck lagerte, während Haus und Hof im Hintergrund des Bildes von den Fluten verschlungen wurden.

5

Die rüschenreich rauschende Selda im Schlepptau, eilte Rabov an der langen Schlange dienstbereit dampfender Wolkendroschken entlang. Und gerade als der Fahrer des vordersten Dampfwagens auf ihn aufmerksam wurde (an der rechten Flanke seines auf Hochglanz polierten Mobils lehnend, blätterte er betont beiläufig im *Phoräischen Nachtboten*, der großmäuligsten unter den Hauptstadtgazetten), durchzuckte Rabov eine jener Augenblicksideen, die sich im ersten Moment so bestechend ausnehmen und im nächsten nur noch töricht.

Der Fahrer faltete seine Zeitung zusammen, klemmte sie unter seinen Arm und setzte ein beflissenes Lächeln auf. Vielleicht, dachte derweil Rabov – vielleicht handelte es sich bei all den puffenden und zischenden Apparaten, die in allerjüngster Zeit auf den Markt und in Mode gekommen waren, überhaupt nicht um selbstbewegte Maschinen, sondern um obskure, in dunibischen Geheimlaboren gezüchtete Lebewesen?

Der Dampfwagenchauffeur glättete seine rußfarbene Livree und Rabov spekulierte fieberhaft weiter: Das würde immerhin erklären, weshalb Seine Majestät Sorno scheinbar unbekümmert die Herstellung von einem dampfenden Wunderding nach dem anderen genehmigte, obwohl er mit diesem waghalsigen Politikschwenk nach Ansicht der meisten Linglu-Priester nichts Geringeres als eine weitere Große Flut riskierte.

»Es ist mir eine Ehre«, murmelte der Fahrer und riss für Rabov nebst Begleitung den Schlag auf. Als er des Kraters in Seldas Antlitz ansichtig wurde, stieß er zischend seine Atemluft durch die zentrale Zahnlücke aus, die sein ansonsten ebenmäßiges Gebiss verunzierte. Rabov machte der Hellseherin ein Zeichen und sie raffte ihre Röcke und kroch vor ihm in den Fond des bebenden Mobils.

Und es würde außerdem erklären, spann er unterdessen seinen Faden weiter, was sie da heute in der phoräischen Unterwelt gesehen und vor allem gehört hatten – nicht etwa eine »urböse Urschlange der Urmeere«, wie sie (ausschließlich) in Schauermythen überdauert hatte, sondern (möglicherweise) den geheimen Prototyp eines (lebendigen) Dampfunterseeboots, entwickelt auf Basis eines dunibischen Grünmeerwals.

Rasch fuhr Rabov mit den Fingerspitzen noch über die Außenhaut ihres Gefährts, ehe er sich hinter Selda in den Fond schlängelte. Der Chauffeur salutierte, eine Hand an der Schildmütze, und schlug mit Donnerknall die Fondtür zu. Und all das, was er da eben zusammengedacht oder wohl eher zusammenfantasiert hatte, sagte sich unterdessen Rabov, war nichts als hirnverschmorter Humbug. Er spürte noch in seinen Fingerspitzen, wie sich die Blechhaut ihres Dampfungetüms angefühlt hatte – kühl und tot, überhaupt nicht zu vergleichen mit der seidig weichen, wie lebendig vibrierenden Membran, von der er und der Junge heute schützend umfangen worden waren und die ihn wohl überhaupt erst auf diese tollkühne Idee gebracht hatte.

Der Fahrer thronte mittlerweile vor ihnen auf seinem Sitz, zwischen dem Steuerrad und einer Vielzahl tentakelartiger Stangen und Hebel eingekeilt. Sehr viel mehr als seinen Kopf konnte er nicht zu ihnen herumdrehen. »Wohin die Herrschaften?« Er lispelte und hinter der Zahnlücke schnellte seine Zunge umher wie eine blutige Schlange.

»Ins *Bufo*«, sagte Rabov. »Das ist neben der alten Polizeikommandantur.«

Der Chauffeur pfiff durch die Zahnlücke. Er schien beeindruckt, doch sein Gemurmel ging im Donnergetöse der startenden Dampfmaschine unter. Er setzte den Winker und fädelte sich geschickt in den doppelspurig vorüberratternden Verkehr ein – Dampf- und Mulitrams, einige Kutschen und unzählige Dampfmobile. Dazwischen hier und dort bäurische Lastkarren und natürlich Unmengen von Fußgängern, die sich gerade um diese Stunde, wenn die ärgste Tageshitze gebrochen war, aus ihren Wohnungen hervorwagten und in die innerstädtischen Lokalitäten strebten.

Im Universitätsviertel?, fragte Rabov. Doch in Gedanken war er noch immer bei seiner – bestechenden, törichten – Idee und so schaffte er es nicht sofort, die Wahrsagerin auf dem Gedankenweg zu befragen. Um seine lakorischen Kräfte zu wecken, musste er sich möglichst lebhaft vergegenwärtigen, wie er damals am Agoschkreuz die göttliche Kadora angerufen hatte. Nur wenn es ihm gelang, sich in seinen damaligen Gefühls- und Geisteszustand zurückzuversetzen – panische Überwachheit aller Sinne bei gleichzeitiger träumerischer Benommenheit –, vermochte er in das Bewusstsein anderer Menschen zu gleiten oder feste Materie zu durchdringen, als wäre sie Nebel oder Spinnweb.

Rabov schloss die Augen und schon nach wenigen Atemzügen glitt er in lakorische Trance. *Im Universitätsviertel, Selda?,* wiederholte er. *Und die Tote ist vermutlich eine Frau mit kurzen braunen Haaren?*

Wie immer, wenn Selda gekränkt war, zog sich ihr Nasenkrater zusammen wie ein konkaver Schmollmund. *Wenn Sie alles schon wissen, Meister Rabov, warum schleppen Sie mich in diesem Donnermonstrum mit?*

Bisher weiß ich so gut wie nichts, beschwichtigte er sie, *nur ein paar Andeutungen. Aber wie hast du überhaupt davon erfahren?*

Die Hellseherin betrieb eine unscheinbare Wahrsagebude am Fuß des Donarbergs. DEINE ZUKUNFT – ZWEI GROSCHEN, stand auf einem Schild über dem schief herausgesägten Schalterloch, das verheißungsvoll mit einem zartrosa Vorhang verhüllt war. Wünschte ein Klient den Schleier vor seiner Zukunft gelüftet zu sehen, brauchte er nur auf die Messingglocke zu hauen, die auf einem kleinen Sims vor dem Schalter befestigt war. Im Gegensatz zu den unzähligen Scharlatanen, die arglosen Hauptstadtbesuchern mit schludrig erfundenen Lügen das Geld aus der Tasche zogen, verfügte Selda tatsächlich über die Gabe, durch den Schleier zu schauen. Studenten oder gar Professoren gehörten aber im Allgemeinen nicht zu ihrer Kundschaft – in den gehobenen Kreisen war es vollkommen aus der Mode, an übersinnliche Kräfte, überlieferte Mythen oder auch nur an die üblichen Verkündungen der Linglu-Priester zu glauben. Entsprechend fristeten wahrhaft lakorisch begabte Personen wie Selda oder Tarek ein kümmerliches Leben am Rand der modernen phoräischen Gesellschaft, die ins glorreiche Dampfzeitalter eingetreten war.

Die fantastische, ganz und gar unlogische Verbindung zwischen ihrer Wolkendroschke, die zischend und puffend durch die Verkehrsfluten pflügte, und dem Wal aus jenem Buch (*Geschöpfe der Tiefe* oder so ähnlich hieß es) wollte Rabov einfach nicht aus dem Kopf gehen. War im Heiligen Linglu-Buch nicht sogar die Legende von einem vorzeitlichen Propheten überliefert, der in einem leibhaftigen Wal durch die Meere gereist war?

Obwohl er mit seiner Befragung noch längst nicht fertig war, kehrte Rabov kurzzeitig aus der lakorischen Trance zurück, zückte seine Kladde und machte sich eine Notiz. (*Hl. Ll. Buch: Walmobil?!*)

Heute Mittag, teilte ihm kurz darauf Selda mit, *hat mich eine junge Frau aufgesucht. Sie wollte unbedingt wissen, wo sich eine gewisse Velissa Labiano aufhält. Ob sie noch unter den Lebenden sei, wie sich die Klientin aus-*

drückte – ein Mädchen fast noch, allenfalls Mitte Zwanzig. Sie hat mir ein Porträtbild der Gesuchten gegeben und da war es dann eine Kleinigkeit für mich, diese Velissa für sie zu finden. Selda zog wieder ihren Nasenkrater zusammen – dieses Mal gekränkt (nahm Rabov an), weil ihre Talente von der phoräischen Obrigkeit (vor allem von ihm selbst) nicht gebührend anerkannt wurden.

Allerdings hatte ich keine guten Nachrichten für die Kleine, fuhr Selda fort, während sie endlich das altstädtische Gassengewirr hinter sich ließen und in den Boulevard des Inneren Friedens einbogen. Der Fahrer beschleunigte scharf und ließ zur Warnung an alle die Dampfsirene röhren. *Die Leiche von Velissa Labiano liegt in der Lanfastraße in einer Wohnung im Erdgeschoss – gegenüber dem Archäologischen Forschungsinstitut der Königlich-Dunibischen Universität,* fügte sie mit kindlichem Stolz hinzu. *Und auch wenn es komisch klingt, Meister Rabov: Sie ist offenbar an einem Seil erstickt, das auf irgendeine Art durch ihren Mund bis tief in die Luftröhre gelangt ist.*

Und noch beträchtlich tiefer, meine Gute, dachte Rabov und achtete sorgfältig darauf, dass sie nichts davon mitbekam. *Danke, Selda, das ist sehr hilfreich,* antwortete er. *Und was ist mit diesem Mädchen – der jungen Frau, die nach Velissa Labiano gefragt hat?*

Der Nasenkrater zog sich zu einem winzigen schwarzen Loch zusammen – eine artistische Grimasse, die Augenblicken allertiefster Kränkung vorbehalten war. *Wenn Sie erwarten, dass ich jetzt auch noch meine Klienten verpfeife ...* Sie klimperte heftig mit ihren Lidern, die gegenläufig bemalt waren – links türkis mit rosa Tupfern, rechts türkisfarbene Punkte auf rosa Grund. *Lieber verschimmle ich auf dieser Strafinsel, die ihr eigens für Lakoris eingerichtet habt.* Ihre Augen verschwammen in Tränen.

»Aber beruhige dich doch, meine Liebe«, sagte Rabov auf gewöhnliche Weise. Der Fahrer warf einen erstaunten Blick in den Fond und hatte anschließend Mühe, den schlingernden Dampfwagen abzufangen. »Alles in Ordnung hier hinten«, sagte Rabov zu ihm genauso wie zu Selda. Er machte sich weitere Notizen *(»Opfer lt. S.: Velissa Labiano, Lanfastr. – Klientin v. S.: junge Frau, Mitte 20«),* klappte seine Reptilkladde zu und verstaute sie wieder in seinem Umhang.

Wie oft muss ich dir noch versichern, fügte er für die aufgelöste Hellseherin hinzu, *dass es in ganz Dunibien keine solche Magierstrafinsel gibt?*

Türkis-rosarote Tränen liefen ihr die Wangen hinunter und zogen Schlieren in die Schminkfassade. *Seien Sie der alten Selda nicht böse,* flehte die Wahrsagerin. Blitzschnell hob sie eine Hand und berührte die Schwellung über seinem Auge mit der Spitze ihres kleinen Fingers. Dann lehnte sie sich zurück und begutachtete das Ergebnis ihrer Bemühungen.

Ihre Lippen und der Krater darüber zogen sich gleichermaßen in die Breite. »Wenn Sie schon kein drittes Auge haben, Meister Rabov«, kicherte sie mit rostiger Kleinmädchenstimme, »sollen Sie wenigstens die beiden benutzen können, mit denen Sie auskommen müssen.« So schnell, wie dies nur bei Personen möglich war, die weitgehend unter der Fuchtel ihres Dunkeldu standen, war ihre eben noch schwerblütige Stimmung in quirlige Heiterkeit umgekippt.

Ehe sie weitere Beweise ihres exzentrischen Humors vorbringen konnte, lenkte der Fahrer sein Mobil an den Straßenrand und trat wuchtig auf die Bremse. Er drehte sich zu ihnen um und in dem Gesicht unter der dampfgrauen Uniformmütze kämpften Angst und Neugier um die Vorherrschaft. »Das *Bufo*, wie gewünscht.« Seine Zungenspitze tastete von innen die Umrisse der Zahnlücke ab, als ob sie Ausbruchsmöglichkeiten auskundschaften wollte. »Das macht zwei Kronen und vier Groschen, der Herr.«

Rabov fischte vier Kronen aus einer Innentasche seines Umhangs. »Bring die Dame zum Donarberg. Was übrig bleibt, ist für dich.«

Er nickte Selda zu, stieß eigenhändig die Wagentür auf und stand schon auf dem Trottoir, bevor der Fahrer sich auch nur hinter seinem Steuerrad hervorgearbeitet hatte.

Ehe Rabov sich abwandte und auf die dunkelgrüne Bleiglasfront des *Bufo* zuging, fuhr er noch einmal mit der Fingerspitze über das rundliche Dach des Dampfmobils. Lebloses Blech, überdies rußverschmiert. Letzteres merkte er aber erst, als er mit demselben Finger auch noch über sein Gesicht gefahren war und anschließend seine Fingerkuppe gemustert hatte: Die war nun schwarz und die Schwellung um sein Auge herum war fort.

Gute Selda, dachte Rabov und beschleunigte seine Schritte: Vom Stundenturm der Alten Kommandantur her, einem ungeheuren Koloss, der zur Rechten des *Bufo* ruinenhaft in den Himmel aufragte, schlug es gerade eben fünf Uhr.

6

Der letzte Stundenschlag war noch nicht verhallt, als Rabov auf die Tür des Kaskadenzimmers zueilte. Calin hatte eine Vorliebe für dieses bizarre Séparée in einem Seitenflügel des *Bufo* – einen kreisrunden Raum, nicht viel größer als eine Gartenlaube, dessen innerste Wände von emporschießenden und niederstürzenden Wassermassen gebildet wurden. Links und rechts der Türschwelle lehnten Kurb und Mirschek an der Wand, Calin Stingards persönliche Leibgardisten. Rabov kannte die beiden seit langem und als er zwischen ihnen hindurch ins Kaskadenzimmer hastete, nickten sie ihm fast gleichzeitig zu.

Rabov schob sich durch die Bresche in den Wasserwänden, bemüht, nicht gleich den zweiten Überwurf dieses Tages zu durchnässen, und stellte verwundert fest, dass Calin nicht da war. Da Mirschek und Kurb jedoch bereits die Schwelle bewachten, konnte auch die königlich Geheime Rätin nicht mehr weit sein. Trotzdem war es niemals vorher passiert, dass Rabov als Erster ihren Treffpunkt betreten hatte.

Kurzzeitig verlor er sich in der schmeichelhaften Vorstellung, dass Calin die Waschräume des *Bufo* aufgesucht hätte, um eigens für ihn ihr Äußeres zu vervollkommnen. Aber das war aus doppeltem Grund unwahrscheinlich: Erstens war Calins Schönheit jederzeit ohne Makel und zweitens … Nein, kein deprimierendes Zweitens, beschloss Rabov und überprüfte stattdessen seine eigene Frisur (tadellos hielt das Band aus noïlitischem Echsenleder seinen Zopf zusammen).

Er nahm auf einem der klammen Flechtsessel Platz, auf der vorderen Kante, sprungbereit. Hier im Innern der Wasserkammer kam man sich vor wie im menschenfernsten Urwald. Jenseits der Kaskaden wucherte eine wahre Wildnis aus Schling-, Kletter- und sogar Würgepflanzen an Gitterwänden empor, die ihrerseits von massiven meergrünen Glasmauern umschlossen waren. Zweifellos war es ein angenehm kühles Plätzchen, aber Rabov vermutete seit langem, dass Calin diesen Treffpunkt aus noch kühleren Beweggründen bevorzugte: Das Rauschen und Klatschen der Wasserspiele ließ unerwünschten Lauschern nicht die kleinste Chance. Man konnte sich hier zwar wie in unberührter Wildnis fühlen, doch alles in allem war es ein Ort, der mindestens die Sicherheitsstandards der norddunibischen Gefängnisinseln erfüllte. (Es gab zwar kein Eiland eigens für Lakoris, doch auf der festlandsfernsten Strafinsel unterhielt die königliche Gerichtsbarkeit einen speziellen Trakt für magisch begabte Schwerverbrecher. Aber wozu seine Schützlinge mit bitteren Wahrheiten bedrücken – das jedenfalls war Rabovs Standpunkt in dieser Frage.)

Und dann trat Calin ein und alles war wie jedes Mal: Rabov spürte ein Vibrieren in seiner Nabelgegend und fühlte sich schrecklich unbeholfen, mit viel zu langen Gliedmaßen ausgestattet, die er zum Überfluss auch nur mit holzpuppenhaftem Rucken zu bewegen wusste. So erhob er sich ohne jede Anmut und taumelte Calin Stingard entgegen. »Calin«, rief er aus und nahm aus den Augenwinkeln einen Schemen wahr, der sich vor der Tür bei Kurb und Mirschek zu schaffen machte. Ein schmaler Bursche, wie es Rabov schien, und schon dieser schattenhafte Umriss genügte, um seine Eifersucht zu entflammen.

»Samu«, gab sie mit jener beherrschten Kälte in der Stimme zurück, die er fast mehr als alles andere fürchtete. Dazu aber mit einem Lächeln, das ihre moosgrünen Augen aufleuchten ließ. Sie streckte ihm zwei kühle Hände entgegen und wie immer ergriff er sie so zaghaft, als ob sie sonst zwischen seinen Pratzen zerbrechen müssten. Calin war beinahe so hochgewachsen wie er, jedoch von zierlicher Gestalt und unveränderlich jugendlicher Schönheit. Sie trug ein luftiges weites Kleid, das er noch niemals zuvor an ihr gesehen hatte. Breite Längsstreifen in stark kontrastierenden Farben (blutrot, froschgrün, nachthimmelblau), die er vage mit gewissen urtümlich lebenden Stämmen im zaketumesischen Moliatgebiet in Verbindung brachte.

Sie nahmen zwischen den Wasserwänden Platz. Mirschek oder Kurb (beide drohten auf die genau gleiche Art ihre Uniform zu sprengen, speziell um die Brust herum und an den Oberarmen) schenkte ihnen aus bereitstehenden Glaskaraffen Getränke ein und dann schlug Calin eines ihrer erstaunlich biegsamen Beine über das andere und warf ihre silberblonden Haare über die Schultern zurück wie immer, wenn sie dienstlich wurde.

»Was ist dir in den letzten Wochen Besonderes aufgefallen, Sam? Ich spreche jetzt nicht von einzelnen Ereignissen – dazu kommen wir gleich noch –, sondern von größeren Veränderungen in den Lakori-Szenen.«

Sie schwieg und sah ihn auf eine Weise an, die er noch nie bei ihr gesehen hatte, sowenig wie das Kleid mit dem Moliatmuster, das so farbenfroh war und doch auf eigentümliche Weise düster wirkte (wie eigentlich alles, was die altzaketumesische Moliatkultur betraf). Das Kleid gefiel ihm nicht besonders und die Art, wie sie ihn ansah, gefiel ihm noch weniger. Vielleicht hätte er sich jetzt einfach vorbeugen, nochmals ihre Hand ergreifen, ihr zärtlich in die Augen sehen sollen, wie er sich das seit Tagen ausgemalt hatte. Aber der schmächtige Kerl da draußen hatte ihm alles durcheinandergebracht. Rabov schielte immer wieder verstohlen zum Ausgang – dort waren lediglich die massiven Umrisse der beiden Leibgardisten zu sehen, doch er hätte wetten mögen, dass der Bursche sich weiterhin da draußen herumtrieb.

»Nichts Auffälliges«, sagte er, »abgesehen von ein paar Schlangenkulten, die seit einigen Wochen starken Zulauf haben. Ich habe dir ja schon ausführlich von diesen Schlangenanbetern berichtet. Ihr Kult heißt *Makuba occulta,* sie veranstalten Dunkle Messen, auf deren Höhepunkt sie der ›sich offenbarenden Geistschlange‹ irgendwelche symbolischen Opfer bringen. In den letzten Wochen hat es anscheinend Massenbeitritte zu dieser Sekte gegeben – den *Okkulten Makubisten,* wie sie sich auch nennen.«

Rabov legte eine Pause ein – Calin reagierte überhaupt nicht auf seine Worte, sie sah ihn nur weiter aus halb zugekniffenen Augen an. So als ob sie mit mühsam bezähmter Ungeduld darauf wartete, dass er endlich zum Wesentlichen käme.

Er genehmigte sich einen Schluck von seinem Fruchtsaft. Ähnliche Entwicklungen seien seit zwei, drei Wochen bei einer Reihe weiterer serpentistischer Kulte zu beobachten, fuhr er fort, beispielsweise bei den Jüngern der bakusischen Gottheit Ragadhani. »Wie vorhin am Telefon schon gesagt – heute ist sogar der Oberpriester dieser Schlangengottheit, Radschi Varusa höchstpersönlich, in Phora eingetroffen, zusammen mit einer leibhaftigen Lyrissa, in der sich die Gottheit angeblich verkörpert.«

Wieder unterbrach er sich und diesmal nickte Calin ihm zu. Doch dann sah sie ihn nur abermals stumm und eindringlich an, wie eine Lehrerin ihren begriffsstutzigen Schüler.

»Ich könnte weitere Beispiele nennen«, fuhr Rabov fort, »aber ich denke nicht, dass wir dieser Welle allzu große Bedeutung beimessen sollten. Anscheinend sind mehr oder weniger alle Schlangenkulte und serpentistischen Szenen in Phora zur selben Zeit von einer fiebrigen Unruhe erfasst worden. Auch viele Normalbürger, die bisher nicht durch magische Fähigkeiten oder okkulte Neigungen aufgefallen sind, scheinen von Schlangenkulten fasziniert zu sein. Der Ragadhani-Tempel im Künstlerviertel wird seit Wochen von Neugierigen überrannt, die sich plötzlich brennend für die bakusische Gottheit interessieren. Und das ist wohl auch der Grund, weshalb sich Radschi Varusa auf den weiten Weg hierher gemacht hat – wahrscheinlich hofft er, dass die Phoräer in hellen Scharen zu seiner Kirche übertreten. Aber Varusa wird sehr schnell feststellen, dass es hier für ihn wenig zu missionieren gibt.«

Rabov zuckte mit den Schultern. Natürlich hatte er sich auch schon gefragt, ob es sich vielleicht um etwas anderes als eine der üblichen kleinen kollektiven Hysterien handelte. Aber die Alternative war so furchterregend, dass er bisher davor zurückgeschreckt war, mehr als ein paar Augenblicke lang darüber nachzudenken. Wenn die Schlangen *»ihre nassen Nester verlassen und ans feste Land gekrochen kommen«*, so hieß das laut den Offenbarungen des Heiligen Linglu-Buchs, dass eine neue Große Flut unmittelbar bevorstand.

»Ich jedenfalls gehe nach wie vor davon aus«, fuhr er fort, »dass wir es einfach mit einer dieser Erregungswellen zu tun haben, wie sie immer wieder mal aufbranden – letztes Jahr bei den noïlitischen Totenbeschwörungskulten oder vor zwei Jahren bei den Verwandlungsmagiern. Wenn ich mich nicht sehr täusche, wird der Sturm auch bei den Schlangenjüngern spätestens in ein paar Wochen wieder abgeflaut sein.«

Calin stellte ihr Glas ab und beugte sich unvermittelt vor. »Und wenn du dich doch täuschst, Sammo – was ist dann?« Sie wirkte mit einem Mal so durcheinander, dass auch Rabov beinahe die Fassung verlor. Ihre Stimme klang unsicher, ihr Gesicht verzerrte sich für einen Moment wie in Panik. Aber was ist denn, Li, wollte Rabov murmeln, doch da war der Augenblick bereits wieder vorbei.

»Wir haben deine Berichte der letzten sechs Wochen noch einmal ausgewertet, heute Nachmittag im engsten Kreis«, fuhr Calin in ihrer gewöhnlichen Stimmlage fort und ihr Gesicht glich aufs Neue einer Maske. »Und wir sind zu dem Schluss gekommen, dass es sich möglicherweise um sehr viel mehr als eine der üblichen Erregungswellen handelt.«

»Um sehr viel mehr«, wiederholte Rabov. – »Was soll das heißen, Calin? Glaubt ihr etwa, die Schlangenjünger wollten die Linglu-Bethäuser stürmen, oder was? Und wer gehört denn diesem engsten Zirkel im Innenministerium überhaupt an – ich meine, außer dir selbst?«

Sie presste ihre Lippen zusammen und schüttelte den Kopf. Für einen Moment schien sie abermals mit ihren Gefühlen zu ringen. »Ach, Sammo«, flüsterte sie. »Wie gerne würde ich glauben, dass du recht hast. Gerade weil du so ein besonderes Gespür für diese Schlangensachen hast, wollte ich dich ja unbedingt auf dem Mysto-Posten haben. Aber jetzt bin ich mir nicht sicher.« Sie biss sich auf die Unterlippe und schluckte krampfhaft. »Ich bin mir einfach nicht sicher, verstehst du?«

Nein, Rabov verstand nicht. Oder vielmehr, er verstand nur allzu vieles auf einmal, das in seinem Kopf durcheinanderschwirrte. Und sich plötzlich um einen einzigen grell beleuchteten Punkt herum ordnete – seinen eigenen »wunden Punkt«, wie Calin das immer genannt hatte, der sich plötzlich als sein strahlendster Pluspunkt entpuppte. »Du meinst«, brachte er hervor, »dass ich den Posten nur deshalb bekommen habe – wegen der alten Agosch-Sache damals in Raginor?«

»Nein, natürlich nicht«, antwortete sie. »Jedenfalls nicht nur. Bei weitem nicht nur«, fügte sie hinzu. »Du weißt genau, dass ich noch eine ganze Reihe anderer Qualitäten an dir schätze.« Ihr Blick wurde sinnend.

Ihm wurde ein wenig heiß, ungeachtet der Kaskaden, aber Calin Stingard schien von seinen innerlichen Abirrungen nichts mitzubekommen. »Der engste Kreis«, fuhr sie fort, »das sind natürlich der Reichssekretär und ich, wer denn sonst. Und wir sind zu der Ansicht gelangt, dass es sich bei dieser serpentistischen Krise um die Vorzeichen einer …« Sie unterbrach sich und setzte neu an. »Dass sich da ein größeres Ereignis ankündigen könnte.«

Abermals spürte er ihre Panik, obwohl sie sich äußerlich längst wieder unter Kontrolle hatte. »Du hast mit dem Reichssekretär über die Serpentistenszene gesprochen?« Es fiel ihm weiterhin schwer zu glauben, dass sich eine so mächtige Persönlichkeit wie der Königliche Reichssekretär (seinem Rang nach dem Innenminister beinahe ebenbürtig) mit Kreisen und Geschehnissen von so geringer oder zumindest höchst ungewisser Bedeutung beschäftigen sollte.

Calin nahm einen Schluck von ihrem Fruchtsaft. Sie leckte sich über die glitzernd benetzten Lippen und sah Rabov dabei unverwandt an. »Ich treffe ihn regelmäßig«, sagte sie. »Er schätzt meine Arbeit sehr – deine, Sam, natürlich auch. Aber er ist der Ansicht, dass wir die Gefahrenlage in jüngster Zeit zu optimistisch bewerten. Er will, dass wir offensiver vorgehen. Um es mit seinen Worten zu sagen: Die Zeit des bloßen Beobachtens ist vorbei.« Sie stellte ihr Glas auf den Beistelltisch zurück.

Wie auf dieses Zeichen hin erschien der schmächtige Kerl, der die ganze Zeit draußen herumgelungert hatte, in der Tür. Er sah mit fragender Miene zu Calin hinüber, und als sie ihm zulächelte, winkelte er die Ellbogen wie zu einem Sprint an und spurtete zu ihnen herein.

Rabov wurde sterbenselend zumute. Auch ohne seine Lakori zu bemühen, spürte er klar und deutlich, dass dieser junge Mann Calin Stingards neuer Liebhaber war.

Drittes Kapitel

Verwandlungszauber dritten Grades

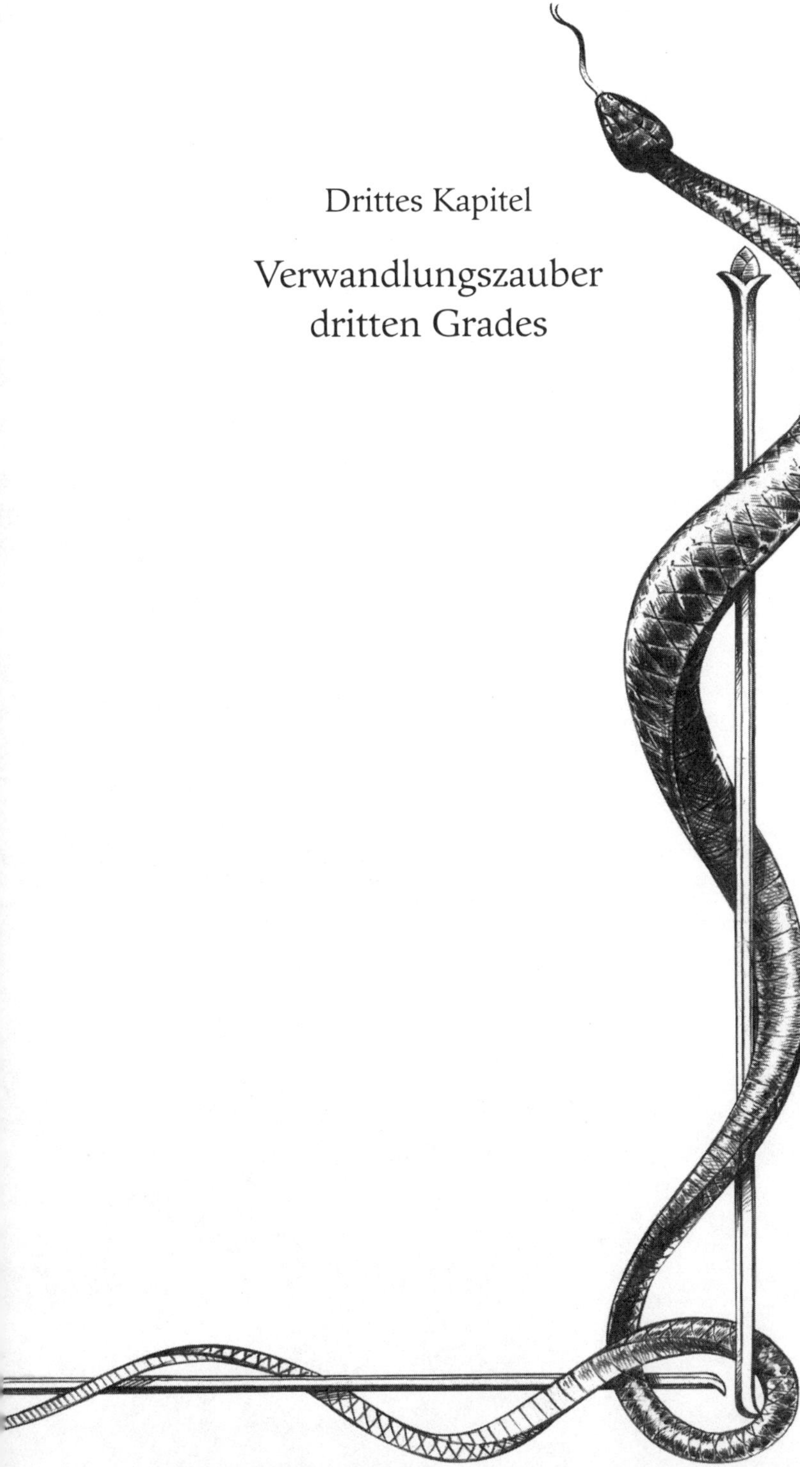

1

Er war flachsblond, einen Kopf kleiner als Rabov und von verwirrender Beweglichkeit. Die Hand, die er Rabov reichte, fühlte sich beinahe an wie eine nibräische Flusszignelle – so kühl, schmal, knochenlos. Aber die Zignelle konnte man zumindest an einem Stock über dem offenen Feuer braten.

»Port Sola«, sagte er mit unerwartet tiefer Stimme, ein samtener Bass, der zu seiner schmächtigen Gestalt so wenig passte wie Schlangenbeschwörung zu einem Dampfmelodophon.

»Du hast dir doch immer einen Assistenten gewünscht, Sam«, erklärte Calin und ließ ihr Himmelslächeln über ihnen beiden erstrahlen. »Und endlich, endlich habe ich den Antrag durchbekommen: Dieser junge Mann wird dich ab sofort bei deiner Arbeit tatkräftig unterstützen. Er hat alle Lehrgänge absolviert und sämtliche Prüfungen als königlicher Spezialagent mit Auszeichnung bestanden.«

Calin hatte sich von ihrem Sessel erhoben und Rabov war notgedrungen ihrem Beispiel gefolgt. »Wie erfreulich«, sagte er mehr zu ihr als zu seinem neuen Untergebenen und verschränkte die Arme vor der Brust.

Port Sola verbeugte sich beinahe so tief wie die Botschafter beim königlichen Empfang zum alljährlichen Gedenken an die Große Flut. Dabei grinste er aber, den Hals aufwärts verdreht, bübisch zu Rabov empor. »Ich fühle mich geehrt«, versicherte er mit wohltönender Bassstimme. »Kann es kaum erwarten, mit einem so erfahrenen Kollegen auf die Jagd zu gehen.«

Offenbar hatte dieser Bursche einen Hang zu parodistischer Übertreibung. Das erklärte wohl auch seinen eigentümlichen Bekleidungsstil – zu eng anliegenden Beinkleidern, deren Muster entfernt an eine Gittermakuba erinnerte, trug Port Sola eine nachtschwarze Jacke mit überweiter Kapuze, die wie eine umgestülpte Glocke zwischen seinen Schultern schwang. Die Mönche vom Orden des Erleuchteten Loscha, einer Bettelbruderschaft, die fanatisch die Rückkehr der Linglu-Kirche zu ihren asketischen Anfängen predigte, trugen genau solche schwarzen Kapuzenkutten, allerdings nicht tailliert und bis zum Gürtel, sondern wallend und bodenlang.

Calin legte Sola eine Hand auf den Oberarm und zog ihn näher zu seinem neuen Chef heran. »Ihr werdet euch gut verstehen, da bin ich mir sicher«, sagte sie und sah ihrerseits nur Rabov an. »Port verfügt über schwache magische Kräfte, ungefähr so wie du. Ihr könnt euch auf dem Gedankenweg verständigen, und ein paarmal hat es Port auch schon geschafft, in die Zukunft zu schauen. Aber er weiß natürlich so gut wie du, dass er von seiner Lakori nur sehr zurückhaltenden Gebrauch machen darf. Nicht wahr, Pori?«, fügte sie mit einem zärtlichen Lächeln hinzu, das einzig und allein dem Kapuzenkerl galt.

Rabov biss die Zähne aufeinander. Nicht wahr, Pori?, äffte er im Stillen Calins verliebtes Geflöte nach und musste sich gewaltig zusammenreißen, dass er dem Burschen nicht einfach seine Faust in die Magengrube haute. Eine Handbreit über dem Gürtel mit der reichlich protzigen Ethnoschnalle (die Silbersilhouette eines zaketumesischen Nachtparders, der furchterregenden Raubkatze, die praktisch nur noch im Moliat vorkam), die Solas Schlangenhosen um die Hüften zusammenhielt.

»Alles klar, Cali«, gab Sola mit lausejungenhaftem Grinsen zurück. »Gib dem Dunkeldu keine Chance – die Parolen haben sie uns auf dem letzten Lehrgang sechs Wochen lang mit dem Melodophon eingetrichtert. Haben Sie von der Methode schon gehört, Herr Rabov?«, wandte er sich mit einem verbindlichen Lächeln an seinen Vorgesetzten. »Die Ausbilder haben uns halbe Nächte lang mit solchen suggestiven Parolen beschallt. Angeblich ist unser Lichtich gerade im Schlaf für derartige Einflüsterungen empfänglich.«

Rabov verneinte mit einem knappen Kopfschütteln. Er wünschte sich, dass ihm dieser Sola zumindest unsympathisch wäre, aber das traf leider überhaupt nicht zu. Bald drei Jahre lang hatte er darum gekämpft, dass ihm das Innenministerium einen Assistenten genehmigte, und jetzt, da er sie endlich weichgeklopft hatte, setzte ihm Calin ihren Liebhaber in den Pelz. Es war nicht allein die Arbeitslast, die ihm zunehmend zu schaffen machte, sondern fast mehr noch die

Einsamkeit des Einzelkämpfers, der sich niemals, in keiner Lage, einem anderen Menschen anvertrauen durfte, in keinem Augenblick der Schwäche – ja, gerade in solchen Augenblicken nicht. Oftmals hatte sich Rabov ausgemalt, wie viel einfacher alles durch einen Arbeitskollegen würde, mit dem er fachsimpeln, ihre aktuellen Angelegenheiten durchsprechen oder auch einfach einmal bei einem Noïli-Drink in einer der bizarren Bars am Donarberg ein paar Stunden verplaudern könnte. Selbst in seinen schwärmerischsten Tagträumen war er niemals so weit gegangen, sich eine wirkliche Freundschaft zwischen ihm und seinem Assistenten auszumalen. Er war nie mit irgendwem enger befreundet gewesen, nicht als Junge und nicht als Mann. Schon auf dem Schulhof in Raginor oder an den Nachmittagen bei ihren abenteuerlichen Spielen am Nibra-Ufer hatten ihn die anderen Jungen ausgeschlossen, weil sie sich in seiner Gegenwart befremdet und unbehaglich fühlten. Aber ihm selbst war es mit ihnen genauso gegangen, von Anfang an. Ein einziges Mal hatte er in Raginor versucht, einem Nachbarsjungen begreiflich zu machen, wie man es anstellte und wie es sich anfühlte, in die Magosphäre hinüberzuschielen. Wie sehr hatte er sich damals, mit dreizehn oder vierzehn Jahren, gewünscht, dass dieser Mika und er Freunde werden könnten. Aber der Nachbarsjunge hatte ihn nicht einmal ausreden lassen – Mika hatte die Lippen aufeinandergepresst, Rabov einen schmerzhaften Fausthieb gegen die Rippen versetzt und aufgeschrien: »Du hältst mich wohl für einen Idioten, wie?« Und danach war er davongestürmt und hatte nie mehr ein Wort mit Rabov geredet.

Während Rabov diesen bittersüßen Erinnerungen nachhing, erschien einer der Leibgardisten in dem Spalt zwischen den Wasserwänden. »Der Herr Oberrat Milar, Frau Rätin«, sagte Kurb (oder Mirschek) mit gedämpfter Stimme.

»Entschuldigt mich kurz.« Calin Stingard nahm Hörrohr und Sprechmuschel entgegen, die Mirschek oder Kurb ihr reichte. Als der Leibgardist weiter ins Innere des Kaskadenkreises trat, sah Rabov, dass er einen transportablen Telefonapparat auf einem gewaltigen Eisenwagen hinter sich hergezogen hatte. Auf der Türschwelle stand gebückt der zweite königliche Leibwächter und machte sich an dem

Kabelwulst zu schaffen, der sich durch die Eingangshalle des *Bufo* bis zu ihrem Telefonwagen ringelte.

»Schon wieder eine Neuerung«, bemerkte Sola. »Ein fahrbares Telefon – was für eine nützliche Erfindung. Der nächste Schritt wird vermutlich nicht lange auf sich warten lassen: ein Telefonwagen mit Dampfantrieb.«

Rabov nickte zustimmend – was Sola eben gesagt hatte, hätte mit mehr oder weniger ähnlichen Worten auch von ihm selbst stammen können. Fragt sich nur, was die Linglu-Priester davon halten, wollte er antworten, doch er schluckte seinen Satz wieder herunter. »Und wer weiß, was noch alles«, gab er stattdessen zurück und zuckte mit den Schultern, als ob ihn all diese dampfenden Wundersachen kaltließen.

Auch mit Port Sola durfte er niemals offen sprechen, das spürte Rabov überdeutlich – und in diesem Augenblick schien es ihm, als wäre diese weitere Enttäuschung mehr, als er ertragen konnte. Wie bei einem jener riesenhaften zaketumesischen Steinholzbäume, die er im Völkerkundlichen Museum unweit der bakusischen Botschaft auf kunstvollen Kupferstichen bewundert hatte: Von ihren Aufsehern mit der Peitsche angetrieben, schlugen halbnackte Moliaren mit Äxten auf den Stamm des Baumriesen ein und der steckte die Hiebe dutzendfach weg, als würden da nur ein paar Ameisen über seine Rinde krabbeln. Aber beim dreißigsten oder vierzigsten Schlag überlief selbst ihn ein Zittern, in seinem Innersten zersprangen die letzten haltverleihenden Fasern – und der majestätische Riese, der so lange in stolzer Einsamkeit allen Angriffen getrotzt hatte, fiel mit einem furchtbaren Stöhnen um.

Rabov kamen beinahe die Tränen, so gefühlvoll hatte er sich das Ende des Nebelwaldgiganten ausgemalt und vor allem sich selbst mit dem strauchelnden Steinholzriesen gleichgesetzt. Aber ob er die Dinge nun nüchtern oder rührselig betrachtete, Tatsache blieb, dass er auch Port Sola nicht über den Weg trauen durfte. Oder jedenfalls nicht uneingeschränkt.

War es nicht ohnehin ein merkwürdiger Zufall, dass ihm der seit Ewigkeiten beantragte Assistent gerade jetzt zugeteilt wurde? Wahrscheinlich sollte Sola ihn gar nicht entlasten, sondern über kurz oder lang seinen Posten übernehmen. Immerhin hatte Calin ja deutlich genug anklingen lassen, dass der Reichssekretär mit seiner, Rabovs, Sicht der Dinge nicht übereinstimmte.

»Verstehe«, sagte unterdessen Calin und reichte Mirschek (oder Kurb) Hörrohr und Sprechmuschel zurück. Sie hatte nur dieses eine Wort zu ihrem Telefonat beigesteuert und ansonsten lediglich den Worten des königlichen Geheimen Oberrats gelauscht. (»Hüten Sie Ihre Zunge«, hatte derselbe Milar Rabov am Telefon gewarnt und wenn sich sogar Calin dem Oberrat gegenüber wortkarg zeigte, schien es in der Tat ratsam, diese Warnung zu beherzigen.) Nun wies sie ihren Leibgardisten mit einer Handbewegung an, wieder aus dem Kaskadenkreis zu verschwinden. Stumm wartete sie, bis er das dröhnende Gefährt über die Schwelle nach draußen bugsiert hatte.

»Eine Tote im Universitätsviertel«, sagte Calin dann. »Die Frau ist unter äußerst merkwürdigen Umständen umgekommen. Noch liegt der Fall bei den Kollegen vom Zolltor, aber allem Anschein nach handelt es sich um ein magisches Verbrechen.« Sie sah Rabov an und ihr Blick wurde hart. »Solltest du nicht längst davon wissen, Samu?«

Samu. Rabov biss die Zähne aufeinander. Wollte Calin ihn jetzt auch noch vor seinem sogenannten Assistenten herunterputzen?

»Auf dem Weg hierher habe ich von der Sache erfahren.« Er bemühte sich, einen beiläufigen Ton anzuschlagen. »Die Tote heißt Velissa Labiano. Durch ein Seil in ihrer Luftröhre erstickt. Die Leiche dürfte in der Lanfastraße in einer Erdgeschosswohnung gefunden worden sein, gegenüber dem Archäologischen Institut.« Er setzte ein Lächeln auf. »Jedenfalls, wenn ich korrekt informiert worden bin.«

»Na, da hörst du's, Port.« Calin tauschte einen Blick intimen Einverständnisses mit dem Kapuzenburschen. »Ich hatte dir ja gesagt, dass Sam erstklassige Arbeit leistet.« Als sie sich wieder Rabov zuwandte, wurde ihr Blick abermals hart wie bakusischer Säbelstahl. »Noch besser wäre es allerdings gewesen, wenn du rechtzeitig vorher von der Sache erfahren hättest – bevor die junge Wissenschaftlerin auf so mysteriöse Weise umkommen konnte.«

Das Blut wich Rabov aus den Wangen. Aber er hielt sich unter Kontrolle, selbstverständlich, so wie er überall und jederzeit die Kontrolle wahrte. »Das wäre ohne Zweifel besser gewesen«, stimmte er in neutralem Tonfall zu. »War es das, Calin? Dann fahre ich am besten sofort dorthin und mache mir selbst ein Bild – bevor die Zolltor-Truppe alles durcheinandergebracht hat.«

Am Zolltorplatz residierte die königliche Kriminalwache, mit dem spektakulär schnauzbärtigen Hauptermittler Ralla an der Spitze, der das Bonmot geprägt hatte: »Magie ist nur ein anderes Wort für schludrige Ermittlungen.«

»Unbedingt«, stimmte Calin zu. »Aber du hast jetzt einen Assistenten, Sam, schon vergessen? Ihr fahrt zusammen – und ihr arbeitet auch zusammen, verstanden? Das ist ein Befehl, meine Herren.«

Rabov und Sola schlugen die Hacken zusammen und salutierten. »Es lebe der König.«

2

Das Gebäude des *Bufo* hatte bis vor einigen Jahren die Königliche Krötenmenagerie beherbergt, eine bemerkenswerte Sammlung von Unken und Olmen, Kröten und Fröschen aus aller Welt. Wildernde Schlangen hatten jedoch immer wieder Massaker unter den wehrlosen Weichtieren angerichtet, und nachdem es selbst der königlichen Palastwache nicht gelungen war, die Krötenmenagerie sicher abzuriegeln (die Makubas und Kadoras schwammen durch die Kanalisation, schlängelten sich durch vergessene Kellerluken, gelangten ungesehen sogar ins Dachgebälk, von wo sie sich nächtens, lebenden Lianen ähnlich, an ihren eigenen Leibern herabseilten), hatte König Sorno kurzerhand verfügt, die gesamten Menageriebestände in gerechten Quoten an die in Phora ansässigen Schlangentempel zu verteilen. Ein hochbrisantes Dekret, war doch der Monarch bis dahin als entschiedener Gegner aller serpentistischen Kulte aufgetreten. Die Schließung der Krötenmenagerie markierte denn auch die schleichende Abkehr Dunibiens von einer bis dahin strikt verfochtenen Politik des zweifachen Nein. Sorno höchstpersönlich hatte dieses Doppeldogma bei seinen Flutgedenkansprachen Jahr um Jahr mit der scheinbar unveränderlichen Sentenz bekräftigt: »Nein zu Schlangengötzen, nein zu Dampfmaschinen – allein Linglu lasse Sein Licht leuchten über dem Dunibischen Königreich.« Nicht lange nach der Auflösung der Krötenmenagerie war Kulten jeder Herkunft und Glaubensrichtung in ganz Dunibien Religionsfreiheit zugesichert worden, und was die Dampfmaschinen anging …

Rabov kam nicht dazu, seine kleine gedankliche Reminiszenz zu Ende zu führen. Mit langen Schritten war er durch die Eingangshalle des *Bufo* gehastet (die früheren Unkenkäfige und Krötengehege nun allesamt zu Séparées umgewandelt, in denen Phoras Reiche und Mächtige zur Dämmerstunde ihre Olmcocktails schlürften und knusprige Unkenschenkel zwischen den Zähnen zerknackten) und wollte eben auf die Reihe der wartenden Wolkendroschken zueilen, als er in seinem Rücken Solas Bassstimme vernahm: »Oh, das hat Calin wohl zu erwähnen vergessen.«

Rabov spähte über die Schulter zu seinem Assistenten zurück. »Was vergessen?«, fragte er und machte sich auf das Ärgste gefasst. Dass Sola beispielsweise antworten würde: »Uh, dass ich die Leitung der Mysto ab *sofort* übernehmen soll.« Aber der Kapuzenbursche verbeugte sich nur neuerlich in parodierter Unterwürfigkeit und deutete mit ausgestrecktem Arm auf ein Dampfmobil, das vor dem Eingang des *Bufo* am Straßenrand stand. In Farbe und Umrissen ähnelte es wie alle seinesgleichen einer Schlechtwetterwolke, doch umso strahlender fiel Port Solas Grinsen aus. »Wenn Sie gestatten, Herr Rabov – unser Dienstmobil.«

Rabov presste seine Kiefer aufeinander und lockerte sie durch eine Folge rascher Seitwärtsbewegungen wieder. »Und Sie können dieses Ungeheuer steuern?« Er bemühte sich um einen scherzhaften Tonfall, doch auch in seinen eigenen Ohren klang seine Frage gequält.

»Das gehört heutzutage zur Ausbildung.« Sola lächelte ihm zu – mitfühlend, wie es Rabov vorkam – und begann mit den Vorbereitungen zum Start des Dampfmobils. Er öffnete Blechklappen, machte sich in den Eingeweiden des Wagens zu schaffen und entlockte der Maschine schließlich ein durchdringendes Zischen. Dampf stieg in dünnen Säulen aus den Nüstern des Ungetüms auf, und mit einer weiteren spöttischen Verbeugung riss Sola die Beifahrertür auf und bat Rabov, sich in das Gefährt zu bequemen.

In den nachgiebig weichen Ledersessel beinahe wie in eine moliarische Hängematte gebettet, beobachtete Rabov aus den Augenwinkeln, wie sein Assistent geschickt mit den stählernen Tentakeln hantierte. Er rührte im Getriebe, dass die Zahnräder knackten, löste endlich die Bremse und begann, an dem gewaltigen Lenkrad zu kurbeln. Ehe er auf den Boulevard des Inneren Friedens ausscherte, ließ er die Dampfsirene röhren – es klang wie das Brüllen eines Wals oder zumindest so, wie Rabov sich Walbrüllen vorstellte.

Er schloss die Augen. Sola begann irgendetwas zu räsonieren, aber Rabov schnitt ihm mit einer Handbewegung die Rede ab. »Zur Lanfastraße«, sagte er in barschem Tonfall, als wäre Sola bloß ein unbotmäßiger Chauffeur. »Am Archäologischen Institut. Bis dahin«, fügte er nach kurzem Zögern noch hinzu, »muss ich mich konzentrieren.«

Sein Assistent brummelte vor sich hin, aber Rabov achtete schon nicht mehr darauf. Er würde nun etwas versuchen, das er bisher stets vermieden hatte. Er würde auf dem Gedankenweg Verbindung mit der Wahrsagerin Selda aufnehmen und sie dazu bringen (durch Drohungen, falls erforderlich), auf lakorischem Weg noch einmal dorthin zurückzukehren, wo jene Velissa Labiano umgekommen war.

Tatsächlich gelang es ihm nach wenigen Versuchen, Kontakt zu Selda herzustellen.

Das ist gegen jedes Hellseherethos, verwahrte sich die Alte und Rabov konnte sich auch ohne Einsatz weiterer Lakori lebhaft vorstellen, wie sich Seldas Nasenkrater bebend zusammenzog. *Sie können doch nicht von mir verlangen, Meister Rabov, dass ich die intimsten Geheimnisse meiner Klientin einfach so weitergebe!*

Kann ich nicht? Das ist schade, Selda. Wo du doch von mir erwartest, dass ich nicht ans Zolltor weitergebe, wen du so alles mit deiner Hellseherei unter Druck setzt …

Pause. Rabov nahm nur noch ein Rauschen wahr und glaubte schon, die lakorische Verbindung sei abgerissen.

Also gut, ließ sich die Alte vernehmen. *Aber zuerst schwören Sie mir, dass Sie niemals irgendwem verraten werden, von wem Sie wissen, was dem armen Dingchen da gestern Abend Grässliches passiert ist.*

Im Namen des großen und einzigen Linglu. Ich schwöre es.

Abermals Pause. Rabov überlegte beklommen, ob er die Sache nicht doch lieber abbrechen sollte. Laut sämtlichen Lehrbüchern wurde durch eine solche lakorische Übertragung nahezu unvermeidlich das Dunkeldu (des Senders wie auch des Empfängers) erheblich gestärkt.

Und das alles nur aus Eifersucht, aus gekränkter Eitelkeit, Sammo – nur um diesem Bürschchen da neben dir zu beweisen, dass du professionelle Kunststücke beherrschst, von denen er nicht einmal träumen kann?

Ja, leider, antwortete Rabov seiner inneren Stimme zerknirscht, doch unbeirrt. Mag er Calins Liebhaber sein, mag er ein meisterlicher Steuermann von Dampfmobilen sein – das Mysto-Steuer halte trotzdem allein ich in der Hand.

Er spürte einen inneren Stoß, ungefähr so, wie wenn man im Traum von einer Brücke hoch über einem reißenden Fluss fällt, was Rabov ungefähr dreimal wöchentlich träumte, neben vielerlei anderen, gleichfalls regelmäßig wiederkehrenden Träumen (vor allem von Schlangen). Für einen Moment sah er vor seinem inneren Auge nur träge vorüberziehenden Nebel. Dann wurde das Bild bestürzend klar.

3

Ein dämmriges Zimmer, darin eine Frau mit kurz geschnittenen braunen Haaren und schlanker Figur. Vor dem Fenster zieht der Abend herauf. Sie schließt die Vorhänge. Anscheinend erwartet sie keinen Besuch mehr an diesem Tag, oder im Gegenteil einen sehr speziellen Besuch – jedenfalls trägt sie nicht den kleinsten Fetzen am Leib.

Sie trällert vor sich hin, während sie im vorderen ihrer beiden Zimmer geschäftig auf und ab geht. Es ist das Arbeitszimmer einer Wissenschaftlerin, oder vielleicht auch einer Studentin, aber so ganz jung ist die Frau auch nicht mehr – etwa Mitte dreißig. Jedes freie Fleckchen in den Wandregalen, auf Tischen und Stühlen ist mit Büchern und Manuskripten bedeckt. Zwischen den Büchern drängen sich altertümliche Artefakte in den Regalen, Bruchstücke von Tonschalen, die offenbar vor vielen Jahrhunderten bemalt wurden, grimmige Masken und gehörnte Tierfiguren aus Wurzelholz.

Die junge Frau geht zu der Anrichte im Hintergrund ihres Zimmers, schenkt sich Wasser aus einer Porzellankaraffe ein und leert das Glas in wenigen Zügen. Dann wendet sie sich um, tritt zum Schreibtisch unter dem Fenster, der mit losen Blättern und zerlesenen Büchern überladen ist. Sie nimmt einen der Zettel auf, überfliegt, was sie dort aufgeschrieben hat – ein kaum zu entzifferndes Gekritzel. Unzufrieden schüttelt sie den Kopf, wirft das Blatt zurück auf den Tisch und nimmt stattdessen ein Buch zur Hand.

Es ist eine uralte, stark zerfledderte Schwarte. Der Titel auf dem speckigen Ledereinband ist altertümlich verschnörkelt: *Götterstadt Naxoda – Mythos oder vorgeschichtliche Wirklichkeit?* Sie blättert in dem Buch, die Seiten sind vergilbt, zerknickt, mit Flecken übersät. Selbstvergessen starrt die junge Frau auf eine Abbildung in dem Buch, eine einfache Kohleskizze. Während sie die Zeichnung studiert, streicht sie sich mit zwei Fingern senkrecht am Hals herab. Ihre Augen werden schmal, als ihre Finger langsam, aber zielstrebig an ihrem Körper abwärtsfahren.

Sie klappt die Schwarte zu, legt sie zurück auf ihr Schreibpult und löscht die Gaslampe mit dem hübschen bunten Glasschirm. Es ist nun recht düster im Zimmer. Nur noch der matte Lichtschein vom Archäologischen Institut gegenüber, der gedämpft durch den Vorhang dringt, erhellt die Szenerie. Die junge Frau wirkt jetzt eigentümlich an- oder auch aufgeregt. Ihre Augen sind zu Schlitzen verengt, ihr Atem geht merklich schneller. Mit Zeige- und Mittelfinger ihrer rechten Hand fährt sie sich wieder und wieder von der Kehle abwärts über ihren Körper, während sie die Verbindungstür zu ihrem hinteren Zimmer öffnet.

In der Tür bleibt sie einen Augenblick stehen. Ihr Nacken und Rücken schimmern im Dämmerlicht, offenbar von frischem Schweiß.

Sie lauscht in das Hinterzimmer hinein, ein fensterloser Verschlag. Dort zeichnen sich die Umrisse eines geräumigen Bettes ab, mit einem Gebirge aus Decken und Kissen darauf. Rechts an der Wand steht ein schmaler Schrank, umgeben von weiteren Bücherregalen.

Sie macht einen Schritt ins Dunkel hinein, bleibt abermals stehen, geht zögernd weiter. Zur Linken ihres Bettes steht ein kleiner Tisch mit einer Nachtlampe darauf. Die Finger der jungen Frau zittern und so muss sie ein zweites und sogar ein drittes Schwefelholz anstreichen, bis das Gaslicht mit leisem Fauchen endlich aufflammt.

Der matte Lichtkreis reicht kaum über das Nachttischchen hinaus. Trotzdem scheint die junge Frau sich nun sicherer zu fühlen als vorher in völliger Dunkelheit. Sie wirft alle Kissen und Decken vom Bett herunter und legt sich auf das bloße Laken. Sie schließt die Augen, langsam beruhigt sich ihr Atem und schließlich schläft sie ein.

Nur Augenblicke später ringelt sich aus dem finsteren Winkel hinter der halb offen stehenden Zimmertür eine moosgrüne Schlange hervor. Lautlos gleitet sie über den Teppich und an einem der hinteren Bettpfosten hinauf. Sie ist etwa zwei Meter lang, das blassrote Netzmuster auf dem grünen Schuppenleib fällt im Dämmerlicht kaum auf. Zielstrebig gleitet die Gittermakuba neben die Frau und als die Schlafende aufschreckt, windet sich ihr die Schlange blitzschnell um Brust und Hals. Und drückt zu. Der Kampf ist zu Ende, bevor er richtig begonnen hat. Die Frau fuchtelt ein paarmal mit den Armen, dann verliert sie das Bewusstsein. Ihre Augen verdrehen sich, ihre Glieder werden schlaff. Ihr Mund ist weit geöffnet, doch kein Laut kommt mehr heraus.

Die Makuba schiebt ihren flachen, biegsamen Kopf in den Mund der jungen Frau und windet sich Zoll um Zoll, mit fließenden, scheinbar mühelosen Bewegungen, in das Innere ihres Opfers hinein.

4

Port Sola parkte das Mysto-Mobil unter einer kümmerlichen Syrasse vor dem Archäologischen Institut. Während er damit beschäftigt war, die Dampfmaschine zu drosseln (oder was immer man mit ihr anstellen musste, damit die Wolkendroschke, wenn man ihr den Rücken wandte, nicht einfach wieder davonrauschte), stieß Rabov seine Tür auf und kämpfte sich hinaus aufs Trottoir. Er fühlte sich ein wenig benommen nach dieser bemerkenswerten magischen Übertragung, aber die Sorge, dass er sein Dunkeldu leichtfertig gestärkt haben könnte, erschien ihm nun stark übertrieben. Besondere Herausforderungen verlangten eben entschlossene Handlungsweisen und diesem Erfordernis hatte er Rechnung getragen. Punktum.

Abschätzig betrachtete er die verzwergten Syrassen am Straßenrand. Im Nibratal bei Raginor erreichten Syrasbäume eine Höhe von 30 Metern und brachten das halbe Jahr lang in immer neuen Wellen orangefarbene Blüten hervor. Dagegen waren die Alleebäume hier in der Lanfastraße die reinsten Baumkrüppel. Aber das lag wohl hauptsächlich an dem gewaltigen Bauwerk des Archäologischen Instituts, das sich wie eine schwarze Felswand die Straße entlangzog.

Das Archäologische Institut war eines der berühmtesten und gleichzeitig eines der hässlichsten Gebäude in ganz Phora. Es ragte höher auf als die enormen Gurkentürme der bakusischen Botschaft an der Smaragdbucht und war gleichzeitig kaum weniger langgezogen als die königliche Residenz. Mit seinen unzähligen und im Verhältnis zu schmal geratenen Fenstern, die in endlosen Reihen neben- und übereinander angeordnet waren, glich es eher einer Festung als einer Stätte des Forscher- und Entdeckergeistes.

Seine Berühmtheit verdankte das Archäologische Institut, neben seinem unheimlichen Äußeren, vor allem dem Umstand, dass es sich um eines von ganz wenigen Bauwerken aus der unmittelbaren Endzeit des Alten Reichs handelte. Die Gründe hierfür waren unter den dunibischen Gelehrten umstritten. Eigentlich hätte man erwarten müssen, dass ein angemessener Teil der altdunibischen Bauten, die den Fluten getrotzt hatten, aus den Jahrzehnten vor der Zeitenwende stammten. Aber das Gegenteil traf zu: In ganz Dunibien fand sich kaum ein Dutzend Bauten, die in der Abendröte des Alten Reichs errichtet worden waren.

Sola hatte mittlerweile das Dampfmobil bezwungen und sah sichtlich ungeduldig zu Rabov herüber. Eine Hand auf dem Wagenkühler, schien er darauf zu warten, dass sein Vorgesetzter sich anschickte, die Straße zu überqueren. Dort drüben, am schmiedeeisernen Tor vor dem verwucherten Vorgarten von Haus Nummer 33, stand ein junger Zolltor-Polizist Wache und selbst auf diese Entfernung war ihm anzumerken, wie durcheinander und verängstigt er war.

Aber Rabov hatte es nicht eilig, den Leichnam in Augenschein zu nehmen oder gar, sich in ein weiteres ermüdendes Wortgefecht mit dem königlichen Hauptermittler Ralla zu stürzen. Sehr viel mehr war er daran interessiert, seinen neuen Assistenten auf die Probe zu stellen und ihn bei dieser Gelegenheit eventuell auch ein wenig zu beschämen.

»Welcher Theorie neigen Sie zu?«, fragte er und deutete mit einer Schläfe auf den ungeheuren Koloss des Archäologischen Instituts. Obwohl die Abenddämmerung weit fortgeschritten war, konnte man hinter den beleuchteten Fenstern noch etliche Wissenschaftler bei der Arbeit sehen. Sie machten sich Notizen und blätterten in Büchern, grübelten über Trümmerstücken oder starrten selbstvergessen vor sich hin. »Der Untergangstheorie oder der Niedergangshypothese?«, fügte er hinzu, während Sola notgedrungen um das Dampfmobil herumkam und sich zu ihm stellte.

»Sie meinen, Herr Rabov …?« Port Sola rollte die Schultern in seiner Halbkutte, als ob er die zwangsweise vergeudete Zeit zumindest für ein paar Lockerungsübungen nutzen wollte.

»Unter- oder Niedergang«, wiederholte Rabov. »Was glauben Sie, aus welchem Grund es nur so wenige Bauwerke aus der Endzeit des Alten Reichs gibt?«

Sola legte die Hände seitlich auf seinen Gürtel und begann verstohlen in den Hüften zu kreisen. »Von diesem Vorflutkram verstehe ich nichts«, sagte er in einem Tonfall, der keinerlei Selbstzweifel erkennen ließ.

»Ach, von diesem Vorflutkram verstehen Sie also nichts?« Rabov wiederholte seine Worte mit grimmiger Befriedigung. »Dann habe ich Sie allem Anschein nach überschätzt, Herr Sola.« Aus überlegener Höhe sah er auf den Jüngeren herunter. »Meiner Überzeugung nach ist es nämlich ganz und gar unmöglich, auch nur irgendetwas von dem zu verstehen, was hier und heute in unserem schönen Phora vorgeht, wenn wir nicht gleichzeitig immer auch zu ergründen versuchen, was damals, vor und während und unmittelbar nach der Großen Flut, passiert ist.«

Port Sola gab sich nur wenig Mühe, erwachende Wissbegierde zu heucheln. »Und dieses Bauwerk hier also …?«

»Das Archäologische Institut, ganz recht. Es gehört zu den wenigen dunibischen Bauten, die in den allerletzten Jahren vor der Flut errichtet wurden und heute noch stehen. Und die Niedergangshypothese besagt also, dass damals in Phora genauso viel gebaut wurde wie in den Jahrzehnten und Jahrhunderten davor – nur hätten die Baumeister kurz vor der Katastrophe ihre Kunst bloß noch unzulänglich beherrscht, weil man in jener Zeit alle Anstrengungen auf die Entwicklung immer aberwitzigerer Maschinen gerichtet habe. Infolgedessen seien die Bauten aus der Endzeit des Alten Reichs von der Flut vernichtet worden, während die solideren Bauwerke aus den vorherigen Jahrhunderten überdauert hätten. Wie finden Sie diese Hypothese?«

»Nun ja, ich …«

Rabov wartete. Er sah Sola einfach nur an, die Arme vor der Brust verschränkt, und nach ungefähr einer halben Minute hielt es der Assistent nicht mehr aus. Er wandte sich ab und starrte demonstrativ über die Straße, wo sich der junge Zolltor-Wachtmeister weiter die Beine in den Bauch stand. »Sollten wir nicht mal da drüben nach dem Rechten sehen?« Anklagend sah er Rabov an.

»Längst erledigt«, gab Rabov zurück. »Weiblicher Leichnam, etwa 35 Jahre, nackt. Liegt im Hinterzimmer der Erdgeschosswohnung auf dem Bett. Erstickt an einer Gittermakuba, die in ihren Mund eingedrungen ist und sich weiter die Atemwege hinabgezwängt hat. Was halten Sie also von der Niedergangshypothese?«

»An einer *was*?« Sola riss die Augen auf. »Eine Schlange, sagen Sie? Aber vorhin im *Bufo* haben Sie doch noch von einem Seil geredet?«

»Da hatte sich meine Informantin offenbar geirrt. Jetzt aber wieder zu dieser baugeschichtlichen Frage, Herr Sola. Vielleicht möchten Sie erst hören, wie die Gegenposition lautet, bevor Sie Stellung beziehen?«

Sola nickte kaum merklich.

»Also die Untergangstheorie. Sie hat in der dunibischen Wissenschaft mindestens so viele Anhänger wie die Niedergangshypothese. Kurz gesagt läuft sie auf Folgendes hinaus: In der Endzeit des Alten Reichs konnten die dunibischen Baumeister selbstverständlich noch genauso solide Bauwerke errichten wie in den Jahrhunderten davor. Aber sie haben von diesen Fertigkeiten bis auf wenige Ausnahmen keinen Gebrauch mehr gemacht, und zwar aus einem einleuchtenden Grund.« Rabov legte wieder eine kleine Pause ein und sah Sola bedeutungsvoll an. »Damals gab es schon so unzählige alarmierende Vorzeichen der Großen Flut, dass ganz Dunibien von Untergangsstimmung ergriffen wurde. Die Leute glaubten einfach nicht mehr, dass sie die Katastrophe noch verhindern konnten – warum also sollten sie da noch neue Häuser errichten?«

Sola furchte die Stirn. »Und jetzt wollen Sie wissen, welche Theorie ich einleuchtender finde?« So allmählich schien auch er sich für ihren kleinen Schlagabtausch zu erwärmen. Er ballte die Hände und rieb sich mit den Fingerknöcheln über die Schläfen. »Also, die Sache ist eigentlich klar, Chef: Für mich klingt die Untergangstheorie sehr viel überzeugender als die Niedergangshypothese.«

»Tatsächlich? Dann müssen Sie der interessierten Öffentlichkeit nur noch erklären, warum in der Endzeit des Alten Reichs überhaupt noch Bauten errichtet wurden – und dann auch noch solche Trutzburgen wie das Archäologische Institut oder auch die Alte Kommandantur. Wenn die Leute damals schon wussten, dass sie dem Untergang geweiht waren – warum haben sie trotzdem ein paar Dutzend Häuser wie für die Ewigkeit gebaut?«

Sola runzelte aufs Neue die Stirn. Doch nach ein paar Augenblicken theatralischen Nachdenkens gab er es auf. »Also gut, ich weiß es nicht. Ich habe keine Antwort auf diese Frage – aber wenn ich Sie richtig verstehe, befinde ich mich damit in bester wissenschaftlicher Gesellschaft?«

»In allerbester sogar«, bestätigte Rabov mit heiterem Lächeln. Gerade in diesem Augenblick war ihm ein Gedanke gekommen, der den vermeintlichen Widerspruch in der Untergangstheorie wie Wasser im Dampfkessel zerstieben ließ. Selbstverständlich gab es zumindest einen sehr guten Grund für die Lenker des Alten Reichs, kurz vor der Katastrophe an ausgewählten Orten eine begrenzte Anzahl von Bauwerken mit bestimmten Eigenschaften zu errichten.

Er grübelte einen Moment lang darüber nach. »Aber *ich* weiß die Antwort«, sagte er dann, »jedenfalls vielleicht.« Er machte einen Schritt in Richtung Straße und blieb abermals stehen. »Und der Fresspriester soll mich holen«, fügte er dann hinzu, mehr zu sich selbst als in Richtung Sola, »wenn nicht sogar das eine mit dem anderen zusammenhängt.«

»Das eine mit dem anderen?«, beklagte sich Sola. »Wie meinen Sie das jetzt wieder?«

Rabov stürmte mit Riesenschritten über die Straße und Sola spurtete hinter ihm her. *Wenigstens Gedankenübertragung haben Sie doch gelernt?* Rabov hatte Mühe, sein Triumphgefühl zu verbergen. Sein Assistent wirkte nun doch einigermaßen durcheinander und kleinlaut. *Dann schalten Sie jetzt auch auf stilles Reden,* fügte er hinzu. *Die Zolltor-Leute bekommen nur schlechte Träume, wenn sie mitkriegen, dass hier wieder mal lakorisch gemordet wurde.*

Er zückte seine Silbersichel und zeigte sie dem Zolltor-Polizisten – natürlich nur die Rückseite, damit der Bursche nicht zu allem Überfluss zwischenzeitlich erstarrte. Er war sowieso schon ziemlich weiß um die Nase, und als Rabov und Sola an ihm vorbei ins Haus eilten, murmelte er hinter ihnen her: »Sie werden sich wünschen, dass Sie draußengeblieben wären.«

5

Manchmal wünschte sich Rabov, dass er sein ganzes Leben lang aus allem draußengeblieben wäre, ausgenommen nur die Agosch-Grube am Nibra-Ufer, und dass er diese Grube im Gegenteil nie wieder verlassen hätte. Aber das waren seltene Anwandlungen – Gesichte und Gefühle, die sein Dunkeldu ihm sandte und denen er nie länger als für ein paar Augenblicke nachgab. Während seiner Ausbildung war er, wie alle Agentenanwärter, von einer königlich-diplomierten Harmonikerin behandelt worden und sie hatte ihm die Gewissheit eingeflößt, dass die Dunkelheit das Licht niemals verschlingen könne – es sei denn, das Licht, an sich selbst irre geworden, stürze sich kopfüber in die Finsternis hinab. Die »Harmonika« (wie sie im Jargon hieß) hatte ihm erklärt, dass durch sein Agosch-Erlebnis das Dunkeldu in ihm erweckt worden, aber gleichzeitig sein Lichtich als »Herrscher im inneren Reich« inthronisiert worden sei. So sei es nur natürlich, dass er sich in seinen Träumen überaus häufig mit Schlangen und serpentistischen Symbolen auseinandersetze – auf diese Weise erneuere und festige sein Lichtich unaufhörlich seine Herrschaft über das Dunkeldu.

Hoffen wir, dass du recht hast, Harmonika, dachte Rabov, während er sich von einem stämmigen Zolltor-Wachtmeister in das hintere Zimmer der Parterrewohnung führen ließ. In dem fensterlosen kleinen Raum machten sich zwei Männer zu schaffen und sehr viel mehr hätten auch nicht hineingepasst. Einer von ihnen trug den charakteristischen grauen Umhang des königlichen Leichenbeschauers – Doktor Dobiu, ein schwergewichtiger Mann mit käsiger Gesichtsfarbe, der rechter Hand neben dem Bett kauerte und mit einem Ausdruck vollkommener Entgeisterung in das Gesicht der Toten starrte.

Der zweite war der hünenhafte Hauptermittler Ralla, oberster Herrscher des Zolltorplatzes und aufgrund seines cholerischen Temperaments nicht nur bei seinen Untergebenen gefürchtet. Berühmt war Ralla auch für seinen enormen grauen Schnauzbart, dessen nach oben gezwirbelte Enden auf raffinierte Weise mit seinen ebenso üppigen Augenbrauen verflochten oder möglicherweise sogar zusammengewachsen waren. Er war der einzige Mann in ganz Phora (Rabov zumindest kannte keinen zweiten), der die königliche Barttracht nicht einfach demütig nachahmte (das machten viele), sondern allem Anschein nach zu übertreffen versuchte. Wie ein Denkmal seiner selbst stand Ralla zur Linken des Bettes, den Blick auf die Rückseite des Leichnams gerichtet. Im Gegensatz zum Leichenbeschauer schien er nicht entsetzt oder von Grauen erfasst, sondern von brodelndem Zorn erfüllt – wie jedes Mal, wenn er es mit einem Mysteriösen Verbrechen zu tun bekam. Als er Rabov bemerkte, stemmte er die Hände in seine Hüften und rief in unangemessener Lautstärke: »Doch nicht schon wieder Geheime, Linglu noch mal!«

»Schreien Sie nicht so herum, Ralla.« Rabov trat an das Fußende des Bettes. Die Kissen und Decken lagen noch immer so auf dem Boden verteilt, wie Velissa Labiano sie gestern Abend verstreut hatte. Auch war der Leichnam in der Tat völlig nackt und wie in einer Anwandlung verspäteten Schamgefühls hatte die junge Frau ihre Knie beinahe bis zum Kinn emporgezogen. Sie lag auf ihrer linken Seite und ihr Mund war so weit aufgerissen, wie das überhaupt möglich war.

Aber was da aus ihrem Mund heraushing, ungefähr so lang (und doppelt so dick) wie ihr eigener Unterarm, das war kein Seil, wie Tarek behauptet hatte. Und erst recht war es keine Gittermakuba – es war überhaupt keine Schlange, auch wenn Rabov selbst das moosgrüne Tier mit dem roten Gittermuster gerade eben noch in der magischen Übertragung erschreckend deutlich gesehen hatte.

Was der bedauernswerten Frau da aus dem Mund baumelte, was sich allem Anschein nach durch ihren Hals, durch Brust und Bauch hindurchgeschlängelt hatte und nun aus ihrer Rückseite wiederum etwa eine Elle weit heraushing, das war vielmehr eine zaketumesische Nebelwaldliane. Von erstaunlich frischem Aussehen, mit zartgrünen Längsstreifen gemustert, so als wäre die kräftige Luftwurzelpflanze gerade eben erst mit einem der berühmten scharfzackigen Moliatmesser im Dschungel jenseits des Grünen Ozeans geerntet worden.

Was ja überhaupt nicht sein konnte.

Doch das war nicht einmal das Mysteriöseste an diesem Todesfall. Noch merkwürdiger als die Liane, die oben wie unten bald einen halben Meter weit aus der bemitleidenswerten Person herausquoll, waren die Veränderungen, die mit ihren unteren Extremitäten vor sich gegangen waren. Oder möglicherweise immer noch vor sich gingen, bloß so langsam, dass man sie mit dem bloßen Auge nicht beobachten konnte. Und doch ungeheuer rasch, denn die besagte Metamorphose konnte ja erst irgendwann am späten gestrigen Abend begonnen haben. Gleichwohl waren die Beine der Labiano bereits von den Füßen bis knapp unter die Knie verholzt – offenkundig war sie im Begriff, sich von den Fußsohlen aufwärts in einen Baum zu verwandeln. Mit einer rauhen, hellgrauen, diagonal gemusterten Rinde, die Rabov gleichfalls mit der zaketumesischen Nebelwaldregion in Verbindung brachte.

»Erklären Sie mir, was Ihrer Meinung nach hier passiert ist, Ralla.« Rabov machte einen Schritt zur Seite und ließ seinen Assistenten eintreten. »Wenn mich Ihre Erklärung überzeugt«, fügte er hinzu, »sind Sie uns sofort wieder los.«

Sola schob sich neben ihn und Rabov hörte, wie Calins Liebhaber scharf die Luft einsog.

»Und wenn nicht?«, polterte der Hauptermittler.

Rabov zuckte mit den Schultern. »Dann müssen wir zumindest in Betracht ziehen, dass es sich um ein Lakori-Verbrechen handeln könnte.«

Ralla blies die Backen auf und ließ den aufgestauten Atem zischend wieder ausströmen. Sein gesamtes Schnauzbart-und-Brauen-Kunstwerk geriet in wehende Bewegung. »Lakori! Dass ich nicht lache!«, höhnte er. »Leben wir im Dampfzeitalter – oder immer noch in zaubergläubiger Dunkelheit?«

»Mal da, mal dort«, schlug Rabov mit friedfertigem Lächeln vor. »Und entsprechend haben wir es auch mit Verbrechen beider Kategorien zu tun.«

Ralla schüttelte den Kopf und winkte in Rabovs Richtung ab. »Doktor Dobiu – was sagen Sie?«, wandte er sich an den Leichenbeschauer.

Der schwergewichtige Mann im grauen Umhang kniete mittlerweile zu Füßen der Labiano und betastete die blasse Borke auf ihren Schienbeinen. »Ich bin jetzt seit fast zwanzig Jahren königlicher Leichenbeschauer«, brummte er, mehr zu sich selbst als in Richtung seiner Zuhörer. »Aber so etwas ist mir noch niemals untergekommen. Oder allenfalls im Wald.«

»Blödsinn«, knurrte Ralla. »Eine seltene Hautkrankheit oder ein exotisches Pilzleiden – irgendetwas dieser Art wird sich früher oder später als Erklärung herausstellen. Die gute Frau Doktor war schließlich Archäologin. Andauernd ist sie im zaketumesischen Urwald und weiß der Kuckuck wo sonst noch herumgestolpert und da hat sie sich eben diese … diese Pilzsache geholt.«

»Und das hier« – Rabov beugte sich vor und deutete auf das Lianenende, das sich aus Velissa Labianos eigentlich recht wohlgeformtem Hinterteil hervorringelte –, »ist das in Ihrer Theorie der Pilzstengel oder eher ein Fetzen vom Wurzelgeflecht?«

Ralla starrte ihn daraufhin so finster an, als ob er in Betracht zöge, sämtliche anwesenden Geheimen zu Pilzragout zu verarbeiten. Nicht des Genusses wegen, denn Geheimagenten waren zähfasrig, aber um sie ein für alle Mal los zu sein. Doch Rabov achtete nicht länger auf ihn. Er nahm sogar kaum mehr zur Kenntnis, dass sich Ralla und der Leichenbeschauer an ihm und Sola vorbei aus der Tür schoben und im vorderen Zimmer lautstark zu palavern begannen.

Transformationsmagie dritten Grades, sagte er auf dem Gedankenweg zu Sola, *so etwas habe auch ich noch nie gesehen.*

Aufmerksam betrachtete er die Unterschenkel der Toten. Sie schienen ihm ineinander verwachsen, wie man es bei Zwillingsstämmen so häufig sieht. Auch kam es ihm nun vor, als wäre die Rinde in den wenigen Minuten, seit sie eingetroffen waren, um gut einen Zoll weiter an den Beinen der Labiano emporgekrochen. Die äußersten Ränder der diagonal gestreiften Borke zogen sich jetzt schon bis zu den Knien hinauf. (Wie schlingende Schlangen.)

Aus den Augenwinkeln beobachtete er, wie sein Assistent auf den Anblick des bizarr entstellten Leichnams reagierte. Doch Port Sola wirkte wenig beeindruckt. *Zaketumesischer Yasnabaum,* teilte er mit, und seine Gedankenstimme klang in Rabovs Geist genauso dunkel und angenehm wie sein gewöhnlicher Bass. Er deutete auf die Knie der Archäologin. *Ich war erst voriges Jahr drüben – mit einem der ersten Dampfschiffe übrigens, der* Königin Lanfa. *Gemahlene Yasnarinde können Sie in Zaketuma an jeder Straßenecke kaufen – ein Wundermittel, es soll praktisch gegen alles helfen, von Herzrasen bis hin zu Besessenheit, bei Lenden- oder Geistesschwäche gleichermaßen.*

Und – haben Sie's ausprobiert?

Sola zeigte sein bubenhaftes Grinsen. *Ich hab mir ein Tütchen mitgenommen – falls mir irgendwann mal eines dieser Leiden zu schaffen macht.*

Schlagfertiger Bursche, dachte Rabov und achtete sorgfältig darauf, dass Sola von seinem Lob nichts mitbekam. *Hören Sie mir jetzt gut zu.* Er sah seinen Assistenten eindringlich an. *Diese Sache hier ist ernster als alles, was mir jemals untergekommen ist. Ich behaupte nicht, dass ich schon ganz – oder auch nur annähernd – begriffen hätte, was mit der Frau passiert ist. Aber ich spüre sehr deutlich, dass diese Sache größer und gefährlicher ist als jeder andere Fall, mit dem ich in den letzten drei Jahren zu tun hatte.*

Diesmal wirkte Sola durchaus beeindruckt. Er zog keine übertriebenen Grimassen und verkniff sich sogar sein spöttisches Grinsen. *Wieso größer?,* fragte er nur.

Rabov hob Brauen und Schultern ein wenig an. *Erinnern Sie sich, was die Lehrbücher über Transformationsmagie dritten Grades sagen? Es gibt auf der ganzen Welt nur ein paar Dutzend Erleuchtete, die so etwas überhaupt hinbekommen – einen Verwandlungszauber, der nicht nur in der Einbildung des entsprechend behexten Betrachters stattfindet, sondern der Materie tatsächlich und nachhaltig umwandelt.*

Im vorderen Zimmer war es plötzlich so still, dass Rabov sich unterbrach und einen Blick über seine Schulter warf. Da war niemand mehr – kein Ralla, kein Leichenbeschauer, auch der stämmige Wachtmeister, der sie vorhin hereingeführt hatte, war nicht mehr zu sehen.

Sola war seinem Blick gefolgt. »Das wäre dann also Transformationsmagie zweiten Grades«, warf er auf gewöhnliche Weise ein. »Ich erinnere mich gut – ist ja auch erst ein paar Wochen her, dass ich die

Lehrbücher zur Seite gelegt habe. Aber woraus schließen Sie, dass es sich sogar um den dritten Grad handeln könnte?«

»Ganz einfach«, antwortete Rabov, »wir haben es hier mit einem Lebewesen zu tun, das verwandelt wurde – genauer gesagt, sogar mit zweien. Der Schlange und der Frau.« Er nickte Sola mit düsterer Miene zu, über seine eigenen Worte unwillkürlich erschrocken. »Beim Verwandlungszauber dritten Grades«, fuhr er fort, »wird die Lebensenergie einer Kreatur in Transformationsenergie umgewandelt, so dass sie sich sozusagen selbsttätig in etwas anderes transformiert. Die Lehrbücher verweisen da auf die erstaunlichsten Metamorphosen von Menschen – in Tiere oder Pflanzen aller Art. In allen diesen Fällen haben wir es kaum mehr mit Lakori im engeren Sinn zu tun – eher schon mit dem, was in den alten Offenbarungsbüchern als Wunder, Metamorphose und dergleichen bezeichnet wird.«

Port Sola machte große Augen. Er schaute auf die Tote, dann wieder zu Rabov. »Sie meinen also, Chef ...« Er unterbrach sich, runzelte die Stirn und setzte neu an. »Sie glauben, dass diese Frau hier im Grunde noch *lebt*?«

(Und die Schlange.) Rabov zuckte abermals mit den Schultern. »Fragen Sie den Leichenbeschauer – der wird Ihnen versichern, dass Velissa Labiano tot ist und bestimmt nicht zu uns zurückkehren wird.« Er deutete auf die angewinkelten Knie der Archäologin, die jetzt nahezu vollständig verholzt und mit grauer Rinde überzogen waren. »Aber was ist mit dem Baum, in den sie sich gerade eben verwandelt?« Er ging zur linken Seite des Bettes und fuhr mit den Fingerspitzen über die Fußsohlen der Labiano. Glibberige, mehlfarbene Fäden sprossen daraus hervor. »Schauen Sie sich das an«, ermunterte Rabov den Assistenten, »sie fängt schon an, Wurzeln auszutreiben.«

6

Im vorderen Zimmer waren die Vorhänge noch immer zugezogen. Rabov trat zum Schreibtisch unter dem Fenster, lüpfte die Gardine und spähte hinaus. Mittlerweile war es

Nacht geworden, doch selbst vor dem Hintergrund des dunklen Himmels hob sich das Archäologische Institut als tiefschwarzer Koloss ab. Das Riesenbauwerk kam Rabov wie eine eigene Nacht vor, wie Stein gewordene Schwärze, wie der Eingang zu einer anderen Welt.

Aber vielleicht war er einfach nur müde.

Auch die meisten Gelehrten und ihre Gehilfen da drüben hatten ihr Tagwerk mittlerweile beendet. Nur hier und da blakte noch eine Lampe hinter einem der beklemmend schmalen Lukenfenster. »Wir sehen uns gleich morgen mal im Institut um«, sagte Rabov zu Port Sola, der an den Regalwänden entlangstrich und die Aufschriften auf Buchrücken entzifferte, ohne jedoch eines der Bücher herauszuziehen. »Höchstwahrscheinlich hat die Labiano ja da drüben gearbeitet.«

Sola gab ein zustimmendes Brummen von sich und Rabov senkte seinen Blick auf den Schreibtisch. Inmitten eines enormen Durcheinanders aus bekritzelten Blättern und Heften, aus Büchern und Kohleskizzen (vom Urwald überwucherte Ruinen mit bizarren Umrissen) lag das zerfledderte Buch noch ziemlich genau dort, wo er es bei der magischen Übertragung zuletzt gesehen hatte. Er nahm die Schwarte zur Hand, der Ledereinband fühlte sich sogar noch speckiger an, als er aussah.

»Götterstadt Naxoda – Mythos oder vorgeschichtliche Wirklichkeit?« Murmelnd las er den Titel vor, mehr für sich selbst, um seinem Gedächtnis auf die Sprünge zu helfen. Aus irgendwelchen Gründen kam ihm der Name Naxoda bekannt vor, doch im Augenblick konnte er sich nicht auf den Zusammenhang besinnen.

Seinem Forschungsgegenstand hatte der Verfasser, ein gewisser Doktor Edar Fostu, jedenfalls fast dreihundert Druckseiten gewidmet. Doch seit er seine Abhandlung niedergeschrieben hatte, mussten mindestens hundert Jahre vergangen sein – da konnte das Buch einer heutigen Forscherin doch eigentlich keine neuen Erkenntnisse mehr bieten. Und doch hatte Velissa Labiano offensichtlich mit diesem Buch gearbeitet.

Rabov schlug es behutsam auf und überflog die königliche Druckgenehmigung auf der ersten Seite, die vorschriftsmäßig mit Ort und Datum versehen war. *»Phora, im Jahre 589 n.d.F.«* Die Schwarte war sogar noch älter, als er vermutet hatte, und durch den längst außer Gebrauch geratenen Zusatz »n.d.F.« schien sie geradezu einem anderen Zeitalter anzugehören. Schon zu Beginn des siebten Jahrhunderts war die postkatastrophische Floskel »nach der Flut« durch die ungleich zuversichtlicher klingende Wendung »neuer Zeit« ersetzt worden. Warum also hatte Velissa Labiano ihre eigenen Aufzeichnungen kopfschüttelnd verworfen und sich stattdessen in eine Abbildung aus dem altertümlichen Werk von Edar Fostu vertieft?

Die betreffende Zeichnung hatte Rabov bei der lakorischen Übertragung nur undeutlich gesehen – ein paar Kreuz- und Querstriche, die so ziemlich alles darstellen konnten. Doch er brauchte nicht lange zu blättern, um die Abbildung zu finden, die Velissa Labiano kurz vor ihrem Tod – beziehungsweise ihrer Transformation – so aufmerksam betrachtet hatte. Und durch die sie in einen eigentümlich auf- oder angeregten Zustand versetzt worden war.

»Kommen Sie mal her, Sola«, sagte Rabov. Als er keine Antwort bekam, wandte er sich um und entdeckte seinen Assistenten im Türrahmen zum hinteren Zimmer. Das aufgeschlagene Buch in der Hand, trat er hinter Sola, dessen schmale Schultern in der schwarzen Halbkutte krampfhaft bebten. »Na, was ist denn jetzt los«, murmelte Rabov und erwog kurz, Sola eine Hand auf die Schulter zu legen wie einem trostbedürftigen Hinterbliebenen.

Die drittgradige Transformation war deutlich vorangeschritten. Bis weit über ihre Knie hinauf war Velissa Labiano mittlerweile in einen zaketumesischen Yasnabaum verwandelt. Aber nicht das war es allem Anschein nach, was so sehr an Port Solas Nerven zerrte.

»Sie hat Angst«, flüsterte er. »Ich spüre es – so grauenvolle Angst.«

Rabov legte ihm nun doch seine Hand auf die Schulter. Fast gewaltsam zog er Sola von der Türschwelle fort und schloss die Tür zum Schlafraum der Toten. Oder zum Verwandlungszimmer, anders gesagt. Die Frage ging ihm durch den Kopf, welches Erlebnis einst Solas dunkle Kräfte geweckt haben mochte. Vielleicht hatte der Anblick da drinnen an irgendetwas in ihm gerührt. Aber Rabov ließ es für den Moment auf sich beruhen. Der Kapuzenkerl kämpfte offenbar mit den Tränen. Er hatte Rabov seinen Rücken zugewandt und die ganze schmale Gestalt zuckte, dass die Kapuze zwischen seinen Schultern auf- und absprang.

Schließlich fuhr er sich mit dem Handrücken über die Augen und drehte sich wieder zu Rabov um. »Entschuldigung, Chef«, krächzte er. »Ich bin wohl doch nicht so abgebrüht, wie ich gedacht hatte.«

Rabov sah ihn ausdruckslos an. »Sieht ganz so aus«, sagte er. Sollte er Calins Liebhaber etwa auch noch bemuttern? »Falls Sie sich wieder unter Kontrolle haben, werfen Sie mal einen Blick auf diese Zeichnung.« Er hielt seinem Assistenten das aufgeschlagene Buch hin.

Die Skizze zeigte einen knorrigen Baum, der sich auf einem Hügel vor dem Hintergrund einer malerischen Ruinenstadt erhob. Auch hier gab es bizarre Umrisse zu bewundern – die unvermeidlichen Pyramiden, dazwischen Tempel mit steinernen Applikationen, die wie überdimensionale Katzenohren aussahen, und Türme mit Kuppeln wie stilisierte Parderschädel. Sämtliche Fassaden waren überdies mit Reliefs bedeckt, die finstere Götter- oder Dämonenfratzen darstellten. Offenbar befand sich diese Ruinenstätte im zaketumesischen Nebelwald und die Bildunterschrift ließ auch keinen Zweifel daran, welchen mysteriösen Ort die Skizze veranschaulichen sollte. *»Fig. 7: Naxoda in einer Zeichnung aus dem Jahre 462 n.d.F. – hat der (anonyme) Künstler die Königsstadt mit eigenen Augen gesehen?«*

Diese Frage ließ Rabov ziemlich kalt. Ganz anders verhielt es sich jedoch mit dem Baum im Vordergrund des Bildes, auf den der Zeichner auffällig viel Mühe verwendet hatte. Den mächtigen Stamm bedeckte hellgraue Rinde mit einem diagonalen Streifenmuster. An zwei Stellen wies er nahezu makellos runde Löcher auf, eines davon auf halber Höhe, das zweite knapp unter der Krone, die aus kurzen, im Kreis angeordneten Ästen bestand. Aus dem oberen Loch schaute das Schwanzende einer gewaltigen Schlange hervor, aus dem unteren der charakteristisch flache Kopf mit den senkrecht geschlitzten Augen. Das Maul hatte sie weit aufgerissen, so dass die verheerenden Doppelreihen ihrer Zähne gut zu sehen waren. Bei der Wiedergabe der zweigespaltenen Zunge hatte sich der Künstler eine gewisse Freiheit erlaubt oder, im Gegenteil, ein traditionelles Motiv nachgeahmt: Auf jedem der beiden Zungenenden saß wiederum ein miniaturisierter Schlangenkopf, das Maul weit aufgerissen, die Zähne winzige schimmernde Spitzen. Doch das Netzmuster auf Hals und Schwanz der Schlange ließ gleichwohl keinen Zweifel, dass es sich bei der Bewohnerin des Yasnabaums um eine Gittermakuba handelte.

Hufklappern und das Rattern eisenbeschlagener Wagenräder schreckten Rabov auf. Er drückte seinem Assistenten das Buch von Edar Fostu in die Hände und eilte zum Fenster zurück. Halbwegs war er schon darauf gefasst, eine schwarze Kutsche mit wehenden schwarzen Vorhängen zu erblicken, die, von acht schnaubenden Rappen gezogen, aus dem Tor des Archäologischen Instituts hervorbrechen würde. Aber dann war es nur eine unscheinbare Droschke, die auf ihrer Straßenseite anhielt. Ein weißhaariger Herr, in königsgrünem Umhang und von ungemein würdevollem Gebaren, stieg aus. Er war hochgewachsen und hielt sich so aufrecht wie ein Korkrohrbaum, dabei musste er bereits im Winter seines Lebens sein. Mit wehender Gesichtsfrisur schritt ihm Hauptermittler Ralla durch das Vorgartengestrüpp entgegen – offenbar hatte er mit seinen Leuten vor der Tür auf die Kutsche gewartet. Auf seinen Wink hin lösten sich nun auch der Leichenbeschauer und die Zolltor-Wachtmeister (beide anscheinend etwas wacklig auf den Beinen) aus dem Schatten des Hauses und stiegen, nachdem der ältere Herr sie mit knappem Kopfnicken begrüßt hatte, in den Wagen ein. Ralla und der Herr wechselten noch ein paar Worte und schließlich stieg auch der Hauptermittler in die Kutsche, die nur einen Moment später wieder anfuhr und in der Dunkelheit verschwand.

Der weißhaarige Herr blickte zu dem Fenster, hinter dem Rabov durch einen Gardinenritz spähte. Er nickte Rabov zu und dem fiel gerade in diesem Augenblick ein, wann und in welchem Zusammenhang er von der Stadt Naxoda schon einmal gehört hatte.

Eine Expedition, letztes oder vorletztes Jahr. Tollkühne phoräische Forscher hatten sich zu einem der entlegensten Flecken im zaketumesischen Nebelwald vorgekämpft und irgendwie war dort alles katastrophal schiefgegangen. Vage entsann sich Rabov einiger Schlagzeilen, mit denen vor allem der *Phoräische Nachtbote* damals tagelang seine Auflage in die Höhe geprügelt hatte. Sensationelle Funde waren gemacht und wenig später wieder vom Urwald verschlungen worden. Möglicherweise war es bei alldem auch nicht ganz mit rechten Dingen zugegangen – war im Zusammenhang mit der Naxoda-Expedition nicht sogar von Betrug und Fälschung die Rede gewesen? Jedenfalls hatte es auch eine Menge Tote gegeben und was es mit den »Bildtafeln von Naxoda« nun genau auf sich hatte, war trotz oder wegen all der lärmenden Zeitungsreportagen auf eigentümliche Weise im Dunkeln geblieben.

»Wühlen Sie sich mal rasch noch durch diesen Manuskripthaufen.« Rabov deutete auf die wild bekritzelten Zettel, die zwischen Büchern und Krimskrams auf dem Schreibtisch lagen. »Achten Sie besonders auf Notizen, bei denen es um eine Expedition nach Zaketuma und irgendwelche steinernen Bildtafeln geht. Und nehmen Sie alles mit, was für unsere Sache von Belang sein könnte, auch das Buch von diesem Fostu.« Damit ließ er Sola stehen und eilte dem königsgrünen Herrn entgegen, der seinerseits bereits stocksteif auf das Haus zuschritt.

Rabov war um Haaresbreite vor ihm an der Haustür. »Herr Oberrat Milar?«

Der Weißhaarige verzog keine Miene. »Alle Achtung, Agent Rabov – das war hurtig kombiniert.«

Rabov verneigte sich mit angedeutetem Lächeln. »Wohin lassen Sie Ralla und seine Männer bringen, Herr Oberrat?«

»Spezialharmonisierung – uns bleibt leider keine Wahl.« Milar seufzte leise. »Sie dürfen sich an nichts von dem erinnern, was sie heute an diesem Ort gesehen haben.«

»Sie lassen ihre Erinnerung schwärzen, Herr Oberrat? Auch bei Hauptermittler Ralla?«

»Hüten Sie Ihre Zunge, Rabov. Bei Horch Ralla natürlich nicht.«

Während dieses kleinen Wortwechsels war hinter Rabov die Wohnungstür aufgegangen und Sola trat in den Hausflur hinaus. Die letzten Worte von Milar hatte der Assistent offenbar noch mitbekommen, die Warnung davor unglücklicherweise nicht. »Horch?«, wiederholte er und grinste dabei so unverschämt, dass seine Zähne im Halbdunkel blitzten. »Heißt er wirklich so?«

»Halten Sie den Mund, Sola«, tadelte Rabov ihn absichtlich barsch. »Bitte sehen Sie meinem Assistenten die unbedachten Worte nach, Herr Oberrat«, wandte er sich an Milar, »es ist heute sein erster Tag – und dann gleich eine drittgradige Transformation.«

Milar sah mit steinerner Miene an Sola vorbei. »Lernen Sie so schnell wie möglich, Ihre Zunge zu hüten, junger Mann. Und glauben Sie nicht, dass das nur so dahergesagt wäre – die Zungenstrafe mag ein wenig außer Mode gekommen sein, aber es gibt immer noch genügend Richter im Königreich, die dieses Rechtsmittel zu schätzen wissen.«

Sola biss sich auf die Unterlippe. Auch Rabov zog es vor, die unerwartet scharfe Drohung nicht zu kommentieren. Wahrscheinlich hatte der Oberrat so wie sie alle einen harten Tag hinter sich. Rabov musste wieder daran denken, wie Calin im Kaskadenzimmer beinahe von Panik überwältigt worden war. Vielleicht hatte auch Milar nur seine Angst hinter Drohungen verborgen.

Aber Angst wovor, beim grundgütigen Linglu? Vor einem Umsturzversuch wild gewordener Serpentisten, der mit dem heimlichen Eintreffen des Ragadhani-Hohepriesters Varusa begonnen hatte und mit diesem drittgradigen Verwandlungszauber furchterregend in Schwung kam?

Nein, das alles ergab nach wie vor keinen Sinn.

»Und nun lassen Sie mich durch«, sagte Milar und ging im selben Moment los. Rabov und Sola blieb nichts anderes übrig, als sich links und rechts an die Wände des Hausgangs zu pressen, damit der Oberrat nicht einfach stocksteif durch sie hindurchschritt.

Auf der Schwelle zu Velissa Labianos Wohnung blieb Milar noch einmal stehen. »Alle Zugänge zum Transformationsort werden auf die übliche Weise versiegelt«, sagte er, ohne sich auch nur andeutungsweise zu ihnen umzuwenden.

Dann ging er hinein und stieß, mit einem Fuß rückwärts austretend, die Tür hinter sich ins Schloss.

7

»Ach, du meine Güte«, sagte Sola, während er mit einer der tentakelartigen Stangen im Getriebe ihres Dampfmobils rührte. »Ich habe alles falsch gemacht, oder?«

»Nicht alles«, beschwichtigte ihn Rabov. Er schichtete die Naxoda-Schwarte und die wüst bekritzelten Blätter vom Schreibtisch der Labiano zu einem säuberlichen kleinen Packen, den er in einer Innentasche seines Überwurfs verstaute. »Sie haben nur den höchsten Geheimbeamten, der mir jemals am Schauplatz eines Mysteriösen Verbrechens begegnet ist, wie einen Schulbuben verspottet«, fügte er hinzu.

Sola ließ die Tentakel los und begann am Steuerrad zu kurbeln. Mit röhrender Sirene scherten sie aus und fuhren auf der Lanfastraße wieder stadteinwärts. Die Gaslampen vorn an ihrem Wagen schaukelten hin und her, warfen jedoch nur ein mattes Geflacker auf die Straße.

»Wieso verspottet?«, fragte Sola mit brüchiger Stimme.

»Sie haben so getan, als ob Horch ein lustiger Vorname wäre.«

Sola stöhnte auf. »Und das ist er aber nicht?«

»Horch ist ein Ehrentitel – sagen Sie nur, das haben Sie nicht gewusst?«

Der Kapuzenkerl schüttelte den Kopf und gab gepresste Laute von sich.

»Genauer gesagt«, fuhr Rabov fort, »ist Horch sogar einer der höchsten dunibischen Ehrentitel. Er wird für herausragende Verdienste um unser Vaterland von König Sorno höchstpersönlich verliehen – auf dem Höhepunkt der jährlichen Feier zum Gedenken an die Große Flut.«

Sola schlug mehrmals hintereinander seine Stirn gegen das eiserne Steuerrad. »Aber zumindest habe ich ja nicht Milar beleidigt«, sagte er, »sondern Hauptermittler Ralla. Und der war da schon mit der Kutsche abgefahren und wird von meinem kleinen Ausrutscher hoffentlich nie erfahren.«

»Das mag sein«, stimmte Rabov zu. »Aber wenn Ralla diesen Titel führen darf, dann ist Milar bestimmt schon lange vor ihm zum Horch erhoben worden. Schließlich ist ein Hauptermittler neben einem königlichen Geheimen Oberrat nur ein unbedeutender Wicht.«

Darauf erwiderte Sola längere Zeit nichts. Schweigend fuhren sie den Ring der Vollkommenen Harmonie entlang und Rabov ließ schläfrig blinzelnd die nachtdunklen Prachtfassaden an sich vorüberziehen.

Erst als sie sich dem Donarberg näherten, sahen die Straßen wieder belebter aus. In hell erleuchteten Schenken wurde gesungen und gelacht, in dämmrigen Torbögen um bemessene Gunst gefeilscht.

Auf Port Sola wirkte das Treiben am Rande des Künstlerviertels offenbar erfrischend. »Was halten Sie davon, Herr Rabov, ich meine, nach alldem, was heute passiert ist – sollten wir uns nicht noch schnell irgendwo einen Noïli-Trunk genehmigen?«

Rabov schüttelte reflexhaft den Kopf. Das hätte ihm gerade noch gefehlt – ein gemeinsames Besäufnis mit Calins aktuellem Liebhaber. Dann erst fiel ihm ein, dass er wirklich keine Zeit hatte, im Gegenteil. »Verdammt«, sagte er, »ich sollte längst zu Hause sein – der Junge wartet.«

»Sie haben einen Sohn?«

»Hat Calin Ihnen das nicht erzählt?« Rabov gab sich alle Mühe, durchtrieben dreinzuschauen.

Der Assistent sah ihm mit zusammengekniffenen Augen von der Seite aus zu und seine Kiefer mahlten. Im nächsten Moment trat er auf die Bremse und lenkte das zischende Mobil an den Straßenrand. »Entschuldigung, Herr Rabov«, sagte er. »Ich weiß, dass Sie der Chef sind und ich heute miserabel abgeschnitten habe. Aber auf die Gefahr hin, dass mein erster Tag bei Ihnen auch schon mein letzter sein könnte – eines muss ich trotzdem noch loswerden, Linglu noch mal.« Er holte tief Luft und sah starr auf die Straße vor ihnen, wo sich zwei stark bezechte junge Männer anschickten, eine Meinungsverschiedenheit mit den Fäusten auszutragen. »Sie haben überhaupt keinen Grund, eifersüchtig zu sein«, sagte Sola. »Calin hat mich vor einer Woche vor die Tür gesetzt – am selben Tag, an dem sie mich zu Ihrem Assistenten ernannt hat.«

Rabov zog es vor, weiterhin schweigend dem Handgemenge zuzusehen. Aus mehreren Schenken in der Nähe strömten Schaulustige herbei und feuerten die Kämpfer mit rhythmischem Geschrei an.

»Für mich«, fuhr Sola stockend fort, »ist diese Sache aus und vorbei – nicht etwa, weil ich genug von Calin hätte, Linglu bewahre, sondern weil ich weiß, dass es für sie zu Ende ist und dass es bei ihr kein Zurück gibt.« Er warf Rabov erneut einen Seitenblick zu. »Ich habe da eine Theorie«, fuhr er fort. »Die Abgangshypothese, wenn Sie so wollen. Also kurz und gut – meiner Ansicht nach unterzieht Calin ihre Günstlinge sozusagen einem Test. Sie prüft uns auf Herz und Nieren, auf Lakori und was weiß ich noch – und wer die Prüfung besteht, bekommt in ihrem Reich einen mehr oder weniger verantwortungsvollen Posten. Damit ist die Sache für sie erledigt und der betreffende Prüfling wird folgerichtig vor ihre Tür gesetzt. Fortsetzung ausgeschlossen, Ende und vorbei.« Er rieb seine Handflächen aneinander wie jemand, der Staub oder Brotkrumen abstreift.

Rabov dachte still für sich über diese überraschende Hypothese nach. Auch auf der Straße war es schlagartig wieder ruhig geworden, seit einer der beiden Krawallbrüder zu Boden gegangen war. Auf allen Vieren kauerte er in der Gosse und schien darauf zu warten, dass ein wenig Energie in seine Beine zurückkehrte.

Währenddessen reifte in Rabov ein Entschluss. Er hatte den Eindruck, dass Sola eben aufrichtig gesprochen hatte – nicht unbedingt die Wahrheit, aber jedenfalls das, was er selbst für die Wahrheit hielt. Und soweit es seine Affäre mit Calin anging, wünschte Rabov aus tiefstem Herzen, dass er sich nicht geirrt hatte und es für Sola wirklich kein Zurück gab. Was aber ihn selbst und Calin betraf, ihre zweifellos nur vorübergehend unterbrochene Liebschaft – davon hatte dieser unreife Kapuzenbursche nicht die blasseste Ahnung.

Rabov wandte sich ihm zu, um ein freundliches Lächeln bemüht. Das fiel ihm auch nicht sonderlich schwer, schließlich war ihm der Jüngere vom ersten Moment an sympathisch gewesen. Was allerdings noch lange nicht hieß, dass er mit Sola nun einen Klub der von Calin verstoßenen Liebhaber gründen würde. »Ich bin Samu«, sagte er und reichte Sola die Hand. »Oder Sam, da die Zeit meistens knapp ist.«

Obwohl er zwischen Steuerrad und Gestänge eingekeilt war, gelang es Sola irgendwie, sich in Rabovs Richtung zu verbeugen. Dazu zog er wieder eine seiner parodistischen Grimassen. »Fühle mich überaus geehrt, Chef – Sam, natürlich. Und ich bin Port.« Er schüttelte Rabovs Rechte und seine Hand fühlte sich auch diesmal wie eine Nibra-Zignelle an. »Einfach Port«, fügte er hinzu. »Für mehr war bei mir anscheinend noch nie Zeit.«

Während der restlichen Fahrt schwiegen sie beide. Rabov schreckte erst wieder aus dem Halbschlaf hoch, als Sola ihr Mobil in der Flötenmachergasse stoppte und das Zischen und Puffen der Dampfmaschine jählings erstarb. »Sie wollen doch nicht noch mit reinkommen, Port?«, fragte er. »Ich meine, es ist schon ziemlich spät und außerdem …« Er unterbrach sich, weil er nicht erneut von dem Jungen anfangen wollte.

Sola machte wieder mal große Augen. Rabov stieg aus und der Assistent tat es ihm gleich. »Hat Calin das nicht erwähnt?«, fragte Sola zum zweiten Mal an diesem Tag. »Ich wohne über Ihnen.« Er öffnete geheime Klappen in der Karosserie und wuchtete einen prall gefüllten Reisesack sowie einen messingbeschlagenen Überseekoffer hervor.

Rabov hatte das hässliche Gefühl, erneut an der Nase herumgeführt worden zu sein. Wie immer es um ihre Gefühle füreinander bestellt sein mochte – Calin und Port regelten offensichtlich alles Wesentliche über seinen Kopf hinweg.

»Dann also bis morgen. Punkt acht Uhr hier vor der Tür.« Damit ließ er Sola stehen und verschwand in seinem Kellerloch.

8

Die Arme vor der Brust verschränkt, stand Rabov am Fußende seines Bettes und schüttelte nur immerzu den Kopf. Auch wenn er dieses unerhörte Durcheinander mit seinen eigenen Augen erblickte – er konnte einfach nicht glauben, was er sah.

Schon im Hereinkommen, als er im Halbdunkel seinen »Laden« durchmessen hatte, war es ihm so vorgekommen, als ob da vorne irgendetwas ganz und gar nicht stimmte. Aber erst nachdem er das Hinterzimmer betreten und Licht angezündet hatte, war ihm allmählich gedämmert, was der Junge angerichtet hatte. Sämtliche sieben Dutzend Theaterkostüme, die bald drei Jahre lang friedlich an ihren Garderobenstangen vorne im »Verkaufsraum« zugestaubt waren, lagen nun in einem malerischen Halbkreis um Rabovs Junggesellenbett auf dem Boden. So als hätte Zoran alle diese Jägerhosen und Schatzsucherjacken und Bruder-Loscha-Kutten eine nach der anderen anprobiert – um sie dann allerdings samt und sonders zu verwerfen.

Stattdessen trug der Junge nun eine von Rabovs kostbaren Kleidungsgarnituren, einschließlich schlammfarbenem Überwurf. Bäuchlings lag er auf dem Bett, die viel zu langen Hosenbeine aufgekrempelt, eine Wange in Rabovs zusammengeknautschtes Kissen gedrückt. Die widerborstigen braunen Locken verdeckten den größten Teil seines Gesichts und für einen Augenblick schien es Rabov abermals, als ob dieser Bursche niemand anderes wäre als er selbst. Aus dem Raginor der Sechshundertneunziger Jahre ihm hinterhergereist, um ihn an die verworrenen Pläne und Schwüre seiner Jugendzeit zu erinnern.

Unsinn.

Rabov beugte sich vor und rüttelte Zoran an der Schulter. Keine Reaktion. Der Junge lag im Tiefschlaf, fast als hätte er ein ganzes Fass Bakus-Schnaps geleert. Rabov rüttelte stärker. Zorn brodelte in ihm empor – er war kurz davor, dem Jungen die arglistig angeeigneten Kleidungsstücke vom Leib zu reißen. Aber Zoran ließ sich schütteln wie eine Gummipuppe und gab nur ein verwaschenes Brabbeln von sich.

Notgedrungen ließ Rabov wieder von ihm ab. Seine Müdigkeit und die Unruhe, die er seit dem Zwischenfall im Tempelzelt der Gottheit Ragadhani verspürt hatte, wichen fiebrigem Tatendrang. Er stakte mit Storchenschritten über den Wulst der verworfenen Kostüme hinweg und bereitete sich in seiner Küchennische ein Brot mit geräucherter Zignelle zu. An seinem Tisch vor dem Hinterhoffenster sitzend, verschlang er den späten Imbiss und spülte mit einem Becher Wein nach.

Währenddessen schweiften seine Blicke und Gedanken rastlos umher. Seltsamerweise lugten die Kleiderbügel noch aus den Krägen sämtlicher Kostümierungen, die um das Bett herum ausgebreitet lagen – so als hätte Zoran all diese Kleidungsstücke verworfen, ohne auch nur eines von ihnen anzuprobieren. Weshalb aber hatte er sie dann erst aus dem »Laden« hierhergeschleppt? Rätselhaft, dachte Rabov. Aber warum grübelte er nur unaufhörlich über diesen Lausejungen und seine läppischen Missetaten nach, anstatt sich der Aufklärung des Verbrechens zu widmen, dem Velissa Labiano zum Opfer gefallen war?

Gute Frage, lobte sich Rabov. Und die Antwort war – sein Gespür sagte ihm, dass bei dieser Schlangensache alles in vorerst unentwirrbarem Durcheinander zusammenhing.

Dröhnend schlug seine Pendeluhr die Stunde – ein Uhr. Aber in dieser Nacht würde er kein Auge zutun, jedenfalls nicht vor dem Morgengrauen, auch das spürte Rabov nur zu genau.

Alles hing mit allem zusammen – das Anschwellen serpentistischer Aktivitäten in ganz Phora und das Erscheinen von Hohepriester Radschi Varusa. Die mysteriöse Ermordung (oder Transformation) der Labiano und die Erweckung des Dunkeldu in Zoran, die (oder der) wiederum auf höchst unbehagliche Weise mit gewissen Geschehnissen in Rabovs eigener nibräischer Vergangenheit verknüpft schien.

Aber diese Grübeleien brachten ihn wieder mal überhaupt nicht weiter.

Die Holzdecke über ihm ächzte unter den Schritten von Port Sola. Daran würde er sich auch erst gewöhnen müssen – seit er in der Flötenmachergasse eingezogen war, hatte die Wohnung über ihm leergestanden. Wahrscheinlich grämte sich sein Assistent noch immer, weil er Horch Milar vor den Kopf gestoßen hatte.

Rabov zog den Papierpacken vom Schreibtisch der Labiano aus seinem Umhang. Die meisten Notizen der jungen Archäologin waren ein kaum zu entzifferndes Gekritzel und erst nachdem er sich einige Minuten lang hineinvertieft hatte, fand er sich in den Krakeleien einigermaßen zurecht.

Allem Anschein nach handelte es sich bei diesen losen Blättern sehr viel eher um Überreste eines persönlichen Tagebuchs als um wissenschaftliche Notizen. Jedoch waren die Eintragungen teilweise undatiert und so blieb die ursprüngliche Reihenfolge zumindest in einigen Fällen unklar. Dagegen ging aus dem Gekrakel nur allzu klar hervor, von welcher Art Gedanken und Gefühlen die Labiano im Frühling vergangenen Jahres regelrecht überschwemmt worden war: von tosender Eifersucht, von geradezu vulkanischem Hass auf eine Nebenbuhlerin, die auf all diesen Tagebuchblättern nur mit den Initialen L.M. gekennzeichnet wurde.

»… unsere Expeditionsvorbereitungen nunmehr nahezu abgeschlossen« – mit diesem Satzfetzen begann der mutmaßlich erste und älteste Zettel. Der Tonfall gelassenen Triumphs, der dort anklang, wich jedoch bereits in der nächsten Eintragung ungleich schrilleren Tönen.

»17. 3. 712 – L.M. muss ihn verhext haben! Oder sie erpresst ihn! Was sonst könnte Gol dazu veranlassen, diese drittklassige Grabschänderin nach Naxoda mitzunehmen? Diese Schlange! Wie sie auch bei mir versucht hat sich einzuschmeicheln: »Ah, Velissa, wenn ich nur ein Viertel deines Verstandes besäße! Warte nur ab, bald hast du deinen eigenen Lehrstuhl – dann kann Hergo sich eine neue Assistentin suchen!« O gütiger Linglu, ob sie auch ihm diesen Unsinn aufgetischt hat – damit er sie *zu seiner neuen Assistentin macht?«*

Ungeachtet ihres hysterischen Tonfalls las Rabov die Mutmaßungen der jungen Archäologin mit wachsender Sympathie. Es war doch offenbar überall das Gleiche – ein ständiges Rangeln und Bangen und Buhlen, sogar am Lehrstuhl des weit über Phora hinaus bekannten Archäologieprofessors Gol Hergo. Er beugte sich über die nächste Notiz und nahm mit einem Seufzer zur Kenntnis, dass sich die Befürchtungen der Labiano offenbar kurz darauf bewahrheitet hatten.

»21.3. – *Wurde heute zu ihm gerufen*«, so hob diese Eintragung unheilschwanger an. *»Ohne Umschweife teilte Hergo mir mit, dass er beschlossen habe, die Teilnehmerliste der Naxoda-Expedition in einem Punkt zu ändern. ›Du hältst hier in Phora die Stellung‹, fuhr er mit einem Lächeln fort, das Mitgefühl, wenn auch keinerlei Reue erkennen ließ. ›Glaub mir, es ist mir nicht leichtgefallen, Veli, aber höhere Beweggründe zwingen mich dazu, meine neue zweite Assistentin L. an deiner Stelle mitzunehmen.‹*

Höhere Beweggründe? Neue zweite Assistentin? Ich brachte kein Wort hervor. Ich konnte ihn nur anstarren und dabei krampfhaft schlucken – und dann brach ich blöde Sumpfammer in Tränen aus und rannte einfach so davon. Raus aus dem schwarzen Moder des Archäologischen Instituts und hinüber in meine Wohnung, die von dem vorflutlichen Monstrumsbau gleichfalls bei Tag und bei Nacht verfinstert wird.

L.! Was hast du mit Gol gemacht, du schamlose Fo …«

Es folgten mehrere Absätze mit überaus saftigen Kennzeichnungen ihrer Nebenbuhlerin. Aber Rabov las gewissenhaft weiter, obwohl in seiner linken Schläfe eine Ader zu pochen begann und obwohl Velissa Labiano sich im Anschluss über eine halbe weitere Seite in wahre Delirien der Eifersucht hineinhechelte. Hätten sich L.M. und der angeblich arglose Professor auch nur einem Bruchteil der aufgelisteten Ausschweifungen hingegeben, so wären sie zweifellos alle beide binnen kürzester Frist an Organüberlastung zugrunde gegangen.

Auf der Rückseite desselben Blattes hatte die Labiano überdies eine Probe ihres zeichnerischen Talents abgelegt. Die Bleistiftskizze stellte eine Frau in den Dreißigern dar, mit hellem Haar und maskenhaften Gesichtszügen. Sie erinnerte Rabov an irgendjemanden, aber im Augenblick fiel ihm nicht ein, an wen. Die Frau war an ein Agoschkreuz gefesselt und gänzlich nackt. Eine Schlange hatte sich um ihren Hals gewunden und schickte sich offenbar an, der Gekreuzigten ihren Giftzahn in den Hals zu bohren. Die Frau sah gleichzeitig verängstigt und verstockt aus, eine Sünderin, die sich selbst unter Todesqualen weigerte, ihre Missetaten zu bereuen. Unter diesen gehässigen kleinen Geniestreich hatte die Labiano gekritzelt: *»Das hat L.M. nicht verdient (zu schnell)«*.

Oha, dachte Rabov. Velissa Labiano und Lona Markan waren allem Anschein nach ebenbürtige Hasserinnen gewesen. Während er die Skizze studierte, fiel ihm auch wieder ein, woher ihm das maskenhafte Frauengesicht bekannt vorkam: Der Transformationsmagier Tarek hatte ihn gestern erst mit genau diesem »Frätzchen« in der Dampftram zu sich gelockt.

Also besaßen sie nun immerhin eine brauchbare Porträtskizze der Person, die am dringendsten verdächtig war, die Labiano umgebracht – oder jedenfalls transformiert – zu haben. Und ein glasklares Motiv dazu: Offenbar hatten sich die beiden Frauen in wechselseitigem Hass geradezu ineinander verkrallt. Vielleicht war Lona Markan ihrer Widersacherin lediglich zuvorgekommen.

Neben diesen bemerkenswerten Dokumenten gab es noch einige Notizen, die die Labiano mit ruhigerer Handschrift und demnach wohl in einem gemäßigteren Seelenzustand verfasst hatte. Jedoch waren diese Eintragungen undatiert und so musste fürs Erste offenbleiben, ob sie vor oder nach der dramatischen Umbesetzung des Expeditionsteams niedergeschrieben worden waren.

»Naxoda ist vielleicht nicht viel mehr als ein Delirium im Nebelwald«, hieß es da beispielsweise. *»In den letzten zweihundert Jahren haben Dutzende Forscher aus Dunibien nach der sagenhaften Urzeitstadt im Land Moliat gesucht. Aber niemand von ihnen ist jemals fündig geworden und mehr als die Hälfte dieser gelehrten Abenteurer wurde von der zaketumesischen Wildnis verschlungen.«*

Klangen diese Zeilen bereits einigermaßen skeptisch, so schlug sich die Labiano in einer weiteren Notiz unmissverständlich auf die Seite derer, die Naxoda für eine bloße Ausgeburt der Fantasie hielten. *»Nicht wenige Altertumsforscher erklären geradeheraus, dass Naxoda nicht existiere und niemals existiert habe – weil es eine Erfindung dunibischer Wissenschaftler sei. Und sie haben recht: Die angebliche Götterstadt Naxoda, die* *vermeintliche Metropole einer vor zehntausend Jahren untergegangenen altzaketumesischen Hochkultur, ist nichts als ein Phantom. Dort im Urwald und speziell im Moliat gibt es zahllose Ruinenstätten und im Lauf der Jahrhunderte wurde fast jede von ihnen mindestens einmal zum fieberhaft gesuchten Naxoda erklärt – aber sämtliche angeblichen Beweise, die von überlebenden Expeditionsteilnehmern jemals vorgelegt wurden, erwiesen sich als gefälscht oder zumindest höchst zweifelhaft und hielten jedenfalls einer kritischen Überprüfung nicht stand.«*

Nachdenklich strich sich Rabov über das Kinn, während er diese Passage ein zweites Mal überflog. Wenn Velissa Labiano so sehr davon überzeugt war, dass es die Stadt Naxoda gar nicht gab – warum hatte sie dann unbedingt an der Expedition teilnehmen wollen? Und weshalb war sie dann so außer sich vor Wut gewesen, als sie von der Teilnehmerliste gestrichen worden war? Darauf gab es eigentlich nur eine sinnvolle Antwort: Die Notiz, die er zuletzt gelesen hatte, musste aus der Zeit stammen, als Hergo bereits beschlossen hatte, seine neue zweite Assistentin anstelle der Labiano mitzunehmen. Möglicherweise hatte Velissa Labiano aus ihrer Enttäuschung und ihrem Hass das Beste gemacht und Beweise dafür zusammengetragen, dass Professor Hergo – wie so viele vor ihm – einer Fälschung aufgesessen war.

Allerdings war Gol Hergo nicht irgendein Amateur-Ausgräber, sondern einer der bekanntesten Altertumsforscher Dunibiens. Würde eine solche Kapazität, fragte sich Rabov, eine so aufwendige und gefährliche Expedition unternehmen, wenn er nicht im Voraus über stichhaltige Hinweise verfügte, dass Naxoda sehr viel mehr als ein *Delirium im Nebelwald* war? Er stöberte in den restlichen Blättern herum. Offenbar war Doktor Labiano mit ihren Mutmaßungen, ob Naxoda nun eine Phantasmagorie oder ein realer Ort sei, auch nicht weiter gekommen als jener Edar Fostu gut ein Jahrhundert zuvor.

Nun, auf all diese Fragen würden sie morgen im Archäologischen Institut hoffentlich zufriedenstellende Antworten erhalten – nach Möglichkeit von Professor Hergo und seiner Assistentin L. M. selbst.

Gedankenverloren beobachtete Rabov den Jungen, der immer noch wie ein Toter schlief. Aus dem Zimmer über ihnen war kein Dielenquietschen oder sonstiges Gelärme mehr zu hören – anscheinend war auch Port Sola nach den Mühen seines ersten Arbeitstages in den Schlaf gesunken. Einen Moment lang war Rabov versucht, seinen Assistenten mit einem wohlgezielten telepathischen Schubser aufzuwecken, um durch die Zimmerdecke hindurch mit ihm zu diskutieren, was von den Notizen der Archäologin zu halten war. Aber dann ließ er es doch lieber sein und nahm sich stattdessen ein besonders wüst bekritzeltes Blatt aus der Hinterlassenschaft der jungen Wissenschaftlerin vor.

»29. 3. 712 – *Niemals mehr werde ich einen Fuß über die Schwelle des Arch. Inst. setzen. Ich habe meine Stelle gekündigt und schwöre hiermit bei allem, was mir heilig ist: Ich werde nicht ruhen, bis L.M. vor mir im Staub liegt und für alles, was sie mir angetan hat, um Vergebung wimmert. Und dann werde ich stumm den Kopf schütteln und sie so qualvoll und langwierig wie überhaupt möglich ums Leben bringen.*«

Ach du meine Güte, dachte Rabov – da sage noch einer, dass Frauen zu keinen höhergradigen Grausamkeiten fähig wären. Wenn besagte L.M. ihr nicht zuvorgekommen wäre, hätte Velissa Labiano ihrer Widersacherin allem Anschein nach mit einer mindestens ebenso qualvollen Tortur den Garaus gemacht. Den erstaunlichen Transformationszauber dritten Grades hatte ihre siegreiche Nebenbuhlerin möglicherweise sogar während der Expedition nach Naxoda erlernt. Im Moliat-Gebiet wimmelte es angeblich noch immer von zauberkundigen Stammesschamanen. Und hatte Doktor Labiano nicht kurz vor ihrem Tod sogar vorausgeahnt, dass und durch welche Lakori sie umkommen würde?

Rabov legte das fieberhaft bekrakelte Blatt zur Seite und griff noch einmal nach dem Werk jenes Doktor Fostu. Abermals schlug er die Seite mit der Abbildung auf, die so fatal auf die Verwandlung der jungen Archäologin vorauszudeuten schien. Der ausgehöhlte Yasnabaum, daraus sich hervorringelnd die riesengroße Gittermakuba, im Hintergrund die theatralische Ruinenkulisse von Naxoda (oder auch nicht).

Während sich Rabov in die Zeichnung vertiefte, ahmte er unwillkürlich die Handbewegung von Velissa Labiano nach – mit zwei Fingern von der Kehle über Brust und Bauch hinab. Doch dabei wurde ihm beklommen, ja unheimlich zumute, so als ob er der Gittermakuba bereits einen Kanal durch sein eigenes Fleisch bahnen würde – durch Rachen und Lunge tief und tiefer in seine Eingeweide hinein. Er klappte das Buch wieder zu und warf es auf den Tisch neben seinen Teller mit den Überresten der Räucherzignelle.

Warum nur hatte er den ganzen gestrigen Tag über von seiner Lakori derart verschwenderisch Gebrauch gemacht? Beunruhigt lauschte Rabov in sich hinein. Zuerst hatte er dem Jungen in Gedankensprache von seinem Agosch-Erlebnis erzählt und später hatte er sich auch noch von Selda auf magischem Weg übermitteln lassen, wie die Wissenschaftlerin umgekommen war. Ganz zu schweigen von dem lakorischen Zwiegespräch, das er in der Wohnung der Archäologin mit Port Sola geführt hatte. Zu viel, viel zu viel für einen einzigen Tag, tadelte sich Rabov. Ohne Not hatte er sein Dunkeldu gestärkt und die lichte Seite seiner Persönlichkeit lädiert.

Während er diesen Erwägungen nachhing, fiel sein Blick abermals auf Zoran. Der Junge grunzte und zuckte und drehte sich mit einem plötzlichen Stöhnlaut auf den Rücken. Im nächsten Moment richtete er sich auf Rabovs Bett auf und wandte seltsam verlangsamt seinen Kopf hin und her. Seine Augen waren schmale Schlitze, dahinter blitzte es erschreckend weiß. Offenbar war er aufgewacht, aber ganz und gar nicht richtig.

Und mit ihm sieben Dutzend staubiger Gespenster.

9

Mit einer priesterlichen Gebärde breitete Zoran seine Arme aus und hob sie zugleich so hoch empor, als ob er am Agoschkreuz aufgeknüpft worden wäre. Und gerade so, als wären sie durch unsichtbare Fäden mit ihm verbunden, richteten sich alle siebzig oder achtzig Theaterkostüme mitsamt ihren klappernden Kleiderbügeln im Halbkreis um ihn auf.

Ohne die Hände zu Hilfe zu nehmen, erhob sich Zoran auf der schwankenden Matratze zum Stehen. Seine Augen waren immer noch verengt, die Augäpfel so stark verdreht, dass nur zwei fahle Striche zu sehen waren. Zugleich entströmte seinem Mund ein unbegreiflicher Silbenschwall. Er nuschelte und brabbelte wie ein Betrunkener, oder wie die Mönche vom Orden des Erleuchteten Loscha, wenn Linglu über sie kam und sie in Himmelszungen jauchzten. In wisperndem Singsang, mit einer Stimme, die vor mondsüchtiger Begeisterung vibrierte und nahezu brach. Dazu wedelte Zoran mit den Armen und die sieben Dutzend Jäger und Joker, Schatzsucher und Sternenfahrer, Loscha-Mönche und Dampfbahnschaffner machten ihm flatternd und wehend jede Bewegung nach. Wenn er die Arme senkte, sank seine geisterhafte Hofschar in die Knie. Hob er nur eine Hand, so verharrte die Hälfte seiner Anhänger mit gebeugten Rücken und Kleiderbügelhälsen. Und als er seine Arme anwinkelte und die Hände flach auf seine Schultern legte, da drängten sich alle Höflinge flatternd um das Bett herum und streckten die leeren Ärmel flehentlich nach ihm aus.

»Zoran!«, schrie Rabov, nachdem er seine Stimme wiedergewonnen hatte. »Wach auf!«

Der Junge zuckte zusammen und zumindest das somnambule Brabbeln hörte schlagartig auf. Er wedelte weiter mit den Armen und sämtliche sieben Dutzend Kleiderbügelgeister drehten sich klappernd zu Rabov um.

»Nimm die Arme runter, Zoran!«, befahl Rabov in seinem strengsten Tonfall.

Gehorsam ließ der Junge seine Arme seitlich herunterfallen und die Kostümphantome sackten allesamt wieder in sich zusammen. Im nächsten Moment war Rabov auf den Beinen. Mit einem Satz sprang er über die erschlaffte Schar hinweg und bekam Zoran bei den Handgelenken zu fassen. Er riss den Jungen von seinem Bett herunter und zerrte ihn aus dem Bannkreis der Kostümgespenster in Richtung Pendeluhr (Viertel nach zwei). Dort packte er Zoran bei den Oberarmen und schüttelte ihn wild hin und her. Bestimmt hätte er die dunklen Kräfte, die in dem Jungen wach geworden waren, nicht halb so unheimlich gefunden, wenn sich Zoran nicht wie ein zweiter Samu A. Rabov herausgeputzt hätte – mit aufgekrempelter Hose aus nibräischem Leintuch, ebensolchem Hemd und Überwurf, alles schlammfarben und nach dem geheimen Brauch der Agosch-Jünger geschnitten.

Rabov hörte erst auf zu schütteln, als Zoran wieder mit den Pupillen geradeaus guckte und mit seiner gewöhnlichen Stimme sprach – oder vielmehr schrie. »Was soll das denn, Sam! Hör auf damit, Linglu noch mal!«

Rabov ließ von ihm ab. »Zieh meine Sachen aus!« Sein Atem ging keuchend. »Verfluchter Bengel, hörst du nicht – jetzt reicht's!«

Verständnislos starrte Zoran ihn an.

»Du erinnerst dich an gar nichts, oder?«, fragte Rabov, mit einem Mal besänftigt.

»Woran denn?« Der Junge sah mit großen Augen um sich.

»Zuerst mal daran, meine Sachen auszuziehen – aber hopp!«, kommandierte Rabov. »Und außerdem an deine Geisterschau.« Er wandte sich um und deutete anklagend auf die im Halbkreis zusammengesunkenen Kostüme.

Der Junge runzelte die Stirn. »Das soll ich gemacht haben?« Doch bevor Rabov auch nur nicken konnte, begann Zoran so herzhaft zu gähnen, dass ihm Tränen in die Augen traten. »Meine Güte, was bin ich müde. Warum hast du mich aufgeweckt, Sam – nur weil ich nicht deine Sachen anziehen soll? Hätte das nicht bis morgen Zeit gehabt?«

»Hätte es nicht.« Rabov verschränkte die Arme vor der Brust. »Wird's jetzt bald mal? Die Nacht ist gleich vorbei und wegen dir muss ich mich morgen schrecklich unausgeschlafen durch den Tag schleppen.«

Folgsam begann sich der Junge aus den Kleidungsstücken hervorzuschälen. Schließlich hielt Rabov seine zerknautschten Siebensachen im Arm und Zoran stand im sonnengelben Lendenschurz vor ihm.

»Der Ragadhani-Fetzen muss auch weg«, befahl Rabov. »Du bist kein Opfer für diese gefräßige Gottheit – also hoppla.« Doch bevor er noch länger auf diesem Punkt herumhacken konnte, hatte sich der Junge einige Kleidungsstücke vom Boden geschnappt und war damit vorn im »Laden« verschwunden.

Kurz darauf kam er zurück und sein Anblick berührte Rabov so sonderbar, dass er die Sache mit dem Schlangenopferschurz vergaß: Zoran trug nun Hosen und Weste aus Sumpfbüffelleder und dieser Aufputz erinnerte Rabov an jene frühen Jahre, als sein Vater noch bei ihm und der Mutter gelebt hatte. Rabov senior war ein erfahrener Sumpfwildjäger gewesen und wie so viele Jäger hatte er auf der Pirsch meist einen Anzug aus diesem praktisch unzerreißbaren Leder getragen. Doch eines Tages, noch bevor der kleine Sam auch nur seinen fünften Geburtstag begangen hatte, war Haro Rabov nicht mehr aus den Sümpfen zurückgekehrt.

Zorans Stimme riss ihn aus kummervollen Erinnerungen. »Habe ich dir eigentlich schon erzählt, dass mein Vater Schatzsucher ist?«

Grundgütiger Linglu – nicht so laut! Vor Schreck verfiel Rabov aufs Neue in Gedankensprache. *Auch wenn du hoffentlich nur einen Scherz gemacht hast – auf Altertumswilderei steht die Todesstrafe, darüber reißt man besser keine Witze.*

Es war auch kein Witz. Selbst die Gedankenstimme des Jungen klang mit einem Mal düster. *Er ist Schatzsammler, draußen in den Nibrasümpfen – aber ich hab ihn seit zwei Jahren nicht mehr gesehen.*

Zoran ließ den Kopf hängen. Plötzlich wirkte er kindlich und sehr allein. Er zog den Umhang vor seiner Brust zusammen, eines jener formlosen Ungetüme, die in ganz Dunibien unter dem Namen »Schatzsucherjacke« bekannt waren. Er bestand aus vielerlei Tuch- und Lederflicken, mit unzähligen Taschen und Schlaufen, die innen wie außen angebracht waren, damit der glückliche Besitzer möglichst viele »Schätze« darin verstauen konnte.

Die sogenannten Gesperrten Sümpfe, die beinahe zwei Drittel des Neuen Dunibischen Königreichs bedeckten, zogen Abenteurer und Glücksritter unwiderstehlich an. Vor der Flut waren viele dieser Sumpflandschaften bewohnbare Gebiete gewesen. Scharen von Schatzsammlern wühlten und gruben seit Jahrhunderten dort draußen in Moor und Moder – von der Hoffnung angetrieben, Überreste der sagenhaften Maschinen zu entdecken, die die Altdunibier angeblich in großen Mengen besessen hatten. Flugapparate, Schießmaschinen, Kristallscheiben, durch die man in ferne Zeiten und an weit entlegene Orte schauen konnte.

Natürlich gab es auch einen florierenden Schwarzmarkt für Fundstücke aus den Gesperrten Sümpfen, doch die »Altertumswilderei« war in jeder Hinsicht lebensgefährlich: Wer sich in der Wildnis nicht bestens auskannte, riskierte qualvoll in einem Sumpfloch zu ersticken. Wurde ein Schatzsammler von königlichen Waldwächtern ertappt und der Altertumswilderei überführt, so war ihm der Tod am Galgen oder, neuerdings, unter der Dampfhacke gewiss. Die meisten dieser Abenteurer aber fielen schon lange vorher den Schutzanlagen zum Opfer, mit denen die vorflutlichen Fundstätten draußen in den Gesperrten Sümpfen gesichert waren – Linglu allein oder wohl auch noch Calin Stingards namenloser Reichssekretär mochten wissen, wie diese mysteriösen Abwehrsysteme funktionierten.

»Bestimmt ist dein Vater gesund und munter«, behauptete Rabov. »Du wirst schon sehen – eines schönen Tages steht er auf der Straße plötzlich vor dir.«

»Meinst du wirklich, Sam?« Zoran schaute ihn skeptisch an. »Meine Mutter glaubt, dass er sich in den Sümpfen versteckt hält – sie sagt, sie hat ihn letztes Jahr mal in einer Vision gesehen.« Wieder gähnte er so heftig, dass ihm die Kiefergelenke knackten.

»In einer Vision?«, wiederholte Rabov. »Heißt das etwa, dass deine Mutter eine Lakori ist?«

Zoran gab ihm keine Antwort. Er war zu Rabovs Bett zurückgetrottet und rollte sich auf der Matratze zusammen. Aber Rabov war nicht bereit, diesen Punkt auf sich beruhen zu lassen. Schließlich hatte er sich den halben Tag lang Vorwürfe gemacht, weil er in dem Jungen dunkle Kräfte erweckt hatte. Wenn Zoran aber der Sohn einer praktizierenden Seherin war, sah die Sache ganz anders aus.

»He, Zoran – gib mir Antwort«, sagte er, »dann lasse ich dich weiterschlafen, so lang wie du willst.« Der Junge machte ein Auge auf und sah Rabov traumverloren an. »Ist deine Mutter eine Lakori?«

»Keine Lakori«, murmelte Zoran. »Sie ist eine …« Ein neuer Gähnkrampf riss ihm das Gesicht auseinander. »Eine Sarissa«, brachte er endlich heraus und war im nächsten Moment eingeschlafen.

Grundgütiger Linglu, dachte Rabov. Eine Sarissa, das hatte ihm gerade noch gefehlt. Wenn Radschi Varusas Tempelgardisten den

Jungen doch noch zu fassen kriegten und ihrer gefräßigen Gottheit zum Opfer vorwarfen – dann stand Phora an der Schwelle eines Bürger- oder sogar Religionskriegs. Jeder Dunibier, dem das Herz auf dem rechten Fleck saß, betete zu Linglu und verehrte den König. Aber ihrer aller kindliche Liebe galt den heiligen Sarissen, den Salamanderpriesterinnen, in denen sich nach uraltem Volksglauben die Göttin Sabra verkörperte. Und so wie die Sarissen selbst, die nahezu arm- und beinlos Geborenen mit den langen, echsenhaften Leibern, so standen auch deren Kinder, ob Jungen oder Mädchen, unter Sabras göttlichem Schutz.

Seufzend kehrte Rabov zu seinem Stuhl zurück. Er zückte seine Reptilienkladde und machte sich eine Notiz. *Sarissentempel aufsuchen (Z.s Mutter!)*.

Vor dem Hinterhoffenster dämmerte bereits der Morgen. Aber Rabov fühlte sich hellwach und konnte es kaum erwarten, dass endlich der neue Tag anbrach. Bis dahin blieb ihm allerdings noch einiges an Lektüre zu bewältigen – eine gewisse Passage aus dem Heiligen Linglu-Buch und diverse weitere Zettel aus der Hinterlassenschaft von Velissa Labiano.

Viertes Kapitel

Im Archäologischen Institut

1

Kaum hatte Port Sola ihr Dienstmobil vor dem Archäologischen Institut gestoppt, da stieß Rabov auch schon die Beifahrertür auf und stürmte auf den Eingang des düsteren Riesenbaus zu. Es war halb neun Uhr vormittags und eigentlich hätten von allen Seiten Studenten herbeiströmen müssen, begierig, in die Mysterien der Altertumswissenschaft eingeweiht zu werden. Doch die Lanfastraße lag verlassen im Morgenlicht. Außer einigen blau und grün gescheckten Goravögeln, die in den Wipfeln der verkrüppelten Syrasbäume saßen und übellaunig auf die beiden Spezialagenten herabkrächzten, war weit und breit keine lebendige Kreatur zu sehen.

Rabov ließ den Eisenklopfer auf das Tor niederkrachen, dessen gewaltige Flügel mit schwarzen Stahlplatten beschlagen waren. Es entstand ein Dröhnen, das im Innern des Gebäudes längere Zeit nachzuhallen schien. Sonst allerdings geschah fürs Erste nichts. Das Tor war fest verschlossen und hatte weder Knauf noch Klinke und so blieb ihnen nichts anderes übrig, als sich in Geduld zu üben.

»Eine Trutzburg«, bemerkte Rabov, »nicht nur dem Aussehen nach – dieses Trumm ist auch heute noch gesichert wie eine Festung in vorflutlicher Zeit.«

Solas Kommentar bestand lediglich in einem undefinierbaren Brummlaut. Er wirkte zerknittert und unausgeschlafen – vielleicht hatte er von Horch Milar und der Zungenstrafe geträumt. Dagegen hatte Zoran vorhin, als Rabov aufgebrochen war, noch immer tief und fest geschlafen – Rabov hatte eine handschriftliche Botschaft *(»Geh möglichst nicht vor die Tür – alles Weitere heute Abend!«)* und für alle Fälle auch seinen Ersatzschlüssel auf dem Fenstertisch deponiert. Er war es nicht gewohnt, Übernachtungsgäste zu haben, aber solange er für Zoran keine sichere neue Bleibe gefunden hatte, unerreichbar für Radschi Varusa und seine hungrige Schlangengottheit, würde er den Jungen bestimmt nicht vor die Tür setzen.

Gerade als er den Klopfer zum zweiten Mal auf die Stahlplatte niedersausen lassen wollte, ließen sich drinnen tappende Schritte vernehmen. Ein Riegel wurde zurückgeschoben und im rechten Torflügel ging eine Guckklappe auf.

Hinter der Öffnung erschien das hohlwangige Gesicht eines jungen Mannes. »Sie wünschen? – Zutritt nur mit königlicher Sondererlaubnis«, fügte er hinzu, ehe Rabov auch nur den Mund zu einer Antwort öffnen konnte.

Rabov zückte seine Silbersichel und ließ den jungen Mann die Rückseite sehen. »Spezielle Ermittlungen, Innenministerium. Im Namen des Königs – öffne das Tor.«

Der Bursche war zweifellos ein Student und zählte bestimmt noch keine zweiundzwanzig Jahre. Er war so bleich, als wäre er seit Monaten nicht vor die Tür gekommen. Als sein Blick auf das königliche Erkennungszeichen fiel, wurden seine Augen weit. »Innenmini…? Ich habe Befehl, Sie geradewegs zum Direktor zu bringen.«

Rabov wechselte einen Blick mit Sola. »Wie heißt der Direktor?«

Der Student nahm Haltung an. »Professor Fro Barott, mein Herr.«

»Dann ist er der Falsche«, gab Rabov zurück. »Wir wollen zu Professor Gol Hergo.«

»Zaketumesisches Altertum?« Der Student musterte ihn mit gerunzelter Stirn. Allein durch die Erwähnung des Namens Hergo schien Rabov in seiner Achtung gesunken zu sein. »Der war seit Ewigkeiten nicht mehr hier«, fügte er schließlich hinzu. »Irgendeine Krankheit, soviel ich weiß.«

Wieder warf Rabov seinem Assistenten einen Blick zu. Währenddessen schob der Student weitere Riegel zurück und mit dramatischem Quietschen schwang endlich der Torflügel auf.

Die königlichen Spezialagenten marschierten an dem Torwächter vorbei und fanden sich in einer Halle von ungeheuren Ausmaßen wieder. Ein wahrer Wald aus altersschwarzen Steinsäulen, trübe beleuchtet durch eine Handvoll Gaslaternen. Auch Boden und Wände waren mit funkelnd schwarzem Stein verkleidet. An diesem Ort hätte man gut und gerne den gesamten Rossmarkt unterbringen können, das heiße Herz der phoräischen Altstadt, doch sehr viel eher glich er Phoras Verstand bei Nacht. Wendeltreppen aus mondbleichem Masalith, kunstvoll gezwirbelt wie Muschelgehäuse, drehten sich zwischen Säulen und Wänden in die Höhe. Hier und dort zweigten Gänge von der riesenhaften Halle ab, eng und düster wie Stollen. In einiger Ferne erklang dumpfes Gelärme, so als ob dort schwere Gegenstände umhergeschoben würden. Doch hier in der riesenhaften Halle war außer ihnen dreien keine Menschenseele zu sehen.

»Port«, sagte Rabov, »nehmen Sie Namen und Anschrift von unserem jungen Freund auf. Und du«, wies er den Studenten an, »bringst uns auf der Stelle zu Hergos Assistentin.«

Umständlich machte sich der junge Mann an der Verriegelung des Tors zu schaffen. Erst als er sich wieder zu ihnen umwandte, fiel Rabov auf, wie ärmlich der Student gekleidet war. Sein abgetragener schwarzer Umhang vermochte kaum zu verbergen, dass er darunter lediglich Lumpen trug.

»Wenn Sie Magistra Lona Markan meinen …«, begann er und sah fragend von Rabov zu Sola.

»Genau die«, bestätigte Rabov mit einem weiteren Seitenblick zu Sola.: L.M. Die siegreiche Nebenbuhlerin von Velissa Labiano.

»Die ist auch schon lange nicht mehr hier«, sagte der Student. »Wurde gefeuert oder hat von sich aus gekündigt – oder so ähnlich.« Er zuckte mit den Schultern und strich sich die zottigen schwarzen Haare aus der Stirn. »Kein großer Verlust, wenn Sie mich fragen. Wer studiert schon heute noch zaketumesisches …?«

»Dich fragt aber keiner«, unterbrach ihn Sola so grimmig, dass Rabov und der Student ihn gleichermaßen erstaunt musterten. »Deinen Ausweis, Kerl, und zwar plötzlich.«

Eingeschüchtert begann der Student in seinen Taschen zu kramen. Seine Hand zitterte ein wenig, als er Sola seinen Studentenausweis hinhielt. »Ich heiße Lasse Duban«, sagte er und sah angespannt zu, wie Sola seine Daten in ein Notizbuch mit schimmernd schwarzem Einband übertrug. »Ich studiere Archäologie im dritten Semester, Schwerpunkt Altdunibische Kultur.«

»Das sehe ich selbst«, schnauzte Sola. »Außerdem lese ich hier, dass du als deine Wohnadresse einfach das Archäologische Institut angegeben hast. Was soll das bedeuten – hast du keine Wohnung?«

Lasse Duban machte wieder große Augen. »Wir wohnen alle hier im Institut«, sagte er. »Studenten, Forscher – einfach jeder. Es ist ja ein ungeheuer großer Bau – praktisch eine eigene Stadt. Und seit man uns beauftragt hat …« Er schaute erschrocken von Rabov zu Sola und biss sich auf die Unterlippe. »Aber darüber weiß ich eigentlich gar nichts. Wenn ich Sie jetzt zum Herrn Direktor bringen darf?«

Sie folgten dem zerlumpten Studenten durch die Halle, im Zickzack zwischen Säulen und Wendeltreppen. In einer unscheinbaren Wandnische bemerkte Rabov eine allem Anschein nach uralte Tür, die sein starkes Interesse erregte. Genau so etwas hatte er hier drinnen vorzufinden erwartet, seit er sich gestern Abend vor dem Assistenten über Niedergangs- versus Untergangstheorie verbreitet hatte. Auf den ersten Blick handelte es sich einfach um ein Mauerloch, das mit massiven Brettern und Eisenplatten verschlossen und im unteren Drittel sogar zugemauert worden war. Der Durchgang schien vollkommen unpassierbar und seit ewigen Zeiten nicht mehr benutzt worden zu sein, aber Rabov spürte überdeutlich, dass dieser Eindruck trog. So wie bei den Türen zu Hausnummer Sieben am Schiffstor- oder am Smaragdtorplatz.

Rabov erwog, Port Sola auf die geheimnisvolle Pforte in die Unterwelt hinzuweisen, verwarf diesen Gedanken aber. Unterdessen führte Lasse Duban sie eine Wendeltreppe hinauf und durch einen sich endlos hinziehenden Flur. Die roh behauenen Wände erinnerten an Felstunnel tief unter der Erde. Dazu passten die Düsternis und der leichte Modergeruch, der das gesamte Gebäude zu erfüllen schien. Eine Zeile aus den Aufzeichnungen der Labiano kam Rabov in den Sinn: *Raus aus dem schwarzen Moder des Archäologischen Instituts.*

Hinter den Türen beiderseits des Flurs schienen lebhafte Arbeiten im Gange – Dampfmaschinen zischten, Metallsägen kreischten, Hämmer dröhnten. Es waren allesamt Geräusche, die nach Rabovs Ansicht sehr viel eher zu einer neumodischen Manufaktur für Melodophone oder Dampfmobile passten als zu den Arbeitsräumen oder Hörsälen eines Archäologischen Instituts. Doch als er Lasse Duban fragte, was dort hinter den Türen vorgehe, wich ihm der Student aus. »Unterweisungen in Altertumskunde.«

Für einen flüchtigen Moment sah Rabov wieder Calin vor sich, wie sie gestern Abend im *Bufo* die Fassung verloren hatte.

Am Ende des Flurs klopfte der Student an eine schwarze Tür, die mit Goldintarsien verziert war. Ein verschlungenes Muster, das in Rabovs Augen wie Buschwerk im Dschungel aussah, mit Lianen, herzförmigen Blättern, schlanken Blütenkelchen, dazwischen der mächtige Leib einer Makuba. Aber vielleicht bildete er sich all das auch nur ein.

Von drinnen erklang ein energisches »Herein!«. Fast im selben Moment flog die Tür auf und auf der Schwelle erschien ein Mann von hünenhafter Statur.

Lasse Duban prallte förmlich zurück. Er raffte seinen Umhang vor der Brust und verneigte sich tief. »Die königlichen Ermittler.« Noch immer vorgebeugt, trat er zur Seite und wies mit ausgestrecktem Arm auf Rabov und Sola. »Wie Sie befohlen haben, Herr Direktor.«

2

»Sie sehen mich erschüttert«, sagte Professor Fro Barott und drückte kurz die Faust auf seine Herzgegend. »Das Ganze ist eine menschliche Tragödie, ohne Zweifel. Der Kollege Hergo übt seit Jahren einen zerstörerischen Einfluss auf alles und jeden in seinem Umkreis aus – auf seine Mitarbeiter und Studenten und mehr und mehr auch auf sich selbst. Aber nehmen Sie doch Platz.«

Er deutete auf zwei Sessel vor wohlgeordneten Bücherwänden. Während sich Rabov und Sola setzten, begann der Direktor in seinem weitläufigen Büro auf und ab zu gehen. Seine goldfarbene Robe rauschte, die königsgrüne Bordüre funkelte im Sonnenlicht, das durch eine Reihe schmaler Fensterluken fiel. Auch die eisgraue Gesichtsfrisur im Stil Ihrer Majestät wies Fro Barott als königstreuen Patrioten aus.

»Aber wenngleich mich der Tod von Doktor Labiano und die geistige Zerrüttung des Kollegen Hergo menschlich sehr berühren«, fuhr

Barott fort, »kann ich als Wissenschaftler und Institutsdirektor nicht umhin, diese Entwicklung folgerichtig zu finden. Die zaketumesische Altertumsforschung hat sich nun einmal überlebt, überhaupt dieses ewige Herumstochern in den Überresten primitiver zaubergläubiger Kulturen, die schon zu Zeiten des Alten Reichs untergegangen waren. Wie alles in der Welt hat sich auch die archäologische Wissenschaft weiterentwickelt und so liegt der Schwerpunkt unserer Forschungsbemühungen eben nicht mehr auf irgendwelchen zehntausend Jahre alten Tempelruinen im Moliat oder bei magischen Stätten auf dem Noïli-Archipel, sondern auf den großartigen Hinterlassenschaften unserer altdunibischen Kultur.«

Mit energischen Bewegungen zwirbelte er seinen Schnauzbart und prüfte dann unerwartet zaghaft, ob die Bartspitzen links und rechts noch korrekt mit seinen Augenbrauen verbunden waren.

»Und Professor Hergo hat sich also gegen Ihren Kurswechsel gesträubt?«, fragte Rabov.

Der Direktor blieb unvermittelt stehen und verschränkte die Arme vor seiner Titanenbrust. Er war eine höchst imposante Erscheinung und er schien sich dieser Tatsache jederzeit bewusst zu sein. »Hier geht es nicht um mich und meine wissenschaftlichen Vorlieben, Agent«, sagte er in einem Tonfall nachsichtigen Tadels. »Die Weisung kam von König Sorno höchstpersönlich – und als folgsamer Untertan habe ich mich natürlich gesputet, den Befehl Seiner Majestät in die Tat umzusetzen.«

Und dieser Befehl, ergänzte Rabov in Gedanken, lautete offenbar: beschleunigte Erforschung der altdunibischen Errungenschaften, die bis dahin auch für die Wissenschaft nahezu tabu gewesen waren – selbstbewegte Maschinen und Apparate aller Art. Auf einmal begannen ihm gleich mehrere Zusammenhänge zu dämmern.

»Ich nehme an, Hauptermittler Ralla hat Sie gestern Abend noch angerufen?«, fragte er.

»Das trifft zu.« Barott blinzelte argwöhnisch auf ihn hinab. »Horch Ralla hat mich darüber in Kenntnis gesetzt, dass die Labiano eines unnatürlichen Todes gestorben ist. Und dass als Hintergrund der Tat die leidigen Streitigkeiten und Intrigen am Lehrstuhl des Kollegen

Hergo vermutet werden. Selbstverständlich«, fügte er hinzu, »hat Ralla keinerlei vertrauliche Einzelheiten erwähnt.«

»Darauf will ich hinaus.« Auch Rabov richtete sich nun zu seiner vollen Größe auf. »Zum Beispiel hat Ralla sicher nicht erwähnt, dass Velissa Labiano im herkömmlichen Sinn des Wortes weder gestorben noch am Leben geblieben ist.« Mit einem raschen Schritt trat er Barott in den Weg. So blieb dem Hünen in der goldfarbenen Robe nichts anderes übrig, als gleichfalls stehenzubleiben. Befriedigt registrierte Rabov, dass der großmächtige Direktor keine drei Zoll länger als er selbst war, wenn auch um Schultern und Brust herum erheblich breiter.

»Im herkömmlichen Sinn?«, wiederholte Barott. »Lassen Sie die Orakelsprüche. Damit können Sie vielleicht Hergo und sein Gefolge beeindrucken – aber nicht mich, einen Mann der modernen Wissenschaft.«

Rabov wurde nun ernsthaft wütend. Er hatte genug davon, wie dieser hochnäsige Direktor ihn von oben herab behandelte, und er hatte erst recht genug von geheimen Absprachen und Machenschaften, die von Horchs und Direktoren und Hauptermittlern hinter dem Rücken einfacher Untertanen getroffen wurden und durch die sie am Ende womöglich allesamt von einer neuen Großen Flut hinweggerafft würden. Aber er schluckte seinen Zorn herunter.

»Ich habe nicht orakelt, Professor«, sagte er, »und Sie beeindrucken zu wollen käme mir nicht in den Sinn. Wenn Sie mir nicht glauben, dann begleiten Sie uns einfach in die Wohnung von Doktor Labiano.«

Barott starrte ihn an, die Wangenmuskeln hinter seiner königlichen Gesichtsfrisur zuckten. »Bedaure sehr, aber meine Zeit ist knapp«, gab er mit erzwungener Ruhe zurück. »Ich wollte Sie lediglich wissen lassen, dass Sie Ihre Tatverdächtigen hier bei uns im Institut vergeblich suchen. Der Lehrstuhl für Vor- und Urzeitliche Mythenforschung unseres Kollegen Hergo ist seinerseits nur noch ein Mythos, wenn Sie mir den kleinen Scherz nachsehen. Hergo selbst ist seit über einem Jahr unpässlich – seit dieser Naxoda-Sache, falls Ihnen der Name etwas sagt. Wir haben uns in beiderseitigem Interesse auf die Formel geeinigt, dass er seine Zaketuma-Forschungen seitdem in einer Institutsaußenstelle am Stadtrand betreibt – am Boulevard der Morgenröte Nummer 77, um genau zu sein. Tatsächlich vegetiert er dort wohl nur noch vor sich hin, von bizarren Wahnvorstellungen geplagt. Und was seine letzte Assistentin angeht, Magistra Markan – die hat noch von dem Dampfschiff aus, auf dem die wenigen Überlebenden der Naxoda-Expedition nach Dunibien zurückgekehrt sind, ihre Stelle am Institut gekündigt. Ein einziges Mal war sie noch hier, um ihr Arbeitszimmer zu räumen. Das muss vor mehr als einem Jahr gewesen sein.«

»Aber da hat sie Ihnen doch bestimmt mitgeteilt, wo sie künftig wohnen und arbeiten würde?«

Fro Barott schüttelte sein erhebliches Haupt. »Ich habe sie nicht danach gefragt.«

Rabov begann sich ein wenig zu entspannen. Auch wenn ihm der Direktor alles andere als sympathisch war, spürte er doch, dass Barott die Wahrheit gesagt hatte – oder jedenfalls das, was er für die Wahrheit hielt. »Und Velissa Labiano?«, fragte er noch. »Haben Sie die auch nie mehr gesehen?«

Der Direktor warf ihm einen verächtlichen Blick zu. »Kommen Sie hier herüber.« Er trat vor eines der Fenster und wies Rabov mit einer Handbewegung an, sich vor die Luke zu seiner Rechten zu stellen. »Ich stehe öfter am Tag für ein paar Minuten hier und sehe auf die Lanfastraße hinaus«, sagte er. »Die üppig blühenden Syrasbäume, das heitere Geplapper der Goravögel in den Ästen – und dann all die Menschen in ihren bescheidenen Behausungen, die ihrem einfachen, friedlichen Leben nachgehen. Ein beruhigender Anblick, finden Sie nicht, Agent?«

Rabov blieb beinahe die Luft weg. Üppige Syrassen, heiteres Geplapper? Aber Barott sah ihn von der Seite einverständnisheischend an und so zwang er sich zu einem halbherzigen Nicken.

»Sie sehen es ja selbst«, fuhr der Direktor fort, »von hier aus fällt der Blick unvermeidlich auf das Fenster, hinter dem Velissa Labiano gewohnt hat. Ich habe auch mit ihr niemals mehr ein Wort gewechselt, seit sie mir ihre Kündigung auf den Tisch geknallt hat. Aber ich habe sie von diesem Fenster aus fast jeden Tag zumindest für ein paar Augenblicke gesehen – wie sie da drüben an ihrem Schreibtisch saß und fieberhaft schrieb oder ungeduldig irgendetwas in einem Buch nachschlug. Anfangs, als sie an unser Institut kam, war Doktor Labiano eine vielversprechende Nachwuchswissenschaftlerin. Aber unter Hergos verheerendem Einfluss geriet auch sie bald schon aus dem Gleis.«

Unbemerkt war Sola hinter sie getreten. »Gestatten Sie noch eine Frage, Horch Barott«, sagte er in ehrerbietigem Tonfall. »Wenn Sie von Hergos verheerendem Einfluss oder seiner Neigung zum Orakeln reden – was genau meinen Sie damit?«

Barott wandte sich um und umhüllte den bald zwei Köpfe Kleineren mit einem wohlwollenden Lächeln. »Nun, junger Mann, diese Frage lässt sich leicht beantworten: Der Kollege Hergo hat sich jahrzehntelang mit urzeitlichen Mythen und magischen Ritualen aus grauester Vorzeit beschäftigt. Aber er hat sie niemals erforscht, mit wissenschaftlichen Mitteln untersucht und zergliedert, wie das seine Aufgabe gewesen wäre. Insgeheim hatte er wohl immer nur ein einziges Ziel – nämlich selber zu einem solchen urzeitlichen Magier zu werden, der Dämonen zu beherrschen, lenken und bannen vermag.« Anklagend sah er von Sola zu Rabov. »Und so jemand nennt sich Königlich-Dunibischer Archäologe! Eine Schande für unser Institut ist dieser Mann!«

»Eine Schande«, stimmte Rabov zu. »Aber wie es aussieht, sind er selbst oder Lona Markan diesem Ziel beängstigend nahe gekommen.«

Darauf erwiderte Barott nichts mehr. Er brachte sie zur Tür und verabschiedete sich von Rabov mit kaum merklichem Nicken, von Sola jedoch mit einem warmen Lächeln. »Sie sind ein vielversprechender junger Mann«, sagte er und schüttelte Rabovs Assistent die Hand.

Erstaunt sah Rabov, dass Sola vor dem Direktor die Hacken zusammenschlug. »Agent Port Sola«, gab er mit samtenem Bass zurück. »Stets zu Ihren Diensten, Horch.«

3

Lasse Duban hatte vor der Tür des Direktors auf sie gewartet. Schweigend folgten sie dem krankhaft mageren Studenten wieder durch den düsteren Flur. Rabov konnte noch immer kaum glauben, wie schamlos sich Sola eben bei Direktor Barott angebiedert hatte. Stets zu Ihren Diensten, Horch, äffte er seinen Assistenten im Stillen nach. Anscheinend hatte Sola aus seinem Patzer die falschen Schlüsse gezogen.

Hinter etlichen Türen erklang nun Stimmengewirr, vermischt mit vielerlei metallischen Geräuschen. Rabov meinte die altdunibischen Maschinen, die in den Unterrichtsräumen links und rechts in ihre Einzelteile zerlegt wurden, beinahe vor sich zu sehen. Schrauben drehten sich quietschend in rostigen Fassungen, Eisenstangen fielen klirrend zu Boden.

Was halten Sie von dem Direktor, Sam?, fragte Sola auf dem Gedankenweg.

Rabov musste sich nicht lange besinnen. *Hochnäsiger Mistkerl, aber kein Lügner,* gab er zurück. *Auch wenn er uns etwas Wesentliches verschwiegen hat.*

Was denn verschwiegen?

Das finde ich – finden wir – schon noch heraus. Ohne sich mit weiteren Erklärungen aufzuhalten, machte Rabov einen Ausfallschritt nach links und drückte auf eine der altertümlichen Klinken. Augenblicklich erstarb hinter der Tür jedes Geräusch.

Lasse Duban war herumgefahren und sah ihn mit schreckensweiten Augen an. »Oh, dumm von mir«, sagte Rabov. Die Tür war verriegelt, wie er das allerdings auch erwartet hatte. »Ich dachte, wir wären schon beim Ausgang.«

Er gab sich keine Mühe, seine Worte einigermaßen glaubwürdig klingen zu lassen. Lasse Duban würde sich sowieso nicht an diesen kleinen Zwischenfall erinnern. Sowenig wie an das, was ihm gleich noch widerfahren würde.

Was sollte das denn, Chef? Solas Gedankenstimme klang alarmiert.

Ist mir da etwas entgangen? Sie glauben doch wohl nicht, dass Horch Barott unsere beiden Verdächtigen hier irgendwo versteckt hält?

Rabov schüttelte nur stumm den Kopf – als Antwort auf Solas Frage und zum Zeichen, dass er ihren Wortwechsel nicht fortführen wollte. Er war entschlossener denn je, seinen Assistenten nur gerade so weit ins Vertrauen zu ziehen, wie das für ihre Arbeit unbedingt erforderlich war.

Während sie auf der Wendeltreppe in die riesenhafte Halle hinunterstiegen, fasste Rabov unter seinen Überwurf und nestelte die Silbersichel hervor. *Passen Sie auf ihn auf,* wies er Sola an.

»Was … was kommt denn jetzt schon wieder?«, stieß Sola hervor, doch Rabov kümmerte sich nicht um ihn. Gerade als der Student auf die letzte Treppenstufe trat, drängte er sich an ihm vorbei, fuhr blitzartig herum und schwenkte das königliche Zeichen vor Lasse Dubans Nase. Dabei achtete er darauf, dass er die Silbersichel zur Hälfte mit seinen Fingern verdeckte – so würde der Student nur für kurze Zeit die Besinnung verlieren. Lasse riss die Augen auf und erstarrte. Rabov versetzte ihm einen sanften Schubs, so dass der knochige Kerl rücklings in Solas Arme sank.

Gehen Sie hinter der Säule da in Deckung, Port. Ich bin gleich wieder da.

Die Wandnische neben der Wendeltreppe war so niedrig, dass Rabov den Kopf einziehen musste. Er vertiefte seine Agosch-Trance, indem er sich eindringlich vorstellte, dass er neuerlich am Kreuz jenes Fresspriesters hing und die göttliche Kadora um Beistand anrief. Der Verhau aus Eisenplatten, Balken, Mauersteinen wurde zu einem Gewirr aus Nebelfäden, das ihn in sich hineinsog.

Auf der anderen Seite sah alles fast genauso aus, wie er es vorausgesehen hatte. Abermals fand er sich in einer tropfenförmigen Membran aus durchscheinendem Material wieder. Leider durfte er nicht auf der Stelle ausprobieren, an welche geheimnisvollen Orte man von hier aus gelangen konnte, aber zumindest würde er sich fürs Erste alles so gut wie möglich einprägen.

Hastig sah er sich nach allen Seiten um. Dieser Tropfen war wenigstens doppelt so groß wie die beiden Schutzräume, in denen er gestern mit Zoran gewesen war. Auch hier gab es einen Wandschrank mit sich vertikal öffnenden Türen, gleichfalls erheblich geräumiger als die Exemplare am Schiffstor- und am Smaragdtorplatz. Was Rabov im Innern des Schrankes entdeckte, ließ sein Herz vor Aufregung schneller schlagen. Die Anzüge aus schwarzem, wasserdichtem Material kannte er bereits von ihrer subphoräischen Seilbahnpartie, ebenso die säuberlich aufgestapelten Helme und Stiefel. Doch dies alles registrierte er nur nebenher. Seine Blicke hafteten an den metallisch blitzenden Apparaten, die dicht gedrängt nebeneinander hängend die gesamte obere Hälfte des Schranks ausfüllten.

Armbrüste, ein rundes Dutzend. Zu jeder von ihnen gehörte ein Köcher mit furchterregenden Pfeilen aus bläulichem Metall. Mit den Fingerspitzen fuhr Rabov über einen der funkelnden Schäfte. »Pfeil« war nicht einmal das richtige Wort für diese tödlichen Geschosse, deren Spitzen so groß wie eine Männerfaust und mit Widerhaken gespickt waren.

Wie ungeheuer riesig mussten die Kreaturen sein, derer man sich mit so furchtbaren Waffen erwehrte?

Aber Rabov kam nicht dazu, seinen Gedanken weiterzuspinnen – von der anderen Seite der Mauernische drangen dumpfe Rufe zu ihm herüber. Rasch sah er sich noch einmal in dem Membrantropfen um, doch in der Eile vermochte er weder am Boden noch in der Wand ein Zeichen wie jenes zu entdecken, das ihm im Schutzraum am Schiffstorplatz den weiteren Weg gewiesen hatte.

Nun, darum würde er sich kümmern, wenn er bei baldiger Gelegenheit hierher zurückkäme. Er schloss kurz die Augen und glitt durch die Pforte zurück in die Halle des Archäologischen Instituts.

Dort fand er Lasse Duban rücklings am Boden liegend und noch bleicher als vorher, falls das überhaupt möglich war. »Wer sind Sie, was ist mit mir?«, rief der Student ein ums andere Mal mit matter Stimme. Neben ihm kauerte Port Sola und gab irgendein Gemurmel von sich, das wahrscheinlich nicht einmal er selbst verstand.

»Alles in Ordnung, Lasse.« Rabov beugte sich über den Studenten und reichte ihm eine Hand. Er ignorierte Sola, der telepathische

Fragensalven auf ihn abfeuerte (*Gütiger Linglu, wo waren Sie, Sam? Was haben Sie da in dem Mauerloch gemacht?*), zog den mageren Studenten auf die Füße hoch und lehnte ihn gegen eine Säule. »Du bist ohnmächtig geworden«, sagte er. »Hast du denn heute schon etwas gegessen?« Lasse schüttelte den Kopf. »Dann nimm das hier – und lass dir im Wirtshaus ein ordentliches Gulasch auftischen.«

Rabov drückte ihm mehrere Guldenstücke in die Hand. »Kein Wort darüber, hörst du? Zu niemandem. Und nun mach uns das Tor auf.«

4

Velissa Labianos Wohnung war bereits »auf die übliche Weise gesichert«, wie der Geheime Oberrat Milar es angekündigt hatte – ihre Wohnungstür mit massiven Stahlplatten verrammelt, die selbst Kanonenbeschuss standgehalten hätten, und zusätzlich durch einen Sperrzauber blockiert. Aber mit Hilfe ihrer Lakori glitten die beiden Agenten leicht hindurch.

»Schauen Sie noch mal auf dem Schreibtisch nach«, wies Rabov den Assistenten an. »Vielleicht finden Sie irgendetwas, das uns Aufschluss über Lona Markans jetzigen Aufenthaltsort gibt. Die Magistra wird ja nicht gleich nach Bakus ausgewandert sein – obwohl sie sich mit der hiesigen Gelehrtenzunft offenbar gründlich überworfen hat.«

Während Sola in den Zettelgebirgen von Velissa Labiano nach einem brauchbaren Hinweis schürfte, näherte sich Rabov dem Zugang zum Transformationsraum. Das Schlafzimmer der Archäologin war gleichfalls sorgsam verrammelt worden, mit Eisenplatten und diagonal über das Türloch genagelten Bohlen, aber nicht diese Hindernisse ließen Rabov zögern (sondern die Schlange).

Was würde er dort drinnen vorfinden: einen vollendeten Yasnabaum mit hindurchgefädelter Nebelwaldliane – oder zwei schauderhaft ineinander verfitzte Mischkreaturen, Baumfrau und Makubaliane?

Schließlich fasste er sich ein Herz, versetzte sich in Agosch-Trance und glitt in den Transformationsraum hinüber. Hier was es stockfinster, aber in seinen stets ergiebigen Hosentaschen fand Rabov ein Schwefelholz und riss es an seiner Schuhsohle an.

Für einen Moment stockte ihm der Atem. Wo Velissa Labiano auf ihrem Bett gelegen hatte, die Knie an die Brust gezogen, stand nun schief aufgerichtet ein junger Yasnabaum. Seine Wurzeln hatten sich durch Matratze und Bettgestell hindurch in den Boden gebohrt. Der hellgraue Stamm war mit zartem Grün gesprenkelt – vor allem in seinem oberen Drittel trieb der Baum unzählige Zweige und Blätter. Auch die armdicke Liane, deren Enden oben und unten aus zwei Baumlöchern hervorsahen, prangte in saftigem Nebelwaldgrün.

Die Transformation war offenbar vollendet – aber hieß das auch, dass sie unumkehrbar war? Soweit Rabov sich erinnerte, wurde diese Frage in den Lehrbüchern nur ganz am Rande gestreift, denn Transformationsmagie dritten Grades kam eben so gut wie niemals vor. Aber ein Lakori, der einen Menschen dauerhaft in einen Baum und eine Schlange in eine Luftwurzel verwandeln konnte – wäre der nicht auch imstande, diese Transformation wieder umzukehren oder sogar die Verwandelten weiteren Metamorphosen zu unterziehen?

Rabov dachte so angestrengt nach, dass er kaum mitbekam, wie ihm das Schwefelholzflämmchen die Finger versengte. In den ältesten Mythen war von solchen »unaufhörlichen Metamorphosen« zuweilen die Rede – zauberkräftige Personen verwandelten sich in einen blühenden Busch und anschließend in einen Fisch, danach in einen Wolf oder sonst eine Kreatur.

Gerade als Rabov das nächste Schwefelholz an der rauhen Rinde des Yasnabaums anriss, erschien Sola im Transformationsraum.

Und – haben Sie etwas gefunden, Port? In dieser Umgebung kam es Rabov unpassend vor, mit seiner gewöhnlichen Stimme zu sprechen.

Leider nicht. Der Assistent schüttelte den Kopf. *Dabei hätte ich Ihnen so gerne gezeigt, dass ich auch mal was hinbekommen kann.*

Rabov zuckte mit den Schultern. *Nehmen Sie's nicht zu schwer.* Damit kehrte er in das Arbeitszimmer der Labiano zurück und Sola tat es ihm nach.

»Linglu noch mal, Sam – was muss ich machen, damit Sie mir ein bisschen mehr vertrauen?«

»Nichts Übermenschliches.« Rabov zog die Augenbrauen hoch. »Solide Arbeit leisten, Ihrem Vorgesetzten nicht in den Rücken fallen. Solche Sachen eben.«

Port Sola begann mit beiden Händen in seinem Flachsschopf zu wühlen. »Sie meinen die Horch-Sache vorhin, oder? Verdammt noch mal – ich wollte nur den Ausrutscher von gestern wiedergutmachen.«

»Das ist nun wirklich kindisch, Port.« Rabov befestigte die königliche Sichel im Innenfutter seines Umhangs. »Sie tun ja gerade so, als gäbe es da eine Art moralischer Waage: Wenn ich einen Horch vor den Kopf gestoßen habe, krieche ich dem nächsten sonst wo rein – und damit ist das Gleichgewicht wiederhergestellt?«

Solas biss die Zähne aufeinander. Für einen Moment hielt es Rabov für möglich, dass sein Assistent mit den Fäusten auf ihn losgehen würde. Aber stattdessen rollte Port nur die Schultern unter seiner Loscha-Halbkutte und stieß ein heiseres Lachen aus. »Ich bin also kindisch, ja? Weil ich an so etwas wie moralische Waagschalen glaube? Und wie ist das bei Ihnen, Samu? Sie glauben doch offenbar an etwas noch sehr viel Kindischeres!«

»Ach ja?«, blaffte Rabov. »Und was soll das bitte sehr sein?«

Sola machte vorsichtshalber einen Schritt nach hinten, bevor er antwortete. »Wenn ich mich nicht sehr täusche«, sagte er, »glauben Sie allen Ernstes, dass Linglu uns eine neue Flut schicken wird, wenn in Dunibien weiter so viele Dampfmaschinen gebaut werden. Stimmt's?«

Rabov nickte heftig. »Allerdings glaube ich, dass diese Gefahr besteht. Und damit stehe ich auch keineswegs allein. Die Linglu-Priester sagen schließlich dasselbe – ›*Wehe den Dunibiern*‹«, zitierte er mit Donnerstimme aus Linglus Sieben Gesetzen, »›*wenn sie es wagen sollten, zum sündigen Bau selbstbewegter Maschinen jemals wieder zurückzukehren. Dann werden die urbösen Schlangen aus ihren nassen Nestern hervorschnellen und dies wird das Zeichen für die zweite Große Flut sein.*‹« Er atmete tief durch und sprach dann in gemäßigtem Tonfall weiter.

»Auch König Sorno hängt bekanntlich diesem kindischen Glauben an – auch wenn sich unser Regent zu seiner Überzeugung in letzter Zeit leider nicht mehr ganz so entschieden bekannt hat.«

»Linglu und der König, du meine Güte.« Sola wirkte mit einem Mal recht kleinlaut. »Bitte vergessen Sie alles, was ich eben gesagt habe, Sam – ich hatte mich da wohl ein wenig verrannt. Sie müssen mich ja für ein Monstrum von einem Freidenker halten, aber das bin ich wirklich nicht. Ich glaube aufrichtig an den Allmächtigen Linglu und ich bin ein glühender Verehrer unseres Königs. Ich wollte nur sagen, dass man die Gebote und Geschichten aus dem Heiligen Linglu-Buch vielleicht nicht ganz so wortwörtlich nehmen, sondern eher als Gleichnisse ansehen sollte – als Allegorien oder wie die Gelehrten so etwas nennen.«

Rabov sah den Jüngeren ausdruckslos an. »Als die Große Flut das letzte Mal nach Phora kam, hatten die Leute meines Wissens nicht den Eindruck, dass sie in einem Gleichnis ersaufen würden.« Er machte einen Schritt auf Sola zu und legte ihm kurz eine Hand auf die Schulter. »Sie sind bestimmt kein schlechter Kerl, Port – sonst hätte Calin Sie ja auch nicht ausgesucht.« Für den Mysto-Posten und ihre Himmelbettpfosten, fügte er im Stillen hinzu. »Aber tun Sie mir und vor allem sich selbst einen Gefallen – denken Sie öfter mal nach, bevor Sie den Mund aufmachen. Sie reden sich sonst wirklich noch um Ihre Zunge.«

Sola senkte den Kopf. »Verstanden, Chef. Ich werde mir Mühe geben.«

»Dann also auf zum Boulevard der Morgenröte.« Rabov grinste durchtrieben. »Unterwegs erkläre ich Ihnen, was das dunibische Zungenstrafrecht im Detail vorsieht – vom Herausstanzen einzelner Fühlpunkte in verschiedenen Zungenregionen über abgestufte Zungenspaltung bis zur Totalamputation dieses verräterischen Organs.«

5

Der Boulevard der Morgenröte befand sich an Phoras äußerstem östlichem Rand. Malerische Villen und kleine Paläste aus der Gründerzeit des Neuen Reichs dominierten die Straße, die von einer bunten Mischung aus einheimischen Syrassen, Steinholz- und Yasnabäumen und stellenweise sogar wuchernden Sumpfdornbüschen gesäumt wurde. Östlich des Boulevards, unmittelbar hinter Häusern und Gärten, begann die endlose Wildnis der Gesperrten Sümpfe.

Vor mehr als einem halben Jahrtausend, in den schwungvollen Anfangszeiten des Neuen Reichs, hatten die dunibischen Stadtbaumeister noch davon geträumt, das Sumpfgebiet hier am östlichen Stadtrand trockenzulegen. Nach diesen Plänen sollte der Boulevard der Morgenröte das Herzstück eines neuen Gründerzeitviertels werden, Symbol des phoräischen Aufbruchs in eine bessere Zukunft. Doch von diesen Plänen war man bald wieder abgekommen und seitdem markierte der Boulevard der Morgenröte die äußerste Grenze zwischen Wildnis und Zivilisation.

Den Bauwerken zu beiden Seiten der Straße war deutlich anzusehen, dass sie für eine prachtvolle Zukunft errichtet worden waren, die niemals heraufgedämmert war. Kunstvoll verzierte Fassaden, kühn aufragende Türmchen und schnörkelreiche Erker zeugten vom Gründerstolz der einstigen Erbauer. Aber die meisten Häuser wirkten heruntergekommen, in den einst parkähnlichen Gärten wucherten Sumpfdornbüsche und baumhohe Schilfstauden. Angeblich hausten nirgendwo sonst in Phora so viele Abenteurer, Altertumswilderer und -hehler wie hier an der östlichen Stadtgrenze. Und inmitten dieser zweifelhaften Idylle saß der weltberühmte Altertumsforscher Gol Hergo in seiner Außenstelle des Archäologischen Instituts.

Port Sola stoppte das Dampfmobil vor der Hausnummer 77. Während Rabov ausstieg und durch den rostnarbigen Eisenzaun spähte, fragte er sich, für welche Vergehen Professor Hergo an diesen Ort verbannt worden war. In einen heruntergekommenen Gründerzeitpalast, der eher einer Ruine als einem bewohnbaren Bauwerk ähnelte.

Dieser Eindruck verstärkte sich noch, als sie das Tor aufschoben und sich einen Pfad durch die Wildnis des Gartens bahnten. Zwischen schlanken Yasnabäumen schlangen sich zaketumesische Lianen durch die Luft, umzwirnt von einheimischen Efeuflechten. Fremdartige Blumen mit kräftigen Stengeln und Kelchblüten in leuchtenden Farben (schorfrot, mitternachtsblau) sprossen zwischen jadegrün bemoosten Felsbrocken hervor. In den Baumwipfeln hockten Goravögel und ihre plumperen Verwandten, die zaketumesischen Parogiere, und spähten schmaläugig auf die beiden Eindringlinge herab. Es war ungemein schwül in diesem Garten – viel heißer und feuchter als im Innern der Stadt.

Zumindest kam es Rabov so vor. Seinen Überwurf hatte er längst wieder abgestreift. Alle paar Schritte wischte er sich mit dem Handrücken über die Stirn.

»Kunstvoll angelegt«, bemerkte Sola.

Rabov wandte sich zu ihm um. »Was meinen Sie?«, wollte er wissen.

»Na ja – die ganze Kulisse hier.« Sola zeigte mit beiden Händen wahllos in den Garten. »Man fühlt sich wirklich fast wie im zaketumesischen Nebelwald. Fehlt nur noch, dass wir hinter der nächsten Wegbiegung auf eine Ruinenstätte aus den Glanzzeiten der Moliat stoßen.«

Rabov gab einen Brummlaut von sich. »Ruinenstätte könnte hinkommen.« Erst durch Solas Bemerkung war ihm klargeworden, dass dies hier nicht einfach ein heruntergekommener Vorstadtgarten war. Aber er wollte sich nicht anmerken lassen, wie begriffsstutzig er gewesen war.

Sieben glitschige Steinstufen, wie das gesamte Gebäude aus weißem Masalith errichtet, führten zur zweiflügligen Eingangstür hinauf. Die Schnitzereien im Türholz waren von Alter und Feuchtigkeit zerfressen, doch für Rabov stellten sie wiederum nichts als wuchernde Wildnis dar – ein Geschlinge aus Lianen und fleischig belaubten Ästen und dazwischen eine wulstige Makuba.

Er ließ den Türklopfer niedersausen und bemerkte erst dann, dass der rechte Türflügel nur angelehnt war. »Na also«, sagte er. »Herr Professor Hergo?« Er schob die Tür weiter auf und blinzelte in die dämmrige Vorhalle. »Ist jemand zu Hause?«

Keine Antwort. Rabov wechselte einen Blick mit seinem Assistenten und trat ein. Unweit der Schwelle verharrte er einige Sekunden, bis sich seine Augen an die dürftigen Lichtverhältnisse gewöhnt hatten.

»Wahnsinn«, murmelte Sola, der sogleich tiefer in die Halle vorgedrungen war.

Rabov hörte, wie der Assistent aufgeregt schnaufte und Solas Schuhsohlen über den Steinboden klapperten. *Was ist das dort – ein Moliattempel?*, fragte er, wobei er vorsichtshalber in Gedankensprache überwechselte.

Eine ziemlich gute Nachbildung, würde ich sagen, gab Sola zurück. Aufmerksam betrachtete er das würfelförmige Bauwerk, das sich inmitten der Halle erhob. Es war in einem kräftigen Lehmrot bemalt und mit kunstvollen Halbreliefs verziert – grimmige Götterfratzen mit Hakennasen, bizarre Mischkreaturen, halb Schlange und halb Adler, umschlungen von einem Wirrwarr unleserlicher Glyphen. *Ich bin natürlich kein Experte,* fuhr Sola fort, *aber als ich letztes Jahr in Zaketumesien war, habe ich einige solcher Bauten zu sehen bekommen. Göttertempel aus der alten Moliat-Kultur – die stehen da praktisch überall herum, am Meer, in den Dörfern, im Wald. Allerdings allesamt Ruinen und ohne diese aufwendigen Verzierung.*

Rabov stellte sich zu ihm und nahm die Reliefs näher in Augenschein. *Na also,* lobte er, *da haben Sie doch auch mal was hinbekommen.*

Sola warf ihm einen argwöhnischen Blick zu. Er war noch ein wenig blass um die Nase, so als hätte er sich von Rabovs Ausführungen zur Zungenstrafe noch nicht vollständig erholt. Aber Rabovs Lob rötete seine Wangen.

Wenn ich mich richtig erinnere, fuhr er eifrig fort, *waren diese Moliat-Tempel ursprünglich meist im Innern von weit größeren Bauwerken verborgen – ungefähr so, wie dieser Tempel hier von der Halle umschlossen ist. Außerdem liegt das eigentliche Heiligtum normalerweise nicht im Tempel, sondern darunter.*

Er begann das Bauwerk zu umrunden und Rabov schnürte hinter ihm her. Der Tempel maß ungefähr vier mal vier Meter und hatte die Form eines vollkommenen Würfels. Die Wände wiesen keinerlei Fenster auf und vorläufig kamen sie auch an keinem Eingang vorbei.

Ihre Schritte erzeugten Echos in der weiten Halle. Um den Tempel war eine Art Weg angelegt, mit dunklen, wie von Zehntausenden Füßen abgewetzten Steinen. Schmalere Pfade zweigten von diesem Rundweg ab und führten zu einer Reihe einfacher Hütten, die aus Baumstämmen errichtet und mit Palmblättern gedeckt waren. Zwischen den Hütten gab es kleine Gärten und abgezäunte winzige Viehweiden. Erst nach und nach erkannte Rabov, dass auch hier im Innern der Halle jeder Stock und jeder Stein nach einem genauen Plan arrangiert war. Offenbar befanden sie sich in der Nachbildung eines Moliat-Dorfes, dessen sakrales Zentrum dieser Tempel darstellte. Von geistiger Zerrüttung, an der Hergo angeblich litt, war hier jedenfalls nichts zu bemerken. Allerdings konnte der Professor dieses ganze planvolle Arrangement auch erschaffen haben, als sein Lichtich noch fest im Sattel saß.

Aber wo war denn nun eigentlich Professor Hergo? Und musste es in dieser Außenstelle des Archäologischen Instituts nicht noch ein paar weitere Lebewesen geben – Studenten, Gehilfen, zumindest einen Wachhund?

»Hallo?«, rief Rabov aus Leibeskräften. »Ist niemand da?«

Wieder erhielt er keine Antwort. Hinter Sola bog er um eine weitere Ecke des lehmroten Tempels. *Hören Sie das, Sam?,* fragte der Assistent. Er verharrte vor einem schartenschmalen Eingang in der Hinterfront des Bauwerks.

Rabov lauschte. Wie aus großer Ferne meinte er nun ein gleichmäßiges Klopfen zu hören, dumpfe, rhythmische Schläge. Dazwischen, in unregelmäßigen Abständen, ein sehr leises Zischen (von Schlangen?).

Das kommt von unten. Sola deutete vor seine Füße. Im nächsten Moment schob er sich durch das Türloch in den Moliattempel. *Und der Zugang ist bestimmt hier drinnen.*

Ehe Rabov ihm folgte, zog er zunächst seinen Überwurf wieder an. Eben noch war ihm der Schweiß aus dem Haarzopf getropft – nun begann er übergangslos zu frösteln. Er fischte ein Schwefelholz aus seiner Hosentasche und riss es an einer hakennasigen Götterfratze an. *Warten Sie, Port,* sagte er und trat mit eingezogenem Kopf in das zaketumesische Heiligtum.

6

Im Innern der Tempelkopie roch es modrig wie in einer Gruft und die zweierlei Geräusche – dumpfe Schläge, leises Zischen – waren hier drinnen sehr viel deutlicher zu hören. Das lag offenkundig an der kreisrunden Bodenluke, an deren Rand Port Sola kniete. Neben ihm lag eine massive Eisenplatte, mit der die Luke allem Anschein nach gewöhnlich verschlossen wurde – ein gewaltiger Metallpfropf mit umlaufendem Gewinde und einem obenauf befestigten Eisenrad, um den Pfropf in der Öffnung festzudrehen.

Rabov beugte sich vor und spähte in die Tiefe. Außer einer Holzleiter, die sich nach wenigen Sprossen im Finstern verlor, war nichts zu erkennen. Er strich mit der Fingerspitze über die Eisenplatte. *Das hier ist aber keine Kopie aus einem Moliattempel, oder?,* fragte er.

Sola schüttelte den Kopf, dann erlosch das Flämmchen und es wurde stockfinster. Fahrig begann Rabov in seinen Taschen zu kramen. *In den Tempelruinen, die ich drüben gesehen habe,* erklärte währenddessen Sola, *waren diese Bodenlöcher höchstens mit ein paar Brettern gesichert, damit niemand hineinfallen konnte.*

Endlich bekam Rabov im Durcheinander seiner Hosentaschen ein weiteres Schwefelholz zu fassen. Er riss es an seiner Schuhsohle an und im aufflackernden Licht streckte ihm Sola eine kleine Wachskerze entgegen. *Oh, Sie machen sich immer besser,* sagte Rabov. Er nahm seinem Assistenten die Kerze ab und zündete sie an. *Ich gehe jetzt da runter,* verkündete er, *und Sie halten hier oben Wache, bis ich Sie rufe.*

Und wenn Sie nicht rufen, Chef?

Hüten Sie Ihre Zunge, Agent. Die Kerze in seiner linken Hand, stützte sich Rabov mit der rechten auf Solas Schulter und kletterte die Leiter hinab. Sieben knarrende Sprossen, dann hatte er wieder festen Grund unter den Füßen. Er zog seinen Kopf ein und folgte dem engen Stollen, der anscheinend mit Hammer und Hacke in den Fels gehauen worden war.

Das rhythmische Klopfen war nun so laut und nah, dass er den Boden unter seinen Füßen vibrieren fühlte. Auch die Zischgeräusche konnte er jetzt eindeutig zuordnen. *Eine Dampfmaschine,* teilte er Sola mit. *Bestimmt auch keine Nachbildung aus dem Moliattempel.*

Bestimmt nicht, gab Sola zurück. *Das einzige, was in Zaketuma zischt, sind Schlangen.*

Diese Anspielung gefiel Rabov überhaupt nicht, aber er ließ es auf sich beruhen. Schließlich konnte er dem Assistenten nicht wegen jeder Kleinigkeit die Ohren respektive die Zunge langziehen.

Der Felsgang endete nach ungefähr zwei Dutzend Schritten vor einer Eisentür. Das staubgraue Trumm wies weder Schloss noch Klinke auf, sondern lediglich einen geschmiedeten Ring.

»Professor Hergo?« Die einzige Antwort war rhythmisches Hämmern. Rabov zog an dem Ring, aber die Tür ließ sich keinen Zoll bewegen. Also klebte er seine Kerze auf einen Wandvorsprung und begann, mit beiden Händen und aller Kraft, die er aufbieten konnte, an dem Eisenring zu reißen. Er keuchte und fluchte und verlor mehrmals fast den Halt, denn der Boden war feucht und mit einer schleimigen Schicht überzogen. Aber er spürte, wie sich die Tür Stück um Stück öffnete, und verdoppelte seine Anstrengungen, während Sola ihn wieder mal mit Gedankenfragen beschoss: *Was geht da unten vor, Chef? Warum sagen Sie denn nichts? Darf ich nicht endlich auch kommen?*

Alles in Ordnung hier unten, gab Rabov atemlos zurück. Die Eisentür stand jetzt eine Handbreit offen und das rhythmische Hämmern war mittlerweile ohrenbetäubend laut.

Einen Moment lang stand er einfach so da und versuchte wieder zu Atem zu kommen. Und da plötzlich nahm er aus den Augenwinkeln wahr, wie sich ein Schemen durch den Türspalt zu ihm herauswand.

Eine Schlange, dachte er vollkommen entgeistert. Aber eine Schlange, wie er niemals vorher eine gesehen hatte – mit blutigen Fetzen behangen, ein widerwärtig bleicher Wurm von der ungefähren Länge eines Männerarms.

Sekundenlang stand er wie gelähmt da. Schließlich gelang es ihm, sich umzuwenden. Doch da war der abscheuliche Schemen bereits im Dunkel des Tunnels verschwunden.

Hallo, Sam? Hören Sie mich? Ist da unten wirklich alles in Ordnung?

Im Gegenteil, brachte er hervor. *Seien Sie vorsichtig, Port – hier ist gerade eine Schlange ausgebrochen. Sie kommt den Gang hoch.*

Eine Schlange? Solas Gedankenstimme vibrierte vor ungläubigem Erstaunen. *Also, ich komme jetzt runter – und klar, Chef, ich sehe mich vor.*

Rabov gab ihm keine Antwort. Er hatte unterdessen die Tür noch weiter aufgestemmt und zwängte sich, die flackernde Kerze in der Hand, durch den Spalt.

Er fand sich in einer engen Felsenkammer wieder. Auf dem roh behauenen Boden lag ein unförmiger Brocken – ziemlich genau im Zentrum eines dunklen Sterns, dessen Strahlen sich bis in die entferntesten Ecken der Kammer erstreckten.

Rabov brauchte ein paar Augenblicke, um zu begreifen, dass der Stern aus geronnenem Blut bestand. Und dass der Brocken darin, spiegelnd bleich im Flackerlicht der Kerze, ein vornübergekrümmter nackter Leichnam war.

7

Die Wände der Felskammer waren mit Zeichnungen übersät. Kunstwerken von düsterer Anmutung, die uralt wirkten, obwohl Rabov nicht hätte sagen können, woher dieser Eindruck rührte. Aufmerksam betrachtete er ein Bild nach dem anderen, indem er sich langsam um seine eigene Achse drehte. Dabei achtete er darauf, dass sein Blick nicht versehentlich auf den verstümmelten Toten neben seinen Füßen fiel.

Noch sehr viel schwieriger war es, das rhythmische Trommeln zu ignorieren, das durch unzählige kleine Löcher in der rechten Seitenwand drang. Diese Bohrungen waren so geschickt in die Zeichnungen eingefügt worden, dass man sie nur bemerkte, wenn man mit den Fingern darüberfuhr. Dort hinter der Wand befand sich offenbar ein dampfbetriebenes Melodophon, das unaufhörlich ein und dieselbe Tonfolge abspielte. Ein gleichförmiges, sehr langsames und doch erschreckend kraftvolles Trommeln – wie der Herzschlag einer mächtigen Kreatur in tiefem Schlaf.

Rabov hatte vergeblich zu ergründen versucht, wie man an dieses Melodophon herankam, um das verdammte Trommeln abzustellen. Er hatte die Gaslampen angezündet, die in den Kammerecken auf eisernen Sockeln standen, und sodann mit Solas Kerze durch verschiedene Bohrlöcher in die Nachbarkammer hineingeleuchtet, aber außer ein paar umherschwankenden Schatten war da drüben nichts auszumachen. Irgendwo musste es zweifellos einen Zugang zu dieser Nebenkammer geben – doch darum mochte sich der Assistent kümmern. Den hatte Rabov allerdings gerade erst wieder nach oben geschickt: Sola sollte ein Telefon ausfindig machen und Calin Stingard darüber informieren, dass einer ihrer beiden mutmaßlichen Täter gleichfalls umgekommen war. So dass eigentlich nur noch Lona Markan übrigblieb, umso dringender verdächtig, Velissa Labiano auf dem Gewissen zu haben – und Professor Hergo dem ersten Anschein nach auch.

Der Tote lag auf seinen Unterschenkeln, den Oberkörper so weit vornübergebeugt, dass seine Stirn den Boden vor seinen Knien berührte. Obwohl er bereits weit in den Fünfzigern sein musste, wirkte sein Körper sehnig und durchtrainiert. Oder jedenfalls das, was von ihm übriggeblieben war. Das dünne graue Haar fiel ihm über die Schläfen und Wangen und so war von seinem Gesicht kaum etwas zu sehen. Dennoch war Rabov sofort klar gewesen, dass es sich um den Leichnam von Professor Hergo handeln musste. Und dass der weltberühmte Altertumsforscher unter einzigartigen Qualen gestorben war.

Er zwang sich, seine Aufmerksamkeit erneut auf die Wandzeichnungen zu richten. Es waren insgesamt acht Bilder von genau gleicher Größe, mit kräftigen schwarzen Strichen auf kalkweißem Untergrund ausgeführt. An jeder Wand waren zwei Bilder übereinander angeordnet, auch die Innenseite der Tür war einbezogen. Jedes einzelne Bild war in einen schnörkelreich gezeichneten Rahmen eingefasst, der möglicherweise aus einer Art Glyphen- oder Bilderschrift bestand. Auch auf den eigentlichen Bildflächen fanden sich hier und dort solche Zeichen oder Arabesken eingestreut, die Rabov vage mit Inschriften auf uralten Tempeln in Verbindung brachte. Falls er sich nicht sehr täuschte, musste es sich bei diesen acht Bildern um Kopien der Bildtafeln von Naxoda handeln.

Vergangenes Jahr hatten sich die Zeitungen gegenseitig mit Sensations- und Katastrophenmeldungen zur Naxoda-Expedition übertrumpft, und damals waren auch einige dieser Bildtafeln im *Phoräischen Nachtboten*, in der *Smaragdtor-Gazette* und sogar im hochseriösen *Hauptstadt-Kurier* abgedruckt worden. Aber aus diesen Berichten war nicht einmal andeutungsweise hervorgegangen, dass die acht Bildtafeln aus dem zaketumesischen Nebelwald eine zusammenhängende Geschichte erzählten. Genauer gesagt – die albtraumhafteste Version eines Schöpfungsmythos, die Rabov jemals untergekommen war.

Das rhythmische Trommeln brachte ihn beinahe um den Verstand. Das Trommeln und Zischen und das abscheuliche Kriechwesen, das vorhin aus dieser Kammer entflohen war. *Port? Wo bleiben Sie denn?*

Immer noch auf der Suche, Chef, meldete der Assistent. Es klang mehr nach einer Lebensweisheit als nach einer Antwort auf Rabovs Frage. *Ich bin jetzt im Obergeschoss – Sie machen sich keine Vorstellungen von dem Durcheinander hier oben. Aber irgendwo habe ich gerade ein Telefon gongen gehört.*

Na, dann viel Glück, dachte Rabov. Einen Moment lang ärgerte er sich, weil er sich nicht selbst auf die Suche gemacht hatte. Aber diese eigenartige Kammer mit den bemalten Wänden und den suggestiven Trommelklängen hatte ihn so sehr in ihren Bann gezogen, dass er es nicht über sich gebracht hätte, ihr gleich wieder den Rücken zu kehren.

Die Bildtafeln waren immer paarweise im Uhrzeigersinn angeordnet, falls Rabov sich nicht sehr täuschte. Die erste Zeichnung befand sich auf der oberen Hälfte der hinteren Stirnwand, die zweite darunter, die dritte dann wieder oben auf der rechten Seitenwand und so weiter. Auf der ersten Tafel war ein Schwarm mächtiger Kreaturen mit schuppiger Panzerhaut und gewaltig großen Flügeln zu sehen. Allem Anschein nach aus den Tiefen des Weltraums kommend, setzten die majestätischen Drachenwesen zur Landung auf der Erde an.

Auf der zweiten Tafel beaufsichtigten dieselben mächtigen Wesen den Bau einer kolossalen Pyramidenstadt. Etliche Bauwerke waren bereits vollendet und Abertausende kleinerer Kreaturen krochen auf den Pyramiden herum und brachten mit ihren Mäulern und Leibern eine Art Bilderschrift darauf an. Diese kleineren Lebewesen ähnelten den heutigen Schlangen – sie hatten gliederlose Körper von vielleicht einem bis zwei Metern Länge, ihre Köpfe allerdings waren deutlich größer und wiesen die längliche Ovalform von Buti-Nüssen auf.

Die dritte Tafel zeigte eines der Schlangenwesen eingesperrt in einen engen, fensterlosen Raum – ähnlich der Kammer, in der sich Rabov und der übel zugerichtete Leichnam befanden. In der Decke der gemalten Kammer gab es eine Reihe schmaler Schlitze, durch die ein wenig Licht einfiel. Eine kreisrunde Luke im Boden war mit einem steinernen Pfropf verschlossen, dessen Rand überdies mit einer dunklen, trüb durchscheinenden Substanz versiegelt war. Von dem Pfropf führten zwei solide Seile zur Decke hinauf und verschwanden im mittleren der schmalen Lichtschächte. Das Schlangenwesen hatte sich in den von der Bodenluke am weitesten entfernten Winkel zurückgezogen. Zusammengerollt lag es da und starrte zu dem Pfropf hinüber.

Auf der vierten Bildtafel war die Bodenluke geöffnet. Der Pfropf hing an den hochgezogenen Seilen unter der Decke und aus dem Bodenloch waberte ein zäher Nebel hervor. Das Schlangenwesen lag schnurgerade am Boden, von den grauen Schwaden bereits vollständig eingehüllt.

Die fünfte Zeichnung war oben auf der vorderen Stirnwand angebracht und zog sich folglich auch über die halbe Tür. Da die Tür offen stand, musste Rabov seine Blicke zwischen den verschiedenen Bildfragmenten hin und her springen lassen, die teils auf der Wand und teils auf der Tür angebracht waren. Auf dieser Bildtafel also war das Bodenloch wieder mit dem Pfropf verschlossen, doch die nebelartige Substanz um das Schlangenwesen hatte sich verdickt und verfestigt. Das Wesen im Innern war nur noch undeutlich zu erkennen und die aus dem Nebel entstandene Umhüllung nahm bereits vage Konturen an – die Umrisse einer plumpen Kreatur mit ungeschlachtem Kopf und Stummelbeinen.

Vielleicht hätte Rabov die Bildtafeln von Naxoda auch nur halb so grauenvoll gefunden, wenn es da nicht diese aberwitzige Analogie gegeben hätte – zwischen der fünften Bildtafel und dem Leichnam neben ihm am Boden. Anstelle eines Rückgrats trug die plumpe Kreatur jenes Schlangenwesen in sich – dem nackten Körper dagegen, der neben Rabov in seinem eigenen Blut lag, war die komplette Wirbelsäule herausgetrennt worden, vom Steiß bis in den Nacken hinauf. Wo Professor Hergos Rückgrat sein sollte, klaffte eine blutige Furche.

Höchstwahrscheinlich hätte Rabov sogar diese makabre Analogie noch einigermaßen kaltgelassen, wenn er nicht vorhin mit eigenen Augen die Schlange gesehen hätte, wie sie sich durch den Türspalt hervorgeringelt hatte. Den abscheulich bleichen Wurm, mit blutigen Fetzen behangen.

Port Sola jedoch, der nur Augenblicke später hier heruntergekommen war, hatte beteuert, dass ihm unterwegs nirgendwo eine Schlange begegnet sei. Auch wenn der Assistent seine Zunge gehütet hatte, war für Rabov offensichtlich gewesen, dass Sola ihm in diesem Punkt nicht glaubte. Sobald es um Schlangen ging, schien Sola ihn für nicht ganz zurechnungsfähig zu halten. Dabei war sich Rabov absolut sicher – schließlich hatte er das bizarre Kriechwesen mit eigenen Augen gesehen.

Aber auch diese Angelegenheit ließ er fürs Erste auf sich beruhen. Die Schlange (oder was es gewesen sein mochte) konnte sich im Dunkel des unterirdischen Gangs verborgen haben, bis Sola an ihr vorbeigegangen war. Wenn sie anschließend an der Leiter nach oben geglitten war, hatte sie bestimmt längst ein Schlupfloch nach draußen gefunden und war im Garten oder sogar schon in den Gesperrten Sümpfen verschwunden.

Eben wollte sich Rabov der sechsten Bildtafel zuwenden, als Sola wieder in der Tür erschien. Das Melodophon lärmte unvermindert hinter der Wand und so hatte ihn Rabov nicht herannahen gehört.

»… Telefon gefunden … Calin … auch Horch Ralla …« Obwohl Sola ihm seine Meldung zuschrie, konnte Rabov nur wenige Satzfetzen verstehen. Und was er erhaschte, mochte er kaum glauben, zumindest den letzten Teil.

Noch mal von vorne, Port, befahl er. *Aber diesmal lautlos, wenn ich bitten darf.*

Sola blieb vorsichtshalber auf der Schwelle stehen. Er wirkte auf einmal wieder schuldbewusst und kleinlaut, auch wenn er diesen Eindruck durch ein betont forsches Grinsen zu verwischen suchte. *Horch Barott hat recht,* begann er, *Hergo muss wirklich den Verstand verloren haben.* Er bedachte den Toten mit einem abschätzigen Blick. *Das Obergeschoss enthält eine Mischung aus Verwaltungs-, Wohn- und Studienräumen. Wobei* Mischung *es hier buchstäblich trifft. Ein zerwühltes Bett mitten in einem Hörsaal. In der Badewanne liegt eine Mumie. In der Küche stapeln sich verschimmelte Bücher im Spülstein. Und überhaupt ist da oben alles unvorstellbar verdreckt.*

Rabov ging allmählich die Geduld aus. *Ich will wissen, ob Sie Calin Meldung erstattet haben, Port. Da oben sehe ich mich nachher selbst noch um.*

Der Assistent salutierte. Sein Grinsen wirkte mittlerweile wie angeklebt. *Jawohl, Chef. Ich habe Calin berichtet, was wir hier vorgefunden haben. Den toten Professor in dieser Kellerkammer, die vermutlich dem Allerheiligsten unter einem Tempel in Naxoda nachgebildet ist.*

Und Calin schickt also den Leichenbeschauer? Er sah seinen Assistenten forschend an, aber die Antwort ließ auf sich warten. *Hallo, Port – sind Sie noch da?*

Sie hat es nicht ausdrücklich erwähnt. Sola schlug die Augen nieder. *Da habe ich für alle Fälle auch noch Horch Ralla verständigt. Und ihn gebeten, den Leichenbeschauer gleich mitzubringen.*

Also hatte er vorhin doch richtig verstanden! Rabov starrte den Jüngeren wortlos an. Für einige Augenblicke wusste er wahrhaftig nicht, was er jetzt machen sollte. Calin bitten, dass sie ihn lieber wieder ohne Assistenten arbeiten ließ? Aber dann fragte er sich, wie Calin auf diesen Vorschlag reagieren würde. Vielleicht würde sie seinen Posten ohne weitere Umschweife Sola geben. Dann könnte Rabov allerdings wieder ohne Assistenten arbeiten – als gewöhnlicher Polizist bei der Zolltorwache oder als Aktenstaubfresser im Innendienst.

Das war eigenmächtig, Port, erklärte er so ruhig, wie er es hinbekam. *Sie sollten nur das Innenministerium verständigen. Ob Ralla hinzugezogen wird, entscheiden nicht wir, sondern unsere vorgesetzte Dienststelle.*

Sola hob den Kopf und sandte ihm ein treuherziges kleines Lächeln. Er stand noch immer auf der Schwelle, aber er begann bereits wieder, die Schultern in seiner schwarzen Halbkutte zu rollen. *Ich wollte nur diesmal alles richtig machen, Sam,* beteuerte er.

Sie wollten sich bei Ralla lieb Kind machen, korrigierte Rabov. *Sie haben illoyal gehandelt, Port. Und charakterschwach,* fügte er, einmal in Schwung gekommen, hinzu.

Aber …

Kein Aber mehr, fiel ihm Rabov ins Wort. *Sehen Sie jetzt zu, dass Sie dieses verdammte Melodophon zum Schweigen bringen, und lassen Sie mich meine Arbeit tun.* Wenn Sie schon selbst nichts Nützliches beitragen können, wütete er im Stillen weiter, war diesmal aber besonnen genug, vorher aus der lakorischen Trance zurückzukehren.

Fügsam machte sich Sola an der rechten Seitenwand zu schaffen. Einen Moment lang beobachtete Rabov noch, wie der Assistent in den Bohrlöchern herumfingerte, hinter denen das Melodophon unbeirrbar Zisch- und Trommellaute ausstieß. Dann wandte er sich wieder den Bildtafeln zu.

Die sechste Zeichnung befand sich auf der unteren Hälfte der vorderen Stirnwand, also wieder teilweise auf der halb offen stehenden Tür. Auf den ersten Blick bestand diese Tafel lediglich aus einer Art Schachbrettmuster. Fünf waagrechte Reihen mit jeweils sieben rechteckigen Feldern waren übereinander angeordnet und erst als Rabov näher herantrat, erkannte er, was die einzelnen Felder darstellen sollten.

Es waren gleichfalls Kerkerkammern und in jeder von ihnen war ein Schlangenwesen eingesperrt. Aber jede waagrechte Felderreihe stellte eine andere Kreatur in unterschiedlichen Entwicklungsstadien dar. In den Zellen am äußersten linken Bildrand begann der zähe Nebel gerade erst aus den Bodenluken hervorzuwabern und die ausgestreckt daliegenden Schlangenwesen zu umhüllen. Je weiter jede Bildreihe nach rechts fortschritt, desto klarer und feingliedriger wurden auch die Umrisse der Kreaturen in den Kerkern. Gleichzeitig wurde die Materie, die die Schlangenwesen umschloss, immer kompakter und weniger durchsichtig. Die Kreaturen schließlich, die in den Kammern ganz rechts übereinandersaßen, konnte Rabov mühelos identifizieren, denn sie glichen aufs Haar den Lebewesen, die auch heute den Planeten bevölkerten: In der obersten Kammer befand sich offenkundig ein Wildschwein, darunter ein Hund, im mittleren Geschoss eine Katze, unter dieser ein zaketumesischer Nachtparder. Und ganz unten, im Parterre dieses bizarren Schöpfungsturms, saß ein Mensch – ein muskulöser junger Mann, dunkelhäutig und nackt, wenn man von seiner furchteinflößenden Kriegsbemalung absah.

Rabov starrte ihn an. Aus dem winzigen Feld im untersten rechten Eck der Bildtafel schien der junge Moliare seinen Blick zu erwidern – auffordernd, erwartungsvoll. Rabov meinte schon zu spüren, wie er in jenen Kerker, in die finsterste Vorzeit hinübergesogen wurde, wie er bereits anfing, sich in den Krieger zu verwandeln, wie alles in ihm, Herz, Hirn und Seele, im Takt jener Trommeln zu schwingen begann – da riss ihn lautes Malmen und Knirschen wieder aus dem Bild heraus. Er fuhr herum, so abrupt, dass ihn ein heißer Schmerz im Nacken durchzuckte.

Tut mir leid, Sam, ich wollte Sie nicht erschrecken. Sola wirkte aufrichtig zerknirscht. Dabei hatte er seine Sache diesmal wirklich gut gemacht – stolz zeigte er Rabov die beiden Wandlöcher knapp über dem Boden. Dahinter waren Metallhebel verborgen, die man nur herunterdrücken musste – und schon ging in der Wand eine steinerne Tür auf.

Rabov schob eine Hand unter seinen Haarzopf und tastete sich über den Nacken. *Gute Arbeit.*

Hinter der Steintür kam eine zweite, deutlich kleinere Kammer zum Vorschein. Sie bot eben genug Platz für einen dampfbetriebenen Motor und den klobigen Melodophonkasten auf einem Tisch daneben.

Sola beugte sich hinein und hob die Abspielnadel von der Metallscheibe des Melodophons. Augenblicklich erstarb das nervenzerfetzende Trommeln. Nur der Dampfmotor verrichtete weiter zischend und stampfend seinen Dienst und jagte die Scheibe auf dem Melodophon beharrlich im Kreis. »Jetzt müssen wir nur noch herausfinden«, sagte Sola, »wie lange diese Dampfmaschine an einem Stück läuft, bis sie wieder gefüttert werden muss – mit Kohle oder was auch immer. Dann wissen wir jedenfalls, wie viel Zeit maximal vergangen sein kann, seit Hergo Besuch von seiner Mörderin hatte.«

»Falls er Besuch hatte«, schränkte Rabov ein.

Sola sah ihn fragend an, aber Rabov rieb sich bloß still seinen Nacken. Der Schmerz klang nur ganz allmählich ab. Er war bei weitem nicht so stark wie damals am Ufer der Nibra, vor vielen Jahren, als Odea ihn aufgefordert hatte, sie zu küssen. Aber es war dieselbe Art von Schmerz, genauso reißend und heiß, und er hatte Rabov an derselben Stelle wie damals durchbohrt – ganz oben im Nacken, gerade dort, wo die Wirbelsäule in die Schädelschale schlüpft.

8

Horch Ralla erschien mit zwei Zolltor-Wachtmeistern und dem Leichenbeschauer Dobiu – demselben Mann, der bereits Velissa Labianos verholzende Überreste begutachtet hatte. Mit wehender Gesichtsfrisur stolzierte der Hauptermittler in die Kellerkammer und verkündete nach einem Blick auf den Toten, dass Hergos Mörderin ganz offenkundig an Wahnvorstellungen leide.

Rabov machte sich nicht die Mühe, ihm zu widersprechen. Ihm war bewusst, dass seine Position diesmal wackliger war als beim Fall Labiano – jedenfalls zum jetzigen Zeitpunkt. Wenn sich eine Frauenleiche vor Rallas Augen in einen zaketumesischen Yasnabaum verwandelte, konnte selbst der Hauptermittler nicht mehr vollständig ausschließen, dass hier möglicherweise ein ganz klein wenig Lakori im Spiel war. Im Fall Hergo aber gab es bisher keine Indizien, die Ralla zwingen konnten, von einem Mysteriösen Verbrechen auszugehen. Abgesehen von dem bizarren Schlangenwesen, das vor Rabovs Augen aus der Kammer herausgeschlüpft war. Und an dessen Existenz außer ihm selbst niemand glauben würde, solange er keine weiteren Hinweise auf Lakori präsentieren konnte.

»Was starren Sie nur andauernd auf diese abergläubischen Kritzeleien, Rabov«, hörte er den Hauptermittler hinter seinem Rücken poltern. »Bevor Sie wieder anfangen, einen simplen Mordfall zum angeblichen Mysterium zu vernebeln, versetzen Sie sich doch einfach mal in Magistra Markan.«

Widerwillig wandte sich Rabov zu ihm um. Die siebte Bildtafel schilderte eine Katastrophe, von der die Schöpfung der majestätischen Drachenwesen heimgesucht worden war. – Aber vorher musste er seine persönliche Heimsuchung durch den Hauptermittler überstehen.

»Versetzen Sie sich doch, Ralla«, sagte er. »Sie können das bestimmt besser als ich.«

Der Zolltor-Chef gab ein missbilligendes Schnauben von sich. »Ist doch ganz einfach«, sagte er. »Die Magistra hat genau wie ihr Professor davon geträumt, durch die Naxoda-Expedition als wissenschaftliches Genie berühmt zu werden. Dann aber wurde ihre Reise in die magische Vorzeit ein Desaster mit Dutzenden Toten, und statt mit welterschütternden Fundstücken sind die beiden mit leeren Händen zurückgekommen. Zu allem Überfluss haben sie sich auch noch verkracht, die Magistra hat ihre Stelle am Institut gekündigt – und stand vor den Trümmern ihres Lebens!«

Rabov musste grinsen. »Sie sind ja einfühlsamer als eine Harmonika«, lobte er. »Und weil sie Hergo die Schuld an diesen Trümmern gibt, hat Lona Markan ihm zur Strafe die Wirbelsäule aus dem Rumpf gezogen? Warum hat sie ihn nicht einfach erschossen – mit einer Armbrust oder was weiß ich?«

»Tja, was wissen Sie schon, Agent.« Ralla fuhr mit beiden Händen unter seinen Umhang und zog einen Packen zerfledderter Zeitschriften hervor. »Wer wie Sie in übernatürlichen Höhen schwebt, kann sich solchen Kleinkram natürlich sparen«, höhnte er. »Mir aber bleibt keine andere Wahl, als mich an die sterbenslangweiligen Fakten zu halten. Und die besagen nun mal, dass sich Magistra Markan unter dem Einfluss ihres verehrten Professors Hergo in immer aberwitzigere Spekulationen über die sogenannte Götterstadt Naxoda verrannt hat. Hier, bitte sehr, Rabov, so sieht brauchbares Ermittlungsmaterial aus – wenn es Ihre Zeit erlauben sollte, lesen Sie bei Gelegenheit mal nach, was Lona Markan und ihr Meister in den letzten Jahren so alles über die angebliche Schöpfungsmagie der Moliatkultur spintisiert haben.«

Ralla drückte ihm die zerlesenen Hefte gegen die Brust und Rabov blieb nichts anderes übrig, als den Packen entgegenzunehmen. *Altertumskunde im Dampfzeitalter*, hieß die obenaufliegende Schrift.

»Als die Magistra schließlich feststellen musste«, fuhr Ralla fort, »dass ihr Leben und ihre Karriere ruiniert waren, da hatte sie nur noch eines im Sinn: sich an demjenigen zu rächen, der ihr das alles eingebrockt hatte. Wobei es aus ihrer Sicht nur folgerichtig war, Hergo mit genau der gleichen verrückten Idee umzubringen, die ihrer beider Leben verpfuscht hat. Mit der Wahnvorstellung nämlich … warten Sie mal, ich zitiere …« Er reckte das Kinn vor und begann zu deklamieren: »›*Auch wenn es für die Eitelkeit der menschlichen Rasse eine empfindliche Kränkung darstellt: Öffnen wir uns doch endlich der Erkenntnis, dass die Wirbelsäule sämtlicher Säugetiere einschließlich des Menschen nichts anderes als eine versklavte und verzauberte Schlange ist. Die Bildtafeln von Naxoda stellen die Erschaffung allen irdischen Lebens dar, die Schöpfung, wie sie sich in ältester Vorzeit tatsächlich abgespielt hat – und nicht etwa ein mythisches Geschehen, das lediglich symbolisch aufzufassen wäre.*‹«

Rabov bewegte seine Hände gegeneinander wie zum Applaus. »Diese ganze Lyrik haben Sie sich gemerkt? Nicht übel für einen Zolltor-Mann. Aber genauso erstaunlich finde ich, dass Lona Markan solche Spekulationen überhaupt in wissenschaftlichen Blättern veröffentlichen konnte.«

»Erstaunlich und empörend, wenn Sie mich fragen.« Ralla nickte, dass Bart und Brauen wogten. »Das ging auch nur so lange, wie

Hergo noch als archäologische Kapazität galt. Er hat die Zeitschriftenredaktionen unter Druck gesetzt, die Artikel seiner Assistentin zu bringen. Allerdings hat er sich immer öfter auch selbst mit solchem Lakori-Kram aus dem Fenster gehängt, wenn auch nicht ganz so weit wie die Magistra. Als die beiden letztes Jahr nach Naxoda abgedampft sind, waren sie jedenfalls nur noch belächelte Außenseiter. Ihre allerletzte Chance bestand darin, mit handfesten Beweisen aus dem Nebelwald zurückzukommen – aber diese Beweise sind sie notgedrungen schuldiggeblieben. Ihre ganze sogenannte magische Schöpfungstheorie, nach der wir verzauberte Schlangen in uns tragen, ist natürlich das reine Wahngespinst.« Er zog die eisgrauen Augenbrauen so hoch in die Stirn, dass sich seine Schnauzbartenden beängstigend strafften. »Was sagen Sie jetzt?«

»Gute Frage«, lobte Rabov. Der Schmerz in seinem Genick war zu einem sanften Klopfen abgeklungen. Doch wenn er mit dem Finger oberhalb des Kragens auf seinem Nacken herumtastete, fühlte es sich an, als ob sich der oberste Wirbel unnatürlich weit hervorwölbte. »Geben wir sie doch einfach an Doktor Dobiu weiter.«

Der massige Mann im grauen Umhang kauerte zu ihren Füßen. Während Ralla seine Version der Ereignisse verkündet hatte, war der Leichenbeschauer neben dem Toten schnaufend auf- und abgekrochen und hatte die blutige Furche mit Lupe und Spatel untersucht. Nun hob er den Kopf und sein Gesicht sah noch eine Spur käsiger aus als beim letzten Mal. »Im Prinzip stimme ich Ihnen voll und ganz zu, Ralla«, sagte er. »Das ist selbstverständlich, verdient hier aber trotzdem hervorgehoben zu werden.«

Dobiu erhob sich schwerfällig, betrachtete seine Hände und wischte sie an seinem Umhang ab. »Ich habe die üblichen Untersuchungen zweimal wiederholt«, sagte er, »und bin jedes Mal zu demselben Ergebnis gekommen.« Er sah von Ralla zu Rabov und dann wieder zum Hauptermittler. »Dem Opfer wurde das Rückgrat vollständig amputiert – vom Steißbein über den Atlas bis hinauf zum Hirnstamm, in den die Wirbelsäule unter der Schädeldecke übergeht.« Der Leichenbeschauer richtete seinen angewinkelten linken Unterarm senkrecht auf und legte die zur Faust geballte rechte Hand oben auf die Fingerspitzen seiner Linken. »Aber so leid es mir tut«, fuhr er fort, »ich habe keinerlei Spuren äußerer Gewalteinwirkung gefunden. Nicht die allergeringsten, Hauptermittler.«

»Besten Dank, Doktor«, sagte Rabov. »Das wundert mich ehrlich gesagt überhaupt nicht.« Er empfand keinen Triumph, im Gegenteil. Erneut kam ihm die Passage aus Linglus Sieben Gesetzen in den Sinn – *Dann werden die urbösen Schlangen aus ihren nassen Nestern hervorschnellen und dies wird das Zeichen für die zweite Große Flut sein.* Vielleicht waren unter den *nassen Nestern* ja gar nicht (oder jedenfalls nicht ausschließlich) irgendwelche Seen und Sümpfe zu verstehen, aus denen sich Schlangen hervorringeln würden – sondern die Rümpfe sämtlicher zwei- und vierbeinigen Kreaturen? Grundgütiger Linglu. Wieder tastete er über seinen Nackenwirbel, der sich unter Fleisch und Haut hervorwölbte wie … nein, Schluss, befahl sich Rabov, wie ein Wirbel eben und sonst gar nichts.

In nüchternen Worten berichtete er dem Hauptermittler und dem Leichenbeschauer von der eigentümlichen Schlange, dem blutig bleichen Wurm mit dem ungewöhnlich großen Kopf, der vor seinen Augen durch den Türspalt geschlüpft und anscheinend entkommen war. »Sieht so aus, als ob Sie auch aus diesem Fall draußen wären«, sagte er abschließend zu Ralla.

Das Gesicht des Hauptermittlers lief blaurot an. »Ganz im Gegenteil!«, begann Ralla zu schreien. »Dieses Indiz bestärkt mich nur noch mehr in meiner Überzeugung – dass wir es hier nämlich mit einem gewöhnlichen Mord zu tun haben und man uns nur weismachen will, dass es sich schon wieder um einen zaketumesischen Schlangenzauber handelt!« Er unterbrach sich und sah schwer atmend auf den Toten hinab. »Falls Sie sich die Schlange nicht überhaupt nur eingebildet haben, Rabov«, fuhr er in abgemilderter Lautstärke fort. »Diese Möglichkeit sollten wir allerdings auch nicht vorschnell ausschließen. So oder so kann ich nur eine einzige Erklärung dafür finden, dass Dobiu keine Zeichen äußerer Gewalteinwirkung entdeckt hat: Vermutlich hat er seine Arbeit nicht gründlich genug gemacht! Oder sehen Sie das anders, Doktor?«

Mit dem Spatel kratzte sich Dobiu ergiebige Mengen Blutschorf unter seinen Fingernägeln hervor. »Selbstverständlich nicht, Horch Ralla«, antwortete er, ohne aufzusehen. »Ich nehme den Toten gleich mit ins Leichenschauhaus – höchstwahrscheinlich werden wir dort noch etwas finden.«

»Daran zweifle ich nicht«, sagte Ralla. »Und Sie«, blaffte er Rabov an, »besser auch nicht.«

9

Auf der siebten Bildtafel wurde die Pyramidenstadt von einer rätselhaften Katastrophe heimgesucht. Zahlreiche Einzelbilder, in einem Wirrwarr rechteckiger Felder ausgestreut, stellten verschiedene Etappen des Untergangs dar. Die Bodenluken in den Kammern standen nun allesamt offen und Unmengen jenes zähen Nebels waberten hervor. Die Schwaden gelangten ins Freie, umhüllten Menschen und Tiere, die einst durch die Verbindung von Nebel und Schlangenwesen entstanden waren, und verwandelten sie in Klumpen. Überall auf Wegen, Treppen, Tempeldächern lagen klumpenförmige Kreaturen wie leblos umher. In einem größeren Feld im Zentrum der Tafel war zu sehen, dass die Pyramidenstadt seit der Ankunft der majestätischen Flügelwesen zu gewaltiger Größe angewachsen war. Bis zu allen Horizonten erstreckten sich breite Straßen, von Hunderten Pyramiden und anderen Kolossalbauten gesäumt. Doch all das war nun von dem zähen Nebel aus den Bodenluken umschlossen, der die ganze Stadt in einen einzigen riesenhaften Klumpen verwandelte.

Rabov wurde das Herz schwer, so sehr nahm ihn der Untergang jener Welt mit. Gebannt betrachtete er die achte und letzte Bildtafel. In einem großen Schwarm flogen die Drachenwesen wieder davon, hoch in den Himmel hinauf. Unter ihnen waren noch einmal die Überreste der Pyramidenstadt zu sehen, die nun von dem zähen Nebelschleim vollständig umschlossen war.

Bei den majestätischen Flügelwesen, überlegte er, handelte es sich offenbar um die Schöpfergottheiten der Welt von Naxoda – *Nachkodá*, wie Barott den altzaketumesischen Namen überraschenderweise ausgesprochen hatte. Ganz ähnlich, wie das Schöpfungsgeschehen auch im Heiligen Linglu-Buch geschildert wurde, mussten sie zuerst die Schlangenwesen unterwerfen, damit sie ihr eigentliches Werk beginnen konnten. Vielleicht hatte er hier einen Schlüssel zu jener geheimnisvollen Stelle aus den Linglu-Texten gefunden, über der er seit seiner Jugendzeit immer wieder gegrübelt hatte? Von Linglus uranfänglichem Kampf gegen die *»urbösen Urschlangen der Urmeere«* hieß es dort: *»Mit Blitzen zerhackt Er sie, mit Feuern verbrennt Er die Ungeheuer der Ursee, mit Seebeben tötet Er die Riesenwürmer am Meeresgrund, mit Seiner Schlange zerbeißt und vertilgt Er alles Gewürm.«*

Wann immer Rabov diese Passage in den Sinn kam, stolperte er über die Worte *»mit Seiner Schlange«*. Aber vielleicht beruhte ja auch Linglus Macht und Stärke gerade darauf, dass Er zunächst die Schlange in Seinem Innern gebändigt und Seinem Willen unterworfen hatte. Die sonstigen Schlangen, Ungeheuer und Riesenwürmer hätte Er dann gleichfalls nicht im buchstäblichen Sinn getötet, sondern für Sein Schöpfungswerk unterworfen – nicht anders, als es die göttlichen Flügelwesen auf den Bildtafeln angestellt hatten.

Während Rabov dieser Erleuchtung noch fieberhaft hinterherspürte, vernahm er in seinem Rücken ein Räuspern. Widerstrebend drehte er sich um, darauf gefasst, dass Ralla ihn abermals belehren wollte. Doch stattdessen stand Oberrat Milar in der Tür, im königsgrünen Umhang und stocksteif aufgerichtet. Der Tote war unterdessen abtransportiert worden und auch von Ralla und vom Leichenbeschauer war nichts mehr zu sehen. Nur noch der klebrige Stern aus gestocktem Blut, der den größten Teil des Steinbodens überzog, erinnerte daran, dass in dieser Kammer vor wenigen Stunden ein Lebewesen umgekommen war. (Und ein zweites dem Kerker entronnen.)

»Immer wenn ich diese Bildtafeln sehe«, sagte Milar, »drängt sich mir die Frage auf, ob sie ein zyklisches Geschehen oder eine unumkehrbare Katastrophe beschreiben.« Sein knöchellanger Umhang blähte sich hinter ihm wie ein Segel, als der Geheime Oberrat mit raschen Schritten in die Kellerkammer trat. »Wie lautet Ihre Meinung, Rabov?«

Die Frage erstaunte Rabov, doch mehr noch verblüffte ihn, dass die Bildtafeln den mächtigen Mann so sehr zu beschäftigen schienen. »Zyklisch«, sagte er nach kurzem Bedenken, »das legt nicht nur die Anordnung nahe.« Er deutete auf die linke hintere Kammerecke, wo Weltuntergang und Neuschöpfung aneinanderstießen. »Sondern auch die Analogie zu …« Rabov biss sich auf die Unterlippe. »Entschuldigung, da habe ich wohl laut gedacht.«

Milar sah ihn unter zusammengezogenen Brauen aufmerksam an. »Reden Sie nur weiter. Hier sind wir unter uns – jedenfalls noch ein paar Minuten lang, bevor wir oben in größerer Runde zusammenkommen. Also heraus mit der Sprache – was für eine Analogie zu diesen Bildtafeln drängte sich Ihnen da eben auf?«

Darauf wusste Rabov nicht gleich eine Antwort. Gegensätzliche Erwägungen rangen in seinem Innern um die Vorherrschaft. Durfte er es wirklich wagen, ausgerechnet Milar seine geheimen Befürchtungen anzuvertrauen? Und auf der anderen Seite: War er als Leiter der Mysto zu solcher Offenheit nicht geradezu verpflichtet?

»Ich will Sie nicht mit halbgaren Spekulationen langweilen, Herr Oberrat«, begann er schließlich. »Aber wenn Sie mich schon so direkt fragen – die Richtung, die die königliche Religions- und Maschinenpolitik in den letzten Jahren genommen hat, beunruhigt mich mehr und mehr. Und ja«, fuhr er nach kurzem neuerlichem Zögern fort, »insofern sehe ich durchaus gewisse Analogien zwischen dem Schicksal von Naxoda und unserem prachtvollen Phora: Untergang, ob in der Großen Flut oder im erstickenden Nebel, dann Neubeginn, Wiederaufbau und abermals allmählichen Niedergang – bis hin zur nächsten Katastrophe, falls man das Ruder nicht rechtzeitig herumreißt.«

Während dieser Worte hatte sich Rabov aufs Neue um die eigene Achse gedreht und jeweils auf die passenden Bildtafeln gedeutet. »Und hier wie dort«, schloss er, »beginnt und endet alles mit den Schlangen – ihrer Unterwerfung und ihrem neuerlichen Hervorschnellen aus den *nassen Nestern*, wie es in Linglus Heiligem Buch heißt.«

Nach diesen Worten brach er ab, mit einem Mal wieder unsicher, ob er nicht doch zu offen gesprochen hatte. Still und forschend sah

Milar ihn unter schneeweißen Augenbrauen an. Dann plötzlich trat er nahe an Rabov heran und fasste ihn bei den Ellenbogen.

»Sie sind ein guter Mann«, sagte er in warmem Tonfall. »Sie sind loyal und pflichtbewusst, klug und bestens ausgebildet. Und nicht zuletzt sind Sie durch diese alte Sache – Sie wissen schon – wie kein zweiter für Ihren Posten geeignet. Aber« – er beugte sich zu Rabovs Ohr vor und sprach so gedämpft weiter, dass Rabov sich anstrengen musste, um mehr als ein Summen wahrzunehmen – »wiederholen Sie das, was Sie eben gesagt haben, auch nur noch ein einziges Mal, wörtlich oder dem Sinn nach, dann sind Sie ein toter Mann.«

Milar ließ Rabovs Arme los. »Noch am selben Tag, das schwöre ich.« Er trat einen Schritt zurück, räusperte sich und fragte in gewöhnlicher Lautstärke: »Habe ich mich klar ausgedrückt, Agent?«

»Klar und deutlich«, erwiderte Rabov. Trotz der furchterregenden Drohung, die der königliche Geheime Oberrat gegen ihn ausgestoßen hatte, fühlte er sich mit einem Mal ermuntert, ja wie befreit. Schließlich hatte Milar ihm eben zu verstehen gegeben, dass er seine Sorgen teilte und dass Rabov eben deshalb die Leitung der Mysto übertragen worden war – damit er die Augen offenhielt und rechtzeitig die Vorzeichen einer Katastrophe erkannte, von der Phora offiziell gar nicht bedroht wurde. Die aber nach Milars und wohl auch nach Calin Stingards geheimen Befürchtungen keineswegs auszuschließen war.

Eine neue Große Flut, die Phora abermals verschlingen würde. Und deren Vorboten die Schlangen waren, die sich aus ihren *»nassen Nestern«* befreiten.

Fünftes Kapitel

Phoras Erwachen

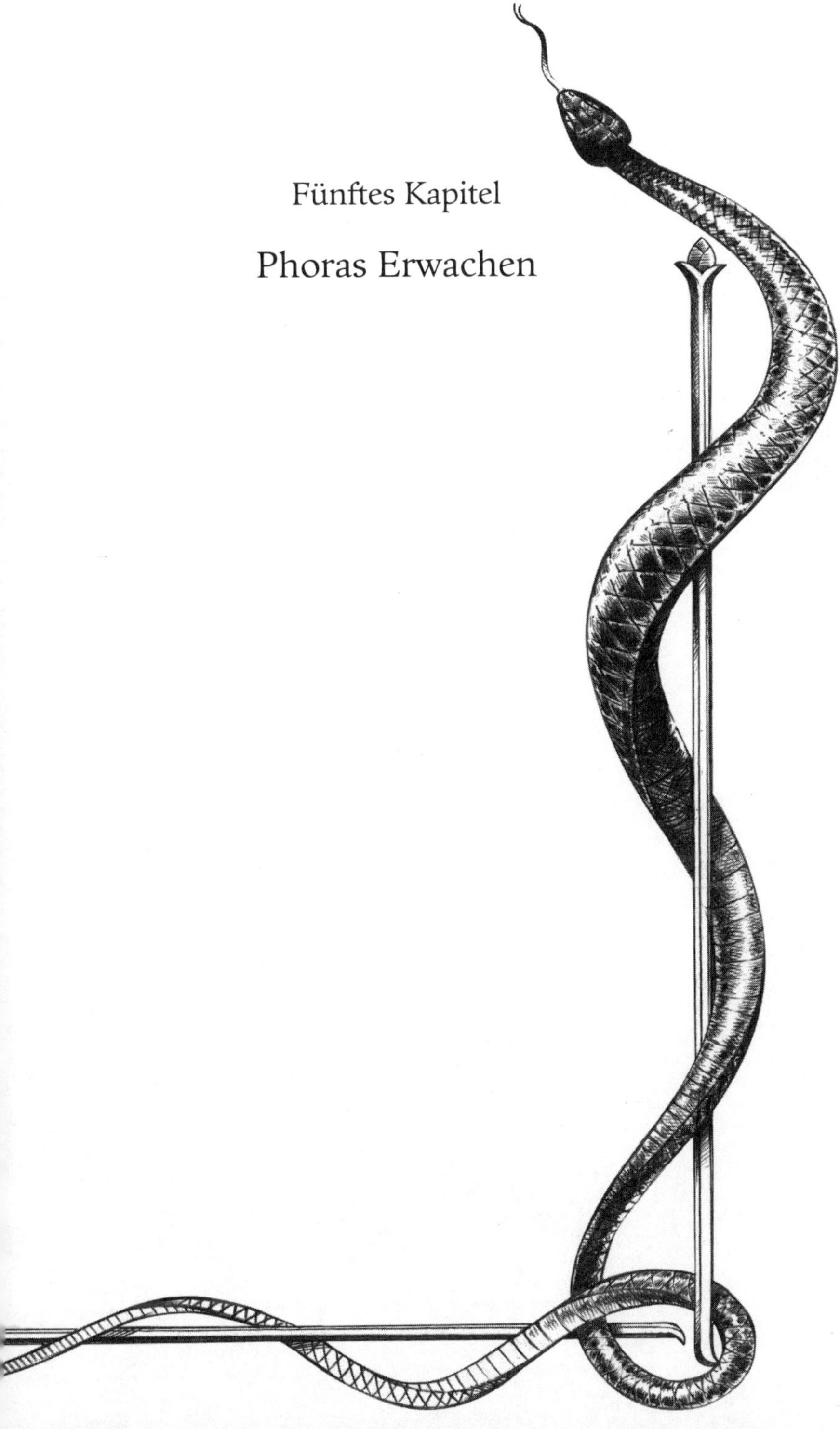

1

Im Obergeschoss der Institutsaußenstelle sah es noch wüster aus, als Rabov nach Solas Ankündigung erwartet hatte. In den Gängen und Zimmern lagen Papiere und Bücher, bemalte Tonscherben und Knochen unklarer Herkunft verstreut. Von der Mumie im Badezuber ging ein betäubender Fäulnisgeruch aus und in der Bibliothek stank es nach Schimmel. Aus unbegreiflichen Gründen hatte Professor Hergo an jeder freien Stelle Pflanzkübel mit Yasnaschößlingen aufstellen lassen und die für ihr rapides Wachstum bekannten Bäume hatten an einem halben Dutzend Stellen die Dachschräge durchbrochen und die Schieferschindeln abgesprengt. Gerade eben setzte einer der sturzflutartigen Regengüsse ein, für die Phora das ganze Jahr über berüchtigt war, und gleich darauf hörte man an verschiedenen Stellen Wasser auf Teppiche, Regale und Pulte platschen.

Notgedrungen wich die »größere Runde«, die Milar geheimnisvoll angekündigt hatte, in Hergos ehemaliges Büro aus. Es lag am Ende des Flurs, der das Obergeschoss durchzog, und an der Tür stand in goldenen Schnörkellettern:

PROF. DR. GOL HERGO
AUSSENSTELLE DES ARCHÄOLOGISCHEN INSTITUTS
DER KÖNIGLICH-DUNIBISCHEN UNIVERSITÄT ZU PHORA
LEHRSTUHL FÜR VOR- UND URZEITLICHE
MYTHENFORSCHUNG
SPRECHSTUNDE: DIENSTAGS, 10–12 UHR

Als Rabov hinter Horch Milar eintrat, blieb ihm beinahe der Mund offen stehen: Das hier war ein Dschungel, kein Büro. Den Boden bedeckte eine federnd dicke Schicht aus jadegrünem Moos. Yasna- und Steinholzbäume sprossen aus unzähligen Kübeln. Lianen woben ein lindgrünes Muster in die Luft. Goravögel und sogar etliche Parogiere flogen krächzend umher. Hinter Schling- und Blattwerk zeichneten sich die Umrisse einer Tempelruine ab. Auch über diesem Raum wies das Dach eine enorme Leckstelle auf, aber das hereinströmende Regenwasser ergoss sich sinnreich in einen kleinen Tümpel weiter hinten im Zimmer, von dem Rinnsale in alle Himmelsrichtungen ausgingen.

Zumindest der lichtungsartige Platz inmitten des Dschungelbüros schien jedoch einigermaßen trocken zu sein. Hängematten, bemooste Baumstümpfe und Schilfmatten am Boden luden zum Verweilen ein. Hinter einer Steinsäule trat eine schlanke Gestalt mit silberblondem Haar hervor – Calin. Augenblicklich fühlte sich Rabov in seine süßesten Träume versetzt.

Sie lächelte in seine Richtung – zu ihm und Milar, der unweit der Tür stocksteif stehengeblieben war und die bizarre Szenerie in sich aufnahm. Rabov verharrte an seiner Seite und sah still und andächtig zu Calin hinüber. Sie trug wieder jenes luftig weiße Kleid mit dem Moliat-Streifenmuster, das ungeachtet der kräftigen Farben (blutrot, froschgrün, nachthimmelblau) so ungemein düster wirkte. Einige Schritte hinter ihr erkannte er nun zwei weitere Gestalten – Ralla in regem Wortwechsel mit Professor Barott. Weshalb nahm auch der Direktor des Archäologischen Instituts an diesem Treffen teil? Während Rabov noch überlegte, bemerkte er eine weitere Person im Schlepptau von Ralla und Barott.

Rabov blinzelte ungläubig. Was um Linglus willen hatte Port Sola da drüben hinter den beiden Herren herzuscharwenzeln? Nun, sagte er sich dann, das war eigentlich leicht zu erraten: Wenn sein Assistent die Chance bekam, sich bei einem Horch anzubiedern, dann war er eben zur Stelle. Und in diesem Nebelwaldbüro wimmelte es ja förmlich von Horchs – Milar, Ralla, Barott. Falls sich nicht sogar noch weitere Exemplare ihrer würdevollen Art hinter Bäumen und Ruinensäulen verbargen.

»Aber bitte sehr, die Herren, Frau Rätin.« Barott trat auf die Lichtung und klatschte in die Hände. »Nehmen Sie doch Platz, damit wir anfangen können.« Einige Goravögel protestierten mit griesgrämigem Krächzen und der hünenhafte Altertumskundler drohte ihnen mit der erhobenen Faust. Offenbar gedachte er auch in dieser

Außenstelle seines Instituts den Hausherrn zu spielen, obwohl er sich hier offenkundig nicht allzu heimisch fühlte.

Calin und die drei Horchs setzten sich auf bemooste Baumstümpfe. Rabov hockte sich neben Calin auf eine Schilfmatte, während Sola mit elegantem Rückwärtssprung ihnen gegenüber in einer Hängematte zu sitzen kam.

Professor Barott räusperte sich. »Geehrte Herren, Frau Rätin, Agenten. Ein trauriges, wenn auch keineswegs gänzlich unerwartetes Ereignis hat uns hier zusammengeführt – mein unglücklicher Kollege Professor Hergo ist allem Anschein nach durch die dunklen Kräfte umgekommen, die er selbst so beharrlich heraufbeschworen hat.«

Rabov sah ihn verblüfft an und schaute dann zu Calin auf, doch die Geheime Rätin sah ihrerseits so aufmerksam zu Milar, dass sie Rabovs fragenden Blick nicht zu bemerken schien.

»Horch Milar, bitte.« Barott machte eine Handbewegung zum Geheimen Oberrat, dessen königsgrüner Umhang mit dem Moosgrün seiner Sitzgelegenheit nahezu perfekt harmonierte.

»Die dunklen Kräfte, ja.« Milars Blick haftete noch immer auf Calin Stingard. Nun riss er sich regelrecht von ihr los und sah stattdessen den Hauptermittler auffordernd an. Ralla jedoch schien noch mit einer Entscheidung zu ringen: Vornübergebeugt saß er auf seinem Baumstumpf, das Kinn auf eine seiner gewaltigen Fäuste gestützt. Doch schließlich hob er sein Haupt und nickte Milar zu.

Der Geheime Oberrat war sichtlich erleichtert. »Agenten«, sagte er und sah nun abwechselnd Rabov und Sola an. »Diese kleine Versammlung dient hauptsächlich dazu, Sie in einige Grundzüge der neueren königlichen Politik einzuweihen – strikt vertraulich und nur gerade so weit, wie dies für Ihre Ermittlungen erforderlich ist.« Er hielt inne und sank für einen Moment regelrecht in sich zusammen. »Also kurz und gut«, sagte er dann, »Horch Barott, Horch Ralla und ich selbst gehören einem Kreis an, der in der Öffentlichkeit wenig bekannt ist – der Horch-Loge *Phoras Erwachen*, die Seine Majestät Sorno I. bei Entscheidungen von besonderer nationaler Bedeutung berät.« Er verschränkte die Arme vor der Brust und sah abermals von Rabov zu Sola. »Können Sie mir folgen, Agenten?«

»Mühelos, Herr Oberrat«, antwortete Rabov rasch, ehe Sola das Wort ergreifen konnte. »Eine Horch-Loge«, fuhr er fort, »das erklärt einiges.«

Milar schnitt ihm mit einer Handbewegung das Wort ab. »Hören Sie lieber unsere Erklärungen an, Agent«, sagte er und seine Stimme klang nun eisenhart. »Anstatt unsere Geduld mit unpassenden Kommentaren zu strapazieren.«

»Bitte um Nachsicht, Herr Oberrat. Ich werde zuhören.« Rabov nickte Milar zu und wieder kam es ihm vor, als ob zwischen ihnen beiden ein geheimes Einverständnis herrschte – was allerdings die Folgerung nahelegte, dass Horch Milar mit seinen Logenbrüdern in irgendeinem Punkt überkreuz lag.

»Unter dem Vorsitz von König Sorno«, fuhr Milar fort, »hat *Phoras Erwachen* vor drei Jahren beschlossen, die Herstellung und den Verkauf von selbstbewegten Maschinen in Dunibien zuzulassen und zur gleichen Zeit den Priestern und Anhängern von Schlangenkulten Religionsfreiheit zu gewähren. Die erdrückende Mehrheit der Logenversammlung ist damals zu dem Schluss gelangt, dass dies beides unvermeidliche und sogar überfällige Korrekturen seien.«

Die erdrückende Mehrheit ...? Rabov rieb sich behutsam seinen Nacken. Möglicherweise hatte Milar damals zur erdrückten Minderheit gehört. »Wieso unvermeidlich?«, fragte er.

»Hören Sie einfach weiter zu.« Milar machte Professor Barott ein Zeichen.

Der großwüchsige Archäologe erhob sich von seinem Baumstumpf. Mit seiner goldfarbenen Robe, die er auch in der dampfenden Schwüle nicht abgestreift hatte, erinnerte er Rabov an die altdunibischen Ritter, die im Jahr 1488 v.d.F. Zaketumesien erobert hatten. »Gerne hätte ich schon heute früh im Institut offen mit Ihnen gesprochen, Agenten«, sagte Barott und warf Port Sola einen wohlwollenden Blick zu. »Aber zu diesem Zeitpunkt war ich noch an die Schweigepflicht gebunden, die allen Angehörigen der Horch-Loge auferlegt ist. Nur weil der König höchstpersönlich uns soeben sein Einverständnis erteilt hat, können wir nunmehr den Schleier ein wenig lüften.« Sein Blick schweifte in die rückwärtigen Bereiche des erstaunlich geräumigen Nebelwaldbüros. Halb hinter einem Steinholzbaum verborgen, meinte Rabov dort ein Telefon zu erkennen, das an der Seitenwand der Tempelruine angebracht war.

»Letzten Endes sind es die Gesperrten Sümpfe«, hob Barott zu dozieren an, »die uns zu dieser Kurskorrektur gezwungen haben. Denn der Zugang zu den Sümpfen ist Zivilisten zwar bekanntermaßen untersagt, aber in der Praxis ist es ganz und gar unmöglich, zwei Drittel des dunibischen Staatsgebiets vollständig abzuriegeln. Auf einem Gewirr aus Knüppelwegen und Gräben, die sich mit Einbäumen durchaus befahren lassen, sind Tausende Altertumswilderer unablässig in den Sümpfen unterwegs – auf der Suche nach Fundstücken aus dem Alten Reich, die auf den Schwarzmärkten in Dunibien oder Bakus teilweise abenteuerliche Preise erzielen.«

Gedankenverloren zauste er seine Gesichtsfrisur. »Wir Archäologen«, fuhr er fort, »haben im Verlauf der letzten Jahrhunderte nahezu das gesamte Sumpfgebiet kartografiert und durch Probegrabungen zumindest im Groben die Gebiete abgesteckt, in denen sich zu altdunibischer Zeit Siedlungen und Produktionsstätten befanden. Diese Gebiete wurden mit den bewährten Mitteln vollständig gesperrt. Aber das Problem, Agenten« – wieder sah er nur Sola an – »sind die unablässigen Bewegungen in der Tiefe der Sümpfe: Durch Wasserströmung und tektonische Einbrüche kommt es vor allem im Südteil der Gesperrten Sümpfe seit Jahren verstärkt zu Verschiebungen unter der Schlammoberfläche. Dadurch wurden und werden ungeheure Mengen altdunibischer Trümmer aus den wirksam abgesperrten Gebieten herausgedrückt und in angrenzende Sumpfabschnitte verschoben, die von den königlichen Sumpfwächtern nur sehr unzulänglich überwacht werden können. Wir beobachten diese Entwicklung seit ungefähr fünf Jahren: Damals wurden die Schwarzmärkte ganz plötzlich mit altdunibischen Fundstücken regelrecht überschwemmt und die Altertumshehler hatten mit einem Mal vielerlei Apparate, Maschinenteile und sogar vollständige Baupläne aus der Endzeit des Alten Reichs im Angebot.« Unvermittelt begann er in den Taschen seiner Goldrobe zu wühlen. »Zu Anschauungszwecken habe ich einige dieser Apparate mitgebracht.«

Er wühlte noch eine Weile weiter und brachte ein insektenhaftes Gewirr aus Metallarmen, Drähten und fragilen Blechleibern zum Vorschein. Behutsam häufte er alles auf seinen Moossitz, wählte eine winzige Apparatur aus und setzte sie auf seine linke Hand. »Aufgepasst, Agenten«, rief Barott in Solas Richtung, während er mit Daumen und Zeigefinger seiner Rechten einen fühlerartig zarten Schlüssel am Heck der Apparatur drehte. »Sie bekommen gleich Besuch aus dem Alten Reich.«

2

Professor Barott ließ das Maschinchen los und mit rasendem Flügelschlag begann es durch die Luft zu taumeln, quer über die Lichtung in Richtung Sola. Es hatte die ungefähre Größe und Form einer Sumpflibelle und seine hauchzarten Schwingen bewegten sich mit hellem Sirren auf und ab. Doch durch seine stumpfgraue Färbung wirkte das Flugmaschinchen bei aller Zerbrechlichkeit plump, ja bedrohlich.

»Wir nehmen an«, erklärte Barott, »dass es sich um ein Spielzeug handelt, mit dem sich heranwachsende Knaben im letzten Jahrhundert vor der Flut die Zeit vertrieben haben. Genauso wie diese kleinen Kostbarkeiten.« Er nahm ein weiteres Maschinchen zur Hand, präparierte es auf die gleiche Weise und setzte es auf den Moosboden vor seinen Füßen.

Es war eine Art Eisenkäfer, mit voranschaukelnden Fühlern und angelegten Flügeln, die entweder mit Tupfen gemustert oder mit Rostflecken übersät waren. Mit scharrenden Lauten tappte das Insekt auf Port Sola zu. Horch Barotts sämtliche Erklärungen und Vorführungen schienen einzig ihm zu gelten und der Assistent genoss diese Bevorzugung unverhohlen: Mit verzücktem Lächeln schaute er mal zu der Blechlibelle, die im Zickzackflug auf ihn zutorkelte, dann wieder zu dem emsig durchs Moos scharrenden Eisenkäfer.

»Die Apparate, die die Altertumswilderer damals aus den Sümpfen fischten«, fuhr der Archäologe fort, »waren natürlich nicht funktionstüchtig wie diese Exemplare, sondern allesamt verrostet, schad- und bruchstückhaft. Trotzdem erkannten wir sofort, dass wir drauf und dran waren, die Kontrolle über eine folgenreiche Entwicklung zu verlieren.«

Abermals hielt er inne, griff erneut hinter sich und erweckte ein weiteres Miniaturmaschinchen zu zitterndem Leben. Er setzte es gleichfalls auf den Boden und es machte sich sogleich an die Verfolgung des Käfers – eine winzige Nachbildung des Dampfmobils, in dem sich Rabov neuerdings umherchauffieren ließ. Es kam ungleich schneller vorwärts als der unbeholfen vorantapsende Eisenkäfer, und wenn alles nach Barotts Plan verlief, würde das Krabbelwesen als Letzter des wettkämpfenden Trios ins Ziel gelangen.

Wenn alles nach seinem Plan verlief.

Welche Position Barott innerhalb der Horch-Loge vertrat, schien Rabov jedenfalls klar: Mit jungenhafter Begeisterung führte der Altertumsforscher seine Fundstücke vor, die er zudem nicht ohne Vorbedacht ausgewählt hatte: Welcher vernünftige Mensch konnte schon behaupten, dass Linglu sie alle in einer neuen Großen Flut ersäufen würde – nur weil der König seinen Untertanen erlaubt hatte, mit Blechlibellen zu spielen?

Unterdessen war Sola aus der Hängematte geglitten und hatte sich auf den Boden gekauert, um das schnarrende Terzett gebührend in Empfang zu nehmen. Die flache Rechte reckte er der Libelle als Landeplatz entgegen, mit der Linken bildete er für die Wettkämpfer am Boden einen Triumphbogen im Moos. Seine Wangen waren gerötet, zweifellos vor Stolz und Entzücken, und Rabovs Geduld ging nun vollends zur Neige.

»In der Horch-Loge haben wir uns damals lange beraten«, fuhr Barott fort, »und sind zu dem Schluss gelangt, dass es unerschrockenen Tüftlern über kurz oder lang gelingen würde, die meisten alten Apparate zum Laufen zu bringen oder sogar nachzubauen – königliches Verbot hin oder her. Und so rieten wir Seiner Majestät, sich an die Spitze einer Bewegung zu setzen, die sich ohnehin nicht mehr aufhalten ließ. Und die doch offenbar von Linglu höchstselbst so gewollt und vorgebahnt worden war – denn so wie der Allmächtige einst ganze Städte hatte von der Flut verschlingen lassen, so ließ er ihre Überreste nun aus dem Schlamm wieder auftauchen.«

Diesen Ausführungen hörte Rabov nur noch mit einem Ohr zu. Während seiner Ausbildung zum Spezialagenten hatte er ein paarmal trainiert, kleinere Gegenstände mit lakorischer Kraft zu bewegen. Im Unterschied zu den Telekinetikern in Radschi Varusas heiligem Zirkus wäre er bestimmt nicht imstande, tonnenschwere Masalith-Quader einzig mit seiner Lakori durch die Luft zu schleudern, aber für ein paar Gramm Blech würde es reichen.

Er versetzte sich in Agosch-Trance und konzentrierte sich zugleich auf die Eisenlibelle. Sie war nur noch wenige Zentimeter von der Hand entfernt, die ihr der kniende Assistent entgegenreckte, als sie unvermittelt nach rechts abdrehte. Rabov spürte Solas Verblüffung, die nach einer kurzen Verzögerung auch Professor Barott erfasste. Aber er verkniff es sich, in die Gesichter der beiden zu sehen, und konzentrierte sich weiter auf die Entführung des Blechgeflügels. Das Federwerk in Innern der Libelle war unterdessen verstummt, die hauchzarten Blechschwingen hingen reglos herab. Aber Rabov schaffte es, das Maschinchen allein mit seiner Lakori genau dorthin zu lenken, wo er es landen sehen wollte – in Calin Stingards Schoß.

Die Rätin gab ein geheimes Japsen oder vielleicht sogar Jauchzen von sich und sah starr auf das Eisentier in ihrem Schoß hinab. Niemand achtete mehr auf das Miniaturmobil, das mit klarem Vorsprung vor dem Blechkäfer unter Solas emporgewölbte Hand tuckerte. Aller Augen, selbst die des Assistenten, waren auf Calin Stingard und Rabov gerichtet, der sich behutsam seinen Nacken rieb.

»Wozu war das denn gut, Samu?«, zischte Calin.

Er hob die Schultern und ließ sie wieder sinken. Ehe er antworten konnte, ergriff Hauptermittler Ralla das Wort.

»Das reicht, Rabov. Verschonen Sie uns mit weiteren Proben Ihrer magischen Kräfte und – vor allem – Ihres sogenannten Humors. Mit Ihrem kleinen Kunststück wollten Sie uns ja zweifellos darauf hinweisen, dass es neben den physikalischen Kräften dunkle Gegenkräfte gibt, die wir angeblich nicht kontrollieren können – ja, die wir ihrer Meinung nach überhaupt erst heraufbeschwören, wenn wir den Bau selbstbewegter Maschinen erlauben. Aber das sind abergläubische Irrtümer aus der Frühzeit des Neuen Reichs. Wir haben uns in der Horch-Loge gründlich beraten und sind zu dem Ergebnis gekommen, dass es zwischen Maschinen und Flut nicht den geringsten Zusammenhang gibt. Deshalb haben wir König Sorno auch empfohlen, nicht nur den Bau selbstbewegter Maschinen, sondern gleichzeitig die Ausübung von Schlangenkulten auf dunibischem Boden zu erlauben. So kann sich nun jedermann mit seinen eigenen Augen davon überzeugen, dass die Schlangen durchaus nicht zuhauf aus den Sümpfen hervorgeschnellt kommen und auch die Schlangentempel keinen irgendwie besorgniserregenden Zulauf erleben – egal, wie viele Dampfmobile auf unseren Straßen fahren und wie viele Melodophone ihre Besitzer mit unerschöpflicher Musizierkraft erfreuen.«

Rabov hörte auf, seinen Nacken zu betasten, und rappelte sich von seiner Schilfmatte auf. Rallas Position kannte er seit langem und sie war so einfach zu verstehen wie ein Abzählreim: Lakori ist Humbug, und Punktum.

»Das haben Sie schön gesagt, Hauptermittler«, lobte er, »vor allem das mit der unerschöpflichen Musizierkraft. Aber eins verstehe ich immer noch nicht, meine Herren.« Er sah von einem Horch zum nächsten. »Wenn sich alles so harmlos verhält, wie Sie es uns eben auseinandergesetzt haben – wozu dann die Geheimniskrämerei? Doktor Labiano und Professor Hergo sind beide einem mysteriösen Schlangenzauber zum Opfer gefallen, aber nach Ihrer Überzeugung hat das ja weiter nichts zu besagen. Warum also wollen Sie der Öffentlichkeit unbedingt verschweigen, wie die beiden umgekommen sind? Schließlich haben Sie doch beschlossen, dass derlei Zwischenfälle mit dem Dampfmaschinenbau oder gar mit einer drohenden neuen Flut nichts zu tun haben.«

»Nun spielen Sie doch nicht auch noch den Idioten, Rabov!« Hinter der wogenden Gesichtsfrisur begann sich Rallas Gesicht blaurot zu verfärben. »Als oberster Linglu-Betherr wird der König beim nächsten Gedenken an die Große Flut feierlich erklären, wie Linglus

Sieben Gesetze fortan auszulegen sind. Aber das abergläubische Volk …« Seine Ausführungen wurde durch einen Hustenanfall abgewürgt.

Oberrat Milar nutzte die Gelegenheit für eine weitere Anmerkung. »Wir alle fürchten die Schlange«, sagte er und sah Rabov bedeutungsvoll an, »so wie auch unsere Altvordern dieses Vorzeichen gefürchtet haben – die hunderttausendköpfige Schlange, das dunibische Volk in seiner abergläubischen Furcht. Ich sage Ihnen da bestimmt nichts Neues«, sprach er Rabov nun direkt an, »in einigen Provinzen unseres Königreichs ist die Lage derzeit recht angespannt. Die Leute stehen eben erst mit einem Fuß im Dampfzeitalter und mit dem anderen, wie man so sagt, noch in der Dunkelheit.« Er hob fast unmerklich eine eisfarbene Augenbraue, eben genug, um sich von dieser fortschrittsfrohen Floskel zu distanzieren.

»Dampfmobilfahrer wurden in verschiedenen Städten bedroht«, fuhr er fort, »und in einigen Fällen von der aufgebrachten Menge halbtotgeschlagen. Jede harmlose Schlange, die irgendwo im Nibratal oder in den norddunibischen Bergen zufällig über eine Dorfstraße kriecht, muss derzeit bei Abergläubischen und Aufwieglern als Vorzeichen der neuen Flut herhalten – da könnten die beiden Mysteriösen Verbrechen, die uns hier beschäftigen, wie der Tropfen wirken, der die Dämme zum Bersten bringt. Und aus diesem Grund, Agent Rabov, muss der dunibischen Öffentlichkeit in der Tat verschwiegen werden, dass Schlangen in den gegenwärtigen beiden Fällen eine beunruhigende Rolle zu spielen scheinen.«

»Zu spielen *scheinen*, Horch Milar, Sie sagen es!«, schrie Ralla, noch heiser vom Husten. »Bisher haben unsere Untersuchungen kaum erst angefangen, und wie oft schon hat sich bei genauerer Prüfung herausgestellt, dass Magie …«

»… nur ein anderes Wort für schludrige Ermittlungen ist«, vollendete Rabov mit einer kleinen Verbeugung in Richtung des Hauptermittlers.

Ralla grollte stumm. Calin sah starr auf die Blechlibelle in ihrem Schoß. Sola kniete noch immer im Moos, eine Hand über das siegreiche Miniaturmobil gewölbt.

»Ich maße mir beileibe nicht an, die Entscheidungen des Königs und der Horch-Loge zu kritisieren«, sagte Rabov und sah nun abwechselnd Milar und Barott an. »Aber wäre es rückblickend betrachtet nicht klüger gewesen, zunächst einmal nur den Bau von selbstbewegten Maschinen zu erlauben – und die Schlangenkulte vielleicht erst ein paar Jahre später, wenn sich die Wogen ein wenig geglättet haben? Denn auch wenn Hauptermittler Ralla offenbar nichts davon wissen will – Schlangensekten wie die Okkulten Makubisten oder der Ragadhani-Kult erleben seit Monaten einen regelrechten Ansturm. In einigen Altstadtvierteln kann man schon kaum mehr einen Schritt machen, ohne bakusischen oder zaketumesischen Priestern mit ihren gewaltigen Schlangenkörben zu begegnen.«

»Natürlich war unsere Entscheidung richtig«, beharrte Ralla. »Den Aberglauben besiegt man, indem man ihn zwingt, sich vor aller Augen selbst zu widerlegen.«

Professor Barott kramte abermals in seinen Taschen. »Das eine zu erlauben und das andere weiter zu verbieten, kam für uns nicht infrage«, erklärte auch er. »Man hätte dem König sonst nur vorgeworfen, dass er die Folgen seiner neuen Maschinenpolitik verschleiern will.« Er zog weitere Blechmaschinchen hervor, geformt wie Zigarren und mit zahlreichen Propellern versehen. »Dabei gibt es nicht das Geringste zu verschleiern«, fuhr er fort. »Die gegenwärtig grassierende Begeisterung für Schlangenkulte ist eine bloße Modetorheit, meine Herren – spätestens in ein paar Monaten wird die Meute nach einem neuen Nervenkitzel suchen.«

Das hatte Rabov bis vor kurzem auch geglaubt, aber mittlerweile war er sich da nicht mehr so sicher. Auch wenn sich in ihm nach wie vor nahezu alles dagegen sträubte, die furchterregende Alternative sogar nur in Gedanken zu umschleichen.

Auch von Milar erhielt Rabov Antwort auf seine Frage, doch das bekam außer ihnen beiden niemand mit. Der Oberrat hob nur abermals eine Braue und Rabov verstand: Dass gleichzeitig mit dem Maschinenbau auch die Ausübung von Schlangenkulten erlaubt worden war, ging maßgeblich auf Milar zurück. Mochten seine Logenbrüder Barott und Ralla glauben, dass sie auf diese Weise den

Aberglauben besiegen würden – Oberrat Milar hatte offenbar einen anderen Punkt im Blick. Sollte sich nämlich herausstellen, dass Linglu mit der neuen königlichen Maschinenpolitik doch nicht einverstanden war, so hatte man mit den Schlangen zumindest ein altbewährtes Alarmsystem zur Hand.

Damit war eigentlich alles Nötige gesagt.

Und gerade in diesem Moment erschien die Schlange.

3

Ein fahles Schimmern im Lianengrün über ihren Köpfen – mehr hatte Rabov eigentlich nicht wahrgenommen, doch in seinem Geist formte sich blitzschnell ein furchterregendes Bild: der widerwärtig weiße Wurm, wie er da oben im Schlingwerk umherkroch. Und im nächsten Moment schoss er herab.

Die Schlange schnellte zwischen den Lianen hervor und in gestrecktem Flug auf Horch Milar zu. Dabei zischte sie auf eine Art, die das Blut gefrieren ließ, und bleckte zwei Reihen furchterregend spitzer Zähne. Ihr Kopf war viel größer, als Rabov das bei Schlangen jemals gesehen hatte, und wahrhaftig wie eine Buti-Nuss geformt. Aus senkrecht geschlitzten Augen blitzte es giftig gelb und während Rabov all diese Einzelheiten in sich aufnahm, riss er mit seiner Lakori die Libelle aus Calins Schoß empor und pfefferte das Blechgeschoss mit aller Kraft gegen die greuliche Kreatur.

Die Libelle krachte geradewegs zwischen die Augen der Schlange und das Kriechwesen bäumte sich in seinem Sturzflug auf. Da befand sich Rabov bereits seinerseits in der Luft über der federnd weich bemoosten Lichtung – er warf sich auf Oberrat Milar, bekam ihn irgendwie zu fassen und riss ihn mit sich. Beinahe wie ein von Leidenschaft überwältigtes Liebespaar gingen sie eng umschlungen zu Boden, doch Rabov löste sich im Moment des Aufpralls wieder und fuhr herum. Gerade in diesem Augenblick knallte die Schlange mit dem übergroßen Schädel voran auf die Lichtung und Rabov machte einen Hechtsprung und bekam sie mit beiden Händen um ihre Mitte zu fassen.

Das Biest war glitschig wie Seife, glibberig wie Gelatine, biegsam wie ein Nibra-Aal. Es wand sich zwischen Rabovs Fingern, krümmte sich zurück und schnellte dann wieder nach vorn und zischte und schnappte mit seinen verheerenden Zahnreihen nach Rabovs Händen, denen der widerlich weiße Wurm Zoll um Zoll entglitt.

»Port, verflucht – helfen Sie mir!«

Der Assistent hatte rote Flecken im Gesicht. Er war aufgesprungen und rannte sinnlos umher. »Ich suche ein Netz!«, rief er und das war recht gut gedacht, aber so rasch nicht auszuführen.

Noch einmal krümmte sich die Schlange zu Rabov zurück und die lotrecht geschlitzten eitergelben Augen blitzten ihn an. Die zwiegespaltene Zunge schoss hervor und Rabov bekam einen Atemschwall ab, der modrig stank, mit einer Beimischung würgender Süße. Dann warf sich der Wurm neuerlich nach vorn, glitschte endgültig zwischen Rabovs Händen hervor und verschwand in Dämmer und Dickicht des Nebelwaldbüros.

Dafür kehrte Sola nun tatsächlich mit einem Netz zurück – allerdings einem Exemplar mit langem Holzstiel und zartem Netzhäubchen oben dran, wie Naturforscher es für die Schmetterlingsjagd verwenden.

»Na los, Port – hinterher!«, schrie Rabov, noch aufgewühlt von seinem Kampf.

Die Blicke des Assistenten jagten zwischen Rabov und Dickicht hin und her, suchten dann Beistand bei Calin. Aber die Geheime Rätin saß reglos auf ihrem Baumstumpf, eine Hand vor den Mund gepresst, und starrte zu der Stelle, an der die Schlange im Dschungel verschwunden war.

Der widerlich weiße Wurm.

»Das war das Biest aus der Kellerkammer.« Rabov deutete auf den Boden vor seinen Füßen. »Was sagen Sie jetzt, Ralla? Wir brauchen Ihre Wachtmeister, und zwar sofort! Wir müssen die Kreatur fangen – lebend oder tot!«

Der Hauptermittler wechselte einen Blick mit Milar. Der Oberrat hatte sich recht mühsam wieder aufgerappelt und war noch damit beschäftigt, seinen Umhang zu glätten. Calin Stingard trat zu ihm und redete fieberhaft auf ihn ein, aber Milar schien ihr allenfalls mit einem Ohr zuzuhören. Er nickte Ralla zu.

»Na meinetwegen, Rabov«, brummte daraufhin der Hauptermittler. »Je eher wir die verdammte Schlange finden, umso besser. Dann hört jedenfalls endlich das blödsinnige Gerede auf – von wegen Schlangenzauber! Dass ich nicht lache! Haben Sie keine Augen im Kopf? Das war einfach eine Makuba.«

»Mit einem Kopf wie eine Buti-Nuss und einem schleimig weißen Körper? Wir werden ja sehen.« Rabov streckte dem Hauptermittler die Hände entgegen. »Und was ist das hier, Ihrer Meinung nach? Riechen Sie mal an dem Zeug.«

Seine Handflächen waren mit einer zähen, trüb durchsichtigen Schmiere bedeckt. Ein ekelhafter Geruch ging von diesem Schleim aus, süßliche Fäulnis mit einem Unterton von nassem Gestein. Rabov hielt dem Hauptermittler seine Rechte vor die Nase, aber Ralla wich mit einem Schnauben zurück. »Verschonen Sie mich mit Ihrem sonderbaren Humor – hatten wir das nicht schon geklärt, Rabov?«

»Dann rufen Sie jetzt Ihre Männer. Sie sollen den ganzen Raum – oder Wald – durchkämmen. Zusammen mit Ihnen, Port«, wandte er sich an seinen Assistenten. »Verstanden?«

Sola nickte, sichtlich lustlos.

»Ich sehe mich währenddessen vorne um«, erklärte Rabov. »Und alle Personen, die für solche Kämpfe nicht geschult sind«, fügte er in Milars und Calins Richtung hinzu, »sollten diesen Raum jetzt besser gleichfalls verlassen. Sie haben ja selbst erlebt, Herr Oberrat, wozu das Biest fähig ist.«

»Glücklicherweise nicht. Dank Ihres Einsatzes, Agent.« Milar trat zu Rabov und wollte ihm die Hand schütteln, ließ aber nach einem Blick auf Rabovs rotzige Pratzen von diesem Vorhaben ab. »Das werde ich nicht vergessen«, sagte er stattdessen und schenkte Rabov einen väterlichen Blick. »Aber Sie haben recht – Calin und ich sollten jetzt besser gehen.«

Er bot der Geheimen Rätin seinen Arm und Calin hakte sich bei ihm unter. Obwohl Oberrat Milar gut und gerne doppelt so alt wie Calin war, versetzte dieses Bild trauter Zweisamkeit Rabov einen Stich.

»Calin«, sagte er so schnell, wie er es immer machte, wenn er seine eigenen Bedenken überspringen wollte. »Wir müssen miteinander sprechen – über diese Sache hier«, ergänzte er noch hastiger und machte eine vage Handbewegung in Richtung Dickicht und Tempelruine. »Was hältst du davon, wenn wir uns heute Abend treffen, um neun oder zehn Uhr – wie es dir am besten passt.«

Der Kampf mit der Schlange hatte ihn aufgepeitscht, und nachdem die erste Erregung abgeflaut war, war in ihm ein Gefühl angeregter Zuversicht zurückgeblieben. So als wäre für einen Mann, der einen so greulichen Wurm zurückschlagen konnte, auch in persönlichen Belangen nichts mehr unmöglich.

Calins Miene verriet indessen Skepsis. »Muss das denn sein, Sam? Können wir nicht einfach telefonieren?«

»Ich muss dir etwas zeigen«, konterte er sofort. »Bitte, Calin, es ist wirklich sehr wichtig.«

Sie wechselte einen Blick mit Milar und sah dann versonnen zu, wie Port Sola die beiden Zolltor-Männer in ihre Aufgabe einwies. »Also gut«, sagte sie. »Wenn es so wichtig ist – sagen wir, um neun. Wo treffen wir uns?«

»In den SIEBEN VIPERN«, antwortete er prompt. »Das ist eine – na ja – etwas zwielichtige Bar am Donarberg, aber wie ich aus sicherer Quelle weiß, ist sie seit kurzem weit mehr als das – ein Treffpunkt von Schlangenkultanhängern aller Art und Herkunft.«

Calin war drauf und dran, ihm doch noch einen Korb zu geben, das spürte Rabov nur zu genau. Aber heute würde ihm nichts mehr danebengehen – auch das fühlte er mit seltener Klarheit.

»Und was willst du mir dort zeigen?«, fragte sie.

Rabov ließ sein sonnigstes Lächeln erstrahlen. »Lona Markan«, sagte er.

4

Von Professor Barott auf Schritt und Tritt überwacht, untersuchte Rabov jeden einzelnen Wohn- und Lehrraum im Obergeschoss der Institutsaußenstelle und fand nicht den kleinsten brauchbaren Hinweis auf die Magistra. Überall lagen Zettel verstreut, auf denen sich der Verstorbene des Langen und Breiten über »die Mysterien von Naxoda«, den »Schöpfungszauber im Moliattal«, die »magische Götterstadt im Nebelwald« und so weiter und so fort ausließ. Aber kein Wort über Lona Markans Pläne, nachdem sie miteinander gebrochen hatten, oder über ihren jetzigen Aufenthaltsort. Auch Velissa Labiano spielte in Hergos Notizen nicht die kümmerlichste Nebenrolle – allem Anschein nach hatte der Altertumsforscher seine beiden ehemaligen Assistentinnen vollständig aus seinem Leben, seinem Gedächtnis, seinen Aufzeichnungen gelöscht.

Es war weit mehr als einer jener privaten Racheakte, zu denen sich manche Menschen hinreißen lassen, um die Schmach des Verlassenwerdens zu mildern oder sogar in einen imaginären Triumph umzukehren. Der berühmte Altertumsforscher war nicht einmal davor zurückgeschreckt, die wissenschaftlichen Aufsätze von Lona Markan aus allen Zeitschriften und Sammelbänden in seiner Bibliothek herauszureißen. Da Ralla ihm vorhin in der Kellerkammer einen ganzen Packen solcher Zeitschriften ausgehändigt hatte, konnte sich Rabov durch einige Stichproben davon überzeugen, dass Hergo auch hierbei mit beunruhigender Gründlichkeit vorgegangen war.

Er fragte sich, ob dieser Vernichtungsfeldzug wirklich ein Symptom der »geistigen Zerrüttung« war, an der Hergo angeblich seit seiner Rückkehr aus Naxoda litt. Für Professor Barott stand dieser Zusammenhang außer Frage, aber Rabov kam es mehr wie ein atavistischer Auslöschungszauber vor, ein Bündnis mit übernatürlichen Mächten, um die abtrünnige Assistentin in die ewige Nacht der Vergessenheit zu verbannen.

Aber vielleicht steigerte er sich da auch in etwas hinein – weil er seinerseits nichts lieber getan hätte, als seinen Assistenten mit vorflutlicher Unbarmherzigkeit aus seinem (und aus Calins) Leben zu verjagen.

In Rabov Nacken klopfte beharrlich ein flüsterleiser Schmerz und wenn er an das Schlangenwesen dachte, wurde das Pochen zum Hämmern. Sein oberster Halswirbel stand wie ein Kleiderhaken aus seinem Genick hervor, jedenfalls fühlte es sich unter seinen tastenden Fingerspitzen so an.

Hergos Aufzeichnungen kreisten ausschließlich um die Bildtafeln von Naxoda. Die stämmigen Arme vor seiner Goldrobe verschränkt, erklärte Professor Barott auch diese »wahnhafte Fixierung« seines Kollegen zu einem Symptom galoppierenden geistigen Zerfalls. Rabov war sich da weit weniger sicher, aber er hielt mit seinen Zweifeln hinterm Berg – schließlich hatte er Milars gezischte Warnung noch im Ohr.

Wenn man (wie die Horchs Barott und Ralla) die Geschehnisse auf den Bildtafeln schlechterdings für ein »abergläubisches Wahngespinst« hielt, dann konnte man auch Hergos beharrliche Versuche, der Schöpfungsmagie von Naxoda auf die Spur zu kommen, nur als Beweise fortgeschrittener Verrücktheit ansehen.

Wenn man jedoch (wie insgeheim Rabov und noch tiefer im Geheimen vielleicht sogar Horch Milar) zumindest die Möglichkeit in Betracht zog, dass die Bildtafeln so etwas wie einen *Schöpfungsschlüssel* darstellen könnten, dann fiel einem ganz im Gegenteil auf, wie planvoll und umsichtig Hergo vorgegangen war. Er hatte lange Listen mit den Glyphen oder Schriftzeichen angefertigt, die jede einzelne der acht Bildtafeln umrahmten. In mehreren Spalten hatte er diesen Glyphen Buchstaben, sonstige Schriftzeichen oder auch Silben aus anderen überlieferten Sprachen gegenübergestellt. Die Spalten trugen Namen wie *Früh-Altdunibisch, Proto-Moliat, Ur-Noïli* oder *Prä-Alt-Hochbakusisch* und Rabov neigte sehr zu der Ansicht, dass ein Geist, der eine solche Vielzahl unterschiedlichster Schriftsysteme in immer neuen Kombinationen einander gegenüberstellen konnte, schlechterdings nicht an Zerrüttung leiden konnte. Aber auch diesen Gedanken behielt er für sich.

»Wer die Rahmentexte entschlüsseln kann, hält die Schöpfungsformel in Händen«, hieß es in einer Aufzeichnung von Hergo. *»Aber die Schrift lässt sich ihr Geheimnis nicht entreißen.«*

Auch wenn die Notizen nicht datiert waren und in wirrem Durcheinander verstreut lagen (in Hergos Hörsaal-Bett, auf und unter sämtlichen Tischen und Pulten, einige sogar neben dem Badezuber, so als wären sie der Mumie aus den modrigen Fingern geglitten), gelang es Rabov ohne größere Mühe, sie zumindest in eine ungefähre Reihenfolge zu bringen. Die längste Zeit hatte sich der Professor an den Schriftzeichen von Naxoda offenbar die Zähne ausgebissen. Er hatte erwogen, einen Kollegen vom Institut für Zaketumesische Sprachforschung ins Vertrauen zu ziehen, aber diese Idee bald wieder verworfen. *»Wer den Schlüssel in Händen hält, stürzt Linglu vom Himmelsthron«*, so begründete Hergo kurz und alarmierend, warum er niemandem trauen durfte.

Was während der Expedition im zaketumesischen Nebelwald zwischen ihm und Lona Markan vorgefallen war, ließ sich aus diesen Notizen nicht erschließen – auf die Expedition selbst, auf das *»Desaster von Naxoda«*, wie damals der Phoräische Nachtbote getitelt hatte, ging der Professor mit keiner Silbe ein. Und doch schwang in seinen Notizen stets die bittere Erfahrung mit, die er mit seiner Assistentin gemacht hatte.

Jedenfalls kam es Rabov so vor. Wann immer er an seinen Assistenten dachte, stieg schwarzer Groll in ihm empor. Wie Sola hinter den beiden Horchs hergeschlängelt war! Und wie er Professor Barott regelrecht angehimmelt hatte! Kaum zu glauben, dachte Rabov. Auch über den Assistenten musste er heute Abend unbedingt mit Calin sprechen.

Grundgütiger Linglu, durchfuhr es ihn – er war mit Calin verabredet! Heute Abend, nur sie und er. Wenn auch natürlich streng dienstlich.

Aber zunächst einmal galt es, sich weiter durch Hergos Aufzeichnungen zu wühlen. Rabov beschloss, sich zumindest in diesem Punkt ein Beispiel an dem Altertumsforscher zu nehmen, auch wenn es im Allgemeinen keine gute Idee war, ausgerechnet einem geistig verdunkelten Mordopfer nachzueifern. Aber Hergos Notizen ließen erahnen, dass der Professor immer zuversichtlicher geworden war, je länger er sich mit der Entschlüsselung der Glyphenschrift auf den Bildtafeln abgemüht hatte – und das immerhin war des Nacheiferns wert.

»Endlich habe ich die innere Logik dieser Schrift verstanden«, hieß es in einer Notiz, die Hergo wahrscheinlich nur wenige Tage vor seinem Tod angefertigt hatte. *»Wieso bin ich nicht schon viel eher darauf gekommen? Dabei ist die Sache doch sonnenklar. Die Schrift der Zauberpriester von Naxoda funktioniert folgendermaßen …«*

Unglücklicherweise brachen die Ausführungen jedoch gerade an dieser Stelle wieder ab. Stattdessen gefiel sich Hergo darin, eine halbe Seite lang Glyphen à la Naxoda aneinanderzureihen.

»Was soll das, Linglu noch mal«, schimpfte Rabov und schob die eng beschrifteten Blätter entnervt von sich.

Nachdem er alle anderen Räume im Obergeschoss durchforstet hatte, saß er mittlerweile in der schimmligen Bibliothek, an einem Tisch, dessen Holzplatte sich vor Feuchtigkeit wellte. Hinter ihm stand Professor Barott, der Zeile um Zeile mitgelesen hatte, schnaufend über Rabovs Schulter gebeugt.

»Er war eben nicht mehr bei Verstand«, sagte der Direktor im sanften Tonfall geheuchelten Mitgefühls.

Rabov zuckte mit den Schultern. Er war schon versucht, dem Institutsdirektor halbwegs recht zu geben – doch gerade da wurde ihm schlagartig klar, warum Hergo just an diesem Punkt seiner Aufzeichnungen in die Glyphenschrift von Naxoda übergewechselt war.

Weil es ihm tatsächlich gelungen war, die Texte auf den Bildtafeln zu entschlüsseln – und weil ihm dadurch vollends klargeworden war, dass er diese mächtigen Formeln unter allen Umständen geheimhalten musste.

Rabov zog den Zettel mit der Glyphenschrift nochmals zu sich heran. Mit ziemlicher Sicherheit war dies sogar die letzte Notiz, die Hergo vor seinem Tod noch zu Papier gebracht hatte. Bevor er sich, genauer gesagt, in das Allerheiligste unter dem Moliat-Tempel hinabbegeben hatte, um den entschlüsselten Schöpfungszauber an seinem eigenen Fleisch zu erproben.

Was immer der Professor zuletzt noch niedergeschrieben hatte – er musste es für so brisant gehalten haben, dass er es vorgezogen hatte, seine allerletzten Gedanken in einer Schrift zu notieren, die einzig er selbst (oder allenfalls noch der eine oder andere Nebelwaldmagier im fernen Moliat) zu lesen verstand.

5

Während Sola ihr Dampfmobil zurück in die Innenstadt steuerte, starrte Rabov aus dem Seitenfenster, finster schweigend.

Der Assistent hatte die Schlangenjagd vermasselt, er hatte den widerlich weißen Wurm entwischen lassen, und das war noch nicht einmal das Schlimmste.

Er hatte Rabov angelogen. Ihm, seinem Vorgesetzten, ohne mit der Wimper zu zucken ins Gesicht gelogen und dabei die Schultern unter seiner Halbkutte gerollt. So als wäre es reine Zeitverschwendung, sich von Rabov überhaupt ins Gebet nehmen zu lassen, wenn man währenddessen nicht zumindest irgendetwas Sinnvolles unternahm. Mit den Schultern rollen, in den Hüften kreisen, von Horch Barott und seinen Blechlibellen träumen.

»Keine Spur von dem Biest, Sam«, hatte Sola gemeldet und die beiden Zolltor-Wachtmeister hatten einträchtig dazu genickt. Alles hatten sie angeblich abgesucht, im gesamten Nebelwaldbüro jeden Stock und jeden Stein umgedreht, aber die Schlange hatte sich nicht blicken lassen.

Rabov hätte dem Assistenten die rührende Geschichte von ihrer aufopferungsvollen Pirsch auch beinahe abgekauft, aber dann war sein Blick auf Solas Hände gefallen. »Und was ist das da, Port?«

Derselbe zähe, trüb durchsichtige Rotz, den er selbst sich eine Stunde vorher in Hergos Küche mühselig von den Händen geschrubbt hatte. Als erstes hatte er Stapel verschimmelter Bücher aus dem Spülstein geräumt, als zweites sich Kernseife und Wurzelbürste besorgt und dann eine Viertelstunde lang die zähe Schmiere von sich heruntergehobelt. In dem kurzen Zeitraum, seit er mit der Schlange gerungen hatte, war das Zeug bereits deutlich härter und fester geworden und während Rabov rieb und schrubbte, war in ihm die Überzeugung gewachsen, dass es genau derselbe Schleim sein musste, den die Bildtafeln als emporwabernden Nebel darstellten. Daraufhin hatte er nur noch verbissener gebürstet, das Schicksal jener Kreaturen vor Augen, die auf den Bildtafeln von dem Nebelzeug umhüllt worden waren.

Port Sola aber hatte sich ganz einfach dumm gestellt. Ihn nur treuherzig angeschaut, seine Hände hin und her gewendet, als ob die ihm zugelaufen wären, und dabei ein ums andere Mal beteuert: »Das hier? Keine Ahnung, wie das Zeug an mich drangekommen ist. Das ist ja ekelhaft! Vielleicht hab ich in irgend so ein Spinnennetz gelangt? Entschuldigen Sie, Sam. Das muss ich als erstes mal abwaschen gehen.«

Aber Rabov hatte ihn so einfach nicht davonkommen lassen. Er war so jäh von seinem Bibliotheksstuhl aufgesprungen, dass sich Professor Barott gerade noch mit einem Satz rückwärts in Sicherheit bringen musste. *Sie hatten die Schlange zwischen den Fingern, warum geben Sie das nicht zu?* Damit der Institutsdirektor ihren Streit nicht haarklein mitbekam, bezichtigte Rabov den Assistenten auf magischem Weg.

Sola sackte in sich zusammen. *Na ja, weil es mir eben peinlich ist, Sam – ist doch klar.*

Aber auch das war gelogen, der Assistent war eine einzige wandelnde, hüpfende, in den Hüften kreisende Lüge, und Rabov hatte sich gesagt, dass er sich von dem verdammten Kerl nicht länger nasführen lassen durfte. Keine einzige Sekunde länger, keine einzige Lüge, Ausflucht, treuherzige Heuchelei mehr! Und ohne einen Anflug von schlechtem Gewissen war er mit einem wilden Lakori-Stoß in Port Solas Bewusstsein eingedrungen.

So eine lakorische Invasion schuf eine heikle Intimität und das Verhältnis zwischen zweien, die auf diese Weise aneinandergerieten, konnte nie wieder dasselbe sein wie zuvor. Die Lehrbücher machten in diesem Zusammenhang, was sie eigentlich in allen Zusammenhängen machten: Sie warnten vor Leichtfertigkeit, vor Missbrauch, vor den Folgen für das Lakori-Opfer wie auch für den magischen Angreifer, der mit einer solchen Attacke unweigerlich (und unumkehrbar) sein Dunkeldu stärkte.

Und sein Lichtich entsprechend beschädigte.

Aber das war Rabov in diesem Moment vollkommen gleichgültig gewesen – beunruhigenderweise, wie er sich nun im Dampfmobil sagte, denn gerade diese Gleichgültigkeit zeigte ja, wie viel Macht das Dunkeldu in seinem Innern schon an sich gerissen hatte.

Mit einem wilden Stoß also war er in Port Solas Bewusstsein eingedrungen. Der Assistent hatte zwar noch hastig versucht, seine Gedankenbilder zu verwischen, aber zu spät: Klar und deutlich hatte Rabov mitangesehen, wie Sola die entscheidende Szene im Dschungelbüro erlebt hatte.

Sola wirft seinen Kopf in den Nacken und starrt nach oben – in das Gewirr aus Ästen und Lianen, die um den kleinen Tümpel herum besonders dicht ineinander verschlungen sind.

Und da liegt das Biest auf einem Ast – langgestreckt, als ob es selbst bloß eine Liane wäre, allerdings schmutzig weiß wie vorjähriger Schnee auf norddunibischen Gipfeln, und sieht aus eitergelben Augenschlitzen zu, wie die Männer da unten nach ihm suchen.

Sola geht kurz in die Knie, springt mit einem respektablen Satz an dem Baum empor und kriegt die Schlange auch tatsächlich am Schwanz zu fassen. Im nächsten Moment aber, als wäre ihm plötzlich etwas in den Sinn gekommen, lässt er sie einfach so wieder los.

Das Biest ist gerade erst zu ihm herumgefahren, hat eben erst zu zischen, die Zähne zu blecken, seinen Moderatem auszustoßen begonnen – da ist es auch schon wieder vorbei. Solas Hände werden schlaff, die Schlange glitscht hindurch, schnellt in hohem Bogen durch das Dachleck über dem Tümpel und verschwindet aus dem Bild.

Kommentarlos hatte sich Rabov wieder aus Solas Bewusstsein zurückgezogen. Auch der Assistent hatte keinen Versuch unternommen, sich zu rechtfertigen, irgendetwas zu erklären oder gar, sich wegen der magischen Attacke zu beschweren.

Machen Sie Ihre Hände sauber, hatte Rabov lediglich befohlen. Das Biest musste längst über alle Berge sein. Und selbst wenn es sich irgendwo da unten in Hergos malerischer Gartenwildnis versteckt hielt – ohne einen zuverlässigen eigenen Suchtrupp hatte er keine Chance, den Wurm aufzuspüren. *Also zurück in die Flötenmachergasse.* Er hatte es nicht einmal mehr über sich gebracht, *wir* zu sagen.

Er kochte immer noch vor Zorn auf Sola. Aber das war keine Sache zwischen ihnen beiden, das war ihm nun endgültig klargeworden. Seine Eifersucht wegen Calin hatte ihm den Blick verstellt, doch hier ging es um sehr viel mehr.

Und Rabov bekam es mit der Angst zu tun – zum ersten Mal eigentlich, seit er die Mysto leitete, wurde ihm Himmelangst. Er schaute aus dem Seitenfenster des stadteinwärts zischenden Dienstmobils und sah immer wieder nur Calin vor sich, wie sie im *Bufo* um Fassung gerungen hatte. Und dann Oberrat Milar, wie er ihm vorhin in der Felsenkammer zugeflüstert hatte: »Wiederholen Sie das auch nur noch ein einziges Mal, dann sind Sie ein toter Mann.«

Sola hatte die Schlange absichtlich entkommen lassen, das hatte Rabov gerade eben mit eigenen Augen gesehen. Aber der Assistent hatte sich nicht einfach deshalb seiner Weisung widersetzt, weil er ihm schaden wollte oder weil Calin und er insgeheim ausgeheckt hatten, dass Sola seinen Posten übernehmen sollte.

Port Sola war ein Doppelagent. Wenn man es so betrachtete, ergab plötzlich alles einen atemberaubenden Sinn. Der Assistent hatte ganz offensichtlich den Auftrag erhalten, Rabovs Ermittlungen in diesen Schlangen-Fällen zu hintertreiben. Jedenfalls dann, wenn er bei seinen Untersuchungen auf Hinweise stieß, die irgendwem nicht in den Kram passten.

Hätten sie das greuliche Kriechwesen eingefangen, dann hätte sogar Hauptermittler Ralla zugeben müssen, dass es sich nicht um eine gewöhnliche Schlange handelte. Sondern um einen ungeheuren Wurm, der aus den grauenvollsten Albträumen der Menschheit ans Tageslicht emporgekrochen war.

Wer konnte aber daran interessiert sein, dass der widerlich weiße Wurm verschwunden blieb?

Als erstes fielen ihm natürlich wieder Horch Ralla und Horch Barott ein. Doch der Hauptermittler und der Institutsdirektor mochten zwar Männer von einigem Einfluss sein – zu den wirklich Mächtigen, zum inneren Zirkel am Königshof zählten sie bestimmt nicht.

Falls es hier eine Verschwörung gab – und Rabov zweifelte immer weniger daran, je länger er darüber nachdachte –, dann verbargen sich die Drahtzieher im unmittelbaren Umkreis Seiner Majestät.

Sola stoppte das Dampfmobil in der Flötenmachergasse. »Sam, bitte hören Sie mir zu«, wollte er wieder anfangen.

Aber Rabov schüttelte den Kopf. »Halten Sie sich zur Verfügung«, sagte er, raffte den Packen aus wissenschaftlichen Zeitschriften und handschriftlichen Aufzeichnungen zusammen und stieg aus.

6

Gerade als Rabov an seinem Emailleschild vorbei- (keine magischen Verunstaltungen) und die kleine Treppe zu seinem »Laden« hinabeilte, schlug seine Pendeluhr drinnen mit großem Getöse die Stunde – drei Uhr nachmittags. Er war müde und aufgewühlt, verängstigt und euphorisch, alles zur gleichen Zeit. Aber wenn er erst einmal einen Happen gegessen und sich ein wenig ausgeruht hätte, würde in seinem Innern schon alles wieder ins Lot kommen.

Er konnte nur hoffen, dass ihm der Junge etwas Ruhe gönnen würde.

Rabov riegelte seine Tür auf und trat ein. Die Kostüme hingen wieder in Reih und Glied an den Garderobestangen und bei ihrem Anblick spürte Rabov sofort, dass Zoran nicht zu Hause war.

Er durchquerte seinen »Verkaufsraum« und stieß die Tür zum Hinterzimmer auf. »Zoran?«

Niemand da. Aufseufzend warf Rabov den Papierpacken auf seinen Tisch und schüttelte sich den Überwurf von den Schultern. Er hatte ein schrecklich schlechtes Gewissen wegen Zoran, aber ein wenig fühlte er sich auch erleichtert, weil er nun erst einmal ungestört essen und sich danach hinlegen konnte, um neue Kräfte zu sammeln. Für Calin, für die *Sieben Vipern* heute Abend – ein heißer Strom schoss in ihm empor, als er an ihr Rendezvous dachte.

Vorletzte Nacht hatte er geträumt, dass er und Calin im Bauch eines Wals durch den Grünen Ozean gereist waren.

Sollte er ihr von diesem Traum erzählen? Oder vielleicht besser nicht? Nun, das würde er spontan entscheiden, wenn er Calin nachher sehen würde, wenn er aus ihrer Kleidung, ihrem Lächeln, dem Klang ihrer Stimme geschlussfolgert hätte, in welcher Stimmung sie war.

Würde sie ihn Sammo nennen? Oder wenigstens Sam?

Und würde er es wagen, sie bei dem Kosenamen zu rufen, den er ihr damals gegeben hatte – Li?

Letzteres wohl sehr wahrscheinlich nicht.

Er trat in seine Küchennische, fachte das Herdfeuer an und bereitete sich mit geübten Handgriffen eine Junggesellenmahlzeit zu. Omelett, Räucherzignelle, altbackenes Brot, das er in der Pfanne zusammen mit den Eiern röstete. Er schaufelte alles auf einen Teller, schenkte sich noch einen Becher Nibrawein ein und setzte sich zu seiner eintönigen Mahlzeit an den Tisch.

Mechanisch leerte er seinen Teller, ohne darauf zu achten, was er sich gerade in den Mund schob. In Gedanken war er noch immer bei Calin.

Wenn er sich nicht bewusst mit etwas anderem beschäftigte, dachte er eigentlich unaufhörlich an sie.

Mit einem Zug trank er zuletzt seinen Becher aus und reckte sich dann in wohliger Trägheit. Mit Zoran würde er eben morgen sprechen – er würde dem Jungen vorschlagen, mit ihm gemeinsam den Sarissentempel am Platz der sieben Tempel aufzusuchen, um mit Zorans Mutter zu beratschlagen, was aus ihrem Sohn werden sollte. Ins Schiffstorviertel zurückgehen durfte Zoran auf keinen Fall – schon wegen Radschi Varusa und seiner gefräßigen Gottheit Ragadhani. Aber auch dass der Junge noch länger in dieser schäbigen Straßenkinder-Unterkunft hauste, kam nicht infrage. Jedenfalls, soweit Rabov in dieser Sache etwas zu sagen hatte.

Er trottete zu seinem Bett, streifte nur die Schuhe ab und legte sich hin. Er würde gar nicht richtig schlafen, sondern nur ein wenig vor sich hindämmern, dachte er und schlief im selben Moment ein. Und dann saß er wieder mit Zoran in der Drahtseilbahn – in rasender Fahrt schossen sie auf das subphoräische Meer hinab und in der Tiefe des Gewässers war auch wieder das widerlich langgezogene Geheule zu hören. Doch plötzlich merkte Rabov, dass sie gar nicht im Bahnwaggon saßen – sie waren von einer Membran aus durchscheinendem Material umschlossen, wie sie sie sonst nur von den Schutzräumen kannten.

In diesen Tropfen eingehüllt sanken sie unaufhaltsam in das unterirdische Meer hinab. Der Quelle des widerlichen Geheules und Gewinsels entgegen. Schreckensstarr sah Rabov auf die riesengroßen, senkrecht geschlitzten schwarz-gelben Augen hinunter, denen sie rasch und immer rascher entgegensanken.

»Sam!«, schrie Zoran. »Wir müssen hier raus!«

Recht hat er, dachte Rabov und warf sich mit aller Kraft gegen die Membran. Zoran tat es ihm gleich und mit wachsender Verzweiflung rempelten sie wieder und wieder gegen die federnd nachgiebige Umhüllung, während der Tropfen mit ihnen darin dem Meeresgrund entgegensank.

Vollkommen außer Atem mussten sie schließlich aufgeben. Die Membran ließ sich einfach nicht aufsprengen. Sie hockten sich auf den Boden, entkräftet und demoralisiert. Unter ihnen zeichnete sich nun ein riesenhafter Rachen ab, das weit aufgerissene Maul eines unsagbar großen Ungeheuers, in das sie im nächsten Moment hineinflogen.

»Sam!«, schrie Zoran. »Bitte, Sam – mach doch was!«

Aber Rabov konnte nicht das Geringste machen, um den Jungen und sich selbst zu retten. Die Bestie schloss ihre gewaltigen Kiefer und drückte die Membran um sie herum zusammen – und gerade in diesem Augenblick wurde ihm mit eisigem Entsetzen klar, was es mit der Membran auf sich hatte. Sie bestand aus dem gleichen Material wie der zähe Nebelschleim auf den Bildtafeln von Naxoda. Und während er das noch dachte, schloss sich die Membran erstickend eng um ihn und Zoran und presste sie beide der Länge nach zusammen.

»Sam, schaff uns hier raus!«, schrie Zoran.

»Tut mir leid, Junge«, konnte Rabov gerade noch antworten. Dann fuhr er mit heftig klopfendem Herzen aus dem Schlaf.

Seine Stirn, seine Haare, sogar sein Hemd, alles war nass und klebrig vor Schweiß. Er blinzelte zu seiner Pendeluhr – kurz vor sieben. Also hatte er vier Stunden geschlafen – oder besser gesagt – in jener Albtraumwelt verbracht.

Aber es war kein Albtraum, überhaupt kein gewöhnlicher Traum gewesen – dafür hatte es sich viel zu wirklich angefühlt. Hyperwirklich geradezu, so als ob das da drüben sein eigentliches Leben wäre: in jenem Tropfen eingeschlossen am Meeresgrund.

Die Angst jagte noch in ihm umher. Nur langsam beruhigten sich sein Atem, sein rasender Herzschlag.

Seltsamerweise hörte er Zoran immer noch rufen. Nicht irgendwo draußen, sondern in seinem eigenen Innern, so als wäre er wach und gleichzeitig immer noch am Meeresgrund. Aber der Junge klang überhaupt nicht mehr zu Tode verängstigt, sondern überaus selbstzufrieden und stolz.

Schau doch mal her, Sam, rief er immer wieder. *Damit du endlich kapierst, dass du dir wegen mir keine Sorgen machen brauchst.*

Rabov war jetzt ziemlich durcheinander. Etliche weitere Augenblicke vergingen, bis ihm dämmerte, dass es gar nicht der Zoran aus jener Albtraum- oder Unterwasserwelt war, der da so beharrlich nach ihm rief. Der Junge hatte magische Verbindung mit ihm aufgenommen.

Rabov wollte sich in Agosch-Trance versetzen, wie es ihm sonst fast immer rasch und mühelos gelang. Aber mit seinem Geist und seiner Seele war er noch immer dort unten am Meeresgrund, in der Membran, im Rachen jenes Ungeheuers – und so schaffte er es nicht sofort, mit Zoran in Gedankenverbindung zu treten. Er versuchte es aufs neue und diesmal wandte er einen Kunstgriff an, der noch niemals versagt hatte: So lebhaft wie möglich stellte er sich vor, wie er am Agoschkreuz hing und mit Hand- und Fußgelenken an seinen Fesseln zerrte und dabei die göttliche Kadora um Beistand anrief. Panik flutete in ihm empor, genauso wie damals, vor mehr als zwanzig Jahren – grässliche Todesangst, vermischt mit einer eigentümlichen Euphorie, dem schwindelerregenden Gefühl, Teil einer gewaltig großen, unbezwingbar starken Macht zu sein.

Zoran?

Da bist du ja endlich, Sam. Siehst du jetzt, was ich hier mache?

O ja, er sah es allerdings – und es gefiel ihm ganz und gar nicht.

Zoran stand in einem düsteren Raum, um den Hals eine gewaltig große Würgekadora. Er sah Rabov geradewegs an und grinste so frech und stolz wie überhaupt möglich. Die Schlange war gut und gerne drei Meter lang und ihr Leib, der dicker als Zorans beide Beine zusammen war, lag dem Jungen in drei lockeren Schleifen um Hals und Schultern. Eine schmachtend süße Flötenmelodie war zu hören, mit Tönen, die wie unaufhörliches Stöhnen und Seufzen klangen.

Vor Zoran, mit dem Rücken zu Rabov, saß ein großgewachsener Mann in blutrotem Umhang, einen kunstvoll geschlungenen Turban im selben Farbton auf dem Haupt. Allem Anschein nach war er ein bakusischer Schlangenpriester. Und auch wenn Rabov ihn nur von hinten zu sehen bekam, ließen seine Kopf- und Armhaltung darauf schließen, dass er es war, der die schmachtenden Töne flötete.

Meister Miceo hat mich gefragt, ob ich ihm helfen will, verkündete Zoran und konnte sich vor Stolz nach wie vor kaum fassen. *Ich hab vor seinem Schaufenster herumgelungert und da hat er mir vorgeschlagen, ich könnte mir ja ein paar Heller verdienen.*

Meister Miceo? Noch immer war Rabov nicht ganz in dieser Welt zurück. Aber das hieß ja, dass Zoran hier nebenan war? Gerade hinter dieser Hauswand zu seiner Linken, bei dem alten Flötenmachermeister, der ihm immer so scheel hinterhersah.

Womit verdienen, fragte er so ruhig, wie er es hinbekam. *Was musst du dafür machen, Zoran?*

Na ja, das siehst du doch. Meister Miceos Kunde spielt auf einer Flöte und probiert aus, ob es die richtigen Töne sind, um seine Schlange zu bändigen. Und ich helfe ihnen dabei – siehst du, indem ich mit der Schlange solche Sachen mache.

Was denn für Sachen, Linglu noch mal?

Na, so was eben. Und so was. Zoran trommelte auf dem Schlangenleib herum, zog die Würgekadora am Schwanz und tippte ihr mit den Fingerspitzen auf der Nase herum wie auf den Tasten eines Dampfklaviers.

Während Rabov ihm dabei zusah, stand er von seinem Bett auf, schlüpfte in seine Schuhe und eilte zur Tür. Im Vorübergehen griff er sich seinen Überwurf, nestelte die Silbersichel hervor und war bereits draußen auf der Treppe, als sich der Junge erneut zu Wort meldete.

Du sagst ja gar nichts, Sam. Wo bist du eigentlich gerade?

Diese Frage würde er auf herkömmliche Weise beantworten, beschloss Rabov, während er auf dem Bürgersteig zwei Schritte nach links machte und die kleine Treppe vor dem Nachbarhaus hinabstieg.

Er holte tief Luft und zog die Tür zu Meister Miceos Laden auf. In bald drei Jahren war er kein einziges Mal hier unten gewesen und er brauchte seine bescheidenen prophetischen Kräfte nicht zu bemühen, um zu wissen, dass bis zu seinem nächsten Besuch mindestens noch einmal so viel Zeit vergehen würde.

He, Sam, da bist du ja! Zoran strahlte ihn an. Auch die Würgekadora richtete ihre Augen auf den Neuankömmling. Sie schien benommen, eingelullt durch die unablässig hervorströmenden Flötentöne, aber sie war keineswegs gänzlich gebannt. Das hatte Rabov sofort erkannt, als ihm der Junge vor Stolz beinahe platzend vorgeführt hatte, wie gut er die Kadora unter Kontrolle hatte. Jedenfalls seiner Ansicht nach.

Meister Miceo hatte an der Werkbank neben der Tür gesessen. Jetzt stand er von seinem Schemel auf und kam auf Rabov zu. Als er erkannte, wen er vor sich hatte, wurde seine Miene abweisend.

»Was wollen Sie hier?«, sagte er. »Trödler sind in diesem Haus nicht erwünscht.«

Die Silbersichel hatte Rabov in seiner linken Hand verborgen. Nun ließ er sie vor Meister Miceo aufblitzen und der Flötenmacher erstarrte, eine Hand abwehrend erhoben.

Bleib ganz ruhig, Zoran. Die Schlange ist wach.

Sie ist wach? Zorans Gedankenstimme wurde schrill. *Aber der Priester hat doch gesagt …*

Ganz ruhig, wiederholte Rabov.

Langsam ging er auf den Schlangenpriester im grellroten Umhang zu, der sich um nichts als sein Flötenspiel zu kümmern schien. Er saß aufrecht auf einem Hocker, mit dem Rücken zur Tür und zu Rabov, der die Silbersichel bereithielt.

Mach die Augen zu, Junge.

Die Schlange begann zu zucken. Ihr Kopf pendelte vor Zorans Brust hin und her. Sie stieß Zischlaute aus und ließ ihre zwiegespaltene Zunge hervorschnellen.

Verfütterst du mich jetzt an die Kadora, Sam?

Red keinen Mist. Mach die Augen zu.

Gerade in diesem Moment drehte sich der Schlangenpriester zu ihm herum. Rabov blieb keine Zeit mehr, um sich zu vergewissern, dass Zoran seine Augen wirklich geschlossen hatte. Er schwenkte die Sichel vor dem bakusischen Priester und das dunkelbraune rundliche Gesicht wurde starr. Halb zu Rabov umgewandt, verharrte er unbeweglich auf dem Schemel, die Hand mit der Flöte in Höhe seines Kinns.

Blitzschnell zog sich nun die Schlange um Zorans Hals und Brust zusammen. Der Junge heulte und schrie, und erst als Rabov die Schlange in die Starre geschickt hatte, sah er, dass Zorans Augen weit geöffnet waren.

Und starr wie Glas.

7

Er machte sich hunderttausend Vorwürfe wegen Zoran – weil er ihn vernachlässigte, weil er ihn eben versehentlich mit in die Starre geschickt hatte, weil er selbst sich als Junge immer einen Vater gewünscht hatte, der in den entscheidenden Momenten für ihn da wäre, und nun ließ er Zoran genauso im Stich.

Nun ja, nicht ganz genauso. Schließlich würde er nicht für alle Zeiten in den Gesperrten Sümpfen verschwinden, sondern nur für ein paar Stunden in die SIEBEN VIPERN gehen. Was allerdings auch darauf hinauslief, dass er Zoran schon wieder sich selbst überlassen musste.

Er hatte den Jungen auf sein Bett gelegt und ihn sorgfältig mit seiner Überdecke zugedeckt, obwohl es ihm sogar hier drinnen, drei Meter unter der Erde, dampfend warm vorkam.

Zorans Augen waren weit offen und nach wie vor starr wie Glas. Es sah unheimlich aus, selbst für Rabov, der doch schon etliche Dutzend erstarrter Augenpaare gesehen hatte. Aber eine Person, die einem nahestand, mit der Silbersichel zu bannen, war eben ganz etwas anderes.

Die Pendeluhr begann erneut zu lärmen – halb acht. Rund eine halbe Stunde musste er von hier bis zu den *Sieben Vipern* rechnen.

Natürlich hätte er Sola befehlen können, ihn zu seinem Rendezvous zu chauffieren, aber schon bei dem Gedanken grauste es ihn. Er hörte die Schritte des Assistenten oben in der Stube, leichte, selbstgewisse Schritte, von keinerlei Selbstzweifeln oder gar von Reue gehemmt. Aus tiefstem Herzen wünschte sich Rabov, dass alles wie früher werden würde – kein Assistent, keine Todesfälle mit Schlangenzauber, kein entwichener, widerlich weißer Wurm.

Aber wann wäre jemals wieder irgendetwas wie früher geworden? Sein Blick fiel erneut auf Zoran, der wie eine Puppe so reglos auf dem Rücken lag und zur Zimmerdecke starrte.

Zwei, vielleicht drei Stunden würde es dauern, bis er wieder zu sich käme. Und dann noch einmal so lange, bis er wieder völlig bei Kräften wäre, sich einigermaßen genau erinnern würde, was mit ihm passiert war.

Rabov setzte sich neben ihn auf den Bettrand. Er zog seine Reptilienkladde aus dem Überwurf, fischte den winzigen Stift aus dem Falz und bemühte sich, halbwegs leserlich zu schreiben.

»Tut mir leid, Zoran, aber ich konnte dich da anders nicht rausholen. »Die Arbeit, die Meister M. dir angeboten hat, ist lebensgefährlich! Geh auf gar keinen Fall wieder zu ihm, sonst … du weißt schon. Wir reden morgen – ich schwöre es. Dein Sam«

Er riss den Zettel aus seinem Büchlein und schob ihn Zoran zwischen die starren Finger. Dann saß er minutenlang einfach so da, schaute auf den Jungen hinunter und durch ihn hindurch – nach Raginor vor zwanzig Jahren.

So wie für Zoran, seit er fast von der Gottheit Ragadhani gefressen worden wäre, so war auch für Sam Rabov damals, nach der Sache mit dem Agosch-Priester, nichts mehr gewesen wie davor. Seine Kindheit war mit einem Schlag vorbei. Nichts sah mehr aus wie früher, nicht der Himmel über Raginor, nicht die trübrote Nibra, nicht Odeas liebliches Lächeln. Und genauso fühlte sich auch nichts mehr an wie vorher, sein eigener Körper nicht, auch nicht Odeas Himbeerlippen.

Rabov schaute auf Zoran hinunter und sah den jungen Sam vor sich, wie er Odea damals zu erklären versuchte, was er bei dem Agosch-Priester erlebt hatte. Dass ihn der Schmerz in seinem Nacken in die Schlangengrube getrieben hatte, schien sie noch einigermaßen zu begreifen – aber von allem, was dann gefolgt war, gar nichts mehr. Er beschrieb ihr, wie es sich angefühlt hatte – die saugenden Schlangen um seine Füße und Hände, an Unterarmen und Unterschenkeln. Wie sehr enge, nasse Strümpfe und Handschuhe, die einem ungeheuer langsam angezogen werden. Oder wie der Priester gesungen, geheult, gebetet hatte: »Sie schlingen ja schon, sie ziehen ja schon das böse Gebein in sich hinein.«

Sie verstand es nicht. Er selbst verstand es ja immer weniger, je länger er von dort zurück war. Es entglitt ihm, entfernte sich wie der Landungssteg am Hafen, wenn man in See gestochen war.

Bald schon gab er es auf, mit Odea oder irgendwem über die Agosch-Sache zu reden. Wie früher ging er mit ihr an der Nibra spazieren und niemals mehr peinigte ihn jener Schmerz, wenn er sich zu ihr hinunterbeugte. Wenn er ihre Lippen küsste, ihre aprikosenkleinen Mädchenbrüste liebkoste.

Und doch ließ ihm, was er am Agoschkreuz erlebt hatte, keine Ruhe mehr. Er begann, sich auf heimlichen Pfaden zu bewegen. »Du treibst dich herum, Junge«, warf seine Mutter ihm vor und für sie musste es wohl wirklich so aussehen. Er war noch keine vierzehn, als er anfing, vor dem SERP'S herumzulungern. Viele Jahre später erst sollte er erfahren, dass das SERP'S von Raginor das erste seiner Art in ganz Dunibien war. Der erste Nachtclub mit Schlangenmädchen auf der Bühne und in den Séparées. »Ein Hurenhaus«, zürnte Sams Mutter. Eine Welt schien für sie zusammenzubrechen, als die Stadtwächter ihren Jungen zum ersten Mal vor der Hintertür des SERP'S einfingen und nach Hause brachten. In ihre kümmerliche Hütte, wo die Mutter mehr oder weniger Tag und Nacht für andere Leute bügelte und flickte und wusch.

Aber für Sam war die Welt, wie er sie einmal gekannt hatte, damals längst schon zerbrochen. Unwiderstehlich zog es ihn zu den Rissen und Breschen in den Ruinen dieser alten Welt. Dahinter erahnte er eine zweite, weit geheimnisvollere Welt und das SERP'S schien ihm so etwas wie eine Passage dort hinüber zu sein. Die Mutter nannte ihn verdorben und frühreif, aber er war weder das eine noch das andere.

Irgendwie schaffte er es, das Vertrauen der Schlangenmädchen aus dem SERP'S zu gewinnen. Vielleicht hatten sie auch einfach nur Mitleid mit ihm, weil er sich halbe Nächte lang vor ihrer Hintertür herumtrieb. Oder sie fanden ihn drollig, oder sie sahen eine Art Maskottchen in ihm – eigentlich war es ihm egal. Hauptsache, sie ließen ihn zu sich rein.

Tatsächlich ging eines Nachts, als er sich wieder mal im Hinterhof die Beine in den Bauch stand, die Tür auf und eines der Schlangenmädchen winkte ihn zu sich her. Erst traute er seinen Augen nicht, doch im nächsten Moment war er durch den Spalt geschlüpft und in diesem Augenblick begann für Sam ein neues Leben.

Ein ungeheuer aufregendes Geheimleben, von dem er natürlich niemandem auch nur das Geringste erzählen durfte – seiner Mutter nicht, Odea nicht und dem Nachbarsjungen Mika schon gar nicht, obwohl er in dessen Ansehen dadurch bestimmt gewaltig gestiegen wäre.

Anfangs durfte er sich nur in der Garderobe der Schlangenmädchen in einen Winkel setzen und ihnen zusehen, wie sie sich zurechtmachten, wie sie miteinander lachten und kicherten, geheime Botschaften austauschten, sich gegenseitig Glück wünschten, wenn eine von ihnen auf die Bühne rausmusste oder zu einem anspruchsvollen Kunden.

Es machte Rabov noch heute ganz kribblig, an die SERP'S-Mädchen zu denken. Die schlängelnden Bewegungen ihrer schlanken, unerhört biegsamen Körper, die von den Fußzehen bis zur Stirn hinauf kunstvoll mit Schlangenmustern bemalt waren. Schillernd und schimmernd in allen erdenklichen Abstufungen von Blau und Grün und Gelb.

Später, nachdem die Mädchen erkannt hatten, dass sie ihm blind vertrauen konnten, oder vielleicht auch einfach, weil er sie mit seinem Betteln und Bitten weichbekommen hatte – nach ein paar Monaten also, in denen er immer nur still und stumm im Garderobenwinkel gesessen hatte, nahmen sie ihn ab und zu mit hinter die Bühne. Durch Löcher und Risse im Vorhang konnte er ihnen von dort aus bei ihren Schlangentänzen zusehen, wenn auch nur von hinten oder von der Seite. Mit angehaltenem Atem, weil der Vorhang so ungeheuer staubig war und weil er über den Sprüngen und Verschlingungen der umherschnellenden Schlangenmädchen sowieso zu atmen vergaß.

Noch später, nachdem er sich auch hinter dem Bühnenvorhang einige Monate lang bewährt hatte, ließen ihn die Mädchen sogar hin und wieder bei dem zusehen, was in den »Schlangennestern« passierte. So nämlich hießen im SERP'S die Séparées, in denen sich abenteuerlustige Herren mit einem oder mehreren Mädchen zu heimlichen Schlängeleien trafen.

Aber was er dort zu sehen bekam, gefiel Sam überhaupt nicht. Bei ihrer Bühnenschau waren ihm die Schlangentänzerinnen immer wie kühne, ja mächtige Geschöpfe erschienen, die man schon wegen ihrer fremdartigen Schönheit nur anbeten konnte. In den Schlangennestern aber mussten die Mädchen den Freiern in allem zu Diensten sein. Wie dressierte Tiere wurden sie dort behandelt, mehr Schlangen als Menschen, und nachdem Sam durch geheime Gucklöcher ein paarmal beobachtet hatte, was sich in den Schlangennestern abspielte, verlor das SERP'S für ihn jeden Reiz. Was er suchte, das war ihm nun klar, würde er dort nicht finden.

Die Pendeluhr scheuchte Rabov aus seinen Erinnerungen auf. Halb neun – allerhöchste Zeit, dass er sich auf den Weg machte. Er strich Zoran eine störrische Locke aus der Stirn, doch der Blick des Jungen blieb murmelhaft starr.

»Bis morgen, Kleiner – und mach keinen Unsinn.« Rabov klopfte prüfend seinen Überwurf ab. Alle Siebensachen an Bord – darunter auch einige größere Goldmünzen, die er extra eingesteckt hatte, um für alle romantischen Unwägbarkeiten gewappnet zu sein. Beispielsweise für eine Nacht mit Calin im PLATINPARDER, einem edel-verruchten Etablissement nahe dem Smaragdtor, das er bisher nur vom Hörensagen kannte.

8

Die SIEBEN VIPERN hatten wirklich nicht gerade den glänzendsten Ruf. Die Lokalität befand sich an der Ostflanke des Donarbergs in einem verwahrlosten Stadtpalast gerade unterhalb der kegelspitzen Bergkuppe. Eine abschüssige Gasse führte auf das verwitterte Säulentor zu, in dessen Innerem es linker Hand in die SIEBEN VIPERN-*Bar* ging, rechts in das sogenannte VIVA oder auch VIPERN-VARIETÉ. Jenseits des Torhauses gab es nur noch einen rattenverseuchten Hinterhof – und dahinter nackten Fels, die schroff abfallende Ostseite des Donarbergs.

Schon mehr als einmal war es vorgekommen, dass Gäste der SIEBEN VIPERN zu grauester Morgenstunde dort den Abstieg zu Fuß gewagt hatten. Das ging selten glimpflich aus – wer mit einem gestauchten Knöchel davonkam, konnte sich glücklich schätzen, meist jedoch bezahlten die Kletterer ihre Waghalsigkeit mit dem Leben. Und fast jedes Mal hieß es dann, dass die Verunglückten nicht einfach so vom Fels gefallen seien, sondern dass jemand aus den SIEBEN VIPERN nachgeholfen habe. Woraufhin Hauptermittler Ralla seine Polizisten in Bewegung setzte – doch soweit Rabov wusste, war es dem Besitzer des Klubs bisher noch immer geglückt, sich von Verdächtigungen reinzuwaschen.

Er hieß Ro Seelbitt und schon dieses ehrbaren Namens wegen war nicht nur dem *Nachtboten*, sondern auch der seriöseren Presse jeder Zwischenfall im Umkreis der SIEBEN VIPERN eine Meldung wert. Ro Seelbitt war der schwarze Schwan in einer der glanzvollsten und mächtigsten Familien Dunibiens, ein Neffe von Konsul Gero zu der Seelbitt, dem Patriarchen der gleichnamigen Handelsdynastie. Der Konsul galt als enger Vertrauter des Königs, genauso wie sein ewiger Konkurrent Geheimrat Loscha von Hagdiff, und während Rabov aus der Wolkendroschke kletterte, fragte er sich, welche Rolle eigentlich diese beiden hochehrenwerten Herren bei dem zweifachen Kurswechsel des Königs gespielt hatten.

Er hatte den Fahrer angewiesen, oben auf der Bergkuppe zu stoppen. Die restlichen paar Hundert Schritte würde er zu Fuß gehen, auch wenn die Gasse steil und ungepflastert war und sich bei jedem Regenguss in einen schlammigen Gießbach verwandelte. Aber er war sowieso viel zu früh dran, nachdem es ihm wider Erwarten geglückt war, auf halber Strecke ein freies Dampfmobil heranzuwinken.

Mit jedem Meter, den er ihrem Treffpunkt näherkam, beschleunigte sich sein Herzschlag. Warum nur hatte er sich mit Calin ausgerechnet in dieser übel beleumdeten Bar verabredet? Nun, als er heute Mittag behauptet hatte, dass sie dort Lona Markan finden würden, da war er kaum weniger überrascht gewesen als Calin. Aber es war trotzdem nicht einfach so dahergesagt gewesen – er hatte es im selben Moment vorausgespürt und aus Erfahrung wusste er, dass ihn solche Sekundengesichte nur selten täuschten.

Trotzdem ärgerte er sich, weil er für ihr Rendezvous keinen beschaulicheren Ort gewählt hatte. Er hatte Calin so viel zu erzählen, sie so viel zu fragen – in der VIPERN-BAR aber war es abends immer gedrängt voll und so laut, dass man sein eigenes Wort kaum verstand. Musikkapellen spielten, alle schrien um die Wette und vor allem gab es die sonderbarsten Darbietungen zu bestaunen. Die meisten Gäste wanderten die halbe Nacht von einem Saal zum anderen, von einer

Etage in die nächste, und hinter jeder Säule, jeder Tür warteten weitere, noch unerhörtere Spektakel.

Eine erstaunlich große Menschenmenge zog mit ihm auf das hell erleuchtete Torhaus zu. Als Rabov vor einigen Monaten das letzte Mal hier gewesen war, hatte die VIPERN-BAR fast nur männliche Gäste angezogen, heute aber strebten auch viele Paare und sogar einzelne Frauen die Gasse hinab. Praktisch über Nacht hatte sich ein Etablissement, dessen Varieté-Bereich streng genommen ein Freudenhaus mit vorgeschalteter Nackttanz-Bühne war, in einen Treffpunkt für Schlangenjünger und -jüngerinnen aller Schattierungen verwandelt.

Wohl zehn Minuten lang parderte Rabov vor den SIEBEN VIPERN auf und ab. Im Torhaus und davor herrschte bereits zu dieser frühen Abendstunde ein wildes Gedränge. Immer mehr Nachtschwärmer strömten von der Bergkuppe herab und schon hier draußen war es laut wie auf dem Jahrmarkt.

Was hatte Ralla gesagt – von einem irgendwie alarmierenden Zulauf bei den Schlangenkulten könne keine Rede sein? Der Hauptermittler ging abends anscheinend selten vor die Tür. Dem bunten Völkchen, das sich an Orten wie diesem hier traf, gehörten zwar höchstwahrscheinlich nur wenige strenggläubige Serpentisten an, aber wohl kaum jemand kam bloß deshalb hierher, um sich zu amüsieren. Dafür waren die Darbietungen im Innern zu bizarr, zu schockierend und teilweise auch ekelerregend. Nein, hier ging es um mehr als um Abenteuer und Nervenkitzel, das wurde Rabov noch klarer, während er in die vor Erregung glänzenden Augen der herbeiströmenden Besucher blickte. Was die weitaus meisten dieser Schlangenjüngerinnen und -jünger hierher trieb, war ein zwischen Panik und Ekstase pendelndes Lebensgefühl. Ein Gieren nach Gefahr, ein toller Taumel, eine aberwitzige Lust, tief im eigenen Innern verborgene Kräfte zu erproben – auch wenn es möglicherweise Kräfte des Chaos, der Dunkelheit und Zerstörung waren. *»Erwecke die Schlange und du wirst dich lebendig wie niemals zuvor fühlen.«* Mit diesem Slogan warb Ro Seelbitt seit Wochen in allen phoräischen Blättern für seine zweifelhaften Angebote. *»Ob du sie bannst oder sie dich bändigt – du wirst der Sieger sein.«* Und die Leute strömten ihm in Scharen zu.

Und da kam glücklicherweise auch Calin – im Dampfmobil zischte sie die steile Gasse hinab, ließ die Sirene ertönen und widerwillig gaben die Leute ihr den Weg frei.

Typisch Li, dachte Rabov, und zärtlicher Stolz wallte in ihm auf. Wie eine Königin, gehüllt in Schönheit und majestätischen Hochmut, so stieg Calin Stingard aus ihrem Wagen und kam über die Gasse auf ihn zu. Ihr Silberhaar schimmerte im Mondlicht, den Gaffern quollen beinahe die Augen aus dem Schädel, aber Calin schritt, ohne aufzublicken, durch die Menge hindurch.

»Sam«, sagte sie und lächelte auf die abweisende Art, die er so sehr fürchtete. Sie hielt ihm ihre Wange hin und entzog sich wieder, ehe er einen Kuss darauf hauchen konnte. Dann trat sie auch noch einen Schritt zurück und rümpfte die Nase. »Du riechst, Samu – nach Schlange.«

Er demonstrierte Zerknirschung. »Tut mir leid, Calin, du hast ja selbst gesehen, wie es momentan bei uns zugeht.« Verstohlen schnüffelte er an seinen Fingern. Von dem Modergeruch, den der Wurm verströmt hatte, war glücklicherweise nichts mehr zu riechen. Aber dafür stank er jetzt nach Würgekadora – ein entfernter Anklang an Rattenkadaver mit einem Unterton überreifer Zitrone.

Calin dagegen duftete so süß und frisch wie ein nibräischer Wildrosenstrauch. Sie hatte das Kleid mit dem Moliatmuster gegen ein seidig knisterndes Kostüm getauscht, dessen kräftiger Rotton ihn allerdings an den Umhang des Schlangenpriesters in Meister Miceos Werkstatt erinnerte. »Wo hast du Port gelassen?«, fragte sie.

Er zuckte mit den Schultern. »Auch über Sola müssen wir reden.«

»Auch?«, wiederholte sie. »Wie lang ist denn deine Liste?«

»Oh«, gab er zurück, »so lang wie die ganze Nacht.«

Calin ließ sich nicht anmerken, was sie von dieser Anspielung hielt. »Dann also los«, sagte sie nur, »zeig mir Lona Markan.«

Er reichte ihr seinen Arm und nach kurzem Zögern hakte sie sich unter. »Es ist mehr ein Labyrinth als eine Bar«, sagte er. »Vielleicht sitzt sie gleich vorn am Tresen – wenn nicht, kann es Stunden dauern. Zumal wir ja kein Aufsehen erregen wollen.«

Als er Calin ins Innere des Torhauses bugsierte, bemerkte er einige seiner Mysto-Klienten und nickte ihnen zu. Batis, einen noïlitischen Totenbeschwörer, den er letzten Winter für ein paar Nächte bei sich beherbergt hatte. Die Wahrsagerin Cypra, die laut Selda, ihrer unversöhnlichen Rivalin, nicht weiter in die Zukunft sehen konnte als ein Maulwurf in der Gegenwart (aber Rabov wusste es besser – und Selda am Grund ihrer dunklen Seele auch).

Doch im nächsten Moment vergaß er das ewige Gerangel zwischen den Wahrsagerinnen. Während er sich mit Calin durch die Tür linker Hand in die VIPERN-BAR schob, behielt er die hochgewachsene Gestalt im sonnengelben Umhang im Auge. Es war nicht Radschi Varusa, das war ihm nach dem ersten Schrecken klargeworden – dieser Mann dort war schmaler gebaut und offenbar etliche Jahre jünger als der bakusische Hohepriester. Aber er trug Umhang und Turban in genau der gleichen Farbe wie die Priester in Varusas Tempelzelt und Rabov fragte sich, was er an diesem Ort suchen mochte. Für einen Priester, auch und gerade für den Diener einer Schlangengottheit, waren die *Sieben Vipern* ein äußerst ungewöhnliches Ziel.

9

Die Eingangshalle der VIPERN-BAR nahm das gesamte Erdgeschoss des linken Hausflügels ein. Sie war bestimmt nicht viel kleiner als die Halle des Königlichen Opernhauses und beherbergte Phoras längsten Tresen – eine schier endlose, rundum verspiegelte Bartheke, die sich wie eine Riesenviper in wildem Zickzack durch die Halle schlängelte. Davor standen Barhocker, mit Schlangenhaut von jeder erdenklichen kriechenden Spezies bezogen – gegerbte Kadora, Makubahaut, sogar Lyrissenleder. Gleich drei breite Treppen im Hintergrund führten in die höher gelegenen Etagen und Rabov registrierte im Hereinkommen, dass sämtliche Aufgänge mit empordrängenden Besuchern überfüllt waren. Anscheinend waren da oben bereits die ersten Vorführungen im Gang. Obwohl hier unten im Barbereich keinerlei Musikanten die Trommel rührten oder in noïlitische Knochenflöten bliesen, schwirrte die Luft von einem Gewirr aus Hunderten unterschiedlichen Lauten – Wummern und Wimmern, Sirren und Singen, Gelächter und Geschrei.

Rabov sah sich verstohlen um. Bisher konnte er Lona Markan nicht entdecken, aber er spürte, dass sie der Archäologin heute noch an diesem Ort begegnen würden. Fürs erste würde er ihnen beiden etwas zu trinken besorgen.

Er geleitete Calin den endlosen Tresen entlang und wie Eisenfeilspäne unter der Einwirkung eines Magneten drehten sich sämtliche Zecher auf den Barhockern nach ihnen um. In Begleitung von Calin Stingard kein Aufsehen zu erregen, war noch schwerer, als trockenen Fußes den Grünen Ozean zu durchqueren.

Fast hatten sie die Schlangentheke einmal umrundet, da stand gerade vor ihnen ein junges Pärchen auf. Rabov stürzte sich auf die frei gewordenen Plätze. Er half Calin auf einen Hocker. »Von hier aus haben wir die Eingangstür im Auge«, rief er, seine Lippen nah an ihrem Ohr. »Die Magistra kann uns nicht entwischen.«

Die junge Frau hinter dem Tresen trug ein eng anliegendes Kleid aus Schlangenhaut. Jeder unbedeckte Zoll ihrer eigenen Haut war liebevoll mit einem gelbgrün schattiertem Schuppenmuster tätowiert. Obwohl seine Zeit als SERP'S-Stammgast lange zurücklag, übte der Anblick immer noch einen verwirrenden Reiz auf ihn aus. Und stimmte ihn gleichzeitig ein wenig wehmütig – so als hätte er damals eine Chance bekommen und sie nicht genutzt. Die Chance, in die andere Welt hinüberzugehen.

Er bestellte einen Fruchtmix für Calin, einen Noïli-Cocktail für sich selbst. Er spürte ihre Ungeduld und bemühte sich, sie entspannt anzulächeln. »Auf dich, Calin.« Er prostete ihr zu.

Sie leerte in einem Schluck beinahe ihr ganzes Glas. »Sollten wir nicht lieber herumlaufen, diese Mörderin suchen – anstatt hier an der Bar zu sitzen wie ein Ehepaar im Urlaubshotel?«

Rabov hätte liebend gern alles mit ihr gemacht, was Paare im Urlaub so zusammen anstellen. Aber er schluckte seine Antwort herunter. »Nur einen Moment noch. Ich muss dir etwas erzählen.« Er beugte sich weiter zu ihr hinüber und sein Haarzopf strich ihm über den obersten Nackenwirbel, in (oder hinter) dem er noch immer das leise Klopfen spürte. »Vorletzte Nacht habe ich von uns beiden geträumt«, sagte er Calin ins Ohr.

Sie bog sich ein ganzes Stück von ihm weg. »Was soll das, Samu?«, las er von ihren Lippen ab. Im Wirrwarr der Stimmen und der Musikfetzen aus den oberen Etagen war schon aus dieser Entfernung kaum etwas zu verstehen.

Er winkte sie mit beiden Händen wieder zu sich heran und machte ein Bettelgesicht. »Wir waren zusammen im Bauch eines Wals«, rief er in ihr Ohr und spürte ihr Haar an Mund und Wangen. »Wir sind durch den Grünen Ozean gefahren – wie der Prophet Piu im Heiligen Linglu-Buch.«

Halb war er darauf gefasst, dass Calin nun endgültig verärgert wäre. »Wenn ich dir nur verbieten könnte, von mir zu träumen«, hatte sie erst vor einigen Wochen gesagt und dabei ziemlich entnervt ausgesehen.

Heute aber war anscheinend alles anders. Calin sah ihn an, mit Augen so grün wie das Meer und einem Lächeln, das man eigentlich nur verzückt nennen konnte. »Du hast von Piu im Wal geträumt?« Sie lehnte sich so weit zu ihm herüber wie seit Jahren nicht mehr. Er roch ihren Wildrosenduft und hatte Mühe, seine Hände zu kontrollieren, die sich um ihre Seiten legen, sie noch näher zu sich heranziehen wollten. »Das musst du mir aber unbedingt genauer erzählen, Sammo«, gurrte Calin und sah ihm so tief in die Augen, als ob er selbst der Wal wäre und sie da drinnen Piu entdeckt hätte.

»Ja, klar, gerne.« Er verfluchte sich im Stillen, weil er jetzt wieder zu stammeln anfing. »Aber was – was ist denn auf einmal mit dir?«, brachte er einigermaßen glatt heraus. Normalerweise schnitt ihm Calin sofort das Wort ab, wenn er ihr nahezubringen versuchte, was er von ihnen beiden geträumt hatte.

»Erzähl einfach, Sam«, sagte sie. Und nach einem weiteren Schluck von seinem Noïli-Drink legte er los.

Vor ein paar Tagen erst – so begann er (seine Lippen dicht an ihrem linken Ohr) – hatte er nachgelesen, was im Linglu-Buch über Piu und den Wal geschrieben stand. Diese Geschichte hatte sich ja offenbar noch vor der Gründung des Alten Reichs abgespielt, also vor etlichen Tausend Jahren. »Piu war ein junger Fischer«, fing Rabov an, »der mit seinem mühseligen und gefahrvollen Leben unzufrieden war. Er wollte Linglu herausfordern und sagte immer wieder zu Ihm: ›Wenn Du so ein mächtiger Gott bist, dann zeig doch, was Du vermagst.‹ Und eines Tages bekam er eine Vision – Linglu höchstselbst erschien ihm und sprach: ›Gleich kommt ein Unwetter auf, fahre mit deinem Boot aufs Meer hinaus, dort wirst du sehen, wie mächtig Ich bin.‹«

Calin nickte. In ihren Augen war ein fiebriger Glanz, den sich Rabov überhaupt nicht erklären konnte. »Ich kenne die Geschichte«, sagte sie. »Piu fährt mit seinem Fischerboot hinaus, im Sturm kentert das Boot und er glaubt schon, dass er ertrinken muss. Er treibt in der See und will eben den Mund aufmachen, um Linglu zu verfluchen, da öffnet sich vor ihm in den Fluten ein riesengroßes Maul und verschlingt ihn. So kommt Piu in den Bauch des Wals.«

Rabovs Herz klopfte nun beinahe so wild wie bei seinem ersten Rendezvous mit Odea. Es war ihm ein bisschen peinlich, dass er so aufgeregt war. So wie gerade jetzt war es zwischen ihm und Calin seit Ewigkeiten nicht gewesen, ja vielleicht nicht einmal in den Zeiten ihrer innigsten Zweisamkeit. »Wenn du die Geschichte schon kennst«, sagte er in ihr Ohr, »weißt du bestimmt auch, wie sie ausgeht – Piu reist monatelang im Bauch des Wals umher, kommt schließlich wieder nach Hause und preist für sein restliches Leben den großen Linglu, der Seine Kreaturen nicht verderben lässt. Und wahrscheinlich, weil ich das vor kurzem noch mal nachgeschlagen hatte, habe ich letzte Nacht von uns beiden etwas ganz Ähnliches …«

Doch weiter kam er nicht. Jetzt schien doch wieder alles wie immer zu sein: Kaum wollte er auf seinen Traum von ihnen beiden zu sprechen kommen, fiel ihm Calin ins Wort. »Langsam, Sam«, sagte sie. »Verrate mir erst noch: Aus welchem Grund hast du diese alte Geschichte nachgeschlagen?«

Er versuchte sich eine Antwort zurechtzulegen und zerbrach sich gleichzeitig den Kopf darüber, was mit Calin eigentlich los war. Warum sie ihm diese Fragen stellte, worauf sie hinauswollte. Aber er konnte sich einfach keinen Reim darauf machen. »Na ja, das ist mir jetzt ziemlich unangenehm«, sagte er. »Ich habe in den letzten Monaten immer wieder überlegt, warum es plötzlich erlaubt ist, Dampfmobile und solche Apparate zu bauen – obwohl Linglu gerade das in Seinen Sieben Gesetzen so streng verboten hat. Und da kam mir auf einmal die Idee … aber du musst versprechen, dass du mich nicht auslachst, Li …«

Er biss sich auf die Unterlippe, darauf gefasst, dass sie wütend werden würde, weil er sie mit ihrem Kosenamen angeredet hatte. Aber sie ließ ihm sogar das durchgehen oder vielleicht hatte sie nicht einmal mitbekommen, zu welcher Freiheit er sich hatte hinreißen lassen. »Heraus mit der Sprache«, feuerte sie ihn an und ihre Augen funkelten.

»Na ja, wenn du unbedingt willst«, wand sich Rabov. »Du weißt ja, was ich manchmal für komische Einfälle habe – also, ich dachte mir eben, vielleicht sind die Dampfmobile und das alles gar keine selbstbewegten Maschinen, sondern … irgendwie …« Er unterbrach sich und sah Calin flehentlich an. »Nein, es ist wirklich zu dumm.«

»Jetzt rede aber mal deine Sätze zu Ende«, sagte Calin. »Das ist ein Befehl.«

Gehorsam brachte er seine Lippen wieder an ihr Ohr. »Sondern irgendwie in dunibischen Laboren weitergezüchtete Tiere«, sagte er. »Verstehst du, Calin – Kreaturen, in denen man auf dem festen Land genauso herumreisen kann, wie damals Piu im Wal durchs Meer gefahren ist.« Er holte tief Luft, setzte sich wieder gerade hin und sah Calin argwöhnisch an.

Wenn sie ihn jetzt verspottet, auch nur gegrinst, nur gelächelt, nur mit den Mundwinkeln gezuckt hätte – Rabov hätte auf der Stelle behauptet, dass er sich alles nur ausgedacht hätte, um sie zum Lachen zu bringen. Aber Calin schaute im Gegenteil geradezu andächtig zu ihm auf. Ihr Mund war ein wenig geöffnet, die Unterlippe zitterte. »Und auf diese Idee bist du ganz von allein gekommen, Sammo?«

Sammo! Fast wurden ihm die Augen feucht. Aber was hatte das alles nur zu bedeuten – warum himmelte ihn Calin für eine Augenblicksidee, die ihm selbst von vorne bis hinten krumm und schief vorkam, geradezu an? »Na ja«, gab er zurück, »mit Linglus Beistand, wie gesagt.«

Sie machte ihm ein Zeichen, sich weiter zu ihm herüberzubeugen. »Jetzt muss ich dir aber mal etwas sagen, Sam.« Sie legte ihm eine Hand um den Nacken und wollte ihn zu sich heranziehen, aber dann prallte sie förmlich zurück. »Was um Linglus willen ist das? Ich meine – da in deinem Nacken, Sam?« Sie tastete unter seinem Haarzopf herum.

»Ach das«, rief er, »das hat nichts zu bedeuten.« Und gerade in diesem Moment fiel sein Blick auf Lona Markan, die mit einem Schwall von Neuankömmlingen in die *Vipern-Bar* gespült wurde.

10

Ohne sich nach links oder rechts umzusehen, steuerte die Magistra auf eine der Treppen nach oben zu. Sie trug ihr hellbraunes Haar kürzer als auf der Zeichnung, die Velissa Labiano von ihr angefertigt hatte, ansonsten war die Ähnlichkeit perfekt – der gleiche maskenhafte Gesichtsausdruck, dieselben lauernden Augen. Ihre Bewegungen wirkten kraftvoll und geschmeidig – eine zaketumesische Raubkatze, dachte Rabov, die ihre Gefährlichkeit hinter arglosem Lächeln und biederer Bekleidung verbarg. Zu einem dunkelgrünen, weit geschnittenen Kleid trug Lona Markan tatsächlich eine weiße Rüschenbluse wie in Tareks Imitation.

Das Gedränge auf den Treppen hatte ein wenig nachgelassen, aber noch immer kam man nur im Kriechgang voran. Rabov hatte Calin ein Zeichen gemacht und dem Schlangenmädchen hinter der Bar ein paar Münzen hingeworfen. Ohne die Archäologin aus den Augen zu lassen, hatten sie sich zur Treppe durchgekämpft. Lona Markan wühlte sich ziemlich rücksichtslos durch die Menge und so wurde ihr Vorsprung beinahe mit jedem Schritt größer. Besorgt beobachtete Rabov, wie sie über ihnen bereits die zweite Treppenkehre hinter sich brachte, während sie selbst noch nicht einmal die erste bewältigt hatten.

Er beugte sich zu Calin. »Was wolltest du mir erzählen«, rief er in ihr Ohr, »eben an der Bar?«

Doch ihre fiebrige Stimmung schien verflogen. »Wahrscheinlich ist es gut, dass wir unterbrochen wurden«, sagte sie. »Eigentlich darf ich gar nicht darüber reden.«

Dann plötzlich geriet der Menschenpulk um sie herum in Bewegung. Rabov fasste Calin bei der Hand – nun ging es fast schon im Laufschritt die Stufen hinauf. Lona Markan war unterdessen in der ersten Etage angekommen – gerade eben trat sie von der Treppe in die Vorhalle, wo die Besucher mit markerschütterndem Noïli-Getrommel begrüßt wurden.

»Weil Milar es dir verboten hat?«, rief Rabov in Calins Ohr. »Hüten Sie Ihre Zunge, Frau Rätin?« Er grinste sie an, aber Calin blieb ernst und wortkarg. Sie schüttelte nur leicht den Kopf und ihre Lippen formten mehrere Silben, die »Warte bis später« bedeuten konnte, »Ich bin kein Verräter« oder auch etwas ganz anderes.

Hier oben im Trommelgetöse war ohnehin kein Wort mehr zu verstehen. Fünf hagere Männer im Fledermaus-Lendenschurz der noïlitischen Zauberpriester (die gierige Blutsaugerfratze zwischen ihre Beine gebettet) saßen im Halbkreis auf einem Bühnensockel und schlugen auf Baumtrommeln ein, die sie mit ihren Unterschenkeln umschlungen hielten. Zahme Schlangen krochen zwischen ihnen umher oder hingen ihnen reglos wie schillernder Halsschmuck vor der Brust. Mit ihrer aschfarbenen Haut, den eingesunkenen Augen, der skeletthaften Magerkeit ihrer Körper sahen die Trommler höchst unheimlich aus. Und doch waren es lediglich Schausteller, eine Künstlertruppe, die sich auf Trommeln und Maskerade verstand, aber bestimmt nicht auf höhergradige Lakori.

Calin hatte sich wieder bei Rabov eingehängt und ließ sich von ihm kreuz und quer durch die Vorhalle ziehen. In alle Richtungen zweigten weitere Räume ab. Hinter halb geöffneten Türen gab es nachgeahmte Höhlenheiligtümer, Schlangentempel und Opfergruben zu bestaunen, in denen ausgehungerte Riesenschlangen auf ihre rituelle Fütterung warteten.

Lona Markan ließ sich treiben, jedenfalls sah es für Rabov so aus.

Aber vielleicht wollte sie diesen Eindruck auch nur erwecken, um eventuelle Verfolger in die Irre zu führen? Er achtete darauf, dass immer ein halbes Dutzend Leute zwischen ihnen und der Archäologin blieben. Doch auch wenn sie sich noch so sehr um Unscheinbarkeit bemühten – Calin und er waren nun einmal ein auffälliges Paar. Sie überragten die Menschenmenge fast um Haupteslänge, vor allem aber blieben immer wieder Männer um sie herum stehen und starrten Calin an. Aus einiger Entfernung musste es aussehen, als wären Calin und er irgendwelche Berühmtheiten, Theaterschauspieler oder sogar Angehörige des Königshofs.

Doch die Magistra schien nichts zu bemerken. Sie wirkte einigermaßen geistesabwesend, vielleicht hatte sie auch bereits ein paar Noïli-Cocktails intus. Rabov rechnete schon kaum mehr damit, dass sie sich für irgendeine Darbietung entscheiden würde, da blieb die Archäologin unvermittelt stehen. Sie wendete auf dem Absatz und marschierte direkt an Rabov und Calin vorbei in einen der Spektakelsäle.

Es war der Raum mit der Schlangengrube und die Opferung würde offenbar gleich beginnen. Wie in einem Freilufttheater waren um die Grube herum Sitzbänke in ansteigenden Reihen aufgebaut. Rabov wartete, bis sich Lona Markan ziemlich weit oben vor der linken Wand den allerletzten freien Platz erkämpft hatte, dann zog er Calin mit sich über die Schwelle. Beinahe im selben Moment wurden im Zuschauerbereich die Lichter gelöscht. Die Opferschau begann.

Eingepfercht zwischen anderen Gästen, die wie sie selbst keinen Sitzplatz mehr gefunden hatten, blieben Rabov und Calin unweit der Tür im Dunkeln stehen. Es war unglaublich schwül hier drin und der Geruch nach Schlange und dem Angstschweiß der gefesselten Opfer machte es nicht gerade besser. Dann wurde auch noch die Tür hinter ihnen geschlossen und für einige Augenblicke musste Rabov gegen den Drang ankämpfen, Hals über Kopf aus diesem stickigen Loch zu fliehen. Raus hier, ehe es zu spät war – so wie damals beim Fresspriester am Nibra-Ufer.

Aber das ging vorbei, wie es jedes Mal vorbeigegangen war und auch künftig immer vorbeigehen würde – diese Gewissheit zumindest hatte ihm die Harmonika eingeflößt. Er musste nur durchatmen und weiter gar nichts machen, den Fluchtimpuls weder unterdrücken noch ihm nachgeben, dann war es nach allenfalls einer halben Minute vorbei. Nach ein paar Atemzügen nur, aber die fühlten sich jedes Mal an, als ob es seine allerletzten wären – von holprigem Herzschlag begleitet, von kaltem Schweiß und einem ekelhaften Gefühl nichtswürdiger Verlorenheit.

Obwohl es fast völlig dunkel war, bekam er mit, dass Calin ihn von der Seite beunruhigt ansah. Aber er tat einfach so, als könnte er es gar nicht erwarten, dass die Opferungen endlich losgingen. Ein Gutes hatte es jedenfalls, dachte Rabov, dass sie auch noch die Tür zugemacht hatten – solange die Vorführung lief, kam die Archäologin hier nicht raus.

Die Grube hatte einen Durchmesser von vielleicht vier Metern und war ungefähr ebenso tief. Auf dem Rand ringsherum lagen die verschnürten Opfer und spähten angstvoll zu der Speikadora hinab. Die Schlange musste gut und gerne drei Meter lang sein – und jeder einzelne Zentimeter bedeutete für die Opfer verlängertes Ankämpfen gegen den Erstickungstod.

Am Rand der Grube erschien nun der Vorführer in schwarzem Umhang und mit speckigem Lederhut. Fackeln waren in Brand gesetzt worden und beleuchteten das Gesicht eines dunkelhäutigen Noïliten, der bestimmt nicht viel älter als Rabov war, aber ausgemergelt und hohläugig wie der Tod selbst. Die rußschwarze Verfärbung seiner Zähne verriet, dass er gewohnheitsmäßig Trana-Nüsse kaute, deren Saft berauschend wirkte und gesunde junge Männer binnen weniger Jahre in kraftlose Knochenbündel verwandelte. Angeblich verbrachten die meisten Bewohner der Noïli-Inseln ihre Zeit damit, Trana-Nüsse zu kauen, selbstgebrannte Schnäpse zu trinken und sich gegenseitig mit Verwandlungs- und Zersetzungs-Lakori das Leben schwer zu machen. Die einzigen Ausnahmen von dieser traurigen Regel stellten die Angehörigen des Tuïbi-Stammes dar, zierliche, kleinwüchsige Menschen, die tief im Urwald auf der Noïli-Hauptinsel lebten. Allerdings bei weitem nicht tief genug, denn die Noïliten unternahmen regelmäßig Raubzüge in das Gebiet der Tuïbi und verschleppten unzählige junge Männer und Frauen, die ihnen fortan Sklavendienste leisten mussten. Auch die zusammengeschnürten Opfer am Rand der Kadoragrube waren allesamt junge Tuïbi-Sklaven, das hatte Rabov auf den ersten Blick gesehen. Obwohl Sklaverei in Dunibien seit fast zweihundert Jahren verboten war, drückten die Grenzbehörden beide Augen zu, wenn bakusische oder noïlitische Sklaveneigner mitsamt ihren zweibeinigen Besitztümern ins Königreich einreisen wollten. Vor allem bei den in Phora so beliebten Opferspektakeln kam man ohne Sklaven nun einmal nicht über die Runden – auch wenn die vermeintlich Todgeweihten selten mehr als ein paar Schrammen davontrugen.

Rabov war ein wenig übel, aber auch das würde vorbeigehen. Spektakel wie dieses hier hatte er in verschiedenen Varianten schon oft gesehen und sie hatten ihm allesamt aufs äußerste missfallen. Aber es gehörte nun einmal zu seiner Arbeit, derlei faulem Zauber beizuwohnen. Ob die betreffenden Rituale auf den Noïli-Inseln, in Zaketumesien oder wo auch immer noch in vollem Ernst ausgeführt wurden oder nicht, spielte dabei keine Rolle – wenn Ro Seelbitt sie in der *Vipern-Bar* vorführen ließ, waren sie bloß noch grausame Spektakel. Lebensgefährlich für die Beteiligten, atemberaubend für die Zuschauer – doch ohne jede tiefere Bedeutung.

»Meinä särr värrärrten Dammän und Härrn«, begann der Noïlite mit hartem Akzent zu schreien, »sähänn Sie jätzt dänn unglaublichänn Toddessprung därr Kadorra-Opfärrr, nach uraltärr Noïli-Zärrämonni originalistisch ausgäfürrt! Wir bäginnänn mit diesämm Tuïbi-Burschänn – odärr doch liebärr mit einämm blutig jungänn Tuïbi-Weib?«

Während er dies fragte, versetzte er einigen der verschnürt daliegenden Opfer Fußtritte und mühsam richteten sich zwei schmächtige Gestalten auf. Der Vorführer löste ihre Fesseln und ein Raunen ging durch die Zuschauerreihen. »Erst das Mädchen!«, ließ sich eine Stimme aus dem Publikum vernehmen.

Der Noïlite deutete auf den Störenfried und zog ein finsteres Gesicht. »Noch ein Zwischänruff und ich lassä *dich* därr Kadorra opfärrn.«

Beklommenes Gelächter. So ganz sicher fühlten sich die Leute auf den Sitzbänken nicht und das gehörte zu dem rohen Spiel natürlich dazu.

»Zuärst därr Burschä«, entschied der Vorführer. Die beiden Opfer reichten ihm kaum bis zum Brustbein. Sie waren nackt bis auf einen Lendenschurz und von Kopf bis Fuß mit einer wachsartigen Substanz eingeschmiert. Aus der Ferne hätte man sie für Kinder halten können und doch waren es ausgewachsene Tuïbi. Kein durchschnittlich gebauter Noïlite oder Dunibier hätte auch nur die allerkleinste Chance besessen, einen solchen »Todessprung« einigermaßen heil zu überstehen.

Der Vorführer zog eine Knochenflöte unter seinem Umhang hervor und begann, eine Folge seufzerartiger Töne darauf zu spielen. Bis dahin hatte sich die riesenhafte Kadora in ihrer Grube kein einziges Mal geregt. Zu mehreren gewaltigen Wülsten ineinandergeringelt, hatte sie wie leblos da unten im Sand gelegen, doch bereits bei den allerersten Flötentönen wurde sie munter.

Ihr Kopf schnellte empor, der Hals blähte sich, zwei gelbe Augen sahen starr und wachsam zu dem Noïliten empor. Mit jedem weiteren Flötenton reckte sie sich höher zum Rand der Grube hinauf. Aufrecht wie ein Baumstamm stand sie schließlich da, nur das hintere Drittel ihres Leibes lag noch am Boden, beinahe wie zu einer Riesenfaust zusammengekrampft. Und dann riss die Schlange ihr Maul auf.

Sie hatte keinen einzigen Zahn im Rachen, wie Rabov das auch erwartet hatte. Der Vorführer blies unablässig weiter auf seiner Flöte, während der Tuïbi-Bursche seinen Lendenschurz abwarf und am Rand der Grube eine Haltung einnahm wie die Smaragdmuscheltaucher vor dem Sprung: den Oberkörper vorgebeugt, die Arme beiderseits des Kopfes vorgestreckt, jeder Muskel zum Zerreißen angespannt.

Und dann ein weiterer Flötenton, so schrill und spitz wie ein Schrei. Der Bursche stieß sich ab und sprang kopfüber in den Rachen der Kadora hinein. Die Schlange begann zu schwanken wie eine Pappel im Sturm, doch einige unwirklich sich hinziehende Augenblicke lang blieb sie noch aufrecht stehen. So konnte jeder im Publikum klar und deutlich sehen, wie der Bursche im Innern der Kadora eilends hinabglitt. Der nachgiebige Schlangenleib wölbte und beulte sich unter seinen Bewegungen, die ein wenig an Schwimmzüge erinnerten und ein wenig an das Hangeln von Salamandern an senkrechten Felswänden.

Unaufhörlich spielte der Noïlite auf seiner Knochenflöte. Als die Schlange in sich zusammenzusinken begann, hatte sich der Tuïbi-Bursche durch den aufgerichteten Teil ihres Leibes fast vollständig hindurchgekämpft. Nun stand ihm allerdings noch das letzte Drittel bevor und nur wenn er nicht allzu sehr an Geschwindigkeit verlor, konnte er es noch schaffen. Er war jetzt schon weit über eine Minute im Innern der Kadora und die Atemluft musste ihm bereits elend knapp geworden sein.

»Wie grauenvoll«, flüsterte Calin in Rabovs Ohr. »Sie frisst ihn auf – und wir schauen zu!«

»Er schafft das schon, keine Sorge«, wisperte Rabov zurück. »Nur den Gestank wird er nie mehr los.« Er grinste sie an, doch ihre Miene blieb ernst und angespannt.

Die Kadora lag in der Grube und wand und krümmte sich nach Kräften. Sie krampfte und knotete sich zusammen, aber der junge Tuïbi bahnte sich unbeirrt seinen Weg durch ihre Gedärme. Das Tuïbi-Mädchen stand oben am Rand der Grube und sah mit ängstlicher Miene auf die Kadora herunter, aus deren hinterem Ende in diesem Moment etwas Kugelrundes hervorgeglitscht kam – der Kopf des jungen Tuïbi, über und über mit Kadorakot verschmiert. Er keuchte und hustete und kämpfte sich dabei weiter aus dem Muskelwulst hervor. Der Vorführer flötete einen Willkommenstriller, das Tuïbi-Mädchen stieß kleine Glücksschreie aus. Und noch während ihr Gefährte dort unten in der Grube lag, zu entkräftet, um sich auch nur auf allen Vieren davonzuschleppen, begann die nächste Runde des Spektakels. Der Vorführer flötete, die Kadora richtete sich abermals auf und klappte ihr Maul auf, die junge Sklavin warf ihren Lendenschurz ab und nahm Klippenspringerhaltung ein. Im nächsten Moment schoss sie kopfüber in das Schlangenmaul hinab und Rabov flüsterte Calin ins Ohr:

»Noch ein Traum, vorhin erst – fällt mir gerade wieder ein: Ich war mit Zoran in einer Membran wie die in den Schutzräumen, und mit diesem Ding sind wir zum Meeresgrund unter Phora hinuntergetaucht – leider genau in das Maul eines gigantischen Seeungeheuers.«

Was dann geschah, schien gleichfalls viel eher einem seiner Träume anzugehören, und doch war es unzweifelhafte Wirklichkeit. Calin fuhr herum und presste sich an ihn. »Ist das wirklich wahr?«, flüsterte sie ihm ins Ohr.

»Ist was wahr?«

»Na, dass du das alles gesehen hast – mit dem Meer unter Phora, der Seeschlange und der ›Membran‹, wie du das Ei genannt hast.«

»Meinetwegen auch Ei.« Er konnte kaum glauben, was hier zwischen ihnen passierte. Behutsam legte er zwei viel zu lange Holzarme um sie und sie ließ es geschehen. »Klar, ich hab das genau so geträumt«, flüsterte er zurück. »Aber warum willst du das wissen?«

Sie legte den Kopf zurück und sah ihn an. »Ich glaube, das war kein Traum, Sammo – das war eine Vision.«

»Eine Vision?« In seinem ganzen Leben hatte ihn erst genau dreimal ein Gesicht überkommen, das diesen Namen auch wirklich verdiente. Eine halbwegs klar umrissene Botschaft aus der anderen Welt – und kein einziges Mal war ihm eine solche Vision im Schlaf zuteilgeworden. Natürlich wusste er, dass so etwas vorkam, und zwar nicht einmal allzu selten, aber ihm selbst war es bisher noch nie passiert. Warum also gerade jetzt?

»Eine hochkarätige Vision, es kann gar nicht anders sein«, flüsterte Calin. Selbst in dem flackrigen Dämmerlicht, das die Fackeln vom Grubenrand zu ihnen herüberfunzelten, sah er, dass ihre Augen wieder jenen Fieberglanz angenommen hatten. Ihr Gesicht war gerötet, ihr Atem ging viel schneller als gewöhnlich. »Genau das«, hauchte sie, »ist nämlich schon mal passiert. Oder nicht ganz genau das – aber du bist unglaublich nah dran, Sammo. Auch damals hat jemand das Ganze erst in einer Vision erblickt, bevor er da in Wirklichkeit runter ist.«

»In Wirk…?« Er brach mitten im Wort ab. Er starrte Calin an und in seinem Kopf wirbelten nur noch Gedankenfetzen im Kreis. Nichts, was auch nur den geringsten Sinn ergeben hätte – außer ihnen beiden, die sich umarmten, einander in die Augen sahen.

Doch gleich darauf löste sich Calin schon wieder aus seinen Armen. »Wir reden später weiter, Sam. Dann musst du mir auch noch erklären, wer dieser Zoran ist.«

Er schüttelte bloß den Kopf – nicht als Verneinung, sondern wie ein Boxer, der einen Schlag aufs Kinn abbekommen hat. Mechanisch sah er weiter dem Opferspektakel zu – nun waren es bereits zwei Riesenkadoras, nebeneinander in der Grube aufgerichtet, und zwei weitere Tuïbi-Sklaven glitten und hangelten sich um die Wette durch die Schlangenleiber hindurch. Das Publikum schrie »Ah!« und »Oh!«, die Flöte trillerte, die Tuïbi am Grubenrand feuerten ihre Gefährten in den Kadora-Eingeweiden mit rhythmischen Schreien an. Aber Rabov nahm das ganze abscheuliche Schauspiel nur noch wie Schattengegaukel wahr. So als ob er selbst längst auf der anderen Seite wäre. In die zweite Welt endlich doch noch hinübergegangen, in die es ihn so gebieterisch zog, seit er zum ersten Mal jenen Schmerz verspürt hatte. Und vor der er seither doch immer wieder zurückgewichen war.

Schließlich ging das Licht über den Sitzbänken wieder an. Einige Zuschauer hatten das Bewusstsein verloren, andere es zeitlebens nie erlangt. Einige waren grün im Gesicht, andere besorgniserregend rot. Und der Platz ganz oben links, wo Lona Markan gesessen hatte, war leer.

11

Hektisch sah sich Rabov nach allen Seiten um. Die Tür zu ihrem Spektakelsaal war noch nicht geöffnet worden, Lona Markan musste also noch irgendwo hier drinnen sein. Er gab sich alle Mühe, sich einzig auf diese Aufgabe zu konzentrieren und nicht daran zu denken, was Calin eben zu ihm gesagt hatte. Geschweige denn daran, was zwischen ihnen beiden gerade passiert war. Ihre Worte ergaben sowieso nicht den geringsten Sinn für ihn – oder jedenfalls keinen, den er in diesem Moment in sich einsickern lassen wollte.

Die Opferschau war zu Ende, die Leute erhoben sich von ihren Sitzen und drängelten auf den Ausgang zu. Der Noïlite am Rand der Schlangengrube trieb derweil derbe Scherze mit den besudelten Schlangenspringern: Zur Belustigung des Publikums stieß er sie in einem schwappend vollen Bottich und tauchte sie ein ums andere Mal unter.

Der Gestank nach Schlangenkot war kaum zu ertragen. Alle machten nun, dass sie aus dieser Kloake wieder rauskamen – alle bis auf die Frau im dunkelgrünen Kleid, die Rabov auf einmal in seinen Augenwinkeln auftauchen sah.

Sie wühlte sich durch die Menge, verschwand kurzzeitig aus Rabovs Blickfeld und tauchte dann am hinteren Rand der Grube wieder auf, schwankend, als hätte sie tatsächlich ein paar Noïli-Schnäpse zu viel gekippt. Ihre Augen waren weit geöffnet, doch ihr Gesicht wirkte noch immer puppenhaft starr.

Da plötzlich begriff Rabov, was mit der jungen Archäologin los war. Die Kräfte ihres Dunkeldu waren kurz davor, die Kontrolle zu übernehmen. Das Lichtich der Magistra kämpfte seinen letzten Kampf.

Noch während er das dachte, setzte sich Rabov in Bewegung. Die beiden Speikadoras in der Grube waren noch wach und munter und vor allem waren sie ausgehungert und erzürnt, weil ihnen ein Happen nach dem anderen durch die Lefzen geflutscht war. Ihre Köpfe waren aufgerichtet, die grün-gelb getüpfelten Hälse zu furchterregenden Fächern aufgebläht. Was auch immer sie nun zwischen ihre Kiefer bekämen, sie würden es nicht entwischen lassen.

Gegen die zum Ausgang drängende Menschenmenge kämpfte sich Rabov auf die Grube zu. Der Vorführer im schwarzen Umhang hatte einzig Augen für seine beiden nackten Tuïbi-Sklavinnen, die er wieder und wieder im Bottich untertauchte. Auch als Rabov den Grubenrand erreicht hatte, sah der Noïlite nur flüchtig zu ihm auf.

Rabov balancierte an ihm vorbei, auf dem schmalen Zwischenraum zwischen der ersten Sitzreihe und der senkrecht abfallenden Grubenwand. Die Kadoras richteten sich noch höher auf und zischten abwechselnd zu ihm und Lona Markan hin. Rabov sah die gelben Augenschlitze, die furchterregend großen Mäuler kaum einen Meter unter seinen Füßen und er dachte, wenn es die Biester darauf anlegten, könnten sie mit einem Satz zu ihm oder zu Lona Markan emporschnellen und ihre Beute in die Grube hinunterziehen.

»Lona«, sagte er so ruhig wie möglich (und das war allerdings nicht allzu ruhig). Er hatte eigentlich vorgehabt, »Magistra Markan« zu sagen, und sich im letzten Moment für die intimere Anrede entschieden.

Die Archäologin hatte bis dahin nur geistesabwesend in die Grube hinabgestarrt, jetzt kniff sie die Augen zusammen und sah sich um.

»Lona«, wiederholte Rabov, während er weiter am Grubenrand entlangbalancierte. Sie sah durch ihn hindurch und schüttelte den Kopf. »Ich bin es doch, Lona«, sagte Rabov, »ein Freund. Warte auf mich.«

Aber sie – ihr Dunkeldu – dachte gar nicht daran, auf ihn zu warten. Er war noch gut und gerne drei Meter von ihr entfernt, als sie die Arme emporstreckte und seitlich an ihren Kopf anlegte, wie sie es eben bei den Opferspringern gesehen hatten.

»Tu das nicht, Lona«, sagte Rabov. Er konnte nur hoffen, dass sie ihn für die Stimme ihres Gewissens oder irgendeiner sonstigen Instanz halten würde, der sie Gehorsam schuldig war.

Doch mit wem auch immer sie ihn in ihrem lakoriverdunkelten Geist verwechseln oder vermengen mochte – er hatte anscheinend keinerlei Einfluss auf sie. Lona Markan beugte ihren Oberkörper vor und sprang.

Im gleichen Moment warf sich Rabov nach vorn. Er machte einen gewaltigen Satz, streckte im Flug die Hände so weit wie überhaupt möglich nach ihr aus und bekam Lona Markan an den Fußknöcheln zu fassen. Bäuchlings krachte er auf den holzverschalten Grubenrand und hatte seine liebe Mühe, sich mit Knien und Fußspitzen im Boden festzukrallen, damit sie ihn nicht mit sich hinunterriss. Währenddessen hing die Magistra kopfüber in der Grube und ihr dunkelgrünes Kleid wehte wie Farnwedel an ihr herab und entblößte sie von der Taille auf- oder, im Moment zumindest, eher abwärts. Sie trug Männerunterwäsche, derbe, knielange Unterhosen, und das verblüffte Rabov so sehr, dass er für einen Moment alles andere vergaß. Doch dann richtete er sich auf seine Knie auf und zog sie mit Schwung aus der Grube heraus, gerade als sich die beiden Kadoras anschickten, den Kopf der Magistra zwischen ihren enormen Kieferknochen zu zerknacken.

Kurz darauf kniete Rabov neben Lona Markan und gab ihr unaufhörlich Backpfeifen, aber es half nichts. Sie lag mittlerweile der Länge nach auf einer Sitzbank oberhalb der Schlangengrube, wohin er sie mit Calins Hilfe mehr geschleift als geleitet hatte. Ihre Augen waren geöffnet, aber sie schien kaum wahrzunehmen, was um sie herum passierte.

»Hast du schon mal jemanden gesehen«, fragte er Calin, »der von seiner Lakori zerstört worden ist – an Geist und Seele?« Er selbst hatte schon mehrfach miterlebt, wie magisch begabte Personen von ihrem Dunkeldu innerlich zerfressen worden waren. Wer seine Lakori nicht mehr unter Kontrolle hatte, glich auf den ersten Blick einem gewöhnlichen Verrückten, der beispielsweise an Spaltungsirresein litt. Nur mit dem Unterschied, dass in der Umgebung des einen wirklich passierte, was sich der andere nur einbildete.

Calin saß neben der Markan auf der Bank und streichelte ihr geistesabwesend übers Haar. »Gesehen noch nicht, aber ich habe davon gelesen«, sagte sie. »Was machen wir jetzt mit ihr?«

»Wir bringen sie zu mir«, schlug er mit gedämpfter Stimme vor. »Ich weiß schon, das wäre nicht so ganz nach der Vorschrift – eigentlich müssten wir sie ins Untersuchungsgefängnis schaffen. Aber das ist nun mal zufällig am Zolltor, und ehrlich gesagt, Calin – was heute am Boulevard der Morgenröte passiert ist, hat mein Vertrauen in Ralla und seine Leute nicht gerade gestärkt. Wenn er Lona Markan in die Hände kriegt, lässt er sie einfach für verrückt erklären und wir bekommen nie mehr Gelegenheit, auch nur mit ihr zu reden.«

Ein paar Schritte neben ihnen ging der Noïlite im schwarzen Umhang auf und ab und schielte düster zu ihnen herüber. Zweifellos hoffte er, dass die Frau, die beinahe von seinen Kadoras gefressen worden wäre, baldmöglichst wieder zur Besinnung käme, damit die nächste Vorführung beginnen konnte. Außer ihnen war zurzeit niemand im Saal – abgesehen von den Schlangen in der Grube und den Tuïbi-Sklaven, die fix und fertig verschnürt und eingeschmiert oben am Grubenrand lagen. Die Tür zur Vorhalle war auf Calins Bitte hin verschlossen worden, doch von draußen war vernehmliches Rumoren zu hören. Lange ließen sich die Wartenden bestimmt nicht mehr hinhalten – zumal Rabov und Calin einfach behauptet hatten, dass sie Freunde von Lona Markan wären. Schließlich musste Rabov seine Tarnung bewahren. Wenn er sich an einem solchen Ort als königlicher Spezialagent zu erkennen gäbe, wäre er für den Mysto-Posten erledigt.

Calin schüttelte den Kopf. Sie sah mit einem Mal sehr besorgt aus. »Ich weiß zwar nicht, was da draußen bei Hergo noch so alles passiert ist«, sagte sie, »aber das spielt jetzt auch keine Rolle.« Er machte den Mund auf, um zu protestieren, doch Calin ließ ihn nicht zu Wort kommen. »Hör mir zu, Sam«, sagte sie.

Er hob die Augenbrauen. »Ich höre«, sagte er.

»Sie warten nur auf eine Gelegenheit, um dich abzuschießen«, sagte Calin. »Ich dachte, das hättest du kapiert?«

»Geahnt – das schon. Aber auch darüber ...«

Unvermittelt schnellte Lona Markan hoch, rempelte Rabov gegen die Brust und sprang auf.

»... reden wir besser später«, vollendete Rabov nach einem kleinen Japser. »Wenn wir die liebe Lona in dein Dampfmobil verfrachtet haben.« Beinahe wäre er hintenübergekippt, so wuchtig hatte ihm die Archäologin aufs Brustbein gehauen.

Lona Markan stürzte auf den Noïliten zu, wobei sie wie eine zaketumesische Raubkatze knurrte. Der Vorführer wich ihr mit einem ungelenken Sprung aus und da packte Magistra Markan in den Ausschnitt ihrer Rüschenbluse und zog ein Messer mit funkelnd schwarzer Klinge hervor.

Es war eines der scharfzackigen Vulkansteinmesser, wie es die Moliaren für jede Gelegenheit verwendeten – im Zweikampf, bei Opferungen oder zur Schlachtung eines Beutetiers. Und wen oder was auch immer Lona Markan vor ihrer Klinge zu haben glaubte – knurrend und schnaubend hetzte sie hinter dem Noïliten her, der mit wehendem Umhang auf den Sitzbankreihen aufwärtsstob. Der Hut fiel ihm vom Kopf und entblößte einen haarlosen Schädel, der mit dem Muster einer Gittermakuba tätowiert war.

Nach einem kurzen Moment des Erschreckens eilte Rabov hinter den beiden her. Der Vorführer keuchte bereits und rang taumelnd um sein Gleichgewicht, während ihm Lona Markan mit kraftvollen Sprüngen nachsetzte.

Dann verfing sich der Noïlite mit dem Fuß zwischen zwei Bänken und damit war die Jagd auch schon vorbei: Die Forscherin warf sich auf ihn und riss ihn vollends von den Beinen. Im nächsten Moment drückte sie das Messer an seine Kehle. »Sag mir die Formel«, schrie sie, »oder ich schneid dir den Kopf ab!« Der Noïlite rollte nur mit den Augen. »Ich weiß genau«, gurgelte die Forscherin, »dass du Gol alles verraten hast – also sag's mir auch!«

Sie presste ihm das Messer in den Hals. Rabov, der sich an die beiden herangeschlichen hatte, sah, wie das Blut des Vorführers unter der schwarzen Klinge hervorquoll.

Der Noïlite sah flehentlich zu ihr auf. »Bittä, wärr ist Gol?«, krächzte er.

Er bekam keine Antwort. Doch sehr viel interessanter war sowieso die Frage, wen Lona Markan da unter ihrem Messer zu haben glaubte.

Rabov nestelte das königliche Zeichen unter seinem Umhang hervor. Er hatte nur wenig Mitleid mit dem Sklavenschinder, aber wenn er jetzt zuließ, dass die Archäologin einen hundsgewöhnlichen Mord beging, dann würde er seine einzige Tatverdächtige vollends an die Zolltorwache verlieren.

Er unterdrückte ein Seufzen und ließ die Silbersichel aufblitzen – bereits zum zweiten Mal an diesem Spätsommertag im Jahr 713 nach der Flut.

12

Calin hatte ein maskenhaftes Lächeln aufgesetzt, während Rabov es lieber mit verschwörerischem Zwinkern versuchte. Mit Müh und Not war es ihm gelungen, die erstarrte Magistra so zurechtzubiegen, dass sie sich ihre Arme über die Schultern hängen konnten – Calin links, Rabov rechts. Im letzten Moment hatte Calin ihr noch den Noïli-Hut des Vorführers aufgesetzt und so tief in die Stirn geschoben, dass die Murmelaugen der Markan von der Krempe verschattet wurden.

Sie stießen die Tür zur Vorhalle auf und fanden sich einer Traube von Schaulustigen gegenüber. »Kann man da endlich mal rein?«, schrie jemand.

»Das musst du den Vorführer fragen – das heißt, wenn du ihn wachgerüttelt kriegst«, gab Rabov zurück. »Wir haben mit seiner Zechkumpanin schon genug zu tun.« Er zwinkerte und die Leute gaben ihnen widerwillig den Weg frei.

»Platz machen«, rief Rabov alle paar Schritte, während sie sich zur Treppe vorarbeiteten. »Diese junge Dame hier muss dringend mal an die frische Luft.«

»Ein paar Schnäpse zu viel, wie?«, hörten sie im Vorübergehen. »Sieht mir eher nach Trana-Rausch aus«, mutmaßte ein anderer Nachtschwärmer.

Immerhin kamen sie recht gut voran. Die Treppe hinab, dann unten durch die weite Halle, immer am endlos sich schlängelnden Spiegeltresen entlang. Und wieder verdrehten sich sämtliche Zecher die Hälse und starrten Calin wie eine Erscheinung aus Linglus Sieben Himmeln an.

Sie waren höchstens noch ein Dutzend Schritte von der Eingangstür entfernt, als Rabovs Blick auf einen schmalen Mann mit sonnengelbem Umhang fiel. Der Ragadhani-Priester, dachte er und diesmal erkannte er den Burschen auch – es war einer der Männer, die im Tempelzelt neben Radschi Varusa auf dem Sockel gehockt hatten. Was um Linglus willen hatte dieser Priester hier in der *Vipern-Bar* zu suchen?

Während sie die Archäologin auf die Tür zuschleiften, behielt Rabov den Schlangenpriester im Auge. Der Bakusier schlenderte umher und sprach scheinbar wahllos andere Barbesucher an. Er zeigte ihnen ein Blatt Papier mit einer Zeichnung darauf und redete auf sie ein und sie hörten ihn an und schüttelten dann den Kopf.

Mit der Schulter drückte Rabov die Eingangstür auf. Der verfluchte Priester sucht nach Zoran, dachte er und erschrak so sehr, dass er für einen Moment verschwörerisch zu zwinkern vergaß. Calin dagegen lächelte noch immer und für Rabov sah es beinahe so aus, als ob sie anfinge, ihr kleines Abenteuer zu genießen. Er grinste ihr zu und ob er wollte oder nicht – sein rechtes Augenlid zuckte konspirativ.

Obwohl es schon weit nach Mitternacht sein musste, war der Platz vor den *Sieben Vipern* mit Nachtschwärmern übersät. Etliche Zecher lagen friedlich schlafend auf dem Boden, andere krochen auf allen Vieren in Schlamm und Pfützen umher.

»Wie weitsichtig von dir, bis vor die Tür zu fahren«, sagte Rabov.

»Umsomehr«, gab Calin zurück, »als du jetzt ja eigentlich einen eigenen Dienstwagen hast – und sogar mit Fahrer.«

Darauf antwortete er erst einmal gar nichts mehr. Mit dem Kopf voran verfrachteten sie Lona Markan auf die Rückbank. Sie war mittlerweile steif wie eine Leiche, aber glücklicherweise passte sie gerade so der Länge nach in den Fond des Dampfmobils.

Mit Donnern und Zischen fuhr Calin los. Im Schritttempo krochen sie die schlammige Gasse hinauf. Immer noch kamen ihnen Mengen von Leuten entgegen, die anscheinend den Rest der Nacht in den SIEBEN VIPERN verbringen wollten.

»Zoran ist übrigens der Junge, den ich vor der hungrigen Gottheit Ragadhani gerettet habe«, sagte Rabov leicht verspätet. »Aber jetzt erst mal zu den ominösen Herrschaften, die nur auf eine Gelegenheit warten, mich loszuwerden. Oder reden wir lieber vorher noch über Sola?« Er atmete tief ein und wieder aus. »Aber vielleicht ist das sowieso ein und dasselbe Thema?«

Er legte eine Pause ein, doch von Calin ließ sich nicht anmerken, was sie von seinen Andeutungen hielt. Sie sah nur starr auf die nachtdunkle Straße hinaus und auf einmal kamen Rabov wieder Zweifel, ob er Calin wirklich vertrauen durfte. Aber wenn er ihr nicht trauen durfte, wer auf dieser Welt blieb dann überhaupt noch übrig? »Also doch erst mal zu Port«, fuhr er fort. »Heute Nachmittag hat er diese Schlange – du weißt schon – entkommen lassen. Er hatte das Biest bereits geschnappt, aber dann hat er es entwischen lassen und mir anschließend vorgelogen, dass es schon weg gewesen wäre.« Er sah Calin von der Seite an. »Hältst du es für möglich, dass Sola … dass er ein Loyalitätsproblem hat?«

Noch mehrere Minuten lang sah Calin einfach starr nach vorn auf die Straße und schwieg. Sie ließ sich nicht einmal anmerken, ob sie seine Frage überhaupt gehört hatte, und Rabov machte sich schon mit dem Gedanken vertraut, dass er keine Antwort mehr bekommen würde. (Was allerdings auch eine Antwort wäre.)

Doch dann bogen sie in den Zolltorplatz ein und Calin sagte: »Das stimmt, Sam, und auch wieder nicht. Es gibt in der Horch-Loge unterschiedliche Positionen – du hast ja gehört, was Milar heute dazu gesagt hat. Und Ports – sagen wir – geteilte Loyalität hat damit zu tun.«

Sie stoppte den Wagen vor der Zolltorwache und das Donnern und Zischen der Dampfmaschine erstarb. Aber Calin blieb sitzen, wo sie saß, sah auf den schummrig beleuchteten Platz hinaus und verfiel abermals in Schweigen. Rabov spürte ihre Angst und hasste sich dafür, dass er sie unter Druck setzte. Aber es ging nicht anders – damit er in dieser Schlangen-Sache weiterkam, und genauso um ihrer beider willen. Er war bereit, ihr bedingungslos zu vertrauen, alle ihre Befehle auszuführen, vielleicht sogar dann, wenn sie ihn mitsamt jenem »Ei« ins Herz der subphoräischen Finsternis hinabschicken würde. Aber dafür musste sie auch ihm jetzt ein wenig Vertrauen schenken.

»Bitte unterbrich mich, wenn ich etwas Falsches sage«, begann er aufs Neue und schaute wie Calin starr nach vorn. »In der Horch-Loge gibt es also zwei Gruppen – nennen wir sie die Maschinenbrüder und die Schlangenmänner. Zu der einen Fraktion gehören …«

Calin hob ruckartig eine Hand und Rabov fiel sich selbst ins Wort. »Keine Namen, du hast recht. Die einen also haben die Erlaubnis zum Bau von selbstbewegten Maschinen durchgesetzt, die anderen haben den König dazu gebracht, den Schlangenkulten Religionsfreiheit zu gewähren. Die Maschinenbrüder halten es für abergläubischen Unsinn, dass Linglu uns alle mit einer neuen Großen Flut bestrafen wird, wenn wir in diesem Punkt seine Gesetze missachten. Die Schlangenmänner haben da ihre Zweifel und obwohl es ihnen angeblich um die Bekämpfung des Aberglaubens geht, haben sie letztlich aus einem ganz anderen Grund Freizügigkeit für die Schlangenkulte vorgeschlagen – weil sich die Große Flut nach den alten Offenbarungen dadurch ankündigen wird, dass die Schlangen aus ihren *nassen Nestern* ans feste Land kommen.« Er unterbrach sich und sah Calin von der Seite an. »Liege ich so weit einigermaßen richtig?«

Calin senkte den Kopf zu einem kaum merklichen Nicken. Rabov hätte sie am liebsten auf ihren Mund geküsst, der im Halbdunkel des Dienstmobils verlockend zu ihm herüberschimmerte. Aber das kam leider nicht infrage – schon allein deshalb, weil sie vor der Zolltorwache standen und die Polizisten hinter den Erdgeschossfenstern wie auf einer trüb erhellten Puppenbühne auf- und abschreiten sahen. Jeden Moment konnte einer von ihnen einen Blick aus dem Fenster werfen und die beiden Gestalten im Dampfwagen bemerken – Rätin Stingard und Mysto-Leiter Rabov beim nächtlichen Stelldichein.

»Und die Maschinenbrüder«, fuhr er fort, »befürchten nun, dass sich die Stimmung in Phora und im ganzen Reich gegen die neue Maschinenpolitik des Königs wenden könnte, nachdem wir es ausgerechnet jetzt auch noch mit diesen ominösen Schlangenzauber-Verbrechen zu tun haben – ein unglücklicher Zufall, wie sie es sehen. Und sie befürchten außerdem, dass ich dieser unliebsamen Entwicklung Vorschub leisten könnte, indem ich die Schlangen-Morde aufbausche, anstatt sie möglichst still und leise zu den Akten zu legen, bevor die Öffentlichkeit und vor allem die Zeitungen davon Wind bekommen. Und deshalb haben sie mir Port Sola zur Seite gestellt: damit er – sagen wir – diskrete Korrekturen vornimmt, wenn meine Ermittlungen einen unerwünschten Verlauf zu nehmen drohen.«

Abermals atmete Rabov tief durch. Sollte er derlei Vermutungen jemals wiederholen, hatte Milar in der Felsenkammer zu ihm gesagt, so wäre er ein toter Mann. Aber das konnte doch nicht für ein Zwiegespräch mit seiner direkten Vorgesetzten gelten – unter vier Augen, wenn man das murmelstarre dritte Augenpaar im Wagenfond außer Acht ließ.

Calin drehte sich zu ihm, soweit ihr das, eingepfercht zwischen Lenkrad und Tentakelgestänge, überhaupt möglich war. »Das scheint mir eine halbwegs brauchbare Hypothese zu sein.« Sie versuchte sich an einem Lächeln, das jedoch im nächsten Moment wieder erstarb. »Aber das Ganze ist viel komplizierter, als du dir wahrscheinlich vorstellen kannst, Sam: Hinter beiden Seiten steht ja letzten Endes wieder der König.«

Darüber dachte Rabov einen Augenblick nach. »Und wenn er sich irgendwann für eine von beiden Seite entscheiden muss – welche wird Sorno deiner Meinung nach wählen?«

»Gütiger Linglu«, sagte Calin. »Dafür sind wir ja schließlich da – damit es so weit niemals kommt.« Sie berührte Rabovs linke Hand ganz kurz mit ihrer kühlen, schmalen Rechten. »Und nun lass uns der armen Frau da hinten ein etwas bequemeres Bett besorgen.« Sie stieß ihre Tür auf. »Keine Sorge, Sam – ich rede mit Ralla oder seinem diensthabenden Offizier: Magistra Markan ist deine Tatverdächtige und darf ausschließlich von der Mysto verhört werden.«

Sechstes Kapitel

Göttliche Schlange, komm herab!

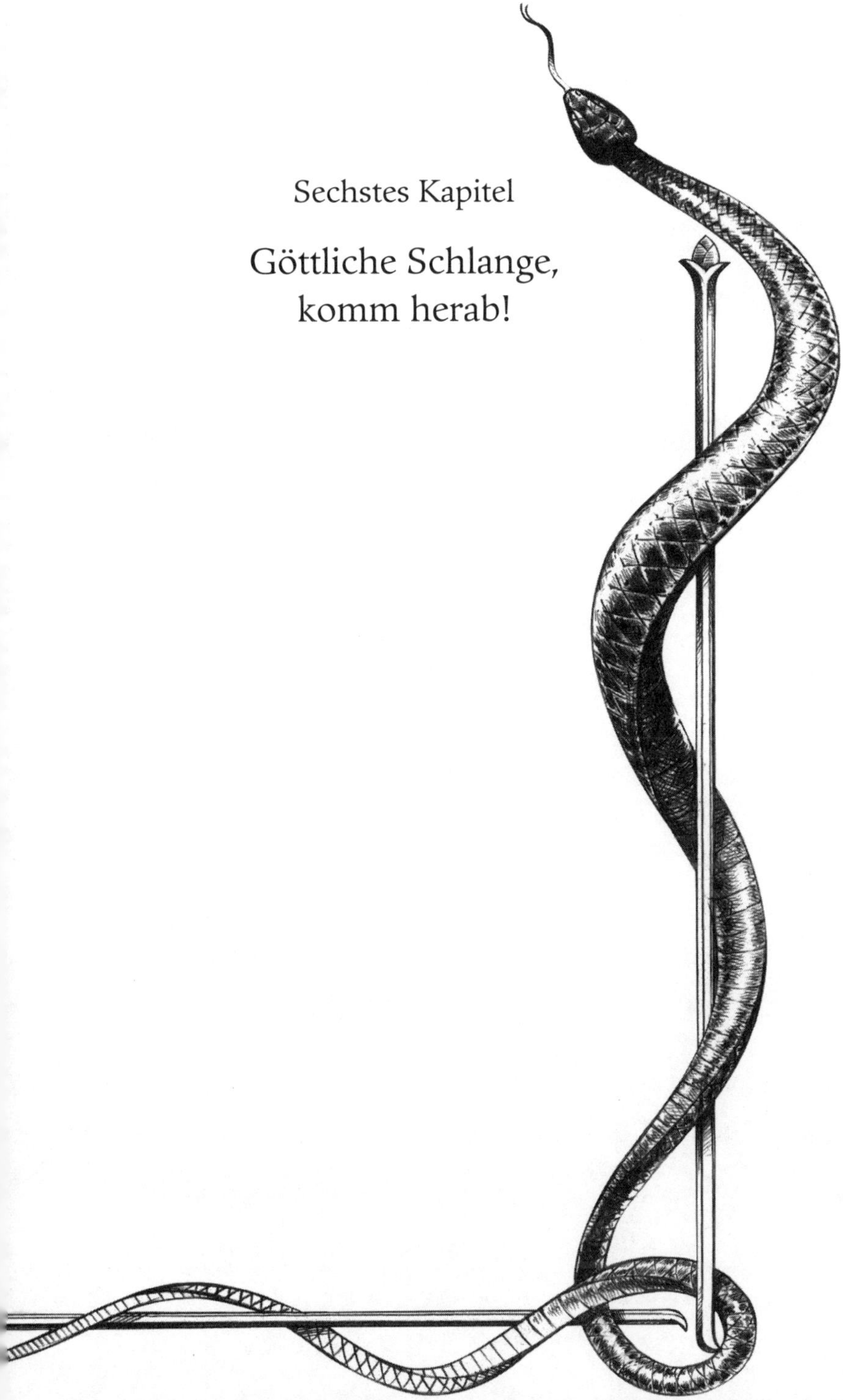

1

Rabov war todmüde und Zoran putzmunter. Der Junge sprudelte über vor Redebedürfnis, während Rabov ein ums andere Mal gähnte, dass ihm die Kiefergelenke knackten. Sein rechtes Augenlid zuckte noch immer und in seinem Nackenwirbel klopfte Stunde um Stunde dieselbe sanfte Melodie.

Ich fange an, mich in meine Einzelteile aufzulösen, dachte Rabov. Wenn auch nicht ganz so arg wie Professor Hergo.

Alles um ihn herum schwankte, so als würde sein Hinterzimmer mitsamt allen Möbeln, Zoran und ihm selbst zum Grund des Grünen Ozeans hinuntersinken.

»Das war kein Traum, Sammo«, sagte Calin in seinem Kopf, »das war eine hochkarätige Vision.«

»Um Linglus willen«, rief er aus und meinte Calin drinnen so gut wie Zoran draußen, »gönn mir erst mal ein paar Stunden Schlaf.«

»Aber du hast versprochen, dass wir miteinander reden, wenn du zurück bist, Sam!« Der Junge schwenkte anklagend den Zettel, den Rabov ihm am Vorabend in die starre Hand gedrückt hatte.

»Und du hast versprochen, dass du dich nicht gleich wieder der nächstbesten Schlange zum Fraß vorwirfst!« Er bereute seine Worte, noch bevor er zu Ende gesprochen hatte. »Entschuldige, Zoran, das war ungerecht von mir.«

Der Junge stand mit gesenktem Kopf und hängenden Schultern vor ihm, ein Sinnbild schlechten Gewissens. »Du hast ja recht, Sam. Mittlerweile ist mir alles wieder eingefallen. Ich habe zufällig mitbekommen, wie dieser Priester mit so einem riesengroßen Schlangenkorb nebenan zu Meister Miceo reingegangen ist. Und da ist in mir einfach irgendwas außer Kontrolle geraten, verstehst du, und ich bin hinter ihm her und hab mir die Nase am Schaufenster da drüben platt gedrückt, bis mich der Meister endlich zu sich hereingewunken hat. Er hat überhaupt keine Schuld an dem, was dann passiert ist. Oder eben nicht passiert ist, weil du …«

Er brach ab, seine Schultern zuckten. Als er den Kopf hob, schwammen seine Augen in Tränen. »Weil du mir schon wieder das Leben gerettet hast, verdammt noch mal!« Er schrie es Rabov regelrecht ins Gesicht und dann flog er ihm in die Arme und riss ihn nach hinten um.

Glücklicherweise hatten sie gerade neben dem Bett gestanden und so fiel Rabov zumindest weich. Zoran knallte allerdings auf ihn drauf und das hörte sich an, als ob zwei Bündel mit trockenem Herdholz gegeneinandergeschlagen würden. Und für Rabov fühlte es sich auch nicht sehr viel besser an.

»Das ist mein Bett«, sagte er und versuchte sich an einem Grinsen. »Du hattest es lange genug mit Beschlag belegt – jetzt bin ich mal wieder dran.«

Zoran kletterte von ihm herunter und Rabov nestelte sich im Liegen seinen Überwurf, Schuhe und Hose vom Körper, wobei er sich so wenig wie möglich bewegte.

»Du riechst nach Schlange«, sagte Zoran.

»Und du erst.« Er kämpfte halbherzig gegen eine Ohnmacht an. »Schwöre mir, dass du wenigstens in den nächsten Stunden nichts Dummes anstellst.«

»Nur wenn du mir verrätst, wie das mit dem Leute-Starrsicheln geht.«

»Auch wenn ich es wüsste – dir würde ich es bestimmt nicht verraten«, murmelte Rabov im Halbschlaf. »Aber das ist sowieso das bestgehütete Geheimnis von ganz Dunibien – wahrscheinlich weiß nicht mal der König darüber Bescheid.«

»Nicht mal der König?«, staunte Zoran.

»Hüten Sie Ihre Zunge, Agent!«, rief Horch Milar in Rabovs Traum.

Als er gegen sechs Uhr früh wieder zu sich kam, fühlte er sich frisch wie nach vier Wochen Urlaub in den norddunibischen Bergen. Ein Geruch nach heißem Tee und kross gebackenen Pfannkuchen kitzelte ihn in der Nase. In der Küchenecke hantierte Zoran mit Pfanne und Wasserkessel gleichzeitig – mit der einen Hand warf er Pfannkuchen in die Luft, mit der anderen goss er Wasser in Rabovs beste Flutgedenktags-Kanne (hauchdünnes Bakus-Porzellan mit Silberrand).

»Da guckst du, was?«, rief der Junge aus, als er sah, dass Rabov aufgewacht war. »Linglu noch mal – was hätte ich drum gegeben, wenn ich ein einziges Mal so mit meinem Vater hätte frühstücken können.«

Rabov konnte gut nachempfinden, wie Zoran zumute war. Aber er hatte überhaupt keine Lust, den Tag mit Sentimentalitäten zu beginnen. Rührei ja, Rührseligkeiten nein – erst recht an einem Tag wie diesem. Er war voller Pläne und während er sich unter seiner Zisternenbrause im Hinterhof endlich mal den Schlangengestank von der Haut spülte, überlegte er, in welcher Reihenfolge er alles am besten angehen sollte, was er heute erledigen wollte.

Als erstes würde er Lona Markan auf den Zahn fühlen, soweit das bei ihrem Du-verdunkelten Geist noch möglich war. Zumindest musste er ihr entlocken, wo sie seit ihrem Auszug aus dem Archäologischen Institut hauste, und dann ihre Wohnung und ihre Habseligkeiten durchsuchen. Aber wenn du ehrlich bist, Sam, nahm sich Rabov selbst ins Verhör, während das Wasser auf ihn herunterprasselte, dann ist dir schon heute Nacht in der VIPERN-BAR klargeworden, dass du wohl hinter der Falschen hergehechtet bist. Wie jemand, der Transformationsmagie dritten Grades beherrschte, sah Magistra Markan ganz bestimmt nicht aus – solche Wunderleute hatten ihr Dunkeldu absolut unter Kontrolle. Und bei der »Formel«, die Lona Markan dem unglücklichen Vorführer abpressen wollte (oder demjenigen, mit dem sie ihn in ihrem Lakori-Dusel verwechselte), handelte es sich ja höchstwahrscheinlich um die Glyphenschrift auf den Bildtafeln von Naxoda. Woraus folgte, dass die Archäologin auch Professor Hergos lakorische Zerfleischung nicht angezettelt haben konnte.

Schlechte Nachrichten für die Maschinenbrüder, sagte sich Rabov – wer auch immer die Gittermakuba durch Velissa Labianos Eingeweide geschickt hatte, war vermutlich noch immer auf freiem Fuß. Und was Professor Hergo anging: Der hatte die Schlange in seinem Innern offensichtlich selbst geweckt, indem er die Anweisungen auf den Bildtafeln entschlüsselt und ausgeführt hatte. Ob der Naxoda-Spuk damit vorbei war oder ob der entwichene widerwärtig weiße

Wurm weitere Wirren anrichten würde, musste sich erst noch erweisen. Rabov rechnete eher mit Letzterem – aus Gespür und aus Prinzip.

Die Zisternenbrause spie ein paar letzte Tropfen auf ihn herab und versiegte. Rabov trocknete sich flüchtig ab und fuhr in seine vorletzte Garnitur frischer Kleidungsstücke. Es war ziemlich ungewohnt für ihn, sich hier draußen im Hinterhof anzuziehen, vor neugierigen Nachbarsblicken nur durch ein paar schüttere Bastwandschirme geschützt. Aber vielleicht würde er sowieso nicht mehr lange hier wohnen müssen – in dieser schäbigen Kreuzung aus Junggesellenbude, Trödelladen und Agentenbüro. Alles schien ihm nun wieder möglich, nachdem Calin sich letzte Nacht an ihn gedrückt, seine Umarmung geduldet, ihn sogar mehrfach Sammo genannt hatte. Wie früher, schwärmte Rabov – nein, viel besser, viel vertrauensvoller. Und ein Hauptquell dieser neuen Innigkeit war allem Anschein nach sein Traum von der Fahrt zum Meeresgrund, der laut Calin eine hochkarätige Vision gewesen war, ja mehr noch – die Wiederholung einer Vision aus vorflutlicher Zeit.

Ihm wurde ein wenig flau zumute, wie jedes Mal, wenn ihm dieser Traum – oder eben die Vision – in den Sinn kam, sein Hinabsinken in das Maul des subphoräischen Seeungeheuers. Aber auf jeden Fall würde er gleich nach dem Frühstück Calin anrufen, sie zu einem weiteren Treffen überreden – zu einem Dinner zu zweit im PLATINPARDER mit Panoramablick auf den nächtlichen Smaragdbusen. Er musste unbedingt von ihr erfahren, was es mit der Vision auf sich hatte – und überhaupt mit den Membranen …

Überquellend von Plänen und guten Vorsätzen, nahm Rabov am Frühstückstisch Platz – in seinem Lesesessel mit den Alligatorlederpolstern, den ihm Zoran eigens herangerückt hatte. »Köstlich«, lobte er und schlang mit Todesverachtung hinunter, was immer ihm vor den Mund kam. Der Pfannkuchen schmeckte ziemlich seltsam, so als ob Zoran abwechselnd mit Sacu und Salz nachgewürzt hätte. Dafür hatte er den Syrassentee offenbar mit einem Schuss noïlitischem Butischnaps abgeschmeckt.

Doch Zoran beobachtete jede seiner Regungen mit argwöhnischem Stolz. So blieb Rabov keine andere Wahl, als Teller und Becher bis auf die letzte Krume und den allerletzten Tropfen mit mustergültigem Behagen zu leeren. »Wunderbar«, sagte er schließlich, »so ein Frühstück mit meinem Vater habe ich mir als Junge auch oft gewünscht.«

Daraufhin sah ihn Zoran nur umso erwartungsvoller an. Also gab Rabov auch noch die wenigen Erinnerungsfetzen zum Besten, die ihm von seinem Vater geblieben waren: Im vielfach geflickten Anzug aus Sumpfbüffelleder, Armbrust und Flinte kreuzweise umgehängt, so war Haro Rabov meist lange vor Tagesanbruch in die nibräischen Sümpfe hinausgezogen. »Ich weiß noch, dass ich wahnsinnig stolz auf ihn war – meinen Vater, den königlichen Sumpfwildjäger«, sagte Rabov. »Für mich war er der stärkste und mächtigste Mann auf der Welt. Aber dann eines Tages, da war ich noch nicht mal fünf Jahre alt, haben meine Mutter und ich vergeblich auf ihn gewartet. Sie hatte für ihn gekocht und alles hübsch hergerichtet, wie immer, wenn wir ihn von einer Pirsch zurückerwarteten – aber er kam einfach nicht. Nicht an diesem Tag, nicht am nächsten und überhaupt nicht mehr.«

Wie immer an dieser Stelle ließ er den Kopf ein wenig hängen und seufzte. Zoran fasste scheu nach seiner Hand und seufzte gleichfalls. Rabov war gerührt – von seinen eigenen Erinnerungen und beinahe mehr noch, weil der Junge so zutraulich und mitfühlend war.

»Und heute Nachmittag gehen wir beide zum Sarissentempel«, sagte er in munterem Tonfall.

»Zu meiner Mutter? Pfff«, machte Zoran.

»Wieso pfff? Nein, wir gehen hin und Punktum.« Rabov holte tief Luft. »Was ich dir die ganze Zeit schon sagen wollte, Junge – hör gut zu, denn jetzt kommt es.«

Zoran strich sich eine Locke aus der Stirn und kniff die Augen zusammen. In seiner Altertumswildererweste sah er beunruhigend abenteuerlustig aus.

»Ich habe dir zweimal das Leben gerettet«, sagte Rabov, »und wenn es unbedingt sein muss, rette ich dich auch noch ein drittes Mal. Ich bin für dich da, Zoran, wann immer du mich brauchst – mein Ehrenwort. Aber hier in meiner Höhle kannst du nicht bleiben.« Er deutete auf sein Bett. »Wir können nicht auf Dauer immer abwechselnd da drin schlafen, verstehst du?«

»Warum denn nicht, Sam?«, protestierte Zoran. »Was soll daran denn so schwierig sein? Ich kann ja auch vorne bei deinem Trödel schlafen. Oder hast du vielleicht eine – du weißt schon – ein Mädchen? Dann kann ich ja ab und zu mal von hier verschwinden, wenn es unbedingt sein muss.« Er grinste halb unverschämt und halb ahnungslos. »Im übrigen hat es tausend Vorteile für dich, wenn du mich bei dir wohnen lässt«, redete er eifrig weiter. »Ich kann für dich kochen und sauber machen und das Kostümzeug vorne im Laden verkau…«

Er verstummte mitten im Wort. Wahrscheinlich war ihm gerade wieder eingefallen, dass Rabov in Wirklichkeit gar kein Kostüm- und Maskentrödler war. »Ich versteh schon, Sam, du kannst mich hier nicht gebrauchen«, sagte er und sah auf einmal sehr niedergeschlagen aus.

Rabov lehnte sich in seinen Alligatorpolstern zurück und verschränkte die Arme vor der Brust, wie ein fürsorglicher und entschlussstarker Familienvater das seiner Ansicht nach machen würde. »Ich will, dass du auf eine Schule gehst«, sagte er. »Du musst etwas Ordentliches lernen, verstehst du? Damit du niemals gezwungen sein wirst, dich mit gefährlicher oder sogar verbotener Arbeit in den Sümpfen durchzuschlagen. Was glaubst du, wie viele dunibische Männer jedes Jahr in den Gesperrten Sümpfen ums Leben kommen!«

»Aber ich will ja gar nicht in die Sümpfe«, wandte Zoran ein. »Ich will irgendwas mit Schlangen lernen – Schlangenbeschwörer oder so was.«

»Kommt überhaupt nicht infrage. Heute Nachmittag gehen wir zu deiner Mutter – und dann entscheiden wir zu dritt, was mit dir werden soll.« Ganz kurz erwog Rabov, Zoran von dem Priester im sonnengelben Umhang zu erzählen, der bei den *Sieben Vipern* nach ihm gesucht hatte. Aber er ließ es sein – in der Verfassung, in der sich der Junge befand, würde es ihn nur auf dumme Gedanken bringen. Auf noch dümmere als sowieso schon.

»Ich hasse den Sarissentempel und diesen ganzen Göttin-Sabra-Kram«, sagte Zoran. »Ich geh da nicht mit hin.«

»O doch, wir gehen da zusammen hin, und zwar heute Nachmittag«, beharrte Rabov. »Ich gebe dir Bescheid, wann und wo wir uns treffen.«

Gerade in diesem Moment gongte das Telefon. Zoran schreckte zusammen. Rabov trat zu dem Apparat, der zwischen seinem Bett und der Kochecke mit kinderfaustgroßen Schrauben an der Wand befestigt war. »Mysto – Kostüme & Kulissen«, meldete er sich vorschriftsmäßig, »Geschäftsführer Rabov am Apparat.«

Und dann sagte er erst einmal gar nichts mehr. Glücklicherweise befand er sich nahe bei seinem Bett und während er zuhörte, ließ er sich darauf sacken. »Habe ich das richtig verstanden, Port? Sie rufen vom Zolltor aus an und Sie haben …«

»Ich weiß nicht, was Sie verstanden haben, Chef«, fiel ihm der Assistent munter ins Wort. »Deshalb sage ich es am besten noch einmal: Lona Markan hat gezwitschert, dass sie einen Giftmordanschlag auf ihre Rivalin Velissa Labiano verübt hat. Und sie hat außerdem zugegeben, dass sie den Professor umgebracht und alles so arrangiert hat, dass es aussah, als hätte Hergo selbst diesen Schlangenzauber von den Bildtafeln in Gang gesetzt. Wir können die Akten jedenfalls schließen, Sam. Herzlichen Glückwunsch.«

Darauf fiel Rabov nicht gleich eine Antwort ein. Jedenfalls keine, durch die er nicht noch üblere Schwierigkeiten bekommen hätte als sowieso schon. Sie sind gefeuert, Port, hätte er am liebsten in die Sprechmuschel gebrüllt, dann den Hörer auf die Gabel geknallt und am besten schon mal seine Siebensachen zusammengepackt. Denn was dann käme, konnte man auch ohne jede prophetische Lakori voraussehen: Die Maschinenbrüder würden ihn abschießen. Auch Milar und die anderen Horchs von der Schlangenmänner-Fraktion würden ihn fallenlassen, weil er sich von Sola hatte ausmanövrieren lassen und ihnen folglich zu nichts mehr nutze war. Für einen Moment liebäugelte Rabov mit der Idee, einfach alles hinzuschmeißen. Auf- und davonzugehen, zurück nach Raginor, die Stelle suchen, an der er damals falsch abgezweigt war.

Aber es gab kein Zurück. Und ohne Calin leben? Unmöglich. Nur die Gewissheit, dass er sie mindestens einmal die Woche sehen würde, sich mit ihr treffen könnte, wenn auch nur dienstlich – nur das hatte es ihm in den letzten Jahren überhaupt möglich gemacht, den Kopf über Wasser zu halten.

Ohne Calin würde er auf der Stelle ertrinken, dachte Rabov und hob die Sprechmuschel an seinen Mund. »Sie hatten keinerlei Anweisung, zum Zolltor zu fahren und Lona Markan zu verhören«, sagte er mit sehr ruhiger Stimme. »Sie haben schon wieder eigenmächtig gehandelt, Port.«

Sola schnaufte. »Das ist nicht Ihr Ernst, Chef, oder? Diesmal haben Sie aber wirklich keinen Grund, auf mich sauer zu sein. Ich wollte nur alles so gut wie möglich machen. Gestern hab ich ja mitbekommen, dass Sie mit Calin ins VIVA gehen wollten, um die Magistra festzunehmen. Und letzte Nacht hab ich … also, ich wollte Ihnen beiden nicht nachspionieren, Sam – glauben Sie um Linglus willen nur nicht, dass ich eifersüchtig wäre oder so etwas. Aber als Calin Sie um zwei Uhr früh mit dem Dampfmobil nach Hause gebracht hat, da hat es natürlich einen ziemlichen Krach gegeben. Ich bin aufgewacht und zum Fenster und da hab ich gesehen – na ja, Sie beide kamen mir ziemlich gut gelaunt vor.«

Der Assistent redete wie ein Wasserfall und in Gedanken verweilte Rabov kurz bei der Szene, die Sola heraufbeschworen hatte. Calin und er waren wirklich in allerbester Stimmung gewesen. Es hätte nicht viel gefehlt und er hätte sie gefragt, ob sie nicht noch zu ihm herunterkommen wollte. Aber er hatte sich dann letzten Endes doch nicht getraut und das war wohl auch besser so gewesen, schon allein wegen Zoran.

»Da brauchte ich doch nur noch zwei und zwei zusammenzählen, Sam«, schwadronierte der Assistent weiter. »Offenbar hatten Sie den Vogel eingefangen und ins Untersuchungsgefängnis gebracht. Also habe ich mir gesagt – wenn Sam sich schon mit erstklassiger Agentenarbeit die halbe Nacht um die Ohren gehauen hat, dann will ich mich heute früh auch mal nützlich machen. Ich hab Sie ausschlafen lassen, Chef, und das bisschen Verhörkram allein gemacht – das ist alles. Kein Grund, mir auf Knien zu danken. Aber auch kein Grund, schon wieder auf mich sauer zu sein. Ich finde wirklich, jetzt wäre aber mal ein kleines Lob fällig.«

»Sehr gut, Port«, lobte Rabov. »Sehr gut, dass Sie mich auch mal zu Wort kommen lassen. Also hören Sie zu. Sie kommen jetzt sofort hierher und holen mich ab. Kein Wort mehr zu Magistra Markan, kein Wort über unsere beiden Fälle zu Ralla oder irgendeinem seiner Wachtmeister. Haben Sie das verstanden?«

»Voll und ganz«, versicherte der Assistent. »Ich bin gleich bei Ihnen, Chef.«

2

Neben Sola im donnernden Dienstmobil überflog Rabov wieder und wieder das handschriftliche Geständnis der Archäologin. *»Ich, Magistra Lona Markan, geboren am 3. 4. 678 n. Z. in Bogat (Zentraldunibien), zuletzt wohnhaft im Archäologischen Institut, Lanfastraße, Phora, erkläre hiermit aus freien Stücken und im hinlänglichen Besitz meiner geistigen Kräfte …«*

Es war die summarischste Beichte eines Doppelmordes, die ihm jemals untergekommen war. Sie war offenkundig von vorne bis hinten erdichtet, aber es war eine kunstfertige Fälschung, das hatte Rabov gleich beim ersten Durchlesen erkannt. Und das machte ihm noch mehr Angst, als sowieso schon seit Tagen in ihm rumorte, und ließ ihn zugleich innerlich kochen vor Zorn. Doch nach außen hin blieb er ruhig.

Nach den Worten des Assistenten war das Geständnis der Markan »vollkommen wasserdicht«. Sola platzte vor Selbstzufriedenheit beinahe aus seiner Halbkutte und er schien sich keinerlei Schuld bewusst zu sein. Ganz im Gegenteil – er pfiff vor sich hin, bediente Steuerrad und Gestänge mit übertriebenen Gebärden und spähte alle paar Atemzüge zu Rabov herüber.

Vollkommen wasserdicht? Eine aufschlussreiche Metapher, dachte Rabov, und zweifellos von Ralla inspiriert. Wenn nicht sogar eingetrichtert wie das gesamte sogenannte Geständnis auch. Der Hauptermittler und seine Horch-Brüder schienen allen Ernstes anzunehmen, dass sich die Große Flut mit vorschriftsmäßig abgestempelten Protokollen eindeichen ließe. Und entsprechend erwartete Sola nun offenkundig, dass Rabov sich endlich einmal mit seiner Arbeit zufrieden zeigte. Keine Schlangenmorde – keine verstörenden Schlagzeilen – keine Panik in der Öffentlichkeit. Was wollte man mehr? Und in der Tat: Diese Sichtweise hatte einiges für sich.

Dagegen sprach lediglich, dass sie gerade dabei waren, eine Frau wegen zweier Morde hinrichten zu lassen, die sie beide nicht begangen hatte, während der Mörder von Velissa Labiano – oder der Transformator, genauer gesagt – ungestraft davonkommen würde. Und selbst wenn einen die moralische Seite der Angelegenheit kaltließ, dann sprach gegen diese Lösung à la Ralla immer noch, dass die Person, die Velissa Labiano transformiert hatte, auf diese Weise weiterhin auf freiem Fuß bleiben würde. Und bei dieser Person handelte es sich nun mal um den mit Abstand gefährlichsten Dunkelmann, der je in Phora sein Unwesen getrieben hatte. Um einen höchstgradig befähigten Transformationsmagier, einen Menschen mit den magischen Kräften eines Heiligen, eines Wundertäters – nur dass er seine ungeheure Lakori in den Dienst der Finsternis gestellt hatte. Er konnte jederzeit wieder zuschlagen, und wenn sie ihn nicht zur Strecke brachten, würde er (oder sie, denn natürlich konnte es sich ebenso gut um eine Dunkelfrau handeln) auch genau das tun.

Auf einmal fühlte sich Rabov unendlich müde. Zermürbt und ausgeglüht. Hatte er nicht eben noch hoffnungsvolle Pläne für diesen Tag geschmiedet? Nun, die bestanden schon jetzt, eine Viertelstunde nach dem Frühstück, fast nur noch aus nutzlosen Trümmern. Von zu Hause aus hatte er noch bei Calin im Innenministerium angerufen, doch an ihrem Schreibtisch hatte er lediglich den Gardisten Kurb erreicht. »Die Rätin befindet sich in einer langwierigen Besprechung« – mehr war dem Leibwächter nicht zu entlocken. »Versuchen Sie es am späteren Nachmittag noch einmal, Agent«, hatte Kurb ihm in herablassendem Tonfall geraten – beinahe so, als hätte Calin ihn entsprechend instruiert.

Aber das bildete er sich bestimmt nur ein. Erneut beugte sich Rabov über die Abschrift des Verhörprotokolls.

»… erkläre hiermit aus freien Stücken und im hinlänglichen Besitz meiner geistigen Kräfte:

1. Vor acht Tagen, am 21. 7. 713 n.Z., habe ich mir Zutritt zur Wohnung von Dr. Velissa Labiano in der Lanfastraße in Phora verschafft und das Sacupulver, das sie dortselbst in einer Streudose aufbewahrte, mit einem tödlichen Gift vermengt. Bis es wegen der Naxoda-Expedition Anfang letzten Jahres zwischen uns zum Bruch kam, waren Dr. Labiano und ich gut befreundet gewesen, und so kannte ich ihre Vorliebe für noïlitisches Sacu, mit dem sie ihren Tee und auch die meisten Speisen reichlich zu süßen liebte. Bei dem Pulver, das ich hinzumischte, handelte es sich um gemahlene Sporen des zaketumesischen Lokapilzes, ein Gift, das im Moliat traditionell verabreicht wird, um missliebige Personen möglichst qualvoll zu Tode zu bringen. Ich hatte mir das Lokapulver während der Expedition besorgt, da ich damals bereits den Plan gefasst hatte, Velissa Labiano zu ermorden. Sie hat mich im Jahr 707 mit Prof. Hergo bekannt gemacht und dadurch in sein Naxoda-Wahngespinst verstrickt und dafür hat sie den Tod hundertfach verdient.

Der Lokapilz selbst ist vollkommen ungiftig, doch seine Sporen verbreiten sich rasch im Organismus des peinvoll erstickenden Opfers. Die Haut des lokaverseuchten Leichnams nimmt ein sprödes, rindenähnliches Aussehen an, weshalb Loka unter den abergläubischen Moliat auch als »Zaubermittel« gilt, das Menschen »in Bäume verwandelt«. Tatsächlich aber werden die Betreffenden lediglich massiv verpilzt.

2. In den Morgenstunden des gestrigen 28.7. verschaffte ich mir Zutritt zur Außenstelle des Archäologischen Instituts der Königlich-Phoräischen Universität am Boulevard der Morgenröte. Mir war bekannt, dass in diesem Anwesen Professor Gol Hergo allein lebte und dass er seit unserer Rückkehr aus Zaketumesien fieberhaft an der Entschlüsselung des vermeintlichen »Naxoda-Codes« arbeitete. Im Gegensatz zu mir glaubte er noch immer, dass die verfluchten Bildtafeln ein Mysterium in sich bergen würden, das es wert sei, enträtselt zu werden. Mir jedoch war bereits während der Expedition klargeworden, dass es sich bei der angeblichen Schöpfungsmagie der alten Moliat-Kultur um eine Wahnidee von Prof. Hergo handelte, eine unheilvolle Verrücktheit, mit der er sein und mein Leben ruiniert hat.

Tatsächlich fand ich ihn in der Nachbildung eines Moliattempels, die er mit studentischer Hilfe auf dem Gelände errichtet hatte. Dort saß er in einer originalgetreuen Kopie der Felskammer mit den Bildtafeln, wie wir sie in Naxoda vorgefunden hatten, und murmelte Moliat-Formeln. Bei diesem Anblick überkam mich unbändiger Zorn und ich beschloss, ihn auf die gleiche Weise sterben zu lassen, die auf den Bildtafeln dargestellt ist: Nachdem ich ihn mit einem Hammer bewusstlos geschlagen hatte, grub ich ihm mit einem Hackmesser die Wirbelsäule vom Steißbein bis zum Hirnstamm (einschließlich) aus dem Leib. Diese herausgetrennten Körperteile sowie die verwendeten Mordwerkzeuge, die ich beide in der Felskammer vorgefunden hatte, wickelte ich in ein Leintuch, nahm den Packen mit mir und warf ihn einige Hundert Meter von dem Anwesen entfernt in ein Sumpfloch, in dem er unwiederbringlich versank.

Ich schwöre beim allmächtigen Linglu, dass ich dieses Geständnis eigenhändig und wahrheitsgemäß niedergeschrieben habe. Mir ist bewusst, dass ich unverzeihliche Verbrechen begangen habe, aber ich konnte an nichts anderes mehr denken, bis ich die beiden Menschen getötet hatte, die mich selbst, mein Lebensglück und meine berufliche Laufbahn zerstört haben. Ich bekenne mich in vollem Umfang schuldig und flehe meine Richter an, nach alter oder neuer Weise meinen Kopf von meinem Hals zu trennen und meine Überreste sorgfältig zu verbrennen.

Phora, den 29. 7. 713 n. Z.

Gezeichnet: Ma. Lona Markan

Gegengezeichnet: Horch Ralla, Hauptermittler; Port Sola, Spezialagent; Lis Hommi, Harmonikerin«

Ralla hatte wirklich an alles gedacht, das musste Rabov anerkennen, ob er wollte oder nicht. Der Hauptermittler war offenbar beauftragt worden, diese leidige Naxoda-Schlangenmagie-Angelegenheit ein für alle Mal aus der Welt zu schaffen, und er hatte im Großen und Ganzen gute Arbeit geleistet. Solide korrupte Fälschungsarbeit, sogar durch eine Harmonika abgesichert. Rabov konnte sich den Ablauf mühelos vorstellen. Die königlich-diplomierte Harmonikerin hatte Lona Markan diesen ganzen Sermon eingetrichtert und sie dann auch noch dazu gebracht, alles eigenhändig niederzuschreiben, wie es bei Mordgeständnissen nun einmal ratsam war. Und die Harmonika würde notfalls auch vor dem Hohen Gericht beschwören, dass die Angeklagte die ihr zur Last gelegten Verbrechen tatsächlich bei *hinlänglichem Besitz ihrer Geisteskräfte* gestanden hatte. Kein Richter war versessen darauf, Tatverdächtige mit lakoriverdunkeltem Geist persönlich zu befragen, sich mit ihrem Gefasel und den sprunghaft wechselnden Launen herumzuschlagen. Also würde sich das Gericht auch in diesem Fall damit begnügen, das Geständnis zu verlesen, und darüber hinaus höchstens noch ein paar Experten anhören: die Harmonika Hommi, den Hauptermittler Ralla – und vielleicht auch noch den Leichenbeschauer Dobiu? Aber ja, sagte sich Rabov, auch den hatte Ralla sicher längst wieder auf seine Seite gebracht.

»Wir sind da.« Sola schaltete den Motor des Dampfmobils aus und das unablässige Zischen und Stampfen erstarb. »Aber was wollen wir hier eigentlich noch, Chef?«

Rabov faltete das Verhörprotokoll zusammen und schob es in seinen Umhang. Tatsächlich standen sie bereits wieder vor der Zolltorwache, ziemlich genau an derselben Stelle, an der Calin letzte Nacht ihren Wagen gestoppt und er selbst mit dem Gedanken gespielt hatte, sie zu küssen.

Zauderer, schalt er sich – warum hatte er es nicht getan? Sie einfach in den Arm genommen und seinen Mund auf ihren gedrückt? Immerhin hatte sich Calin nur wenig vorher in der *Vipern-Bar* an ihn gepresst und ihm ihren heißen Atem ins Ohr gehaucht.

»Sie haben recht, Port«, sagte er. »Für Sie gibt es hier wirklich nichts zu tun. Aber ich habe einen Auftrag für Sie.« Und er wies den Assistenten an, sich zum Hafentorplatz zu begeben. In der Spelunke *Zum Lotsengrab* würde er eine Trancemagierin namens Chidda treffen und die gute alte Chidda würde ihn als Novizen in den Schlangenkult *Makuba occulta* einführen.

»Eine Trancemagierin?«, wiederholte Sola in angeekeltem Tonfall. »Und bei den Okkulten Makubisten soll ich mich einschleichen – ist das eine Strafaktion oder so etwas?«

»Alltag in der Mysto, Port – es wird höchste Zeit, dass Sie unsere Routinearbeit kennenlernen.« Rabov grinste seinen Assistenten aufmunternd an. »Zufällig zelebrieren die Makubisten gerade heute wieder eine ihrer schockierenden Dunklen Messen. Chidda ist besorgt und verärgert, weil die Sekte seit Wochen von Konvertiten geradezu überrannt wird. Früher war das ein exklusiver Kult, dem gerade mal ein paar Dutzend Phoräer etwas abgewinnen konnten. Kein Wunder übrigens – was diese Serpentisten da draußen treiben, ist wirklich ziemlich widerwärtig.«

Solas Gesicht versteinerte bei jeder weiteren Erläuterung noch ein wenig mehr. »Und diese Chidda«, sagte er, »warum schwärzt die ihre eigenen Leute an?«

Unvermittelt wurde Rabov von Heiterkeit gepackt. »Das ist eine Ralla-Frage«, sagte er und lachte dem Assistenten ins Gesicht. »Wirklich, Port – genau so würde ein Zolltor-Mann die Sache angehen. Aber Sie sind nun mal ein Flötenmachergassen-Mann – schon vergessen? Unsere Klienten schwärzen niemanden an, sondern sie geben uns Hinweise oder bitten uns um Hilfe, damit die Lichte und die Dunkle Seite in harmonischem Gleichgewicht bleiben. Oder damit diese Balance wiederhergestellt wird – bei ihnen selbst und in der ganzen Stadt. Verstanden?«

Sola starrte mürrisch vor sich hin. »Ja. Vielleicht«, sagte er. »Und was machen Sie währenddessen da drin?« Er deutete auf das einschüchternd dimensionierte Portal der Zolltorwache.

»Ich?« Rabov zuckte mit den Schultern. »Ich frage Ralla, ob er Sie sich mit mir teilen will.« Er stieß seine Tür auf und schwang seine Füße aufs Trottoir hinaus. »Und wenn ja, welche Hälfte von Ihnen er bevorzugt.«

Als er bereits auf der Straße stand und die Beifahrertür schon hinter sich zugeworfen hatte, wandte sich Rabov noch einmal um. *Die Dunkle Messe der Makubisten findet in einer ehemaligen Lagerhalle am Alten Osthafen statt,* teilte er dem Assistenten noch mit. *Wenn Sie dort sind und es losgeht, lassen Sie es mich auf diesem Weg wissen.* Er tippte sich gegen die Stirn und deutete dann durch das Wagenfenster hindurch auf Solas Kopf. *Damit ich Ihnen zu Hilfe eilen kann – falls es für einen zartfühlenden Nachwuchsagenten dort zu gefährlich und ekelhaft wird.*

3

Die Zelle war düster, verwahrlost und selbst als vorübergehender Aufenthaltsort für vier Personen eigentlich viel zu eng, aber Lona Markan schien nichts davon zu bemerken. Eine Pritsche mit rostigem Eisengestell, daneben ein kleiner Holzschemel. Die Wände in Schattierungen von Schimmelgrün gestrichen, das Rabov in den Augen und mehr noch in der Seele wehtat. Doch die Magistra blieb ganz für sich, in ihrer Innenwelt so vollständig eingeschlossen, dass sie keine äußeren Mauern mehr wahrnahm. Im grauen Gefängniskittel saß sie steif aufgerichtet auf der Pritsche und ihr Gesicht war ausdruckslos wie das einer Puppe. Nur ihre blassblauen Augen bewegten sich rastlos umher.

Rabov hatte Ralla gebeten, ihn ein paar Minuten allein mit der Archäologin sprechen zu lassen. Aber der Hauptermittler hatte so heftig den Kopf geschüttelt, dass seine Gesichtsfrisur ins Flattern geriet. »Sie sind draußen, Rabov, aus beiden Fällen. Ohne meine Zustimmung dürfen Sie Lona Markan nicht einmal vom Mond aus zuwinken.«

Das hatte Rabov allerdings auch nicht vor. Doch so oder so blieb ihm keine andere Wahl, als sich Rallas Bedingungen zu beugen. Drei Minuten hatte ihm der Zolltor-Chef zugestanden und außer einer Wärterin würde auch der Hauptermittler höchstpersönlich vom ersten bis zum letzten Augenblick dabei sein.

Wahrscheinlich wollte Ralla seinen Triumph auskosten, sagte sich Rabov. Oder hatte er Angst, dass Lona Markan ihr Geständnis doch noch widerrufen könnte? Dazu bestand offensichtlich kein Anlass – diese puppenhaft starre Person würde überhaupt nichts mehr widerrufen. Weil sie sich an das Geständnis, das sie heute Vormittag mit fachkundiger Hilfe abgelegt hatte, zweifellos schon jetzt nicht mehr erinnerte.

Rabov kannte die Symptome nur zu genau: Lona Markan hatte leichtfertig mit ihrer Lakori herumgespielt und so die lichte Seite ihrer Persönlichkeit zerstört. Sie war ein Opfer ihrer eigenen, gewiss nur schwachen magischen Kräfte geworden und in eine Dunkelheit hinabgesunken, aus der es für sie kein Auftauchen mehr gab.

Die Wärterin hatte die Zellentür von innen geschlossen und sich breitbeinig davor aufgepflanzt. Ralla lehnte neben ihr, die Daumen in seinen Gürtel eingehängt, und sah mit nachsichtigem Grinsen zu, wie sich Rabov vor der Gefangenen in den Gang zwischen Wand und Pritsche kauerte.

»Lona«, sagte er leise.

Die Zelle war so schmal, dass er mit seinen Knien beinahe an die Schienbeine der Magistra stieß. Rastlos schweiften ihre Augen umher, blieben jedoch nirgendwo länger haften. Auch über Rabov glitten sie gleichgültig hinweg. Noch mehrfach rief er sie beim Namen, mal gebieterisch, mal raunend, doch sie schien ihn überhaupt nicht zu bemerken. Ihre Füße steckten in klobigen Gefängnispantinen und ihre einzige Reaktion bestand darin, dass sie mit den Holzschuhen auf dem Steinboden herumklapperte.

Das Klappern erinnerte ihn an die Parogiere gestern in Hergos Dschungelbüro. Die zaketumesischen Vögel hatten missmutig mit ihren Schnäbeln geklappert und es hatte sich fast genauso angehört wie die Geräusche, die Lona Markan mit ihren Holzsohlen hervorrief.

»Die Parogiere, Lona«, sagte er, ohne zu wissen, worauf er hinauswollte. Wie so häufig in heiklen Situationen überließ er sich seinem Gespür. »Weißt du noch«, fuhr er fort, »was für einen Lärm diese Vögel im Moliatdschungel immer veranstaltet haben?«

Ihr Blick wurde flackernd wie Laternenlichter bei Sturmflut. Wieder sah sie ihn an und dann gleichgültig von ihm fort.

An der Tür räusperte sich Ralla, aber Rabov ignorierte ihn. In ihm reifte ein Plan, den er möglicherweise sehr bereuen würde. Sogar höchstwahrscheinlich, dachte er – aber da war es zur Umkehr bereits zu spät.

Ich werde enden wie Tarek, dachte Rabov. Er selbst spürte, wie er sich zu verwandeln begann, wenn auch nur für Lona Markan. Wie seine Schultern breiter, seine Arme muskulöser wurden. Sein Haar schütter, während sich sein Gesicht mit grauen Bartstoppeln bedeckte und zuletzt mit einem melancholischen Ausdruck überzog.

»Gol«, flüsterte Lona Markan. Ihre Augen waren groß geworden, ihr bisher so steinernes Gesicht verzog sich zu einem scheuen Lächeln. »Wie reizend von dir, dass du mich besuchst.« Sie sah um sich, ihr Blick fiel auf Ralla und ihre Miene wurde düster. Doch gleich schon schaute sie wieder Rabov an, der für sie in diesem Moment gerade so wie Gol Hergo aussah.

Er spürte es ganz genau. Dabei hätte er noch vor kurzem nicht einmal im Traum geglaubt, dass er jemals zu Transformationsmagie ersten Grades befähigt sein würde. Noch viel weniger hatte er allerdings geahnt, wie viel Energie man aufwenden musste, um eine so geringfügige Täuschung für einen kurzen Zeitraum aufrechtzuerhalten. Die Kräfte schwanden ihm bereits. Das Herz hämmerte ihm in der Brust. Und dann fiel ihm Lona Markan mit einem halb erstickten Jauchzer um den Hals, und er ließ es mehr aus Schwäche als aus Vorbedacht geschehen.

»Das reicht aber jetzt«, blaffte Ralla von der Tür her. »Oder was kommt als Nächstes zwischen Ihnen beiden – vielleicht ein Zungenkuss?«

»Wie konnte es nur geschehen, Liebster«, flüsterte Lona Markan in Rabovs Schulterbeuge, »dass wir uns so zerstritten haben? Was hat uns nur auseinandergebracht?«

»Sei ganz ruhig, Liebling, jetzt kann uns nichts mehr trennen«, wisperte Rabov und kam sich wie ein Schurke vor. »Ich wäre schon viel früher zu dir gekommen – aber ich wusste ja nicht, wo du wohnst! Sag mir doch, Lona, wo hattest du dich nur vor mir versteckt?«

Sie erstarrte in seinen Armen. Einen Moment lang schien es Rabov, als ob sie vollends in ihre innere Dunkelheit zurückgetaumelt wäre. Doch dann vernahm er aufs Neue die wispernde Stimme an seinem Ohr. »Dummkopf, du lieber Dummkopf«, hauchte die Magistra. »Ich war ja die ganze Zeit in deiner Nähe – im Grenzweg an den Sümpfen, nur ein paar Steinwürfe von dir entfernt.«

Nur vage bekam er mit, wie ihn die Wärterin unter den Achseln packte. Draußen im Gang lehnte sie ihn gegen die Wand und Rabov wartete mit flattrigem Herzschlag, dass er wieder zu Kräften käme. Vorher aber kam Ralla.

Der Hauptermittler trat aus der Zelle und baute sich vor ihm auf. »Was hat die Gefangene zu Ihnen gesagt?«

»Sie hat sich über Ihre Manieren beschwert.« Rabov rieb sich über Stirn und Wangen. »Und sie wünscht sich Sacu-Pudding zum Nachtisch.«

»Verschonen Sie mich mit Ihrem Humor, Linglu noch mal – wie oft soll ich Ihnen das noch sagen?«

»Sie haben mir gar nichts zu sagen.«

Ralla striegelte seinen Schnauzbart. »Aber einer Bitte würden Sie sich doch nicht verschließen? Kommen Sie noch mal kurz mit – wenn ich bitten darf.« Ohne weitere Umschweife stampfte er den Gang entlang.

Rabov blieb nichts anderes übrig, als hinter ihm herzutrotten. Er fühlte sich immer noch ein wenig schwindlig und außer Atem, so als hätte er den Donarberg zu Fuß erklommen. Er hatte eine Grenze überschritten, das spürte er nur allzu klar. Vielleicht gerade eben, als ihm ein Transformations-Lakori ersten Grades gelungen war, vielleicht auch bereits in den Tagen davor. Jedenfalls hatte sich die Balance zwischen den Kräften in seinem Innern in möglicherweise dramatischem Ausmaß verschoben. Niemals hatte er sein Dunkeldu deutlicher gefühlt. Er fragte sich, ob ihn diese Entwicklung nicht sehr viel mehr beunruhigen sollte. Ob seine Gelassenheit, das Gefühl stiller Stärke, das ihn erfüllte, nicht auf einer Täuschung beruhte, mit der ihn sein Dunkeldu einzulullen versuchte.

»Hier entlang, Agent – wenn ich bitten darf.« Der Hauptermittler stieß eine Tür auf und machte eine übertrieben einladende Gebärde.

Rabov spähte argwöhnisch über die Schwelle. Er selbst hätte nicht sagen können, wen oder was er dort drinnen zu sehen erwartet hatte. Vielleicht Calin in Fesseln oder eine Lyrissa, die der Hauptermittler mit Agentenfleisch zu füttern gedachte.

Aber es war lediglich einer der erbärmlichen Verhörräume, von denen es hier im Gefängnistrakt unzählige gab. Eine enge Kammer, die Wände aschgrau, die Decke im Verhältnis viel zu hoch, so dass man sich schon beim Eintreten beklommen und kleinwüchsig fühlte.

Ralla schob ihn hinein und schloss hinter ihnen die Tür.

»Was soll dieses Theater?«, fragte Rabov. »Glauben Sie im Ernst, dass Sie mich einschüchtern können?« Er deutete auf die dicken Teppiche, mit denen das Türblatt von innen bedeckt war. Sie befanden sich offenbar in einer Zelle für verschärfte Verhöre, die bei Ralla »moderne Polizeitechnik« hießen – sozusagen die Dampfmaschinenversion der guten alten Vernehmung.

»Setzen wir uns.« Ralla nahm seinerseits auf einem der beiden wackligen Holzstühle Platz und stützte sich mit den Ellbogen auf den Tisch.

Rabov ließ sich auf den Stuhl ihm gegenüber fallen. Das Klappern der Holzpantinen von Lona Markan echote noch in seinem Kopf.

»Ihr Assistent hat mich heute früh großartig unterstützt – herzlichen Glückwunsch zu einem so tüchtigen Gehilfen, Rabov.« Ralla warf sich auf seinem Stuhl nach hinten, dass sämtliche Nuten ächzten.

»Danke. Wollen Sie ihn haben? Ich könnte bei Calin Stingard ein Wort für Sie einlegen. Oder Sie nehmen ihn mir wenigstens halbtags ab – das könnten wir auch unter der Hand vereinbaren.«

Der Hauptermittler wurde blaurot im Gesicht, aber diesmal nur ganz kurz. »Also kommen wir zur Sache. Was halten Sie von dem Geständnis der Tatverdächtigen?«

»Oh, ein sehr schönes Geständnis«, lobte Rabov. »Sie sollten es beim königlichen Poesiewettbewerb einreichen.«

Ralla schnaufte und striegelte. »Die Akten Labiano und Hergo sind geschlossen«, sagte er so langsam und betont, als ob er sich einem fremdländischen Kleinkriminellen mit geringen Grundkenntnissen der Landessprache verständlich machen wollte. »Sind wir uns in diesem Punkt einig? Sagen Sie einfach ja – und lassen Sie uns wieder an unsere Arbeit gehen.«

»Ja«, sagte Rabov und schickte sich an aufzustehen.

»Ja? Sie teilen also meine Überzeugung, dass beide Mordfälle aufgeklärt sind und die Täterin überführt ist?«

»Nein«, sagte Rabov und ließ sich auf seinen Stuhl zurückfallen. »Die Akten sind geschlossen, das ist offensichtlich, und darin bin ich mir also mit Ihnen einig, Ralla – aber das ist auch schon alles, was ich an Übereinstimmung entdecken kann. Magistra Markan hat weder Doktor Labiano noch Professor Hergo ermordet. Aber sie hat die Schuld für beide Todesfälle auf sich genommen und damit ist die Sache auch für mich vorläufig erledigt.« Er machte abermals Anstalten, sich von seinem Stuhl zu erheben.

»Einen Moment noch, Rabov.« Ralla fletschte zwei Reihen erstaunlich gelber Zähne. »Was meinen Sie mit ›vorläufig‹?«

»Damit meine ich ›fürs Erste‹ oder ›bis auf weiteres‹, Hauptermittler. Lassen Sie mich überlegen, ob mir noch weitere Synonyme einfallen.« Er rieb sich sinnend den Nacken. Sein oberster Halswirbel wölbte sich mindestens drei Zoll weit unter seiner Haut hervor, es fühlte sich wahrhaftig fast wie ein Kleiderhaken an. Ein knöcherner Kleiderhaken, vibrierend vor sanftem Schmerz. »Ich könnte auch sagen: erledigt, bis der dunkle Wundermann, der Velissa Labiano in einen Yasnabaum verwandelt hat, wieder zuschlägt«, fuhr er fort. »Und erledigt, bis das bleiche Kriechwesen, das aus Hergos Rücken geschlüpft ist, sein nächstes Opfer fordert. Aber mit diesen kleinen Einschränkungen sind wir uns wirklich einig, Hauptermittler: Die Akten sind geschlossen.«

Wieder machte er einen halbherzigen Versuch, sich zu verabschieden. Doch Ralla schien es nicht zu bemerken – er starrte auf die Wand hinter Rabov, als ob dort alle dunklen Schrecken versammelt wären, deren Existenz er sonst immer so rauhbeinig verneinte.

»Es gibt keinen Wundermann, der Frauen in Bäume verwandeln könnte«, sagte Ralla in beschwörendem Tonfall, »und es gibt erst recht keine Schlangen, die aus dem Rumpf dunibischer Wissenschaftler hervorkriechen! Was es aber allerdings und in beunruhigend großer Zahl in unserem Königreich gibt – das sind nichtswürdige Subjekte, die ein höchst eigennütziges Interesse daran haben, den Aberglauben an solchen Unfug lebendig zu halten. Aber ich warne Sie.«

Ralla richtete sich zu seiner vollen Größe auf und Rabov tat es ihm gleich. »Wagen Sie es nicht, das Pressegewürm mit Ihren abwegigen Verdächtigungen zu füttern, sonst ...«

»Sonst *was*?«, fiel ihm Rabov ins Wort. »Wenn Sie einen guten Rat von mir annehmen möchten – hüten Sie Ihre Zunge, Hauptermittler.«

Ohne dass er es im Voraus gewusst oder gar gebilligt hätte, ging neuerlich eine Verwandlung mit ihm vor. Wenn auch nur äußerlich und in den Augen des Hauptermittlers, die sich in ungläubigem Erschrecken weiteten. Rabovs Gestalt richtete sich stocksteif auf, seine Wangen wurden schlaff, das Haupthaar schwand ihm bis auf einen schütteren Kranz in ehrfurchtgebietendem Schneeweiß. Anstelle seines schlammfarbenen Überwurfs schien er auf einmal einen königsgrünen Umhang zu tragen, knöchellang und so unförmig weit, dass sich das majestätische Textil wie ein Segel blähte, als er um den Tisch herum und zur Tür des Verhörraums ging.

Die linke Hand schon auf der Klinke, sah er über die Schulter noch einmal zu Ralla zurück. »Es ist Ihre Entscheidung«, sagte Rabov mit Horch Milars Stimme. »Aber an Ihrer Stelle würde ich den Yasnabaum einschließlich der Liane verbrennen und die Kammer mit den Bildtafeln zuschütten lassen. Oder noch besser: das Gebäude darüber sprengen und die Kammer unter den Trümmern begraben.« Er ballte seine Rechte zur Faust und drückte sie an sein Herz. »Es lebe der König.«

Das Letzte, was er erblickte, während er die Tür hinter sich zuzog, war die Angst in Rallas Augen.

Gütiger Linglu, dachte Rabov – noch gestern hätte er seinen Haarzopf verwettet, dass der Hauptermittler außerstande war, etwas anderes zu empfinden als Selbstgewissheit und Zorn.

4

Als Rabov aus der Wolkendroschke stieg, lag die Lanfastraße im tiefen Schatten des Archäologischen Instituts. Dabei war der Vormittag weit vorangeschritten, aber das kolossale Bauwerk war wie eine zweite Nacht, die alles in ihrem Umkreis verdunkelte.

Er wies den Fahrer an, vor Velissa Labianos Haustür zu warten. Der hasenzahnige Kerl nickte ihm mit übertrieben beflissener Miene zu und Rabov fragte sich, wie er in den Augen des Chauffeurs gerade aussehen mochte – entschieden ehrfurchtgebietender jedenfalls, als er selbst sich fühlte.

Er überquerte die Straße und glaubte den Blick von Direktor Barott auf sich zu spüren. Aber er wagte es nicht, zu dessen Fenster im ersten Obergeschoss emporzusehen, sondern zog im Gegenteil die Schultern hoch und drückte sein Kinn brustwärts, während er auf das schwarze Flügeltor des Instituts zueilte.

Unterwegs im Dampfmobil hatte er seine heutige Agenda in groben Umrissen den neuen Gegebenheiten angepasst. Als erstes würde er hier in der Lanfastraße zwei Blitzbesuche absolvieren. Sodann würde er Lona Markans Behausung im Grenzweg bei den Gesperrten Sümpfen durchsuchen. Mit etwas Glück würde er dort den einen oder anderen Hinweis finden, um wen es sich bei den beiden Personen handelte, die kurz vor Velissa Labianos Tod so auffälliges Interesse am Schicksal der Archäologin gezeigt hatten.

Vor drei Tagen (genauer Nächten) hatte in der *Vipern-Bar* am Tresen neben Tarek ein Kerl gestanden, der offenbar ganz genau wusste, welche grausige Verwandlung da bereits mit der Labiano vorgegangen war. Aus den Gedankenbildern dieses Burschen hatte Tarek aufgeschnappt, dass die Archäologin durch eine Art »lebendiges Seil« in ihrem Mund und Rachen erstickt worden war und »starr wie ein Holzklotz« in ihrem Zimmer lag. Diese Bilderfetzen kamen dem, was sich tatsächlich ereignet hatte, so nahe, dass eigentlich nur derjenige davon wissen konnte, der Velissa Labiano höchstpersönlich in einen Yasnabaum verwandelt hatte. Der Transformationsmagier mit der Lakori eines Heiligen – oder eben eines Dunkelmannes.

Und da gab es außerdem noch jene junge Frau, deren Identität die Wahrsagerin Selda nicht preisgeben wollte – »ein Mädchen fast noch«, wie sich die kraternasige Alte ausgedrückt hatte, »allenfalls Mitte zwanzig«. Sie hatte Selda beauftragt, auf magischem Weg zu erforschen, ob die Archäologin »noch unter den Lebenden weilte« – genau einen Tag nach Velissa Labianos Tod.

Wenn Rabov die Wahrsagerin nur ordentlich unter Druck setzte, würde Selda über kurz oder lang höchstwahrscheinlich mit allem herausrücken, was sie über diese Klientin wusste. Aber mit etwas Glück konnte er dasselbe Ziel rascher und sicherer erreichen, indem er ganz einfach Lasse Duban befragte.

Er ließ den eisernen Klopfer auf den Torbeschlag niedersausen. Wie bei seinem letzten Besuch verging geraume Zeit, bis drinnen Schritte näherkamen. Doch schließlich schwang die Luke auf und dahinter erschien das Gesicht des jungen Torwächters – noch bleicher und abgehärmter als beim letzten Mal.

»Schön, dich wiederzusehen, Lasse«, sagte Rabov betont freundlich. »Du siehst aus, als könntest du noch eine Mahlzeit im Wirtshaus vertragen.«

Der junge Mann zog das Lumpenhemd über seiner knochigen Brust zusammen. »Oh, jetzt erkenne ich Sie wieder, Herr. Ich bin Ihnen überaus dankbar, aber ...«

»... aber du hast dir für meine Münzen nichts zu essen gekauft«, vollendete Rabov an seiner Stelle. »Jedenfalls kann ich deine Rippen immer noch durch dein Hemd hindurch abzählen.«

»Leider, Herr.« Lasse Duban senkte den Kopf. »Zu viele Schulden – und zu ungeduldige Gläubiger.« Mit nach oben verdrehten Augen sah er zu Rabov auf. »Aber nicht das wollte ich sagen, sondern ...« Er gab sich einen sichtbaren Ruck. »Der Herr Direktor hat befohlen – ich darf Sie nicht mehr zu ihm vorlassen. Jedenfalls nicht einfach so. Wenn Sie noch einmal mit ihm sprechen möchten, Herr, sollen Sie sich telefonisch anmelden.«

Rabov hob eine Augenbraue. Erstaunlich, wie rasch und reibungslos diese Maschinenbrüder vorgingen. Die Tinte auf dem Geständnis von Lona Markan war noch nicht trocken, da hatte Ralla seinen Horch-Kumpanen offenbar bereits Vollzug gemeldet. Und Direktor Barott hatte nicht einen Augenblick gezögert, die Anweisungen für seinen Torwächter der neuen Lage anzupassen.

Rabov beschloss, es als amüsante Arabeske anzusehen. Schließlich hatte er ja kaum etwas anderes erwarten dürfen. »Keine Sorge«, sagte er zu Lasse. »Ich wollte sowieso zu dir.«

Das hagere Gesicht in der Luke wurde noch bleicher. »Wieso zu mir?«

»Um dir noch ein paar Kupferstücke zu geben«, sagte Rabov mit einem Lächeln. »Wenn du mir versprichst, dass du dir diesmal ein Gulasch dafür kaufst.« Er klaubte einige Münzen aus seinem Umhang und ließ sie in seiner Linken klimpern.

»Versprochen.« Lasse leckte sich die Lippen.

»Und wenn du mir«, ergänzte Rabov, »ein paar Namen nennst.«

»Namen, Herr?«

»Kaum der Rede wert. Du weißt doch sicher auch, dass einige deiner Studienkollegen Professor Hergo geholfen haben, draußen in der Forschungsstätte bei den Sümpfen diese Tempel-Nachbildung zu bauen.«

Der junge Mann nickte kaum merklich.

»Wo finde ich diese Kommilitonen? Meines Wissens gehört auch eine junge Frau dazu, so in deinem Alter – du weißt doch, wie sie heißt?«

Lasse Duban hob die Schultern und ließ sie wieder fallen. »Mit diesen Leuten habe ich nichts zu tun«, sagte er in wegwerfendem Tonfall. »Zaketumesisches Altertum, du meine Güte. Ja, ich glaube, dass auch ein paar Mädels dabei sind. Aber wie die heißen? Keine Ahnung.« Er schob eine Hand durch die Luke nach draußen, mit der Handfläche nach oben. »Warum schauen Sie nicht einfach selbst nach?« Er dämpfte seine Stimme zu einem argwöhnischen Wispern. »Wenn ich mich nicht furchtbar täusche, wohnt die ganze Bande auf dem Gelände der Außenstelle – in einem Gartenschuppen oder etwas dieser Art.« Er ließ seine Hand auf- und zuschnappen. »Mehr weiß ich wirklich nicht – und jetzt muss ich gehen.«

Rabov drückte ihm alle Münzen, die er aus seiner Tasche gefischt hatte, in die Hand, ohne nachzusehen, wie viel es war. Er fühlte sich ein wenig schuldig, nicht weil er Lasse heute ausgehorcht hatte, sondern weil er demnächst zurückkommen würde, um weit heiklere Hilfsdienste von dem Jungen zu verlangen. Allerdings konnte er nur hoffen, dass sich Lasse Duban diesmal ein paar Happen gönnen würde – sonst wäre er bald schon zu geschwächt, um auch nur diese Torwärter-Luke zu öffnen. Geschweige denn das Tor selbst, durch das er Rabov bald schon noch einmal einlassen würde.

Der Student beteuerte stammelnd seine Dankbarkeit – anscheinend waren es doch ein paar Münzen zu viel gewesen. Aber Rabov sagte nur: »Kein Wort mehr – zu niemandem, hörst du?« Und nachdem Lasse Duban unter heftigem Kopfnicken verstummt war, winkte Rabov ihm zu und ging über die Straße hinüber zu Velissa Labianos Haus. In seinem Rücken spürte er die Blicke von Lasse und Professor Barott, aber er ließ sich nichts anmerken, sondern machte nur im Vorbeigehen seinem Dampfchauffeur ein Zeichen – drei Minuten, länger würde er nicht mehr brauchen.

Der Kerl bleckte die Hasenzähne und nickte pflichteifrig, um sich gleich darauf wieder in den *Phoräischen Nachtboten* zu versenken. *»Naxoda-Forscher tot aufgefunden – Selbstmord aus Liebeskummer?«,* lautete die Schlagzeile, die beinahe die ganze Frontseite des beliebten Schundblattes füllte.

Immerhin hatte die Zeitung gar nicht so weit danebengetippt, dachte Rabov – oder vielleicht hatte Ralla sogar in schlauer Voraussicht einen Köder ausgelegt, den die Sensationspresse und ihre Leserschaft garantiert schlucken würden. Jedenfalls konnten sie die heutige Schlagzeile morgen größtenteils noch einmal verwenden – sie mussten nur vorher »Selbstmord« durch »Mord« ersetzen. Wer würde, wenn diese lebenspralle Version erst einmal aufgetischt worden war, noch daran glauben, dass Hergo durch einen archaischen Schöpfungszauber umgekommen war, der alles, was Menschen jemals gedacht und geglaubt hatten, als Gespinst aus jämmerlichen Lügen und Täuschungen erscheinen ließ? Wer die Schriftzeichen von den Bildtafeln entschlüsselt, hatte Hergo notiert, *»stürzt Linglu vom Himmelsthron«*.

In derlei Grübeleien versunken, betrat Rabov das Haus, in dem die Labiano gelebt hatte. Er versetzte sich in Agosch-Trance und glitt durch die verrammelte und zusätzlich lakorisch gesperrte Tür in ihre Wohnung. Gerade in dem Moment, als er an den Schreibtisch der Archäologin treten wollte, vernahm er direkt hinter sich ein leises Rascheln (– die Schlange?). Er fuhr herum und genau wie gestern in der Tempelkammer durchzuckte ihn im Nacken ein heftiger Schmerz.

Rabov biss die Zähne zusammen, um nicht lauthals aufzuschreien. Er tastete nach seinem Genick und massierte mit den Fingerspitzen über die Stelle, an der der Schmerz zuckte wie eine eigenwillige, in seinem Fleisch nistende Kreatur.

Doch auf dem Boden gerade vor seinen Füßen lag lediglich sein Haarband, das war alles – es hatte sich gelöst und war hinter ihm zu Boden getrudelt. Keine Schlange, kein widerwärtig weißer Wurm – nur das Band aus noïlitischem Echsenleder, das sonst immer seinen Haarzopf zusammenhielt.

Beschämt klaubte er den Riemen vom Dielenboden auf, fasste mit der anderen Hand seine Haare zum rattenschwanzartigen Zopf zusammen und schlang das Band darum. Der Wirbel darunter … Er betastete die Wölbung. Der Schmerz klang bereits wieder zu dem sanften Klopfen ab, das seit gestern unaufhörlich in ihm pulsierte. Aber nicht deshalb war er hierhergekommen.

Er drehte sich wieder um und begann, in dem Durcheinander auf dem Schreibtisch von Velissa Labiano herumzuwühlen. Direktor Barott sah ihm von seinem Bürofenster aus dabei zu und Rabov war versucht, ihm zuzuwinken oder auf andere Weise anzudeuten, dass er ihn längst bemerkt hatte.

Scheinbar gemächlich durchpflügte er längere Zeit das Zettelchaos der Archäologin, aber er fand keinerlei Notizen, die auf irgendwelche Verbindungen zwischen der Labiano und den mysteriösen Unbekannten (oder zumindest einem der beiden) hingedeutet hätten. Sie hatte Seite um Seite mit Mutmaßungen über Naxoda vollgekritzelt – das *»Phantom im Nebelwald«*, die *»arglistige Fälschung«*, die *»seit Jahrhunderten dunibische Trottel und Betrüger anlockt«*. Aber offenbar hatte sie keinerlei Beweise dafür gefunden, dass sich auch Hergo und Lona Markan in diese blamable Tradition der betrogenen oder betrügerischen Naxoda-Entdecker eingereiht hatten. Zumindest konnte Rabov in dem Durcheinander ihrer Manuskripte, Bücher und Notizen nichts dergleichen entdecken – was allerdings auch bedeuten konnte, dass jemand vor ihm nach diesen Schriftstücken gesucht und sie beiseitegeschafft hatte.

Falls es diesen Jemand tatsächlich gab, lag die Folgerung nahe, dass er (oder sie) kein anderer als jener höchstgradig befähigte Magier war, der Velissa Labiano transformiert hatte. Auch seine Beweggründe lägen dann einigermaßen klar zutage: Er wollte unbedingt verhindern, dass die Polizei oder wer auch immer Wind davon bekamen, was letztes Jahr im Moliatdschungel tatsächlich passiert war. Vielleicht wollte er überdies Velissa Labiano dafür bestrafen, dass sie es gewagt hatte, ihre Nase in Geheimnisse zu stecken, die nach Ansicht dieses großmächtigen Lakori ungelüftet bleiben sollten. Und offenkundig wollte er jedem, der mit dem Gedanken spielte, in ihre Fußstapfen zu treten, eine unmissverständliche Warnung senden: Er besaß nahezu grenzenlose Macht und wer auch immer sich ihm in den Weg stellte, würde wie Velissa Labiano enden.

Damit stellte sich allerdings eine weitere Frage: Wenn es bei Hergos Naxoda-Expedition tatsächlich nicht mit rechten Dingen zugegangen war – wer konnte überhaupt ein so brennendes Interesse daran haben, dass dieser Betrug nicht aufgedeckt wurde? Aus Doktor Labianos Nachforschungen ging hervor, dass sich im Verlauf der Jahrhunderte Dutzende solcher Betrügereien ereignet hatten – aber in keinem einzigen Fall war ein Magier auf den Plan getreten, um mit aller Macht die Aufklärung der Hintergründe zu verhindern.

Rabov grübelte über diesen Rätseln, doch schließlich gestand er sich ein, dass er hier fürs Erste nicht weiterkommen würde. Allem Anschein nach gab es einen direkten Zusammenhang zwischen der Naxoda-Expedition und dem Verbrechen, dem Doktor Labiano zum Opfer gefallen war – aber falls die Forscherin wirklich einem gefährlichen Geheimnis auf die Spur gekommen war, konnte es sich dabei um alles Mögliche handeln. Fest stand gegenwärtig eigentlich nur, dass weder Professor Hergo noch Magistra Markan zu einem drittgradigen Verwandlungs-Lakori imstande gewesen wären.

Aber nach ihrem Ausscheiden aus dem Institut hatte Velissa Labiano allem Anschein nach keinerlei Beziehungen mehr zu irgendeiner Menschenseele unterhalten. Weder zu Forscherkollegen oder Studenten ihrer einstigen Fakultät noch zu magisch begabten Personen aus dem Lakori-Untergrund. Und aus keiner einzigen ihrer zahllosen Notizen ließ sich ableiten, dass sie in den letzten Monaten ihres

Lebens auf einen Magier gestoßen wäre, der in irgendeinem Zusammenhang mit der Naxoda-Expedition gestanden hätte – und der außerdem zu Verwandlungs-Lakori dritten Grades imstande war.

Rabov wandte sich dem Hinterzimmer zu. Ihm war die ganze Zeit über bewusst gewesen, dass er sich um diesen Abschiedsbesuch nicht herumdrücken konnte, aber er hatte es so lange wie irgend möglich vor sich hergeschoben, daran zu denken, was (oder wen) er im einstigen Schlafzimmer von Velissa Labiano vorfinden würde. In welcher Verwandlungsphase sich die beiden Lebewesen dort drinnen befinden mochten – noch Liane und Baum oder schon wieder jemand (oder etwas) ganz anderes.

Er fischte ein Schwefelholz aus seiner Hosentasche, riss es am Türpfosten an und glitt in den Transformationsraum hinüber, der gleichfalls »auf die übliche Weise« gesperrt worden war. Das brennende Hölzchen in der Hand, wünschte er sich im nächsten Moment nur noch, weit, weit entfernt zu sein.

In Bakus, auf den Noïli-Inseln oder sogar im zaketumesischen Nebelwald. Alles lieber, als gerade hier, auf engstem Raum mit ... mit einem Dingwesen, für das es keinen Namen gab. Nicht auf Dunibisch, nicht auf Bakusisch oder Zaketumesisch, soweit Rabov wusste. Vielleicht in der Sprache der Naxoda-Bildtafeln, aber sogar das kam ihm in diesem Moment unwahrscheinlich vor.

Das Schwefelholz erlosch. Er ließ es fallen, lutschte an seiner angesengten Fingerspitze und wühlte fahrig nach weiteren Brennhölzchen. Nur um sich dann, als er endlich eines gefunden hatte, ängstlich zu fragen, ob es wirklich klug sei, sich diesem Anblick abermals auszusetzen.

Lieber ein Leben lang mit einem verräterischen Assistenten zusammenarbeiten als das.

Sogar lieber noch einmal ans Agoschkreuz gefesselt werden wie damals – ja, fast sogar lieber das.

Aber er war ein königlicher Spezialagent, sorgsam ausgebildet, um in jeder Lage die Kontrolle zu bewahren. Selbst dann noch, wenn er wie in den zurückliegenden Tagen sein Dunkeldu leichtfertig gestärkt hatte. Und sein Lichtich fahrlässig lädiert.

Sogar dann, Sam.

Und dann hörte er sie stöhnen. Unsagbar angstvoll und schmerzerfüllt stöhnen. Auf eine Weise stöhnen, als ob sie jede Hoffnung verloren hätte und doch nicht umhin könnte, dem Entsetzen und dem Schmerz in ihrem Innern Ausdruck zu verleihen.

Im Stockdunkeln beugte sich Rabov vor und ratschte, ohne darüber nachzudenken, was er da eigentlich machte, das Schwefelholz an ihrem Baumkörper an. Das Flämmchen flackerte auf und erhellte für wenige Augenblicke den schief aufgerichteten Yasnabaum und ganz oben, unter der Krone, inmitten sprießender Zweige, das Gesicht von Velissa Labiano. Es war mit grauer Borke überzogen und doch unverkennbar ein lebendiges Menschengesicht. Die Augen waren weit geöffnet, ihr Gesicht in namenlosem Grauen verzerrt. So sah sie durch Rabov hindurch, durch alle Wände, Räume, Zeiten hindurch in das schwarze Herz allen Schmerzes und Entsetzens dieser Welt.

Sie bemerkte ihn nicht und doch spürte er untrüglich, dass sie am Leben war und schrecklicher litt, als vielleicht jemals ein Mensch gelitten hatte. Sogar ärger als Agosch am Spreizkreuz vor siebenhundert Jahren.

Auch die Liane, die sich durch ihren Baumkörper wand, hatte begonnen, sich abermals zu verwandeln. An ihrem vorderen Ende bildete sich aufs Neue ein Schlangenkopf heraus, die moosgrüne Haut war mit einem roten Netzmuster überzogen. Die Enden der zweigeteilten Zunge standen aus dem fingerbreit geöffneten Maul hervor, und als Rabov das Flämmchen näher heranführte, sah er ganz deutlich, dass auf jedem Zungenende ein ebensolcher winziger Schlangenkopf saß. Das Maul ein wenig geöffnet, die Zähne winzige schimmernde Spitzen, genau wie auf der Zeichnung in Edar Fostus Buch. Dies alles sah ungeheuer kunstvoll aus, denn so wie das Gesicht von Velissa Labiano aus dem Holz des Stammes herausgeschnitzt schien, so war der Schlangenkopf scheinbar aus den Fasern der Liane gezwirnt und geformt. Und doch hatte Rabov schon im ersten Moment gespürt, dass es sich um weit mehr als eine kunstvoll gearbeitete Skulptur handelte.

Die Lianenschlange lebte, so wie auch die Baumfrau am Leben war. Auf eine grässliche, unsagbar unheilvolle Weise am Leben.

Rabov bereute zutiefst, dass er Hauptermittler Ralla aufgefordert hatte, den Yasnabaum, der einmal Velissa Labiano gewesen war, zu verbrennen. Doch im nächsten Moment spürte er den fast übermächtigen Impuls, die grauenvoll lebendige Baumskulptur eigenhändig in Brand zu setzen.

Glücklicherweise erlosch gerade da das Schwefelholz. Und Rabov kehrte in das Schreibzimmer der Verlorenen zurück und riss nur wenige Augenblicke später die Fondtür der Wolkendroschke auf und erschreckte den hasenzahnigen Fahrer fast zu Tode.

»Fahr los, Kerl«, sagte er in einem Tonfall, der ihm selbst Schauder über Nacken und Rücken jagte. »Zum Grenzweg bei den Gesperrten Sümpfen.« Er schwang sich auf den Rücksitz und knallte die Tür zu. »Und wage es nicht, mich unterwegs anzusprechen – was auch passieren mag.«

5

Hat die Dunkle Messe schon angefangen, Port?

Ah, Sie, Chef – ja, gerade eben. Solas Gedankenstimme klang einigermaßen entnervt.

Sie hatten Anweisung, sich bei mir zu melden, wenn es losgeht.

Wollte ich gerade in diesem Moment machen, Sam.

Sehr gut, lobte Rabov, *Sie können ja sogar lügen, ohne den Mund aufzumachen. Aber wissen Sie, was ich gerade in diesem Moment merke?*

Sagen Sie's mir, verlangte Sola und klang noch eine Spur genervter.

Passen Sie gut auf, denn jetzt kommt es: Ich habe keine Geduld mehr mit Ihnen. Ich habe nicht mehr die geringste Lust auf Ihre Lügen und falschen Spielchen, Port. War das nicht ein bisschen sehr dick aufgetragen – so zu tun, als ob Sie Horch *für einen lustigen Vornamen hielten? Oder war es Ihnen egal, dass ich Ihnen früher oder später auf die Schliche kommen würde, dass Sie als mieser kleiner Spitzel für Ralla und seine Horch-Brüder arbeiten?*

Gütiger Linglu, ich kann das erklären. Solas Gedankenstimme kippte beinahe über. *Das ist alles ein riesengroßes Missverständnis, Sam. Aber vielleicht sollten wir darüber ein anderes Mal …? Ich meine, hier geht es gerade ziemlich … ach, du meine Güte … das ist hier ja das reinste …*

Bemühen Sie sich nicht weiter, Port. Lassen Sie mich einfach miterleben, was da bei Ihnen gerade passiert. Ohne auch nur eine Antwort abzuwarten, vertiefte Rabov seine Agosch-Trance und glitt in das Bewusstsein des Assistenten hinüber.

Was er mit Port Solas Augen zu sehen bekam, verschlug auch ihm zunächst einmal die Sprache. Dabei hatte er erst letztes Jahr an einer Makubisten-Messe teilgenommen – doch um so mehr erstaunte ihn, was sich um Sola herum abspielte.

Damals hatten sich die Anhänger der Schlangengottheit *Makuba Occulta* in bescheidenen Katakomben unter einer Hafenspelunke versammelt – nur ein paar Blocks von der Bar *Zum Lotsengrab* entfernt, wo Port Sola sich vorhin mit der Trancemagierin Chidda getroffen hatte. Ihre Vorliebe für das Hafenviertel hatte sich die Sekte offenkundig bewahrt – als Tempel diente ihnen nun eine ehemalige Lagerhalle an einem stillgelegten Kai im Alten Osthafen. Aber letztes Jahr hatten sich gerade mal zwei Dutzend Makubisten zusammengefunden, um ihre göttliche Geistschlange zu beschwören, diesmal jedoch mussten es mindestens fünfhundert sein. Die Halle war gedrängt voll mit Schlangenjüngerinnen und -jüngern, und Rabov spürte die Erregung, die sie alle das Podest in der Mitte des Bauwerks immer rastloser umkreisen ließ.

Die meisten von ihnen hatten ihre Kleidung bereits von sich geworfen, wie es das Ritual der Makubisten vorsah. Ihre Haut war mit allen erdenklichen Schlangenmusterungen tätowiert und viele Kultanhänger trugen überdies lebende Makubas um den Hals oder in offenen Körben mit sich.

Port Sola war ein wenig übel. Sein Herzschlag war stark beschleunigt und er schwitzte, gleichwohl machte er keine Anstalten, auch nur seine Halbkutte abzustreifen. Wahrscheinlich hätte der Assistent längst wieder die Flucht ergriffen, wenn ihm nicht die Trancemagierin zur Seite gestanden hätte. Chidda war eine robuste Person mittleren Alters, dem äußeren Anschein nach eher ein Marktweib als eine überdurchschnittlich begabte Lakori, die ganze Säle voll nichtsahnender Menschen handkehrum in Zauberschlaf versetzen konnte. Rabov fühlte mit Sola und empfand zugleich stille Schadenfreude. Vor allem aber war er heilfroh, dass nicht er selbst dort im Getümmel der Schlangen und Schlangenanbeter steckte. Den Geruch von Schlangen und schwitzenden Menschenkörpern, das Gebrodel aus Angst und Erregung durch Solas Sinne mitzuerleben, war schon beinahe mehr, als er gerade ertragen konnte.

Entgegen dem, was der Assistent behauptet hatte, schien die Messe schon seit geraumer Zeit im Gang zu sein. Träge Trommelrhythmen, kontrastiert durch schreiartiges Pfeifen aus noïlitischen Knochenflöten, lullten die Kultanhänger ein und peitschten sie gleichzeitig immer weiter auf. Mannshohe Fackeln tauchten alles in zuckendes, orangerotes Licht.

Der Sockel, den die Makubisten umkreisten, war gut zwei Meter hoch und wies die Umrisse eines ungeheuren Baumstumpfs auf. Wurzelwülste so dick wie die Oberschenkel bakusischer Gewichtheber wölbten sich ringsum aus dem Stumpf hervor, der täuschend echt aussah. Tatsächlich handelte es sich aber um einen kunstvoll behauenen und bemalten Felsblock, auch wenn die Makubisten schworen, dass es die Überreste jenes Baumes seien, in dessen Astwerk sich die göttliche Geistschlange einst den allerersten Menschen gezeigt habe – nur sei der Baumstumpf seit damals entweder durch ein Wunder oder (hier gingen die Meinungen wieder auseinander) einfach durch natürliche Alterung versteinert.

Oben auf dem Stumpf jedenfalls standen der Hohepriester und die Hohepriesterin dieses bizarren Schlangenkultes, beide von Kopf bis Fuß mit Makubamusterung tätowiert. Wurmhaft winzige Vipern ringelten sich im Haarschopf der Schlangenpriesterin und eine halbwüchsige Makuba hing ihr wie ein schillernder Schal um die Schultern. Der männliche Hohepriester trug eine stämmige Gittermakuba um seine Hüften geschlungen, als ob es ein Patronengurt aus Schlangenleder wäre – mit dem unablässig umherzuckenden Kopf und dem züngelnden Maul eine Handbreit unter seinem Nabel.

Auf der ovalen Oberfläche des Baumstumpfs oder Felssockels – dem »Altar der Offenbarung« im Sprachgebrauch der Makubisten – hätte sicher ein Dutzend Priester und Schlangenjünger Platz gefunden. Aber bei dem ganzen Ritual kam es letzten Endes darauf an, die eine und einzige Person zu finden, der es beschieden war, bei dieser Messe »mit der Geistschlange zu tanzen«.

Zu diesem Zweck bearbeiteten die Trommler auf der Balustrade an der hinteren Hallenwand ihre Instrumente mit Stöcken und Händen, und deshalb bliesen die Flötenspieler mit aller Kraft in ihre Knochenrohre. »Spürt ihr, wie eure Schlangenkräfte wachsen?«, rief das Hohepriesterpaar auf dem Sockel, und die taumelnde, tanzende Menge antwortete mit einem gestöhnten, gekrächzten, geschrienen: »Wir spüren es, jaaa!« Sie schwenkten die Schlangen über ihren Köpfen und Männer wie Frauen streckten ihre Zungen heraus, die allesamt zwiegespalten waren. »Wir spüren es, jaaa!« Sie umschmeichelten die Schlangen und küssten sie auf ihre kalten Mäuler und dazu riefen und sangen sie aus Hunderten Kehlen: »Göttliche Makuba, komm zu uns herab! Wir spüren es, jaaa! Heilige Geistschlange, wir flehen dich an – zeige dich deinen demütigen Dienern!«

Von der Trancemagierin fürsorglich geleitet, war Port Sola auf einen Mauervorsprung nahe dem Halleneingang gesackt. »Ich glaub, ich muss kotzen«, murmelte er und ließ den Kopf hängen.

Chidda setzte sich neben ihn und stieß ihn mit der Schulter aufmunternd an. »Nimm dir ein Beispiel an deinem Kumpel Samu«, sagte sie. »Der hat das hier schon zweimal durchgestanden, ohne auch nur mit der Wimper zu zucken.« Sie schien ihren eigenen Worten nachzusinnen. »Ich will nicht übertreiben«, sagte sie dann, »ziemlich gezuckt und geseufzt hat er schon. Aber dass ihm irgendwelches Gejammer über die Lippen gekommen wäre, geschweige denn sein halbverdautes Mittagessen – niemals.«

»Ist ja schon gut«, murmelte Sola. »Keine Sorge, das schaff ich auch.« Doch dabei fühlte er sich noch sehr viel weniger zuversichtlich, als seine Beteuerungen klangen.

»Komm jetzt mit nach vorn, Port«, sagte Chidda in gurrendem

Tonfall. »Sonst fallen wir noch auf. Außerdem willst du doch auch sehen, wie die göttliche Schlange erscheint, oder etwa nicht?«

»Na klar doch«, murmelte Sola und blieb sitzen, wo er saß.

»Meine Güte, wofür haben sie dich denn überhaupt hergeschickt, du Blindschleiche!« Auch die Trancemagierin verlor nun anscheinend die Geduld mit dem apathischen Kultnovizen. Sie packte ihn unter der Achsel und zerrte ihn mit sich.

Die Makubisten umkreisten den »Altar der Offenbarung« mittlerweile im Laufschritt. Sie keuchten und japsten und ihre Gesichter und Körper glitzerten vor Schweiß. Rücksichtslos bohrte sich Chidda mit dem Assistenten im Schlepptau in die rotierende Kultgemeinde hinein. »Göttliche Makuba, komm zu uns herab!«, rief sie mit unerwartet melodischer Stimme.

Port Sola konnte sich nicht erklären, wann und wie sich die Trancemagierin ihrer Kleidung entledigt hatte, doch unzweifelhaft trug auch sie keinen Fetzen mehr auf der kunstvoll tätowierten Makubahaut. Unverändert umklammerte sie seinen rechten Arm unterhalb der Achsel und zerrte ihn mit sich im Kreis. »Heilige Geistschlange, wir flehen dich an«, jubilierte Chidda, »zeige dich deinen demütigen Dienern!«

Nur noch mit mattem Erstaunen nahm der Assistent zur Kenntnis, dass er in die Anrufung der okkulten Geistschlange eingestimmt hatte. Als die Hohepriester auf dem Sockel ihre rituelle Frage wiederholten, schrie er schon wie alle anderen: »Wir spüren es, jaaa!« – das »jaaa!« so langgezogen, dass es wie ein unterirdisches Echo nur ganz langsam verhallte. Und als Port Sola eine ungewisse Zeitspanne später zufällig an sich herunterschaute, da war er so wie alle anderen Ritualteilnehmer ganz und gar nackt.

»Göttliche Makuba, komm zu uns herab!«, schrie er in fiebriger Ekstase und in einem Hintertreppenwinkel seines Bewusstseins kam er gleichzeitig beinahe um vor Beschämung. »Heilige Geistschlange, wir flehen dich an«, kreischte er, und dann geschah mehrerlei zur gleichen Zeit.

Um sie herum fielen sämtliche Kultanhänger einander umschlingend zu Boden, und Chidda drückte das Gesicht des Assistenten zwischen ihre Brüste, wo es sehr dunkel und schwül war, und riss ihn mit sich hinunter. Rabov lachte in Solas Kopf leise auf, wenn auch mehr vor Schrecken als aus Schadenfreude, und eine einzige Schlangenjüngerin blieb aufrecht auf ihren Füßen stehen, die Hände himmelwärts gereckt und das in Verzückung verzerrte Gesicht gleichfalls zur Hallendecke gewandt. Sie schrie: »Hier bin ich, nimm mich! Hier bin ich, nimm mich, göttliche Makuba!« Unablässig nur immer wieder diese rituelle Formel. »Hier bin ich, nimm mich! Hier bin ich, nimm mich, göttliche Makuba!«, und erst nachdem Sola seinen Kopf mühevoll ein wenig zur Seite gewendet hatte, konnten er und Rabov die Auserwählte dieser Dunklen Messe sehen.

Es war eine junge Frau, Anfang oder allenfalls Mitte zwanzig. Sie war schlank und hochgewachsen und mit den silberblonden Haaren, die ihr offen über die Schultern fielen, hätte sie eine jüngere Schwester von Calin sein können. Aber das dachte Rabov eigentlich immer, wenn er einer jungen Frau von diesem Typus begegnete, und so fiel ihm erst mit einiger Verzögerung auf, worin sich die Verzückte von nahezu allen anderen Makubisten um sie herum unterschied.

Sie hatte ihren Körper nicht mit Nadeln und eingeträufelten Farben tätowiert, sondern bloß oberflächlich mit Schlangenmustern bemalt. Doch in der schweißtreibenden Hitze hatten sich die Farben wieder verflüssigt, und deshalb rannen Hunderte schillernd bunter Tropfen an ihren Wangen, ihrer Brust, ihrem Rücken hinab. Es sah aus, als ob sie sich häuten würde oder als ob sie mit ihrem ganzen Körper farbige Tränen weinte. In diesem Tempel voller Menschen, die allesamt keinen Fetzen Kleidung am Körper trugen, schien sie die einzige wahrhaft Nackte zu sein – selbst Port Sola, der quer über die Brust einen Nachtparder eintätowiert hatte, war weniger entblößt als sie.

Das Hohepriesterpaar auf dem Sockel beugte sich hinab, fasste die Verzückte bei den emporgereckten Händen und zog sie zu sich herauf. Im selben Augenblick wechselten die Trommler und Flötisten auf der Balustrade zu einer Tonfolge über, die wie Entsetzen und Ekstase in einem klang. Wie Jubel und Panik, wie Lust- und Todesschreie, wie allerhöchstes Glück und allertiefste Verzweiflung – das alles zugleich.

Unterdessen waren die beiden Hohepriester von dem Baumstumpf gesprungen, Hand in Hand in die Menge hinab. Viele Kultanhänger lagen noch immer, zu zweien oder dreien umschlungen, am Boden, während andere eng zusammengedrängt vor dem Sockel saßen, die Schlangen wie Schals um ihre Schultern geschlungen und die Köpfe weit zurückgelegt, um zu sehen, was auf dem »Altar der Offenbarung« geschah.

Mit den Armen rudernd wie ein Nichtschwimmer in Seenot, war es schließlich auch Port Sola gelungen, sich aus Chiddas Umarmung ans feste Land zu retten. Auf der Kippe zwischen Ekstase und Panik saß er neben der Trancemagierin und starrte mit großen Augen zum Altar hinauf.

Und so konnte auch Rabov klar und deutlich sehen, wie die göttliche Geistschlange zu der Verzückten hinabgefahren kam. Ein blendend heller Pfeil, der von der Hallendecke niederschoss, ein ungeheurer Leib aus Licht, der sich im Herabstürzen in der Luft schlängelte und ringelte und im nächsten Moment die Verzückte mit einem gleißenden Spiralwirbel umschloss. Mit aberwitziger Geschwindigkeit jagte die Geistschlange um die junge Frau herum, die wie in Schleier aus schierem Licht gehüllt auf dem Sockel stand, die Arme emporgereckt und das Gesicht mit strahlendem Lächeln himmelwärts gewandt.

»Göttliche Makuba, wir preisen dich!«, jubelten die Makubisten. Taumelnd rappelten sie sich allesamt wieder auf, neuerlich von fiebriger Erregung ergriffen, während das Hohepriesterpaar schreiend die Botschaft der Geistschlange verkündete. Denn nach der Lehre der Makubisten waren die wirbelnden Bewegungen des Schlangengeistes okkulte Schriftzeichen, die einzig die Hohepriester entziffern konnten.

»Linglus Priester lügen«, verkündeten sie, »nicht ihr Gott war es, der alles erschaffen hat – sondern *Wir* allein, die göttliche Makuba.«

»Du allein, göttliche Makuba!«, jauchzte die Menge und auch dieser einleitende Teil der Verkündigung gehörte noch zum Ritual.

Doch dann geschah etwas ganz und gar Unerhörtes. Etwas, das sich gewiss niemals zuvor bei einer Messe der Okkulten Makubisten ereignet hatte. Ab und an kam es vor, dass die göttliche Schlange ihr Erscheinen verweigerte, so flehentlich die Hohepriester und die Gemeinde ihre Herabkunft auch erflehten. Doch wer hätte jemals davon gehört, dass die Geistschlange sich zwar gnädig offenbarte und ganz richtig begann, ihre Botschaft in wirbelnden Spiralzeichen um die Verzückte zu malen – dass diese Botschaft aber mit einem Mal unleserlich überkritzelt wurde?

Und doch geschah genau das vor den Augen der entgeisterten Gemeinde: Ein Gekrakel mischte sich in die kühnen Lichtspiralen, die die Schlangengottheit um den Leib der Verzückten tanzte. Die Hohepriester stockten, setzten aufs Neue an und verstummten dann gänzlich. Denn das widerwärtig anzusehende Gekritzel entstellte die Botschaft der Gottheit – weiße, geschwungene Zeichen ähnlich den Lichtwirbeln der Geistschlange, doch nicht gleißend wie diese, sondern abstoßend fahl.

Die Menge war ebenso verstummt wie ihre Priester. Auch die Trommler und Flötenspieler ließen ihre Stöcke und Instrumente ruhen. Eine grässliche Stille senkte sich auf die Tempelhalle hinab. Von Entsetzen erfasst, starrten alle zum »Altar der Offenbarung« empor, wo die Geistschlange unaufhörlich um den Leib der Verzückten wirbelte, ihre Botschaft wie rasend in die Luft schrieb und die Zeichen genauso schnell durch das fahle Gekrakel übermalt wurden.

Auch Rabov war zunächst viel zu verblüfft, um zu begreifen, was da oben vor sich ging. Und als er es verstanden hatte, zwar schneller als jeder andere in der Tempelhalle, da war es zu spät.

Port, rief er, *machen Sie, dass Sie da hochkommen, Mann!*

Der Assistent sah benommen um sich.

Das Gekritzel da oben, schrie Rabov, *das ist keine zweite Geistschlange oder so etwas – das ist der weiße Wurm aus Hergos Kellerkammer. Nur viermal so groß wie gestern – so machen Sie doch was, Linglu noch mal!*

Sola sprang auf.

Na los jetzt, Port!, feuerte ihn Rabov an.

Widerstrebend begann der Assistent, sich einen Weg zum Sockel zu bahnen. Doch schon nach wenigen Schritten blieb er wieder stehen. *Sie haben recht, Sam – aber wie grauenvoll groß … Linglu, steh mir bei.*

Der Wurm hatte den Umfang eines kräftigen Männeroberschenkels und eine Länge von wenigstens vier Metern. Kopfüber hing er vom Dachgebälk der Halle herunter und sein Schädel, gut zweimal so groß wie der Kopf der Verzückten, pendelte über ihrem Scheitel hin und her. Vor dem halb geöffneten Maul der Bestie tänzelte die zweigespaltene Zunge und die senkrechten Augenschlitze glitzerten eitergelb. Doch die junge Frau schien überhaupt nicht zu bemerken, in welcher Gefahr sie schwebte. Unaufhörlich wirbelte die Geistschlange um sie herum und hüllte sie von den Schultern bis hinab zu den Fußknöcheln ein.

Port, na los – hoch mit Ihnen auf den Sockel!, kommandierte Rabov.

Und just in diesem Moment stieß das Biest auf die Verzückte hinab. Überdeutlich im gleißenden Spirallicht sah Rabov durch Solas Augen, wie der Wurm seine Zähne in die rechte Schulter des Mädchens schlug und ihren Arm ganz einfach aus dem Rumpf herausriss. Er hörte ein greuliches Knirschen und Knacken, die junge Frau schrie auf und Port Sola stöhnte beinahe genauso laut und kniff die Augen zu.

Verdammt, Port, schimpfte Rabov, *machen Sie Ihre Augen auf.* Dabei war ihm selber sterbensübel – aber jetzt galt es, den widerlichen Wurm zu erlegen. *Na, machen Sie schon, Agent!*

Sola hob widerstrebend seine Lider. Die Geistschlange war zu einem zitternden Schemen verblasst. Sie bewegte sich noch immer in Spiralen über dem Sockel, doch die junge Frau, die von ihr eingehüllt worden war, lag nun zusammengekrümmt auf dem Altar und aus ihrem Schulterstumpf spritzte Blut in einem daumendicken Strahl.

Der widerwärtige Wurm pendelte noch immer kopfüber vom Dachgebälk herab und seine Augen funkelten vor boshaftem Behagen – jedenfalls kam es Rabov so vor. Das Mädchen hatte anscheinend das Bewusstsein verloren. Die Augen geschlossen, eine Wange in ihr eigenes Blut gebettet, lag sie auf dem Altar der Offenbarung und wimmerte nur leise. Von ihrem abgefressenen Arm hingen noch ein paar

Überreste aus dem Rachen des Ungeheuers heraus – ihre bunt betupfte Hand und ein Stück von ihrer Elle, die der Wurm nun mit einem abscheulichen Saugschmatzen vollends in sich hineinschlang.

Sie wollen mich in den Tod schicken, Sam. Die Hände zu Fäusten geballt, den Kopf weit zurückgelegt, stand Sola vor dem steinernen Baumstumpf und spähte zu dem Wurm und seinem Opfer hinauf. *Aber ich geh da nicht hoch.*

Gerade in diesem Augenblick schlug das Ungeheuer aufs Neue zu. Es riss seinen Rachen auf, stieß seinen Kopf auf die Liegende hinab und fetzte ihren zweiten Arm mitsamt der Schulter aus dem Leib. Die Menge stöhnte auf. Abermals kniff Sola vor Entsetzen seine Augen zu und Rabov war ihm beinahe dankbar dafür. Aber nur beinahe.

Als der Assistent seine Lider wieder hob, war es vollends für jede Gegenwehr zu spät. Sie konnten nur eben noch sehen, wie sich die Bestie aufbäumte, zur Hallendecke emporkrümmte, ihre bluttriefende Beute im Maul. Im nächsten Moment war der greuliche Riesenwurm vom Dunkel des Dachgebälks verschluckt.

»Heilig, heilig«, murmelte das Hohepriesterpaar. »Heilig, heilig, o göttliche Makuba.«

»Heilig, heilig«, stimmte die Kultgemeinde in den rituellen Singsang ein.

Auf dem Altar lag reglos die junge Frau, mit starren Augen, in einer leuchtend roten Lache, die von grünen und gelben Schlieren durchzogen war.

Und Rabov begriff, dass die Tote in den Augen der Makubisten eine Märtyrerin war.

6

Verschwinden Sie aus meinem Kopf, Sam, schimpfte Sola. *Lassen Sie mich die Sache auf meine Art regeln. Sie machen mich noch ganz verrückt mit Ihren Lakori-Kommandos – und sich selbst genauso. Denken Sie doch mal an die Warnungen in den Lehrbüchern, Chef – Sie pumpen Ihr Dunkeldu immer weiter auf, während Ihr Lichtich …*

Geben Sie sich keine Mühe, schnitt ihm Rabov die Gedankenrede ab. *Was dabei herauskommt, wenn Sie Sachen auf Ihre Art regeln, habe ich jetzt zweimal erlebt. Und ein drittes Mal wird es nicht geben – Punktum. Also machen Sie, dass Sie in Ihre Hosen kommen, klemmen Sie sich die Sichel zwischen die Zähne – und dann dem miesen Biest hinterher. Keine Widerrede, Port. Und ich behalte Sie die ganze Zeit im Auge.*

Während dieses stillen Zwiegesprächs saß Rabov noch immer im Fond der Wolkendroschke, die dem Boulevard der Morgenröte entgegendampfte. Ab und an fing er im Rückspiegel verhuschte Blicke seines hasenzahnigen Fahrers auf, aber der wagte es nach wie vor nicht, sich auch nur zu räuspern.

Sola schloss den Gürtel mit der Nachtparderschnalle über seinen Hüften. *Das reicht,* kommandierte Rabov in seinem Kopf und Sola ließ sein Hemd auf den Mauersockel zurückfallen. Fügsam fischte er nur noch die Silbersichel aus seiner Halbkutte, klemmte sie sich allerdings nicht zwischen die Zähne, sondern verstaute die furchtbare Waffe in seiner Hosentasche.

Mit Chiddas Hilfe war es dem Hohepriesterpaar währenddessen gelungen, die Tempelhalle zu räumen. Gerade eben trotteten die letzten Kultanhänger auf den Kai hinaus, an dem seit Jahren kein Schiff mehr angelegt hatte.

Der Alte Osthafen war ein einziges Geistergelände. Mit verwahrlosten Schuppen und Hallen an unkrautüberwucherten Molen, an denen seit Jahr und Tag keine Fracht mehr gelöscht worden war. Linglu allein mochte wissen, was sich in all diesen halb zusammengekrachten Baracken befand. Verlorene Schätze von vergessenen Expeditionen nach Bakus, den Noïli-Inseln oder wohin auch immer.

Sagen Sie Chidda, kommandierte Rabov, *dass sie das Tor schließen soll.*

Nicht nötig, Chef – sie macht die Schotten gerade dicht. Und wenn Sie schon unbedingt in meinem Kopf bleiben müssen, tun Sie mir wenigstens einen Gefallen – wenn ich jetzt da hochgehe, reden Sie nicht pausenlos auf mich ein.

Versprochen, Port.

Sola machte sich auf den Weg zur hinteren Hallenwand. Er umrundete den steinernen Baumstumpf in weitem Bogen und achtete darauf, dass sein Blick nicht versehentlich auf das tote Mädchen fiel.

»Sie ist nicht einfach gestorben«, hatte Chidda ihm vorhin zu erklären versucht. »Zur Schlange verwandelt ist die Verzückte – begreifst du das nicht?« Sie hatte ihn bei den Schultern gepackt und geschüttelt und er war beinahe umgefallen – auf einem Bein stehend, mit dem anderen erst halbwegs in seinen Hosen. »Es war eine weitere Botschaft der göttlichen Geistschlange, nur anders als sonst übermittelt: Wir alle sind ihre Geschöpfe. In unserem Innersten sind wir alle Schlangen, erschaffen nach ihrem Bild.«

Doch Sola hatte nichts davon wissen wollen. »Du glaubst doch nicht im Ernst, du durchgedrehtes Fischweib, dass eure Gottheit euch diesen Wurm geschickt hat? Damit die Bestie an dem Mädchen herumfrisst, bis sie mehr wie eine Schlange aussieht? Gütiger Linglu.«

Waren diese Schlangenleute nicht allesamt Verrückte? Er begriff jedenfalls nicht im Geringsten, was in Leuten wie Chidda oder ihren Hohepriestern vorging. Die Trancemagierin schien regelrecht beglückt über den blutrünstigen Zwischenfall, und wenn er das Hohepriesterpaar halbwegs richtig verstanden hatte, sahen sie es genauso: Der widerliche weiße Wurm war ein Zeichen, das ihre Gottheit, die Geistschlange, ihnen gesandt hatte. Die Priester hatten sich sogar schon murmelnd beraten, wie sie fortan die Zeremonie abändern sollten, um den neuen Gegebenheiten Rechnung zu tragen.

An der hinteren Hallenwand lehnte eine Leiter, die zur Balustrade emporführte. Sola begann ohne übertriebenen Eifer hinaufzuklettern. Sam will mich in den Tod schicken, dachte er wieder und hoffte nur, dass Rabov nicht jeden einzelnen seiner Gedanken mitlesen konnte. Und wenn doch, dass er sich zumindest mit Kommentaren zurückhalten würde – jetzt und bitte sehr auch später, wenn er von dieser halsbrecherischen Kletterpartie zurück wäre.

Falls er halbwegs heil von da oben zurückkommen würde.

Auf der schmalen Holzbalustrade saßen noch immer die Tempelmusiker aufgereiht – fünf Trommler, die mit Häuten bespannten Trommeln zwischen ihren Knien, daneben ebenso viele Flötenspieler, denen die Knochenrohre an Muschelketten vor der Brust hingen. Allesamt Noïli-Männer, nackt bis auf den Lendenschurz mit dem

Fledermausschrumpfkopf, der ihnen zwischen den Beinen herunterbaumelte.

Halbwegs war Sola darauf gefasst, dass sie versuchen würden, ihn aufzuhalten – immerhin machte er Jagd auf eine Kreatur, die ihnen angeblich von ihrer Gottheit geschickt worden war. Aber die elf Musikanten blieben reglos auf ihren Schemeln sitzen und sahen nicht einmal zu ihm auf, als Sola über ihre Knie und Trommeln hinweg zum linken Rand der Balustrade kletterte.

Rabov kamen die Musiker beinahe wie hölzerne Skulpturen vor und für einen Moment musste er wieder an Velissa Labiano denken – ihr Gesicht in der Yasnabaumrinde, vor Angst und Grauen verzerrt.

Am Ende der Balustrade gab es eine weitere Leiter, die hinauf ins Dachgebälk führte – eigentlich nur ein wulstiger Strick, mit Knoten versehen, die als Fußstützen dienten. Sola spuckte in die Hände und warf einen Blick nach unten – was er allerdings besser nicht getan hätte, denn von der Balustrade aus hatte man einen idealen Blick auf den Altar der Offenbarung. Dort unten kniete die Hohepriesterin neben der Toten und übergoss sie mit ihrem eigenen Blut. »Heilig, heilig, o göttliche Makuba.« Ein ums andere Mal tauchte sie die zur Schale gewölbten Hände in die schillernde Lache und ließ den Inhalt über das Gesicht der jungen Frau rinnen.

Sie erinnerte den Assistenten überhaupt nicht an eine Schlange oder ein Kriechwesen gleich welcher Art. Sondern sehr viel eher an Linglus geflügelte Himmelsboten, von denen ihm seine Mutter erzählt hatte, als er ein kleiner Junge gewesen war. Die geflügelten Boten kamen zur Erde hinabgeschwebt, um den Menschen irgendwelche Botschaften zu überbringen, an deren Inhalt oder auch nur Tendenz sich Sola allerdings nicht mehr erinnerte. Und was die junge Botin dort unten anging – sie würde nirgendwo mehr hinfliegen, denn sie hatte keine Flügel mehr.

Von der Balustrade bis hinauf zum untersten Dachbalken waren es allenfalls zwei Meter. Normalerweise hätte er nur ein paar Sekunden gebraucht, um eine so geringe Strecke an einem soliden Seil emporzuklettern, ob mit oder ohne hilfreiche Knoten. Jetzt aber ließ er es mit jeder Knotenstufe noch mehr an Eifer fehlen, auch wenn

Rabov ihn in seinem Kopf wie einen lethargischen Fährmann anfeuerte. Seine Beine fühlten sich schwer, seine Arme kraftlos an. Unablässig schweiften seine Augen umher, auf der Suche nach dem Wurm, der irgendwo da oben im Gebälk auf der Lauer liegen musste.

Falls die Bestie nicht längst die Flucht ergriffen hatte. Aber das war leider nicht sehr wahrscheinlich. Sola spürte, dass der Wurm ganz in seiner Nähe war.

Schließlich hatte er die Strickleiter hinter sich und hievte sich auf den Balken. Der war gerade breit genug, dass man darauf entlangbalancieren konnte. Langsam ansteigend verlief er diagonal auf die Hallenmitte zu. Dort trafen gut ein Dutzend solcher Balken sternförmig zusammen und gerade im Zentrum des Sterns lag der widerwärtig weiße Wurm.

Sola stockte der Atem, als er die Bestie bemerkte. Behaglich zusammengeringelt lag sie auf dem Balkenstern, die Augenschlitze wie zu einem Verdauungsschläfchen geschlossen.

Sie müssen näher ran, befahl Rabov. *Also machen Sie schon, bevor das Biest zu sich kommt. Aus dieser Entfernung ist die Sichel für ein solches Monstrum zu schwach.*

Doch Sola blieb, wo er war – am Anfang des vielleicht zwanzig Meter langen Balkens, der ihn schnurgerade in den Rachen des Ungeheuers führen würde. *Sie schicken mich in den Tod, Sam,* wiederholte er. *Dabei bin ich an dem, was hier passiert ist, sowenig schuld wie Sie. Diese Bestie kann unmöglich dasselbe Vieh sein, das gestern aus Hergos Dschungelkontor abgehauen ist. Überlegen Sie doch mal, Chef – das Ungeheuer da drüben ist mindestens viermal so groß! Wie soll der Wurm denn in so kurzer Zeit dermaßen gewachsen sein – und dann noch durch die halbe Stadt gekrochen, von den Gesperrten Sümpfen bis hierher!*

Ich schicke Sie nicht in den Tod, gab Rabov zurück.

Verdammt noch mal, Sam, wenn Sie an meiner Stelle wären – Sie würden ganz bestimmt nicht über diesen Balken gehen!

O doch, ich würde gehen. Und ich würde das Ungeheuer besiegen, das schwöre ich Ihnen. Also holen Sie jetzt endlich Ihre Sichel raus und machen Sie sich auf den Weg. Das ist ein Befehl, Agent.

Sola gab sich geschlagen. Ohne ein weiteres Widerwort fischte er das königliche Zeichen aus seiner Hosentasche. Dann rannte er so flink den Balken entlang, dass Rabov es seinerseits mit der Angst zu tun bekam.

Langsam, mahnte er. *Und nicht so trampeln – Sie wollen das Vieh doch nicht aus seinem Schönheitsschlaf reißen.*

Damit ich die Bestie in die Starre schicken kann, argumentierte Sola, *muss sie ihre Augen* … Er unterbrach sich mitten im Satz. Was er hatte sagen wollen, wurde in diesem Moment Wirklichkeit.

Der Riesenwurm sperrte seine Augenschlitze auf. Sola war sich vollkommen bewusst, dass er nur noch die Sichel hochbekommen musste, um die Bestie außer Gefecht zu setzen, aber das war sehr viel leichter gesagt als getan. Der starre Blick aus giftig gelben Augen begann bereits seinen Willen zu lähmen. Mit der allergrößten Mühe gelang es ihm, seine rechte Hand zollweise anzuheben, die Vorderseite der Sichel dem widerlichen Kriechvieh zugewandt.

In diesem Moment schnellte es mit einer einzigen, irrsinnig raschen Fließbewegung dem Angreifer entgegen – das Maul weit aufgerissen, so dass Sola die verheerenden Zahnreihen erblickte. Der Riesenwurm warf sich ihm entgegen, er raste durch die flirrend heiße Luft unter dem Hallendach auf Sola zu wie eine flugtaugliche Dampftram, nur dass das Vieh noch tausendmal lauter fauchte und zischte. Zumindest kam es Sola und Rabov so vor.

Im buchstäblich allerletzten Moment bekam der Assistent endlich seine Sichel hoch und das furchtbare Blitzen traf genau in die kaum weniger furchtbaren Augenschlitze. Das Ungeheuer prallte wie von einem kolossalen Stiefeltritt getroffen zurück. *Noch mal die Sichel, noch mal!,* kommandierte Rabov, doch da hatte sich die Bestie bereits hoch aufgebäumt, brach mit dem Kopf voran durch das Dach und schoss durch die Bresche davon, während Kaskaden zertrümmerter Schindeln auf Sola niedergingen.

Sicheln Sie doch selbst, Linglu noch mal! Sola verlor das Gleichgewicht. Er ruderte mit den Armen, aber es half nichts – er stürzte. Gerade noch so bekam er den verdammten Balken zu fassen und krallte sich mit den Fingerspitzen ins Holz. *Haben Sie das mitgekriegt, Sie Alleswis-*

ser – das verfluchte Vieh hat die Sichel weggesteckt wie nichts. Das königliche Silber zwischen den Zähnen, begann er sich am Balken zurückzuhangeln, dem Knotenstrick entgegen. *Sagen Sie jetzt bloß nicht, dass es Ihnen leid tut oder so etwas, Sam – das glaube ich Ihnen sowieso nicht.*

Es tut mir aber leid, erwiderte Rabov, *und zwar mehr, als ich in Worte fassen könnte.*

Er machte dem Fahrer ein Zeichen, an der Straßenecke zu halten. Hier zweigte der Grenzweg in spitzem Winkel vom Boulevard der Morgenröte ab, eine schmale ungepflasterte Straße, die von heruntergekommenen Hütten gesäumt wurde und nach ein paar Dutzend Schritten vor den Gesperrten Sümpfen endete.

Nicht, dass ich Ihnen diesen Einsatz befohlen habe, fügte er auf dem Gedankenweg hinzu. *Wenn ich an Ihrer Stelle gewesen wäre, wäre ich das gleiche Risiko auch selbst eingegangen. Aber etwas anderes tut mir verdammt leid – dass uns das Vieh schon wieder entwischt ist.* Der widerwärtig weiße Riesenwurm.

Danke, dass Sie zumindest wir *gesagt haben, Sam.*

Keine Ursache, Sie haben sich diesmal ganz passabel geschlagen.

Der hasenzahnige Fahrer beobachtete ihn verstohlen im Spiegel, aber Rabov kümmerte sich nicht um ihn.

Sola kletterte die letzten Knotenstufen hinunter und sprang auf die Balustrade zurück. Die Musiker saßen noch ganz genau wie vorhin da und diesmal fragte sich auch der atemlose Assistent, ob sie möglicherweise in Holzstatuen verzaubert worden waren. *Aber warum haben Sie gesagt, dass uns das Biest schon wieder entwischt wäre?*, fragte er. *Dieses feiste Riesenvieh kann unmöglich der magere Wurm von gestern sein.*

Keine Ahnung, Port. Und noch weniger weiß ich, was ich uns wünschen soll – dass es so schnell wachsen konnte oder dass es noch mehr von seiner Sorte gibt. Damit zog er sich aus Solas Bewusstsein zurück. *Erstatten Sie Calin Meldung. Und sehen Sie sich in der Umgebung um – aber Obacht. Sie hören von mir.*

Er drückte dem Chauffeur ein paar Münzen in die Hand und stieg aus.

Siebtes Kapitel

Souvenirs aus dem Nebelwald

1

Der Grenzweg an den Gesperrten Sümpfen zählte zu den unheimlichsten Orten in ganz Phora – jedenfalls für jemanden wie Samu Rabov, dessen Beziehung zu Schlangen ein wenig heikel war. Als Mysto-Ermittler war er schon ein paarmal hier draußen gewesen und jedes Mal hatte er sich dabei recht beklommen gefühlt.

Der Grenzweg war im Grunde kaum mehr als ein schlammiger Pfad. Rechter Hand wurde er von baufälligen Lehmhütten gesäumt, während zur Linken des Weges, hinter einer schütteren Schilfkulisse, bereits die Sümpfe gluckten. Wer hier draußen wohnte, hatte naturgemäß sehr viel mehr Sumpfgetier als zivilisierte Zweibeiner zur Nachbarschaft. Lehmrote Nibrakröten, Speilurche, Faulfrösche und anderes unappetitliches Gequaddel. Auch Sumpfammern oder Goravögel, deren Keckern und Krächzen von früh bis spät aus allen Baumwipfeln schallte. Vor allem aber Schlangen jeder Art und Größe, einheimische und eingeschleppte, furchtsame und raubgierige, laubbraune oder schimmelgrüne, mit Gitter- oder Tupfenmusterung. Mengen von Makubas und Kadoras hausten dort in den Sümpfen und angeblich sogar ein paar waschechte Lyrissen – bakusische Riesenschlangen, die mühelos eine Länge von dreißig Metern erreichen konnten.

So wie die *Lyrissa gigante,* die im Tempelzelt von Radschi Varusa zweifellos noch immer darauf wartete, dass ihr entflohenes Opfer zwischen ihre mütterlichen Muskelwülste zurückkehrte. Einen Moment lang erwog Rabov, Zoran auf dem Gedankenweg zu fragen, ob bei ihm alles im Lot war. Aber der Junge würde sich schon melden, wenn er irgendwie in der Klemme steckte. Und höchstwahrscheinlich würde er selbst es von sich aus spüren, wenn Zoran seine Hilfe bräuchte.

So wie Rabov auch bereits im Voraus wusste, dass Magistra Markan in der allerletzten Hütte ganz am Ende des Grenzwegs gehaust hatte. Diese Erleuchtung war ihm zugeflogen, gerade als er sich aus der Wolkendroschke ins Freie gekämpft hatte. Und er ahnte sogar schon, was er dort so ungefähr vorfinden würde – doch was er da verschwommen vor sich sah, gefiel ihm ganz und gar nicht.

Unaufhaltsam wuchs in ihm das Dunkeldu. Er sah regelrecht vor sich, wie es in seinem Innern immer mehr Raum einnahm. Bis es eines Tages aus ihm hervorbrechen würde – nicht viel anders als vorhin der widerwärtig weiße Wurm durch das Dach der Tempelhalle gebrochen war.

Was für ein abwegiger Vergleich, tadelte sich Rabov. Als ob seine Verstandeskräfte oder seine Selbstkontrolle kurz vor dem Zusammenbruch stünden – das Gegenteil traf ja zu. Sein Lichtich war mächtiger und strahlender denn je. Bislang hatte er seine dunkle Seite fast vollständig unter dem Deckel gehalten, doch nun, da er ihr erlaubte, sich genauso wie ihr lichter Zwilling zu entfalten, würde seine Persönlichkeit nur umso stärker und vielfältiger werden.

Jedenfalls legte Rabov sich das alles so zurecht, während er mit krampfhafter Hast den Grenzweg entlangmarschierte, seinen längst wieder schweißnassen Überwurf in der linken Hand. Gleich vorn bei der Abzweigung vom Boulevard der Morgenröte hatte er sich von einem Sumpfrohrstrauch einen kräftig aussehenden Ast abgebrochen, der allerdings hohl war und ganz bestimmt keine angriffslustigen Kriechbestien im Zaum halten konnte.

Doch ein solcher Angriff war auch nicht allzu wahrscheinlich. Trotz der engen Nachbarschaft von Sumpf- und Hüttenbewohnern kam es hier im Grenzweg nur selten zu ernsteren Zusammenstößen. Den hellen Tag verschliefen die Schlangen ohnehin möglichst in ihren Nestern, und umgekehrt vermieden es die Anwohner im Allgemeinen, ihre Behausungen nach Anbruch der Dunkelheit zu verlassen. Und wer von ihnen doch einmal am späteren Abend oder gar bei Nacht erst nach Hause kam, wappnete sich mit Fackeln und Rasseln vor Begegnungen mit der kriechenden Nachbarschaft. Vom Boulevard der Morgenröte aus hörte man abends zuweilen lautes Geklapper und Getröte herübertönen. Wer mit den Verhältnissen nicht vertraut war, mochte annehmen, dass da drüben im Hüttenidyll gerade ein ausgelassenes Kinderfest stattfand. Aber Kinder wohnten kaum einmal im Grenzweg, und wenn doch, dann nur für kurze Zeit.

Selbst jetzt, am helllichten Tag, ließ sich in den Gärten entlang des Weges oder hinter den schartenschmalen Hüttenfenstern kein menschliches Wesen blicken. Dabei stand die Sonne hoch am Himmel und weit und breit war kein Kriechgetier zu sehen. Gleichwohl hielt sich Rabov so nah an der Hüttenseite des Weges, wie es Schlammfurchen und Pfützen erlaubten. Sein Herz schlug schneller als gewöhnlich und unter seinem Haarzopf klopfte es im gleichen Takt.

Er behielt das Schilfdickicht zu seiner Linken scharf im Auge. Die Absperrung dahinter bestand bloß aus einem eher symbolischen Holzzaun, den jeder Lausejunge im Nu überklettern konnte. Allerdings hatten die Grenzwächter alle paar Meter Warnschilder mit drastischen Aufschriften an den Zaunpfosten befestigt: »Gesperrt! Todesgefahr!«, hieß es dort beispielsweise, oder »Todessumpf! Betreten verboten!« Von jedem Schild grinste überdies ein stilisierter Totenkopf und die Schriftzüge sahen auf den ersten Blick wie zufällig verstreute Skelettknochen aus. Darunter prangte jeweils das Königlich-Dunibische Wappen – ein gewaltiges Schwert, blitzend und gleißend wie Linglus Lichtzunge, das vom Himmel herabfuhr und den Nacken eines enormen Seeungeheuers durchbohrte. Rabov fragte sich, ob König Sorno beim nächsten Flutgedenktag vielleicht auch ein neues Reichswappen enthüllen würde – mit Linglu und der Urschlange der Urmeere beim urgemütlichen Plausch.

Doch es war wieder einmal der falsche Zeitpunkt für solcherlei Gedanken. Rabov ließ sie fallen und konzentrierte sich stattdessen auf seine Umgebung. Auch die Vorgärten rechter Hand machten ihm einigen Kummer – die meisten waren so verwildert, dass ganze Makuba-Sippen darin Unterschlupf gefunden hätten.

»Meine Nachbarn sind armlos, nicht harmlos«, hatte der Odemmagier Maruk gescherzt, den Rabov letztes Jahr ein paarmal hier draußen aufgesucht hatte. Odemmagier besaßen die Fähigkeit, unverkörperte Lebensenergie, die frei in der Gegend herumschwebte, wahrzunehmen und einzufangen. Dabei handelte es sich um Seelenfetzen oder -fäden, die abgetrennt wurden, wenn die betreffenden Lebewesen eines gewaltsamen Todes starben. Der Odem-Lakori vermengte diese Fetzen mit ein wenig Materie – ein paar Krumen Lehm, einem Klümpchen Schlamm, ein paar Tropfen Blut –, wirkte einen Zauber und schuf auf diese Weise absonderliche neue Kreaturen.

Diese Geschöpfe waren immer missgestaltet und humpelten oder krochen nur mühselig umher. Denn die Seelenfetzen, die dem Odemmagier zur Verfügung standen, waren viel zu schwach, um ein Wesen ausreichend zu beseelen. In Maruks Hütte war Rabov damals auf die erstaunlichsten Geschöpfe gestoßen – Zwergenwesen, kaum größer als sein Daumen, die auf knotigen Pfoten über den Küchentisch krochen, oder kleine Krabbelkinder von gewöhnlicher Statur und Größe, durch die man jedoch hindurchsehen konnte, als ob sie aus Nebelschwaden geformt wären.

Maruk pflegte sich die mißratensten Kreaturen vom Hals zu schaffen, indem er sie an die Sumpfschlangen verfütterte – eine herzlose Angewohnheit, die ihn bei den Makubas und Kadoras beliebt machte, nicht aber bei seinen zweibeinigen Nachbarn. Rabov hatte damals stundenlang auf den Odemmagier eingeredet und er empfand es noch heute als persönliche Niederlage, dass es ihm nicht geglückt war, ihn zu überzeugen. Maruk war im Grunde kein schlechter Bursche gewesen, er hatte sich sogar zum lingluzielischen Glauben bekannt und an den vorgeschriebenen Tagen das Bethaus besucht. Aber er hatte argumentiert, dass die Kreaturen, die er da aus Dreck und Seelenfetzen zusammenbuk, eben keine Geschöpfe Linglus seien, sondern letzten Endes nicht sehr viel mehr als Spielzeugpuppen mit Dampfantrieb oder mechanischem Federwerk – und die warf man schließlich auch auf den Kehricht oder versenkte sie in den Sümpfen, sobald sie unbrauchbar geworden waren.

Irgendwann hatte Rabov es aufgegeben – und nur wenig später war der Odem-Lakori von einem aufgebrachten Nachbarn erschlagen worden. Der Mann hatte behauptet, dass Maruk ein Hexer sei, der künstliche Kinder erschaffe und die wilden Tiere mit ihnen mäste, aber Hauptermittler Ralla und die königliche Halsgerichtsbarkeit hatten ihm natürlich kein Wort geglaubt. Der Nachbar war als »heimtückischer Raubmörder« verurteilt und mit der Dampfhacke hingerichtet worden.

Rabov seufzte mitfühlend und wischte sich den Schweiß von der Stirn. Er hatte sein Ziel erreicht, die allerletzte Hütte am Ende des Grenzwegs. Das kümmerliche Häuschen war von Sumpf und Wildnis nahezu umschlossen, denn auch die Behausung rechts daneben war allem Anschein nach seit längerem unbewohnt. Der kleine Garten, der sich um das Nachbargemäuer herumzog, war so vollständig mit Schilf und Sumpfrohr überwuchert, als gehöre er bereits zur gesperrten Wildnis. Die Fenster waren leere Höhlen, durch das löchrige Dach flogen Vögel aus und ein. Und das Lehmhäuschen linker Hand, in dem Lona Markan das letzte Jahr ihres Lebens verbracht hatte, sah nicht sehr viel weniger baufällig aus.

Mit dem hohlen Ast, den er die ganze Zeit über wie einen Schlagstock in der rechten Hand gehalten hatte, drückte Rabov das Gartentor auf. Die Scharniere protestierten mit einem so schmerzlichen Stöhnen, dass er beinahe aufgelacht hätte. Aber wirklich nur fast. Denn gleichzeitig jagte ihm ein Schauder nach dem anderen den Rücken hinunter – überdeutlich spürte Rabov, dass er da drinnen etwas ungemein Grauenvolles vorfinden würde.

2

Die Hüttentür war in den Rahmen gelehnt, so als ob die Hausherrin nur eben für einen kleinen Spaziergang nach draußen gegangen wäre. Mit seinem Stock schob Rabov sie auf und spähte ins Innere.

Ein düsteres Zimmerchen, nicht viel größer als ein geräumiger Schrank. Rechts ein rostiger Eisenherd, überhäuft mit schmutzigen Töpfen. Das Fenster links war mit Holzläden verrammelt, darunter befand sich ein notdürftiges Bett – eigentlich nur ein paar Strohsäcke auf dem nackten Lehmboden, mit einer bunt gemusterten Leinendecke darauf, in die sich Lona Markan eingewickelt hatte, wenn sie versucht hatte zu schlafen.

Was ihr höchstwahrscheinlich immer seltener gelungen war. Das Dunkeldu vergiftete die Träume, wenn es erst einmal übermächtig geworden war. Es hetzte das Lichtich durch Landschaften, die aus schierer Angst erschaffen waren. Berge des Grauens hinauf und in Schluchten des Entsetzens hinunter, so dass man schreiend aus dem Schlaf fuhr und noch Minuten später die Krallen und Reißzähne zu spüren meinte, die sich einem ins Fleisch gegraben hatten. Oder die Makubawülste, die sich einem um die Brust geschlungen hatten. Oder die Fluten, in denen man um sein Überleben kämpfte, während eine brüllende Welle nach der anderen, jede einzelne höher als die Gurkentürme der bakusischen Botschaft, auf einen zugedonnert kam. Scheinbar, gewiss nur scheinbar, alles nur in Traum und Wahn – aber wenn das Lichtich erst einmal die Kontrolle verloren hatte, begannen Wahn und Wirklichkeit ineinanderzustürzen, und aus den Trümmern entstand etwas ganz und gar grauenvolles Drittes – die Welt des Dunkeldu.

Rabov warf sich seinen zusammengeknüllten Überwurf über eine Schulter und fasste den Stock fester. In diesem ebenerdigen Kämmerchen rechnete er eigentlich mit nichts Ärgerem als allenfalls einer Sumpfnatter, die sich in der verwaisten Hütte eingenistet haben mochte. Aber der Schmerz in seinem Nacken klopfte dennoch so heftig, dass ihm für einen kurzen Augenblick schwarz vor Augen wurde. Behutsam rieb er sich über sein Genick und das Klopfen verklang zu einem sanften Pulsieren. Er trat über die Schwelle, war mit zwei Schritten beim Fenster, hob abermals den Stock und drückte die knarrenden Läden auf.

Sonnenlicht strömte herein und ließ das Streifenmuster der Decke auf Lona Markans Bettstatt aufleuchten – kräftige Farben (rostrot, moosgrün, nachthimmelblau), die Rabov an das Kleid erinnerten, das Calin unlängst im *Bufo* getragen hatte. Leuchtend und doch düster, wie es für die Moliat-Kultur typisch war. Höchstwahrscheinlich hatte Lona Markan diese Decke von der Naxoda-Expedition mitgebracht, und so wie bei Professor Hergo war es keineswegs das einzige Souvenir aus dem Nebelwald gewesen.

Rabov musterte die abgetretene Schilfmatte, die die Bodenluke in der Mitte des Zimmers weniger verdeckte als hervorhob. Die wirklich wichtigen Mitbringsel befanden sich auch hier unter der Erde. Mit der Fußspitze schob er die Matte beiseite und darunter kam eine behelfsmäßig gezimmerte Falltür zum Vorschein. Knorrige Äste, zu einem ungefähr quadratischen Rahmen zusammengenagelt und mit ein paar alten Brettern beschlagen, die reichlich morsch aussahen. Rabov kauerte sich neben der Luke auf den Boden und versuchte durch die fast fingerbreiten Ritzen zwischen den Brettern hinabzuspähen. Ein fauliger Geruch quoll ihm entgegen, wie von vermodernden Kadavern, aber da spielte ihm vielleicht auch seine Einbildungskraft einen Streich. Jedenfalls war es da unten so stockfinster, dass er nicht einmal Schemen ausmachen konnte.

Er legte den Stock zur Seite und begann in seinen Taschen nach einem Schwefelholz zu graben. Gleichzeitig sah er sich in der Hütte nach einer Kerze oder Lampe um, mit der er sich für seinen Abstieg in die Unterwelt rüsten könnte. Was er stattdessen entdeckte, war ein äußerst sonderbares Werkzeug. Allem Anschein nach hatte Lona Markan es eigenhändig gebastelt. Es lag neben dem Herd an der Hüttenwand, auf eine zusammengerollte Strickleiter wie in ein Nest gebettet. Eigentlich war es weniger ein Werkzeug als eine Waffe – ein armdickes Stahlrohr, in dessen einem Ende eine Pechfackel steckte und im anderen eine Kampfaxt.

Rabov erhob sich, ging zum Herd hinüber und nahm das bizarre Instrument zur Hand. Es wog mindestens dreißig Pfund und schon allein mit dem Eisenrohr konnte man sich gegen Angreifer wirkungsvoll wehren. Mit dem daraufgepfropften Axtkopf, der auf der einen Seite eine gezahnte Klinge und auf der anderen eine Art Spitzhacke aufwies, war es eine furchtbare Waffe, mächtig genug, um selbst eine ausgewachsene Makuba in die Flucht zu schlagen.

Aber nicht deshalb hatte sich Lona Markan dieses Vielzweckgerät zusammengebaut. Nicht um sich gegen gewöhnliche Schlangen zu wehren.

Auf dem Herd fand Rabov ein Bündel Schwefelhölzer, riss eines davon an und setzte die Fackel in Brand. Mit dem Eisenrohr und der Strickleiter kehrte er zur Luke zurück, kauerte sich abermals daneben und leuchtete durch die Ritzen hinab.

Daraufhin brach da unten ein greuliches Geheule los, ein Kreischen und Schreien, als würde diese Falltür geradewegs in die Unterwelt der von Linglu verdammten Sünder führen. Rabov blieb vor Schreck fast das Herz stehen – dabei war er auf so etwas sogar im Großen und Ganzen gefasst gewesen, wenn auch nicht annähernd auf ein derart vielkehliges Geheule.

Wenn der Odemmagier Maruk mit seinen Geschöpfen herzlos verfahren war – wie sollte man dann bezeichnen, was Lona Markan den Kreaturen dort unten widerfahren ließ?

Rabov hüllte sich in seinen Überwurf, ohne die Fackelaxt (oder Beillampe, oder wie auch immer) aus der Hand zu legen. Die königliche Sichel nestelte er unter seiner Achsel hervor und schob sie sich in die Hosentasche, damit er sie notfalls zur Hand hatte. Aber eigentlich glaubte er nicht, dass er dort unten auf diese – oder überhaupt auf irgendeine – Waffe würde zurückgreifen müssen.

Er rammte das Eisenrohr mit der Axtseite in eine der Bretterritzen und hebelte die Falltür aus dem Bodenloch heraus. Das Geheule in der Tiefe ebbte zu einem verängstigten Wimmern ab. Rabov drehte das Eisenrohr herum und hielt die Fackelseite in den Schacht hinein – doch außer glitschig feuchtem Lehmboden und ein paar undefinierbaren Schatten an der Peripherie des unregelmäßig ausgefransten Lichtovals konnte er noch immer nichts erkennen.

Die Strickleiter hatte Lona Markan anscheinend einfach an den Scharnieren der Bodenluke festgezurrt, um sich dort hinunterzubegeben. Jedenfalls konnte Rabov keine andere Vorrichtung finden und so wand er mit einem stillen Seufzer das eine Seilende um einen rostigen Eisenhaken und warf das andere Ende in die Unterwelt hinab.

Das Wimmern war mittlerweile zu einem kaum mehr hörbaren Winseln abgeklungen. Am liebsten hätte Rabov in das erbärmliche Fiepen eingestimmt, aber dafür war er schließlich nicht zum königlichen Spezialagenten ausgebildet worden. Er nahm das Eisenrohr mit der Fackelseite nach unten zur Hand und machte sich an den Abstieg.

Die unterirdische Kammer war geräumiger, als er erwartet hatte, und doch war es bloß ein elendes Erdloch. Nicht anders als in dem Verlies unter Hergos Tempel-Nachbildung waren auch hier die

Wände mit den Naxoda-Motiven bemalt. Aber Lona Markan hatte die Lehmmauern nur mit einer dünnen Kalkschicht beworfen und auf dem klammen Untergrund begannen die Kohlezeichnungen bereits wieder zu verlaufen. Die majestätischen Flügelwesen auf den Bildtafeln schienen schmutziggraue Tränen zu weinen, die Pyramiden sahen regelrecht aufgequollen aus und die Glyphenschrift war zu unkenntlichen Schlieren verschwommen.

In einer Mauernische in der rechten Schmalwand der Kammer hatte Lona Markan einen Schemel aufgestellt – dort hatte sie zweifellos viele Stunden lang gesessen und mehr oder weniger falsch oder unvollständig entschlüsselte Moliat-Formeln geschrien. Neben dem Schemel stand eine Trommel und auf der abgewetzten Bespannung lagen Knochenflöten in unterschiedlichen Größen – offenbar hatte Lona Markan aus eigener Kraft jene beschwörenden Tonfolgen erzeugt, die Professor Hergo mit dem Dampfmelodophon hervorgebracht hatte.

Rabov sackte auf den Schemel. Doch was er von dieser Position aus zu sehen bekam, war alles andere als geeignet, um ihm neue Kraft und Zuversicht einzuflößen.

Vier Augenpaare starrten ihn an. Lona Markan hatte es vorgezogen, die Verwandlungskraft der uralten Zauberformeln nicht an ihrem eigenen Leib, sondern an den Körpern ihrer unschuldigen Gefangenen zu erproben. Sie mussten unsägliche Qualen durchlitten haben und weiterhin erleiden, denn offenbar waren alle vier noch am Leben.

Rabov empfand tiefes Grauen und untröstliches Mitgefühl. Mitleid mit den Kreaturen, die Lona Markan an der Wand dort drüben mit Eisenringen und -ketten angeschirrt hatte, so weit voneinander entfernt, dass sie sich nicht gegenseitig die Kehlen durchbeißen konnten. Und Grauen vor dem, was unter dem aufgeplatzten Fell, der zerfetzten Haut, dem aufgerissenen Fleisch mehr zu ahnen als wirklich zu sehen war.

In der einen Ecke lagen zwei große Katzen, die eine mit schwarzem Fell, die zweite grau-weiß getigert. In der anderen Ecke waren zwei kleine gelbe Hunde eng zusammengedrängt. Bei allen vier Tieren war der Rücken in der ganzen Länge aufgebrochen, vom Schwanz bis in den Nacken hinauf. Und was in den grässlich zerfaserten Furchen teils fahlweiß schimmerte, teils in blutigen Blasen pulsierte, hatte nur wenig Ähnlichkeit mit dem Rückgrat eines Säugetiers. Doch genauso wenig ähnelte es dem widerwärtig weißen Wurm, der aus Hergos Kammer (und Körper) hervorgebrochen war.

Es war einfach ein mehlfarbener Schleim, es sah aus wie nasse Asche, wie erbrochene Galle. Die sterbenden Tiere zitterten und zuckten unablässig und bei jeder ihrer Bewegungen erbebte der Gallert in der Furche, der einmal ihr Rückgrat gewesen war.

Rabov weinte. Die Tränen quollen ihm nur so aus den Augen und er machte keinerlei Anstalten, sie zu trocknen oder sich auf andere Gedanken zu bringen.

Die Katzen und Hunde sahen ihn unverwandt an. Flehentlich, bittend und bettelnd, und er hatte ja längst begriffen, was sie von ihm wollten. Er brauchte nur noch ein paar Augenblicke, bis er sich stark genug fühlte, um sich von diesem Schemel wieder aufzurappeln.

Er hatte nicht die geringste Chance, ihre Leben zu retten. Ihm blieb nur die Wahl, ihre einzigartigen Qualen noch weiter zu verlängern – oder mit einem Schlag zu beenden. Mit vier Schlägen, genauer gesagt.

Rabov wischte sich die Augen trocken, nahm das Eisenrohr mit der Axtseite nach oben zur Hand und stemmte sich von Lona Markans Schemel hoch.

3

Also, Port, hier bin ich wieder – was haben Sie da draußen gefunden? Rabov schob sich die letzte Gabel mit Sumpfammergulasch in den Mund, kaute genüsslich und spülte mit Nibrawein nach.

Nichts, was uns weiterhelfen würde, Sam. Verlassene Hallen. Schuppen voll modrigem Plunder. Aber nirgendwo eine stinkende Höhle mit einer Riesenschlange drin.

Dann suchen Sie weiter. Nach den Schrecknissen dieses Tages hatte sich Rabov in einem Weingarten am Boulevard der Morgenröte eine Verschnaufpause genehmigt. Obwohl die Sonne bereits hoch am Himmel stand, saßen nur wenige Gäste an den einfachen Holztischen, die kreuz und quer auf der buckligen Wiese verteilt standen. Aber es war auch nicht gerade eine Gegend, die Ausflügler oder Handelsreisende angezogen hätte. Von der anderen Straßenseite hörte man die Gesperrten Sümpfe herübergurgeln wie ein hungriges Ungeheuer, und doch fühlte sich Rabov in dem kleinen Weingarten heimelig. Mit seiner Mischung aus Syrassen, wilden Weinstöcken und Sumpfrohrsträuchern erinnerte ihn dieser Ort an gewisse Bauerngärten am Nibra-Ufer in Raginor, wo er sich mit Odea einst zu zärtlichen Schäferstündchen getroffen hatte.

Vor zwanzig Jahren, du sentimentaler Schwachkopf, schalt sich Rabov.

Wissen Sie eigentlich, wie groß dieser verdammte ehemalige Osthafen ist?, empörte sich derweil der Assistent. *Das ist ja die reinste Geisterstadt hier!*

Sie haben mein Mitgefühl, Port. Aber suchen Sie trotzdem weiter. Was sagt Calin zu unserem neuen Schlangenfall?

Solas Gedankenstimme verkam zu verdruckstem Gemurmel. *Ich hab sie noch nicht erreicht. Kurb sagt, sie ist in einer äußerst wichtigen Besprechung.*

Und daraufhin haben Sie sich wieder mal vertrauensvoll an Ralla gewandt?

Sola zögerte kurz. *Ich hatte keine andere Wahl,* verkündete er dann. *Wir brauchen schließlich Unterstützung, um dieses Schlangenvieh aufzuspüren, bevor es noch weitere Menschenleben fordert.*

Sie meinen – Unterstützung, um diese Sache genauso zu vertuschen wie die beiden anderen Fälle vorher?

Der Assistent stöhnte auf. *Niemand will irgendetwas vertuschen, Sam. Irgendwo hier draußen ist eine raubgierige Riesenschlange unterwegs – und glücklicherweise hat mir Horch Ralla ein halbes Dutzend seiner Leute geschickt, um das Vieh so schnell wie möglich unschädlich zu machen.*

Das ist keine gewöhnliche Schlange, erinnerte ihn Rabov. *Schon vergessen, Port? Mir jedenfalls ist niemals vorher ein Lebewesen untergekommen, dem der Sichelblitz nichts anhaben konnte – und laut sämtlichen Lehrbüchern kann es so eine Kreatur auch nicht geben.*

Darauf antwortete Sola nichts. Rabov beschloss, auf diesem Punkt im Moment nicht weiter herumzuhacken – schließlich hatte er selbst noch nicht mal ansatzweise eine Erklärung für dieses weitere beunruhigende Rätsel gefunden. Geschweige denn dafür, wie der Wurm in so kurzer Zeit so furchterregend wachsen und dabei auch noch die halbe Stadt durchqueren konnte. Oder für die Frage, warum er sich gerade an diesen entlegenen Ort begeben hatte.

Wir suchen weiter. Sie hören von mir, Chef. Ohne eine Antwort abzuwarten, brach Sola die lakorische Verbindung ab.

Rabov hatte auch gar nicht vorgehabt, ihm zu antworten. In Gedanken war er noch bei dem greulichen Wurm aus dem Makubistentempel. Eigentlich sprach so gut wie gar nichts dafür, dass es sich um ein und dasselbe Biest handelte, das Sola tags zuvor aus Hergos Urwaldbüro hatte entkommen lassen – aber wenn das Ungeheuer nicht aus dem Rumpf des Professors entschlüpft war, woher um Linglus willen stammte es dann? Die einzige Person außer Hergo, die aus Naxoda lebend zurückgekehrt und darüber hinaus imstande war, die Schriftzeichen auf den Bildtafeln zu entschlüsseln, war Lona Markan gewesen – und die Archäologin hatte ihre Experimente nicht irgendwo im Alten Osthafen, sondern da drüben im Grenzweg angestellt. Und vor einer halben Stunde erst hatte sich Rabov mit seinen eigenen Augen davon überzeugt, dass Lona Markan den Schlangenzauber von Naxoda nur sehr unvollständig beherrscht hatte – gerade mal gut genug, um die »versklavte und verzauberte Schlange« in den Körpern hilfloser Kreaturen zu Gallert zu verwandeln.

O ja, ich werde von dir hören, Port, dachte Rabov – und zwar schneller, als du es dir vorstellen kannst. Überdeutlich spürte er, dass der Assistent und die von Ralla ausgesandten Wachtmeister kurz davor waren, in einem der verlassenen Schuppen da draußen an den alten Ostkais eine schockierende und ekelerregende, aber jedenfalls auch aufschlussreiche Entdeckung zu machen. Doch Rabov konnte sich im Moment nicht dazu ermuntern, aufs Neue in Solas Bewusstsein hinüberzugleiten.

Zumal es in diesem Weingarten so unerhört schwülheiß war, dass zwischen Bäumen und Sträuchern feine Nebelfäden schwebten – beinahe wie im zaketumesischen Nebelwald. Unter einer üppig blühenden Syrasse döste die junge Kellnerin in einem Liegestuhl vor sich hin. Rabov beobachtete sie eine Weile lang und fragte sich, was in ihr vorgehen mochte. Ob sie vielleicht gerade von ihrem Geliebten träumte, den sie heute Abend in einer Bar am Donarberg treffen würde. Oder ob sie womöglich eine Archäologiestudentin aus der Instituts-Außenstelle war, die sich als Aushilfskellnerin ein wenig Geld dazuverdiente.

Er war versucht, mit einem dezenten lakorischen Piksen in ihr Bewusstsein vorzudringen, um sich über diesen Punkt kurzerhand Klarheit zu verschaffen. Aber er ließ es dann doch lieber sein. Es wäre streng genommen gegen seine Dienstvorschriften – vor allem aber musste er wirklich vorsichtiger mit seiner Lakori sein. Sonst würde sein Dunkeldu über kurz oder lang doch noch die Kontrolle über seine Persönlichkeit übernehmen.

Also begnügte er sich damit, sich vernehmlich zu räuspern. Die junge Frau blinzelte. Mit Daumen und Zeigefinger bedeutete ihr Rabov, dass er seine Zeche begleichen wollte – es wurde Zeit, dass er sich aufmachte, um den Studenten auf dem Gelände der Instituts-Außenstelle auf den Zahn zu fühlen. Schließlich hatte er Zoran – und vor allem sich selbst – versprochen, dass sie nachher zusammen in den Sarissentempel gehen würden, und er war wild entschlossen, sein Versprechen diesmal auch einzuhalten. Egal, was heute sonst noch passieren würde – wie viele widerliche Riesenwürmer sich vor ihm aufbäumen würden, um ihm den Weg zu versperren.

Grundgütiger Linglu. Gerade als die Kellnerin über die schmatzend nasse Wiese auf ihn zukam, wobei sie mit lautlosen Lippenbewegungen zusammenrechnete, was er ihr für Wein und Gulasch schuldig war – gerade da meldete sich Solas Gedankenstimme. *Ich fürchte, Sam, wir haben das Nest von diesem Biest gefunden.* Der Assistent klang, als ob er gewürgt würde und dabei schreien wollte.

Sie fürchten, Port? Rasch versetzte sich Rabov abermals in lakorische Trance und glitt in das Bewusstsein des Assistenten hinüber.

4

Sola stand allem Anschein nach vor der Tür eines heruntergekommenen Holzschuppens, die er gerade eben mit einem Stemmeisen aufgebrochen hatte. Das stählerne Werkzeug hielt er noch in der Hand, doch anstatt in den Schuppen hineinzumarschieren, verharrte er wie angewurzelt vor der Schwelle.

Wer ist das hinter Ihnen, Port?

Der Assistent wandte kurz den Kopf und Rabov erkannte zwei Männer in Zolltor-Uniformen, die einen Schritt hinter Sola auf der Mole standen, die entsicherten Gewehre im Anschlag. Der eine von ihnen musste der junge Wachtmeister sein, der unlängst vor dem Haus von Velissa Labiano mit mulmigem Gesichtsausdruck Wache geschoben hatte.

Dann kann ja nichts schiefgehen, höhnte Rabov. *Woraus schließen Sie eigentlich, dass Sie die Höhle des Ungeheuers gefunden haben?*

Hier stinkt es wie auf dem Schlachthof – nein, tausendmal widerlicher. Riechen Sie das nicht, Sam? Wenn Sie schon so großzügig von meinen Sinnesorganen Gebrauch machen – gönnen Sie sich ruhig auch eine Prise Faulgas.

Ich mache nicht von Ihren Sinnesorganen Gebrauch, verwahrte sich Rabov. Aber Sola hatte recht – nun, da er sich darauf konzentrierte, roch auch er den Gestank nach Verwesung, der aus der Schuppentür hervorquoll. Unwillkürlich hielt er sich die Nase zu.

Die Kellnerin sah ihn verwundert an. »Was haben Sie denn?« Sie zog ihre strichdünnen Augenbrauen zusammen. »Riecht's hier irgendwie komisch, oder was?«

Er ließ seine Nase los und schüttelte den Kopf, drückte der jungen Frau ein paar Münzen in die Hand und schüttelte noch einmal – diesmal, damit sie das Wechselgeld behielt. Ihr Gesichtsausdruck verriet, dass sein Verhalten sie in Verwirrung stürzte, doch anstatt sein Benehmen zu enträtseln, wedelte Rabov sie beidhändig von seinem Tisch wieder fort.

Weg mit den Gewehren, Port, befahl er. *Was Sie brauchen, sind Äxte –*

und Fackeln, ergänzte er in Erinnerung an die praktische Waffe, die Lona Markan sich gebastelt hatte.

Anstatt zu protestieren, wie Rabov erwartet hatte, wies der Assistent die beiden Polizisten leise an, sich mit Hackwaffen und Fackeln auszurüsten und schleunigst zu ihm zurückzukehren. Das Stemmeisen in der schlagbereit erhobenen Hand, behielt er derweil die aufgebrochene Tür im Auge. *Vielleicht sollten wir den Schuppen einfach niederbrennen,* schlug er vor, *was halten Sie davon?*

Kommt nicht infrage, gab Rabov zurück. *Wir brauchen die Bestie – tot oder lebendig. Ich will, dass der Wurm von den besten Schlangenkennern des Königreichs begutachtet wird – damit Ralla und Konsorten nie mehr behaupten können, wir hätten es hier mit gewöhnlichen Schlangen und Todesfällen zu tun.*

Die beiden Polizisten kehrten zurück, mit Beilen und Fackeln bewaffnet. Sola beugte sich zur Seite und ließ das Stemmeisen lautlos zu Boden gleiten. Dann nahm er von den Polizisten ein langstieliges Beil und eine brennende Fackel entgegen.

Also los, befahl Rabov. *Sie gehen voran, Port, wie es sich für selbstlose Truppenführer gehört.* Er gab sich entschieden forscher, als ihm zumute war, aber auf der anderen Seite schien ihm ein offener Kampf mit dem widerlich weißen Wurm auch weit weniger grausig als die Vorstellung, dem Kriechbiest hilflos ausgeliefert zu sein. So wie damals den Kadoras am Agoschkreuz. *Versuchen Sie den Wurm in die Enge zu treiben,* fuhr er fort. *Sie müssen nah genug herankommen, um ihn mit Ihrem Beil in Stücke zu hacken. Viel Glück.*

Das können wir brauchen. Sola stieß die Tür auf und machte einen Schritt in den Schuppen hinein, die Fackel weit vorausgereckt. In der Rechten hielt er hiebbereit das Beil. Die beiden Polizisten traten hinter ihm ein und der jüngere Zolltor-Mann drückte die Tür in den Rahmen.

Im Schuppen war es jetzt so düster wie im dicksten Wald. Der Fackelschein erhellte immer nur zuckende Ausschnitte, umgeben von umso dichterer Dunkelheit. Übereinandergestapelte Seekisten längs der Wände. Davor gelagert Säcke, Holzkoffer, ungefüges Gerümpel.

Der Gestank wurde immer ekelerregender, je tiefer Sola in den Schuppen vordrang. Fortgeschrittene Verwesung, mit einer deutlichen Beimischung von Schlange und einem unerwarteten weiteren Unterton. Wie von einer Raubkatze, dachte Rabov, während er mit Solas Nase links und rechts schnüffelte – zuletzt hatte er ähnliche Gerüche bei Radschi Varusa wahrgenommen, auf dem alten Richtplatz hinter dem Schiffstor.

Sola machte einige weitere Schritte in Richtung der rechten Schuppenwand, dann blieb er so unvermittelt stehen, als ob er gegen eine Glaswand gelaufen wäre. »Bei allen Himmelsboten«, murmelte er, »sehen Sie das, Sam?«

Diesmal war es der Assistent, der sich verwunderte Blicke einfing. Doch gleich darauf hatten die Polizisten ihre Verblüffung wieder vergessen. Stumm und starr schauten sie alle vier auf das Liebespaar zu ihren Füßen, das sich auf den Überresten einer Strohmatratze umschlungen hielt.

Ein Mädchen und ein junger Bursche. Sie lag auf dem Rücken, er auf ihr. Obwohl ihre Körper bereits stark verwest waren, hatte Rabov keinen Zweifel, dass sie einander im Liebesspiel umarmt hatten, als der greuliche Zauber sie traf.

Wo einmal die Wirbelsäule des Liebhabers gewesen war, klaffte eine kleinfingertiefe Furche – vom Steiß bis in den Nacken hinauf. Am Kopf des Burschen klebten nur noch ein paar Haarbüschel, darunter sahen die blanken Gebeine hervor. So konnte Rabov deutlich die fächerförmigen Risse in den Schädelknochen erkennen. Gerade über dem Nacken, dort wo das Rückgrat in den Hirnstamm überging, war die Schädelschale regelrecht zerborsten – wie bei einem Vogelei, dachte er, wenn das Küken die Schale aufgehackt hat, um daraus hervorzuschlüpfen.

Nicht weniger grässlich war der Anblick, den die Überreste der jungen Frau boten. Sie hielt ihren Liebsten mit einem Arm und einem Bein umschlungen. Die beiden anderen Gliedmaßen waren ihr regelrecht vom Leib heruntergefressen worden – als Sola sich mit angehaltenem Atem tiefer herabbeugte, konnte Rabov die Abdrücke nadelspitzer Zahnreihen in den schwarz-violetten Wundrändern sehen. Sehr viel deutlicher, als ihm lieb war.

Schauen Sie woanders hin, befahl er.

Niemals vorher hatte Sola einen Befehl rascher ausgeführt. Er fuhr auf dem Absatz herum und die beiden Polizisten, die ihm über die Schultern geschielt hatten, prallten zurück. Zwischen ihnen hindurch ging der Assistent mit schnellen Schritten auf die linke Längswand des Schuppens zu. Im wild auf- und abtanzenden Fackellicht wurde ein Gegenstand sichtbar, den Rabov an diesem Ort nicht unbedingt erwartet hatte.

Ein Käfig aus armdicken Steinholzstäben, in unverkennbar zaketumesischem Stil. Zu klein, um Sklaven darin zu transportieren – doch geräumig genug, um beispielsweise als Transportzelle für einen Nachtparder zu dienen.

Daher der Raubtiergeruch, dachte Rabov und tastete behutsam über seinen pochenden Nackenwirbel. *Nachher sehen Sie sich die Kisten und das andere Gerümpel genauer an*, befahl er dem Assistenten. *Ich gehe jede Wette ein, dass das ganze Zeug da aus Naxoda oder jedenfalls von der Expedition stammt. Treiben Sie die Frachtpapiere auf und finden Sie heraus, was für ein Raubtier in dem Käfig transportiert wurde.*

Eine Schlange bestimmt nicht, gab Sola zurück. *Die wäre zwischen den Stäben ...*

Er unterbrach sich mitten im Satz. Von weiter rechts, wo die beiden Polizisten zwischen übermannshohen Seekistenstapeln herumstöberten, drang ein dumpfer Stöhnlaut herüber. »Agent«, stieß der jüngere Wachtmeister mit mehr oder weniger erstickter Stimme hervor. »Würden Sie bitte mal ...?«

Auch er brachte seinen Satz nicht zu Ende. Die beiden Polizisten standen nebeneinander in der linken hinteren Schuppenecke, vor einer höhlenartigen Nische zwischen den gestapelten Kisten. Sie wandten Sola den Rücken zu und auch der jüngere Zolltor-Mann, der den Assistenten gerade gerufen hatte, konnte seinen Blick anscheinend nicht von dem abwenden, was sich in der Nische befand. Die ganze erstarrte Haltung der beiden Polizisten in ihren königsgrünen Uniformen drückte Entsetzen aus. Die Fackeln hielten sie so weit wie möglich in die Nische hineingereckt, als hofften sie, dass sich alles, was sie dort drinnen erblickten, bei hinlänglicher Beleuchtung als Augentrug erweisen würde.

Noch ehe Sola bei ihnen war, wandte sich der jüngere Polizist mit einer krampfhaften Bewegung ab. Er presste sich die Faust, mit der er den Beilstiel umklammert hielt, auf den Mund und sah Sola aus weit aufgerissenen Augen an.

»Na, na«, brummte der Assistent, »was kann denn da so Schlimmes …?«

Auch diese Bemerkung blieb unvollendet. Sola trat neben den älteren Polizisten und leuchtete mit seiner Fackel in die Nische hinein. »Bei allen Himmelsboten«, murmelte er.

»Das sind Menschenknochen, Agent«, sagte der Polizist zu seiner Linken. »So viele Knochen auf einem Haufen hab ich seit dem Krieg gegen Bakus nicht mehr gesehen.«

Und ich überhaupt noch nie, kommentierte Sola. *Sie vielleicht, Sam?*

Rabov gab ihm keine Antwort. Angespannt sah er sich in der düsteren Nische zwischen den Seekisten um. Sie war vielleicht zwei Meter breit und ebenso tief. Mitten darin lagen die Knochen aufgehäuft, Dutzende oder wahrscheinlich sogar Hunderte Knochen. Sie füllten mehr als die Hälfte der Nische aus und stapelten sich zu einem Haufen auf, der den Männern fast bis zum Gürtel reichte. Reste halb verwester Fleischfetzen klebten daran und jeder einzelne Knochen war mit einem schmierigen Film überzogen, der den ganzen makabren Stapel im Fackellicht schimmern ließ. Knochengrau und fäulnisviolett, hier und dort gelblich grundiert. Und irgendetwas stimmte hier ganz und gar nicht, Rabov spürte es überdeutlich – aber er kam einfach nicht darauf, was es war.

»Ich sehe gar keine Totenschädel«, beklagte sich der ältere Polizist in nörglerischem Tonfall, so als hätten die königlichen Ermittler ein Anrecht darauf, vollständige Skelette vorzufinden. »Ich sehe auch keine Fuß- oder Beinknochen. Wenn Sie mich fragen, Agent – das sind alles nur Schulterknochen, Arme und Hände. Aber vielleicht, wenn wir in dem Haufen herumstochern …?« Er beugte sich vor und machte Anstalten, mit seinem Beil in den Knochen zu wühlen.

Gerade da wurde Rabov klar, was ihm an diesen säuberlich aufgehäuften Gebeinen so sehr missfiel. *Sagen Sie ihm, er soll das lassen*, befahl er, und Sola gab das Kommando auch unverzüglich weiter.

Aber zu spät – der Polizist stieß sein Beil in die Gebeine hinein, und ein butinussförmiger Riesenschädel schoss darunter hervor, in einem Schauer aus Armknochen, Fingergliedern, Schulterkugeln.

Mit dem Kopf voran warf sich das Ungeheuer gegen den älteren Polizisten und schleuderte ihn mehrere Meter nach hinten. Wulst um Wulst ringelte sich die Riesenbestie aus ihrem unterirdischen Nest hervor, so rasend rasch, dass sich vor Rabovs Augen alles zu drehen begann. Die Waffe und die Fackel des Zolltor-Mannes flogen davon, während er selbst rücklings auf den Boden fiel. Zischend walzte der widerlich weiße Wurm über den Polizisten hinweg. Rabov sah mit Solas Augen, wie das Blut des Zolltor-Mannes unter der Bestie hervorspritzte, wie sein zerplatztes Fleisch unter den mehlfahlen Wülsten hervorquoll. Selbst in der kurzen Zeit, seit das Ungeheuer aus der Tempelhalle entkommen war, hatte es weiter an Länge und Umfang zugelegt – es füllte schon beinahe den ganzen Schuppen aus und dabei ringelten sich immer noch weitere Wülste aus dem Knochenhaufen hervor.

Das Beil – na los, kommandierte Rabov.

Wie ein tosender Gebirgsfluss, so schoss der Riesenwurm in dem Schuppen umher. Sein Schweif zerpeitschte Kistenstapel zu Lawinen aus Kleinholz. Der ungeheure Leib walzte über das Liebespaar am Boden, über aufgehäufte Koffer und Bündel hinweg und zermalmte alles zu Staub und Brei.

Hacken Sie das Biest in Fetzen, Sola – das ist ein Befehl!

Der jüngere Wachtmeister kauerte zusammengeduckt hinter dem Steinholzkäfig und plärrte wie ein zu Tode verängstigtes Kind. Nur wenn die eitergelben Augen über ihn hinwegglitten, hielt er kurz inne – um danach umso erbärmlicher aufzuheulen.

Sola rammte seine Fackel in den Knochenhaufen und umfasste mit beiden Händen den Griff seines Beils. *Sagen Sie Calin, dass ich sie … Nein, sagen Sie ihr nichts.*

Es war die Stunde der unvollendeten Sätze. Sola schwang das Beil hoch in die Luft und schmetterte es auf den wulstigen Riesenleib hinab. Doch die Klinge prallte von den Muskelwülsten des Ungeheuers ab und federte mit solcher Wucht zurück, dass der Assistent beinahe umgerissen wurde.

Der Wurm fuhr herum und starrte den Angreifer an. Sein abstoßendes Riesenhaupt war mindestens fünf Meter von Sola entfernt, an der gegenüberliegenden Schuppenseite. Die Bestie schien es kaum fassen zu können, dass eine so viel kleinere Kreatur es wagte, sie anzugreifen.

Gut gemacht, Port, feuerte ihn Rabov an. *Da läuft Saft raus – hauen Sie noch mal drauf!*

»Ja, verdammt«, japste Sola. »Und du Jammerlappen«, fuhr er den jüngeren Polizisten an, »hilf gefälligst mit!«

Unaufhörlich raste der Riesenwurm umher, warf sich gegen Wände und Kistenstapel. Sein Zischen, seine Augen, das Splittern und Krachen machten es völlig unmöglich, einen halbwegs klaren Gedanken zu fassen.

Der Polizist rappelte sich auf. Seine Gesichtsfarbe war käsig, auch seine Beine schienen aus Weichkäse geformt. Die lodernde Fackel lag neben ihm auf dem Boden, vor einem Stapel aus unförmigen Bündeln, die anscheinend Kleidungsstücke oder Tuchrollen enthielten. Mit flattrigen Händen hob er sein Beil und da fiel der gelbe Eiterblick abermals auf ihn und bannte ihn fest.

Wie versteinert stand der junge Zolltor-Mann da, das Beil beidhändig bis zur Brust erhoben. Schon war die Bestie bei ihm und schlug ihre Zähne in seinen Rumpf. Der Polizist wurde emporgerissen, das Ungeheuer schüttelte ihn hoch in der Luft hin und her. Das Beil glitt ihm aus den Händen und fiel scheppernd zu Boden. Im nächsten Moment stürzte er selbst hinterher – oder das, was von ihm noch übrig war. Der abgerissene Arm verschwand ruckweise im Rachen der Bestie. Und schon stieß der monströse Rachen abermals auf den Polizisten hinab – die Bestie grub ihre Zähne erneut in sein Fleisch und riss ihm auch noch den zweiten Arm ab.

Die aufgestapelten Bündel begannen zu brennen. Wie ein weiterer verheerender Wurm fraßen sich die Flammen in die Tuchrollen hinein und in rasendem Zickzack an dem Stapel empor, während Sola wild zu schreien begann und wie rasend auf die Bestie einschlug. Das Vieh schluckte und schlang an dem Arm des unseligen Polizisten herum, und dadurch bekam Sola doch noch eine Chance.

Eigentlich war der Kampf für ihn schon verloren gewesen, doch der Arm des jüngeren Polizisten steckte der Bestie quer in der Kehle. Sie keuchte und schüttelte sich, um den Happen doch noch hinabzuschlingen, aber er saß wie ein Riegel in ihrem Hals. Und während der widerlich weiße Wurm würgte und schlang und schnaubte, sprang Sola tollkühn auf die Bestie hinauf und rannte auf ihrem Rücken entlang, dem übergroßen Schädel entgegen. Der Wurm bäumte und krümmte und wand sich, aber der Assistent hielt das langstielige Beil mit beiden Händen wie eine Balancierstange vor sich und so gelangte er schlingernd und taumelnd bis an sein Ziel. Dort hockte er sich rittlings ins Genick der Riesenschlange, hob die Hackwaffe hoch über seinen Kopf und ließ sie mit all seiner Kraft zwischen die Augen der Bestie niederkrachen.

Blattschuss!, jubilierte Rabov.

Ein Zittern überlief den Riesenleib. Schwarzer Saft spritzte aus der Kopfwunde und mit ihm quoll ein unsäglich widerwärtiger Gestank hervor.

Dem Wurm schwanden die Kräfte. Schlaff sackte er ganz langsam zu Boden, zu schwach, um auch nur seinen Kopf noch zu heben. Die Augen waren nur noch dünne blassgelbe Striche. Nur hin und wieder lief noch ein mattes Zucken durch den monströsen Leib.

Noch einmal hob Sola seine Waffe und ließ sie auf das Ungeheuer niedersausen. Bis zum Schaft fuhr die Klinge in den Kopf der Bestie hinein. Fontänen aus schwärzlichem Schleim spritzten aus der Wunde – und gerade in diesem Moment krachten die brennenden Tuchstapel an der hinteren Schuppenwand in sich zusammen. Hunderttausend Funken flogen umher, Flammen sprangen ihnen wie eigensinnige Dämonen hinterher – und nur ein paar Wimpernschläge später brannte der ganze Schuppen lichterloh.

Machen Sie, dass Sie da rauskommen, Port, befahl Rabov, aber das hätte er sich wirklich sparen können – der Assistent warf sich bereits seitwärts von dem Wurm, zerrte sich im Fallen seine Kapuze über den

Kopf und landete auf dem Boden. Die Arme angewinkelt, den Rumpf vorgebeugt, rannte er in Richtung Schuppentür. Just in dieser Rennläuferpose hatte er sich Rabov bei ihrer ersten Begegnung präsentiert, doch damals war es nur eine spöttische Parodie gewesen, ganz im Gegensatz zu heute: Von Flammen gejagt, durch zähen Schleim glitschend, setzte Sola mit unbekümmerten Sprüngen über Wülste, Trümmer, Leichenüberreste und hechtete gerade in dem Moment auf die Mole hinaus, als der Dachstuhl herunterdonnerte und sich der Schuppen mit allem, was darin war, in ein heulendes Flammenmeer verwandelte.

5

Das war wirklich gut, Port, lobte Rabov. *In den Frühzeiten des Alten Reichs hätten Sie einen passablen Ritter abgegeben – Sie wissen doch, diese Burschen in Kettenhemden, die ins wüste Gebürg zur Drachenjagd ausgezogen sind.*

Der Assistent reagierte nicht. Apathisch saß er am Rand der Mole und ließ die Beine ins ehemalige Hafenbecken hängen. Dabei gab es da unten außer Schlick und Fischkadavern nichts Erhebliches zu sehen.

Wenn ich jetzt noch glauben könnte, fuhr Rabov fort, *dass Sie Ralla sagen werden, was hier draußen wirklich passiert ist – Sie würden geradezu anfangen, mir ans Herz zu wachsen.*

Sola fuhr sich mit dem Handrücken über die Augen. Sein Gesicht war mit Ruß gesprenkelt, seine Hand mit zähem schwarzem Wurmsaft verklebt. Aber er schien nichts davon wahrzunehmen.

Ich kann nicht, Sam. Er senkte sogar seine Gedankenstimme zu einem Flüstern. Dabei hätten die verbliebenen vier Zolltor-Männer da drüben bei der Feuersbrunst ihn allenfalls gehört, wenn er aus Leibeskräften geschrien hätte. Die Flammen fauchten und prasselten. Die Polizisten hatten alle Hände voll zu tun, um das Feuer zumindest einzudämmen. Sie hatten Wannen und Eimer herbeigeschafft und kippten Unmengen trübgrünen Hafenwassers in die Flammen, damit das Feuer nicht auf die Nachbarschuppen übersprang. *Verstehen Sie doch endlich,* wisperte Sola, *das hat überhaupt nichts mit Ihnen zu tun.*

Auch Rabov fühlte sich mitgenommen nach dem furchtbaren Kampf. Doch immerhin – der Wurm war besiegt, wenn auch unter schrecklichen Opfern. *Nein, das verstehe ich nicht,* bekundete er. *Wer um Linglus willen kann Sie denn zwingen, andauernd zu Ralla zu rennen? Sie sind ein Mysto-Agent und kein Zolltor-Mann, also sind Sie nur mir und unseren Vorgesetzten im Innenministerium Rechenschaft schuldig. Oder habe ich da irgendetwas Wichtiges übersehen?*

Nein, Sam. Nicht übersehen. Sie wollen es nur nicht … Sola schüttelte den Kopf. *Wenn ich geahnt hätte, wie schäbig ich mich in dieser Rolle fühlen würde – glauben Sie mir, ich hätte von vornherein …* Er brach unvermittelt ab.

Sie meinen, als schäbiger Doppelagent? Der vorgibt, für Calin und mich zu arbeiten – während er in Wahrheit für Ralla und seine Horch-Brüder schnüffelt?

»Verdammt noch mal – nein, das meine ich nicht!« Sola schrie es so laut auf das alte Hafenbecken hinaus, dass die Polizisten hinter ihm nun doch aufmerksam wurden.

Einer von ihnen kam zu Sola herübergelaufen und salutierte. »Was befehlen Sie, Agent?«

Sola rang sich ein Lächeln ab. »Ich musste mir nur mal kurz Luft verschaffen – immerhin haben wir gerade zwei von Ihren Kameraden verloren. Und das bedrückt mich natürlich – auch wenn ich mir nichts vorzuwerfen habe. Mit dem, was wir da drinnen vorgefunden haben, konnte wirklich niemand rechnen.«

»Was denn, ich meine …« Der Polizist runzelte die Stirn. »Was ist denn eigentlich da drin passiert?«

Sola hielt ihm eine Hand hin und ließ sich von dem Zolltor-Mann auf die Füße hieven. »Ein ausgewachsener Nachtparder«, sagte er. »Keine Ahnung, wie die Bestie über das Meer hierhergekommen ist. Das verdammte Biest hat jedenfalls Ihre beiden Kameraden zerfleischt, Polizist, bevor ich es in Stücke hacken konnte. Und im Kampfgetümmel hat dann auch noch so ein Tuchstapel Feuer gefangen – es tut mir aufrichtig leid. Es waren gute Männer.« Er legte dem

Polizisten seine Rechte auf den Arm und bemerkte, dass sie über und über mit schwarzem Wurmsaft verklebt war. Hastig zog er die Hand zurück. »Bewachen Sie mit Ihren Männern weiter die Gefahrenstelle«, wies er den Polizisten an. »Ich werde dem Hauptermittler Bericht erstatten.«

Der Zolltor-Mann salutierte. »Es lebe der König.«

»Beten Sie für ihn, Wachtmeister«, antwortete der Assistent.

Er wandte sich nach links, wo in einiger Entfernung zwei schwarze Dampfmobile an der Mole standen. Aber Rabov war überhaupt nicht mit diesem Plan einverstanden. *Wenn Sie Gewissensbisse haben, Port, dann hören Sie doch einfach auf, zu verfälschen und zu lügen, dass sich die Balken biegen. Was halten Sie davon?*

Sola zuckte mit den Schultern.

Dachte ich's mir doch, kommentierte Rabov. *Und deshalb muss der ehrenwerte Ralla auch noch ein Weilchen auf Sie warten. Denn Sie traben jetzt munter den Kai entlang – immer hübsch Richtung See.*

Und warum sollte ich das Ihrer Meinung nach tun?

Weil Sie mein Untergebener sind und meine Befehle zumindest dem Schein halber ausführen müssen – ob Ihnen das passt oder nicht.

Mürrisch setzte sich Sola in Bewegung.

Und weil es Sie doch bestimmt auch brennend interessiert, ergänzte Rabov, *in welchen Jagdgründen unser Wurm bisher gewildert hat – bevor er sich entschlossen hat, den Okkulten Makubisten einen Besuch abzustatten.*

Abrupt blieb Sola wieder stehen. *Sie meinen, Sam …?*

Allerdings meine ich das. So wie ich unseren Wurm und seine Nahrungsvorlieben kenne – unseren »Nachtparder«, wie Sie ihn nennen –, werden Sie irgendwo da draußen noch ein paar unschöne Entdeckungen machen.

Sola beschirmte mit klebriger Hand seine Augen. *Aber wo denn da draußen, bei allen Himmelsboten? Der Kai hört nach ein paar Dutzend Schritten auf und dahinter kommt nur noch die alte Hafenbucht.*

Gut beobachtet, lobte Rabov. *Die alte Bucht, die für die Schifffahrt nichts mehr taugt, weil sie im Lauf der Zeit hoffnungslos versandet ist. Aber was glauben Sie wohl, was Sie bei den Sandbänken da draußen so alles finden werden? Sie werden staunen, Port. Und wenn Sie durchs seichte Wasser rüberwaten, werden Sie auch gleichzeitig diese Wurmschmiere los. Nennen Sie es meinetwegen Parderblut oder wie Sie wollen – aber runter muss das Zeug auf jeden Fall, sonst rümpfen Ihre Horchs noch über Sie die noblen Nasen.*

Der Assistent stöhnte auf. *Ich hasse Sie, Sam.* Er ließ es sich einen Moment durch den Kopf gehen. *Aber auch nicht viel mehr als mich selbst.*

6

Auf dem Gelände der Institutsaußenstelle am Boulevard der Morgenröte machten sich bereits etliche Uniformierte zu schaffen – eine Handvoll Polizisten in königsgrünen Umhängen und mindestens ein halbes Dutzend weiterer Männer mit den schwarzen Helmen der phoräischen Feuerwehr.

Ralla hatte also ausnahmsweise mal einen Ratschlag von ihm beherzigt, sagte sich Rabov. Die Feuerwache war sinnigerweise auch für behördlich angeordnete Sprengungen zuständig – so konnte sie den Brand gleich wieder löschen, falls bei der Explosion versehentlich etwas in Flammen aufging.

Bevor ihn eine der Amtspersonen zur Rede stellen konnte, schlug sich Rabov in die Büsche. Das Gelände der Forschungsstelle war sehr viel weitläufiger, als er nach seinem ersten Besuch erwartet hatte. Ein ausgewachsener kleiner Dschungel mit einem Wirrwarr aus Yasna- und Butinussbäumen, Syrassen, Lianen und Sumpfrohrsträuchern, die sich wenige Handbreit über seinem Kopf zu einem flirrend grünen Dach verflochten. Ein Trampelpfad führte rechter Hand vom Haupthaus fort und Rabov folgte dem schmalen Weg, nicht ohne die Lianen über ihm alle paar Schritte besorgt zu mustern. Und ebenso aufmerksam nach Kriechtieren Ausschau zu halten, die sich vor oder neben ihm durchs knöchelhohe Gras schlängeln mochten.

Der greuliche Wurm beispielsweise, der aus Hergos Keller (und Körper) entkommen war. Konnte es wirklich sein, dass das Biest innerhalb weniger Tage zu einem Monstrum von mehreren Metern Länge gewachsen und dazu noch unbemerkt durch die halbe Stadt gekrochen war? Rabov glaubte immer weniger daran. Auch wenn er andererseits ziemlich sicher war, dass der Plunder in diesem Ostkai-

Schuppen von der Naxoda-Expedition stammte. Nach seiner Rückkehr aus Zaketumesien konnte Professor Hergo aus hunderterlei Gründen angeordnet haben, alles, was sie aus dem Nebelwald mitgebracht hatten, zunächst einmal da draußen einzulagern. Und vielleicht hatte der Altertumsforscher irgendwann im Verlauf des letzten Jahres in diesen Fundstücken aus dem Moliat herumgestöbert, weil ihm noch ein paar Mosaiksteinchen für seine Entschlüsselung der Bildtafeln fehlten. Genauso gut konnte sich natürlich auch Lona Markan dort im Schuppen zu schaffen gemacht haben.

Aber um wen handelte es sich bei dem Liebespärchen, auf dessen modrige Überreste Sola gestoßen war? Wie hatte es die beiden gerade in diesen Schuppen verschlagen – und auch noch zu einem Zeitpunkt, als Hergo (oder Lona Markan) dort aufgetaucht war und möglicherweise die Gelegenheit genutzt hatte, um den Schlangenzauber an den beiden auszuprobieren?

Eine Weile lang grübelte er vor sich hin. Aber er kam zu keinem Ergebnis, das ihn wirklich überzeugt hätte – gut möglich, dass sich alles ganz anders abgespielt hatte.

Mit einem stillen Seufzer wischte sich Rabov den Schweiß von der Stirn. Wofür schleppte er eigentlich von früh bis spät seinen schlammfarbenen Überwurf mit sich herum? Es war so unerhört heiß in diesem Miniaturdschungel, dass er sich am liebsten auch noch sein Hemd heruntergerissen hätte. Ein Lendenschurz, sagte sich Rabov, so ein Tuchfetzen, wie ihn die Trommler von den Noïli-Inseln immer um die Hüften trugen – das wäre jetzt gerade das Richtige für ihn gewesen. Aber ein königlicher Spezialagent im Lendenschurz? Das ging leider überhaupt nicht.

Er seufzte noch hingebungsvoller. Warum war er nicht Kunstmaler geworden, wie er es sich früher einmal erträumt hatte? Dann hätte er jetzt eine hübsch verlotterte kleine Wohnung am Donarberg und eine noch hübscher verlotterte kleine Gefährtin, die er abwechselnd liebkosen und zeichnen könnte. Oder – und da wurde ihm noch sehr viel trüber zumute – warum hatte er damals, als Jüngling von 19 Jahren, überhaupt Raginor und vor allem Odea verlassen? Er hatte ihr geschworen, dass er bald schon zurückkehren würde, dass sie heiraten und für den Rest ihres Lebens zusammen in Raginor leben würden, in der prachtvollen Villa, die Odeas Familie gehörte – auf dem höchsten Hügel im Nibratal. Aber das Leben in Phora, die unzähligen Eindrücke, die hier auf ihn niedergeprasselt waren, die prachtvollen Plätze und Paläste, die sirrende Betriebsamkeit der Hauptstadt – das alles hatte den Provinzjungen, der Samu Rabov damals gewesen war, ungemein beeindruckt. Er hatte sich angewöhnt, mit Herablassung auf seine Vergangenheit zurückzublicken, auf Raginor, überhaupt auf alles, was nicht phoräisch war. Anfangs hatte er sich bemüht, Odea ebenso wie seine Mutter von dieser Herablassung auszunehmen, aber es war ihm immer schlechter gelungen. Sie hatten sich noch ein paarmal geschrieben, die Mutter hatte ihn angefleht und auch Odea hatte ihn bedrängt, so schnell wie möglich nach Raginor zurückzukommen. Aber er hatte ihnen nur noch selten und ausweichend geantwortet, in immer größeren Abständen – und dann eines Tages gar nicht mehr.

Wie immer, wenn er an diese weit zurückliegenden Ereignisse dachte, wurde Rabov ein wenig schwindlig – so als ob er in einen Brunnenschacht hinabschauen würde. Oder beinahe schon hinunterfallen, Ewigkeiten lang kopfüber in diese Unterwelt hineinstürzen, wie es ihm in seinen Träumen so häufig geschah. Tatsächlich war er nie mehr nach Raginor zurückgekehrt und hatte weder seine Mutter noch Odea jemals mehr leibhaftig gesehen. Die Mutter war bald darauf gestorben und Odea hatte einen jungen Mann aus einer angesehenen Familie geheiratet, den Erben eines der »besten Namen« von Raginor. Tagsüber dachte Rabov immer seltener an jene Gestalten und Geschehnisse aus dem Gestern, doch in seinen Träumen hatte er Raginor eigentlich nie verlassen. Beinahe jede Nacht ging er mit Odea am Nibra-Ufer spazieren, und der grässliche, ganz und gar unerträgliche Schmerz durchbohrte ihn immer wieder aufs neue, so dass er laufen, laufen, immer nur laufen musste, die Nibra hinab, bis der Fresspriester ihn ans Agoschkreuz band – und dies alles nahezu Nacht für Nacht. Und wenn er dann aus dem Schlaf auffuhr, mit klopfendem Herzen, verängstigt und doch seltsam beseligt, dann fragte er sich immer wieder, weshalb er nicht auf der Stelle alles hinwarf und einfach dorthin zurückging, wo er von seinem Weg abgekommen war. Zurück nach Raginor.

Wie hatte Calin ihn genannt? Einen sentimentalen Kindskopf? Wie recht sie hatte – und wie sehr allerdings auch er.

Ohne es richtig zu bemerken, hatte Rabov sein Hemd fast bis zum Gürtel geöffnet. Der Schweiß troff ihm nur so aus den Poren. In dem kunstvoll angelegten kleinen Dschungel wurde es immer düsterer, der Himmel überzog sich mit pechschwarzen Wolken. Nicht mehr lange, dann würde es ein gewaltiges Gewitter geben, mit Donner und Wolkenbrüchen beinahe wie zu Zeiten der Großen Flut. Gut für Ralla und sein Sprengkommando, sagte sich Rabov – der Donner würde die Explosion übertönen und der Regen würde die Flammen löschen.

Hatte er überhaupt noch eine Chance, diese mysteriöse Schlangen-Sache aufzuklären? Obwohl Ralla und sein eigener Assistent nach Kräften gegen ihn arbeiteten und obwohl die Schauplätze der Mysteriösen Verbrechen einer nach dem anderen mitsamt allen Beweisstücken der Vernichtung anheimfielen – erst der Schuppen am Ostkai, dann Hergos Forschungsstätte und als Nächstes Velissa Labianos Wohnung mit allem, was sich darin befand?

Die Kehle zog sich Rabov zusammen, als er an die Verlorene im Yasnabaum dachte. Und doch, und doch, sagte er sich dann wieder – bei diesen verfluchten Naxoda-Fällen war es wohl wirklich besser, alles und jedes zu vernichten, Orte, Dinge, notfalls auch Lebewesen – alles, was in den Bann des Schlangenzaubers geraten war.

Behutsam rieb er sich über seinen Nacken. Die Schwüle brachte ihn beinahe um. Und der verdammte Trampelpfad schien ihn für alle Ewigkeiten durch diese arrangierte Pseudowildnis zu führen.

Endlich lichtete sich vor ihm das Dickicht. Der Pfad führte noch einige Schritte aus dem Wald und endete am Rand einer weiten Wiese. Mitten darauf stand ein eingeschossiges Haus, das gewiss schon bessere Tage erlebt hatte. Der Putz blätterte von der Fassade, die Holzläden hingen schief vor den Fenstern und doch sah das Bauwerk noch immer stattlich, ja geradezu herrschaftlich aus. Erkertürmchen flankierten die Vorderfront und geschwungene Masalithstufen führten zum Portal hinauf, das von einem Säulendach überwölbt wurde.

Rabov blieb einen Moment lang stehen und blinzelte zu dem Haus hinüber. Er hatte erwartet, dass die Archäologiestudenten in einer sehr viel bescheideneren Unterkunft hausen würden – wenn auch vielleicht nicht in einem »Gartenschuppen«, wie Lasse Duban abschätzig angekündigt hatte. Aber das hier war ein kleiner Palast, reichlich heruntergekommen, doch so aufwendig und kunstvoll erbaut, dass sich Rabov geradezu an das Schlösschen in Raginor erinnert fühlte, in dem Odea mit ihren Eltern und Geschwistern gelebt hatte. Und wo sie mittlerweile wohl ihrerseits als Gattin und Mutter einer mehr oder weniger reizenden Kinderschar residierte.

Aber nicht allein – und nicht einmal vorwiegend – aus all diesen Gründen stand er so unbeweglich am Wiesenrand und blinzelte zu dem kleinen Waldpalast hinüber.

Ein gutes Dutzend Schritte vor dem Haus ragten zwei gewaltige Bäume empor. Sie waren gewiss schon über hundert Jahre alt – eine üppig blühende Syrasse und ihr zur Rechten ein Purpurbaum, dessen Äste sich unter der Last überreifer Purpurinen bogen. Rabov lief das Wasser im Mund zusammen. Purpurinen waren die süßesten Früchte überhaupt. Angeblich waren die ersten Menschen, die Linglu einst erschaffen hatte, unter Purpurbäumen gewandelt.

Doch auch nicht deshalb stand Rabov da und blinzelte und leckte sich die Lippen.

Zwischen den Bäumen war eine Hängematte ausgespannt. Und darin lag schlummernd die schönste Frau, die er jemals erblickt hatte.

Schöner als Odea? Schöner sogar als Calin Stingard?

Linglu helfe mir, sagte sich Rabov, so wahr ich hier stehe, ja, sogar schöner als sie.

Das Gras dämpfte seine Schritte. Gleichwohl näherte er sich ihr auf Zehenspitzen und wagte kaum mehr zu atmen. Sie hatte schimmernd braune Haut und obwohl ihre Augen geschlossen waren, erkannte Rabov, dass sie ein wenig schräg geschnitten waren wie bei zaketumesischen Raubkatzen.

Zwei Schritte vor der Hängematte blieb er neuerlich stehen. Sie war allenfalls Mitte zwanzig und sie war offenkundig eine Dunimesierin – ein Halbblut mit einem dunibischen und einem zaketumesischen Elternteil. Rabov hatte häufig daherreden gehört, dass aus dieser Mischung die schönsten Menschenkinder hervorgingen, und nun sah er mit eigenen Augen, wie ganz und gar diese Redensart zutraf.

Ihr Haar, schwarz und üppig, funkelte im gewittrigen Zwielicht. Üppig waren auch ihre Lippen, rot wie Purpurinenschnitze und bestimmt nicht weniger süß.

Rabov ließ seinen Überwurf ins Gras fallen, fast ohne es zu bemerken. Er stellte das Atmen gänzlich ein und ging noch einen Schritt näher.

Sie trug lediglich ein leichtes Kleidchen. Einen Fetzen aus schwarzem Stoff, der eher nach hauchdünnem Leder als nach gewobenem Tuch oder Ähnlichem aussah. Rabov beugte sich über die Schlafende und sah sie an, als wolle er ihren Anblick in sich hineinschlürfen.

Aber nicht deshalb war er zum königlichen Agenten ausgebildet worden – und so weiter und so weiter, brachte er das Gewissensgeleier in seinem Innern zum Schweigen. Er hätte heulen mögen, jauchzen, sich die Haare raufen – dies alles auf einmal und noch einiges mehr. Vor Entzücken, weil die junge Dunimesierin so unerhört schön war und er sie betrachten und sich kühnen Träumereien hingeben durfte, während sie nichtsahnend vor seinen Augen schlief. Und vor Verzweiflung, weil er sie niemals in Wirklichkeit küssen, liebkosen, ihre Lippen auf seinen spüren würde, ihre Arme, wie sie ihn in feuriger Leidenschaft umschlangen.

Und dann schlug sie die Augen auf. Augen so glimmend grün, so schräg geschnitten wie bei einer Katze.

Rabov machte einen Satz rückwärts. In seinem Nacken begann es heftig zu pochen. »Ich … oh«, stammelte er, »ich wollte nicht …«

Sie lächelte und alles um sie herum erstrahlte. Als wäre ihr Lächeln eine zweite Sonne, die über dieser Waldlichtung aufging, nachdem die erste von dem schwarzen Himmel verschlungen worden war. Ihre Augen erinnerten Rabov an die Nachtparder, vor deren Gehege er im Königlich-Phoräischen Tiergarten früher fast täglich gestanden hatte, um sich an der Geschmeidigkeit ihrer Bewegungen zu weiden.

Der gleichen anmutigen Trägheit, mit der die Dunimesierin nun aus ihrer Hängematte glitt.

»Sie wollten mich nicht ansehen?« Mit wiegenden Schritten und unergründlichem Lächeln kam sie auf ihn zu. »Das ist aber nicht sehr höflich, Herr …?«

»Rabov«, brachte er hervor. »Samu A. Rabov, königlicher Ordnungsbeamter.« Immerhin besann er sich eben noch rechtzeitig auf die kleine Legende, die er sich vorhin zurechtgelegt hatte. »Das Haupthaus wird gesprengt«, fuhr er mit Mühe fort. »Ich bin gekommen, um Sie zu warnen – Sie und ihre Kommilitonen müssen das Gelände sofort verlassen.«

Sie stand jetzt so nah vor ihm, dass er ihren Atem an seiner Brust spürte. Sein Hemd war bis zum Gürtel offen und seine Seele sogar bis zu Linglus Sieben Himmeln hinauf.

»Wenn die Sprengung vorbei ist«, fügte er fast krächzend hinzu, »dürfen Sie hierher zurückkehren.«

Sie lachte leise auf und es klang wie das Maunzen einer großen Katze. Samtweich, doch mit einem Unterton von Bedrohlichkeit. »Wenn das Haupthaus gesprengt ist«, sagte sie, »was sollen die Studenten dann noch hier?«

Sie sprach mit einem reizenden, kaum hörbaren Akzent. Der Andeutung eines Näselns bei hellen Vokalen, wie es für das Zaketumesische typisch war.

»Sie sagen das so«, gab er zurück, »als ob Sie selbst keine Studentin wären?«

»Nicht mehr, Samu – so heißt du doch? Schon lange nicht mehr.« Sie senkte ihre Lider, aber so, dass er das Pardergrün darunter noch hervorfunkeln sah. Zugleich hob sie ihm ihr Gesicht mit den schimmernd roten Purpurinenlippen entgegen und dazu kratzten ihre Finger sacht über seine Brust.

Vielleicht zum ersten Mal in seinem Leben vergaß Rabov, wer und wo er war. Vergaß, dass er knochig und unbeholfen war, mit viel zu langen, viel zu hölzernen Armen ausgestattet und mit einem eifersüchtig überwachen Verstand.

Er küsste ihre Purpurlippen und ließ sich wiederküssen. Er berührte sie so, wie er es sich vorhin ausgemalt hatte, nur diesmal in Wirklichkeit. Sie summte und schnalzte und trillerte ihm seltsame Töne ins Ohr und dieses heisere Gekecker raubte ihm die allerletzten Überreste seiner sonst nahezu unerschütterlichen Kaltblütigkeit. In ihm begann es gleichfalls zu summen und zu pulsieren, sein Rückgrat hinauf und hinab und wieder hinauf. Niemals zuvor hatte er sich so lebendig gefühlt, so ganz und gar Welle im wogenden Meer. Nicht einmal, wenn er Calin umarmt hatte. Nicht einmal, wenn er Odea geküsst hatte. Nein, Sam – nicht einmal dann.

Sie hieß Liki Meida und ihr Name entzückte ihn genauso wie die Süße ihrer Lippen. Oder wie ihr Lächeln, das ihn wie eine zweite Sonne beschien. So wie das Archäologische Institut in der Lanfastraße eine zweite Nacht war, steingewordene Schwärze, aber daran dachte Rabov in diesem Moment nicht. In der warmen weichen Wiese vor dem Archäologenschlösschen, wo Liki in der Hängematte geschlummert hatte, obwohl sie seit langem keine Studentin mehr war.

»Hergo war ein Verrückter«, sagte sie und näselte hinreißend. »Er wollte die alte Moliat-Kultur überhaupt nicht erforschen. Er wollte selbst ein mächtiger Magier werden – wie jene Zauberpriester, die angeblich vor zehntausend Jahren in Naxoda und was weiß ich wo gelebt haben. Aber in seinem Innersten verstand er überhaupt nichts von Magie«, sagte Liki, »und als mir das klar wurde, habe ich mein Archäologiestudium aufgegeben. Das war noch bevor er zu dieser Expedition nach Zaketumesien aufgebrochen ist.«

Was sie stattdessen heute mache, wollte Rabov wissen. Als Antwort gab sie ihm einen Schubs und beugte sich so weit nach vorn, dass ihre Lippen aufs Neue seinen Mund berührten. »Das hier zum Beispiel«, flüsterte sie.

Nachher erinnerte sich Rabov sehr genau, wie sie sich auf der Wiese unter dem Purpurbaum geliebt hatten. Er erinnerte sich an jede purpurinenrote Einzelheit und er wusste, dass er sie bis an sein Lebensende in seinem Gedächtnis bewahren würde. Dagegen erinnerte er sich überhaupt nicht daran, dass er irgendwann eingeschlafen war und unter welchen Umständen das passiert sein sollte – ob mit Liki im Arm oder allein.

Als er erwachte, war die Dunimesierin jedenfalls nicht mehr da. Über ihm zuckten Blitze und grollte der Donner so dröhnend, als hätte Linglu bereits seine himmlische Armee in Bewegung gesetzt. Und noch während sich Rabov aufrappelte und seine Siebensachen zusammenraffte, zerbarsten alle schwarzen Wolken auf einmal und es begann erbarmungslos zu gießen.

Von seinen üblichen Kleidungsstücken trug er nicht sehr viel mehr als seine Socken. Ungeachtet des Sturzregens wand er sich in seine Hosen und warf nach kurzem Bedenken auch sein Hemd über, beides triefend nass. Sein Überwurf lag einige Meter entfernt in Richtung Wald, wo er ihn vorhin hatte fallen lassen, besinnungslos vor Entzücken über die schlummernde Schöne.

Er trottete hin, klaubte den Lumpen auf und überzeugte sich mit geübten Handgriffen, dass seine Habseligkeiten noch vorhanden waren. Nichts fehlte, auch die königliche Sichel steckte genau dort im Futter seines Überwurfs, wo sie hingehörte.

Aber Liki war schließlich keine Diebin, das hatte er gleich gespürt. Doch was war sie sonst?

Liki Meida. Was für ein Name, was für eine Frau, dachte Rabov. Noch immer summte und pulsierte es in ihm, als ob hunderttausend Glühwürmchen in seinem Rückgrat auf- und abwärtsschwirrten.

Er fühlte sich schuldig, reuig, pflichtvergessen – aber von alledem nur ein ganz klein wenig. Natürlich, er hätte sie streng befragen müssen, anstatt sie zu küssen und all das. Jetzt wusste er nicht einmal, wo sie wohnte, und noch weniger, weshalb sie überhaupt hier gewesen war. Obwohl sie ihm doch selbst anvertraut hatte, dass sie vor über einem Jahr ihr Studium aufgegeben hatte.

Er warf sich seinen Überwurf über Kopf und Schultern und rannte auf das imposante Säulenportal zu. Die Tür über der Masalithtreppe war unverschlossen, die Halle dahinter lag im Dunkeln. Rabov machte ein paar Schritte hinein und blieb abrupt wieder stehen.

In diesem Haus war es nicht nur so düster wie vorhin in dem alten Lagerschuppen am Ostkai – es stank hier auch genauso nach Verwesung und hungrigem Wurm.

Achtes Kapitel

Am Platz der Sieben Tempel

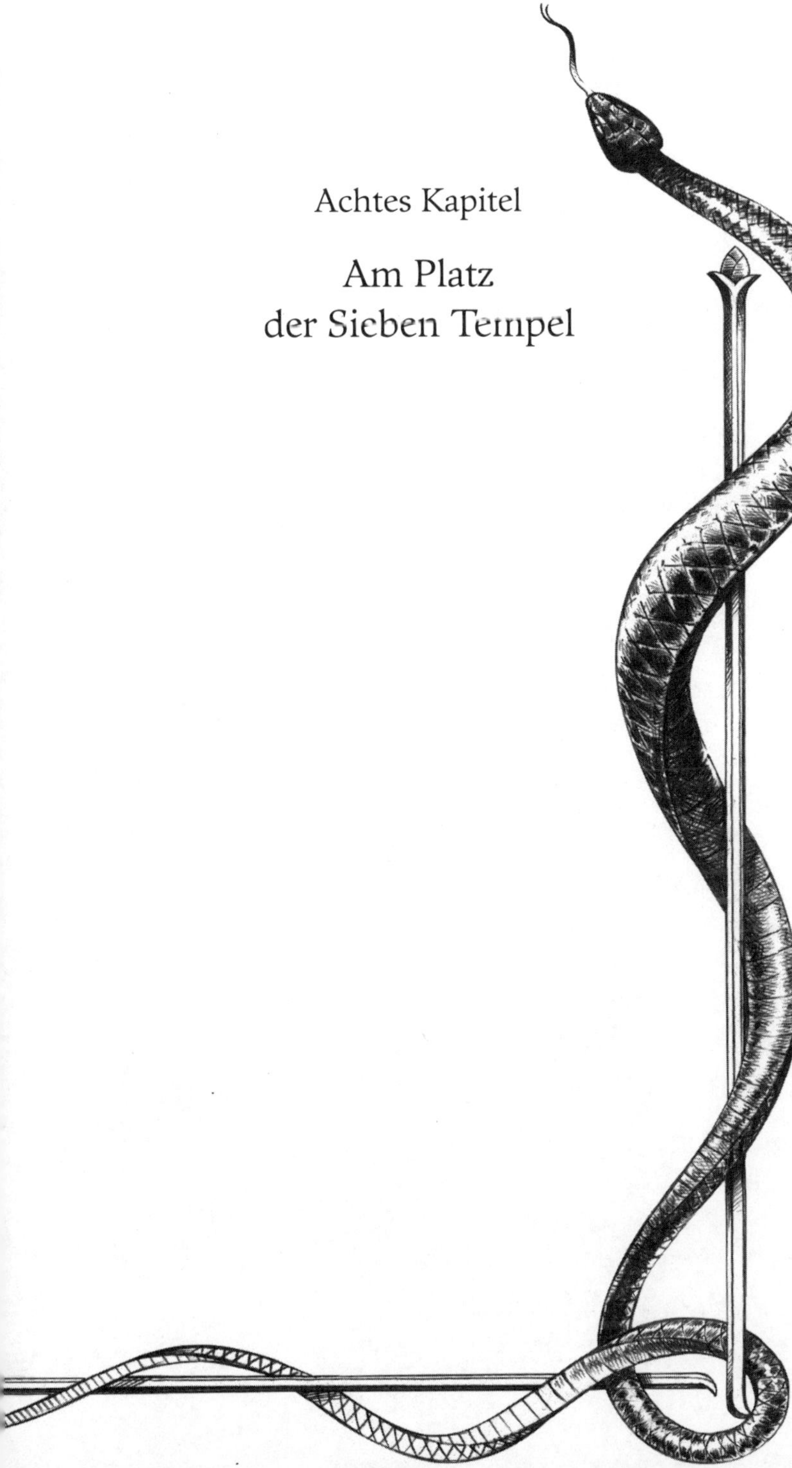

1

Zoran, jetzt hör mir doch wenigstens mal zu! Rabov gab sich alle Mühe, gelassen zu klingen. Das war nicht gerade einfach nach dem, was er in dem Studentenhaus am Boulevard der Morgenröte gerade erlebt hatte – aber daran wollte er jetzt wirklich nicht denken. Gütiger Linglu. Allmählich wurde es wirklich zu viel. Und der Junge legte es anscheinend darauf an, ihm auch noch den allerletzten Nerv zu rauben.

Rabov holte tief Luft. *Wir haben vereinbart, dass wir heute Nachmittag zu deiner Mutter gehen – schon vergessen?,* fuhr er mit gespielter Munterkeit fort. *Also machen wir das jetzt auch, Junge. Und keine Ausreden, bitte. Ich bin übrigens schon auf dem Weg zum Platz der Sieben Tempel.*

Tut mir leid, Sam. Das hättest du dir sparen können.

Rabov rollte mit den Augen. *Was soll das heißen? Ich lasse alles stehen und liegen, um dir zu helfen – und du lässt mich einfach hängen? Das darf doch nicht wahr sein!*

Auf der Waggonbank ihm gegenüber saßen zwei ältere Damen, die ihn missbilligend musterten und zwischendrin miteinander tuschelten, ohne ihn aus den Augen zu lassen. Na gut, sein Äußeres machte wirklich einen etwas strapazierten Eindruck – der Überwurf durchweicht und schlammverschmiert und was darunter hervorlugte, sah geradezu ekelhaft aus. Von dem Gestank, den die lumpigen Überreste seiner Bekleidung ausströmten, mal ganz abgesehen. Aber das alles war sogar noch eine respektable Fassade – gemessen daran, wie aufgerührt und durchgeschüttelt er sich innerlich fühlte.

Der Junge schwieg und so blieb Rabov nichts anderes übrig, als ihn im Stillen weiter zu bearbeiten. *Die Goldene Linie hält bekanntlich auch am Rossmarkt – wenn du jetzt gleich losläufst, können wir uns um – sagen wir – halb vier im* Sarissenstübchen *treffen. Das ist so ein kleines Café direkt neben dem Tempel, in dem deine Mutter …*

Kenn ich, fiel ihm Zoran ins Wort. *Was glaubst du, wie oft ich halbe Tage in diesem Armeseelenwinkel gehockt und darauf gewartet habe, dass meine heilige Frau Mama neben all ihrem Tempelkram mal für mich Zeit hat?*

Aber ich würde ja kommen, Sam, ich würde wirklich kommen, wie wir es verabredet haben – nur, es geht einfach nicht! Ich sitz hier in deinem Kellerloch fest und trau mich nicht vor die Tür. Wie oft soll ich dir das noch sagen: Ich spüre ganz genau, dass Varusas Schlangenkerle da draußen herumschleichen.

Zoran klang jetzt so verängstigt, dass Rabov für einen Moment doch verunsichert war. Aber er wischte alle Bedenken beiseite. *Dann sage ich dir jetzt mal, was ich ganz deutlich spüre,* gab er zurück. *Du hast dir da einfach eine Ausrede zurechtgebastelt, Junge. Aber da hilft alles nichts, wir müssen eine Lösung für dich finden. Und das geht nur mit deiner Mutter – also setzt du dich jetzt auf der Stelle in Bewegung.*

Zoran verlegte sich aufs Bitten und Betteln, aber Rabov hörte ihm nur noch mit halber Aufmerksamkeit zu. Auch wenn er es mit allen Mitteln zu verhindern versuchte – in Gedanken kehrte er immer wieder zu dem Waldpalast auf dem Gelände von Hergos Forschungsstelle zurück. Zu Liki Meida und zu den grauenvollen Dingen, die er anschließend in der Studentenbehausung gesehen und erlebt hatte. Und zu der Frage, welche Rolle Liki bei alldem spielte.

Du hast doch auch mitbekommen, wie brutal diese Kerle sind, jammerte Zoran. *Sie warten nur drauf, dass ich mich da draußen blicken lasse – und zack! packen sie mich und schleifen mich zu ihrem Opferaltar.*

Lass es gut sein, Junge. Wenn es für dich gefährlich wäre, vor die Tür zu gehen, würde ich das spüren. Aber da draußen bei dir in der Flötenmachergasse ist alles ruhig. Also machst du dich jetzt auf den Weg – das ist ein Befehl.

Rabov beendete ihr lakorisches Zwiegespräch und schloss die Augen. Sofort sah er wieder die Dunimesierin vor sich, ihr Lächeln, ihre funkelnd grünen Katzenaugen. Was hattest du dort zu suchen, Liki?, dachte er. Warum hatte sie so seelenruhig vor einem Haus geschlummert, in dem ganz und gar unübersehbar ein mordgieriges Ungeheuer gewütet hatte?

Er erwog, noch einmal mit Professor Barott zu sprechen – vielleicht konnte ihm ja der Direktor des Archäologischen Instituts erklären, was es mit Liki Meida auf sich hatte. Unaufhörlich sah er sie vor sich, ihre Lippen, rot und glitzernd feucht wie Purpurinenschnitze, und darüber ihre funkelnd grünen Parderaugen. Ohne es wirklich zu bemerken, kreuzte er Zeige- und Mittelfinger beider Hände zum Gebet. »Allmächtiger Linglu«, murmelte Rabov, »mach, dass ich Liki bald wiederfinde. Und dass sie mit den Naxoda-Schlangen nichts zu tun hat.«

Als er seine Lider wieder hob, starrten ihn die älteren Damen sichtlich angeekelt an. »Sie sollten sich schämen, junger Mann«, sagte eine von ihnen. »Sturzbetrunken am helllichten Tag!«

»Sie irren sich und das gleich doppelt«, gab Rabov zurück. »Ich bin stocknüchtern und dies ist ein düsterer Tag.« Er erhob sich und salutierte. »Es lebe der König.«

Die Damen antworteten mit derselben Formel, wie es in Dunibien seit unvordenklichen Zeiten heiliger Brauch war. Wie seltsam, dachte Rabov, während die altertümliche Mulitram am Rand des Platzes der Sieben Tempel zum Stehen kam – wie eigenartig hatte dagegen der Assistent vorhin reagiert, als der Polizist am Ostkai mit der gleichen Formel vor ihm salutiert hatte. »Beten Sie für ihn«, hatte Sola geantwortet – gerade so, als schwebe über dem Haupt Seiner Majestät eine schreckliche Gefahr. Aber was für eine Gefahr denn, um Linglus willen? Ein Attentat? Rabov verwarf diesen Gedanken gleich wieder. Behutsam sprang er aufs Trottoir hinab. Ein Anschlag auf König Sorno, das war jenseits alles Vorstellbaren.

Ohnehin war es wieder einmal der ungünstigste Zeitpunkt für Grübeleien. Am anderen Ende des langgestreckten Tempelplatzes hielt mit kreischenden Rädern und durchdringendem Zischen eine Dampftram der Goldenen Linie. In einer Traube aus Männern und Frauen, die fast ausnahmslos Mönchs- oder Nonnentracht trugen, stieg ein magerer Junge aus. Rabov erkannte ihn selbst auf diese Entfernung an seinem widerborstigen Haarschopf. Und im nächsten Moment wurde ihm klar, dass es ein Fehler war, mit Zoran ausgerechnet hierherzukommen.

Der Sarissentempel befand sich an der gegenüberliegenden Längsseite des Platzes der Sieben Tempel, ziemlich genau in der Mitte zwischen ihren beiden Tramstationen. Vor dem Heiligtum der Salamandergöttin Sabra lungerte ein halbes Dutzend ausgemergelter Burschen mit dunkler Haut und funkelnd schwarzen Augen herum. Rabov erkannte sie sofort. Auch wenn sie diesmal nicht bloß einen

Lendenschurz trugen wie unlängst am Schiffstorplatz, sondern überweite Hosen und Hemden, wie junge Männer aus der dunibischen Provinz sie bevorzugten.

Doch diese Burschen stammten nicht aus dem Königreich. Es waren Bakusier aus Radschi Varusas Tempelwächtergarde und sie wussten offenbar ganz genau, dass es sich bei dem entlaufenen Opfer ihrer Schlangengottheit um ein Sarissenkind handelte. Also brauchten sie sich nur vor dem Tempel der Salamanderpriesterinnen auf die Lauer legen – und über kurz oder lang musste ihnen der Gesuchte ins Netz gehen.

Zoran, hörst du mich? So schnell, wie man irgend gehen konnte, ohne dass es geradezu wie Rennen aussah, hielt Rabov quer über den Platz auf den Sarissentempel zu. Pilger und Schaulustige aus allen Ländern und Erdteilen, in Gewändern mit allen erdenklichen Schnitten und Farben, liefen in kunterbuntem Wirrwarr durcheinander. Nirgendwo auf dem Planeten gab es so viele unterschiedliche Heiligtümer auf engstem Raum – obwohl der Platz immer noch die Zahl Sieben im Namen trug, mussten es mittlerweile zwei- oder sogar dreimal so viele sein. Eine wahre Springflut an Bethäusern, Mönchs- und Nonnenklöstern hatte den früher einmal so beschaulichen Platz überschwemmt, seit der König allen Kulten in Dunibien Religionsfreiheit gewährt hatte.

Ich höre und sehe dich, Sam. Zoran klang keineswegs angespannt oder gar alarmiert. Offenbar war er unterwegs keinem von Varusas Schlangenburschen begegnet. *Warum rennst du denn so?*

Siehst du die Kerle da vor mir am Tempeleingang? Es tut mir leid, Junge. Das nächste Mal höre ich auf dich – versprochen.

Zoran stöhnte auf. Er sah sich nach links und rechts um, dann nach hinten, woraufhin er noch lauter stöhnte. *Falls es ein nächstes Mal gibt, Sam. Sie sind überall.* Hektisch schaute er sich aufs Neue um. *Und was jetzt?*

Komm zum Sarissentempel, so schnell du kannst. Unsere einzige Chance sind die Doki-Gardisten.

Diese bunten Kriegermimen? Zoran schnaubte. *Pff.*

Red keinen Unsinn. Auf jetzt, Junge.

Rabov lief weiter, so schnell es irgend gehen mochte, auf den Sarissentempel zu. Aus den Augenwinkeln sah er, dass sich Zoran auf der anderen Platzseite gleichfalls wieder in Bewegung gesetzt hatte. Geschickt bahnte sich der Junge einen Weg durch die Menschenmenge. In einigem Abstand folgten ihm sechs oder sieben dunkelhäutige Burschen in schlecht sitzenden dunibischen Provinzgewändern.

Um ein einigermaßen friedliches Nebeneinander der Kulte und ihrer Anhänger sicherzustellen, wurde jedes einzelne Bethaus am Platz der Sieben Tempel von einer halben Hundertschaft Doki-Gardisten bewacht. Aus historischen Gründen mussten sämtliche Kirchenwächter dem kriegerischen Stamm der Doki aus den norddunibischen Bergen angehören. Schon im Alten Reich hatten Doki-Gardisten die phoräischen Linglu-Tempel beschützt. Im Volksmund hießen sie noch immer »Linglus schillernder Schutzschirm«, doch seitdem König Sorno allgemeine Religionsfreiheit gewährt hatte, bewachten die Stammeskrieger die Bethäuser aller Kulte am Tempelplatz. Wegen ihrer schreiend bunt gemusterten Uniformen und der übergroßen Helme, auf denen beinahe noch buntere Vogelfedern wippten, wurden sie zuweilen heimlich belächelt. Einen Doki-Gardisten offen zu verspotten, war jedoch alles andere als ratsam – diese Gotteskrieger waren bestens ausgebildet, bis an die Zähne bewaffnet und hatten schon mehr als einmal bewiesen, dass sie sich eher in Stücke schlagen ließen, als ein Heiligtum preiszugeben, das ihrer Obhut anvertraut worden war. Tatsächlich war es bisher fast immer andersherum gekommen – wie keine zweite Kämpfertruppe beherrschten die Doki-Gardisten das Kunststück, anrennende Feinde mit dem beidhändig geführten Kampfschwert vom Scheitel abwärts entzweizuschlagen.

Von den Gurkentürmen des Durba-Tempels an der Nordseite des Platzes riefen die Priester mit weithin hallenden Gongschlägen zum Gebet. Ein Dutzend Doki-Gardisten hatte vor dem Portal Aufstellung genommen und die Soldaten sahen sich jeden einzelnen Gläubigen an, der an ihnen vorbei in das Heiligtum der bakusischen Göttin Durba ging. Auch vor dem größten und ältesten Bauwerk am Platz, dem Linglu-Bethaus an der Stirnseite gegenüber, marschierte ein Trupp Doki-Gardisten auf und ab, die Gewehre mit den aufgepflanzten Bajonetten auf der Schulter. Vor dem Heiligtum der Salamandergöttin Sabra jedoch ließ sich unglücklicherweise gerade jetzt kein einziger Gardist sehen.

Der Sarissentempel selbst war einem gewaltigen Salamander mit elegant geschwungenem Leib nachempfunden. Der steinerne Rachen war weit aufgerissen und eine quer geriffelte Rampe, die zweifellos die Zunge der Göttin darstellen sollte, führte steil aufwärts in das Heiligtum hinein. In seinem vorderen Teil beherbergte es die Bet- und Besuchsräume, die zu bestimmten Stunden für alle Gläubigen zugänglich waren. Der Gebets- und Wohnbereich der Priesterinnen und ihrer Kinder dagegen war in den Eingeweiden des steinernen Salamanders untergebracht. Das Gebäude stand auf vier kurzen, stämmigen Säulen, die aus Gründen der Statik allerdings nur wenig Ähnlichkeit mit den zierlichen Stummelbeinen eines leibhaftigen Salamanders aufwiesen. In dem Hohlraum zwischen den Säulen war die Behausung der Tempelwächter untergebracht und auf diesen hölzernen Verschlag mit dem bunten Doki-Wappen hielt Rabov im Zickzack zu.

Im Rennen nestelte er seine Silbersichel aus dem Futter seines beklagenswert verschmutzten Überwurfs. Noch standen Radschi Varusas Häscher vor dem Tempelportal so eng beisammen, dass er sie mit einem einzigen Sichelschwenk allesamt in die Starre schicken könnte. Natürlich war ihnen nicht entgangen, dass ein hochaufgeschossener Mittdreißiger mit wippendem Haarzopf von der Nordseite des Platzes her auf den Salamandertempel zuhastete, aber sie behielten ihn allenfalls nebenher im Auge – der weitaus größte Teil ihrer Aufmerksamkeit galt dem schlaksigen Jungen, der von Süden her auf den Salamandertempel zugespurtet kam. Und dem halben Dutzend ihrer Kumpanen, die sich an seine Fährte geheftet hatten.

Zorans Verfolger hatten sich in einem Halbkreis hinter ihm aufgeteilt, denn in dem Gedränge kam schon eine kleine Gruppe nur langsam voran. Zusammen mit dem Jungen bildeten sie die Formation eines weit geöffneten Fächers, der sich unwirklich rasch durch die Menge bewegte. Und sich beinahe mit jedem Schritt ein klein wenig mehr zusammenstauchte.

Denn Radschi Varusas Häscher holten auf. So leichtfüßig Zoran auch durch die Menschenmenge rannte – gegen seine Verfolger nahm es sich wie gichtkrankes Humpeln aus. Die bakusischen Tempelwächter flogen nur so dahin. Mit ihren überbeweglichen Leibern schlängelten sie sich durch winzigste Lücken zwischen Rücken und Krücken und mit mühelosen Sprüngen schnellten sie über Schultern und Schädel der schwerfällig sich voranschiebenden Pilgerscharen hinweg.

Unterdessen hatte Rabov den Sarissentempel erreicht. Die dunkelhäutigen Burschen, die nahe dem steinernen Salamanderrachen auf der Lauer lagen, erkannten offenbar jetzt erst, dass er zu Zoran gehörte. Sie wandten ihm ihre Gesichter zu und Rabov lobte sie im Stillen für ihre Hilfsbereitschaft, während er die Sichel vor ihren Augen schwenkte. Nur einer von ihnen entging der Erstarrung – er hatte sich gerade in dem Moment, als die Sichel vor ihm aufgeblitzt war, wieder zu Zoran und seinen Kameraden umgewandt. Doch Rabov war mit einem Sprung bei ihm und schlug ihm seine geballte Rechte unter die Rippen. Der Bursche japste auf, sah seinen Angreifer wutentbrannt an und fiel gleichfalls der Starre anheim.

Wie lebensgroße Puppen im Wachsfigurenkabinett, so standen die sechs dunkelhäutigen Burschen nun reglos im Kreis und starrten einander in die Murmelaugen. Rabov drängelte sich zwischen ihnen hindurch, rempelte links und rechts, so dass die Kerle wie angesägte Baumstämme zu Boden gingen. »Tempelwächter!«, rief er, noch immer ein wenig außer Atem nach seiner Hatz über den halben Platz. »Zu Hilfe!«

Aus dem hölzernen Verschlag zwischen den Säulenbeinen des Salamandertempels traten zwei Doki-Gardisten hervor. Mit ihren gezwirbelten Schnauzbärten unter den gefiederten übergroßen Helmen sahen sie geradezu unheimlich aus, wie übellaunige Raubvögel, und wer sich von diesem Anblick nicht erschrecken ließ, der erschrak desto furchtbarer beim Donnerklang ihrer Stimmen.

»Störer des Tempelfriedens – was soll das Geschrei?«

Selbst Rabov schreckte zusammen, als der ältere der beiden Wächter ihn derart anschnauzte. Es war offenbar der wachhabende Kommandant – zu erkennen an dem königsgrünen Federbusch, der zusätzlich zu der vielfarbigen Federzier auf seinem Helm wippte.

Rabov beeilte sich, sein Anliegen zu erklären – die Doki-Gardisten waren für ihr blitzartiges Eingreifen bekannt. Manch ein vermeintlicher Störer des Tempelfriedens hatte sich am Boden liegend und mit zwei gekreuzten Schwertern an seiner Kehle wiedergefunden, ehe er sich auch nur geräuspert hatte. »Verzeiht, Ehrwürdiger«, wandte er sich mit der vorgeschriebenen Formel an den Doki-Kommandanten, »ich bin königlicher Spezialagent – diese Burschen hier waren im Begriff, den Frieden Eures Tempels zu stören.« Er wies die Rückseite seiner königlichen Sichel vor und deutete zugleich auf die sechs Bakusier, die wie Volltrunkene im Tiefschlaf neben dem Tempeleingang lagen.

Die Doki-Gardisten sahen mit argwöhnischen Mienen von Rabov zu den Burschen am Boden. Offenbar trauten sie Rabov, Agent hin oder her, eine solche Heldentat nicht zu. Aus den Augenwinkeln beobachtete Rabov derweil, wie sich der Junge schlug. Zorans Verfolger lagen allenfalls noch drei Schritte hinter ihm zurück. Es wurde allerhöchste Zeit, das Blatt zu wenden. Aber wenn er die Doki-Krieger auf seine Seite bringen wollte, musste er sie überzeugen – Befehle nahmen sie nur von ihren eigenen Vorgesetzten entgegen.

»Wir Agenten haben unsere speziellen Waffen«, vertraute er dem Doki-Kommandanten mit gedämpfter Stimme an. »Aber sehen Sie nur, Ehrwürdiger: Da drüben kommen sechs weitere Bakusier angerannt und der, den sie verfolgen, ist ein Sarisso – der Sohn einer Salamanderpriesterin, die Ihrer Obhut anvertraut ist.«

Offenbar hatte er den richtigen Ton getroffen. Der Kommandant riss das Schwert aus der Gürtelscheide und der jüngere Wächter machte es ihm nach. Auf seinen gellenden Pfiff hin kamen mindestens zehn weitere Doki-Krieger zwischen den Tempelsäulen hervorgestürmt.

»Der Sarisso und ich wollen den Tempel der Göttin Sabra aufsuchen«, erklärte Rabov dem Kommandanten. »Ehrwürdiger, ich bitte Sie – sorgen Sie dafür, dass wir wohlbehalten hineingelangen und die Bakusier keinen Zutritt erhalten. Aber«, fügte er hinzu und blickte den graubärtigen Krieger eindringlich an, »behandeln Sie sie möglichst schonungsvoll – es sind Tempelwächter des Ragadhani-Kults.«

Der Kommandant wirkte mit einem Mal alarmiert. Aufmerksam sah er einen Moment lang zu Zoran und seinen Verfolgern hinüber. Eben setzte einer der Schlangenburschen in hohem Sprung über eine ganze Gruppe kleinwüchsiger Tuïbi-Pilger hinweg. Sie waren nun so dicht hinter Zoran, dass der praktisch schon ihren Atem in seinem Nacken spüren musste. »Und was wollen sie von dem Jungen?«, fragte der Kommandant.

»Ihn ihrer Gottheit opfern!« Rabov hatte Mühe, nicht zu schreien. »Sie müssen helfen, Ehrwürdiger, bitte – er ist ein Sarisso!«

Doch der oberste Doki-Gardist schüttelte den Kopf. »Bedaure, Agent. Wir haben strikten Befehl, uns unter keinen Umständen in Religionsstreitigkeiten einzumischen.« Demonstrativ schob er sein Schwert in die Scheide zurück und seine Untergebenen folgten wiederum seinem Beispiel. »Vom Tempel halten wir die Bakusier fern, das sichere ich Ihnen zu. Aber wenn sie den Sarisso vorher schnappen, kann ich nichts für ihn tun.«

Aufseufzend warf sich Rabov herum. Diese eigensinnigen Doki-Gardisten! Aber dann würde er Zoran eben allein in Sicherheit bringen. Er war schon im Begriff, aufs Neue seine Sichel hervorzunesteln, doch er erstarrte in der Bewegung. Zoran hatte seine Arme ausgebreitet und hob sie unwirklich langsam empor. Und so wie ihm unlängst in Rabovs Kellerloch die Theaterkostüme auf ihren Kleiderbügeln jede Bewegung nachgemacht hatten, so erging es nun offensichtlich sämtlichen Personen, die sich zufällig gerade in seiner Nähe befanden – sie alle, ob Pilger, Nonnen, Straßenjungen, schwebten in einem gedrängten Ring aus Menschenleibern um ihn herum in die Luft empor.

Der Junge wedelte mit den Armen und sein schwebender Schutzschirm aus Fleisch und Knochen machte ihm jede Bewegung nach. Wie schwerelos schwebten die Leute ungefähr einen Meter über dem Boden und in ihrer Mitte ging Zoran unbehelligt weiter auf den Sarissentempel zu. Er kam nur noch sehr langsam voran, als ob er unter Wasser liefe, aber das machte überhaupt nichts: Der Schutzschirm aus Menschenleibern schwebte gerade hoch genug um ihn herum, dass Radschi Varusas Häscher nicht darüber hinwegspringen konnten. Zoran schien immer ganz genau zu spüren, was seine Verfolger gerade im Schilde führten, und mit fast unmerklichen Armbewegungen korrigierte er den Ring um ihn herum, so dass die Ragadhani-Wächter an dem Schutzschild einfach nicht vorbeikamen – weder zwischen den Leuten hindurch noch unter ihren Füßen hinweg.

In den Gesichtern der Schwebenden malte sich fassungslose Verblüffung, aber auch ein Widerschein überirdischen Glücksgefühls – so als ob sie bereits in Linglus Sieben Himmel aufgestiegen und als Lohn für ein tugendhaftes Leben in geflügelte Boten verwandelt worden wären. Die Bakusier dagegen schrien wütend durcheinander – offenbar waren sie sich uneins, ob sie es wagen sollten, einzelne Personen in dem schwebenden Kreis zu attackieren. Und noch während sie sich beratschlagten und dabei ein ums andere Mal hinter dem Menschenring in die Höhe sprangen, hatte Zoran den steinernen Rachen des Salamandertempels erreicht. Das Geschrei der Bakusier schwoll zu verzweifeltem Geheule an, als sie ihre Kumpane starr wie Skulpturen bei dem Tempelportal liegen sahen. Sie warfen sich neben ihren Gefährten zu Boden, schüttelten sie und schrien auf sie ein.

»Störer des Tempelfriedens – weicht zurück!« Der Doki-Kommandant riss abermals das Schwert heraus und richtete die Spitze auf das Herz eines Bakusiers. »Haltet Abstand vom Tempel der Göttin Sabra – zwölf Schritte, wie es das königliche Gesetz befiehlt.« Während er dieses Kommando brüllte, kam seine gesamte Gardistentruppe Mann um Mann aus der Wache zwischen den Säulen hervormarschiert. Die Schwerter gezückt, stellten sie sich zu beiden Seiten des Tempeleingangs auf.

Radschi Varusas Häscher warfen einander düstere Blicke zu. Einen bangen Moment lang schien es Rabov möglich, dass sie irgendwelche Waffen aus ihren Hosenbünden herausreißen und sich aufheulend den Doki-Gardisten entgegenwerfen würden. Doch es wäre ihr sicherer Tod gewesen und so packten sie nach kurzem Besinnen lediglich ihre erstarrten Kameraden bei Schultern und Fußknöcheln und zogen sich in Richtung Platzmitte zurück.

Zoran, hörst du mich? Rabov gab sich alle Mühe, seine Gedankenstimme zu dämpfen, damit der Junge nicht allzu rauh aus seiner Lakori-Trance aufschreckte. *Junge, komm zu dir – wir sind in Sicherheit. Lass die Leute runter, hörst du? Aber hübsch vorsichtig, damit niemand zu Schaden kommt.*

Der lebende Ring schwebte traumhaft langsam auf den Erdboden zurück. Als die Leute wieder das vertraute Pflaster unter ihren Füßen spürten, kamen sie zu sich und sahen sich mit verwirrten und erschrockenen Gesichtern um. Aber in ihren Augen war immer noch ein Leuchten jenes überirdischen Glücksgefühls.

Rabov packte zwischen ihnen hindurch und zog den Jungen aus dem Kreis heraus. Zorans Augen waren noch zu Schlitzen verengt und nach innen verdreht, so dass nur zwei weiße Striche zu sehen waren. *Aufwachen*. Rabov rüttelte ihn sanft. *Reiß dich zusammen Junge – wir sind da.*

Durch ein Spalier aus Doki-Gardisten, die zu Ehren des jungen Sarisso ihre Gewehre mit aufgepflanzten Bajonetten präsentierten, schob er Zoran an den Schultern vor sich her und in den steinernen Rachen des Salamandertempels hinein.

2

Wer die Bet- und Besuchsräume eines Sarissentempels betreten wollte, musste sich vorher einer rituellen Reinigung unterziehen. Das kam Rabov gelegen, denn der Gestank nach Wurm, der von ihm ausging, war kaum zu ertragen.

Zwei junge Tempeldiener in schwarz-gelb getüpfelten Kutten führten sie durch ein Labyrinth aus schummrig erhellten Fluren. Keine Fenster, stickig heiße Luft – in Rabovs Nacken begann es wieder heftig zu pochen. Genauso hatte es vorhin im Waldpalast auf dem Institutsgelände angefangen: ein fensterloser Gang, brütende Hitze und dann ... Unsinn, Schluss damit, ermahnte er sich. Als ob in diesem wohlbewachten Heiligtum der Göttin Sabra plötzlich ein Ungeheuer auftauchen könnte!

Noch immer schallten die Wutschreie der Bakusier vom Platz der Sieben Tempel hinter ihnen her. »Wir kriegen dich, Kleiner!«, hörte Rabov, aber Zoran schien nichts davon mitzubekommen. In sich versunken trottete er neben Rabov her.

Die Tempeldiener führten sie in den Reinigungsraum für männliche Besucher. Es war eine Art Grotte, dämmrig erhellt, die Wände bedeckt mit funkelnden Mosaiksteinen in allen erdenklichen Schattierungen von Schwarz und Gelb.

»Ich kann mich gar nicht erinnern, dass es in Sarissentempeln früher solche Reinigungsbecken gab«, sagte Rabov. Als er das letzte Mal einen Sarissentempel aufgesucht hatte, war er allerdings noch ein Junge gewesen, nicht viel älter als Zoran heute. Auch bei den Sarissen in Raginor hatte er damals nicht gefunden, was er so ziellos wie unermüdlich suchte, seit er ans Agoschkreuz gebunden worden war. Der Kult um die Salamandergöttin Sabra war bizarr und befremdlich und doch hatten in jener Zeit noch viele Dunibier geglaubt, dass Sarissen so etwas wie die Menschen der Zukunft seien – von Sabra erwählt, von Linglu höchstselbst gesegnet. »Aber du kennst das ja bestimmt seit langem, oder?«, fügte Rabov hinzu.

Zoran gab keine Antwort. Seine Augen waren immer noch mehr zu als auf, wenn auch glücklicherweise nicht mehr nach innen verdreht. Er wirkte benommen, kaum bei Bewusstsein – kein Wunder nach dem, was er eben da draußen auf dem Platz an Lakori aufgewendet hatte.

Rabov riss sich sämtliche Kleidungsstücke vom Leib und watete in das Reinigungsbecken. Er setzte sich hin und lehnte sich mit dem Rücken gegen den Beckenrand. Das Wasser reichte ihm bis zur Brust und es war köstlich kühl, von einer leichten Strömung bewegt. Wunderbar. Wenn es nach ihm ginge, würde er hier den Rest des Tages verbringen.

Aber davon konnte natürlich wieder mal keine Rede sein. Wann wäre es jemals nach ihm gegangen, wehklagte Rabov im Stillen, nach den persönlichen Wünschen von Samu A.? Nun, das war allerdings gerade erst ein paar Stündchen her, wies er sich selbst zurecht. Oder hatte das, was da zwischen ihm und Liki Meida passiert war, etwa nichts mit seinen persönlichen Wünschen zu tun?

Doch, ja, auch, wand sich Rabov – aber keineswegs ausschließlich. Immerhin hatte er auf diese Weise herausbekommen, in welche Richtung er ermitteln müsste, falls es zu weiteren Mysteriösen Todesfällen à la Hergo kommen sollte. Oder à la Tempelhalle der Makubisten. Oder à la Schuppen am Ostkai. Oder gar à la Archäologiestudentenhaus.

Linglu bewahre! Traute er Liki Meida so etwas zu? Nie und nimmer, antwortete er sich mit fester Gedankenstimme. Und wünschte sich, dass er zumindest sich selbst überzeugen könnte.

»Ist dir eigentlich klar, was du da draußen gemacht hast?«, fragte Rabov kurz darauf den Jungen. Die Tempeldiener hatten sie in einen kahlen Warteraum gebracht und angewiesen, sich in Geduld zu üben, bis die Sarissa sie empfangen könne. »Das war Telekinese zweiten Grades!«, fuhr Rabov fort. »Lakorische Levitation von Lebewesen, und das nicht etwa mit irgendwelchem willenlosen Viehzeug, sondern mit ausgewachsenen Pilgern. Weißt du überhaupt, was das bedeutet?«

Keine Antwort. Rabov fasste Zoran bei den Schultern und schüttelte ihn sachte. »Ist da drüben jemand zu Hause?« Er wartete. »Ich glaube ja nach wie vor«, sagte er dann mehr zu sich selbst, »dass diese verdammten Schwierigkeiten, in denen ich seit Tagen wie in einem Sumpfloch stecke, auf dem Schindanger angefangen haben. Aber was soll's, dafür habe ich da draußen dich getroffen, Junge – und gerettet und all das –, und ich meine, das wiegt doch die Schwierigkeiten mehr als auf. Sehe ich jedenfalls so.«

Noch immer kam von Zoran keine Reaktion. Mit hängendem Kopf lehnte er an der Wand und schaute apathisch auf den Boden.

»Ein Telekinetiker zweiten Grades«, wiederholte Rabov in rühmendem Tonfall. »Alle Achtung, Junge – und das mit gerade mal vierzehn Jahren! Ich kenne höchstens eine Handvoll Magier, die imstande wären, gleich ein halbes Dutzend Leute mit ihrer Lakori in die Luft zu heben und sie auch noch mehrere Minuten lang da oben zu halten. Ich sage dir, Zoran – sogar Radschi Varusa wäre beeindruckt. Na ja, zumindest ein bisschen.«

Der Junge wischte sich mit dem Handrücken über die Augen. Tränen liefen ihm über die Wangen, doch Rabov tat so, als ob er nichts bemerkt hätte. Zoran wäre bestimmt noch viel mehr durcheinander, wenn er auch nur ahnte, was Rabov vorhin im Waldpalast durchgemacht hatte. Aber daran wollte auch Rabov jetzt nicht denken – das hatte Zeit bis heute Abend, wenn er Calin davon berichten würde. Um sich abzulenken und vor allem auf die heikle Begegnung mit Zorans Mutter vorzubereiten, rief sich Rabov stattdessen ins Gedächtnis, was er über den bizarren Kult um die Salamandergöttin Sabra wusste.

Genauso wie die Agosch-Kirche war der Sarissenkult bis vor kurzem eigentlich verboten gewesen – doch gerade bei diesen beiden Kulten hatten die dunibischen Behörden meist beide Augen zugedrückt. Der Heilige Agosch wurde im ganzen Land und vor allem im Nibratal innig verehrt, weil er nach weitverbreitetem Volksglauben die Große Flut beendet hatte, und mit den Sarissen verhielt es sich im Grunde ähnlich: Auch die Anhänger des Sabrakults glaubten, dass ihre Gottheit dazu beigetragen habe, Linglu zu besänftigen, woraufhin Er die Flut in die Meerbecken und die Schlangen in ihre nassen Nester zurückgezwungen habe.

Als Sarissen oder Salamanderinnen bezeichnete man schon in der Endzeit des Alten Reichs alle dunibischen Frauen, die mit echsenhaft langgestreckten Leibern und kurzen Arm- und Beinstummeln zur Welt gekommen waren. Sie galten als Verkörperungen der Salamandergöttin Sabra und die jungen Männer rissen sich darum, mit einer Sarissa die Ehe einzugehen – deren Nachkommen, so hieß es, würden gedeihen und zahlreich und mächtig werden. Während der Großen Flut glaubten viele Dunibier sogar, dass unter allen Menschen einzig Sarissen den Untergang des Alten Reichs überleben würden.

So entstanden schon damals die ersten Sabratempel und dieser Kult wuchs auch nach der Flut stürmisch weiter. Vor allem in den dunibischen Provinzen wurde bis in die heutige Zeit jedes Mädchen, das die typischen Anzeichen einer Sarissa aufwies, als Verkörperung der Salamandergöttin verehrt. Nach wie vor schickten die Leute in den norddunibischen Bergen oder im Nibratal ihre Sarissentöchter in zartem Kindesalter in eines der Sabraklöster, die seit vielen Jahrhunderten das Herzstück jedes Sarissentempels bildeten. Und wie zu Zeiten der Großen Flut galten die Sarissenkinder, ob Jungen oder Mädchen, ob in Menschen- oder Sarissengestalt geboren, noch immer als Günstlinge der Göttin Sabra, die ihnen besondere Kräfte verlieh und sie in besonderer Weise beschützte.

Aber dieser Glaube war zumindest hier in der Hauptstadt auf dem Rückzug. Stattdessen wurden neuerdings die Tempel der unzähligen Schlangenkulte von Gläubigen und Schaulustigen geradezu überrannt. Rabov überlegte, was diese Entwicklung wohl zu bedeuten hatte – glaubten womöglich immer mehr Dunibier, dass die von Linglu bevorzugten Lebewesen fortan nicht mehr gewöhnliche Menschen und nicht einmal mehr Sarissen, sondern gliederlose Kriechwesen sein würden? Auf der anderen Seite berichteten allerdings auch die Linglu-Priester von neu erwachtem Glaubenseifer bei vielen Dunibiern – und hier wohl gerade bei jenen, die König Sornos gegenwärtige Maschinen- und Religionspolitik mit Sorge und Argwohn beobachteten.

Und Zoran, überlegte Rabov weiter, war sozusagen zwischen diesen Fronten aufgewachsen, zwischen Dampf und Trance, Maschinenwahn und Sarissenmagie: Sohn einer Salamanderfrau, die »in den tiefen Brunnen schauen« konnte, also seherisch begabt war, und eines Altertumswilderers, der sein Leben aufs Spiel setzte, um den Sümpfen ihre mechanischen Mysterien zu entreißen – Dampfmaschinen und sonstige selbstbewegte Apparate aus dem Alten Reich.

Rabov grübelte noch immer über diesem schmerzlichen Riss, der das ganze Königreich und ebenso die Seelen unzähliger Dunibier entzweite, als die Tempeldiener wieder in der Grotte erschienen. Zoran hatte die ganze Zeit über kein einziges Wort geredet, aber er schien nun zumindest wieder einigermaßen gefasst und bei Kräften. Das war eigentlich sogar mehr, als Rabov erwartet hatte – schließlich erinnerte er sich noch gut, wie ausgelaugt er selbst sich nach dem bisschen simpler Transformationsmagie in der Zelle von Lona Markan gefühlt hatte. Außerdem war ihm klar, dass der Junge noch aus einem anderen Grund den Mund nicht aufbekam – aus Protest, weil er gegen seinen Willen in diesen Tempel geschleppt worden war.

Die Tempeldiener halfen ihnen, die schwarz-weiß gescheckten Kutten überzustreifen, die für Besucher jedes Sarissentempels vorgeschrieben waren. Dann führten sie Rabov und den Jungen durch schummrig erhellte Flure in den hinteren Tempelbereich. Eine Tür wurde vor ihnen aufgetan und die kindlichen Diener in ihren schwarz-gelb getüpfelten Gewändern verneigten sich. »Hier hinein. Die Sarissa wird gleich bei Euch sein.«

3

Auch der Besucherraum war gänzlich kahl. Die Wände aus roh behauenem Stein, ebenso der Boden, alles glitschig und dampfend vor Feuchtigkeit. Es hätte ebenso gut eine Felshöhle irgendwo in Mitteldunibien sein können und das war zweifellos auch der Eindruck, den die steinerne Kargheit bei den Besuchern hervorrufen sollte.

Ein symbolisches Seil, schwarz-gelb gemustert, teilte den Raum in zwei ungleiche Hälften. Im hinteren Teil führte eine steinerne Rampe steil aufwärts zu einer Wandluke knapp unter der Zimmerdecke. Der vordere, für Besucher bestimmte Teil nahm mehr als zwei Drittel ein – offenbar war man im phoräischen Sabratempel auf starken Andrang eingestellt. Heute aber schienen Rabov und Zoran die einzigen Besucher im ganzen Tempel zu sein. Allem Anschein nach war der Sabrakult tatsächlich aus der Mode gekommen.

Noch während sich Rabov und der Junge dem Trennseil näherten, flog im hinteren Teil des Besuchsraums die Luke unter der Zimmerdecke auf. Die Sarissa erschien und glitt sogleich mit atemberaubender Raschheit auf der Rampe zu ihnen hinab. Sarissen waren von alters her für die geradezu übernatürliche Geschicklichkeit berühmt, mit der sie sich nach Echsenart voranbewegten – bäuchlings auf ihren vier Stummelgliedmaßen, den Kopf hoch emporgereckt. Der Schnitt ihrer Ordenstracht verstärkte noch den Eindruck des Salamandrischen. Das schwarz-gelb getüpfelte Gewand schloss sich eng um Kopf und Hals. An seinem unteren (oder eher wohl am hinteren) Ende lief es in einen kunstvoll gewobenen Schweif aus. Nur ihr Gesicht sah aus der Kutte hervor, mit demselben Salamandermuster kunstvoll tätowiert.

»Sarisso«, sagte Zorans Mutter und lächelte den Jungen an. Sie verharrte ein geraumes Stück über dem Fuß der Rampe, so dass sie mit ihren Besuchern auf Augenhöhe war. »Wen hast du mitgebracht, Sarisso?« Sie sprach so leise, dass es kaum mehr als ein helles Wispern war, ein Rascheln wie von unfassbar raschen Füßen über Fels und Gras. Ihr Blick huschte zu Rabov herüber. »Deinen Vater, dachte ich zuerst.«

»Bitte, Mama.« Zoran zerrte an dem Seil, als ob er es entzweireißen wollte. »Fang nicht wieder davon an!«

Rabov hatte befürchtet, dass Zoran hier im Tempel kein einziges Wort reden würde – aus Protest gegen seine Mutter und nicht zuletzt gegen ihn selbst, weil er den Jungen gezwungen hatte, hierherzukommen. Aber »Bitte, Mama« war immerhin schon mal ein Anfang – auch wenn Zorans finsterer Gesichtsausdruck und sein verquälter Tonfall keine allzu heitere Fortsetzung erwarten ließen.

»Nenn mich vor allem nicht Sarisso«, fuhr Zoran fort. »Wie oft habe ich dir das schon gesagt!« Aufs Neue riss er am Seil. »Nenne mich noch einmal so«, fügte er hinzu und seine Unterlippe bebte, »und du siehst mich nie wieder.«

Die Sarissa lächelte noch immer, doch sie wirkte nun auch bekümmert. Allerdings war es nicht ganz leicht, ihren Gesichtsausdruck hinter dem Salamandermuster zu deuten. »Als wir in diesen Tempel eingetreten sind«, sagte sie, »haben wir unsere weltlichen Namen abgestreift wie eine alte Haut. Ich bin nicht mehr Vura und du bist nicht mehr Zoran. Die Göttin Sabra umhüllt uns mir ihrer Gnade, mein Sohn – auch wenn du dich noch so sehr dagegen sträubst.«

»Ich bin nirgendwo eingetreten«, beharrte Zoran, »du hast mich mit dir in dieses muffige Heiligtum gezerrt, als ich noch viel zu klein war, um mich dagegen zu wehren. Und bei der ersten Gelegenheit bin ich wieder von hier abgehauen – und du weißt bestimmt noch so gut wie ich, Mama, was ich dir und mir damals geschworen habe. Oder etwa nicht?« Er starrte sie an, seine Stimme klang heiser und seine Augen glitzerten vor Tränen.

»Wie könnte ich das je vergessen.« Auch die Sarissa schien nun tief bewegt. »Eher würdest du dich selbst in den Sümpfen ersticken, als wie deine Mutter zu werden. Das hast du damals geschworen.« Sie schluckte und ihre wasserhellen Augen huschten zwischen Zoran und Rabov hin und her. »Wie dein Vater würdest du werden, was immer ich oder irgendwer dagegen einzuwenden hätte. Und du würdest lieber viele Jahre lang in diesem schrecklichen Kinderasyl am Schiffstor auf ihn warten, als auch nur einen einzigen Tag noch mit mir unter einem Dach zu leben.« Auch die Augen der Sarissa waren nun ganz nass vor Tränen. »Wie könnte ich einen solchen Schwur jemals vergessen?«

Es wurde allerhöchste Zeit, beschloss Rabov, dass er sich einmischte. Bevor Zoran sich wieder aus diesem Tempel davonstehlen könnte – denn diesmal würde seine Flucht auf Radschi Varusas Opferaltar enden. Er räusperte sich und setzte ein verständnisheischendes Lächeln auf. »Wenn ich vielleicht auch mal etwas sagen dürfte?« Er schaute von Zoran zur Sarissa. Der Junge reckte nur trotzig sein Kinn vor. Die Priesterin aber nickte ihm zu.

Rabov holte erst noch einmal tief Luft. Einiges, was er Zorans Mutter sagen wollte, hatte er sich in den letzten Tagen schon zurechtgelegt. Ansonsten konnte er nur darauf hoffen, dass ihn sein Gespür auch diesmal nicht trügen würde.

»Heilige Sarissa«, begann er und deutete eine Verneigung an, »gestatten Sie, dass ich mich zunächst vorstelle. Mein Name ist Samu Agosch Rabov, ich bin königlicher Beamter im Dienst des Innenministeriums. Wahrscheinlich fragen Sie sich, warum ich mich in eine Auseinandersetzung einmische, die nur Sie selbst und Ihren Sohn betrifft. Darauf möchte ich Ihnen etwas antworten, das Sie hoffentlich so sehr überzeugt wie mich selbst: Ich habe Zoran das Leben gerettet und seitdem fühle ich mich für ihn verantwortlich, so als wäre er mein eigener Sohn.« Er spürte Zorans Blick auf seiner rechten Schläfe und nur allzu gern hätte er sich dem Jungen jetzt zugewendet, um zu sehen, wie er seine Worte aufnahm. Aber Rabov zwang sich, weiter nur die Sarissa anzuschauen. »Das Leben Ihres Sohnes ist immer noch in größter Gefahr, Sarissa«, fuhr er fort, »und deshalb bitte ich Sie, ihn für eine kurze Frist noch einmal in Ihrem Tempel aufzunehmen.«

»Sam – du verdammter Verräter!« Zoran ließ das schwarz-gelbe Seil endlich los, wenn auch nur deshalb, weil er seine Fäuste brauchte, um damit auf Rabov einzuschlagen.

Doch Rabov ließ sich nicht beirren. Er legte dem Jungen einen Arm um die Schultern und hielt ihn so fest, wie er nur konnte. Zoran wand sich unter seinem Griff, aber nur halbherzig – bevor er allen Ernstes die Flucht ergreifen würde, wollte er anscheinend erst noch hören, wie Rabovs Plan weiter aussah.

»Es geht nur um ein paar Tage«, fuhr Rabov fort, »dann befindet sich der Mann, der Zorans Leben bedroht, entweder in einer Gefängniszelle oder jenseits unserer Landesgrenzen.« Er legte eine kurze Pause ein. »Im übrigen«, fügte er hinzu, »verstehe ich sehr gut, wie Zoran damals zumute war, als er diesen Schwur geleistet hat. Für einen Jungen ist es immer eine schreckliche Erfahrung, seinen Vater zu verlieren. Und es wird nicht unbedingt leichter, wenn einem die Hoffnung bleibt, dass der Vater eines Tages zurückkehren wird. Jedenfalls dann nicht, wenn man Jahr um Jahr vergeblich auf ihn wartet. Aber die Hoffnung aufgeben, dass er eines Tages doch noch wiederkommt, das kann und darf man ja so wenig, wie sich selbst aufzugeben – und deshalb, heilige Sarissa, musste Zoran damals so sprechen und handeln, wie er es getan hat.«

Die mageren Schultern unter seinem Arm zuckten, aber das war nicht einmal mehr halbherzige Gegenwehr – Zoran schluchzte lautlos in sich hinein. »Sie werden es längst erspürt haben, Sarissa«, redete Rabov aufs Geratewohl weiter, »ich spreche auch aus eigener Erfahrung – als Junge habe ich etwas sehr Ähnliches erlebt. Und als ich Zoran das erste Mal getroffen habe, spürte ich sofort, dass wir irgendwie schicksalhaft zusammengehören.«

Einen Moment lang wusste er nicht weiter und sah verwirrt an der Sarissa vorbei. Doch ihr Blick ruhte unbeirrbar auf ihm, er spürte, dass sie ihm vertraute. Und nun erkannte Rabov auch, auf welches Ziel er die ganzer Zeit über schon zugesteuert hatte. »In Zoran«, sagte er, »erkenne ich den Jungen wieder, der ich selbst vor vielen Jahren war. Darum bitte ich Sie, Sarissa – erlauben Sie mir, bei Ihrem Sohn Zoran die Vaterstelle zu vertreten, bis vielleicht eines Tages doch noch sein wirklicher Vater aus den Sümpfen zurückkehrt. Und dich, Zoran, bitte ich natürlich auch darum: Erlaube mir, bis auf weiteres dein Vater zu sein.«

Rabov wurde nun selbst ein wenig gerührt, aber sentimentale Anwandlungen ließ er sich nur dann durchgehen, wenn er mit sich allein war. Er grinste den Jungen an. »Das hätte übrigens auch den Vorteil«, sagte er, »dass du fürs Erste hier im Tempel bleiben könntest, ohne deinen Schwur zu brechen.«

Zoran starrte ihn noch einige Augenblicke lang finster an, dann musste er gleichfalls grinsen. Er wischte sich die Tränen aus den Augen. »Mann, Sam, hättest du das nicht vorher schon mal sagen können – bevor du mich hierhergeschleppt hast? Und vielleicht auch ein bisschen weniger pathetisch – wir heulen ja alle drei wie Aale im Räucherofen!«

»Ich heule überhaupt nicht«, behauptete Rabov und blinzelte verstohlen.

»Aber ich«, wisperte die Sarissa. »Und ich bin einverstanden – natürlich bin ich einverstanden. Darf ich Sam zu Ihnen sagen? Vielen Dank, Sam – dafür, dass Sie sich um meinen Sohn Zoran kümmern.«

»Um unseren Sohn«, korrigierte Rabov und verspürte einen leisen Schauder. Er legte seine Hände auf Zorans Schultern und zog ihn zum Abschied an sich. »Nur ein paar Tage, allerhöchstens eine Woche – versprochen«, sagte er zu dem Jungen.

»Wenn du mich dann nicht hier rausholst, gehe ich in die Sümpfe«, sagte Zoran und gab sich nicht die geringste Mühe, seine Stimme zu dämpfen.

Rabov schubste ihn von sich. »Probier das nur, du Lausejunge – dann hetze ich eine ganze Garnison Sumpfwächter hinter dir her!«

»Das würdest du machen, Sam?« Die Aussicht schien den Jungen mehr zu begeistern als zu erschrecken. »Und warum?«

»Natürlich weil ich mir Sorgen um dich machen würde.« Er deutete einen Faustschlag auf Zorans Oberarm an. »Benimm dich gefälligst – du bist in einem Heiligtum zu Gast.« Er verneigte sich in Richtung der Salamanderpriesterin. »Heilige Sarissa, gestatten Sie, dass ich mich zurückziehe. Ich habe noch einiges zu erledigen, damit Phoras Straßen wieder sicher werden – für Zoran und uns alle.«

4

Rabov grüßte den Doki-Kommandanten mit einer knappen Handbewegung – die geballte Rechte kurz auf sein Herz gedrückt. Aber er ließ sich in kein Gespräch verwickeln und fragte schon gar nicht von sich aus, ob sich die Lage da draußen wieder beruhigt hatte. Den Kopf gesenkt, so als wäre er in Gedanken versunken, marschierte er durch den steinernen Salamanderrachen nach draußen. Doch dabei spähte er aufmerksam um sich.

Insgeheim hoffte er, dass sich Varusas Schlangenburschen noch immer auf dem Platz der Sieben Tempel herumtrieben. Das allerdings ging die Doki-Krieger nicht das Geringste an.

Die sechs Bakusier, die er vorhin in die Starre geschickt hatte, waren von ihrer provisorischen Ruhestätte neben dem Tempeleingang verschwunden – anscheinend hatten ihre Kameraden sie fortgeschafft. Das konnte bedeuten, dass sie sich allesamt davongemacht hatten, doch genauso gut konnte es sein, dass einige von ihnen nach wie vor irgendwo hier draußen auf der Lauer lagen. Rabov nahm an, dass Letzteres zutraf – schließlich mussten Varusas Häscher damit rechnen, dass der Junge irgendwann wieder aus dem Sarissentempel herausspaziert kommen würde.

Er nahm es an – und er hoffte es noch mehr.

Seine Hände in den Hosentaschen vergraben, marschierte er auf die Mitte des Platzes zu, scheinbar ohne nach links oder rechts zu sehen. Nach wie vor herrschte ein furchtbares Gedränge. Ganze Dorfgemeinschaften aus Norddunibien schienen sich ausgerechnet diesen Tag als Höhepunkt ihrer Pilgerreise auserwählt zu haben. Greise Bauern, auf Knotenstöcke gestützt, und ihre genauso verhutzelten Gattinnen schwankten in traumverlorenem Zickzack über den Platz. Selbsternannte Katastrophenprediger standen in der Menge, die Arme ausgebreitet, die Münder weit aufgerissen, und schrien in allen erdenklichen dunibischen Dialekten, dass die nächste Flut bereits herangegurgelt komme. »Winselt Linglu um Gnade an!«, hörte Rabov einen Untergangspriester kreischen – und er musste an sich halten, um den Kerl nicht beim Kragen zu packen und kopfüber in den Brunnen zu tauchen, der in der Mitte des Platzes trübe Erfrischung bot.

Rabovs Hände zitterten. In seiner Nackengegend pulsierte es. Es war einfach zu viel gewesen in den letzten Tagen. Allein heute hatte er mehr und Schlimmeres durchmachen müssen als davor in Monaten oder sogar in Jahren. Wobei dasjenige, was ihn in die tiefste Verwirrung gestürzt hatte, allerdings nichts Schlimmes gewesen war – ganz im Gegenteil. Und doch konnte er niemals an Liki Meida denken, ohne dass sich ein äußerst mulmiges Gefühl in seinem Magen meldete.

Die Bakusier folgten ihm in geringer Entfernung. Rabov hatte sie längst bemerkt und behielt sie verstohlen im Auge. Es waren nur drei oder vier und sie verhielten sich viel zu passiv. Sie mussten ihn jagen, verdammt noch mal, um ihm den erforderlichen Vorwand zu liefern.

Er begann zu rennen, wobei er mit den Armen fuchtelte, damit ihnen sein Fluchtversuch nur ja nicht entging. In den Augenwinkeln sah er, wie die dunkelhäutigen Burschen stutzten, einander Zeichen machten – und dann endlich begannen zwei von ihnen hinter ihm herzutraben. Na also.

Vielleicht war es auch gar nicht die Sache mit Liki, überlegte Rabov im Rennen, die ihn so sehr mitnahm. Und vielleicht war es nicht einmal das, was er danach in der Studentenbehausung erlebt hatte. Obwohl es ganz ohne Zweifel das Grauenvollste war, was ihm jemals widerfahren war – sogar grauenvoller als das Agoschkreuz und die schlingenden Kadoras. Aber mehr als alles andere machte ihm anscheinend zu schaffen, dass ihm vorherbestimmt sein sollte, zu jenem Meeresungeheuer hinabzufahren – ob nun im Innern eines

Walfischs oder in einer jener eigentümlichen Membranen (oder »Eier«) und ob nun mit Zoran an seiner Seite oder allein.

Wie um Linglus willen sollte das denn möglich sein? Ein verworrener Traum, eine windschiefe Augenblicksidee, die er selbst schon im nächsten Moment wieder verworfen hatte – aber seitdem wollte ihn alle Welt davon überzeugen, dass er genau diesen verrückten Plan ausführen sollte.

Ein Gedanke durchfuhr ihn, so eigentümlich und erschreckend, dass er sein Tempo verlangsamte, ohne es richtig zu bemerken. Hatte er nicht heute Mittag, im Waldpalast bei den Sümpfen, sozusagen schon für diese selbstmörderische Reise in einem lebendigen Ungeheuer *geübt*?

Eine Hand krallte sich in seine Schulter und riss ihn zurück. »Wohin du rennen, dünner Mann?« Es war einer der bakusischen Tempelwächter und ehe Rabov Auskunft geben konnte, war ein weiterer Häscher Varusas bei ihm. »Wo Junge?«, stießen sie mit hartem Akzent hervor. »Du rücken Kind heraus – Ragadhani hat Hunger!«

»Kann ja überhaupt nicht sein«, gab Rabov zurück. »Die Gottheit bekommt doch bestimmt täglich einen von euch zu fressen.« Damit riss er sich von den Kerlen los und begann wieder zu rennen. Jetzt waren sie richtig wütend, nun endlich wollten sie ihn fangen, jetzt war er wirklich in Gefahr. Und das war gut so.

In gestrecktem Lauf hielt er auf Haus Nummer Sieben zu. Natürlich gab es auch am Platz der Sieben Tempel einen Schutzraum für bedrängte königliche Agenten. Der sakralen Umgebung angepasst, war die hiesige Sieben im Stil einer vorflutlichen Linglu-Kapelle errichtet – mit sieben gezackten Blitzen, die im Halbrelief aus einem stämmigen Turm von schlotartigem Aussehen herausgemeißelt waren. Höchstwahrscheinlich stammte dieser Bau sogar wirklich aus der Endzeit des Alten Reichs.

Wie auch immer, dachte Rabov. Der Eingang war gründlich verrammelt wie alle derartigen Unterkünfte, die er bislang zu sehen bekommen hatte. Das untere Drittel der Toröffnung zugemauert, der Rest mit Brettern und Stahlplatten blockiert, darüber die vorflutlich verschnörkelte Inschrift *Platz d. VII Tempel Nr. 7*.

»Gruß an Varusa«, rief Rabov über seine Schulter und verschwand durch den Türverhau.

Er fand sich in einer Membran aus jenem durchscheinenden Material wieder, wie er es erwartet hatte. Und er hatte ein verdammtes Recht darauf, sagte sich Rabov, sich in dieser mysteriösen Welt hinter den Kulissen noch etwas genauer umzuschauen. Auch wenn Calin und vor allem Oberrat Milar es zweifellos anders sehen würden. Aber sie waren schließlich auch nicht dazu auserwählt, sich todesmutig in die Unterwasserwelt hinabzustürzen.

Von dem Gelärme auf dem Tempelplatz war im Innern der Membran nur ein flüsterleises Summen zu hören. Aufmerksam sah sich Rabov in dem Schutzraum um. Auch hier gab es einen Schrank mit vertikal aufklappenden Türen, dahinter ein Trumm von Wandtelefon. In den Fächern darunter entdeckte er die gleiche Sorte schwarzer Schutzkleidung, die er und Zoran bei ihrer Fahrt durch die phoräischen Eingeweide bereits ausprobiert hatten. Anders als im Schutzraum des Archäologischen Instituts konnte Rabov hier jedoch keine Waffen entdecken.

Er beschloss, es als gutes Zeichen zu nehmen. Zum dritten Mal an diesem Tag warf er seine Kleidung von sich und fuhr diesmal ohne langes Rätselraten in einen der Schutzanzüge, die sich an den Körper anschmiegten wie eine zweite Haut. Er steckte seine Siebensachen ein, streifte Schutzstiefel über, stülpte sich einen der groben Eisenhelme aus nachflutlicher Fertigung auf und hielt dabei bereits nach dem Zeichen in der Membran Ausschau, das ihm den weiteren Weg weisen würde. Er fand es in der Wand gegenüber dem Schrank. Ohne auch nur einen Moment lang zu überlegen, was er da eigentlich machte, versetzte sich Rabov abermals in lakorische Trance. Und noch während sich die Membran vor ihm in ein Gewirr aus Nebelfäden verwandelte, begann hinter ihm das Telefon zu gongen.

Calin, dachte Rabov – aber zu spät.

Denn da befand er sich bereits wieder auf einem Bahnsteig im Nirgendwo wie unlängst mit Zoran. Ein gemauerter Perron, kaum ein Dutzend Schritte lang. Mitten darauf eine trübe Gaslampe, davor verlief der armdicke Drahtseilwulst. Ringsherum Dunkelheit.

Vielleicht war es ja ein Fehler, dass er die Membran wieder hinter sich gelassen hatte? Schließlich war ihm doch angeblich vorherbestimmt, im Innern eines solchen Eis zum Meeresgrund hinabzufahren. Aber dass sich der gesamte Schutzraum einschließlich Schrank und Telefon mit ihm auf die Reise machen sollte, war nun auch wieder nicht sehr wahrscheinlich.

Während er noch darüber nachdachte, kam auch bereits sein Waggon herbeigeächzt – bebend an seiner Eisenstange mit zwei altertümlichen Rädern darüber, die sich malmend und kreischend auf dem Drahtseil drehten.

Er sprang in den Waggon und quetschte sich diesmal auf den vorderen Sitz. Im nächsten Moment setzte sich das Gefährt in Bewegung, die Gaslaterne schaukelte und quietschte, der übergroße Schlüssel in der Eisensäule begann sich wie rasend um sich selbst zu drehen. In irrwitzigem Tempo ging es zuerst geradeaus ins schwarze Nichts und dann noch tausendmal schneller abwärts, und wie beim letzten Mal bekam Rabov seinen emporschießenden Magensaft zu schmecken.

Irgendwo in der Tiefe hörte er es gurgeln und glucksen und tosen. Und gerade so, als ob das Ungeheuer da unten sehnsüchtig auf ihn gewartet hätte, vernahm er gleich darauf auch wieder jenes unheimliche, langgezogene Stöhnen, oder pfeifende Grunzen, in aufsteigender Tonfolge – so als wollte die Bestie da unten sinnfällig machen, dass sie sich anschickte, vom Grund des Gewässers zu ihm emporzusteigen.

Sein Waggon tauchte in das subphoräische Meer ein, Wasser spritzte auf und perlte von Rabovs Anzug ab. Das Federwerk in der Eisensäule erlahmte. Die Gaslaterne blakte, wie kurz vor dem Erlöschen. Nur ein paar Schritte weit pflügte das sonderbare Boot noch durch die Wellen, dann kam es an seinem Drahtseil zitternd zum Stehen.

Rabov wischte sich salzige Gischt aus dem Gesicht, beugte sich über den Waggonrand und spähte in die dunkle Flut hinab. Genau wie beim letzten Mal erblickte er dort unten ein Paar riesenhafter Augenschlitze, rot-schwarz wie Glut und Schlacke. Doch diesmal bekam er zusätzlich die Umrisse eines unförmigen Riesenschädels zu sehen, der ihm mit alarmierender Raschheit aus der Meerestiefe entgegenwuchs.

Der Mut wollte ihm nun doch wieder sinken, seine Augen suchten bereits den Schlüssel in der Eisensäule – wenn er das Federwerk unverzüglich aufzog, konnte er sich vielleicht gerade so noch rechtzeitig in Sicherheit bringen.

Aber Rabov blieb sitzen, wo er saß, und rührte keinen Finger. Ihm war ein Gedanke gekommen, der ihn so sehr fesselte, dass er beinahe vergaß, sich vor dem Ungeheuer zu fürchten. Auch wenn es nach wie vor auf das Greulichste grunzte und stöhnte und auch wenn seine Augen mittlerweile so groß und tief wie Vulkankrater schienen.

Wenn es mir vorherbestimmt ist, fragte er sich nämlich, in einer Membran zu dem Ungeheuer hinabzufahren – warum kommt die Meeresbestie dann zu mir herauf? Eine vortreffliche Frage, ganz ohne Zweifel – nur war es wieder einmal kein günstiger Zeitpunkt, um darüber nachzugrübeln.

Denn gerade in diesem Moment brach das Seeungeheuer mit dem Schädel voran aus dem dunklen Spiegel des subphoräischen Meeres hervor. Rabov klemmte sich mit seinen Knien und klammerte sich mit den Händen an seinem Waggon fest – die Fluten um ihn herum tosten und schäumten und warfen seinen Wagen wie ein Stück Schwemmholz auf stürmischer See hin und her. Welle um Welle klatschte auf ihn nieder, überflutete den Waggon und schüttelte ihn ein ums andere Mal durch.

Doch in all dem Durcheinander gelang es Rabov, einigermaßen kühles Blut zu bewahren. Fasziniert beobachtete er die Kreatur, die die Fluten um ihn herum zum Kochen brachte. Ihr ungeheurer Körper schien das gesamte Wasserbecken zu seiner Rechten zu füllen – weit über den Lichtkreis seiner erbärmlich flackernden Laterne hinaus. In einer Entfernung von wenigstens zwanzig Schritt nahm er schemenhaft eine hoch aufragende Schwanzflosse wahr, die den Riesenleib mit gelegentlichen peitschenden Hieben an Ort und Stelle hielt. Aus rotgeränderten Augen schien ihn das Meeresungeheuer aufmerksam anzusehen.

Welcher Spezies auch immer diese Kreatur angehören mochte – es handelte sich offenkundig weder um eine Seeschlange noch um einen Wal. Ihr Schädel war vorne abgeplattet und allein die Stirn war dreimal so breit wie der Waggon, in dem Rabov saß. Mit einem einzigen nachlässigen Schubser hätte die Kreatur das Wägelchen zertrümmern oder in den subphoräischen Himmel emporschleudern können, aber allem Anschein nach hatte sie nichts dergleichen im Sinn.

Am hinteren Ende des Schädels, gerade dort, wo sich bei Menschen das Genick befindet, klaffte bei dem Seeungeheuer ein schlundartiges Loch. Schon während die Kreatur vom Meeresgrund zu ihm aufgestiegen war, hatte Rabov gesehen, dass aus dieser Öffnung eine Säule aus perlenden Luftblasen aufgestiegen war. Nun jedoch, als er sich weit über den Waggonrand beugte, um den Nackenschlund genauer in Augenschein zu nehmen – gerade in diesem Moment blies das Meeresmonster eine ungeheure Wasserfontäne aus diesem zweiten Schlund hervor, und der Schwall klatschte auf Rabov nieder und wusch ihn um ein Haar aus seinem Waggon heraus. Dazu stieß das Ungeheuer einen durchdringenden Trompetenton aus, und Rabov musste die Fäuste auf seine Ohren pressen, damit das dröhnende Getöse ihm nicht die Trommelfelle zerriss.

Gleichwohl hatte er nicht den Eindruck, dass ihm das riesenhafte Wesen Übles wollte. Im Gegenteil schien es ihm beinahe, als ob sich die Meereskreatur ein wenig über ihn lustig machte. Was ja überhaupt nicht sein konnte.

Seine Knie fühlten sich etwas wacklig an, als er sich aus seinem Sitz hervorarbeitete und neben der Eisensäule in die Knie ging. Wundersamerweise steckte der Schlüssel noch dort, wo er hingehörte, und für alle Fälle umschlang Rabov mit einem Arm die Säule, während er mit der anderen Hand das Federwerk aufzog.

Die Meereskreatur sah ihm unverwandt zu. Und gerade in dem Moment, als sich Rabovs Waggon wieder in Bewegung setzte, blies sie erneut einen Wasserschwall aus ihrem Genickschlund hervor, begleitet von einer geradezu kunstvollen Dreiklang-Fanfare.

An die Eisensäule geklammert, kauerte Rabov auf dem Boden seines Waggons, und während er nahezu senkrecht in den subphoräschen Himmel emporschoss, verrenkte er sich fast den Nacken, um das Meeresungeheuer im Auge zu behalten.

Die Trompetentöne echoten in seinem Kopf. Er hätte wetten mögen, dass es genau dieselbe Tonfolge war, mit der ein berühmtes dunibisches Seefahrerlied begann: *»Schiff ahoi, die Leinen los, Tod oder Ruhm entgegen …«*

5

Das Telefon. Rabov hörte es bereits gongen, als er in den Schutzraum hinüberglitt. Rasch sah er sich um – der übliche Schrank, eingelassen in die Membran. Doch als er die obere Türklappe aufzog, funkelte es ihm metallisch entgegen.

Armbrüste und Gewehre, jeweils ein rundes Dutzend und allesamt säuberlich gepflegt. Nachträglich durchzuckte Rabov ein Schrecken. Er tastete sich über den Nacken, während das Telefon unablässig weitergongte. Auch wenn ihm das Meereswesen da unten friedfertig, ja nahezu harmlos vorgekommen war – wie gefährlich musste es tatsächlich sein, wenn sie in den Schutzräumen derartige Waffenarsenale bereithielten?

Mit triefnassen Händen zog er Sprechmuschel und Hörrohr an sich. »Wer da?«

Zunächst war nur ein Rauschen und Brausen zu hören, so als ob der Anrufer auf dem Grund des subphoräischen Meeres säße. Doch dann mischte sich eine Stimme in das Gurgeln und Tosen. »Samu«, sagte Calin, »wo bei allen Schlangengöttern treibst du dich herum?«

Die Anrede allein genügte, um Rabovs Stimmung zu verdüstern. Aber noch sehr viel mehr beunruhigte ihn, was Calin danach gesagt hatte. »Was … was war das eben, Calin?« Er schüttelte sich und Tropfen fielen aus seinen Haaren. »Bei allen Schlangengöttern?«, wiederholte er. »Was … ich meine, warum sagst du so etwas?« Niemals zuvor hatte er eine derartige Wendung aus ihrem Mund gehört.

Calin ging mit einem Räuspern darüber hinweg. »Wir treffen uns im *Bufo*«, sagte sie in diesem kalten Tonfall, den er fast mehr als alles andere fürchtete. »Um sieben – das ist in einer Viertelstunde, Samu.«

»In einer Viertelstunde? Aber ich bin ... Ehrlich gesagt weiß ich gar nicht, wo genau ich diesmal herausgekommen bin.«

»Aber ich weiß es, Sam.« Sie lachte auf, doch es klang alles andere als entspannt. »Du bist in der Alten Kommandantur«, fuhr sie fort, »direkt neben dem *Bufo*. Du kannst es also bequem bis sieben Uhr schaffen. Aber leg dich erst einmal trocken.«

Aufs Neue lachte sie auf und für einen Augenblick schien es Rabov, als könnte sie ihn sehen. Verstohlen schaute er sich in der Membran (dem Ei, der Träne oder was auch immer) um. Doch er konnte nichts entdecken, was seinen Argwohn rechtfertigte.

»Mache ich«, sagte er. »Also bis gleich, Calin.« Er hängte ein und sah sich abermals um. War es nicht doch möglich, dass sie ihn irgendwie beobachtete? Vielleicht durch einen »Glaswürfel« oder eine »Kristallscheibe«, mit denen die Altdunibier angeblich wie durch ein Fenster verfolgen konnten, was an weit entfernten Orten passierte?

Er beeilte sich, seinen Schutzanzug loszuwerden, die Stiefel, den Helm. Doch dann hockte er ewig lang vor den unteren Schrankfächern und wühlte sich durch Stapel unbrauchbarer Ersatzhemden und -hosen. Zumindest für Agenten seiner Körpergröße war die Auswahl beklagenswert dürftig. Schließlich entschied er sich für Hosen mit grün-schwarzem Ringelmuster (zwei Fingerbreit zu kurz) und ein unförmiges Obergewand aus Sumpfbüffelleder.

Als er die rauhe Tierhaut berührte, überlief es ihn eisig kalt. Aufs Neue durchflutete ihn die Angst, die er in der Studentenbehausung ausgestanden hatte. Bisher war es ihm gelungen, nicht daran zu denken, doch mit einem Schlag war alles wieder da – das Zischen des Ungeheuers draußen im Flur, die Lähmung, die ihn befallen hatte, als er erkennen musste, dass er in der Falle saß – in einem fensterlosen Bretterverschlag, dessen Tür er gerade noch hatte schließen können. Ihm war nur allzu klar gewesen, dass das Monstrum nicht lange brauchen würde, um die mürben Bretter zu zerlegen. Im Grunde hatte er schon mit seinem Leben abgeschlossen – doch dann war sein

Blick auf die zusammengerollte Büffelhaut gefallen, die in einem Winkel des Holzverschlags lag.

Rabov schüttelte den Kopf und streifte sich das Lederhemd über. Abermals packte er seine Habseligkeiten um und glitt aus dem Schutzraum hinaus.

Er fand sich vor der Alten Polizeikommandantur wieder, wie Calin es ihm angekündigt hatte. Wie das Archäologische Institut stammte auch die Kommandantur aus der Endzeit des Alten Reichs. Diese Verwandtschaft konnte das Bauwerk keineswegs verleugnen – ein unförmiger schwarzer Koloss im Stil jener düsteren Epoche. Bisher hatte Rabov angenommen, dass die ehemalige Kommandantur eine Ruine wäre, denn von außen sah das Gebäude nahezu abrissreif aus: das Dach teilweise abgedeckt, so dass verwitterte Balken wie schadhafte Zähne in den Himmel ragten, die Lukenfenster größtenteils mit Brettern verrammelt oder zugemauert, genauso wie die Eingangstür, vor der sich Rabov nun wiederfand. Aber mittlerweile wusste er es besser – anscheinend enthielt mehr oder weniger jedes phoräische Gebäude aus der Endzeit des Alten Reichs, das nach außen hin baufällig wirkte, eine Membran mit Zugang zum unterirdischen Meer. Aber bedeutete dies nun, dass die Verfechter der Untergangstheorie recht hatten?

Er dachte noch darüber nach, als er die paar Dutzend Schritte hinüber zum *Bufo* ging, dessen Fassade im Abendlicht schimmerte wie feuchte Schlangenhaut. Nur nebenher registrierte er, dass vor der ehemaligen Krötenmenagerie gleich drei schwarze Dampfmobile parkten.

Vor dem Kaskadenzimmer standen wie jedes Mal Calins Leibgardisten, und wie bei jedem dieser Treffen fahndete Rabov vergeblich nach Anhaltspunkten, wer von den beiden Kurb und wer Mirschek war. Doch auch heute forschte er nur halbherzig in ihren Gesichtern, während er zwischen den Gardisten hindurch in Calins bevorzugtes Séparée trat.

Die königliche Geheime Rätin saß bereits in einem der klammen Sessel vor der Wasserwand. Rabov eilte auf sie zu, wobei er sich überhaupt nicht hölzern vorkam. Ganz im Gegenteil, er fühlte sich geradezu beschwingt. Auch wenn er in seinem Rückgrat nur noch ein schwaches Pulsieren spürte – es war immer noch da. Ein Klopfen und Kribbeln wie von hunderttausend Glühwürmchen, die unaufhörlich seine Wirbelsäule hinauf- und wieder hinunterflogen.

Er lächelte Calin an. »Gerade noch pünktlich«, sagte er und hoffte, dass sie von ihrem Sessel aufstehen würde, damit er sie zur Begrüßung an sich ziehen konnte. Aber sie blieb sitzen, wo sie saß, und verschränkte sogar ihre Arme vor dem Oberkörper. Bekümmert registrierte Rabov, dass sie ein neues Kostüm mit dem düsteren Moliat-Streifenmuster trug.

»Also, was sollte das, Sam?«, fragte sie. »Was hattest du schon wieder in der Schutzanlage zu suchen?«

»Schutz, was sonst?« Er erschrak selbst über die Schärfe seiner Antwort. »Ich habe Zoran in Sicherheit gebracht«, fügte er hinzu. »Falls du dich nicht an ihn erinnerst, Calin – das ist der Junge, den ich der Schlangengottheit Ragadhani mehr oder weniger aus dem Rachen gerissen habe – und seitdem sind Radschi Varusas Häscher hinter ihm her. Zoran ist ein Sarisso, also habe ich ihn zu seiner Mutter in den Sabratempel gebracht. Und als ich wieder rausgekommen bin, hat sich eine ganze Horde von diesen Schlangenburschen auf mich gestürzt.«

In Wirklichkeit waren es nur vier gewesen und von denen hatten sich lediglich zwei an seine Fersen geheftet, und auch das nur, nachdem er sie in Schwung gebracht hatte – aber all das brauchte Calin nicht zu wissen.

»Und da bist du in der Sieben verschwunden – na gut, belassen wir es dabei.« Calin zuckte mit den Schultern. Ihre neue Kostümjacke raschelte seidig. »Port«, rief sie mit erhobener Stimme. »Setz dich zu uns, ja?«

Bisher hatte Rabov noch gar nicht Platz genommen – jetzt beeilte er sich umso mehr, den Sessel zu Calins rechter Seite in Beschlag zu nehmen. Im nächsten Augenblick trat der Assistent zwischen Kaskaden und Kübelpflanzen im Hintergrund des Zimmers hervor. Es war beinahe eine Kopie ihrer ersten Begegnung – doch umso mehr fiel Rabov auf, wie sehr sich Sola in dieser kurzen Zeitspanne verändert hatte. An den jungen Draufgänger, der mit spöttischer Übertreibung seinen Diensteifer demonstriert hatte, erinnerte nur noch die schwarze Halbkutte und auch die war mit Brandlöchern und Rußflecken übersät.

Sola nickte ihnen zu und ließ sich ihnen gegenüber in einen Sessel fallen. Die Ellbogen auf seine Beine und das Kinn in die Hände gestützt, starrte er zwischen Calin und Rabov hindurch, obwohl es dort lediglich Kaskaden zu sehen gab.

»Also gut«, sagte Calin, »fangen wir an.« Sie wandte sich wieder Rabov zu. »Du warst heute noch einmal in dieser Forschungsstelle bei den Gesperrten Sümpfen – aus welchem Grund?«

»Ach, davon hast du schon gehört?« Nicht, dass es ihn wirklich erstaunt hätte. »Ich nehme an, Rallas Leute haben da draußen mittlerweile alles in die Luft gesprengt?«

Calin nickte. »Gesprengt und niedergebrannt. Und zwar das Haupthaus mitsamt allen Nebengebäuden – um ganz sicherzugehen, wie Ralla sich ausgedrückt hat.«

Rabov sah sie aufmerksam an, doch Calin zuckte mit keiner Wimper. Falls sie mit Rallas Verhalten nicht einverstanden war, ließ sie es sich jedenfalls nicht anmerken. »Um sicherzugehen, dass keinerlei Hinweise auf Schlangen-Lakori à la Naxoda übrig bleiben«, präzisierte er. »Ich denke, wir treten dem Hauptermittler nicht zu nahe, wenn wir seinen launigen Kommentar so auslegen. Bestimmt haben Ralla und seine Leute wieder mal ganze Arbeit geleistet – auf diesem Gebiet sind sie ja wirklich gut. Und das war es dann wohl, oder?« Fragend sah er Calin an. »Alle Schlangen erlegt, alle Spuren verwischt – den Rest besorgt Ralla mit seinem bewährten *Zolltor-Report.*«

In diesen legendären Polizeiberichten, die Ralla mindestens einmal pro Monat verteilen ließ, verbreitete er im Grunde immer dieselbe einlullende Botschaft: Solange er oberster Polizeikommandant war, konnten die königstreuen Phoräer unbesorgt schlafen. Denn Ralla und seine Wachtmeister hatten alles unter Kontrolle. Soweit die hauptstädtischen Ganoven überhaupt dazu kamen, Verbrechen zu verüben, wurden diese im Handumdrehen aufgeklärt, die Übeltäter abgeurteilt und auf die Gefängnisinseln verfrachtet oder, noch besser, gleich mit der Dampfhacke gevierteilt. Ungeklärte Todesfälle, gar Mörder auf freiem Fuß, ganz zu schweigen von Mysteriösen Verbrechen – so etwas gab es nicht in Rallas Welt oder jedenfalls nicht in seinem *Zolltor-Report*.

»Vielleicht kommt es wirklich so«, sagte Calin. »Aber was wäre daran so schlimm? Wenn die Gefahr beseitigt ist – warum sollten wir die Phoräer nachträglich in Angst und Schrecken versetzen – mit Spekulationen darüber, was alles hätte passieren können?«

Diesmal war es Rabov, der mit den Schultern zuckte. »Darüber kann sich meinetwegen die Horch-Loge die Köpfe zerbrechen. Aber was sagst du deinen unbescholtenen Phoräern, wenn der Schlangenzauber morgen oder nächste Woche weitergeht?«

»Ralla hat vorhin im Ministerium Bericht erstattet«, sagte Calin. »Wir wissen also, was in dem Schuppen am Osthafen und in den Schiffswracks draußen bei den Sandbänken passiert ist.« Ihr Blick schweifte zu Port, der weiterhin verstört und geistesabwesend wirkte. »Und wir wissen auch, wie es in dem Waldhaus auf Hergos Forschungsgelände ausgesehen hat – bevor Rallas Polizisten auch dort alles in die Luft gesprengt haben.« Wieder sah sie Rabov an. »Rallas Methoden mögen manchmal rabiat sein«, fuhr sie fort, »aber ich kann nicht erkennen, dass wir irgendeine Gefahrenquelle übersehen hätten. Die Meinungen darüber, was in dieser nachgebauten Naxoda-Kammer wirklich passiert ist, gehen sicherlich auseinander – aber was auch immer es war, wir haben mehr als gründlich dafür gesorgt, dass es sich nicht wiederholen kann.«

Rabov rieb sich den Nacken. Konnte es sein, dass sich der verdammte Halswirbel da hinten noch weiter hervorgewölbt hatte? Es fühlte sich beinahe an wie ein Goraschnabel oder so etwas. »Und was ist mit Velissa Labiano?«, fragte er.

»Sie hat sich selbst das Leben genommen.« Calin strich sich eine platinblonde Strähne aus der Stirn. Sie war so makellos schön wie immer und doch kam sie Rabov verändert vor – abwesend und blass. Aber vielleicht lag das gar nicht an Calin selbst, sondern viel mehr an Liki Meida. Rabov dachte unaufhörlich an sie, sah Liki vor sich, fühlte ihre Haut an seinen Fingerspitzen, ihre Purpurinensüße auf seinen

Lippen. »Velissa Labiano hat Feuer in ihrer Wohnung gelegt und ist in den Flammen umgekommen«, fuhr Calin fort. »So wird es morgen in allen Zeitungen stehen: Die Archäologin ist ein weiteres Opfer von Hergos Wahnideen, mit denen er das Leben von Lona Markan, sein eigenes und das Leben von Velissa Labiano ruiniert hat.«

Calin unterbrach sich und sah Rabov geradezu beschwörend an. »Wie gesagt, Sam – wir wissen, was Rallas Leute in dem Studentenhaus vorgefunden haben. Diesen … den Kadaver.« Sie schluckte krampfhaft und einen Moment lang schien sie gegen eine Panik anzukämpfen. »Worauf willst du mit deinen Andeutungen hinaus?«, fuhr sie fort. »Du willst doch nicht etwa sagen, dass du da draußen noch so eine – ich meine, dass du noch ein weiteres dieser … dieser Tiere … gesehen hast?«

Rabov setzte ein Lächeln auf, dabei war ihm niemals weniger heiter zumute gewesen. »Einen Nachtparder?«, schlug er vor. »Vielleicht solltest du dich Ports Sprachgebrauch anschließen.«

Der Assistent gab ein unartikuliertes Stöhnen von sich. Weder Rabov noch Calin kümmerten sich um ihn.

»Ich will einen ehrlichen und offenen Bericht, Sam«, sagte Calin. »Natürlich nicht schriftlich – um Linglus willen nicht. Laut Rallas Report ist das Studentenhaus bei dem heutigen Unwetter von einem Blitz getroffen worden und bis auf die Grundmauern niedergebrannt. Aber ich will, dass du mir hier und jetzt sagst, was dort wirklich passiert ist.«

Nun war es an Rabov zu schlucken. Er betastete seinen Nacken, schaute von Calin zu Sola und zurück. »Bist du sicher, dass du das hören willst?«

Die Geheime Rätin schlug ein Bein übers andere. Es waren wunderschöne Beine, doch Rabov hatte heute nur wenig Freude an diesem Anblick. Vielleicht lag es auch an dem Rock mit den Moliatfarben, aber er wollte sich nichts vormachen: Hauptsächlich lag es an Liki. Die Dunimesierin durfte in seinem Bericht nicht einmal mit einer einzigen ihrer funkelnd schwarzen Haarsträhnen vorkommen, geschweige denn mit einer Faser ihres Kleidchens aus Parderhaut.

»Also los, Sam«, sagte Calin.

Neuntes Kapitel

Pardernacht

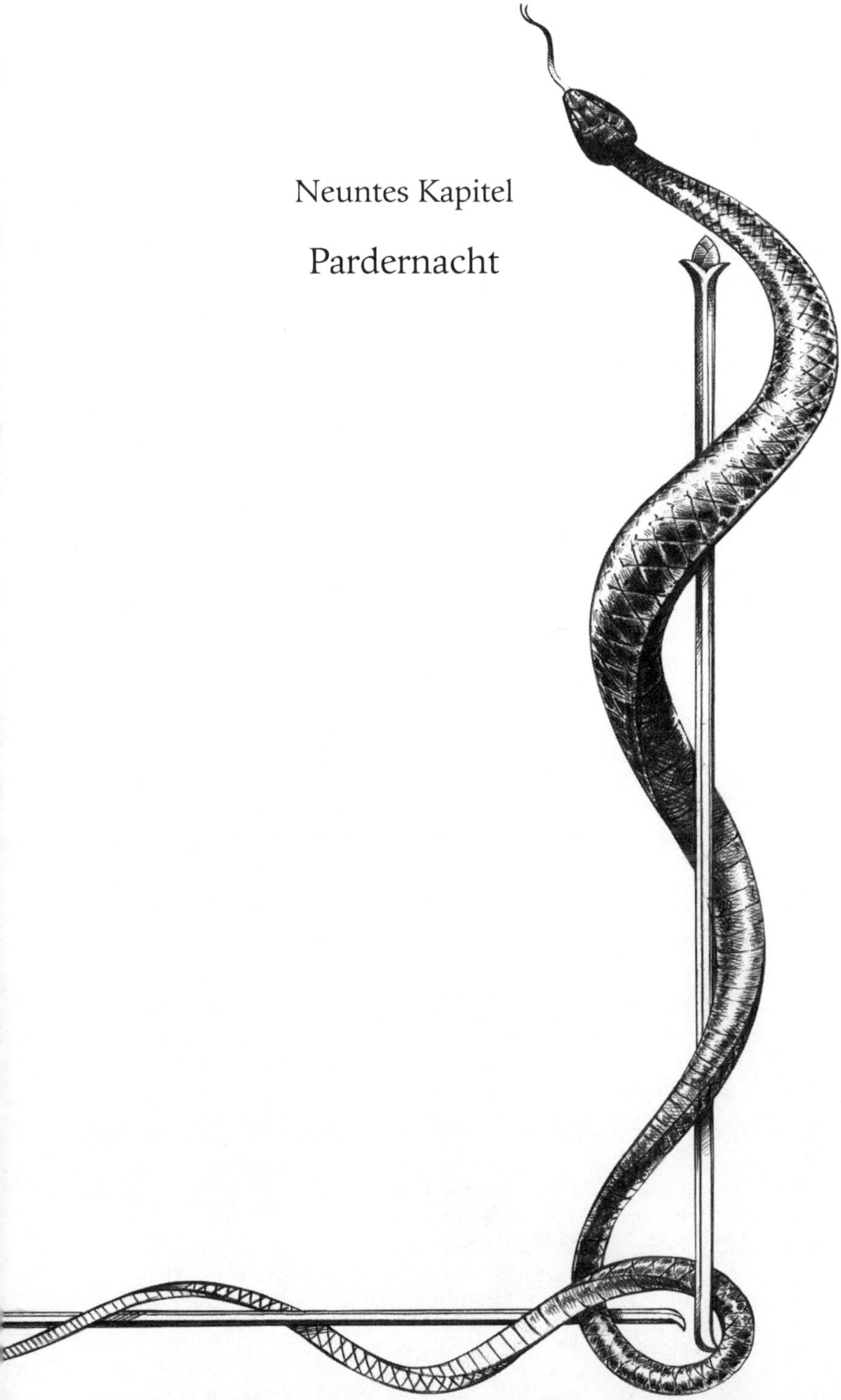

1

»Ich stieß die Tür zur Eingangshalle auf« (so begann Rabov seinen Bericht) »doch dann blieb ich vorsichtshalber erst einmal auf der Schwelle stehen und wartete, bis sich meine Augen auf die Dunkelheit da drinnen eingestellt hatten. Und meine Nerven auf den Gestank nach Verwesung und Wurm.

Die Halle nahm mehr oder weniger das gesamte Erdgeschoss ein. An der rechten Wand gab es einen Kamin mit ein paar wackligen Stühlen und durchgesessenen Sesseln im Halbkreis. Offenbar war es der abendliche Treffpunkt der Hausbewohner, die sich dort auf ein Glas Wein zusammensetzten, um die neuesten Ereignisse und Gerüchte zu besprechen – und davon gab es in einer Welt, deren verrückter Herrscher Gol Hergo gewesen war, bestimmt mehr als genug. Die Wand gegenüber wurde fast durchgehend von schweren dunkelroten Vorhängen verdeckt und ich hoffte, dass sich dahinter Fenster befanden. An der hinteren Stirnwand, von der Dunkelheit nahezu verschluckt, machte ich eine einzelne Tür aus, die einen Spaltbreit offen stand. Ansonsten gab es hier unten nur noch eine schmale Stiege gleich rechts neben dem Eingang, die offenbar ins Obergeschoss führte.

Überall in der Halle lagen Knochen verstreut und einige Atemzüge lang versuchte ich mir einzureden, dass es archäologische Fundstücke seien. Aber diese Knochen waren ganz bestimmt nicht aus irgendwelchen vorflutlichen Gräbern ausgebuddelt worden – jeder einzelne von ihnen war mit einem fettigen Film überzogen, der selbst im Dämmerlicht unübersehbar schimmerte. Mit der gleichen schleimigen Schmiere wie auf den aufgehäuften Knochen in dem Schuppen am Ostkai. Und ich wusste nur zu genau, was dieser fettige Glanz zu bedeuten hatte – Schlangen wie Kadoras oder auch Makubas verschlingen ihre Opfer mit Haut und Haaren und scheiden anschließend die unverdaulichen Überreste wieder aus.

Aber die Gebeine in dieser Halle stammten auch nicht von Hunden, Sumpfammern oder sonstigen Beutetieren, denen Raubschlangen üblicherweise nachstellen – dafür waren diese Knochen viel zu groß. Es waren Menschenknochen. Und ich ahnte, dass ich wiederum eine sehr einseitige Auswahl menschlicher Gebeine vorfinden würde – Schulterkugeln, Arm- und Handknochen, dazu allenfalls noch ein paar Schenkelknochen und Schienbeine. Die Naxoda-Würmer haben eine eindeutige Schwäche für menschliche Gliedmaßen. Keineswegs zum ersten Mal fragte ich mich, woher diese Vorliebe rühren mochte.

Ich trat in die Eingangshalle, eilte als erstes zu den Vorhängen an der linken Wand und zog sie einen nach dem anderen auf. Dahinter kamen deckenhohe Fenster zum Vorschein, die nahezu die gesamte linke Hauswand einnahmen. Sonnenlicht flutete herein – der eben noch tintenschwarze Gewitterhimmel war aufgerissen und der Sturzregen hatte ebenso schlagartig wieder aufgehört, wie er vorhin begonnen hatte.

Der Gestank in der Halle war kaum zu ertragen – ich riss eines der Fenster auf und atmete den hereinwehenden Purpurinenduft ein. Doch als ich mich dann umwandte und auf die nachlässig aufgereihten Sitzgelegenheiten vor dem Kamin zuging, da würgte mich der Gestank nur um so ärger in der Kehle. Verwesung mit einem Unterton von Purpurinensüße.

Ein wuchtiger Sessel mit königsgrüner Polsterung stach mir ins Auge. Das Möbelstück stand zur Linken des Kamins, nah an die Wand gerückt, und obwohl seine Polster zerschlissen waren, sah es noch immer imposant aus, beinahe wie ein Thron. Aber nicht seiner einstigen Pracht wegen war mir dieser Sessel aufgefallen.

Zuerst hatte ich gedacht, dass das Sitzpolster bis zum Boden durchhing – doch als ich davor in die Hocke ging, wurde mir klar, was es mit dem formlosen Klumpen zwischen den verschnörkelten Holzbeinen auf sich hatte.

Offenbar hatte einer der Hausbewohner unter dem Sessel Zuflucht gesucht – nachdem ihm die Bestie bereits einen Arm aus dem Rumpf gerissen hatte. Mit dem Kopf voran war der Student unter den Sessel gekrochen und dort hatte er vermutlich das Bewusstsein verloren – ich wünschte ihm jedenfalls, dass er nicht mehr wachen Geistes miterlebt hatte, wie die Naxoda-Schlange alles von seinem Körper heruntergefressen hatte, was unter dem Sessel keinen Platz fand.

Das linke Bein vom Fuß aufwärts bis unters Knie. Von dem rechten Bein war sogar nur ein kurzer Stumpf übrig geblieben und vom linken Arm nicht sehr viel mehr.

Ich drückte mir einen regennassen Ärmel vor die Nase. Die Luft um den Leichnam flimmerte vor Faulgasen. Selbst wenn man berücksichtigte, dass die Luftfeuchtigkeit bei den Sümpfen besonders hoch ist, musste der tote Student seit mindestens zwei Tagen hier liegen.

Seit der widerwärtig weiße Wurm aus Hergos Keller (und Körper) entkommen war.«

(Wieso um Linglus willen hatte Liki in aller Seelenruhe da draußen in der Hängematte gelegen, obwohl sie doch wissen musste, dass in der Studentenbehausung ein mordgieriges Ungeheuer gewütet hatte? Ein weiterer Gedanke, den Rabov sorgsam vor Calin verbarg. Womöglich hatte die Bestie sogar noch an einem ihrer Opfer herumgefressen, während er und Liki sich da draußen in der nassen Wiese gewälzt hatten. Im Taumel der Leidenschaft, die jeden anderen Gedanken ausgelöscht hatte – jedenfalls bei ihm, während Liki mit alldem vielleicht einen Plan verfolgt hatte – aber was für einen Plan denn, Linglu noch mal?)

»Vielleicht hielt sich der Wurm sogar jetzt noch irgendwo hier drinnen verborgen« (so setzte Rabov seinen Bericht fort) – »in dem dunklen Raum dort im Hintergrund der Halle oder oben im Dachgeschoss. Ich ging auf die Tür am hinteren Ende der Halle zu. Mir war ein wenig übel und alle meine Sinne waren aufs Äußerste angespannt.« (Es war wie in jenen Albträumen, in denen alle seine Liebsten – Odea, seine Mutter, Calin – an Agoschkreuze gebunden waren und mit Kadoras behangen, die ihre Gliedmaßen in sich hineinschlangen. Aber das hier war kein Traum.) »Vor der spaltbreit offenen Tür blieb ich stehen und lauschte. Schmeißfliegen summten irgendwo da drinnen. Vom Park her drang das übellaunige Krächzen der Goravögel herein. Ich holte tief Luft und stieß die Tür so weit wie überhaupt möglich auf.

Fäulnisgestank quoll mir entgegen, dick wie Winternebel. Aufs Neue drückte ich mir meinen Ärmel vor die Nase, bevor ich den schlauchförmigen Raum betrat. Hier drinnen durfte ich mich nicht lange aufhalten, das war mir nur allzu klar. Denn dieser Raum, der den Studenten offenbar als Küche gedient hatte, wies nur zwei lukenschmale Fenster auf – viel zu eng und zu weit oben angebracht. Es war die perfekte Falle – nicht einmal ein Kleinkind hätte durch eine der Luken da oben entkommen können, falls in der Tür plötzlich die Bestie aufgetaucht wäre.

Auch die junge Frau dort hinten hatte es nicht geschafft. Eine pompöse Anrichte mit schwarz lackierter Front und vergoldeten Beschlägen stand an der hinteren Stirnwand und die Studentin war offenbar mit ihrer allerletzten Kraft hinaufgeklettert. Doch es hatte ihr nichts genützt – von ihren Gliedmaßen war lediglich der rechte Arm übrig geblieben. Mit angezogenen Beinstümpfen kauerte sie auf der Masalithplatte des prachtvollen Möbelstücks und noch im Tod reckte sie ihre Hand zu der Luke hoch über ihr empor. Den Kopf hatte sie so weit nach hinten verdreht, dass sie mir geradewegs ins Gesicht zu sehen schien. Ihre Augen waren aus den Höhlen getrieben, ihr Mund weit aufgerissen, das Gesicht in Todesangst verzerrt.

Ich machte, dass ich in die Halle zurückkam. Im Geschirrregal neben der Tür entdeckte ich ein Messer mit kurzer, scharf gezähnter Klinge, packte es im Vorübergehen und schob es in meinen Gürtel. An dem Kamin und den Sitzgelegenheiten vorbei eilte ich wieder in den vorderen Teil der Halle und dabei schaute ich starr nach vorn, damit mein Blick nicht versehentlich den thronartigen Sessel mit dem fauligen Etwas darunter streifte. Ich rang mit mir, ob ich unbedingt auch noch das Obergeschoss erkunden musste – und ja, es ließ sich leider nicht vermeiden. Schließlich hatte Ralla vor, die Institutsaußenstelle in die Luft zu sprengen – also musste ich sicherstellen, dass dabei nicht noch mehr Unschuldige zu Schaden kamen.

Die mürben Holzstufen ächzten unter meinen Tritten. Mit jedem Schritt, der mich dem oberen Geschoss näher brachte, wurde der Gestank noch widerwärtiger. Ich kam beinahe um vor Angst und Ekel, aber ich zwang mich, Stufe um Stufe weiterzugehen.

Oben gab es sechs Dachmansarden, aufgereiht zu beiden Seiten eines dämmrigen Flurs. Eine Hand an dem Messer in meinem Gürtel, die andere vor Mund und Nase gepresst, schlich ich von Tür zu Tür und spähte in die kümmerlichen Kammern hinein. Vier der Türen waren zu Kleinholz zertrümmert und jedes Mal waren die zersplitterten Bretter ins Innere der Kammern geschleudert worden. Was das bedeutete, war nur allzu klar: Die Studenten mussten sich in ihren Mansarden verschanzt haben und die Bestie hatte eine Tür nach der anderen zermalmt.

Ich hastete von Kammer zu Kammer. Das gesamte Obergeschoss war eine einzige Falle – die Mansarden besaßen lediglich winzige Fenster, nicht größer als drei Dachschindeln nebeneinander. Ich würde nur rasch nachsehen, beschloss ich, ob nicht doch irgendwo noch jemand am Leben war, und mich dann eilends aus dem Staub machen. Auch dem Hauptermittler und seinen Männern wollte ich an diesem Ort besser nicht begegnen – aber wenn ich schon wählen müsste, dann doch lieber Horch Ralla als dem Naxoda-Wurm.

Ich entdeckte vier weitere Leichname in ebenso vielen Wohnkammern. Drei Studenten, eine Studentin, alle grässlich verstümmelt. Einer der jungen Männer war halb unter sein Bett gekrochen, ein anderer hatte sich hinter seinem umgestürzten Stehpult verschanzt. Doch es hatte ihnen alles nichts genützt. Die junge Frau lag vor ihrem Bett rücklings am Boden, die Armstümpfe emporgereckt und die Beinstummel aneinandergepresst. So wie ihre Leidensgenossen in den Nachbarkammern war sie nur mit einem Schlafgewand bekleidet – allem Anschein nach hatte die Bestie sie bei Nacht oder im Morgengrauen überrascht.

Die mittlere und die hintere Tür auf der rechten Flurseite standen weit offen und in den Kammern dahinter entdeckte ich weder Leichen noch irgendwelche Kampfspuren. Höchstwahrscheinlich hatten hier die beiden jungen Leute gewohnt, deren Leichen ich im Erdgeschoss gefunden hatte.

Nichts wie raus jetzt, dachte ich.« (Wenn Liki auch nur geahnt hätte, wie es im Innern des Studentenhauses aussah – sie hätte nie und nimmer dort draußen in der Hängematte schlummern können.

Und wenn sie es doch wusste? Ganz und gar unmöglich.) »Doch gerade als ich mich umwenden wollte, um zur Stiege zurückzueilen, entdeckte ich eine weitere Kammer.

Eigentlich war es nur ein Bretterverschlag, am Ende des Flurs vor die Dachschräge genagelt, mit einer lachhaft winzigen Tür darin. Als Unterkunft für einen weiteren Studenten kam dieses erbärmliche Loch eigentlich nicht infrage. Trotzdem stürzte ich mich sofort auf den Türriegel und begann daran zu zerren.« (Liki?) »Doch der Riegel hatte sich in der Halterung festgefressen, und so zog ich das Messer aus meinem Gürtel und schlug mit dem Knauf so lange gegen den störrischen Verschluss, bis der Riegel mit einem Ächzen zurückfuhr. Ich zog das Brettertürchen auf und spähte in den düsteren Verschlag.

Der Hohlraum war kaum höher und breiter als das Innere einer großzügig dimensionierten Hundehütte, allerdings um ein Mehrfaches tiefer. Und ganz da hinten, am Ende des spitzwinkligen Verschlags, bemerkte ich nun ein langgestrecktes Bündel, das reglos am Boden lag.« (Liki? Eisiger Schrecken.) »Ich bückte mich weit nach vorn und schob mich, fast schon auf allen Vieren, in den Verschlag hinein.«

2

»In dem Bretterverschlag«, so fuhr Rabov fort, »war es noch düsterer als draußen im Flur und im Vorankriechen stieß ich mit meinem Kopf mehrfach gegen Dachbalken und Schindeln. Alles war voller Staub und Spinnweb und noch bevor ich das Bündel erreicht hatte, war mir klar, dass es schon lange Zeit dort liegen musste. Und dass es ein Fehler gewesen war, in diesen Verschlag zu kriechen.

Ich betastete das Bündel. Sumpfbüffelleder, meine Fingerspitzen erinnerten sich schneller als mein Geist: Genau solche zähen, rauhen Lederstücke hatte mein Vater vor 30 Jahren mit nach Hause gebracht und meine Mutter hatte aus diesen Fetzen alles Mögliche gefertigt – Westen und Hosen, auch Rucksäcke und sogar Wandteppiche. Und gerade um eine solche Wandteppichrolle handelte es sich offenkundig bei diesem Bündel – bestimmt lag es seit einer Ewigkeit hier und jahrzehntelang hatte sich niemand dafür interessiert.

Dann auf einmal ein schleimiges Schleifen draußen auf der Stiege. Ein glitschiges Gleiten und die morschen Stufen bebten unter dem Gewicht des Monstrums, das da von der Halle heraufgewalzt kam. Und das jetzt auch noch ein so greuliches Zischen ertönen ließ, dass mir beinahe das Herz stehenblieb.

Aber nur beinahe. Ich warf mich herum und kroch zur Tür zurück, die sperrangelweit offen stand. Gerade in diesem Moment erschien der widerwärtige Wurm am anderen Ende des Flurs. Wie ungeheuerlich auch diese Bestie gewachsen war, und in so kurzer Zeit! Der übergroße Schädel füllte fast die gesamte Breite des Flurs. Die eitergelben Augenschlitze funkelten. Die zwiegespaltene Zunge schnellte aus dem Maul und einen Moment lang glaubte ich wahrhaftig, dass die Zunge durch den ganzen Flur zu mir herüberzischen und mich zwischen die verheerenden Zahnreihen ziehen würde, die im Maul des Monstrums blitzten wie aufgereihte Speere.

Eigentlich hatte ich vorgehabt, aus dem Verschlag hervorzustürmen und mich todesmutig auf das Ungeheuer zu stürzen. Doch stattdessen krallte ich meine Finger in die Ritzen zwischen den mürben Brettern und zog das Türchen zu. Mit einer Hand hielt ich es fest, mit der anderen löste ich den Gürtel um meine Mitte, schlang ihn um Bretter und Balken herum und zurrte die Tür notdürftig fest.

Das Messer, das ich in der Küche eingesteckt hatte, lag neben mir am Boden. Ich klemmte es mir zwischen die Zähne und kroch eilends zu dem Büffelhautbündel zurück.

Der Plan war blitzartig in mir entstanden und vielleicht war es auch gar kein Plan, sondern lediglich eine Verzweiflungsidee, geboren aus blanker Angst. Nur dass ich eigentümlicherweise überhaupt keine Angst mehr verspürte. Nicht mehr, seit ich das Türchen da vorne festgezurrt hatte. Und ob es nun ein Plan oder Panik war – so oder so war es meine allerletzte Chance.

Ich ertastete die Riemen, die das Bündel zusammenhielten, und durchtrennte sie mit meinem Messer. Draußen walzte der Wurm heran und furchtbarer noch als das nervenzerfetzende Zischen war das Schleifen und Glitschen des Riesenleibs auf den zitternden Dielen.

Mit fieberhafter Hast rollte ich die Büffelhaut aus, so weit es in dem Verschlag möglich war. Unmengen von Käfern und Spinnen krochen daraus hervor und ich konnte nur hoffen, dass keine giftigen Exemplare darunter waren. Aber tödlicher als der Naxoda-Wurm konnten sie bestimmt nicht sein.

Ich legte mich der Länge nach auf den äußersten Rand der zusammengenähten Lederhäute, nahm das Messer in die eine Hand und hielt mit der anderen das Ende der Rolle fest. Dann begann ich mich um mich selbst zu drehen.

Der Wurm warf sich gegen den Verschlag und ich hörte, wie die mürben Bretter zersplitterten. Doch das bekam ich nur noch undeutlich mit, so tief hatte ich mich da schon in die Büffelhaut hineingerollt. Ich stellte mir vor, wie die Naxoda-Schlange den gesamten Mansardenflur da draußen mit ihrem widerwärtig weißen Riesenleib füllte und dass ihr Schwanzende bestimmt trotzdem noch die halbe Treppe herunterhing. Wenn mir jetzt jemand von der Halle her zu Hilfe käme, mit einem Schwert oder einer Kampfaxt – er könnte den Wurm von seinem hinteren Ende her einfach in Stücke hacken.

Aber da ist niemand, Sam, sagte ich mir. Niemand, der dich retten wird. Niemand, der überhaupt weiß, wo du bist.«

(Außer Liki.)

»Der Bretterverschlag zerbarst, aber ich bekam es nur als ein fernes Rumpeln mit. Wenn ich mich nicht verzählt hatte, war ich von Kopf bis Fuß in sieben Schichten zäher Büffelhaut gehüllt. Sieben, dachte ich – Linglus heilige Zahl. Halte Deine Hände über mich, Allmächtiger, beschütze Deinen Diener, auch wenn der es mit Deiner demütigen Anbetung nicht immer ganz genau genommen hat.

Mit Vorbedacht hatte ich mich so in die Rolle gewickelt, dass meine Füße der Tür zugekehrt waren. Das Monstrum würde mich packen und unverzüglich beginnen, mich mit den Füßen voran in sich hineinzuschlingen – so jedenfalls hatte ich mir das zurechtgelegt. Das Ungeheuer würde schlingen und würgen und bis es gemerkt hätte, dass dieser Happen zu üppig war, wäre es zu spät: Ich würde der Bestie im Rachen feststecken und wenn sie nicht einfach daran ersticken würde, so würde ich mich aus dem Kopfende des Bündels hervorarbeiten und ihr mein Messer zwischen die Augen rammen, wieder und wieder, während das Monstrum an der Lederrolle würgte – so jedenfalls sah es mein hastig erdachter Plan vor.

Ich spürte, wie sich die Kiefer der Naxoda-Schlange um meine Fußknöchel schlossen, und schlagartig wurde in mir die Erinnerung wach. Doch diesmal sollte es anders kommen – grässlicher, greulicher, grauenvoller als damals am Agoschkreuz. Der Wurm hielt mich bei den Füßen gepackt und zerrte mich aus dem Bretterverschlag hinaus in den Mansardenflur. Ich konnte nicht sehen, was da mit mir passierte, aber ich fühlte es durch alle sieben Büffelhautschichten hindurch. Die Bestie warf ihren Schädel hin und her und die Rolle mit mir darin prallte links und rechts gegen die Wände.

Ich presste meine Zähne aufeinander, so fest ich konnte. Im nächsten Moment wurde ich emporgeschleudert und überschlug mich mitsamt der Rolle in der Luft. Mit dem Kopf voran krachte ich auf den Boden zurück und trotz der dämpfenden Lederschichten war es ein furchtbarer Aufprall. Benommen lag ich da und wartete, was das Ungeheuer als Nächstes mit mir anfangen würde, und da spürte ich auch schon, wie sich das Maul der Bestie erneut um mich schloss.

Ein dumpfes Gurgeln und Schmatzen, erschreckend nah bei mir und überall um meinen Kopf herum. Dazu kam ein widerlicher Gestank auf und es wurde stockfinster. Nicht einmal der matteste Lichtfetzen drang noch zu mir durch. So als hätte mich das Monstrum mit dem Kopf voran in einen schwarzen Abgrund geworfen und genau das hatte die Bestie auch getan. Nur dass dieser Abgrund im Innern des Wurms war.

Ich spürte, wie sich kräftige Muskelringe um meinen Kopf, meinen Hals, meine Schultern legten. Wie sie mich tief und tiefer in den Leib der Naxoda-Schlange hineinschlangen – mitsamt meiner Büffelhauthülle und mit dem Kopf voran.

Erbärmliche Angst, nun also doch. Wie lange hatten die Tuïbi-Springer im Innern der Kadoras durchgehalten? Eine Minute, zwei?

Die erste halbe Minute brauchte ich, um meine Panik niederzukämpfen. Ich zwang mich aus- und einzuatmen, auch wenn der Fäulnisgestank mir die Kehle verschnürte. Ich hatte mein Messer noch in der Hand, doch die Wülste des Wurms umschlossen mich so eng, dass ich meinen Arm mit der Waffe nicht aus der Lederrolle herausbekam. Also blieb mir nichts anderes übrig, als mich zuerst aus der Büffelhaut herauszuschneiden.

Ich hackte auf das Leder ein, ich schnitt und stach und dabei glaubte ich keinen einzigen Moment lang, dass ich es noch schaffen könnte. Aber ich machte weiter und weiter, ich spürte, wie die zähe Tierhaut mich Schicht um Schicht frei gab. Oder wenn nicht mich, so immerhin meinen rechten Arm mit dem Messer, unter dessen scharfzackiger Klinge ich endlich eine andere Art von Widerstand spürte – federnd straff unter einer schmierig weichen Oberfläche.

Ich begann fieberhaft zu hacken. Gegen die Muskelwülste kam ich mit meinem Messer nicht an, das erkannte ich rasch, aber zwischen den Muskelringen erfühlte ich empfindliche Vertiefungen, Rinnen aus weichem Fleisch, eben breit genug, um meine Klinge hineinzustoßen.

Ich würde es nicht schaffen, keine Chance, sagte ich mir, aber ich machte trotzdem weiter. Das war es schließlich, was sie mir bei meiner Ausbildung zum königlichen Spezialagenten beigebracht hatten: Gib niemals auf. Mit aller Kraft rammte ich mein Messer zwischen zwei Muskelwülste und zog die Klinge durch die weiche Rinne, wie man durch eine Ackerfurche pflügt. Ich meinte zu hören, wie Sehnen oder Bänder mit hellem Plirren zersprangen, und zäher Wurmsaft quoll aus der Wunde und tropfte auf mein Gesicht herab. Ein Zittern durchlief den Riesenleib und ich sagte mir einmal mehr, dass ich es nicht mehr schaffen konnte. Aber ich arbeitete verbissen weiter. In meinen Ohren begann es zu klingen und zu dröhnen, so als ob Sturmglocken geläutet würden. Ich riss das Messer aus der Wunde, ratschte mit der Spitze nach oben und unten, bis ich die nächste Vertiefung gefunden hatte, und stieß die Klinge mit aller Kraft, die ich noch aufbringen konnte, hinein.

Gleißende Lichtpunkte tanzten mir vor den Augen. Ich habe es versucht, dachte ich, wenigstens das – bis zum allerletzten Atemzug gekämpft. Noch einmal riss ich das Messer in der Rinne voran und die Bänder oder Sehnen zwischen den Muskelwülsten gaben nach. Ich spürte, wie das Ungeheuer um mich herum erstarrte, so als ob es in sich hineinlauschen würde. Und dann sah ich den schmalen Strich aus sterbensmattem Licht.

Tageslicht? Die Hoffnung verlieh mir neue Kräfte. Ich ließ das Messer los, kämpfte meine Linke unter den Lederhäuten hervor und zog die Wundränder mit beiden Händen auseinander.

Der Lichtstrich wurde breiter. Der Wurm bäumte sich auf. Ich wurde wild hin und her geworfen, aber ich klammerte mich nur umso verbissener an den Rändern der Lichtrinne fest. Zugleich zerrte ich die Furche zwischen den Wülsten so weit wie irgend möglich auseinander und dann drückte ich meinen Mund darauf und atmete keuchend ein.

Niemals war mir Atemluft köstlicher vorgekommen als diese stinkende Brise. Ein ums andere Mal atmete ich gierig ein und wieder aus, dann tastete ich nochmals nach dem Messer. Beharrlich durchpflügte ich nun Rinne um Rinne zwischen den Muskelwülsten. Dazwischen legte ich mehrfach kurze Pausen ein, um durch die wachsenden Wunden des Wurms hindurch zu atmen.

Das Monstrum um mich herum tobte, raste, bäumte sich auf. Aber gegen einen Feind in seinem eigenen Innern kam nicht einmal ein solches Ungeheuer an. Und jedes Mal, wenn mein Messer weiter durch eine Furche ging, wurde die Gegenwehr der Bestie ein wenig schwächer. Bald schon lag das Monstrum matt am Boden, zischte nur noch hin und wieder ein wenig und zitterte und zuckte unentwegt.

Schließlich hatte ich das empfindliche Gewebe in drei nebeneinander verlaufenden Rinnen vollständig durchtrennt. Die Wülste ließen sich nun so weit auseinanderziehen, dass ich meinen Kopf durch den Zwischenraum ins Freie schieben konnte.

Mit schleimverschmierter Hand wischte ich mir Wurmsaft aus den Augen. Danach brauchte ich noch ein paar Momente, um mich zu orientieren. Und um meiner Verblüffung Herr zu werden.

Ich hatte mich geradewegs aus der Kehle der Bestie herausgeschnitten – genau neben dem obersten Halswirbel, dort wo das Rückgrat unter die Schädelschale schlüpft.

Noch bevor ich mich zur Gänze zwischen den Wülsten hervorgezwängt hatte, tat der Wurm seinen allerletzten Röchler und die eitergelben Augen wurden starr.«

3

»Du liebe Güte, Sam, musste das sein?« Calin sah mitgenommen aus. »Ich meine, diese grässlichen Einzelheiten? Ich bin beinahe umgekommen.« Sie nahm ihr Glas und führte es zu ihrem Mund. Ihre Hand zitterte.

»Ich auch, Calin«, gab er zurück. »Und ja, ich finde, das musste sein – damit du auch wirklich weißt, was du da begraben und vertuschen willst. Diese Naxoda-Würmer sind die mordgierigsten Ungeheuer, die jemals Dunibien heimgesucht haben. Und solange wir nicht wissen, was genau unter Hergos Tempelnachbildung und in dem Schuppen am Alten Osthafen passiert ist – solange können wir niemals sicher sein, dass dieser ganze Albtraum nicht übermorgen von neuem losgeht.«

Er lauschte seinen eigenen Worten nach und er wusste, dass es nicht die Wahrheit war. Oder jedenfalls nicht die ganze Wahrheit. Als er Calin eben von seinem Kampf mit dem greulichen Wurm erzählt hatte, da hatte ihn eine prickelnde Erregung durchschauert. Eine ganz und gar unheimliche Wollust – beinahe so, als ob er Liki Meida zwar nicht ausdrücklich erwähnt, aber insgeheim von niemand anderem erzählt hätte als von ihr. Von Liki, von Liki, Liki, so vibrierte es unaufhörlich in ihm. Sein Rückgrat hinauf und hinunter und noch höher hinauf und noch tiefer hinab. So als ob Liki und die Naxoda-Schlange ein und dasselbe wären und ihr Kampf nichts als eine Fortsetzung ihres Liebestaumels unter dem Purpurinenbaum. Umschlingen, verschlungen … allmächtiger Linglu! Was war nur los mit ihm?

In schneller Folge machte Rabov drei-, viermal seine Augen zu und wieder auf. Liki und die Bestie? Was für ein abscheulicher Unsinn! Und doch war es ihm für einen kurzen Moment vollkommen plausibel vorgekommen. Vielleicht sollte er wirklich anfangen, sich Sorgen zu machen. Geistige Abirrungen dieser Art waren ernsthafte Warnsignale – wenn man anfing, derartigen Wirrwarr einleuchtend zu finden, war der Sturz des Lichtichs in die immerwährende Dunkelheit meist nicht mehr fern.

Mit abwesendem Gesichtsausdruck stellte Calin ihr Glas auf dem Tischchen zu ihrer Linken ab. Geraume Zeit sahen sie alle drei schweigend vor sich hin. Sola hatte ohnehin noch keine drei Silben von sich gegeben, seit er zu ihnen gestoßen war. Doch auch ohne seine Lakori zu bemühen, konnte sich Rabov ungefähr zusammenreimen, warum der Assistent noch bedrückter schien als sowieso schon, nachdem er in jenem Schuppen auf den Naxoda-Wurm gestoßen war.

Rabov hatte ihn zu den Sandbänken in der alten Hafenbucht hinausgeschickt und in den dort gestrandeten Schiffswracks hatte Sola zweifellos weitere halb verweste Leichname entdeckt, denen Arme und oder Beine fehlten. Jedes Jahr fraß sich da draußen auf den Sandbänken mindestens ein halbes Dutzend schrottreifer Schiffe fest, mit denen verzweifelte Tuïbi-Sklaven von den Noïli-Inseln in See gestochen waren. Die Überlebenden hielten sich auf den Wracks versteckt, oftmals über Monate oder sogar Jahre. Sie ernährten sich von Fischen und Sumpfratten, die sie im seichten Brackwasser fingen. Da draußen kam höchstens alle drei Flutgedenktage mal ein Zolltor-Mann vorbei und so konnten die Tuïbis bei den Sandbänken nahezu unbehelligt und wahrscheinlich sogar besser als in ihrer Heimat leben, wo die Noïli-Leute andauernd Jagd auf sie machten.

Doch dann hatte der Naxoda-Wurm die Tuïbi-Kolonie als schmackhafte Nahrungsquelle entdeckt und von diesem Tag an musste das Leben da draußen zu einem ausweglosen Albtraum geworden sein. Die Bestie hatte leichtes Spiel mit den Tuïbis, denn die Sandbankbewohner konnten weder an Land noch auf die offene See fliehen. Niemand wusste so ganz genau, was mit »herrenlosen Tuïbis« passierte, die immer wieder mal auf dunibischem Boden aufgegriffen wurden. Angeblich ließ Ralla sie unverzüglich auf eine der Gefängnisinseln vor der norddunibischen Küste verfrachten. Aber Rabov hatte auch schon öfter munkeln gehört, dass diese unerwünschten Eindringlinge auf Nimmerwiedersehen in den Masalith-Steinbrüchen der Handelsherren Seelbitt und Hagdiff verschwanden.

»Also, Agenten.« Calin richtete sich in ihrem Sessel auf. »Was jetzt kommt, ist wichtig und streng vertraulich.« Sie sah erst Rabov, dann Sola an. »Sam, Port, hört mir ganz genau zu.«

Weiter kam sie allerdings nicht – gerade in diesem Moment schob Kurb (oder Mirschek) seinen stämmigen Leib durch die Bresche zwischen den Wasserwänden. »Frau Rätin, ich bitte um Vergebung.« Mit einer Hand zog der Gardist einen Eisenwagen hinter sich her, auf dem ein gewaltiger Telefonapparat thronte, mit der anderen Hand streckte er Calin Sprechmuschel und Hörrohr entgegen. »Es ist äußerst dringend – der Herr …« Anstatt einen Namen oder zumindest einen Titel zu nennen (wie beispielsweise Horch oder Oberrat oder Reichssekretär), hob Mirschek (oder Kurb) lediglich seine nahezu farblosen Brauen und rollte mit den wasserhellen Augen.

Calin seufzte auf – erleichtert, schien es Rabov, vielleicht weil sie die Entscheidung, mit der sie eben so schwer gerungen hatte, nun nochmals aufschieben konnte. Sie stand auf und machte dem Gardisten ein Zeichen – sie würde in der Halle telefonieren. Hinter Kurb/Mirschek, der den Wagen durch die enge Bresche wieder nach draußen manövrierte, verschwand sie jenseits der tosenden Wasserwand.

Ein Telefongespräch, folgerte Rabov, das offenbar jeder mithören durfte, der zufällig gerade da draußen durch die *Bufo*-Halle schlenderte. Nur Calins direkte Untergebene sollten um keinen Preis mitbekommen, mit wem sie telefonierte und worum es bei diesem Gespräch ging.

Er beugte sich nach vorn. »He, Port, was ist los mit Ihnen?« Der Assistent hob seinen Kopf und sah ihn trübselig an. »Ich habe über Ihre Nachtparder-Theorie nachgedacht«, fuhr Rabov in munterem Tonfall fort. »Letzten Endes sehe ich nur zwei Möglichkeiten. Entweder Nachtparder können wirklich vier Meter lang werden und haben weder Vorder- noch Hinterbeine – oder …«

Er unterbrach sich und hatte Mühe, sich ein Grinsen zu verkneifen. Das Gesicht des Assistenten hatte einen so hoffnungsvollen Ausdruck angenommen, als ob Rabov ihn unverzüglich von all seinen Sünden erlösen würde.

Doch Erlösung hatte er nicht zu bieten. »Entweder das – oder Ihre Theorie hat weder Hand noch Fuß.« Er winkte in Solas Richtung ab. »Schon gut, Port, schon gut – das war kein besonders guter Witz. Vergessen Sie's.«

Der Assistent sackte in sich zusammen. »Einen Moment lang«, murmelte er, »habe ich wirklich geglaubt, dass Sie eine Erklärung hätten.«

»Eine Erklärung? Dafür, dass Sie Raubkatzen und Kriechtiere nicht auseinanderhalten können?«

»So ähnlich«, murmelte Sola. »Zumindest eine Erklärung für das, was ich da draußen bei den Wracks gesehen habe.«

»Und was haben Sie da draußen gesehen? Jede Menge tote Tuïbis, wenn Sie mich schon fragen. Lassen Sie mich schätzen: fünfzehn Leichen mit abgefressenen Gliedmaßen? Oder noch ein paar mehr?«

»Siebzehn«, murmelte der Assistent, ohne Rabov anzusehen. »Nicht mitgerechnet den Alten, dem ein Arm und ein halbes Bein fehlten. Er war so gut wie tot, aber noch lebendig genug, um mit seinem Blasrohr Pfeile auf mich abzuschießen.«

»Also achtzehn«, sagte Rabov. »Das ist eine schreckliche Menge Opfer. Aber was finden Sie daran so rätselhaft? Die Naxoda-Schlange aus Ihrem Schuppen – der Nachtparder, wenn Sie es unbedingt so wollen – muss schon vor etlichen Monaten aus dem Rücken dieses armen Burschen ausgeschlüpft sein. Und bei dem Appetit, den diese Bestien an den Tag legen, hätte es mich auch nicht gewundert, wenn Sie da draußen noch ein paar mehr Leichen gefunden hätten.«

Sola ballte die Fäuste. »Verdammt noch mal, Sam, das hätte mich auch nicht gewundert.« Er schnellte regelrecht aus seinem Sessel empor und begann, in dem engen Gang zwischen den Wasserwänden auf und ab zu marschieren. »Sie würden mir ja sowieso nicht glauben – also machen Sie schon und schauen Sie selbst nach.«

Das ließ sich Rabov nicht zweimal sagen – er versetzte sich in Agosch-Trance und glitt in Solas Bewusstsein hinüber.

Schon im nächsten Moment wünschte er sich nur noch, er hätte das sein lassen. Mit den Augen des Assistenten konnte er sehen, wie Sola die Schiffswracks durchsuchte. Auf den Decks, in Kajüten und Frachträumen – überall entdeckte er grässlich verstümmelte Tote in unterschiedlichen Stadien der Verwesung. Dazu Wolken von Schmeißfliegen und ein Gewimmel grün und blau schimmernder Käfer, die ihn an das blecherne Insekt aus Professor Barotts Sammlung erinnerten.

Auf einer Sandbank, mehr schlecht als recht hinter einer rostigen Tonne verborgen, lauerte der Tuïbi-Greis mit seinem Blasrohr. Aber der Alte war wirklich schon halbtot und viel zu geschwächt, um seine Pfeile bis zu dem Schiffswrack zu schicken, auf dem der Assistent gerade herumstöberte.

Sola trug eine Kampfaxt in seiner rechten und eine brennende Fackel in der linken Hand. So gewappnet balancierte er auf einem morsch aussehenden Brett von einem Schiffswrack zum nächsten hinüber. Das Brett ruhte mit dem einen Ende auf der Reling des museumsreifen Dreimasters, den Sola gerade eben durchsucht hatte, und mit dem anderen auf dem Kajütaufbau eines bauchigen Frachtkahns. Und noch während der Assistent über die Planke zwischen den beiden Schiffswracks schwankte, sprang da drüben aus dem Kajütverschlag eine gewaltig große Raubkatze hervor.

Der Assistent auf seinem Brett erstarrte. Eine halbe Ewigkeit lang stand die schwarze Riesenkatze reglos auf dem Deck des Kahns und starrte Sola aus funkelnd grünen Augen an. Und dann rannte sie urplötzlich los. Mit zwei, drei kraftvollen Sprüngen war sie beim Bug des schrottreifen Kahns, der sich mit seiner Rostnase tief in die Sandbank hineingebohrt hatte. Die Katze sprang über die Reling und verschwand aus Solas (und Rabovs) Blickfeld. Und als sich der Assistent endlich von seinem Schrecken erholt hatte, als er zum Kajüthäuschen hinüberbalanciert, auf das Deck des Frachtkahns gesprungen und zum Bug gespurtet war – da war von der schwarzen Riesenkatze weit und breit nichts mehr zu sehen.

Nicht einmal ihre Tatzenspuren auf der Sandbank konnte Sola entdecken, geschweige denn ein triefend schwarzes Etwas, das im Brackwasser unter dem alten Ostkai herumgepaddelt wäre. Und doch hatte auch Rabov ganz genau gesehen, was da aus dem Kajütaufbau hervorgesprungen war.

(Mit Augen so grün und schräg wie Likis Augen. Mit einem Fell so schwarz wie das Kleidchen, das Liki getragen hatte.)

»Ein Nachtparder, ganz genau«, sagte er, nachdem er sich aus Solas Bewusstsein wieder zurückgezogen hatte. »So sehen diese Biester nämlich aus – und nicht ...«

Sola hob beide Hände. »Schon gut, Sam. Lassen wir die Riesenschlangen für einen Moment mal beiseite. Wie kommt dieser Parder da draußen auf das Schiff – können Sie mir das bitte mal erklären?«

Rabov zuckte mit den Schultern. »Wenn's weiter nichts ist – da fallen mir auf Anhieb etliche Möglichkeiten ein. Die Tuïbis können von einem Zirkus abgehauen sein und den Parder mitgenommen haben – ein gezähmtes Kätzchen, das Männchen machen und durch Feuerringe springen kann.«

»Und spurlos verschwinden«, ergänzte Sola.

Rabov beschloss, den Einwurf zu ignorieren. Ebenso wie seine eigenen Gedanken, aber das war schon sehr viel schwieriger (Liki?). »Oder der Parder war in dem Käfig, den Sie in dem Schuppen entdeckt haben«, fuhr er mit erhobener Stimme fort. »Das Vieh kann sich irgendwie befreit haben – genau werden wir das wahrscheinlich nie erfahren, Port.« Mit jeder Silbe sprach er noch etwas lauter, so als wollte er seine eigenen Gedanken übertönen. (Oder Liki ist eine höchstgradige Lakori? Die Velissa Labiano in einen Yasnabaum verwandeln kann und sich selbst in einen Parder oder was immer sie will?) »Aber was spielt das jetzt noch für eine Rolle, Port?« Rabov schrie es dem Assistenten praktisch schon ins Gesicht. »Die Naxoda-Würmer sind tot, unsere Ermittlungen sind abgeschlossen und Punktum!«

Auch er hatte mittlerweile seine Hände zu Fäusten geballt und einen Moment lang war er versucht, Port einen Schlag in die Magengrube zu versetzen. Aus keinem besonderen Grund – einfach, weil es zwischen ihnen beiden fällig war.

»Ganz recht, Sam, die Ermittlungen sind abgeschlossen«, sagte Calin hinter ihm. »Hört also um Linglus willen auf, euch anzuschreien. Ralla hat seinen neuesten Report schon an die Zeitungen verschickt.« Sie trat zwischen Rabov und Sola und sah sie beide abwechselnd an. Ihr Lächeln kam Rabov ziemlich gekünstelt vor. Er konnte ihre Angst und ihre Erschöpfung durch dieses Lächeln hindurch sehen. Aber immerhin war es ein Lächeln.

»Agenten«, sagte Calin, »das war gute Arbeit. Auch wenn es mit der Kooperation noch ein wenig gehapert hat – aber das wird schon.« Sie sah Rabov an. »Am besten, wir vergessen so schnell wie möglich, was in den letzten drei Tagen passiert ist. Einverstanden, Sammo?«

Sammo, schwärmte Rabov im Stillen. Doch dann fiel ihm auf, dass es eigentlich nur noch ein gewohnheitsmäßiges Schwärmen war. Und dass er Calin gleichzeitig mehr denn je brauchte, gerade jetzt. Wie ein Ertrinkender, der an einer abweisend glatten Kaimauer Halt sucht. »Unter einer Bedingung, Calin.«

Ihre Miene verdüsterte sich. »Ich höre?«

Er beugte sich zu ihr hinüber. »Dass du dich heute Abend mit mir im *Platinparder* triffst«, flüsterte er ihr ins Ohr, »und mir alles erzählst, was du über diese vorflutliche Reise zum Meeresgrund weißt.«

Ihr Lächeln kehrte zurück. »Du hast recht, darüber müssen wir auch noch sprechen«, sagte sie. »Aber gönne mir – uns allen drei – erst mal etwas Schlaf.«

4

Die Mondsichel spiegelte sich in der endlosen Fläche des Grünen Ozeans. Es war vollkommen windstill und Rabov lag auf der Sichel, seine Wange auf den angewinkelten linken Arm gebettet, und wunderte sich, wie das möglich sein sollte – auf einem sich wiegenden Spiegelbild über das Meer zu ziehen.

Er fuhr mit dem Finger über die Oberfläche der Sichel und da wurde ihm schlagartig klar, was es mit seinem sonderbaren Untersatz auf sich hatte. Er fuhr nicht etwa auf dem Spiegelbild der Mondsichel übers Meer – natürlich nicht! Wie sollte so etwas auch möglich sein? O nein, er lag auf seiner eigenen Silbersichel, die ihn als königlichen Spezialagenten auswies, und diese Sichel war offenbar um ein Vielfaches gewachsen.

Um das Hundert- oder sogar Tausendfache und das praktisch über Nacht! So als ob seine Sichel nicht aus totem Material geformt wäre, sondern eine lebendige Kreatur. Auf einmal zum Leben erwacht, entfesselt und zu sich gekommen – wie die Naxoda-Schlangen.

Rabov setzte sich aufrecht hin, genau in der Mitte seiner Sichel, die Beine ineinander verschlungen wie ein Mönch vom Orden des Erleuchteten Loscha. Es war dunkle Nacht. Über ihm schwebte wahrhaftig die Mondsichel und der Himmel war flaumig bewölkt und unendlich fern. So fern wie die Küste, von der er weit und breit nicht den mattesten Schatten erspähen konnte. Kein Leuchtfeuer am Horizont, wie er sich auf seiner Sichel auch hin und her drehte, geschweige denn die tröstlich vertraute Silhouette Phoras.

Die Sichel schwankte unter ihm im trägen Takt des Meeres und sie wiegte ihn so sanft hin und her, wie eine Mutter ihr kleines Kind in ihren Armen schaukelt.

Er spürte einen leichten Schwindel, aber keine Angst. Es war ein Gefühl wie bei seiner prophetischen Vision, als er zusammen mit Zoran in jenem »Ei« zum Meeresgrund hinabgefahren war. Ein Gefühl, als wäre er endlich nach Hause gekommen. Als wäre das hier die Wirklichkeit und alles, was er bis dahin erlebt hatte, nur ein verworrener Traum. Als ob er jene zweite Welt endlich wiedergefunden hätte, in die hinüberzugehen er sich damals nicht getraut hatte. Damals in Raginor, vor so langer Zeit.

Er beugte sich nach vorn und schaute in die grüne Flut hinab. Das Wasser war so klar, dass er bis zum Meeresgrund sehen konnte. Das erstaunte ihn nicht wenig, denn hier draußen musste der Grüne Ozean viele Meilen tief sein. Aber noch sehr viel mehr verwunderte ihn, was er da unten zu sehen bekam.

Es war gerade ein solches Riesen-Ei oder eine solche Membran wie in den Schutzräumen. Anscheinend hatte es sich ganz da unten am Meeresgrund verfangen – wie ein festgebundener Gasballon an seiner Schnur, so schwankte das Ei dort unten hin und her. Trotz der ungeheuren Entfernung konnte Rabov jede Einzelheit ganz genau erkennen. Die durchscheinende Membran über dem dunklen Felsgrund und sogar einen Schemen, der sich im Innern des Eis im selben trägen Takt wie alles im Grünen Ozean bewegte – hin und her und hin und her.

Während er das Riesen-Ei noch verwundert betrachtete, begann es sich an seinem oberen Ende zu öffnen – ganz langsam und in alle Richtungen gleichzeitig, so wie ein Blütenkelch in der Morgensonne aufgeht. Und was im Innern des Eis zum Vorschein kam, raubte Rabov fast den Verstand.

Er fuhr zusammen und wäre um ein Haar über Bord gefallen. Er schrie sogar auf, vor Verblüffung und weil ihn ein scharfer Schmerz im Nacken durchbohrte. So weit wie überhaupt möglich beugte er sich über den Rand seines Sichelbootes und starrte zum Meeresgrund hinab.

Dort unten in dem sonderbaren Gewächs war *sie*. Er täuschte sich ganz bestimmt nicht, da war Liki und sie war bis zum Hals in den bleichen Blütenblättern versunken, die das Innere der Membran füllten. Sie hatte ihr Gesicht zu ihm emporgewandt und sie reckte ihm ihre Arme entgegen. Er sah ihre grünen Augen schimmern und ihre nussbraune Haut und die purpurinenroten Lippen hoben sich prangend von den fahlen Blättern um sie herum ab. Ihre Lippen bewegten sich und auch wenn es ganz und gar unmöglich war, konnte er jede Silbe von ihrem Mund ablesen.

Rette mich, Sam.

Gütiger Linglu, wieso saß er hier immer noch untätig herum? Ohne auch nur einen Moment lang nachzudenken, warf er sich bäuchlings auf seine Sichel, tauchte einen Arm ins Wasser und streckte Liki seine Hand entgegen. Er machte sich so lang, wie es nur ging, bald schon hing er zur Gänze kopfüber im Wasser und hielt nur noch mit seinen Füßen die Sichel umklammert. Und Liki streckte sich ihm von unten entgegen und dabei sah sie ihn so flehentlich an, dass es ihm fast das Herz brach.

Mit einem letzten verzweifelten Rucken schaffte er es tatsächlich, sich bis ganz zu ihr hinabzustrecken. Ein Schauder überlief ihn, als sich ihre Fingerspitzen berührten. Likis Gesicht leuchtete in neu erwachter Hoffnung. Ihre Finger krallten sich ineinander und dann begann Rabov zu ziehen.

Er zog mit all seiner Kraft und tatsächlich gelang es ihm, Liki mitsamt dem Ei voll bleicher Blütenblätter ein gutes Stück zu sich heraufzuhieven. Doch dann plötzlich ging es keinen einzigen Zoll mehr voran. Wie Rabov auch zerrte – das Ei ließ sich nicht weiter emporbewegen und genauso wenig gelang es ihm, Liki aus der Membran herauszuziehen.

Ihr Gesicht sah nun überhaupt nicht mehr hoffnungsvoll aus. Ihr Mund war weit geöffnet, genauso wie ihre Augen, und auf einmal wurde Rabov klar, was mit Liki los war.

Sie schrie und schrie und ihr Gesicht war wie im Todeskampf verzerrt. Jetzt erkannte Rabov auch, weshalb er das Ei mit Liki darin nicht weiter zur Oberfläche heraufziehen konnte: Es war mit einem armdicken Strunk im Meeresgrund verankert, einer biegsamen, widerwärtig fahlen Pfahlwurzel – und blitzartig wurde ihm klar, was es mit diesem Strunk auf sich hatte. Mit seinem einen Ende wurzelte er im Meeresboden, mit dem anderen aber …

Er ließ Likis Finger so plötzlich los, als hätte er in einen Topf voller Glut gepackt. Aber zu spät – ihr Körper löste sich aus dem Ei, aus der Umhüllung durch die bleichen Blütenblätter und schoss wie mit einer Armbrust abgefeuert vom Meeresgrund zu ihm herauf. Ihr Gesicht war ihm noch immer zugewandt, ihr Mund und ihre Augen weit geöffnet, doch wie blicklos jetzt, wie starr. Pfeilschnell trieb sie zu ihm empor und dabei zog sie einen schäumend roten Fächer hinter sich her, eine purpurinenrote Schleppe aus ihrem eigenen Blut. Das aus ihrem aufgebrochenen Rücken, aus der zerknackten Schädelschale hervorquoll, während das Riesen-Ei weiterhin dort unten über dem Meeresgrund schaukelte, hin und her und hin und her, mit einem greulichen Wurm darin, der sich inmitten der Blütenblätter ringelte.

Rabov erwachte von seinen eigenen Schreien – Schreien des Schmerzes, Entsetzens, unstillbaren Grauens. Er war so triefend nass, seine Haare, seine Haut, als wäre er gerade erst aus dem Grünen Ozean aufgetaucht. Und er fühlte, dass es auch wahrhaftig so war – was er eben erlebt hatte, war siebentausendmal wirklicher als alles, was er jetzt um sich herum wahrnahm. Das Hinterzimmer seines »Ladens«, sein zerwühltes und durchweichtes Bett, in dem er nackt und tropfnass lag, die lärmende Pendeluhr, das Monstrum von Wandtelefon neben seinem Bett, das in diesem Moment markerschütternd zu gongen begann.

Er spürte das Schaukeln der Wellen noch in allen Gliedern. Unter seiner Sichel, auf die er schließlich wieder geklettert war und auf die er auch Liki heraufgezogen hatte, um sie in seinen Armen zu wiegen. Während er schrie und weinte und während der Wurm, den er selbst aus ihrem Rücken und Nacken herausgerissen hatte, da unten im Ei voll bleicher Blütenblätter lauerte und aus eitergelben Augenschlitzen zu ihm emporspähte.

Irgendwann rappelte sich Rabov auf und trat zum Telefon. »Mysto – Kostüme & Kulissen«, murmelte er in die Sprechmuschel, »Geschäftsführer Rabov am Apparat.«

»Na endlich, Sam«, antwortete Calin in munterem Tonfall. »Ich dachte schon, du wolltest gar nicht mehr aufwachen.«

Wollte ich auch nicht, dachte Rabov. Aber wie auch – er hatte ja gar nicht geschlafen. Jedenfalls war das da eben alles andere als ein gewöhnlicher Traum.

Eine Vision? Aber aus welcher Zeit? Aus dunkelster Vergangenheit?

»Weißt du eigentlich, wie spät es ist?«, fragte Calin.

»Zwei Uhr vorbei«, gab er nach einem Blick auf seine Pendeluhr zurück.

»Zwei Uhr nachmittags«, präzisierte sie. »Wann bist du gestern Abend ins Bett gegangen? Gleich nach unserer Besprechung? Dann hast du 15 Stunden geschlafen, Sam.«

Darüber dachte er erst mal ein paar Augenblicke nach. Noch immer spürte er das Schaukeln der Wellen und seine eigenen Jammerschreie echoten ihm in den Ohren. Aber die Vision begann zu verblassen – die Riesensichel, das Meer, die tote Liki in seinen Armen. Nur in seinem Rücken pulsierte es weiter bis in den Nacken hinauf.

»Gerade mal eine halbe Stunde für jede Leiche der letzten Tage«, sagte er.

In seiner Vision war Liki in seinen Armen gestorben, aber noch war sie am Leben, auch das spürte er. Was er eben erlebt und durchlitten hatte, war eine prophetische Vision gewesen – der Vorschein einer Zeit, die erst noch kommen würde.

»Denk am besten nicht mehr dran. Dieser Würmer-Wahnsinn ist aus und vorbei.« Calin schien entschlossen, sich ihre gute Laune nicht vermiesen zu lassen. »Willst du gar nicht wissen, warum ich anrufe, Sam?«

Ihre heitere Stimmung war nicht gespielt. Calin schien wirklich zutiefst erleichtert, weil der Naxoda-Alptraum ausgestanden war. Jedenfalls ihrer Ansicht nach, und Rabov beneidete sie um diese Überzeugung.

»Wegen unserer Verabredung«, mutmaßte er, »heute Abend im *Platinparder*?«

»Wenn du immer noch willst«, antwortete sie mit einem Gurren in der Stimme, das er viele Jahre lang nicht bei ihr gehört hatte.

»Und ob ich will.« Auf einmal war Rabov wild entschlossen, sich von Calins Heiterkeit anstecken zu lassen. Ihren Glauben zu teilen, dass die Naxoda-Sache ein für alle Mal ausgestanden sei. Keine unterirdischen Tempelkammern mehr, keine greulichen Würmer, die aus Rümpfen und Schädeln schlüpften. »Schließlich haben wir etwas zu feiern«, fügte er hinzu, »oder siehst du das anders?«

»Das sehe ich ganz genauso, Sammo. Wir haben sogar noch sehr viel mehr zu feiern, als du dir im Moment wahrscheinlich vorstellen kannst.«

»Wie geheimnisvoll«, sagte er, aber sie ließ sich keine Einzelheiten entlocken.

»Also um acht im *Platinparder*«, sagte sie. »Sie sollen dort auch schicke Suiten haben – wusstest du das?«

Er heuchelte Begriffsstutzigkeit. »Suiten? Du meinst – für Leute, die nicht nur den Abend dort verbringen wollen?«

»Genau solche Leute, Sam.« Sie lachte leise auf. »Verliebte Paare, die ein Himmelbett à la Königin Lanfa zu schätzen wissen.« Das Gurren war in ihre Stimme zurückgekehrt. »Wer kann schon wissen, was so eine Nacht alles bringt, Sammo? Jedenfalls solltest du auf alles gefasst sein.«

»Oh, das bin ich eigentlich immer, Li.«

Lange nachdem sie eingehängt hatte, stand Rabov immer noch vor seinem Wandtelefon, das Hörrohr am Ohr und die Sprechmuschel vor seinen Lippen. Li, dachte er – wie *Calin* und wie *Liki*.

Kopfschüttelnd hängte er endlich ein und trottete unter seine Zisternenbrause. Eigentlich hatte er vorgehabt, heute noch die Hellseherin Selda aufzusuchen und ihr gehörig Dampf zu machen, bis sie ihm das Aussehen jener Klientin schildern würde, die wegen Velissa Labiano zu ihr gekommen war. »Eine junge Frau, fast ein Mädchen noch«, hatte Selda gesagt – und Rabov war sich keineswegs sicher, was er sich wünschen sollte: Dass Liki diese Frau war oder lieber nicht.

Er beschloss, es fürs Erste auf sich beruhen zu lassen. Die Naxoda-Fälle waren abgeschlossen, also hatte er nicht einmal mehr einen halbwegs plausiblen Vorwand, um in dieser Sache weiter herumzustochern. Selda würde sich sträuben, ihm die Identität ihrer Klientin preiszugeben, und wenn er sie unter Druck setzte, würde sie zwar mit der Wahrheit herausrücken, aber früher oder später würde sie sich an ihm rächen. Anstatt sich selbst neue Schwierigkeiten zu schaffen, sollte er lieber Radschi Varusa davon überzeugen, dass Zoran kein geeignetes Opfer für seine Schlangengottheit war.

Rabov wusch sich von Kopf bis Fuß und streifte seine allerletzte Garnitur schlammfarbener Kleidungsstücke über. Sorgfältig kämmte er sich das Haar und band es mit dem Echsenlederriemen zusammen

»Sam«, erläuterte er währenddessen seinem Spiegelbild, »diese ganzen Komplikationen mit Selda und so weiter sind nur vorgeschoben, das weiß ich so gut wie du.« Der trübe Spiegel zeigte ihm wie immer nur eine verdunkelte und verschwommene Version seines wahren Ich. »Der entscheidende Punkt ist doch«, fuhr er fort, »dass ich Angst habe, Liki wiederzusehen. Angst vor dem, was dann unweigerlich passiert.«

Sein Spiegelbild nickte.

5

»Der Agoschkult ist reiner Aberglaube«, sagte Calin. »Tut mir wirklich leid, Sammo – aber das weißt du ja im Grunde selbst.«

Sie befanden sich in der Kapitänssuite im *Platinparder* – siebte Etage mit überwältigendem Panoramablick auf den Hafen und weit hinaus auf die träge sich wiegende See. Irgendwo dort draußen in den unendlichen Fluten war Rabov in seiner Vision gewesen. Wenn Calin recht hatte, würde er in Bälde dorthin zurückkehren und mehr als das – er würde hinabtauchen zum Meeresgrund.

Vorläufig aber lagen sie in einem Himmelbett à la Königin Lanfa und Calin schmiegte sich an ihn. Sie trug lediglich ein hauchdünnes Bettkleidchen und selbst dieses silberfarbene Seidenhemd hatte sie erst vor ein paar Minuten übergestreift, ehe sie in den »Salon«, das vordere Zimmer ihrer luxuriösen Suite, hinübergegangen war, um mit Oberrat Milar zu telefonieren. Selbstverständlich gab es in der Kapitänssuite ein Wandtelefon, sogar mit vergoldetem Hörrohr, und ebenso selbstverständlich schien Calin davon auszugehen, dass ihr Vorgesetzter um vier Uhr morgens in seinen Diensträumen oder zu Hause Telefongespräche entgegennahm. Doch nach wenigen Augenblicken war sie unverrichteter Dinge in das schwelgerisch ausgestattete Schlaf- oder besser wohl Liebeszimmer zurückgekommen – mit einem Gesichtsausdruck, den Rabov nicht recht zu deuten wusste. Irgendetwas zwischen bekümmert und unverzagt.

Aber so ging es ihm eigentlich schon, seit sie gestern Abend auf der Freiterrasse des *Platinparders* ihr Dinner eingenommen hatten: Er grübelte darüber nach, was in Calin vorging, was ihren plötzlichen Sinneswandel ausgelöst haben mochte – und er rätselte nicht weniger über sich selbst. Warum war seine Liebe zu ihr gerade in dem Augenblick erkaltet, in dem Calin aufs Neue in Feuer geraten war? Aufmerksam lauschte er ihrem Bericht von der wahren Errettung Dunibiens aus der Großen Flut und dabei echote in seinem Hinterkopf unablässig die Frage: Warum, Li, warum gerade jetzt? Jetzt, da er immerzu an Liki denken musste. Jetzt, da sogar der Klang ihres eigenen Kosenamens, den er selbst für Calin ersonnen hatte, immer nur Liki vor ihm heraufbeschwor. Likis Lachen, Likis Lippen, Likis purpurinensüßen Duft.

»Es gab einen Retter«, fuhr Calin fort, »aber der hieß nicht Agosch, sondern Lidor oder auch Ludor – die Quellen sind sich da nicht ganz einig. Umso mehr stimmen sie allerdings in dem Punkt überein, auf den es letzten Endes ankommt: Lidor hatte eines Tages einen Traum. Es war kein gewöhnlicher Traum, sondern eine Vision, aber das sollte ihm erst am nächsten Morgen dämmern, nachdem er aus jener Welt zurückgekehrt war.«

Es war im siebten Monat nach Beginn der Flut (so erzählte ihm Calin) und die tiefer gelegenen dunibischen Landstriche waren bereits allesamt untergegangen. Und jener Lidor, ein junger Fischer, der bis dahin niemals als Seher in Erscheinung getreten war – Lidor also träumte eines Nachts, dass er im Bauch eines Seeungeheuers zum Meeresgrund hinabfuhr.

Er befand sich im Körper der riesenhaften Kreatur, aber seltsamerweise konnte er trotzdem verschwommen sehen, was da draußen vor sich ging. Das Seeungeheuer tauchte tief und immer tiefer mit ihm hinab. Es wurde dunkel, schließlich so schwarz wie in finsterster Nacht. Nicht der kleinste Strahl Tageslicht konnte in solche Tiefen vordringen und doch wurde es nach geraumer Zeit allmählich wieder heller um Lidor und sein lebendes Unterseeboot. Es war ein gleißend gelbes Leuchten und es strahlte vom Meeresgrund herauf. Bis dahin war Lidor recht kaltblütig geblieben, aber nun bekam er es mit der Angst zu tun. Grauenvolle Legenden von der Unterwelt, in die Linglu all jene verbannte, die gegen Seine Gesetze gefrevelt hatten, wurden in dem Tiefseereisenden lebendig und er raufte sich den Bart (obwohl er nach anderen Quellen glattwangig war) und rief Linglu um Gnade an.

Unterdessen erreichte er den Meeresgrund und Lidor nahm einen schroffen Spalt im Felsboden wahr, aus dem jenes gelbe Gleißen hervorbrach. Zu seinem Schrecken hielt das Seeungeheuer geradewegs auf diesen Spalt zu. Es tauchte hinein und sein Schreck wurde zu nacktem Entsetzen, als er erkannte, was es mit dem Gleißen auf sich hatte: Es kam von einem Paar senkrechter Augenschlitze, die ihm mit lähmender Reglosigkeit entgegenstarrten. Gelbe Augenschlitze so hoch und breit wie die größten Türme an den mächtigsten Linglu-Bethäusern in ganz Phora, und sie klafften über einem ungeheuren Maul, das nur ganz wenig geöffnet war, wie zu einem grausamen kleinen Grinsen.

Lidor konnte die ungeheuren Zahnreihen dahinter sehen und die zwiegespaltene Riesenzunge, und um sich diesem Anblick nicht länger auszusetzen, schaute er an dem unförmig großen Haupt vorbei und tiefer in die Felsschlucht hinein. Da allerdings wollte ihm das Herz erst recht zu einem Klumpen Eis gefrieren: Scheinbar endlos weit und tief zog sich die Schlucht durch den Meeresgrund. Der Widerschein der gleißenden Augenschlitze reichte aus, um den ungeheuren Spalt mit gelbem Dämmerlicht zu erfüllen, und so sah Lidor viel deutlicher, als ihm lieb sein konnte, wie ungeheuer groß und mächtig auch der Körper des unterseeischen Schluchtbewohners war – ein Schlangenmonstrum von erdumgürtenden Ausmaßen, dessen farblos fahler Leib sich hinter dem Riesenschädel endlos durch die Felsspalte ringelte.

Als Lidor zu sich kam, war er zuerst ziemlich durcheinander. Dies war kein gewöhnlicher Traum gewesen, das spürte er deutlich. Aber was war es dann? Seit seine Hütte von den Fluten davongespült worden war, hauste er im Kajütverschlag seines bescheidenen Fischerbootes. Der Regen prasselte auf das Dach über ihm. Lidor konnte sich kaum noch daran erinnern, wie das Leben vor Beginn der Großen Flut gewesen war – ohne Überschwemmungen, Hunger und Verzweiflung, ohne die endlosen Regengüsse.

Während er wie jeden Morgen mit einem Eimer Wasser aus seinem Boot schöpfte, wurde ihm nach und nach klar, was seine Vision zu bedeuten hatte. Es war eine prophetische Botschaft – und sie besagte, dass er selbst dazu ausersehen war, die Große Flut zu beenden. Lidor hätte niemandem erklären können, wie er zu dieser Überzeugung gelangt war, er verstand es ja selber kaum. Mit seinem Boot fuhr er zum königlichen Notpalast, der auf Phoras höchstem Hügel (dem heutigen Donarberg) errichtet worden war. Dort beschwor er die Palastwächter, ihn auf der Stelle zu König Lugo VI. vorzulassen, dem letzten Monarchen des Alten Reichs. Offenbar wirkte er ziemlich glaubwürdig – jedenfalls empfingen ihn der König und seine engsten Berater noch in derselben Stunde und Lidor schilderte ihnen alles, was er in seiner Vision geschaut hatte.

Während der junge Fischer sprach, wechselten der König und seine Vertrauten ein ums andere Mal betroffene Blicke. »Bringt ihn in Phoras Bauch hinab«, befahl der Herrscher nach kurzem Besinnen. »Die Kreaturen da unten sind gekommen, um uns zu retten – und wir vergelten es ihnen mit Eisen und Blut!« Er schien tief erschüttert. »Und Ihr nennt Euch die Weisesten des Reichs?«, rief er aus und sah seine Berater einen nach dem anderen an. »Hinaus mit euch – ehe ich euch den Seeungeheuern zum Fraß vorwerfe!«

Lidor wunderte sich nicht wenig über diese Reden. Phoras Bauch? Seeungeheuer? Aber er bekam kein Wort der Erklärung mehr zu hören – die Audienz war beendet und der Oberste Kommandierende Palastwächter brachte ihn in einem Eilboot zu »Phoras Bauch«, wie es der König angeordnet hatte.

Der Zugang befand sich in einem der gewaltig großen Gebäude, die auf königlichen Befehl kurz vor der Großen Flut errichtet worden waren. Der Palastkommandeur führte Lidor Treppen und Treppen hinab und schließlich auf eine Art unterirdischer Galerie. Diese stählerne Balustrade verlief an einer triefendnassen Felswand entlang und keine fünf Schritte darunter erstreckte sich ein Gewässer von gewaltigen Ausmaßen, trüb beleuchtet von Lampen, die in ungewissen Abständen an der Balustrade angebracht waren. Metalltreppen führten zu dem unterirdischen Meer hinab und dort unten, knapp über dem Wasserspiegel, verliefen Stege, an denen wendig aussehende kleine Boote festgemacht waren.

»Das alles hier ist streng geheim«, erklärte der Palastkommandeur. »Als sich vor ungefähr zwanzig Jahren die Hinweise mehrten, dass Dunibien von einer Großen Flut heimgesucht werden könnte, hat der König befohlen, diese Anlagen zu errichten. Denn in den Prophezeiungen aus alten Zeiten heißt es, dass die Flut aus dem Innern der Erde hervorströmen würde – und dass mit ihr Unmengen mordgieriger Seeschlangen emporgeschwemmt würden. Deshalb wurden diese Anlagen auch mit Waffenkammern und Fluchträumen ausgestattet. Schon viele Jahre vor der Flut begannen eigens ausgebildete Gardisten – die sogenannten Wächter der Tiefe – hier unten ihren Dienst. Tagaus, tagein maßen sie den Wasserstand und sie hatten Befehl, unverzüglich Meldung zu erstatten, wenn der Pegel über ein bestimmtes Maß hinaus anstieg. Ursprünglich mussten die Wächter fast eine halbe Meile bis zum Wasserspiegel hinabsteigen – und nun wird die Flut sogar diese oberste Balustrade demnächst verschlingen, wenn Linglu sich unser nicht bald erbarmt. Seit die Flut begonnen hat, haben die Wächter der Tiefe überdies die Aufgabe, diese Anlage zu verteidigen: Welche Art Kreaturen auch immer da unten aus den Fluten emporgetaucht kommt, sie wird von ihnen getötet oder zumindest in die Tiefe zurückgedrängt.«

Lidor sah sich nach links und rechts um. »Und wo sind die Wächter jetzt?«

Der Kommandeur stützte sich schwer auf das Eisengeländer der Balustrade. »Ich habe sie weggeschickt. Solange die Wächter hier oben mit ihren stahlbeschlagenen Stiefeln herummarschieren, lassen sich keine Ungeheuer blicken. Die Biester haben offenbar ihre Lektion gelernt, nachdem die Gardisten ein halbes Dutzend von ihnen abgeschossen haben. Aber sie kommen immer wieder herauf … Und du glaubst also«, fragte er in verändertem Tonfall, »dass sie uns überhaupt nicht angreifen wollen?«

»Vorläufig glaube ich gar nichts«, gab Lidor zurück. »Erst muss ich sie mit eigenen Augen sehen, dann will ich Euch sagen, was ich über sie denke.« Auch er stützte seine Arme auf das Geländer, beugte sich vor und sah erwartungsvoll auf das Meer hinab. Die Schwierigkeit war allerdings, dass er sein lebendes Unterseeschiff in der Vision nur von innen erblickt hatte. Selbst wenn es nun vor seinen Augen aus den Fluten emporgetaucht kam – woher sollte er wissen, dass es die geschaute Kreatur war?

Während er nachdenklich auf das Meer hinabsah, fiel Lidor mit einem Mal auf, dass überall auf dem Wasserspiegel fingerkleine silbrige Gegenstände trieben, gekrümmt wie Säbel oder Mondsicheln. Er fragte den Kommandeur, was es mit diesen Dingen auf sich habe.

»Die Seeungeheuer«, bekam er zur Antwort, »sind so groß und unförmig wie Walfische, aber es müssen Kreaturen von gänzlich anderer Art sein. Ihre Leiber sind gepanzert, trotzdem sind sie gegen wohlgezielte Armbrustpfeile wehrlos. Obwohl sie ganze Boote mitsamt der Besatzung verschlingen könnten, leisten sie nicht einmal Gegenwehr, wenn die Gardisten sie mit Kampfäxten von den Booten aus attackieren. Sie tauchen dann nur so schnell sie können wieder unter – und das ist allerdings nicht allzu schnell, weil sie immer erst ihre Nackenblase mit Wasser füllen müssen, um schwer genug zum Hinabsinken zu sein.«

»Ihre Nackenblase?«, wiederholte Lidor (so wie ein paar Hundert Jahre später auch Rabov) voller Erstaunen und der Palastkommandeur nickte (während Calin anstelle einer Antwort ihre Hand unter Rabovs Nacken schob und ruckartig wieder zurückzog, wobei sie »Aber Sammo, was hast du da nur?« ausrief. Woraufhin Rabov antwortete: »Keine Blase jedenfalls.«).

»Man kann sie wie gesagt mühelos massakrieren«, führte der Oberste Kommandierende Palastwächter weiter aus, »aber was dann von ihnen noch übrig ist, scheint geradezu unzerstörbar zu sein. Das eine sind diese Nackenblasen – wir haben schon ein halbes Dutzend von ihnen aus dem Wasser gefischt, eiförmige Riesendinger aus einem durchscheinenden, federnd nachgiebigen Material. Bisher ist es uns nicht gelungen, diesen Donnertropfen auch nur einen Kratzer beizubringen – nicht mit dem Schwert oder der Armbrust und nicht einmal mit Sprengstoff.« Der Kommandeur unterbrach sich. »Hörst du? Da kommt eines der Biester herauf.«

Lidor lauschte angestrengt zum Wasser hinab. In weiter Ferne vernahm er ein langgezogenes Seufzen oder Grunzen (das Rabov ungut bekannt vorkam), in ansteigender Tonfolge, so als wollte das Ungeheuer veranschaulichen, dass es sich in der Aufwärtsbewegung befand.

»Und das andere?«, fragte er, denn dieses schleifende Schnaufen oder Stöhnen machte ihn (und Rabov) doch reichlich nervös. »Ihr sagtet, dass nach dem Massakrieren zweierlei von den Bestien übrig bleibt.«

»Ganz richtig.« Der Kommandeur deutete auf den Meeresspiegel hinab. »Das andere sind diese silberfarbenen kleinen Sicheln. Es sind die Panzerschuppen, die Rücken und Flanken der Biester undurchdringlich bedecken. Dort ist für unsere Waffen kein Durchkommen, nur nützt das den Seeungeheuern wenig – ihre Augen- und Stirnpartie ist nämlich gänzlich ungeschützt.«

Das langgezogene Grunzen oder schleifende Stöhnen war unterdessen immer lauter geworden und gerade in dem Moment, als der Kommandeur *ungeschützt* sagte, brach das Seeungeheuer mit der Stirnpartie voran aus dem Wasser hervor. Seine Augen waren schwarze Spiegel, von ausgefransten roten Rändern gesäumt. Aus der Nackenblase hinter dem unmäßig großen Schädel spritzte eine dünne Fontäne empor – offenbar die letzten Überreste der Wasservorräte, mit denen das Ungeheuer seine Auftriebskräfte regulierte.

»Sie kommen, um uns zu retten«, sagte Lidor mehr zu sich selbst. »Wie König Lugo es vorhin festgestellt hat: Das ist kein Ungeheuer – es ist mein lebendes Tauchboot, das mich zum Meeresgrund hinabbringen soll.«

Er spürte mit untrüglicher Gewissheit, dass es sich so und nicht anders verhielt, auch wenn er wiederum weder sich selbst noch irgendwem sonst hätte erklären können, woher diese Gewissheit rührte. Es war eben so und Punktum. (Synchron mit Lidor, wenn auch erst etliche Hundert Jahre später gingen auch Rabov diverse Lichter auf – betreffend Piu im Walfisch oder der Nackenblase und des Membran-Eis sowie auch der Silbersichel im Innenfutter seines

Überwurfs und der Panzerschuppen, die da auf dem subphoräischen Meer umherschwammen.)

»Fragt sich nur, wie«, knurrte der Kommandeur.

Sinnend schaute Lidor zu der gewaltigen Seekreatur hinab. Sie füllte beinahe das halbe Meerbecken unter der Balustrade und obwohl sie reglos im Wasser zu treiben schien, kochten und schäumten die Fluten um den schimmernden Riesenleib herum. Das ganze Wesen schien mit Silber überzogen, nur die Scheibe seines Gesichts war von fahlgrauer Farbe, mit den zwei dunklen Spiegeln seiner Augen darin.

»Als Junge von vierzehn, fünfzehn Jahren«, sagte Lidor, »war ich einer der besten Klippenspringer. Ihr erinnert Euch doch an die Smaragdklippen draußen bei der Bucht?« Der Kommandeur bejahte stumm. »Heute ist das ja alles von den Fluten verschlungen«, fuhr Lidor fort, »aber damals ragten die Smaragdklippen an die dreißig Meter über dem Meer auf und das Wasser war an guten Tagen so klar, dass man bis zum Grund hinabsehen konnte. Dort unten lagen die heiß begehrten Smaragdmuscheln und immer wenn wir eine dieser Kostbarkeiten zu uns herauffunkeln sahen, stürzten wir uns kopfüber von der Klippe und tauchten um die Wette zum Meeresgrund hinab. Damals habe ich gelernt«, sagte Lidor abschließend, »dass man alles, was im Leben wirklich wichtig ist, am besten mit einem Kopfsprung erledigt.«

Noch während der Kommandeur über diese Worte nachsann (ebenso wie Rabov, den diese Maxime begreiflicherweise alarmierte), zog sich Lidor sein Gewand über den Kopf und ließ es zu Boden gleiten. Mit einem tollkühnen Satz sprang er sodann auf das Geländer der Galerie.

»Was bei allen …?«, begann der Kommandeur und verstummte wieder.

Lidor drückte die Beine durch und beugte seinen Oberkörper nach vorn, den Kopf zwischen den ausgestreckten Armen. Kraftvoll stieß er sich ab und sprang – mit dem Kopf voran und hinein in die Nackenblase des Seeungeheuers, das seinen Gast mit einem triumphierenden Trompetenton begrüßte.

Nach einem Augenblick des Erschreckens stampfte der Oberste Kommandierende Palastwächter mit seinem Stiefel auf die Balustrade – das vereinbarte Zeichen, das die Wächter der Tiefe herbeirief. Sie kamen auch sogleich angestürmt und ihre eisenbeschlagenen Stiefel dröhnten auf der erbebenden Galerie, wie der Palastkommandeur es vorausgesagt hatte.

(Rabov hörte die Schritte so laut und deutlich dröhnen, als ob er selbst auf jener Balustrade stünde, und dann krachte der eiserne Klopfer vorn auf die Tür ihrer Kapitänssuite herab und jemand rief: »Frau Rätin – Reichsalarm!«

Es musste einer von Calins Leibgardisten sein, der diese Worte ausgerufen hatte, Kurb oder Mirschek. Und während Rabov in Gedanken noch halb bei Lidor war, der kopfüber in die Nackenblase des Seeungeheuers hinabflog, war Calin bereits aufgesprungen, hatte sich in ihr Kostüm mit dem düsteren Moliatmuster geworfen und mit gespreizten Fingern ihre Haare zurechtgesträhnt.

»Reichsalarm«, murmelte sie und sah Rabov aus großen Augen an. »Jetzt mach schon, Sam – oder willst du Milar im Bett empfangen?«

Das wollte er nicht, also warf Rabov die Bettdecke zurück und rappelte sich auf. Noch während er in seine Hosen stieg, eilte Calin in den Salon hinüber und riegelte die Tür auf. »Um Linglus will… Milar«, hörte er Calin stammeln, »was ist passiert?«

Rabov raffte und gürtete und knotete. Er hatte noch immer Mühe, in die Gegenwart zurückzufinden – mit dem lebenden Unterseeschiff zum Meeresgrund hinabzureisen kam ihm um so vieles wirklicher vor.

»Wir stehen am Rand eines Reichsstreichs«, sagte Milar und seine Stimme hörte sich so ruhig und beherrscht an wie stets. »Er gibt uns drei Tage – und keine einzige Stunde mehr. Bis dahin muss alles wieder unter Kontrolle sein, Cali. Du weißt so gut wie ich, dass Lugo es ernst meint – der halbe Generalstab steht hinter ihm.«

Lugo? Rabov spürte einen sausenden Schwindel und einige hässliche Augenblicke lang glaubte er, dass sich der Boden unter ihm öffnen würde, um ihn zu verschlucken im Abgrund zwischen Einst und Jetzt. Zwischen der Endzeit des Alten Reichs, als König Lugo VI. die dunibischen Geschicke gelenkt hatte, und dem gegenwärtigen achten Jahrhundert neuer Zeit.

Er betastete seinen Nacken. Und da fiel ihm glücklicherweise ein, dass der gegenwärtige König Sorno einen jüngeren Bruder hatte, den geheimnisvollen Prinzen Lugo. Die Öffentlichkeit bekam ihn eigentlich nur bei den jährlichen Flutgedenkfeiern zu sehen, wenn Lugo dem Zeremoniell gehorchend an der Seite seines Bruders die Parade der dunibischen Würdenträger abnahm – eine schlaksige Gestalt neben dem massigen Monarchen, stets düster dreinblickend und insgesamt eine eher matte Erscheinung, überdies gänzlich bartlos, so dass sein hohlwangiges Antlitz neben König Sornos wogender Gesichtsfrisur geradezu unanständig nackt aussah.)

6

Rabov trat in den Salon und der Oberrat nickte ihm zu. »Ich vermute, Sie haben alles mit angehört, Agent.«

Rabov bejahte stumm. Milar schien weder überrascht noch verlegen ob der Tatsache, dass der Spezialagent eine Liebesnacht mit der Geheimen Rätin verbracht hatte.

»Prinz Lugo ist …«, sagte Calin zu Rabov und unterbrach sich. Sie warf dem Oberrat einen Blick zu, und erst als der abermals genickt hatte, wandte sie sich wieder Rabov zu. »Der Reichssekretär, den ich ein paarmal erwähnt habe, ohne seinen Namen zu nennen, ist Lugo.«

Rabov brauchte einen Augenblick, um diese Neuigkeit zu verdauen. Das hieß also, dass sie alle hier – Milar und Calin und er selbst – für einen Reichsverräter arbeiteten, der drauf und dran war, den rechtmäßig gekrönten König zu stürzen? Doch er hütete seine Zunge und hörte nur in stummer Bestürzung zu, was Milar ihnen zu sagen hatte.

Im königsgrünen Umhang stand der Oberrat am Panoramafenster des Salons. Über dem Hafen ging eben die Sonne auf, die weltberühmte Bucht leuchtete smaragdgrün. »Gestern Abend gegen zehn Uhr hat es angefangen«, sagte Milar. »Zuerst im Schiffstorviertel und am Donarberg, wenig später dann auch in den besseren Vierteln. Natürlich hat es einige Zeit gedauert, bis der wachhabende Offizier am Zolltor das Ausmaß der Katastrophe übersehen konnte. Und vor allem das Muster, das überall mehr oder weniger gleich zu sein scheint. Mittlerweile liegen gut zwei Dutzend Meldungen aus der ganzen Stadt vor.«

»Meldungen?«, wiederholte Calin mit schwacher Stimme. Sie hatte sich in einen der Sessel vor dem Kamin fallen lassen, der Rabov mit einem Mal so falsch und überflüssig vorkam wie die ganze pompöse Ausstattung dieser Suite. So überflüssig und falsch wie die Liebesnacht, die er mit Calin verbracht hatte, obwohl er die ganze Zeit über nur Liki im Kopf hatte. In seinem Kopf, in seinen Fingern, Lippen und in seinem Rückgrat, in dem unablässig nur diese Melodie zu summen schien: Liki, Liki, Liki ...

»Mysteriöse Todesfälle«, sagte Milar. »Das gleiche Muster wie bei Professor Hergo – verstümmelte Leichen, die komplette Wirbelsäule einschließlich Hirnstamm fehlt. In einigen Fällen wurde auch Schlangensichtung am Tatort oder in unmittelbarer Umgebung gemeldet.« Er fuhr sich mit einer Hand über sein Gesicht, das mit Bartstoppeln von der Farbe schmutzigen Schnees übersät war. Zum ersten Mal kam er Rabov müde und kraftlos vor.

»Aber wie kann das sein ...«, murmelte Calin. »Sam, sag doch auch mal was – wie ist das möglich? Du hast doch diese Naxoda-Fälle ...«

Rabov wartete, doch Calin sprach ihren Satz nicht zu Ende. »Wir haben die beiden Naxoda-Schlangen erwischt, das ist wahr«, sagte er. »Aber bevor wir herausfinden konnten, was vor allem in dem Schuppen am Osthafen wirklich passiert ist, mussten wir die Akten schließen.« Er sackte in den Sessel gegenüber Calin. »Mit etwas Glück hätte trotzdem alles vorbei sein können«, fügte er hinzu, »dann nämlich, wenn beide Fälle auf Hergos Konto gegangen wären. Aber so scheint es nicht gewesen zu sein.«

Zwei Dutzend weitere Naxoda-Schlangen – es war noch viel schlimmer, als er es sich in manchen Momenten ausgemalt hatte. In dieser Nacht, als er Calin umarmt und dabei immerzu an Liki gedacht hatte. »Eine Frage noch, Herr Oberrat«, sagte er.

Milar wandte sich zu ihnen um. Vom Meer her zog bereits die nächste Unwetterfront heran, aber noch erstrahlte die Bucht im Morgenlicht. »Heraus damit, Agent«, sagte er.

»Wurden auch schon Leichen gefunden, bei denen Arme und oder Beine fehlen?« Rabov zog den Überwurf über seiner Brust zusammen. Plötzlich fröstelte er, obwohl es in diesem Salon zweifellos drückend heiß war.

»Soweit ich weiß, nein. Linglu noch mal – es ist auch so schon arg genug.« Milar schüttelte den Kopf. »Ist Ihnen eigentlich klar, wovon wir hier sprechen, Rabov? Halb Phora ist jetzt bereits in hellem Aufruhr. Wenn wir diese Schlangengreuel nicht in allerkürzester Frist beenden, werden sich die Dunibier im ganzen Reich gegen den König und seine Maschinenpolitik erheben. Sorno würde dann gar nichts anderes mehr übrig bleiben, als abzudanken und Prinz Lugo den Thron zu überlassen. Wollen Sie etwa, dass es so weit kommt?«

Jetzt war es an Rabov, den Kopf zu schütteln. »Ich habe geschworen, den König notfalls mit meinem Leben zu verteidigen – und allein an diesen Eid fühle ich mich nach wie vor gebunden.«

Der Oberrat zog die Augenbrauen zusammen und Rabov beschloss, seine Zunge zu hüten. Er war auch so schon deutlich genug geworden – er war Agent des Königs, nicht irgendeines Reichsstreich-Abenteurers.

»Um zu meiner Frage zurückzukommen«, fuhr er fort. »Dass unter den Toten, die Rallas Polizisten bis jetzt gefunden haben, keine Opfer mit abgefressenen Gliedmaßen sind, ist leider keine gute Nachricht – im Gegenteil, Herr Oberrat.« Nicht ohne Mühe erhob er sich aus den tiefen Polstern seines Sessels. »Die beiden Naxoda-Würmer, mit denen wir es bisher zu tun hatten, waren äußerst raubgierig – und soweit wir wissen, haben sie sich ausschließlich mit Menschenfleisch gemästet. Genauer gesagt, mit den Armen und Beinen ihrer Opfer – eine Vorliebe, die mit dem begrenzten Dehnungsvermögen ihrer Rachen- und Halsmuskeln zu tun haben dürfte.«

Rabov beeilte sich weiterzusprechen – an seine Erlebnisse zwischen den Muskelwülsten des Naxoda-Ungeheuers wollte er jetzt wirklich nicht denken. »Der Wurm, den Hergo aus seinem eigenen

Körper befreit hat«, fuhr er fort, »hat innerhalb von zwei Tagen sechs weitere Menschen getötet. Wann genau die zweite Naxoda-Schlange aus dem Rücken des jungen Moliaren ausgeschlüpft ist, können wir bisher nicht sagen – jedenfalls hat sie es auf mehr als zwanzig Opfer gebracht. Wir müssen also davon ausgehen, dass jede Naxoda-Schlange, wenn sie erst einmal entfesselt ist, pro Tag mindestens zwei weitere Menschen tötet. Bei bisher zwei Dutzend Würmern macht das täglich rund fünfzig …«

»Hüten Sie Ihre Zunge, Agent!« Milar fasste mit beiden Händen hinter sich und fand an der Fensterbank Halt. »Anstatt uns und sich selbst mit Ihren makabren Kalkulationen schwindlig zu rechnen, gehen Sie lieber endlich los und finden den verfluchten Lakori, der diesen Würmer-Wahnsinn angezettelt hat.«

»Das wollte ich ja die ganze Zeit schon.« Rabov sah von Milar zu Calin. Was er da gerade behauptet hatte, war genauso wahr wie falsch.

Er wollte Liki finden, nichts lieber auf dieser Welt. Und er fürchtete sich vor dem, was er vorfinden würde – fürchtete es mehr als alles andere auf dieser Welt.

»Und warum haben Sie es dann nicht getan, Agent?« Die Arme vor der Brust verschränkt, kam Milar so steifbeinig auf ihn zumarschiert, dass sich Rabov einen Moment lang ernsthaft fragte, ob der Oberrat von einem Federwerk angetrieben wurde. So wie die Blechlibelle oder der Eisenkäfer, die Professor Barott in Hergos Nebelwaldbüro vorgeführt hatte.

»Das wissen Sie so gut wie ich«, gab Rabov zurück. »Und falls nicht, hilft Ihnen die Frau Rätin sicher gerne auf die Sprünge. Guten Morgen.«

Er riss die Tür auf und stürmte aus der Kapitänssuite hinaus in den Flur. Beinahe hätte er Kurb oder Mirschek umgerempelt, doch Calins Leibgardist brachte sich mit einem Satz gerade noch in Sicherheit.

Rabov rannte weiter den Gang entlang. Er musste Liki finden, so schnell wie überhaupt möglich – und wenn es so weit wäre, würde er mit Linglus Hilfe hoffentlich auch herausfinden, was er als Nächstes tun musste. Um den König vor dem Sturz und Dunibien vor der Flut und Liki vor der Dampfhacke zu bewahren.

Zehntes Kapitel

Nasse Nester

1

Rabov weckte seinen Assistenten mit einem lakorischen Rempler und wies ihn an, unverzüglich zum Zolltor zu fahren. *(Bei allen Himmelsboten, Sam …)* Dort würden sie sich treffen und sich als erstes einen Überblick über die bisher gemeldeten Fälle verschaffen. *(Aber was für Fälle denn?)* Um Zeit zu sparen, würden sie den Packen aufteilen und jeder eine Hälfte übernehmen. *(Bin schon unterwegs, Chef.)*

Als er am Zolltor eintraf, saß Sola tatsächlich schon in einem Dienstzimmer, das Ralla eigens für die »Spezialermittlung Mysto-Morde« freigeräumt hatte. Es gab zwei Arbeitstische und auf jedem lag ein kleiner Stapel mit stempelfrischen Polizeiprotokollen.

»Bei allen Himmels…«, wollte Sola wieder anfangen, aber Rabov schnitt ihm das Wort ab.

»Rücken Sie die auseinander.« Er deutete auf die beiden Tische, die in der Mitte des Raums standen, die Stirnseiten gegeneinander geschoben. »Weiter, noch weiter, gut so.« Er gab sich erst zufrieden, als sein Tisch unter dem Fenster stand. Von hier aus schaute er, wenn er von seinen Akten aufsah, ein gutes Stück an Sola vorbei, auf das Wandstück zur Rechten der Tür, das ein golden gerahmtes Porträt von König Sorno zierte. »Das hier ist übel genug.« Er deutete auf die Protokolle. »Da muss ich nicht auch Sie noch ständig vor mir haben.«

Er beugte sich über seinen Aktenstapel. Zunächst überflog er die Protokolle in aller Eile, um sich einen ersten Eindruck zu verschaffen. Er verglich seine Ergebnisse mit Solas Beobachtungen – offenbar gab es wirklich ein Muster, das sich in nahezu allen (mittlerweile siebenundzwanzig) Fällen wiederholte.

Die Opfer waren durchweg noch jung, die meisten zwischen siebzehn und fünfundzwanzig Jahren, die ältesten knapp unter dreißig. Sechzehn von ihnen waren männlichen, elf weiblichen Geschlechts. Einige Kunstmaler und Schauspieler waren darunter, ein ehemaliger Loscha-Mönch und die Tochter einer Sarissa. Keine Handwerker,

Kaufleute oder Angehörige sonstiger Brotberufe. Sie stammten ausnahmslos aus begüterten Familien, etliche davon mit klangvollen Namen. Immerhin drei der Opfer waren Studenten, doch nicht einer oder eine von ihnen hatte Archäologie studiert. Geschweige denn zaketumesische Altertumskunde.

Einige Opfer waren gestern Abend noch ausgegangen und zwischen neun und elf Uhr heimgekehrt. Die meisten wurden von ihren Angehörigen und Nachbarn als gesellig und lebenslustig beschrieben. Dazu passte anscheinend, dass alle siebenundzwanzig jungen Männer und Frauen unverheiratet waren. Darüber hinaus war niemandem irgendetwas Besonderes an ihnen aufgefallen – oder allenfalls, dass einige der Opfer seit kurzem *»noch draufgängerischer als sowieso schon«* aufgetreten seien, *»leuchtend vor Abenteuerlust«*. Und ungefähr eine Stunde, nachdem sich die Betreffenden in ihre Schlafkammern begeben hatten, war das Grässliche in allen Fällen auf die genau gleiche Weise geschehen.

Es begann mit fiependen Schreien, einem ganz und gar unartikulierten Gellen – *»als ob da drinnen Sumpfferkel geschlachtet würden«*, wie es in einem Protokoll hieß, oder als ob die Person hinter der Schlafkammertür *»mit Meerdämonen ringen würde«*. Die Schreie erstarben kurz darauf wieder, aber die Stille danach kam den Lauschern nur umso beklemmender vor. Sie klopften und riefen und rüttelten an der Tür, hinter der sie ihren geliebten Sohn oder die wohlgeratene Tochter, ihren Hausgenossen oder ihre Mitbewohnerin wussten. Als niemand antwortete, brachen sie endlich die Tür auf.

Nahezu alle Opfer waren im Schlaf überrascht worden. Sie lagen in ihren Betten, die Lichter waren gelöscht. In sämtlichen Protokollen hieß es übereinstimmend, dass die Opfer auf dem Bauch liegend angetroffen worden seien. Soweit sie Nachtgewänder trugen, waren diese rückseitig zerfetzt, die Betten blutgetränkt, ja geradezu *»mit Blut überflutet«*, wie einer der Zolltor-Männer sich ausgedrückt hatte. Wo ihre Wirbelsäule sein sollte, zog sich eine daumenbreite Furche durch die Körper der Opfer, vom Steiß bis zum Nacken hinauf. Der Schädel unmittelbar darüber war *»aufgeknackt wie eine Butinuss-Schale«*, und der Hirnstamm, in den die Wirbelsäule oberhalb des ersten Halswirbels übergeht, war bei allen Opfern gleichfalls mit herausgelöst.

»Von den Körperteilen, die der (offenbar wahnsinnige) Mörder herausgeschnitten hat, keine Spur.« Auch Beobachtungen dieser Art fanden sich in sämtlichen Protokollen. *»Nach Tatwaffen gefahndet: Messer, Hacke, Säge – nichts.«*

In immerhin siebzehn Fällen hatten die schockierten Augenzeugen zudem eine *»unbekannte Schlangenart«* am Verbrechensort gesichtet – *»etwas größer als eine ausgewachsene Sumpfnatter«*, *»mehlweiß«* oder *»farblos wie Asseln«*, der Kopf *»auffällig groß und missgebildet«*, die Augen *»gelb wie faulige Zitronen«* oder *»wie Eiter in entzündeten Wunden«*. Ehe die verdatterten Angehörigen eine Schaufel oder Ähnliches aufgetrieben hatten, waren die Würmer in die umliegenden Gärten entwischt. Einige Augenzeugen hatten das Auftauchen dieser abstoßenden Schlangen mit *»abergläubischen Äußerungen«* kommentiert, aber Ralla hatte seine Männer perfekt dressiert: Nicht einer der Polizisten hatte es der Mühe wert befunden, diese Äußerungen im Wortlaut zu protokollieren. Dabei würde der »Aberglaube« der Dunibier (»dieser hunderttausendköpfigen Schlange« laut Oberrat Milar) ihnen bald schon mehr als alles andere zu schaffen machen – das sah Rabov nur allzu klar voraus.

Darüber hinaus enthielten die Protokolle der wackeren Wachtmeister so gut wie keine hilfreichen Informationen. Die Zolltor-Männer hatten einfach mitgeschrieben, was die Angehörigen ihnen in den Block diktiert hatten, und darüber hinaus höchstens aufs Geratewohl ein paar Fragen gestellt. *»Haben Sie in letzter Zeit irgendetwas Verdächtiges bemerkt?« – »Was meinen Sie? Nein.« – »Ist Ihnen vielleicht jemand aufgefallen, der eine Schlange in die Schlafkammer Ihrer Tochter praktiziert haben könnte?« – »Ein Fremder bei meiner Kleinen? Du liebe Güte, nein!«* Und so weiter.

Natürlich hatten die Polizisten nicht gewusst, wonach sie im Besonderen suchen sollten. Aber zweifellos wäre es ihnen aufgefallen, wenn die Opfer ihre Wände mit Kopien der Naxoda-Bildtafeln ausgeschmückt hätten. Solche Hinweise aber fanden sich nirgendwo in den Protokollen.

»Trotzdem muss es eine Verbindung zu Hergo und der Naxoda-Expedition geben«, sagte Sola, nachdem sie die Protokolle durchgegangen waren. »Die müssen wir nur finden, dann wissen wir auch, wer hinter dem ganzen Irrsinn steckt.«

»Gut gedacht, Port«, lobte Rabov. »Eine Hypothese wie aus dem Lehrbuch.«

Sola schielte argwöhnisch zu ihm herüber, aber Rabov ließ sich keinen weiteren Kommentar entlocken. Der Assistent würde nur jede Menge Zeit verlieren, wenn er die Ermittlungen so herum aufzog. Doch das konnte Rabov ihm nicht gut sagen, ohne zugleich preiszugeben, was er bisher sorgsam verschwiegen hatte: Dass er auf dem Gelände der Forschungsstätte nicht nur sechs Tote gefunden hatte, sondern auch eine höchst lebendige siebte Person.

Er selbst würde jedenfalls genau andersherum vorgehen, wie er das bereits im *Platinparder* beschlossen hatte: Als erstes musste er Liki aufspüren – dann würde er von ihr erfahren, was sie über den Naxoda-Schlangenzauber wusste. Anscheinend war sie irgendwie in diese Angelegenheit verwickelt, aber alles in Rabov (ausgenommen nur sein Dunkeldu) sträubte sich gegen die Vorstellung, dass Liki selbst diese grässliche Welle von Lakori-Morden angezettelt haben könnte. Ihr Studium des zaketumesischen Altertums hatte sie vor Jahren aufgegeben, und an der Expedition nach Naxoda hatten als einzige Dunibier Hergo und Lona Markan teilgenommen – das ging nicht zuletzt aus den Passagierlisten der Dampfschiffe hervor, mit denen die beiden im Frühjahr 712 nach Zaketumesien aufgebrochen und im Herbst nach Phora zurückgekehrt waren. Doch der Professor war mittlerweile tot und Lona Markan saß hinter Gittern. Und ohnehin hätte keiner der beiden die nahezu synchrone Entfesselung von siebenundzwanzig Naxoda-Schlangen hinbekommen, davon war Rabov überzeugt. Womit er allerdings aufs Neue bei Liki angelangt war.

Durch welche Umstände konnte sie mit der Entschlüsselung des Naxoda-Codes besser und schneller vorangekommen sein als Hergo oder Lona Markan? Möglicherweise war sie auf anderen Wegen in den uralten Schlangenzauber eingeweiht worden. Immerhin war Liki eine Dunimesierin, zur Hälfte also zaketumesischer Herkunft. Vielleicht hatte sie früher einmal im Moliat gelebt und war dort irgendwie mit den Geheimnissen von Naxoda in Berührung gekommen. Nachdem Hergo von der Expedition zurückgekehrt war, konnte sie die Verbindung zu ihrem einstigen Lehrer erneuert und Hergo entlockt haben, was er in Naxoda herausgefunden hatte. Möglicherweise hatte sie diese Erkenntnisse dann mit ihrem eigenen Wissen zusammengefügt – woraufhin sie den vollständigen Schlüssel zu den Naxoda-Mysterien in Händen hielt, während Hergo und Lona Markan nur ein paar Bruchstücke entschlüsselt hatten.

Möglich, dass es sich so verhielt. Aber Rabov war von seinen eigenen Spekulationen nicht allzu überzeugt. Was sollten denn Likis Beweggründe bei alldem sein, Linglu noch mal! Sie hatte ihm erklärt, dass sie ihr Studium der zaketumesischen Altertumskunde gerade deshalb aufgegeben habe, weil Hergo sich sehr viel mehr für die Magie der alten Moliat-Kultur als für deren wissenschaftliche Erforschung interessiert habe. Na klar, das konnte eine Lüge gewesen sein – aber wenn sie verbergen wollte, dass sie irgendetwas mit der Naxoda-Sache zu tun hatte, was hatte sie dann bei dem Studentenhaus auf Hergos Forschungsgelände getrieben?

Rabovs Ohrläppchen wurden fiebrig heiß. Nun, sie beide hatten dort so allerlei getrieben, und noch immer begann es in seinem Nacken und Rücken zu pulsieren, wenn er sich vergegenwärtigte, wie sie sich ineinander verschlungen auf der Wiese unter dem Purpurinenbaum gewälzt hatten. Während der greuliche Wurm noch im Innern des Studentenhauses gewütet oder sich vielleicht gerade wieder auf die Lauer gelegt hatte.

Hatte Liki gewusst, was in dem Studentenhaus Grässliches vorgefallen war? An dieser Frage blieb er letzten Endes immer wieder hängen. Auch jetzt grübelte Rabov an diesem Rätsel herum, aber ohne dass er es richtig bemerkte, schweiften seine Gedanken ab. Liki hatte ihm solche sonderbaren Schnalz- und Trillertöne ins Ohr gesummt – seltsam, dass ihm das gerade jetzt wieder einfiel. Eine eigentümliche Folge von Pfeif- und Rachentönen und heiserem Gekecker, das in ihm die letzten Reste kaltblütiger Besinnung verdampfen ließ. Und natürlich brachte es ihn keinen Schritt weiter, wenn er sich gerade jetzt in derlei hitzigen Einzelheiten verlor.

Er musste Liki suchen, alles Weitere würde sich dann ergeben. Und dabei musste er so umsichtig vorgehen, dass weder Sola noch Calin oder gar Oberrat Milar davon Wind bekamen. Vorher allerdings hatte er hier im Zolltor noch etwas Spezielles zu erledigen.

Rabov ging hinüber in die Wache und trat in Rallas Dienstzimmer, ohne auch nur anzuklopfen. Hinter seinem Schreibtisch wuchs der Hauptermittler drohend in die Höhe und seine Gesichtsfrisur wogte wie Uferschilf bei ablandigem Sturm.

»Sagen Sie am besten gar nichts«, empfahl ihm Rabov, »dann haben wir beide das hier um so schneller hinter uns.« Er stieß mit der Hacke die Tür hinter sich zu. »Sie selbst und Ihre Horch-Kumpanen«, sagte er in entschiedenem Tonfall, »tragen die Schuld an dem, was letzte Nacht in Phora passiert ist und was in den nächsten Tagen noch passieren wird. Nur weil Sie meine Ermittlungen behindert haben und die beiden ersten Schlangenzauber-Fälle unbedingt vertuschen mussten, haben wir es jetzt mit siebenundzwanzig weiteren Naxoda-Würmern zu tun.«

»Achtundzwanzig«, korrigierte Ralla. »Gerade eben hereingekommen.« Er überreichte Rabov ein weiteres Protokoll und seine Gesichtsfarbe, die kurzzeitig ins Violette hinübergeschillert hatte, wechselte zu käsigem Graugrün. »Aber es stimmt nicht …«

»Für Ausflüchte ist jetzt keine Zeit, Ralla.« Rabov schnitt ihm einfach das Wort ab und der Hauptermittler nahm es widerspruchslos hin. Bemerkenswert, sagte sich Rabov – die Maschinenbrüder bekamen anscheinend Gegenwind zu spüren. »Setzen Sie sämtliche Männer in Marsch, die Sie auftreiben können«, fuhr er in Kommandotonfall fort. »Diese achtundzwanzig Leichen sind leider erst der Anfang. Schicken Sie überall dort, wo es einen Toten gegeben hat, zwei oder besser noch vier Ihrer Wachtmeister hin. Von den Fällen am Osthafen und am Boulevard der Morgenröte wissen wir, dass die Naxoda-Schlangen in der Umgebung der Orte bleiben, an denen sie entschlüpft sind, und sich dort weitere Opfer suchen – mindestens zwei pro Wurm und Tag. Sie fressen den Leuten die Arme und Beine ab – Ihre Polizisten müssen die Anwohner also dazu bringen, dass sie ihre Häuser möglichst nicht verlassen und alles sorgsam verrammelt halten. Und vor allem sollen sie diese verdammten Würmer jagen und in Stücke hacken.«

Er wandte sich zur Tür um. »Ach ja, eins noch, Ralla«, fügte er über die Schulter hinzu, »Ihre Männer müssen diese Botschaft natürlich so überbringen, dass keine Panik ausbricht. Sie wissen doch, wie abergläubisch wir Dunibier sind.« Er schwenkte das Protokoll Nummer Achtundzwanzig wie ein Fahnenträger beim alljährlichen Flutgedenkmarsch. »Es lebe der König. Viel Erfolg, Hauptermittler.«

2

Rabov hatte sich seine Hälfte der Protokolle in die Tasche gestopft, aber er hatte nicht vor, mehr als eine Handvoll Adressen abzuklappern und dort Angehörige und Nachbarn zu befragen. Mit derlei Routine à la Ralla mochte sich der Assistent abplagen – als Buße für seinen Verrat, der Rabov nach wie vor rätselhaft schien.

Im Fond einer Wolkendroschke versuchte er wieder einmal zu ergründen, warum ihm ausgerechnet Sola als Assistent zugeteilt worden war. Seit er wusste, dass es sich bei dem Reichssekretär, auf den die Gründung der Mysto letztlich zurückging, um Prinz Lugo handelte, ergab das Ganze in seinen Augen sogar noch weniger Sinn. Allem Anschein nach missbilligte Lugo die freizügige Maschinenpolitik seines Bruders und er hatte vor einiger Zeit sogar damit gedroht, König Sorno zu stürzen, falls die Naxoda-Greuel nicht schleunigst wieder aufhörten. Aber dazu passte überhaupt nicht, dass derselbe Reichssekretär mit Port Sola einen Agenten ins Rennen geschickt hatte, der alle Ermittlungen hintertrieb, die den Maschinenbrüdern nicht in den Kram passten.

Rabov sah aus dem Seitenfenster auf die langsam erwachende Stadt hinaus. Über Prinz Lugo und Port Sola würde er später noch einmal nachdenken – jetzt hatte er Dringenderes zu erledigen.

Er hatte den Fahrer angewiesen, ihn zur Romudstraße zu bringen. In dieser noblen Straße unweit der allerdings noch sehr viel edleren Dämmerungsallee war um kurz nach Mitternacht eine Naxoda-Schlange aus ihrem »nassen Nest« geschnellt – dem Körper einer wohlanständigen jungen Frau namens Mago Silap. Er würde den Verbrechensort untersuchen, die bedauernswerten Angehörigen befragen und sich so rasch wie möglich verabschieden.

Im Grunde wusste Rabov schon im Voraus, was er vorfinden würde. Er würde sich nur noch einmal vergewissern, indem er diesen und allenfalls ein paar weitere Verbrechensorte in Augenschein nahm. Und eigentlich war sogar das nur vorgeschoben, sagte sich Rabov, er machte Ausflüchte wie ein verliebter Pennäler vor dem ersten Stelldichein – aus lachhafter, jämmerlicher Angst.

Angst vor Liki. Als ob sie wahrhaftig das Naxoda-Ungeheuer aus dem Studentenhaus wäre, als ob sie ihn fressen, verschlingen, am Stück verdauen würde. Und nur seine blanken Knochen wieder ausscheiden, überzogen mit einem fettig schimmernden Film.

Unsinn, Schluss damit!, befahl sich Rabov. Schließlich war er nicht deshalb zum königlichen Spezialagenten ausgebildet worden – damit er im Kampf gegen die dunklen Mächte da draußen die Kontrolle über sein eigenes Dunkeldu verlor.

Er wies den Fahrer an, das Dampfmobil an der Ecke Dämmerungsallee/Romudstraße zu stoppen, unter einem opernhaft blühenden Syrassenbaum. Er fischte ein paar Münzen aus seinem Überwurf und ließ sie in die zum Napf gewölbte Rechte des Chauffeurs klimpern. Wie nützlich und vielseitig menschliche Gliedmaßen doch waren! Vielleicht war das ja der tiefere Grund, warum die Naxoda-Schlangen über Arme und Beine ihrer menschlichen Opfer herfielen.

Was für seltsame Ideen, Sam. Er arbeitete sich aus der Wolkendroschke ins Freie. Wer in der Romudstraße lebte, so hieß es allgemein in Phora, der hatte es zu etwas gebracht. Wer jedoch ein Anwesen in der Dämmerungsallee besaß, der gehörte seit vorflutlichen Zeiten zu Phoras Adel.

Er läutete die Türglocke unter dem Messingschild mit der Aufschrift *Rufo Silap – Dampfmaschinen* und im Guckloch erschien ein verheultes Frauengesicht. »Frau Silap?«

»Linglu, nein – ich bin das Hausmädchen.«

»Dann melde mich bei deiner Herrin – Rabov, Innenministerium.« Er zeigte ihr die Innenseite seiner Silbersichel (die Panzerschuppe eines Seeungeheuers, falls er Calins Erzählung auch in dieser bizarren Einzelheit trauen durfte).

»Wegen der jungen … der ärmsten …« Die Bedienstete eilte davon und das blendend weiße Rüschenhäubchen wogte auf ihrem grauen Haarschopf auf und ab. Sie war eine ältliche Weibsperson und längst kein Mädchen mehr, aber in den reicheren phoräischen Häusern war es nun einmal üblich, alle weiblichen Bediensteten »Mädchen« zu nennen, egal in welchem Alter sie waren. So wie auch Rabovs Mutter in Raginor immer nur »das Nähmädchen« oder »das Bügelmädchen« geheißen hatte, noch als verheiratete Frau und Mutter eines Sohns, der längst selbst mit »seinem Mädchen« am Nibra-Ufer spazieren ging.

Lange vorbei, Sam, mahnte sich Rabov. Doch eine leise Bitterkeit gegenüber Familien, die auf mühselige Existenzen wie seine Mutter herabsahen, würde er immer verspüren, wenn er vor Häusern wie diesem hier die Glocke rührte. Dabei bewohnten die Silaps kein pompöses oder gar protziges Anwesen – es war ein eingeschossiges Bauwerk mit schmuckloser Fassade, nur ein einzelnes Erkertürmchen verriet den stillen Stolz der Bewohner. Zwei Dampfmobile standen davor am Straßenrand, wie es sich für einen Dampfmaschinenbauer allerdings auch gehörte. Der Garten wirkte edel und gepflegt – mit kurz gestutztem Rasen, in dem sich keine Schlange verbergen konnte (und keine Liki sich jemals räkeln würde).

Das Hausmädchen kehrte zurück und riegelte die Tür auf. Sie führte ihn in den Salon und bat ihn, auf einem der krummbeinigen Plüschsesselchen Platz zu nehmen, wobei sie unablässig schniefte und sich die Augen wischte.

Rabov bekundete murmelnd sein Beileid, blieb jedoch lieber stehen und sah sich um. An den Wänden hingen Ölgemälde, die grimmig blickende Männer mit königstreuen Gesichtsfrisuren zeigten –

der gegenwärtige Hausherr, nahm Rabov an, daneben ein Bildnis seines Vaters, Rufo Silap senior. Unter dem Fenster ein dampfbetriebenes Musikinstrument – die gelb-schwarze Tastatur unter der geöffneten Klappe sah aus wie ein Gebiss mit teilweise fauligen Zähnen. Ein kleineres Gemälde an der Wand gegenüber betrachtete er besonders aufmerksam. Es zeigte eine junge Frau mit heller Haut, goldblonden Haaren und einem strahlenden Lächeln. Sie schaute den Betrachter offen, ja herausfordernd an, so als ob sie sagen wollte: Worauf wartest du – genieße dein Leben!

»Das ist sie«, sagte hinter ihm eine Frauenstimme, »meine Tochter Mago.« Rabov wandte sich um. »Oder muss ich jetzt sagen – das war sie?« Sie sah aus wie eine ältere Schwester des Mädchens auf dem Gemälde – dieselbe Hellhäutigkeit, dasselbe leise Lächeln. Ihre Augen schwammen in Tränen, aber sie machte keine Anstalten, sie zu trocknen.

»Gnädige Frau.« Rabov eilte auf sie zu und schüttelte ihr die Hand. »Rabov, Innenministerium. Mein aufrichtiges Beileid. Ich versichere Ihnen, wer immer Ihrer Tochter das angetan hat, wird seine gerechte Strafe finden.«

»Angetan …« Sie horchte dem Wort hinterher und ihr Gesicht nahm einen zweifelnden Ausdruck an. »Was um Linglus willen ist denn überhaupt …« Ihre Stimme erstickte in heiserem Schluchzen.

»Das werden wir herausfinden«, versicherte Rabov. Und er bat Frau Silap, ihm das Zimmer zu zeigen, in dem ihre Tochter umgekommen war. (Lebte sie nicht in gewisser Weise in der entfesselten Naxoda-Schlange weiter? Sonderbar, dachte Rabov, dass ihm diese Idee noch nie gekommen war. Und dass sie ihm gerade jetzt durch den Kopf ging, während er neben der Mutter durch eine Flucht von Zimmern und Salons schritt.) »Mir ist bewusst, dass ich Ihnen einiges zumute«, sagte er, »aber ich muss Sie bitten, mir noch einmal zu schildern, was gestern Abend hier passiert ist.«

Sie traten in eine Vordiele hinaus. Hinter der Hausherrin erklomm Rabov eine schmale Holztreppe, deren Stufen bei jedem Schritt knarrten.

»Das ist der einzige Zugang zu Magos Zimmer«, sagte die Mutter mit plötzlicher Heftigkeit. »Niemand kommt hier unbemerkt hinauf oder hinunter – hören Sie doch selbst!«

Darauf antwortete Rabov nichts. Sie ließen die Treppe hinter sich und traten in einen dämmrigen Flur. Hier oben machte alles einen viel bescheideneren Eindruck als in den ehrgeizig dekorierten Räumen im Erdgeschoss. Ein schmaler Gang, die Wände gekalkt, und wieder knarrten Bohlen unter ihren Tritten. Die Mutter hatte recht – hier konnte niemand unbemerkt herumschleichen. Oder allenfalls eine Schlange.

Schon während Rabov vom Hafen hierhergefahren war, hatte sich der Himmel mehr und mehr verfinstert. Jetzt erbebte das ganze Haus unter Donnerschlägen. Nur Sekunden später prasselten die ersten Regentropfen auf die Dachschräge über ihnen.

»Da vorne«, sagte Frau Silap, »die weiße Tür – da hat meine Mago gewohnt. Sie war ein anständiges Mädchen, verstehen Sie? Lebenslustig, aber in allen Ehren.«

Rabov gab ein ermutigendes Brummen von sich. Die Mutter atmete heftig ein und aus.

»Die Welt ist aus den Fugen, Herr Rabov, jedenfalls sagt mein Mann das beinahe jeden Tag. Sie wissen doch, wer Rufo Silap ist?«

Rabov nickte. »Produziert Dampfmobile«, sagte er, »für Hagdiff und für Seelbitt, wenn ich richtig informiert bin.«

Frau Silap straffte sich. »O ja, das sind Sie«, sagte sie, »und wie oft haben mein Mann und Mago sich deshalb die Köpfe heißgeredet.«

»Mago war dagegen, dass ihr Vater Dampfmaschinen baut?«

Frau Silap warf ihm einen argwöhnischen Blick zu. Sie schien vor Schmerz und Trauer fast von Sinnen – aber irgendetwas in ihr war gleichwohl noch auf der Hut. »Die jungen Menschen heute haben es nicht leicht«, sagte sie. »Hin- und hergeworfen zwischen Flutangst und Fortschrittsstolz, wie mein Mann das kürzlich in einer Rede vor der Maschinenbauerzunft formuliert hat. Ja, auch unsere Mago hat sich von dem Schlangenfieber anstecken lassen, das seit einiger Zeit in Phora grassiert. Sie war fasziniert von Schlangenkulten, aber das alles war für sie doch letzten Endes nur ein Spiel. Mit ihren Freunden ist sie oftmals durch die tollsten neuen Schlangenklubs gezogen, aber es war nur ein Nervenkitzel, verstehen Sie? Mago hat mir am nächsten Tag immer erzählt, an welchen verrückten Orten sie sich diesmal amüsiert haben – sogar in der *Vipern-Bar* waren sie ein paarmal. Das ist eigentlich ein ganz ehrenwerter Ort«, fügte sie eilends hinzu, obwohl Rabov lediglich einen weiteren Brummton von sich gegeben hatte. »Anscheinend wissen Sie nicht, dass die *Sieben Vipern* den Seelbitts gehören?«

Rabov lächelte sanft. »Wenn ich solche Dinge nicht wüsste, sollte ich meine Sichel lieber zurückgeben.« Dass die *Vipern-Bar* von einem abtrünnigen Spross der Seelbitt-Sippe betrieben wurde, behielt er rücksichtsvoll für sich.

Da standen sie bereits vor Magos Tür. Rabov fiel auf, dass das Holz um das Türschloss herum zersplittert war. »Mein Mann und ich«, sagte Frau Silap mit einer Stimme, als ob sie zu schreien versuchte, während jemand ihr die Kehle zusammendrückte, »haben unten in der Bibliothek gesessen, als wir ... auf einmal ...« Ihre Augen wurden weit. »Dieser entsetzliche Schrei«, flüsterte sie, »es klang überhaupt nicht nach Mago – es klang, wie wenn ein Tier abgestochen würde oder so.«

Kurz vorher, berichtete sie weiter, war ihre Tochter nach Hause gekommen – aus einem Tanzklub, den sie seit ein paar Wochen ab und an besuchte. Wo sich dieser Klub befand oder wie er sich nannte, wusste sie nicht zu sagen, sie glaubte aber, dass er irgendwo im Südwesten der Stadt lag. »An der Nibra – diese schlammige und düstere Ecke ist bei der Jugend ja der allerletzte Schrei.«

Der allerletzte Schrei. Wie erstarrt lauschte sie ihren eigenen Worten hinterher.

Sie hatten nach dem Hausmädchen geklingelt und die Bedienstete, die bereits im Schlafrock war, zu Mago hinaufgeschickt – nachschauen, was es mit dem greulichen Geheule auf sich hatte. »Sie müssen wissen, Herr Rabov, unsere Mago hat in letzter Zeit einen bizarren Musikgeschmack an den Tag gelegt. Manche ihrer Melodophonkupferscheiben enthalten die sonderbarsten Geräusche.«

Rabov machte Anstalten, Magos Tür zu öffnen, doch Frau Silap fasste hastig nach seinem Handgelenk. »Bitte noch nicht«, brachte sie hervor. »Geben Sie mir noch einen Moment.«

Das konnte Rabov ihr nicht gut verweigern. Der Regen platschte auf die Dachschindeln über ihnen und Frau Silap ließ seinen Arm wieder los und sprach stockend und schluchzend weiter.

Das Hausmädchen war unverrichteter Dinge zurückgekehrt. Oben bei der jungen Herrin sei alles ruhig – unheimlich ruhig, wie sich die Bedienstete ausdrückte. Daraufhin hatte sich Herr Silap aus seinem Sessel gestemmt und war mit marschmäßigen Schritten (er war Reservekapitän der Grünmeerflotte) durch sämtliche Salons, die Treppe hinauf und durch den Flur hier oben bis zur Tür seiner Tochter gestampft. Frau Silap im Schlepptau und hinter ihr das Hausmädchen im Schlafrock.

»Er hat gegen ihre Tür geklopft und ganz sanft ihren Namen gerufen«, sagte Frau Silap mit todtraurigem Lächeln. »›Magi, bist du noch wach?‹ Er hat sein Ohr gegen ihre Tür gedrückt und dann auf einmal ausgerufen: ›Da stimmt doch was nicht! Dieses Zischen, Sula – hast du das auch gehört?‹ Sula, das bin ich«, schob Frau Silap für Rabov ein und schüttelte gleichzeitig den Kopf: »Nein, ich hatte nichts gehört. Überhaupt nichts. Alles war unheimlich ruhig.«

Rufo Silap drückte die Klinke – verriegelt! Auch das war eine neue Angewohnheit ihrer Tochter – manchmal schloss sie sich ein. Frau Silap nahm an, dass die junge Frau dann heimlich gewisse Schlangentänze einübte. Immerhin hatte sie ihrer Mutter anvertraut, dass in jenem »Tanzklub« an der Nibra die ausgefallensten Schlangentänze getanzt wurden – »in allen Ehren, Herr Rabov, ich hoffe, Sie verstehen das nicht falsch.«

Er brummte ermutigend. Woraufhin sich Herr Silap in der beklagenswert stockenden Erzählung seiner Gattin wuchtig gegen Magos Tür warf.

Das Schloss zerbarst, die Tür flog auf. Und Frau Silap fing an zu schreien. In ihrer Erzählung genauso wie in diesem Moment, und während sie sich gestern in die Arme ihres Mannes geworfen hatte, krallte sie sich heute in Rabovs Überwurf.

Behutsam machte er sich los und trat in Mago Silaps Schlafgemach. Das Bett unter dem Fenster. Laken, Decke, Kissen – alles durchtränkt mit Magos Blut. »Sie lag auf dem Bauch, vollkommen nackt«, hörte er hinter seinem Rücken die Mutter wispern. »Ihr Rücken zerfleischt, ihr Kopf zertrümmert – bei allen Himmelsboten, Herr Rabov, wer tut einer jungen Frau so etwas an?«

Darauf wusste er nichts zu antworten. Aber Frau Silap schien ohnehin keine Antwort zu erwarten – jedenfalls nicht von ihm.

An der Wand neben dem Bett stand eine einfache Holzkommode mit dem Melodophon darauf. Es war ein altmodisches Exemplar mit mechanischem Federwerk und enormem Schalltrichter. Kein Dampfapparat – die Spitze gegen Vater Silap war unübersehbar.

»Und dann kam auch noch diese widerliche Schlange unter ihrem Bett hervor. Rufo wollte sie zertreten, aber sie ist ihm entwischt.«

Hinter Rabovs Rücken wehklagte Sula Silap unaufhörlich weiter, doch er hörte ihr nicht länger zu. Die Metallscheibe auf dem Melodophon sah aus, als hätte jemand mit einem verbogenen Nagel die Rillen eigenhändig hineingekerbt. Rabov zog das Federwerk auf, setzte den klobigen Arm mit der Abspielnadel auf die Scheibe und behielt seine Hand in der Nähe.

Er wollte sich nur die allerersten drei, vier Töne anhören, um sich zu vergewissern, dass ihn seine Ahnung nicht trog. Als ob ihn sein Gespür gerade hier irreführen könnte – aber irgendetwas in ihm hoffte immer noch, dass er auf der falschen Fährte wäre.

Die Scheibe begann mit dem unvermeidlichen Knacksen und Rauschen, dann setzten genau die Schnalz- und Trillerlaute ein, die er erwartet hatte. Rabov beeilte sich, den Apparat wieder zum Schweigen zu bringen. Frau Silap hatte nur kurz zu ihm herübergeschaut und wehklagte unablässig weiter.

Er nahm die Scheibe vom Abspielteller herunter und verstaute sie in der Innenwelt seines Überwurfs. »Eine Frage noch, Frau Silap«, sagte er. »Haben Sie bei Mago irgendwelche Veränderungen bemerkt, seit sie diesen Tanzklub im Nibraviertel entdeckt hat?«

»Wenn Sie mich so fragen …« Die Mutter sah ihn durch einen Schleier aus Tränen an. »Also in den letzten Tagen …« Die Pausen dehnten sich zu Ewigkeiten. Rabov biss die Zähne aufeinander. »Sie war nicht mehr nur lebenslustig«, sagte Frau Silap, »sie war außer Rand und Band. Es war, als ob sie wirklich Fieber hätte, als ob sie von innen her brennen, verglühen würde. Sie konnte überhaupt nicht mehr stillsitzen, verstehen Sie? Ihre Augen – wie sie einen angesehen hat … Und einmal hat sie zu mir gesagt, das war gestern Morgen beim Frühstück: ›Du kannst dir das gar nicht vorstellen – diese Art zu tanzen weckt wahrhaftig die Schlange in dir.‹« Frau Silap zog ein Tüchlein aus ihrem Gewand und wischte sich über die Augen. »Können Sie mir vielleicht erklären, was sie damit gemeint hat, Herr Rabov?«

Er tastete sich über den Nacken. »Ich fürchte nein, gnädige Frau.«

3

Vier Stunden später hatte Rabov ebenso viele weitere Adressen abgeklappert und das Ergebnis war überall mehr oder weniger dasselbe. Lebenslustige junge Leute, vom Schlangenfieber angesteckt. Sie hatten Klubs wie die *Sieben Vipern* besucht, an Dunklen Messen serpentistischer Kulte teilgenommen und aus dem Spiel war nach und nach Ernst geworden, aus Lebenslust eine irrwitzige Überdrehtheit – Gier nach Abenteuern, nach dem allerheißesten neuen Kitzel, nach ungekannten Ekstasen. Früher oder später waren sie alle in jenem namenlosen Tanzklub an der Nibra gelandet. Hatten ganze Nächte hindurch »Schlangentänze« getanzt, Woche um Woche – und nichts Arges war ihnen geschehen. Oder waren sie schleichend verwandelt, durch jene Schnalz- und Trillerklänge heimlich vergiftet worden, jeden Tag und jede Nacht ein bisschen mehr? Bis sich schließlich in ihnen allen der Naxoda-Wurm hinlänglich gelockert, in seinem nassen Nest geringelt und geräkelt hatte – um mit einem einzigen tödlichen Sprung aus dem Körper hervorzuschnellen, in dem er so lange Zeit eingekerkert gewesen war.

War es so abgelaufen? Um mit der synchronen Entfesselung von siebenundzwanzig Naxoda-Schlangen zu enden – aber warum gerade in dieser Nacht? Und übrigens waren es achtundzwanzig, fiel Rabov ein – Ralla hatte ihm ja noch ein weiteres Protokoll überreicht.

Er kramte es aus seinen Taschen hervor und überflog die wenigen Zeilen, während er in Richtung Dämmerungsallee zurückging. In einer bescheidenen Mietwohnung im Südwesten der Stadt war um vier Uhr früh ein Mann von fünfunddreißig Jahren umgekommen, und Rabov sah auf den ersten Blick, dass dieses neueste Lakori-Verbrechen in mehreren Punkten vom bisherigen Muster abwich: Der Mann war deutlich älter als seine Schicksalsgenossen. Er hatte in kümmerlichen Verhältnissen gelebt. Und er war verheiratet gewesen. Als die Naxoda-Schlange aus seinem Rumpf hervorschnellte, hielt er seine Gattin innig umschlungen – *»um mit ihr die Ehe zu vollziehen«*, wie Rallas Mann pedantisch protokolliert hatte.

Die junge Witwe war zweifellos am Boden zerstört – aber ein paar Fragen würde sie Rabov trotzdem beantworten müssen. Immerhin war sie die erste Augenzeugin, die aus allernächster Nähe miterlebt hatte, wie sich das Rückgrat eines Lakori-Opfers in einen Naxoda-Wurm verwandelt hatte und aus dem blutwarmen Fleisch hervorgebrochen war.

Der Mann hieß Orf Hunol. Als Berufszweig war »Eisenkunst« angegeben und das konnte allerdings so mancherlei bedeuten – Federmechaniker, Stahlkocher, Eisenbieger. Mit seiner Frau hatte Hunol in der Olchostraße gelebt, zwei Zimmer über der Kellerwerkstatt, in der er irgendwelche eisernen Dinge bearbeitet oder hergestellt hatte. Rabov beschloss, geradewegs in die Olchostraße zu fahren. Eine schmale, ungepflasterte Gasse unweit dem Schiffstorplatz – verschwommen sah er das bescheidene Wohnquartier bereits vor sich. Schmalbrüstige Häuser, alle viel zu hoch aufragend und wie Halt suchend aneinandergekrallt. Die andere Straßenseite war nur unregelmäßig bebaut und eigentlich dürfte dort nicht einmal eine Anglerhütte stehen. Denn direkt dahinter verlief ein sumpfiger Streifen Wildnis, der mehrmals im Jahr von der Nibra überschwemmt wurde. Vom Straßenrand bis zum Fluss waren es allenfalls ein Dutzend Schritte und nur weil die Nibra an beiden Ufern mit Sumpfdornsträuchern und Mammutschilfstauden baumhoch zugewuchert war, konnte man von der Olchostraße nicht bis hinüber zum Alten Richtplatz auf der anderen Flussseite sehen. Bei ungünstigen Winden drang jedoch das Gelärme der Zirkusleute, ihrer dressierten Parder oder Sumpfbüffel bis in die Schlafkammern an der Olchostraße – es sei denn, ein hochgradig befähigter Magier wie Radschi Varusa hatte den gesamten Zirkus mit einem schallverschlingenden Lakori belegt.

Rabov kämpfte einen Anfall von schlechtem Gewissen nieder. Obwohl er praktisch in der Nachbarschaft zu tun hatte, würde er es nicht schaffen, mit dem bakusischen Hohepriester wegen Zoran zu reden. Aber dafür war jetzt wirklich der ungünstigste Zeitpunkt. Außerdem war der Junge, solange in Phora der Naxoda-Irrsinn tobte, kaum irgendwo sicherer als im Sarissentempel. Und da war noch etwas: Rabov spürte, dass der richtige Zeitpunkt für seine Verhandlungen mit Varusa noch nicht gekommen war.

An der Dämmerungsallee erwischte er eine Tram der Roten Linie. Es war eine Mulibahn und so zockelten sie im gemächlichen Takt der alten Zeiten voran. Als König Sorno den Dampfmaschinenbau noch nicht freigegeben hatte, sowenig wie die Ausübung von Schlangenkulten. Und als sein Bruder Lugo noch nicht mit Putsch gedroht hatte – aus wirklicher oder vorgetäuschter Sorge um Dunibiens Wohl.

Waren es schlechtere Zeiten gewesen? Rabov überlegte hin und her und kam zu keinem Ergebnis. Langsame Zeiten, eine engere Welt. Man war ständig in Sorge gewesen, irgendwelche Grenzen zu übertreten, aber wären die Gefilde dahinter nicht verboten gewesen, hätte sich vielleicht kaum jemand dafür interessiert. Heute dagegen – heute war praktisch alles erlaubt und nur gegen die Aufhebung der alten Verbote durfte niemand etwas sagen. Hüten Sie Ihre Zunge, Agent!

Der Waggon war noch nahezu leer, aber je näher sie dem Schiffstorviertel kämen, desto mehr würde er sich mit kümmerlich gekleideten, hohlwangigen Gestalten füllen. Rabov lehnte sich auf seiner Holzbank zurück und versetzte sich zielstrebig in Agosch-Trance. Er musste unbedingt mit dem Assistenten sprechen.

Wie sieht es bei Ihnen aus, Port?

Bei allen Himmelsboten – in der Unterwelt der Verdammten kann es kaum schlimmer sein, Sam.

Na, jetzt übertreiben Sie mal nicht, wiegelte Rabov ab.

Das war eher noch untertrieben, Chef! Ich bin gerade am Donarberg – sieben Opfer in drei benachbarten Straßen. Das ganze Viertel steht kopf. Sie wissen ja, hier im Künstlerquartier hat der irrsinnige Schlangenmagier besonders grässlich zugeschlagen.

Der irrsinnige Schlangenmagier? Beinahe hätte Rabov aufgelacht, aber wirklich nur beinahe. *Haben die Zeitungen schon Wind bekommen?*

Sturm wäre der passendere Ausdruck, oder Orkan. Die Fledermäuse vom Nachtboten, *die Geier von der* Gazette *und die noblen Bestatter vom* Kurier *– sie sind alle hier, quetschen jeden aus, wühlen alles um. Irgendwer muss ihnen gesteckt haben, dass wir einen hochgradigen Lakori-Verbrecher suchen. Sie spekulieren sogar schon wild herum, dass diese Mordserie irgendwie mit Hergos Tod und der Naxoda-Expedition zusammenhängen muss. Sie versuchen es auch bei mir immer wieder – aber von mir bekommen sie natürlich nichts zu hören.*

Natürlich nicht.

Habe ich da einen sarkastischen Unterton rausgehört? Ich flehe Sie an, Chef, lassen Sie uns einen Schlussstrich unter die alten Sachen ziehen. Jetzt ist Krieg – und wir alle kämpfen auf derselben Seite. Bis jetzt hat es glücklicherweise noch keine weiteren Todesfälle gegeben. Die Polizisten durchkämmen jeden Garten, jeden Keller, aber die verdammten Schlangenbiester sind wie vom Sumpf verschluckt.

Darüber dachte Rabov erst mal einen Augenblick nach. *Die werden sehr bald wieder auftauchen. Und einen Schlussstrich, sagen Sie? Das ist ein bisschen viel verlangt, wenn Sie mich schon drauf ansprechen. Hätten Sie den ersten Wurm nicht aus Hergos Büro entwischen lassen, dann wären die Studenten aus dem Waldhaus jetzt noch am Leben. Sechs Menschenleben, Port – und Sie sagen einfach »Schwamm drüber«?*

Solas Gedankenstimme heulte förmlich auf. *Das war falsch, Sam, ich weiß! Ich habe es zugegeben und mich entschuldigt – was soll ich sonst noch machen, damit Sie mir endlich vertrauen?*

Finden Sie den irrsinnigen Schlangenmagier, schlug Rabov vor. *Haben Sie denn schon irgendwas entdeckt, das uns weiterhilft?*

Leider noch nicht. Sola klang mit einem Mal ziemlich kleinlaut. *Da muss es irgendwo eine Verbindung zwischen den Opfern und Hergos Forschungsstelle geben, davon bin ich nach wie vor überzeugt. Zu dem verrückten Professor oder zu Magistra Markan. Aber bisher – totale Fehlanzeige. Die Hinterbliebenen jammern mir immer nur irgendwas von überdrehter Lebensfreude und Amüsierlust vor – so als hätten sich die Opfer beim Tanzen den Hals gebrochen! Aber keine Sorge, Chef, ich lass nicht locker.*

Beim Tanzen den Hals gebrochen, dachte Rabov, das trifft es höchstwahrscheinlich ziemlich genau. Er achtete sorgfältig darauf, dass Sola diesen Gedanken nicht mitbekam. *Bravo, Port,* lobte er stattdessen. *Sie sind nicht nur mein einziger, sondern auch mein fähigster Untergebener. Und der loyalste sowieso. Vielen Dank. Machen Sie weiter so.*

Eine Station vor dem Schiffstorplatz verließ Rabov die Mulitram und natürlich begann es gerade in diesem Moment wieder einmal platschend zu regnen.

Die Olchostraße lag um die Ecke und Orf Hunol hatte in einem der vordersten Häuser gewohnt. Rabov zerrte sich den Kragen seines Überwurfs über den Scheitel und spurtete los.

4

Eine schmale Rampe führte in die Kellerwerkstatt hinunter. Die Tür stand weit offen und zwei von Rallas Wachtmeistern wollten eben in das Gewölbe hinabmarschieren.

Rabov zeigte ihnen die Rückseite seiner Silbersichel. »Ihr wisst, wonach ihr zu suchen habt, Männer?«

Der ältere der beiden salutierte. »Weiße Schlange, Agent. Nicht größer als eine Sumpfnatter. Wir haben Befehl, das Vieh zu erschlagen.«

»Sehr gut«, lobte Rabov, obwohl es wieder mal wenig zu loben gab. »Aber Vorsicht – der Wurm ist mordgierig und schlau.« Die Polizisten wechselten Blicke. »Wie seid ihr bewaffnet?«

»Gewehr und Axt, Agent.«

»Nehmt die Axt«, empfahl ihnen Rabov. »Es lebe der König.«

Die Polizisten pressten sich die geballte Rechte auf ihr Herz. »Es lebe der König, Agent.«

Er sah ihnen zu, wie sie hintereinander die Rampe hinuntergingen. Da unten war es düster wie in einer Gruft und der Geruch, der zur Erdoberfläche heraufquoll, erinnerte Rabov an Raginor. Nun, das hier war das Nibraviertel und der Fluss hatte seinen eigenen Geruch nach Lehmschlamm und Moder – ob hier in Phora kurz vor seiner Mündung ins Grüne Meer oder Hunderte Meilen flussabwärts, wo die Nibra schmal und reißend war.

Auch die Haustür war weit geöffnet – falls die Polizisten den Anwohnern überhaupt gesagt hatten, dass sie Türen und Fenster geschlossen halten sollten, hatte ihre Warnung anscheinend niemanden beeindruckt. Allerdings waren die Leute hier am Fluss genauso wie bei den Gesperrten Sümpfen daran gewöhnt, in engster Nachbarschaft mit Schlangen und anderem wildem Getier zu leben. Dass sie sich vor einer kaum armlangen Schlange verbarrikadieren sollten, leuchtete ihnen nicht ohne weiteres ein. Und wenn die Polizisten es mit ihren Warnungen übertrieben, riskierten sie nur, dass hier am Fluss genauso Panik ausbrach wie am Donarberg.

Er trat ins Treppenhaus. An der ersten Tür war ein sorgfältig graviertes Blechschild befestigt: *Orf Hunol – Eisenkunst.* Rabov klopfte und drinnen kamen Schritte eilends näher.

»Wer da?« Die Stimme einer jungen Frau – nicht abweisend oder gar tränenerstickt, wie Rabov erwartet hatte, sondern vor Spannung vibrierend. Und ehe er sich auch nur räuspern konnte, ging die Tür auf – und Rabovs Mund fast genauso weit.

Vor ihm stand eine umwerfend hübsche junge Frau. Keine Dunimesierin, wie er im ersten Entzücken geglaubt hatte – eine zierliche dunibische Schönheit. Aber jede Wette, dachte Rabov, das Mädchen hatte zumindest ein paar Tropfen Zaketumesierblut in den Adern. Die Haut einen Hauch dunkler, als es bei dunibischen Frauen üblich war. Rabov betrachtete sie verzückt, auch wenn ihm nicht entging, dass sie von seinem Anblick deutlich weniger begeistert war.

»Was willst du, Kerl?« Sie versuchte, schroff und abweisend zu wirken, doch ihre Stimme vibrierte wiederum vor einer geradezu gierigen Erwartung. Er wies sich als Agent des Innenministerium aus. »Schon wieder Polizei?«, protestierte sie. »Kriegst du Orf vielleicht wieder lebendig? Nein? Dann verschwinde.«

Sie wollte die Tür zuknallen, doch Rabov schob einen Fuß dazwischen. »Frau Hunol? Einen Moment, bitte. Mein aufrichtiges Beileid. Ich will Sie wirklich nicht lange stören – aber ein paar Fragen müssen Sie mir beantworten.«

Sie drehte sich wortlos um und ging in ihre Wohnung zurück. Rabov folgte ihr und schloss hinter sich sorgsam die Tür. In Protokoll Nummer Achtundzwanzig war von einer Schlangensichtung keine Rede gewesen, aber was hieß das schon: Achtundzwanzig Naxoda-Schlangen hatten sich innerhalb von gerade mal sechs Stunden aus ihren *»nassen Nestern«* befreit und krochen seitdem frei und hungrig umher – ob die Hinterbliebenen sie nun bemerkt hatten oder nicht.

Die junge Witwe trug ein knapp bemessenes Kleidchen. Leuchtend bunte Streifen auf grünem Grund – dieses Moliat-Muster war anscheinend die neueste Mode. Mit wiegenden Schritten durchmaß sie einen kleinen Flur, stieß eine Zimmertür auf und trat ein. Rabov folgte ihr so dichtauf, dass er sie beinahe umgerannt hätte – die junge Frau blieb unvermittelt stehen und wandte sich um.

»Und was jetzt?« Ihre Augen funkelten, als ob sie von innen befeuert würden. »Sollen wir vielleicht nachstellen, was letzte Nacht hier gelaufen ist?«

Sie deutete mit der Schläfe hinter sich und Rabov schielte an ihr vorbei auf das blutgetränkte Bett. »Um Linglus willen – beruhige dich. Wie heißt du mit Vornamen?« Sie standen so nahe beieinander, dass er ihren Körper riechen konnte. Schweiß und Blut und Gier. »Ich bin Sam«, fügte er hinzu.

»Lyssa.« Sie nahm seine beiden Hände und zog ihn ohne irgendeine Vorankündigung an sich. »So hat es immer angefangen zwischen Orf und mir. Er kam aus der Werkstatt hoch, roch nach Rauch und Eisen und seine Hände waren schwarz vor Öl und Ruß.« Sie senkte die Lider über Augen, die hellblau waren wie bei den meisten Dunibiern, doch eine Spur angeschrägt. Katzenhaft. Liki-mäßig. Wenn auch nur einen winzigen Hauch.

Den Kopf in den Nacken gelegt, stand Lyssa Hunol vor ihm und sah ihn erwartungsvoll an. Sie schien weder Schmerz noch Trauer zu fühlen, obwohl ihr Mann vor wenigen Stunden in ihren Armen gestorben war. Oder sie stand unter Schock.

So wie er selbst, sagte sich Rabov – so wie im Grunde auch er, seit er aus Liki Meidas Armen in den Schlund des Naxoda-Ungeheuers getaumelt war.

»Stellen wir's jetzt nach oder nicht?«, fragte die junge Witwe in nörgeligem Tonfall.

»Machen wir, Lyssa«, versprach Rabov, »aber anders, als du es wahrscheinlich erwartest hast.«

Er versetzte sich in Agosch-Trance und glitt in ihr Bewusstsein. Lyssa ließ seine Hände los und schlang ihre Arme um ihn. Rabov ließ es geschehen und achtete darauf, dass sie sich nicht mit ihm zusammen rücklings auf das Bett fallen ließ. In den blutigen Sumpf, genauer gesagt, in den die Naxoda-Schlange dort alles verwandelt hatte.

Er konzentrierte sich auf die Erinnerungsbilder in Lyssas Bewusstsein. Es war dunkle Nacht, als sie etwas Warmes und Schweres auf sich fühlte. »Orf«, murmelte sie schlaftrunken. Er küsste und liebkoste sie, noch ehe sie richtig wach geworden war. Sie bewegte sich unter ihm, sie umschlang ihn mit ihren Beinen und Armen, sie krallte ihre Finger in seinen Rücken und stöhnte und maunzte vor lustvollem Behagen und dann mit einem Mal schrie sie auf. »Orf! Orf?« Ihre Stimme wurde schrill. »Was ist das da hinten – was hast du da?« Und Rabov fühlte mit ihren Fingern, wie sich unter der Haut und dem Fleisch ihres Liebsten das Rückgrat hervorzubuckeln begann. Wie sich seine Wirbelsäule wölbte und wieder streckte und noch einmal Schwung zu holen schien – und dann riss sein Rücken vom Steiß bis hinauf in den Nacken unter ihren Fingern auf und etwas widerlich Glitschiges schnellte hervor.

Sie hörte ein Knacken und Krachen und Orfs Kopf sackte auf ihre Brust herunter. Und alles war nass von seinem Blut und sie schrie noch immer und ließ voller Ekel den Wurm los, der sich zwischen ihren Händen krümmte und bäumte – außen schmierig weich, aber das Innere fühlte sich spitz und knochig an, wie zerbrochenes Herdholz. Vollkommen reglos lag Orf nun auf ihr, schwer wie ein Baumstamm und nur das Blut strömte noch immer aus ihm hervor. Und floss auf ihre Brust, ihren Bauch hinunter, bis sie ihn irgendwann halb von sich herunterwälzte und halb unter ihm hervorkroch. Sie fiel rücklings auf den Boden neben dem Bett und Rabov mochte kaum glauben, was er jetzt zu hören bekam.

Lyssa Hunold stampfte mit Hacken und Fäusten auf den Boden, offenbar außer sich vor Zorn. »Du verdammtes Biest, Liki«, schrie sie, »du hast versprochen, dass so was nicht passiert!«

Er zog sich ruppig aus ihrem Bewusstsein zurück. Lyssa Hunol hing an ihm wie eine Holzpuppe, so schwer, so starr. »Dass *was* nicht passiert?«, schnauzte er sie an. »Woher kennst du Liki? Wo ist sie? So rede endlich, Linglu noch mal!«

Er packte sie bei den Schultern und rüttelte sie. Ihr Kopf flog wie willenlos hin und her. Ihre Arme glitten von ihm und er spürte, wie sie ihm unter den Händen wegzusacken begann. Er fasste sie um die Taille und hielt sie fest. »Lyssa.« Er bemühte sich um einen sanften Tonfall. »Lyssa, bitte – sag mir, was du weißt. Du willst doch nicht, dass noch mehr Menschen auf diese schreckliche Weise sterben?«

Ihr Kopf kippte nach hinten. Offenbar versuchte sie, ihre Augen auf ihn zu richten, aber sie rollten nur wild in ihren Höhlen hin und her. »Noch mehr?« Sie lachte und es hörte sich an, wie wenn Glas zerspringt. »Noch *viel* mehr, meinst du wohl.« Ihre Stimme klang mit einem Mal so verwaschen, als ob sie sturzbetrunken wäre. »Alle, die bei Liki tanzen waren. Alle, die von Orf so eine Schlangenscheibe gekauft haben – alle, alle, alle!«

Sie sackte abermals in sich zusammen. Rabov wusste sich keinen Rat mehr, als sich mit ihr auf den Boden zu kauern. Sie fiel ihm regelrecht um den Hals. Ihr Gesicht in seiner rechten Schulterbeuge, während er sie mit beiden Armen umschlungen hielt, seine Hände auf ihrem Rücken verschränkt.

»Wo ist Liki?«, flüsterte er ihr ins Ohr. »Sag mir, wo ich sie finde, Lyssa – damit das hier endlich aufhört.«

Gerade in dem Moment, als er »das hier« sagte, regte sich etwas unter seinen Händen. Buckelte sich aus ihrem Rücken hervor und zog sich wieder zurück.

»Orf war ein ehrbarer …«, stieß Lyssa hervor, so gepresst und atemlos, dass Rabov Mühe hatte, sie zu verstehen. »… ein Idiot war er, wollte mit dem Schlangenzeug nichts zu schaffen … nicht mal für einen Haufen Goldstücke … und da kam Liki mit dem Plan … heirate ihn eben, deinen ehrbaren … er ist ganz verrückt nach dir … dann macht er, was du sagst … die Schlangenscheiben …«

Lyssa sog röchelnd Luft ein. Mehrere Lichter gingen vor Rabovs innerem Auge auf, aber den wichtigsten Hinweis musste er ihr erst noch entlocken. Ungeduldig wartete er, dass sie wieder zu Atem kam. Der Eisenkünstler Orf Hunol hatte sich also allem Anschein nach auf die Kunst verstanden, Melodophonscheiben herzustellen – und als er sich mit Geld nicht verlocken ließ, hatte Lyssa ihn kurzerhand geheiratet. Ihre Schönheit war von jener sinnverwirrenden Art, die auch ehrbare Männer um den Verstand bringen konnte – Rabov verstand nur zu gut, dass der Eisenmann dem Schlangenmädchen nicht widerstanden hatte. So wie er auch längst begriffen hatte, warum Liki die Melodophonscheiben nicht in einer der großen Manufakturen herstellen lassen konnte – die »Schlangenscheiben«, hatte Lyssa Hunol gesagt, mit den lakorischen Schnalz- und Trillerklängen, die den Naxoda-Wurm in jedem weckten, der sie nur oft genug hörte.

Dieselben sinnverwirrenden Töne, die Liki ihm ins Ohr gesummt und getrillert hatte – auf der nassen Wiese unter dem Purpurinenbaum. Seit damals summte und pulsierte es in seinem Rückgrat wie von hunderttausend Glühwürmchen, die seine Wirbelsäule hinauf- und hinunterflogen.

In seinen Armen keuchte und zitterte Lyssa. Unter seinen Händen spürte Rabov den Naxoda-Wurm, wie er sich in ihrem Fleisch schlängelte und buckelte und wieder streckte. Die Lebenslust, dachte er, die in ihnen erwacht war, die ekstatische Überdrehtheit, die mehr und mehr von ihnen Besitz ergriffen hatte – das alles war immer nur *sie* gewesen, die erwachende Schlange, der sich räkelnde Wurm. Und das Fleisch, der ganze Menschenkörper um die Schlange – bloß eine

Haut, die das Naxoda-Biest abwarf, wenn der rechte Moment gekommen war.

Liki, dachte er, hast du davon gewusst? Oder hast du wie Lyssa, wie alle anderen geglaubt, dass es bloß ein Abenteuer wäre – ein wenig Schlangenfieber, nichts wirklich Ernstes, nur ein schwindelerregendes Spiel?

Noch einmal hob Lyssa ihren Kopf und wandte ihm ihr Gesicht zu. Doch ihre Augen rollten so haltlos hin und her, dass sie bestimmt nichts erkennen konnte.

»Lyssa«, sagte er in eindringlichem Tonfall, »wo ist Liki? Ich muss sie finden, verstehst du? Wo finde ich Liki?«

Röchelnd atmete sie aus und ein. »Sie finden?« Irgendwie schaffte sie es, ihre Augen noch einmal unter Kontrolle zu bekommen. Den Kopf weit zurückgelehnt, sah sie mit dem starren Blick einer Ertrunkenen zu ihm auf. »Na, im … Moliat … wo sonst …«

Und dann zerplatzte ihr Rücken unter seinen Fingern und der Wurm barst hervor. Lyssa Hunol schrie und fiepte und Rabov hielt sie mit seinen Armen umschlungen und versuchte gleichzeitig, das glitschige Biest zwischen seinen Fingern festzuhalten, das sich aus Lyssas Rumpf hervorwand. Es fühlte sich ekelhaft an, mit der schleimigen Oberfläche und dem spitzen Knochenzeug darunter, aber bei seinem Kampf im Studentenhaus hatte er sogar seinen Mund von innen gegen die schmierigen Wülste des Naxoda-Ungeheuers gedrückt, um nicht zu ersticken. Dagegen war es wirklich nur halb so schlimm, dieses dürre kleine Monstrum zu umklammern, auch wenn es sich zwischen seinen Fingern wand und bäumte.

Allem Anschein nach steckte der Wurm mit seinem unförmigen Butinussschädel noch in Lyssa Hunols Kopf fest und die junge Frau war zwar gewiss nicht mehr bei Bewusstsein, aber noch immer am Leben. Sie schrie nicht mehr, aber sie atmete. Ihr Kopf war wieder nach vorn gefallen und sie hing so schwer an seinem Hals wie ein Sack voll triefend nassem Schlamm. Aber ihr Blut spritzte noch immer aus der Furche in ihrem Rücken und floss über seine zusammengekrampften Hände mit dem zuckenden Wurm darin, und das hieß, dass Lyssas Herz immer noch schlug. Und dass sie unsagbare

Qualen leiden musste, in Schmerz und Grauen gefangen, vor denen selbst die tiefste Ohnmacht keinen Schutz bot.

Rabov wand sich das schleimige Schwanzende der Schlange um seine Hand wie eine Hundeleine. Und dann riss er mit aller Kraft und mit allem Zorn, den er für einen Moment wie diesen in sich gehortet hatte, an dem Wurm.

Er hörte ein ekelhaftes Knirschen und Krachen – Lyssas Schädel musste gerade über dem Nacken aufgebrochen sein, wie er das vorausgesehen hatte. Doch während die junge Frau ein allerletztes Zittern überlief, wurde die Schlange in seinen Händen schlaff, und das war weit mehr, als Rabov zu hoffen gewagt hatte.

Mit einer Hand schob er die Tote von sich herunter und ließ sie neben dem Bett zu Boden gleiten. Mit der anderen Hand hielt er die Naxoda-Schlange weiter umklammert, obwohl er ja spürte, dass auch aus ihr alles Leben gewichen war. Er hatte ihr den Kopf abgerissen – den unförmigen Butinusskopf, der noch halb in Lyssas Leichnam feststeckte, fingerbreit über ihrem Nacken. Ein ekelhafter Strunk schaute da unter ihrer zerbrochenen Schädelschale hervor – reisigspitzes Knochenzeug unter einer Schicht durchscheinender Schmiere. Der Gestank, der von der zerfetzten Schlange ausging, war grauenvoll, und vor kurzem noch hätte es Rabov in der Kehle gewürgt, aber seit er in dem Riesenwurm gesteckt und sich mit seinem Messer aus den Wülsten des Monstrums hervorgeschnitten hatte, war er so leicht durch keinen Wurmsaft und keinen Schlangengestank mehr in die Knie zu zwingen.

Sacht drückte er Lyssas Augen zu. Und dann machte er sich, die zerfetzte Schlange um seine linke Hand gewickelt, wieder auf den Weg.

5

Die beiden Wachtmeister kamen gerade aus der Kellerwerkstatt emporgestapft, als Rabov aus der Haustür trat. »Habt ihr so ein Biest erwischt, Männer?«

Die Polizisten salutierten. »Leider nicht, Agent«, meldete der ältere Zolltor-Mann.

»Aber ich.« Rabov schwenkte die Überreste der zerfetzten Schlange.

Die Wachtmeister wechselten Blicke. Rabov fiel auf, dass sie mehrere Schritte Abstand zu ihm hielten. Weniger aus Respekt, nahm er an, als des Gestanks wegen, der von ihm ausging. Von ihm und seiner kopflosen Gefährtin.

»Ich vermute«, fügte er hinzu, »dass ihr in Hunols Werkstatt auf Kupferrohlinge und Schalldosen und so weiter gestoßen seid – alles, was man für die Herstellung von Melodophonscheiben so braucht.«

»Das ist richtig.« Der jüngere Polizist nickte. »Für illegale Herstellung, um genau zu sein. Ohne Genehmigung des königlichen Zensors ...«

»Die hätte er niemals bekommen«, fiel ihm Rabov ins Wort. »Riegelt hier alles ab – und dann fahrt ihr mich zu einer Adresse, die ich euch gleich nennen werde. Ihr seid doch mit dem Dampfmobil hier?«

Die Wachtmeister sahen einander an. »Mobil, aber ohne Dampf«, sagte der ältere. Er deutete auf die altmodische Kutsche mit den zwei davorgespannten Mulis auf der anderen Straßenseite – ein offener, zweisitziger Wagen mit einer Stoffplane gegen den ärgsten Regen. Die Mulis rupften mit ihren langen gelben Zähnen büschelweise Sumpfgras aus der Uferwiese – es sah gierig aus, fand Rabov. Aber vielleicht bildete er sich das auch nur ein.

»Dann eben ohne Dampf. Aber trotzdem ein bisschen hoppla.« Ohne sich weiter um Rallas Männer zu kümmern, ging er über die Straße und setzte sich in die Kalesche. Sein Überwurf war über und über mit Blut und Wurmsaft besudelt. Nach kurzem Nachdenken stopfte er die Überreste der Naxoda-Schlange in eine Innentasche. Auf dem Boden vor der Bank lag ein ganzes Waffenarsenal aufgestapelt – Äxte, Langmesser, sogar ein Krummschwert. Er betrachtete sie einen Moment lang, erwog ihre Vorzüge und entschied sich für eine Waffe, die im Zolltor-Jargon »Kampfstier« hieß – eine kurzstielige Axt mit gezahnter Klinge auf der einen und doppelter Hackspitze auf der anderen Seite. Dann schloss er die Augen, versetzte sich abermals in Agosch-Trance und nahm Verbindung mit Selda auf.

Ich habe eine Bitte, erklärte er der Hellseherin. *Und mit »Bitte« meine ich – du kannst selbstverständlich ablehnen. Jedenfalls dann, wenn du den Rest deiner Tage auf einer Strafinsel verbringen willst.*

Ist ja schon gut, Chef. Mit ihrer Gedankenstimme gab Selda ein missbilligendes Zischen von sich. *Halb Phora ist außer Rand und Band wegen diesem irrsinnigen Schlangenmagier, der dutzendweise die Leute meuchelt – da wäre es doch umso wichtiger, dass die königlichen Organe die Ruhe bewahren.*

Und die königlichen Agenten ihre Organe, ergänzte Rabov still für sich. *Völlig deiner Meinung, Selda.*

Er verstärkte seine lakorische Trance und glitt in das Bewusstsein der Hellseherin hinüber. Nun konnte er durch ihre Augen sehen: Sie thronte in ihrer Bretterbude am Fuß des Donarbergs. Der rosarote Vorhang vor dem Schalterloch war geschlossen, aber Rabov sah, dass zahllose Schemen vorüberschwankten. Dutzende Stimmen schrien wild durcheinander, doch zu verstehen war überhaupt nichts. Alle so und so viel Augenblicke rempelte jemand gegen Seldas Bude und dann erbebte das Holzhäuschen und die Besitzerin fuhr zusammen. *Also, worum geht es, Chef?*

Noch mal um Velissa Labiano. Genauer gesagt, um die Kleine, die sich bei dir nach der Archäologin erkundigt hat. Wie sah die aus?

Die Hellseherin zog ihren Nasenkrater zusammen, Zeichen äußerster Missbilligung. *Über meine Klienten gebe ich keine …*

Geschenkt, Selda. Du brauchst sie mir nicht zu beschreiben. Es reicht, wenn du nickst oder den Kopf schüttelst. Du hast doch bestimmt einen Spiegel?

Sie deutete auf die kindskopfgroße Kristallscheibe, die neben ihr auf einem Tischchen lag, in ein Nest aus rosa- und türkisfarbenen Tüchern gebettet. *Meinen magischen Spiegel, wozu?*

Na, der tut es auch. Sieh einfach hinein und sag mir, ob sie das ist.

Es war ein bemerkenswerter Moment, für Rabov beinahe noch mehr als für Selda. Zuerst konzentrierte er sich darauf, ihr in der Kristallscheibe zu erscheinen und die Hellseherin setzte bereits zu einem Kopfschütteln an – denn na klar, was sie da zu sehen bekam, war nicht ihre Klientin, sondern Samu A. Rabov, mit Blut und Wurmsaft beschmiert.

Warte noch, du dummes Sumpfhuhn.

Sie machte *Ts, ts* und Rabov pumpte all seine Energie in das bisschen Transformationsmagie, zu dem er neuerdings fähig war. Er dachte daran, wie Liki Meida ausgesehen hatte, als er sie schlummernd in der Hängematte vorgefunden hatte. Ihr funkelnd schwarzes Haar, ihre grünen Raubkatzenaugen.

Dann schaute er wieder in den Spiegel und erblickte mit Seldas Augen abermals sich, aber diesmal sah er haargenau wie Liki aus. Ihm wurde ein wenig schwindlig, zumal ihm die Hellseherin jetzt zunickte – halb Bejahung und halb Erschrecken.

Du meine Güte, Meister Rabov, das hätte ich Ihnen gar nicht zugetraut.

Rabov beeilte sich, wieder er selbst zu werden. Schon nach so einem bisschen Transformationslakori fühlte er sich ausgepumpt wie ein alter Brunnen.

Wenn Sie so weitermachen, fügte Selda hinzu, *enden Sie noch wie Tarek und all diese Kerle, die ihr Äußeres keine zwei Sekunden lang beibehalten können.*

Noch bevor Rabov diese Warnung verdaut hatte, überschüttete ihn die Hellseherin mit einem Schwall weiterer Informationen. Anscheinend war sie so beeindruckt, dass sie freiwillig mit allem herausrückte, was sie in dieser Sache bisher für sich behalten hatte. *Als die Kleine mich damals aufgesucht hat, wirkte sie ziemlich verängstigt. Sie hat gesagt, Velissa Labiano wäre eine alte Bekannte von ihr und sie machte sich Sorgen, dass ihr etwas passiert sein könnte.*

Hat sie erwähnt, warum sie das für möglich hielt?

Eine Männergeschichte, glaube ich … Selda brütete ein paar Augenblicke lang vor sich hin. *Oder nein, sie hat so eine merkwürdige Andeutung gemacht, die für mich zuerst so klang, als ob es um ein Eifersuchtsdrama ginge. Sie sagte nämlich – passen Sie auf, Chef: »Der verdammte Medizinmann will sie kaltmachen wie die anderen auch.«*

Der verdammte Medizinmann? Hat sie sonst noch etwas gesagt?

Mehr weiß ich wirklich nicht.

Danke für alles, Selda – auch für die Warnung. Rabov hörte, dass die beiden Wachtmeister über die Straße zu ihm herüberkamen. *Pass auf dich auf.* Rasch zog er sich aus Seldas Bewusstsein zurück und öffnete die Augen.

Die Zolltor-Männer schwangen sich nebeneinander auf den Kutschbock. Der bot zwar eigentlich nur für eine Gesäßpartie Platz, zumal wenn sich um ein derart ausladendes Exemplar handelte wie bei dem jüngeren Wachtmeister. Aber Rabovs Geruch – sofern es nicht doch Respekt vor ihm war – ließ den Männern anscheinend keine Wahl.

Der ältere drehte sich zu Rabov herum. »Wohin?«

»Einen Moment noch.«

Die Polizisten wechselten Blicke und Rabov schloss abermals seine Augen. *Tarek, du verdammtes Chamäleon. Willst du heute noch unter der Dampfhacke landen?*

Der Transformationsmagier stieß ein entsetztes Keuchen aus. *Um Linglus …*

Wage es noch einmal, dich auf Linglu zu berufen, du elender Lügner, zürnte Rabov.

Aber wieso denn Lügner, barmte der Lakori.

Tarek wirkte überrumpelt und eingeschüchtert. Jetzt kam es darauf an, ihm die gewünschten Hinweise zu entlocken, ehe er sich von dem Überraschungsangriff erholt hatte. *Was du damals über die Frau mit dem Seil im Hals mitbekommen hast,* fuhr ihn Rabov an, *das hast du nicht in der* Vipern-Bar *aufgeschnappt. Sondern?*

Der Magier keuchte erneut. *Wie können Sie das wissen, Chef?*

Ich weiß sogar noch mehr – das war im Moliat, *gib es zu!*

Aber da … aber das … aber, Chef …

Hör auf, Schnipsel zu spucken wie ein Dampfreißwolf, Tarek. Ja oder nein?

Der Lakori sog mit bebender Brust Atemluft ein. *Ja, Chef. Im* Moliat.

Na, wunderbar. Und wo finde ich diesen illegalen Nachtklub?

Tarek vergaß zu zittern und für einen Moment sogar zu atmen. *Sie haben mich reingelegt, Chef. Sie wussten gar nicht, dass dieser Kerl …*

Die Adresse, Tarek. Das ist alles, was mich im Moment interessiert.

Verflucht, die machen Kleinholz aus mir, wenn sie rauskriegen, von wem der Tipp stammt.

Dann entscheide dich eben für die Dampfhacke – von der wird man nur gevierteilt.

Der Magier keuchte. Die Polizisten auf dem Kutschbock seufzten.

Also gut, Chef, stieß Tarek schließlich hervor. *Aber von mir wissen Sie nicht, dass dieser verdammte Schlangenladen in der Olchostraße ist – letzte Hütte links, an der Hintertür dreimal klopfen.*

»Bei allem Respekt, Agent – wir müssen weiter.« Die Stimme des älteren Agenten. »Wohin sollen wir Sie bringen?«

Olchostraße? Das ist wirklich gut, Tarek. Danke und bis bald. Er öffnete die Augen. »Mich – nirgendwohin.« Er schwenkte die Beine zur Seite, griff sich den »Kampfstier« und sprang aus der Kutsche. »Da drinnen liegt noch eine Tote.« Er deutete zu den schmalen Fenstern über Orf Hunols Werkstatt. »Die bringt ihr im Galopp zu Dobiu. Und richtet dem Leichenbeschauer aus, er soll sein Augenmerk vor allem *dorthin* richten.«

Rabov wandte sich um und deutete auf die Stelle an seinem Nacken, wo die Wirbelsäule in die Schädelschale schlüpft. Währenddessen lief er schon mit raschen Schritten weiter die Olchostraße entlang, den »Kampfstier« unter seinem Überwurf verborgen.

Die Polizisten wechselten Blicke – um das zu wissen, brauchte er sich wirklich nicht umzudrehen.

6

Ein kümmerliches Fischerhäuschen, halb in den Sumpf der Uferwiese eingesunken. In der Vorderfront bloß zwei schmale Fenster, mit Holzläden verrammelt, keine Tür. Und da drinnen sollte das *Moliat* sein – der heißeste illegale Schlangenklub der ganzen Stadt? Nicht das kleinste Anzeichen deutete auf diese Möglichkeit hin.

Keine lärmende Musik, kein Gegröle von Betrunkenen drang durch die Wände und verrammelten Fenstern nach draußen. Keine kräftig gebauten jungen Männer weit und breit, die mehr oder weniger unauffällig das Anwesen bewachten. Das Häuschen am Ende der Olchostraße wirkte vollkommen verlassen. Kein Wunder, dachte Rabov, dass Rallas Polizisten hier immer achtlos vorbeigegangen waren. Die Zolltor-Männer waren berüchtigt für die rabiate Rasanz, mit der sie verbotene Etablissements aufspürten und aushoben – ehe die Betreiber auch nur geblinzelt hatten, saßen sie in einer Gefängniszelle und ihr Schuppen war zum Plündern freigegeben.

Aber dieser Ort hier war anders.

Moosbedeckte Steinplatten malten eine Schlangenlinie in Gras und Schlamm – vom Straßenrand linker Hand um das Gemäuer herum, kaum mehr als ein Trampelpfad. Auf Zehenspitzen schlich Rabov von Stein zu Stein, seine Silbersichel in der einen Hand, in der anderen die Kampfaxt.

Jemand hatte einen Zauber über diesen Ort gelegt. Über das Haus, den verwilderten Garten – einen Beschwichtigungszauber, der das alles hier harmlos, ja sterbenslangweilig erscheinen ließ. Rabov musste sich regelrecht antreiben, damit er dem wackligen Steinweg weiter folgte.

Hier ist nichts, hier ist gar nichts, schien es ihm aus jeder Schlammfurche im Boden, aus jedem Riss und Spalt in dem vor Nässe fast schwarzen Gemäuer zuzuraunen.

Ob Liki imstande war, einen solchen Einlullzauber zu bewirken? Noch immer wollte er es nicht glauben. Auf irgendeine Weise war Liki mit dem Naxoda-Mysterium in Verbindung gekommen – aber das hieß noch lange nicht, dass sie über nennenswerte magische Kräfte verfügte. Im Grunde war sie eine harmlose junge Frau, die benutzt und betrogen worden und ohne eigenes Verschulden in eine üble Sache hineingeraten war.

Rabov hoffte inbrünstig, dass es sich so und nicht anders verhielt. Wobei ihm allerdings bewusst war, dass Liki den gleichen Zauber, der dieses Häuschen so harmlos erscheinen ließ, möglicherweise auch über sich selbst gelegt hatte.

Vor dem Eingang in der Hinterfront des Gemäuers blieb er stehen und lauschte. Die Tür war aus altersschwachen Brettern mehr schlecht als recht zusammengezimmert. Durch Ritzen und Astlöcher hätte man ins Innere sehen können, wenn es da drinnen nicht derart düster gewesen wäre. Doch zu hören war nach wie vor nichts – nur das Gurgeln der Nibra irgendwo hinter ihm.

Rabov klemmte sich die Sichel zwischen die Zähne, legte seine Hand auf die Klinke und drückte sie so behutsam wie überhaupt möglich herunter.

Die Tür war verriegelt. Von drinnen noch immer nicht der matteste Laut. Rabov zog seine Axt aus dem Gürtel und hieb mit einem wohlbemessenen Schlag das Schloss entzwei. Metall kreischte, die Tür sprang auf, Holzsplitter flogen umher. Er verharrte auf der Schwelle, die Sichel noch zwischen den Zähnen.

Aber da drinnen war augenscheinlich überhaupt nichts. Keine Schlangentänzer, keine Noïli-Musiker mit Fledermauslendenschurz und erst recht keine Liki. Nur ein enger, kahler Raum, mit nichts als Dämmernis und Moderluft darin.

Rabov wollte sich schon wieder umwenden, auf den moosüberzogenen Steinen zurück zur Straße gehen, als er den Lichtreif bemerkte. Ein unscheinbarer Ring aus glimmenden Pünktchen, die sich wie rasend im Kreis bewegten. Der Ring war nicht größer als Rabovs Handteller und er drehte sich knapp über dem Boden mit so irrwitziger Geschwindigkeit, dass er fast nur wie flimmernder Staub aussah.

Doch Rabov ließ sich nicht täuschen – vor wenigen Tagen erst hatte er es schon einmal mit einem solchen rotierenden Ring zu tun bekommen, gar nicht weit von hier, auf der anderen Seite der Nibra. Das hier war ein sogenannter heißer Fleck oder auch lakorischer Kreis – und wer einen solchen Zauberzirkel zu bewirken vermochte, der musste allerdings ein hochgradig befähigter Magier sein.

Oder eine Magierin.

Rabov gestand sich ein, dass er wieder einmal keine Ahnung hatte, wohin es ihn verschlagen würde – einfach in einen verbotenen Schlangenklub namens *Moliat* oder allen Ernstes in den zaketumesischen Nebelwald. Wenn man es mit einem heißen Fleck zu tun bekam, war so mancherlei möglich. Doch ihm war ebenso bewusst, dass er wieder einmal keine andere Wahl hatte, als Kopf und Kragen zu riskieren. Ganz zu schweigen von weiteren Bestandteilen seiner

Persönlichkeit wie beispielsweise seinen Gliedmaßen oder seinem Lichtich.

Die Silbersichel zwischen den Zähnen, ließ er den »Kampfstier« auf den heißen Fleck niederkrachen und die Waffe riss ihn in den Zauberzirkel hinein.

Er fand sich in einem flackernd erhellten Raum von ungewisser Ausdehnung und Beschaffenheit wieder. Es konnte ein weitläufiges Kellergewölbe am Rand der Olchostraße sein und genauso gut eine winkelreiche Felshöhle irgendwo im Nebelwald des Moliat, wo es angeblich noch immer eine ganze Reihe urtümlich lebender Stämme gab. Jedenfalls war es hier drin dschungelhaft schwül und wo Rabov auch hinsah – überall erblickte er nahezu nackte, zuckende, grün und gelb tätowierte Körper. Trommeln dröhnten, Knochenpfeifen seufzten, doch mehr als alles andere beunruhigten ihn die ungut vertrauten Klänge, die dem Getöse fast unmerklich beigemischt waren – Schnalz- und Trillertöne wie von der Scheibe auf Mago Silaps Melodophon. Töne, wie Liki sie auch ihm ins Ohr gekeckert hatte. Klänge, die die Naxoda-Schlange in jedem erweckten, der sie nur oft genug hörte.

Doch es war wieder einmal kein guter Zeitpunkt, um sich derlei Gedankengängen zu überlassen – kaum hatte sich Rabov von dem schlammbedeckten Boden aufgerappelt, da stürzten gleich drei der kräftig gebauten jungen Männer, die er eigentlich draußen vor der Tür erwartet hatte, auf ihn zu.

Rabov bleckte die Zähne mit der Silbersichel und schwenkte seinen Kopf eulenschnell im Halbkreis hin und her. Die drei jungen Kerle blieben so unvermittelt stehen, als ob sie in Bäume verwandelt worden wären – der eine mit weit geöffnetem Mund, seine Kumpane mit vorgebeugten Oberkörpern, je einen Arm in Rabovs Richtung ausgestreckt. Noch im Zustand der Starre sahen sie furchterregend aus – die muskulösen, dunkelhäutigen Leiber nackt bis auf einen Lendenschurz aus Schlangenhaut, Gesichter und Körper wie Gittermakubas kunstvoll tätowiert. Ohne Zweifel handelte es sich bei diesen Burschen um Moliatkrieger, sagte sich Rabov. Offen blieb fürs Erste nur, ob sie aus dem Nebelwald nach Phora gekommen waren, um hier als Klubwächter zu arbeiten – oder ob es ihn selbst im Gegenteil nach Zaketumesien verschlagen hatte. Doch das würde sich jetzt gleich herausstellen.

Rabov rempelte sich zwischen den erstarrten Burschen hindurch und sie fielen nach hinten um wie wurmzermürbte Holzskulpturen. Tänzerinnen und Tänzer drängten von allen Seiten herbei – im Rhythmus der Trommeln und Flöten warfen sie ihre Arme und Beine, als wollten sie sich von ihren Gliedmaßen ein für alle Mal befreien. Mit glasigen Augen sahen sie ihn an oder eher durch ihn hindurch. Die meisten schienen kaum mehr bei Sinnen – sie fielen einander in die Arme, brachen grundlos in Gelächter oder in Tränen aus, schwankten umher wie in Trance.

Rabov schwenkte die Axt über ihren Köpfen und hielt seine andere Hand mit der Sichel gesenkt, um keinen der schweißnassen Tänzer versehentlich in die Starre zu schicken, während er sich zum Hintergrund der Nebelwaldhöhle – oder vielleicht auch des Schlangenklubkellers – vorankämpfte. In Wandnischen loderten Fackeln und in ihrem Widerschein schwankten die Schatten der Tänzer riesenhaft vergrößert an den Wänden umher. Die Trommeln dröhnten ohrenbetäubend, dennoch glaubte Rabov in einiger Ferne die charakteristischen Geräusche des Nebelwaldes zu hören – Parogiere krächzten, Brüllaffen stießen durchdringende Schreie aus. Aber vielleicht wurden auch diese Klänge einfach mit einem Melodophon erzeugt.

Auf einer kleinen Holzbalustrade vor der hinteren Wand saßen die Trommler und Flötenspieler, jeweils ungefähr ein halbes Dutzend. Mittlerweile war auch Rabov wieder einmal nassgeschwitzt – nicht allein wegen der drückenden Schwüle, sondern sehr viel mehr noch wegen der verdammten Schnalz- und Trillerklänge, deren Quelle er noch immer nicht entdeckt hatte.

Er packte einen der Trommler bei seinem sorgsam geflochtenen Haarschopf und zog ihn zu sich heran. »Aufhören«, schrie er dem Burschen ins Gesicht, »sofort!«

Der Trommler sah ihn nur abweisend an – falls er überhaupt etwas verstanden hatte, schien er nicht bereit, den Befehl zu befolgen. Da stieß Rabov ihn zwischen die anderen Musikanten zurück und ließ im nächsten Moment seine Axt auf die Trommel niederkrachen. Es gab einen hallenden, nahezu heulenden Donnerton, während Fetzen und Trümmerstücke umherflogen.

Augenblicklich erstarb das Getöse. Die Musiker ließen Flöten und Trommelstöcke sinken und starrten Rabov mit einer Mischung aus Angst und Feindseligkeit an. »Verschwindet!«, schrie er. Die Schnalz- und Trillertöne waren jetzt viel klarer als vorher zu hören und er geriet allmählich in Panik. »Haut alle ab! Musiker und Tänzer – ich will keinen von euch mehr hier sehen!« Wenn er nicht sehr schnell die Quelle dieses Gekeckers entdeckte und vor allem verstopfte, dann würde er nicht etwa diese hundert oder mehr jungen Leute vor den Naxoda-Würmern in ihren Körpern retten – im Gegenteil würde dann auch noch die Schlange in seinem eigenen Leib entfesselt.

Er meinte schon wieder zu spüren, wie es in seinem Rückgrat zu summen und zu pulsieren begann – wie von Hunderten und Aberhunderten Glühwürmchen, die seine Wirbelsäule hinauf- und hinunterschwirrten. »Wird's bald!«, schrie er. »Ihr sollt verschwinden, hört ihr?« Aber alle starrten ihn nur immer weiter an und drängten sich dabei immer enger um ihn herum, während das verdammte Schnalzen und Trillern unaufhörlich weiterging.

Für einen kurzen – oder nicht einmal allzu kurzen – Moment verlor Rabov die Kontrolle über seine Persönlichkeit. Dabei war er doch gerade deshalb zum königlichen Spezialagenten ausgebildet und zum Leiter der Mysto berufen worden: weil sein Lichtich bis dahin immer so unerschütterlich im Sattel gesessen hatte wie ein Kunstreiter auf dem Rücken eines wilden Stiers.

Er selbst merkte erst, als die Transformation schon ziemlich weit fortgeschritten war, was überhaupt mit ihm passierte. Und er bekam es am Anfang auch nur deshalb mit, weil sich die Gesichter der Tänzer und Tänzerinnen um ihn herum in nacktem Entsetzen verzerrten. Als wäre er zu einem Monstrum geworden, zu einem Ungeheuer, vor dem die Schlangentänzer schreiend die Flucht ergriffen. Sie warfen sich herum, schoben, drängten schubsten einander von ihm fort, dem Ausgang auf der anderen Seite der riesengroßen Halle (oder Höhle) entgegen. Im Rennen wandten sie hier und dort ihre Gesichter noch einmal zu ihm zurück und in jedem einzelnen von ihnen malten sich Abscheu und Todesangst.

Da erst begriff er, dass er selbst zu einem widerwärtig weißen Wurm geworden war, zu jenem greulichen Ungeheuer, das ihn im Studentenhaus überrumpelt und mit dem Kopf voran in sich hineingeschlungen hatte. Aber Linglu sei Dank war er noch immer nur zu erstgradiger Transformationsmagie befähigt, auch wenn das Dunkeldu in ihm immer beängstigender wuchs.

Rabov sputete sich zum zweiten Mal an diesem Tag, wieder er selbst zu werden. Er war vollkommen außer Atem und kaum weniger erschrocken als sein Publikum über das, was da eben mit ihm passiert war. Langsam drehte er sich um seine eigene Achse – soweit er das bei den ungewissen Lichtverhältnissen und der enormen Ausdehnung dieser Höhle (oder Halle) sehen konnte, war außer ihm niemand mehr hier. Die Tänzerinnen und Tänzer hatten ebenso wie die Musikanten die Flucht ergriffen und sogar die erstarrten Wächter hatte irgendjemand weggeschleift.

Auch das Schnalzen und Trillern war verstummt, genauso wie die Nebelwaldgeräusche. Was ja wohl hieß, dass all diese Klänge aus einer gemeinsamen Quelle stammten – von einem Melodophon höchstwahrscheinlich, das gerade eben irgendwer zum Schweigen gebracht hatte.

Zu seiner Linken vernahm er tapsende Schritte wie von nackten Füßen. Gleich darauf ein zweifaches, widerhallendes Klappern, das vor seinem inneren Auge ein klares Bild heraufbeschwor: eine Falltür im Boden, die geöffnet wurde und schwungvoll wieder zuging.

Liki? Vielleicht war sie es wirklich, aber Rabov wusste weniger denn je, ob er es sich wünschen sollte. Zumindest auf Anhieb fiel ihm niemand ein, der zu einem so hochgradigen Zauber überhaupt imstande wäre – diese gigantische Schlangenklubhöhle, in der notfalls Phoras gesamte Jugend auf einmal Platz finden würde, fast unauffindbar in einem heißen Fleck zu verstecken, der überdies mit einem Beschwichtigungszauber umgeben war. Wer auch immer dies alles hier bewirkt hatte, musste ein hochgradig befähigter Magier sein.

Und er (oder sie) konnte das alles nur aus einem einzigen Grund erschaffen haben – um die Naxoda-Schlange in so vielen Phoräern wie überhaupt möglich zu entfesseln.

Allein bis hierher vorzudringen hatte Rabov fast seine letzten Kräfte gekostet. Und dabei ging der Kampf – gegen wen auch immer – jetzt erst richtig los.

7

Erst als er die Bodenluke gefunden und geöffnet, die Leiter darunter entdeckt hatte und hinabgeklettert war – erst da wurde Rabov klar, dass er geradewegs in eine Falle tappte.

Ein Kriechgang unter der Erde, der Boden schlammig, glucksend nass unter seinen Händen und Knien. Nibrasumpf? Moliatschlamm? Er hatte immer noch keine Ahnung, wo er sich überhaupt befand: in Zaketumesien oder Dunibien, in Phora – oder womöglich in Naxoda.

Der Gedanke verschlug ihm fast den Atem. Konnte das sein? Aber so gut wie alles war möglich, wenn man es mit einem heißen Fleck zu tun bekam. Immerhin hatte er schon Dutzende (vollkommen glaubwürdiger) Geschichten von Leuten gehört, die auf diese Weise holterdiepolter ins norddunibische Gebirge geraten waren oder sogar auf den Noïli-Archipel. In die Endzeit des Alten Reichs oder in die ebenso blutigen Gründerjahre des Neuen. Warum also nicht auch in den zaketumesischen Nebelwald – nach Naxoda vor zehntausend Jahren? Beziehungsweise in einen schlammigen Kriechgang unter den Tempeln und Pyramiden dieser ehrwürdigen Götterstadt.

Irgendwo da vorne gab es einen schwachen Lichtschein und auf diesen Fleck kroch Rabov zu. Seinen Kampfstier hatte er längst wieder im Gürtel und seine Sichel im Innenfutter verstaut. Was er hier machte, war vollkommen unlogisch und genauso unausweichlich. Da vorne bei dem Lichtpunkt, der ganz allmählich größer wurde, würde er endlich herausbekommen, wer hinter diesen Schlangengreueln steckte und was dieser Jemand mit alldem bezweckte. Jedenfalls hoffte Rabov das. Und hoffte gleichzeitig noch sehr viel mehr, dass es nicht Liki war.

Der Kriechgang endete in einer engen Höhle. Lehmrote Wände, mit unzähligen Löchern perforiert, durch die gelbes Licht einsickerte. Die schwarzen Strichzeichnungen auf den Mauern kamen ihm übel vertraut vor – die Tempel und Pyramiden, die Kerkerzellen, in denen Urschlangen von jenen majestätischen Drachenwesen verzaubert wurden, unterworfen, mit Nebelschleim umhüllt.

Die Bildtafeln von Naxoda.

Rabov rang eine Panikattacke nieder und schaute sich weiter in der Höhle um. Er befand sich im vorderen Teil, wo der Schlammboden mehr oder weniger festgestampft war. Dort hinten aber schien der Untergrund aufgewühlt, haltlos. Dort war der Schlamm in unaufhörlicher Bewegung, ein schimmerndes Gewimmel, ein Blubbern und Gurgeln, das aus großer Tiefe heraufzudringen schien.

Er kroch näher an das Schlammloch heran. Und wollte seinen Augen nicht trauen, als er auf einmal sie erblickte – sie, Liki, so tief in den Lehmschlamm eingebuddelt, dass nur ihr Kopf hervorsah. Aufmerksam schaute sie zu ihm herauf. Ihre grünen Augen funkelten und auf ihren Lippen lag ein unergründliches Lächeln.

»Sam? Ich wusste, dass du mich finden würdest.« Sie sprach so leise, dass er ihre Worte mehr erriet als hörte. »Komm hier rein«, flüsterte Liki, »dieses Loch ist der einzige sichere Ort – hier kann er uns nicht hören oder sehen.«

Rabov kroch noch näher heran. Sie wühlte eine Hand aus dem Schlamm hervor und streckte sie ihm entgegen. »Komm«, flüsterte Liki, »so komm schon, Sam – bevor er dich entdeckt.«

»Um Linglus willen, wer?«, fragte er. »Von wem redest du, Liki?«

Sie hatte den Mund schon geöffnet, um ihm zu antworten, als sie mit einem Mal erstarrte. Ein scharfes, durchdringendes Zischen erklang. Likis Gesicht verzerrte sich, ihre Augen wurden weit. Abermals jenes Zischen, lauter jetzt, näher. Von einem Naxoda-Wurm? »Schnell, Sam – mach schon«, flüsterte Liki.

Sein Verstand schrie Rabov zu, dass er auf gar keinen Fall in dieses gurgelnde Schlammloch kriechen durfte.

Sein Dunkeldu aber raunte ihm eindringlich zu: *Los jetzt, Sam.*

Und Rabov streckte seine Hand über den Rand und ließ sich von Liki in den blubbernden Lehmbrei hinabziehen.

»Er hat einen Zauber über diese Grube gelegt«, hörte Rabov sie ein paar hastige Herzschläge später flüstern, ihre Lippen nah an seinem Ohr. »Sie ist sein Notversteck – wer sich hier verbirgt, ist sogar für die stärksten Magier unauffindbar.«

»Wer, Liki – wer ist er?«

Abermals das Zischen, durchdringend und ganz in der Nähe.

»Der Reihe nach, Sam – sieh dir einfach alles an. Am besten direkt in mir, dann geht es am schnellsten – uns bleibt nur noch wenig Zeit. Probier's nur, Sam, ich bin ganz weit offen für dich.«

Aufrecht stand er bis zum Hals im schleimig warmen Schlamm. Liki hatte ihre Arme um seinen Nacken und ihre Beine um seine Mitte geschlungen. Sie war gänzlich nackt, soweit Rabov das mitbekommen hatte, und das machte es ihm nicht gerade leichter, einen letzten Rest kühlen Blutes zu bewahren. Auch wenn er mit allem, was er am Leib getragen hatte, in dieses Schlammloch gekrochen war. Ein Reptil im Überwurf.

»Zeit, bis was passiert?«, fragte er und seine Kehle krampfte sich zusammen.

»Bis es zu Ende ist. Du weißt schon.«

Ehe er etwas antworten konnte, schaltete sich hinter einer der durchlöcherten Wände mit metallenem Knirschen ein Apparat an. Nicht irgendeine Maschine, durchfuhr es Rabov – diese Zischlaute, das kam von keiner Schlange, das stammte von einem Dampfapparat! Liki musste ihn angeworfen haben, bevor sie hierhergekommen war, und jetzt hatte sich genügend Dampf im Kessel gebildet, um den Apparat in Gang zu setzen.

Ein Dampfmelodophon. Rabov hörte, wie hinter der Wand ein metallischer Gegenstand auf einen anderen hinabplumpste. Einen Augenblick lang war nur das charakteristische Rauschen zu vernehmen, dann setzten Trommel- und Flötenklänge ein. Und während er mit angehaltenem Atem lauschte, mischten sich abermals jene greulichen Schnalz- und Trillerlaute hinzu.

»Die Schöpfungsklänge von Naxoda«, flüsterte Liki an seinem Ohr. Er wollte sich von ihr losmachen, aber aus irgendeinem Grund schaffte er das nicht. Ihre Arme um seinen Hals und ihre Beine um seine Mitte fühlten sich eisenhart an.

»Liki«, schrie er, »wir müssen das stoppen – sofort!«

Doch sie schien gar nicht mitzubekommen, dass er ihr ins Gesicht schrie und an ihren Handgelenken zerrte. In schon wieder emporschießender Panik, aber ohne jeden Erfolg – abgesehen davon, dass er sie beide mit jeder Bewegung nur tiefer in den Schlamm hineinwühlte.

Likis Augen waren verdreht. Ein Grinsen entstellte ihr Gesicht. Unaufhörlich keckerte sie jene Schnalz- und Trillerlaute vor sich hin.

»Lass das, Liki«, schrie Rabov und währenddessen suchte er hektisch in seinen Taschen herum. Wenn er sich nicht aus ihrer Umschlingung befreien konnte, dann musste er sich zumindest die Ohren verschließen, so schnell wie überhaupt möglich, damit er das Lakori-Gekecker nicht länger hörte.

Er hatte gehofft, dass er irgendwo in seinen Taschen einen Kerzenrest finden würde – genug, um daraus zwei Wachskugeln zu formen. Aber stattdessen entdeckten seine Finger etwas anderes.

Den Naxoda-Wurm, dessen abgefetzter Kopf unter Lyssa Hunols Schädeldecke stecken geblieben war. Mit dem Kopf des Wurms konnte er sowieso nichts anfangen – was er dagegen sehr gut gebrauchen konnte, war der zähe Schleim, der das splittrige Innere dieser Biester umhüllte, wenn sie gerade erst geschlüpft waren. So klebrig und zäh, dass man ihn nur noch mit einer Bürste von den Fingern herunterschrubben konnte, wenn man versehentlich hineingelangt hatte. Diesmal aber fasste Rabov mit voller Absicht nach dem Schlangenkadaver, den er in seinem Überwurf verstaut hatte. Er hatte Mühe, in die Innentasche hineinzukommen, denn Liki presste sich an ihn und plapperte dabei unaufhörlich dieses Lakori-Zeug vor sich hin.

Schließlich ertastete er die Schlangenüberreste, kratzte mit den Fingernägeln eine Portion zähen Schleims von dem Kadaver herunter und beförderte sie mit gekrümmten Fingern aus der Innenwelt seines Überwurfs heraus. Mit fliegenden Fingern formte er zwei Kügelchen aus dem Schlangenschleim und verschloss damit seine Ohren. Es funktionierte großartig – schlagartig hörte er überhaupt nichts mehr. Kein Zischen vom Dampfmelodophon, keine magischen Naxoda-Klänge. Allerdings konnte er jetzt auch nicht mehr hören, was Liki möglicherweise noch zu ihm sagen würde. Aber die Dunimesierin brachte sowieso nur noch dieses Gekecker hervor.

Er hatte noch ein wenig von dem Wurmzeug übrig, also modellierte er zwei weitere Kugeln und versuchte sie Liki in die Ohren zu kleben. Aber sie warf ihren Kopf wild hin und her und schnappte sogar mit ihren Zähnen nach ihm und so ließ er es sein.

Die Welt um ihn herum war vollkommen still. Er hörte nichts anderes mehr als das Hämmern seines eigenen Herzens und das Rauschen seines Blutes. Er hielt die schönste und begehrenswerteste Frau in seinen Armen, die er jemals getroffen hatte, und sie umschlang ihn so leidenschaftlich, als wären sie im innigsten Liebestaumel vereinigt. Aber es war der Wurm in ihr, nur der Naxoda-Wurm, es war nicht die Liki, die er so kurz nur gekannt hatte, und höchstwahrscheinlich nahm sie ihn schon gar nicht mehr wahr.

Ihnen blieb nur noch wenig Zeit, hatte Liki gesagt – »bis es zu Ende ist. Du weißt schon.«

Nein, er wusste nicht – aber er würde es herausbekommen. Jetzt. Abermals versetzte er sich in Agosch-Trance und glitt diesmal in Liki Meidas Bewusstsein hinüber. Und er landete mitten im Moliat.

Elftes Kapitel

Der mächtigste Magier der Welt

1

Die Luft flimmerte vor Hitze und Feuchtigkeit. Parogiere krächzten, Brüllaffen schrien. Ganz am Ende der langen, langsamen Schlange von Lastenträgern schleppte sich Liki durch den Nebelwald. Sie selbst trug nur ihren Rucksack, trotzdem machte ihr die Witterung zu schaffen. Ihr Kopf dröhnte bei jedem Schritt. Die Schwüle machte sie mürrisch und müde. Liki hasste jeden einzelnen moosüberzogenen Stein auf ihrem Trampelpfad. Sie hasste Gol Hergo und seine burschikose Assistentin, die mit Axoras an der Spitze des Zuges marschierten – den Professor, weil er sie zu diesem verrückten Abenteuer überredet hatte, und Lona Markan, weil jedes neue Hindernis, das der Nebelwald vor ihnen auftürmte, sie nur noch fröhlicher zu stimmen schien. Die Magistra platzte vor Zuversicht und guter Laune geradezu aus ihrem original Moliat-Wickelkleid, das sie noch an der Küste auf einem traditionellen Wochenmarkt erstanden hatte und seitdem Tag und Nacht an ihrem stämmigen Leib trug.

»Für mich geht ein Traum in Erfüllung«, hatte Hergo anderthalb Jahre vorher in Phora zu Liki gesagt. »Aber sogar wenn mir das zaketumesische Altertum vollkommen gleichgültig wäre, würde mir nichts anderes übrig bleiben, als diese Naxoda-Expedition zu unternehmen. Und vorher alles so sorgfältig wie möglich vorzubereiten, damit dieses Projekt so erfolgreich verläuft, wie man das allerhöchsten Ortes von mir erwartet.«

»Allerhöchsten Ortes«, das war Liki erst mit einiger Verspätung gedämmert – hinter dieser feierlichen Floskel verbarg sich nichts anderes als der Königshof. Aber konnte es dem dunibischen Herrscher oder wem auch immer in seiner Umgebung nicht von Herzen gleichgültig sein, ob im zaketumesischen Nebelwald irgendwelche Ruinen ausgegraben wurden oder für alle Zeiten unter Schlamm und Dickicht verborgen blieben? Aus welchen Gründen man »allerhöchsten Ortes« so lebhaften Anteil an Professor Hergos Forscherträumen nahm, war für Liki im Dunkeln geblieben. Aber natürlich hatte es ihr geschmeichelt, dass der weltberühmte Altertumsforscher sie regelrecht anbettelte, ihm bei der ganzen heiklen Angelegenheit von Anfang an beizustehen.

»Ich brauche dich«, hatte er zu ihr gesagt, »du darfst mich nicht im Stich lassen, Liki, ich flehe dich an! Du musst lange vor unserer eigentlichen Expedition über den Grünen Ozean nach Zaketumesien reisen, um dort einheimische Helfer anzuheuern. Nach meinen Berechnungen benötigen wir rund drei Dutzend Träger – für die Ausgrabungswerkzeuge, die ich aus Phora mitbringen werde, und für die Fundstücke, die wir mit Linglus Hilfe dem Nebelwald entreißen werden. Vor allem aber brauchen wir einen ortskundigen und vertrauenswürdigen Führer.«

Anfangs hatte Liki von diesem Plan nichts wissen wollen. Einen Trupp vertrauenswürdiger Lastenschlepper hätte der Professor notfalls auch allein zusammenstellen können. In den Seehäfen an der zaketumesischen Küste boten unzählige Moliaren ihre Dienste an – Ruinensuche und Tempelführungen, Schlangenpirsch und sogar Nachtparder-Jagdpartien in den entlegensten Gebieten des Nebelwaldes. Doch Hergo hatte natürlich recht: Damit ihre Expedition überhaupt bis nach Naxoda gelangen konnte, mussten sie einen Führer auftreiben, der wirklich wusste, wo in den Weiten des Nebelwaldes die Götterstadt Naxoda versunken war – und der sie auch tatsächlich dorthin führen würde. Und letzten Endes gab es nur einen einzigen Mann, auf den diese Beschreibung zutraf: Axoras.

Einheimische Hochstapler, die angeblich den Weg nach Naxoda kannten, hängten sich arglosen Fremden in jeder zaketumesischen Hafenkneipe an den Hals. Aber Gol Hergo und Velissa Labiano hatten alle historischen Reiseberichte durchforstet und waren zu einem ernüchternden Ergebnis gekommen: In den zurückliegenden fünfhundert Jahren waren zwar Scharen von Abenteurern und Altertumsforschern im Nebelwald umhergeirrt, doch niemand von ihnen hatte jemals Naxoda gefunden – den schier unzähligen Erfolgsberichten zum Trotz. Sie hatten Dutzende von Tempel- und Pyramidenstädten aus dem Schlamm gebuddelt, aber niemals hatte sich auch nur der kümmerlichste Anhaltspunkt dafür gefunden, dass es sich tatsächlich um Überreste von Naxoda handelte, der »Geburtsstätte der alten Moliatkultur«. Manche der angeblichen Naxoda-Entdecker waren für eine gewisse Zeit berühmt geworden, doch über kurz oder lang hatte sich jedes Mal herausgestellt, dass sie die Öffentlichkeit betrogen hatten oder ihrerseits übers Ohr gehauen worden waren.

So war es wahrlich kein Wunder, dass Professor Hergo Liki mit seinen Plänen in den Ohren lag, seit sie ihm anvertraut hatte, dass sie bei dem berühmt-berüchtigten Axoras sozusagen aufgewachsen war. Das war im Frühjahr 710 n.Z. gewesen und Liki hatte damals gerade erst ihr Studium bei Gol Hergo begonnen. »Ich war sieben Jahre alt«, so hatte sie dem Altertumsforscher erzählt, »als meine Eltern mit mir und Rufo, meinem großen Bruder, nach Kaluxa zogen – ein winziges Moliat-Dorf tief im Nebelwald. Mein Vater war ein dunibischer Linglu-Priester und die Missionsstation an der Küste hatte ihn ausgesandt, um die Dschungelbewohner zu Linglu zu bekehren. Wir blieben sechs Jahre lang in Kaluxa – und ich war niemals in meinem Leben glücklicher als damals. Jedenfalls in den ersten drei, vier Jahren.

Axoras war für mich so etwas wie ein zweiter Vater«, hatte sie dem Professor erklärt, der sich vor Begeisterung kaum zu fassen wusste. »Axoras war der mächtigste Magier im ganzen Moliat. Er konnte Baumstämme in Menschen und die dann wieder in kunstvoll geschnitzte Skulpturen verwandeln. Solche Sachen eben. Mein Bruder Rufo und ich sind aus dem Staunen gar nicht mehr herausgekommen.«

Gol Hergo war es nicht anders ergangen. Axoras, der Klein-Liki einst auf seinen Knien gewiegt hatte, wurde damals schon seit mehr als zehn Jahren von der zaketumesischen Polizei gesucht. Er war einer der berüchtigsten Schurken auf dem ganzen Planeten – auch die dunibischen Zeitungen hatten immer wieder in sensationeller Aufmachung von dem »massenmörderischen Moliat-Magier« berichtet. Axoras war im Jahr 699 n.Z. in Abwesenheit zum Tod durch Vierteilen verurteilt worden. Doch in all den Jahren hatte ihn niemand mehr zu Gesicht bekommen – außer den urtümlich lebenden Nebelwald-Bewohnern, die ihn nach wie vor wie einen Halbgott verehrten. Unzählige Geschichten und Legenden handelten von Axoras' schamanischer Weisheit und seiner nahezu grenzenlosen lakorischen Macht.

»Du musst Axoras finden und für unsere Expedition gewinnen«, hatte Hergo sie beschworen. »Wenn irgendwer wirklich weiß, wo die Götterstadt Naxoda einst gestanden hat, dann ist das er.«

Anfangs hatte sich Liki gegen Hergos Pläne gesträubt, wenn auch nur halbherzig. Bei dem Gedanken, in das Moliat-Dorf zurückzukehren, in dem ihr Vater und ihr Bruder auf grässliche Weise getötet worden waren, kam sie beinahe um vor Angst. Aber diese Angst verspürte nur ihr dunibischer Teil. Ihre Mutter war eine Zaketumesierin und dieser mütterliche Teil von ihr hatte nie akzeptiert, dass sie aus dem Moliat verjagt worden war – aus einer Welt, in die sie in ihren Träumen regelmäßig zurückkehrte und die ihr noch immer so viel wirklicher und lebendiger schien als das ganze pompöse Phora mit seinen Prachtfassaden und donnernden Dampfmaschinen.

»Kaluxa«, hatte sie dem Professor erzählt, »bestand bloß aus drei Dutzend Rundhütten, die in genauso vielen Kreislinien um den Dorfplatz angeordnet waren – den Platz, auf dem mein Vater und Rufo sechs Jahre später sterben sollten. Aber davon ahnten wir natürlich nicht das Geringste, als wir in Kaluxa eintrafen. Die Moliaren empfingen uns freundlich, wenn auch nicht gerade überschwänglich. Anders als mein Vater fand ich bald schon heraus, was sie von seinem Plan hielten, sie zu seinem Gott Linglu zu bekehren: Sie fanden ihn zum Kichern, den Plan genauso wie den Priester. Sie nahmen das alles einfach nicht ernst und ich verstand auch, warum das so war: Mein Vater besaß keinerlei magische Fähigkeiten und dass er diesen Makel nicht einmal zu verbergen versuchte, machte die Sache nicht gerade besser. Aber die Moliaren verhielten sich freundlich, denn Axoras hatte ihnen erklärt, dass wir in friedlicher Absicht gekommen waren.«

Axoras war damals so etwas wie der König aller Moliaren, die noch nach altem Brauch im Nebelwald lebten, ihr oberster Magier und ihr Hohepriester obendrein. Die Dorfleute verehrten Unmengen von Göttern – oder »Götzen«, laut Likis Vater – in einer eigens errichteten

Tempelhütte auf dem höchsten Hügel über Kaluxa. Der Altarschrein war mit kunstvoll geschnitzten und angemalten Idolen überhäuft, die vielerlei darstellten: Dämonenfratzen, gekrönte Schlangen, sprungbereite Parder, aber auch Purpurinen und Sacustauden und sogar Süßkartoffeln. Die Moliaren erhoben alles und jedes, das ihnen irgendwie bedeutungsvoll schien, ohne weiteres in den Rang einer Gottheit.

»Mein Vater war über diese Vielgötterei natürlich sehr empört«, so hatte Liki sich bei ihren Gesprächen mit Gol Hergo erinnert, »und am meisten von allem ärgerte ihn, dass die Moliaren als ihre mächtigste Gottheit ein Schlangenidol namens Chizocca anbeteten. In den ersten Jahren bemühte er sich um ein freundschaftliches Verhältnis zu Axoras, aber mein Vater war ein ungeduldiger Mann, selbstgewiss und von seiner Mission erfüllt. Wenn Axoras uns in dem bescheidenen Anbau neben dem Linglu-Tempel besuchte, den wir mit unseren eigenen Händen auf dem zweithöchsten Hügel über dem Dorf zusammengezimmert hatten, dann tat mein Vater immer so, als ob es eine große Ehre für ihn wäre, den mächtigen Häuptling und Schamanen bewirten zu dürfen. Aber es fiel ihm immer schwerer, sich zu verstellen.«

Axoras hatte von Anfang an eine besondere Vorliebe für Liki gezeigt, und ihr Vater duldete wohl oder übel, dass der Moliare mit seinem Töchterchen kleine Streifzüge in die Wildnis unternahm. »Axoras brachte mir bei, die Fährten von Büffeln und Pardern zu lesen, harmlose Schmucknattern von tödlichen Gittermakubas zu unterscheiden, und bei jedem unserer Treffen überraschte er mich mit einem neuen lakorischen Kunststück. Er konnte Schlangen in Stöcke und Wolken von Stechmücken in Regentropfen verwandeln. Er konnte Melodien summen, die mich, wenn ich meine Augen schloss, an weit entfernte Orte versetzten. Wenn ich über Bauchweh oder eine Schürfwunde jammerte, legte Axoras mir einfach eine Hand auf und stieß ein paar seiner seltsamen Klicker- und Fauchlaute aus – und schon war alles wieder heil.«

Wenn es nach Liki gegangen wäre, hätten sie ruhig bis ans Ende ihrer Tage im Moliat leben können. Aber irgendwann bekam ihr

Vater mit, dass die Leute sich über ihn und seinen Linglu lustig machten – und von da an geriet alles ins Rutschen. Axoras war häufig unterwegs – er war schließlich der König aller Nebelwald-Stämme und so reiste er ständig von einem Dorf zum anderen. Und eines Nachts, als Axoras gerade mal wieder nicht im Dorf war, setzte Likis Vater zusammen mit Rufo den Götzentempel in Brand.

Erstaunlicherweise verziehen ihnen die Moliaren diesen ungeheuren Frevel. Die Dorfkrieger umzingelten ihr Haus und hielten sie gefangen, bis Axoras zurückgekehrt war. Aber nachdem er sich mit seinen Ältesten beraten hatte, zogen die Krieger wieder ab. Wie Liki bald herausfand, hatte Axoras seinen Leuten erzählt, dass der dunibische Priester das Feuer auf Befehl seines Gottes gelegt habe – Linglu nämlich sei erzürnt, weil die Schlangengottheit Chizocca so viel mächtiger sei als er.

Die Krieger errichteten einen neuen Tempel und ihre Priester schnitzten neue Idole. Ein ganzes Jahr verging ohne Zwischenfälle und allmählich geriet der Tempelbrand wieder in Vergessenheit. »Doch dann wurde mein Vater aufs Neue von heiligem Zorn übermannt«, so hatte Liki mit tief bekümmerter Miene ihre Erzählung aus der Kindheit beschlossen. »Mit meinem Bruder im Schlepptau drang er in den neu erbauten Vielgöttertempel ein. Sie rafften sämtliche Schlangenidole an sich, liefen mit ihrer Beute zum Dorfplatz hinab und schichteten die Schlangenidole wie Brennholz auf. Von allen Seiten kamen die Moliaren herbeigerannt, und als mein Vater den Scheiterhaufen in Brand setzte, verwandelten sich die Idole zu ihrem Entsetzen in lebendige Schlangen, die vor ihren Augen elend verbrannten.«

Und diesmal verziehen die Moliaren Likis Vater nicht. Sie ergriffen ihn und ihren Bruder Rufo, der gerade fünfzehn geworden war. Sie schnitten ihre Körper in Streifen und legten die blutwarmen Leichenstücke auf dem Dorfplatz zu einer viele Meter langen Schlangenlinie hintereinander, mit den abgehackten Köpfen an der einen und den abgeschnitten Händen und Füßen an der anderen Seite. Offenbar war es eine Bußzeremonie, um ihre geschmähte Gottheit Chizocca zu besänftigen. Die Dorfleute bildeten gleichfalls eine

Schlange, indem jeder seine Hände auf die Schultern seines Vordermannes legte. So trampelten sie, aus allen Kehlen schreiend, zischend und stöhnend, die Schlangenlinie aus Leichenstücken auf und ab, bis von Likis Vater und Bruder bloß noch ein schmieriges Rinnsal im Schlamm übrig war. Nur ein paar Trümmerstücke von ihren Schädeln überstanden die Zeremonie und mit diesen makabren Reliquien und den allernötigsten Habseligkeiten flohen Liki und ihre Mutter in der Nacht darauf aus Kaluxa.

Erschöpft und verstört, aber ansonsten unversehrt erreichten sie viele Tage später die kleine Küstenstadt Zaruka, in der sich die Missionsstation befand. Unglücklicherweise war in Zaruka auch eine zaketumesische Infanteriegarnison stationiert und deren Kommandeur meldete seinen Vorgesetzten unverzüglich, dass zwei Dunibier im Nebelwald von Moliaren ermordet worden waren. Und damit kam das Unheil erst richtig in Schwung.

Die zaketumesischen Herrscher waren seit jeher ängstlich darauf bedacht, dem so viel mächtigeren Dunibien keinen Vorwand für kriegerische Übergriffe zu liefern. Auf der anderen Seite war ihnen selbst kein Vorwand zu kümmerlich, um gegen die Nebelwald-Moliaren vorzugehen, deren Zauberbräuche und urtümliche Lebensweise den meisten Zaketumesiern unheimlich war. Und so setzte der Kommandeur von Zaruka ein Heer in Marsch, noch bevor die Kunde von den *Greuelmorden im Nebelwald* überhaupt bis Phora vorgedrungen war.

Aus niemals völlig geklärten Gründen geriet diese Strafaktion nach kürzester Zeit außer Kontrolle. Die zaketumesischen Soldaten massakrierten jeden Moliaren, der ihnen im Dschungel vor Schwert oder Armbrust geriet. Doch obwohl die Nebelwaldbewohner lediglich mit Speeren und Blasrohren bewaffnet waren, mussten auch die Soldaten schreckliche Verluste hinnehmen. Überlebende berichteten später von monströsen Bestien, die ihr Lager bei Nacht überfallen hätten – Parder so groß wie bakusische Elefanten und greuliche Riesenschlangen, die mit ihren gepanzerten Schweifen alles zu Brei zerpeitschten, was ihnen unterkam. Die überwiegende Mehrheit der Infanteristen, die an dieser Strafaktion teilgenommen hatten, berichtete allerdings überhaupt nichts mehr. Die einen, weil sie niemals aus dem Nebelwald zurückgekehrt waren, und die anderen, weil es mit ihrem Verstand seitdem nicht mehr weit her war.

Der Schuldige zumindest war bald schon ausgemacht: »Axoras, Häuptling der urtümlichen Moliaren«, wurde vor der obersten zaketumesischen Halsgerichtsbarkeit »wegen hundertfachen Mordes, auch durch Zauberei« angeklagt und in Abwesenheit zum Tode verurteilt.

»Niemand außer ihm kann uns nach Naxoda führen«, hatte Hergo wiederholt, wann immer er im Archäologischen Institut in der Lanfastraße mit Liki allein war. »Aber außer uns beiden darf niemand je erfahren, dass wir das Schicksal dieser königlich-dunibischen Expedition in die Hände eines verurteilten hundertfachen Mörders gelegt haben.« Deshalb waren sie schließlich übereingekommen, dass Liki ihr Studium ein ganzes Jahr vor Beginn der Expedition offiziell abbrechen sollte. Niemand durfte sie mit dieser Angelegenheit in Verbindung bringen. Niemand durfte jemals herausbekommen, dass sie in Zaketumesien alles Nötige heimlich vorbereitete und in Zaruka wieder zu Hergo stoßen würde.

Sie hatte sich von ihren Kommilitonen verabschiedet und jedem, der sie danach fragte, erklärt, dass sie sich mit Professor Hergo überworfen habe – höchstwahrscheinlich werde sie nach Bakus auswandern, um an der Universität von Gublaj ihr Altertumsstudium fortzusetzen. Tatsächlich aber war sie im Frühjahr 711 n.Z. an Bord der *Königin Koa* über den Grünen Ozean gefahren und hatte sich in Zaruka in einer Hafenpension einquartiert.

Hergo hatte ihr wochenlang mit seiner Sorge in den Ohren gelegen, dass es ihr vielleicht gar nicht gelingen würde, Axoras wiederzufinden. Dagegen hatte sie selbst sich noch während der Überfahrt auf größtenteils stürmischer See mit dem Gedanken geplagt, dass Axoras sich hohnlachend weigern würde, eine Expedition dunibischer Forscher zur heiligsten Stätte seiner Vorfahren zu führen.

Doch beide Sorgen hatten sich als grundlos erwiesen. Mit Hilfe eines Zaubers, den er ihr vor einem halben Leben beigebracht hatte, war es Liki bereits wenige Tage nach ihrer Ankunft gelungen, mit

Axoras Kontakt aufzunehmen. Nur ein paar Wochen später hatten sie sich an einer stillgelegten Hafenmole getroffen, und zu Likis Erstaunen war der großmächtige Magier auf der Stelle bereit gewesen, der dunibischen Expedition den Weg nach Naxoda zu zeigen.

2

Es war gar nicht die Schwüle, die Liki derart niederdrückte. Es waren auch nicht die Stechmückenwolken, die wie nervöse Dämonen über den Köpfen der Lastenträger tanzten. Auch nicht der Schweiß, der jede Pore ihres Körpers verklebte, oder das unaufhörliche Gelärme der Affen, die sich wie schwerhörige Greise von Baum zu Baum irgendwelche Botschaften zubrüllten.

Seit beinahe zwei Wochen waren sie jetzt im Nebelwald unterwegs. Über Trampelpfade, durch Schluchten, glitschige Schrägen hinauf und halsbrecherisch steile Abhänge wieder hinunter. Aber all das hatte ihr früher nichts ausgemacht, wenn sie mit Axoras durch den Wald gestreift war, und es störte sie auch jetzt nicht – ganz im Gegenteil. Jener Teil von ihr, der ihre Vertreibung aus dem Moliat niemals verwunden hatte, stimmte sogar leise Jubelgesänge an. Sie würde für immer hierbleiben! Sie hätte niemals von hier weggehen dürfen – auch wenn die Moliaren damals ihren Vater und den armen Rufo massakriert hatten. Gegenüber ihr selbst und ihrer Mutter, einer reinblütigen Zaketumesierin, hatten sie sich niemals feindselig verhalten. Ohnehin hatten sie den hellhäutigen Linglu-Priester nicht aus Hass oder Zorn getötet, sondern weil Chizocca es von ihnen verlangt hatte. Und Axoras war wie ein zweiter Vater für sie gewesen – er hätte niemals erlaubt, dass seine Krieger ihr oder ihrer Mutter auch nur eine Wimper ausgerupft hätten. Geschweige denn, ihre Körper zu blutigen Streifen zerschnitten.

Doch Liki spürte, dass diesmal nichts von alldem eine Rolle spielte. Gut möglich, dass sie für immer hier im Moliat bleiben würde – dann nämlich, wenn sie hier lebendig nicht mehr herauskommen würde. Sie hatte es sich bisher nicht eingestehen wollen, aber in Wahrheit spürte sie schon die ganze Zeit über diese mehr als üble Vorahnung. Die Vorahnung einer Katastrophe – eigentlich schon seit vorletzter Woche, als Hergo mit seiner Assistentin an Bord der *Königin Lanfa* in Zaruka eingetroffen war.

Mit seiner *neuen* Assistentin, genauer gesagt, und das war für Liki die erste hässliche Überraschung gewesen. So lange schon hatte sie sich darauf gefreut, die beiden wiederzusehen – Professor Hergo und beinahe mehr noch Velissa Labiano. In dem knappen Jahr, das Liki am Archäologischen Institut in Phora verbracht hatte, war Velissa für sie zu so etwas wie einer älteren Freundin geworden. Die Wissenschaftlerin kannte sich mit den entlegensten Details sämtlicher altzaketumesischen Kulturen aus und sie hatte sich Liki gegenüber immer freundlich und hilfsbereit verhalten. Und nicht zuletzt war sie eine gutaussehende junge Frau, der sogar der eitle Gol Hergo schnurrend wie ein Stubenkater aus der Hand fraß. Nie und nimmer hatte Liki damit gerechnet, dass er seine Assistentin und langjährige Geliebte im letzten Moment von der Expeditionsliste streichen und durch diese burschikose Weibsperson ersetzen würde – Lona Markan. Von ihrem ersten Zusammentreffen an hatte die Magistra sie herablassend behandelt (»Ah, das kleine Halbblut, das uns die gröbsten Vorarbeiten abgenommen hat!«).

Hergo hatte Liki beiseitegenommen und beteuert, wie leid ihm das alles tue, doch ihm sei keine andere Wahl geblieben. »Velissa kennt dich ja von früher und sie weiß auch, um wen es sich bei unserem hochgestellten Gönner handelt – dummerweise habe ich ihr gegenüber den Namen einmal erwähnt. Aus diesen Gründen konnte ich sie auf keinen Fall mitnehmen. Lona Markan weiß nichts von deiner Vergangenheit in Phora und das muss auch unbedingt so bleiben, Liki – schon zu deiner eigenen Sicherheit. Du hast für uns einen Trupp einheimischer Helfer zusammengestellt und begleitest uns in den Dschungel, um bei Bedarf zu dolmetschen. Das ist alles.« Er hatte ihr knapp zugenickt und sich mit Lona Markan in das gemeinsame Hotelzimmer zurückgezogen, das Liki für Velissa und ihn reserviert hatte.

Auch wenn es nicht besonders logisch klang, auch für sie selbst nicht – seit diesem ersten Zusammentreffen in Zaruka ahnte sie, dass die Expedition in einer Katastrophe enden würde. Und diese üble Vorahnung verstärkte sich in ihr mit jedem Tag noch ein wenig mehr. Dabei war bisher überhaupt nichts Schlimmes passiert. Axoras schien ganz und gar in seiner Rolle aufzugehen. Hingebungsvoll spielte er einen weisen Moliaren namens Chalóxo, dem von seinen Vorvätern das geheime Wissen vermacht worden war, wo die Götterstadt Naxoda unter Schlamm und Dickicht begraben lag. Niemand wäre je auf die Idee gekommen, hinter diesem gutmütigen Alten den »massenmörderischen Moliat-Magier« Axoras zu vermuten. Wortreich hatte Chalóxo ihnen auseinandergesetzt, dass er sich nur aus einem einzigen Grund entschlossen habe, die dunibischen Wissenschaftler zu der heiligsten Stätte seiner Vorfahren zu bringen: damit alle Welt erfahren würde, was für eine großartige Kultur die Moliaren einst besessen hätten.

Zu Likis Verwunderung schien Lona Markan diese geradezu lachhafte Lüge für bare Münze zu nehmen. Offenbar hatte sie eine hohe Meinung von der dunibischen Archäologie und dem Ruf, den dieser Forschungszweig im Moliat genoss. Aber noch sehr viel mehr erstaunte Liki nach wie vor, dass sich Axoras überhaupt und ohne jedes Zögern bereiterklärt hatte, sie mitsamt ihren dunibischen Wissenschaftlern und drei Dutzend einheimischen Trägern nach Naxoda zu bringen. Was versprach er sich wirklich davon? Doch nicht nur Axoras gab ihr Rätsel auf – genauso wenig wurde sie aus Gol Hergo schlau.

Der Professor schien sich nicht im Mindesten zu sorgen, dass dieses Abenteuer für ihn übel enden könnte. Allem Anschein nach brachte er ihrem Führer unbegrenztes Vertrauen entgegen – dabei konnte er ja schwerlich vergessen haben, um wen es sich bei diesem Chalóxo in Wahrheit handelte.

Liki brütete endlos über diesen Rätseln, während sie sich am Schluss ihres Trosses dahinschleppte. Wieder und wieder fragte sie sich, ob die beiden so unterschiedlichen Männer eine heimliche, niemals ausgesprochene Absicht verband. Aber was für eine Absicht sollte das denn sein? Natürlich, sie konnte sich mühelos vorstellen, dass Axoras nach Rache für alles Unrecht gierte, das ihm selbst und seinen Moliaren angetan worden war. Und nach allem, was sie über die Götterstadt Naxoda bisher in Erfahrung gebracht hatte, war es sogar sehr wahrscheinlich, dass über dieser Ruinenstadt irgendein grauenvoller Zauber lag, den Axoras nutzen wollte, um der ganzen Welt zu zeigen, wie mächtig die Moliat-Magie war.

Doch aus welchem Grund konnte Hergo daran interessiert sein, einen solchen, höchstwahrscheinlich verheerenden Schadenszauber zu entfesseln und womöglich noch über das Grüne Meer nach Phora zu tragen? Sie kannte ihn gut genug, um zu wissen, wie sehr er darauf brannte, selbst magische Kräfte zu erlangen. Schließlich hatte sie letztes Jahr in Phora halbe Nächte mit ihm gerade über diesen Punkt gestritten. Sie hatten sich die Köpfe heiß geredet, über Magie und Logik, dunkle und lichte Kräfte – und ein paarmal auch mehr als nur ihre Köpfe dabei erhitzt. O ja, sie kannte Hergo gut genug, um zu wissen, dass er für seinen Traum, ein Magier zu werden, mancherlei opfern würde. Aber er würde sich niemals dazu hergeben, anderen Menschen absichtlich zu schaden, ob durch Magie oder wie auch immer.

Es sei denn, jene Persönlichkeit »allerhöchsten Ortes«, sein »hochgestellter Gönner« hätte ihm befohlen, alle Bedenken hintanzustellen – zum höheren Wohl des Königreichs. Neben allem anderen war Gol Hergo ein glühender Verehrer des dunibischen Herrscherhauses. Aber auch das, sagte sich Liki schließlich, ergab ja keinerlei Sinn: Warum sollte irgendein Angehöriger der phoräischen Königsdynastie eine Intrige spinnen, um das eigene Land mit einem Moliat-Zauber zu schädigen?

Liki verbot sich, noch länger über Rätseln zu grübeln, die offenbar über ihren Verstand gingen. In seiner Rolle als weiser Chalóxo vermochte Axoras ein wenig auf Dunibisch zu radebrechen und sowieso ließ Lona Markan keine Gelegenheit aus, sich als wahre Kennerin sämtlicher Moliat-Dialekte aufzuspielen. Ihr Akzent war so grauenvoll, dass die einheimischen Träger sie nur mit schreckensweiten Augen anstarrten, wenn sie den Mund aufmachte, aber sie schien es überhaupt nicht zu bemerken – und wenn doch, so war es ihr egal. Liki jedenfalls wurde als Dolmetscherin nur selten gebraucht, und um sich von allen Grübeleien abzuhalten, ließ sie sich von den beiden jungen Moliaren, die vor ihr in der Schlange der Lastenschlepper dahintrotteten, in Gespräche über dies und das verwickeln.

Die beiden hießen Sico und Maki und waren heftig ineinander verliebt. Er war neunzehn Jahre alt, sie gerade mal sechzehn. Sie hatten ihr ganzes bisheriges Leben im Nebelwald verbracht und manchmal, wenn sie mit unbekümmertem Lachen vom Alltag und den kleinen Festen in ihrem Dorf erzählten, begann es in Likis Kehle vor Sehnsucht zu brennen. Wie seit Anbeginn der Schöpfung gingen die Krieger ihres Dorfes an den Tagen, die die Götter für günstig erklärt hatten, auf die Jagd und die Mädchen und Frauen kümmerten sich währenddessen um die kleinen Pflanzäcker zwischen ihren Hütten. Von außen betrachtet mochte es eintönig erscheinen, aber es war ein Leben, in dem alles und jedes mit Sinn und Bedeutung erfüllt war. Auf jede Frage gab es eine Antwort, die von den Göttern selbst durch die Münder der Priester verkündet wurde. Liki beneidete Maki, weil die junge Moliarin so vollständig mit sich im Reinen schien – während sie selbst immer mit sich im Streit lag, in zwei Teile zerrissen war, die niemals Frieden schließen würden – ihre Moliat-Seite und ihr dunibisches Erbteil.

Nachts lag Liki in ihrer Hängematte oft stundenlang wach. Sie lauschte dem Knacken zerbrechender Zweige unter den Tatzen der Parder, dem panischen Pfotentrommeln fliehender Beutetiere und dem kläglichen Fiepen, mit dem ihre Flucht im Allgemeinen endete. In den letzten Nächten, bevor sie in Naxoda eintrafen, kam Axoras immer in der Stunde vor dem Morgengrauen zu ihr und im Erwachen fragte sich Liki jedes Mal, ob es ein Traum gewesen war. Bei Tag, als weiser Chalóxo, war Axoras ein alter Mann mit grauen Haaren und einem Gesicht wie gegerbtes Büffelleder. Nachts aber verwandelte er sich für sie in einen jungen Krieger, der ihr mit leidenschaftlichen Liebesspielen jeden trüben Gedanken austrieb. Er flüsterte ihr sonderbare Schnalz- und Trillerlaute ins Ohr, wie er es schon damals gemacht hatte, als sie ein kleines Mädchen und er ihr väterlicher Beschützer gewesen war. Und jedes Mal, wenn er seine Zauberlaute in ihr Ohr summte, kam es ihr vor, als ob Hunderte und Tausende Glühwürmchen in ihrem Rücken zu flattern begännen, die Wirbelsäule hinauf bis in den Nacken und sogar bis in ihren Hinterkopf hinein.

Ihre trübe Stimmung verflog. Mit jedem Tag wurde sie heiterer und bald schon verstand Liki gar nicht mehr, wieso sie sich mit düsteren Vorahnungen herumgeplagt hatte. Alles war bestens vorbereitet und alles würde gut ausgehen. Weder Hergo noch Axoras konnten irgendein Interesse daran haben, dass bei dieser Expedition etwas schiefging.

So erreichten sie schließlich Naxoda. Oder jedenfalls den Ort, den Chalóxo ihnen als »Naxoda, heilige Stadt der Schöpfungsgötter und Geburtsstätte der Moliatkultur« pries.

3

Für Likis ungeschulte Augen war es einfach eine Art Felsplateau mitten im Wald. Ein gigantischer Quader, der wie die unterste Stufe einer ansonsten abhandengekommenen Titanentreppe vor ihnen aufragte, gut zehn Meter hoch und nach beiden Seiten unabsehbar lang. Das ganze ungeheure Steintrumm war von Schlingpflanzen mit fleischigen Blättern und tiefgründigen Blüten (schorfroten, mitternachtsblauen) überwuchert, und Syrassen, Würgefeigen und sonstige Baumarten wuchsen oben darauf genauso wie überall ringsumher. Aber Axoras brauchte nur ein paar Augenblicke, um Hergo und Lona Markan davon zu überzeugen, dass sie tatsächlich an ihrem Ziel angelangt waren. Er trat vor die Vorderfront der gewaltigen Steinformation, zückte sein Messer und kratzte damit eine ungefähr ein mal einen Meter große Stelle frei.

Zum Vorschein kam eine Art Wappen mit ovalem Schmuckrahmen und einem geflügelten Drachenwesen darin, das in seinen Klauen eine gewaltige Schlange hielt.

Der Professor schnellte geradezu nach vorn. Mit andächtiger

Miene musterte er das von Alter und Nässe zernagte Relief. »Das Zeichen der Könige von Naxoda«, murmelte er.

Hergo und Lona Markan fielen einander in die Arme. Doch fürs Erste blieb wenig Zeit, um Freudentänze aufzuführen – der Tag war weit fortgeschritten und im Moliat brach die Nacht übergangslos herein. Sie mussten sich sputen, damit ihr Lager rechtzeitig fertig wurde.

»Achtung, Dunibier«, kauderwelschte Chalóxo, »in diesem Ort jagen größte und hungrigste Nachtparder von ganz Moliat.«

Die Träger übersetzten einander diese Worte und brachen in Geschrei aus.

»Warum hast du das nicht früher gesagt?«, blaffte Lona Markan.

»Wenn früher – lange vor hier keiner mehr da.« Chalóxo deutete auf ihre Lastenschlepper, die wild durcheinanderrannten, sich die Haare rauften und mit den Fäusten gegenseitig auf die Oberarme schlugen, was im Moliat so viel bedeutete wie: »Aus und vorbei!«

»Wir schlagen das Lager oben auf der Plattform auf«, verkündete der Professor nach einer kurzen Beratung mit der Magistra. »Und wir brauchen mengenweise Brennholz – an jeder Seite des Lagers wird ein Feuer entfacht, das die ganze Nacht nicht ausgehen darf. Los, Leute!«

Chalóxo brummte etwas Unverständliches. Doch als Hergo von ihm wissen wollte, was er gegen diese Maßnahmen einzuwenden habe, zuckte der Moliare nur die Schultern.

Es war eine mühselige und langwierige Arbeit, die unzähligen Kisten und Bündel auf die Plattform zu hieven. Die Steinwände waren schroff und glitschig und falls es irgendwo eine Treppe gab, die auf die künstliche Anhöhe hinaufführte, so war sie wie alles andere vor Jahrtausenden unter Schlamm und Dickicht verschwunden.

Liki sammelte mit Maki und den anderen Trägerinnen Feuerholz. Dabei hielt sie Ausschau nach überdimensionierten Nachtpardern, aber eigentlich glaubte sie nicht an diese Gefahr. Schließlich kannte sie Axoras gut genug, um einige seiner Schliche zu durchschauen. Wenn man seine Herde zusammenhalten wollte, war es immer nützlich, ihr gehörig Angst einzujagen. Aber was sie selbst betraf – sie hatte vor gar nichts Angst.

Bei Tag und Nacht spürte Liki mittlerweile jenes Summen und Pulsieren in ihrem Rückgrat. Axoras hatte mit seinem nächtlichen Trillern und Klickern irgendetwas in ihr aufgeweckt und es fühlte sich einfach großartig an. Vielleicht mochte sie auch deshalb an keine bedrohlichen Raubkatzen glauben – weil sie sich seit ein paar Tagen so stark, so bis in ihr Innerstes mit Energien aufgeladen fühlte, dass ihr nicht einmal ein Nachtparder von den Ausmaßen eines Sumpfbüffels Angst machen konnte.

Mit einem Armvoll klammem Reisig kam sie zurück zum Lager und entdeckte Hergo und Lona Markan einige Schritte entfernt zwischen zwei riesenhaft aufragenden Bäumen – einer üppig blühenden Syrasse und einem Purpurinenbaum. Chalóxo stand bei ihnen und unter dem Vorwand, dass sie vielleicht ihrer Dolmetscherkenntnisse bedürften, gesellte sich Liki dazu.

Hergo kauerte vor einem Loch im Boden. Er hatte eine Lampe angezündet, hielt sie in den Krater hinein und funzelte da unten im Dunkeln herum. Liki beugte sich über seinen ergrauten Schädel. Allem Anschein nach war der Raum unterhalb dieser Plattform zumindest teilweise hohl. Sie konnte die nebelhaften Umrisse eines kolossalen Bauwerks ausmachen – einer Pyramide mit einem würfelförmigen kleinen Tempel auf dem flachen Dachfirst.

»Das alles hier kommt mir noch ganz unwirklich vor«, sagte Hergo, »fast wie ein Traum.«

»Ein Albtraum« hätte es besser getroffen, aber das kam in diesem Augenblick weder dem Professor und seiner Assistentin noch Liki in den Sinn. Ganz im Gegenteil – sie hatten Naxoda entdeckt, die geheimnisvolle Götterstadt, nach der unzählige Generationen von Abenteurern und Forschern gesucht hatten. Und mit diesem Loch in der Hunderte Meter langen Plattform hatten sie auch gleich einen unschätzbar wertvollen Fund gemacht. Um den Riesensockel herum erhoben sich unzählige Hügelformationen, die allesamt ähnliche Umrisse aufwiesen – gleichmäßig ansteigende Flanken, die in zwanzig bis dreißig Meter Höhe in spitzem Winkel zusammentrafen. Höchstwahrscheinlich enthielt jeder einzelne dieser Hügel eine Pyramide aus den Zeiten, als Naxoda die allerheiligste Stätte des Moliat gewesen war. Aber Liki hatte lange genug am Archäologischen Institut in Phora studiert, um zu wissen, wie langwierig Ausgrabungsarbeiten im Dschungel sein konnten. Oftmals stellte sich nach Monaten mühseligen Grabens heraus, dass das Bauwerk, das man freigelegt hatte, bereits vor Jahrhunderten geplündert worden war. Um in derart unübersichtlichem Gelände einen Treffer zu erzielen, brauchte man entweder eine gehörige Portion Glück oder einen kundigen Führer.

Hergo und Lona Markan berieten sich aufs Neue. »Ich muss sofort da runter!«, rief der Professor aus. Weder er noch seine Assistentin schienen auch nur die geringsten Zweifel zu hegen, dass sie auf eine archäologische Goldader gestoßen waren.

»Tag zu alt«, gab Chalóxo zurück, »morgen neu Sonne.«

Hergo schien ganz und gar vergessen zu haben, wen er vor sich hatte. Als wäre Chalóxo ein begriffsstutziger Student, setzte er ihm des Langen und Breiten auseinander, warum er unbedingt so schnell wie möglich in dieses Loch hinabklettern musste. In den vorflutlichen Moliatkulturen sei es üblich gewesen, dass ein Herrscher nach seiner Thronbesteigung neue Tempel und Pyramiden errichten ließ, die die Bauwerke seines Vorgängers an Größe und Pracht übertrafen. Aber aus Ehrfurcht vor Göttern und Ahnen hätten sie die älteren Heiligtümer nicht einfach abgerissen, sondern mit neuen, noch prächtigeren Steinkonstrukten umbaut.

Axoras alias Chalóxo hörte sich das alles mit unterwürfiger Miene an und nur Liki bemerkte sein höhnisches Lächeln. »Morgen Loch«, kauderwelschte er. »Alte Steine hier seit weiß nicht tausend Jahren. Morgen bestimmt auch da. Jetzt schlafen und Achtung hungriger Parder.«

Schließlich fügte sich Hergo. Erschöpft von den hinter ihnen liegenden Strapazen, legten sich an diesem Abend alle Expeditionsteilnehmer frühzeitig in ihre Hängematten. Die Kisten mit den Werkzeugen und sonstigen Ausrüstungsgegenständen hatten sie unweit dem Einstiegsloch auf der Plattform aufgestapelt. An allen vier Seiten des Lagers brannten Feuer, wie Hergo es angeordnet hatte. Jeweils zwei Mann sollten dort Wache halten.

Der Mond segelte hinter dünnen Wolkenbändern dahin, die wie Schlangengeister über den Nachthimmel wehten. Liki wartete auf Axoras. In ihrem Rücken war dieses Pulsieren und Kribbeln – sie würde keinen Schlaf finden in dieser Nacht, das wusste sie im Voraus.

So bekam sie haargenau mit, wie alles anfing. Der Albtraum, das Grauen, der grässliche Zauber. Es begann mit einem heftigen Windstoß, der von allen Seiten gleichzeitig zu kommen schien. Die Feuer gingen mit einem Schlag aus und die Wachen an allen vier Enden des Lagers fingen genauso gleichzeitig an zu schreien. Aber ihre Alarmrufe gingen in dem markerschütternden Brüllen unter, das im nächsten Moment den Dschungel, die Ruinenstätte und jeden einzelnen Expeditionsteilnehmer in seiner Hängematte erzittern ließ.

Ein Brüllen, das beinahe wie Donner klang. In der ersten Verwirrung glaubte Liki, über ihnen bräche ein Gewitter los. Aber es war das Brüllen einer zornigen Raubkatze, nur so viel lauter und mächtiger, als sie es jemals für möglich gehalten hatte.

Mittlerweile war das ganze Lager auf den Beinen. Alle liefen durcheinander, alles heulte um Hilfe. Hergo und Lona Markan rannten herum und schrien: »Wächter, hierher!« – und niemand kam. »Chalóxo!«, schrie Hergo und diesmal bekam er eine Antwort, die das Lager in noch hellere Aufregung versetzte: Die riesenhafte Raubkatze brüllte aufs Neue und diesmal ganz nah. Niemand hatte sie bisher zu sehen bekommen, auch Liki nicht, aber im Stockfinstern konnte man eine schwarze Bestie ohnehin erst dann bemerken, wenn es zu spät war.

Liki wollte sich eben aus ihrer Hängematte schwingen, als sie Axoras' Stimme in ihrem Kopf vernahm. *Rühr dich nicht – sonst bist du tot.* Es war eindeutig seine Stimme, aber gleichzeitig klang sie überhaupt nicht nach ihm, ja sie klang nicht einmal wie eine menschliche Stimme. Sie hörte sich so an, wie Axoras sich anhören würde, wenn er eine riesenhafte Raubkatze wäre. *Zu keinem ein Wort – sonst bist du tot.*

Das Brüllen des Parders war jetzt überall auf einmal. So als ob sein Kopf, größer als der Mond dort oben (der in Zaketumesien sowieso immer viel größer und mächtiger wirkte als von der anderen Seite des

Grünen Meeres aus), über der kolossalen Plattform schwebte und unablässig auf sie herunterbrüllte und -fauchte.

Die einheimischen Träger waren unterdessen auf ihre Knien gefallen. Von überallher im Dunkeln hörte Liki die Männer und Frauen um Gnade winseln. »Xapadocha, Xapadocha!« So hieß die kriegerische Gottheit, die sich in einem Nachtparder verkörperte, wenn sie die sterblichen Kreaturen mit ihrer Gegenwart beehrte.

Aber Liki wusste, dass diese monströse Raubkatze keine Verkörperung des zornigen Xapadocha war. Es war Axoras, der mächtigste Magier im ganzen Moliat, der einzige Sterbliche, der zu einer so ungeheuren Lakori imstande war.

In das Brüllen des Nachtparders und das Gewinsel der zu Tode verängstigten Menschen mischten sich mit einem Mal dumpfe Trommelklänge. Der ganze Dschungel begann zu wummern wie das Herz einer riesenhaften Bestie und dazu hob es aus unzähligen Flöten markerschütternd zu pfeifen an – es klang, als ob alle Tiere im gesamten Nebelwald gleichzeitig in Angst- und Schmerzens- und Todesschreie ausbrechen würden. Und gerade als Liki in ihrer Hängematte dachte, dass es ärger nun gewiss nicht mehr kommen könne, da begann die Erde zu beben.

Zumindest fühlte es sich für sie und wohl auch für alle anderen auf der Plattform so an. Zumal gleichzeitig ein Malmen und Knirschen und Poltern ertönte, wie wenn Mauern einstürzen und Felslawinen zu Tale donnern, und währenddessen brüllte der Parder unaufhörlich und die Trommeln wummerten, die Knochenflöten schrien, die Moliaren wimmerten: »Xapadocha – hab Erbarmen!«, aber mit diesem Inferno hatte der große Xapadocha nichts zu tun.

Rühr dich nicht – sonst bist du tot. Liki lag wie eine Skulptur so starr in ihrer Hängematte. *Zu keinem ein Wort – sonst bist du tot.* Irgendwann hörte der Boden unter ihr auf zu beben. Über den Wipfeln der Syrassen und Yasnas und Purpurinenbäume wurde der Himmel erst rußfarben, dann ganz allmählich aschegrau.

Das Getöse der Trommeln und Flöten erstarb. Es verstummte nicht gänzlich und jeder einzelne Expeditionsteilnehmer würde es bis zum Ende seines Lebens in sich tragen. Aber es wurde fast unmerklich immer leiser, so wie auch das Brüllen und Fauchen des Nachtparders in der Morgendämmerung nur noch wie aus großer Ferne zu hören war.

Liki richtete sich in ihrer Hängematte auf. Sie erhielt keine weiteren Gedankenbefehle und so rieb sie ihre steifgewordenen Gliedmaßen und sprang vorsichtig auf den steinernen Untergrund hinab.

Sie war darauf gefasst, sich in einem verheerten Lager voll verstörter Menschen wiederzufinden. Doch es war weitaus ärger. Der größte Teil der Plattform, auf dem sie gestern Abend ihr Lager errichtet hatten, war ganz einfach nicht mehr da. Stattdessen klaffte dort ein gigantischer Krater.

4

Liki machte sich so leicht wie möglich. Auf Zehenspitzen, um keine unnötigen Erschütterungen hervorzurufen, ging sie zu Hergo und seiner Assistentin hinüber. Die beiden kauerten am Rand des ungeheuren Abgrunds, zu dem sich ihr Einstiegsloch über Nacht vergrößert hatte. Auch sie wirkten reichlich mitgenommen, aber anscheinend hatten sie keine größeren Verletzungen abbekommen.

»Wo warst du, Halbblut«, fuhr Lona Markan sie an. »Und wo versteckt sich dieser Schurke Chalóxo?«

»Lass sie, Lona«, beschwichtigte Hergo. »Mehr als die Hälfte unserer Leute ist verschwunden«, fügte er an Liki gewandt hinzu. »Einige von ihnen sind zu Tode gestürzt.« Er wirkte verunsichert. Vage deutete er in den Abgrund hinunter und Liki folgte ihm mit den Augen: Die gewaltige Pyramide da unten mit dem quaderförmigen Tempel auf dem Dachfirst sah erstaunlich unversehrt aus. Unmengen von Steintrümmern türmten sich um den Pyramidensockel herum am Boden des Abgrunds, doch das Bauwerk selbst hatte bis auf ein paar zermalmte Reliefs keine sichtbaren Schäden davongetragen. »Aber die meisten von unseren Leuten«, fuhr der Professor fort, »sind heute Nacht wohl einfach davongerannt.« Das sei allerdings längst nicht so schlimm, wie es sich vielleicht anhöre, fügte er hinzu – schließlich hätten sie durch das Beben auch mindestens die Hälfte ihrer Ausrüstungsgegenstände verloren.

Er hatte ein paar Schrammen im Gesicht, wirkte aber ansonsten eigentümlich munter. Ab und an schien er in sich hineinzuhorchen und Liki fragte sich, ob auch er, so wie sie selbst letzte Nacht, Gedankenbefehle von Axoras erhielt. Die Moliaren, die weder umgekommen waren noch die Flucht ergriffen hatten, schienen vor Angst noch immer mehr tot als lebendig. Dennoch ordnete Hergo an, dass sie unverzüglich durch den Krater zur Pyramide hinabsteigen würden.

Doch die einheimischen Träger weigerten sich, diesen Befehl auszuführen. »Xapadocha«, flüsterten sie nur immer wieder und sahen sich mit scheuen Blicken um. Ihrer Ansicht nach hatte der große Kriegsgott letzte Nacht unmissverständlich klargemacht, dass sie alle von hier verschwinden sollten.

»Um uns zur Pyramide abzuseilen, brauchen wir mindestens drei Helfer«, beharrte Lona Markan. »Dich, Halbblut«, blaffte sie Liki an, »und noch zwei – wähle sie aus.«

Likis Blick fiel auf Sico und Maki. Die beiden sahen einander fragend an und willigten dann ohne weiteres ein.

Kurz darauf begannen sie bereits mit dem Abstieg. Hergo und Lona Markan, Sico und Maki sowie Liki als Nachhut. Ohne irgendwelche Zwischenfälle erreichten sie den Dachfirst der Pyramide. Die Türöffnung des würfelförmigen kleinen Tempels war zugemauert und Hergo legte den Eingang mit wenigen wuchtigen Hammerschlägen frei.

Hergo und Lona Markan drangen in den Tempel ein, mit Fackeln und Hämmern ausgerüstet. Doch schon im nächsten Moment stieß die Magistra einen Schrei aus. »Ein Parder«, heulte sie auf, »wie kommt der hier rein?«

Sie rannte die beiden Moliaren beinahe um, so eilig hatte sie es mit einem Mal, aus dem Tempel wieder herauszukommen. Aber dann erstarrte sie auf der Türschwelle.

Der Tempel dröhnte von Hergos Gelächter. »Renn schneller, Lona«, schrie er, »sonst beißt das Kätzchen dir sonst wohin!«

Zögernd drehte sich die Assistentin wieder zu ihm rum. Über ihre Schulter hinweg sah Liki, was den Professor so sehr belustigte. Mitten in dem quadratischen Tempelraum saß ein lebensgroßer Nachtparder. Die Bestie war kunstvoll aus dem Stamm eines Steinholzbaums geschnitzt und ihre funkelnd grünen Augen waren ebenso wie das glänzend schwarze Fell auf die Holzskulptur aufgemalt. Der Parder saß überdies in einem Steinholzkäfig fest und diese bizarre Einzelheit schien Hergo besonders zu amüsieren – er hieb mit der flachen Hand auf den Käfig und rief dabei ein ums andere Mal aus: »Zum Glück ist er gefangen! Zum Glück ist er gefangen! Den nehmen wir mit«, sagte er schließlich, noch außer Atem von seinem Lachanfall. »Du lieber Linglu, war das ein Spaß.«

Die Magistra schien weit weniger erheitert. Misstrauisch betrachtete sie die geschnitzte Bestie hinter den Gitterstangen. Als Hergo den Käfig beiseiteschob, machte der Parder darin einen kleinen Satz und Lona Markan zuckte erneut zurück. Wo der Käfig gestanden hatte, kam ein kreisrundes Bodenloch zum Vorschein.

Im Fackelschein begutachtete Liki unterdessen die Tempelwände. Das Bauwerk hatte den nächtlichen Trümmerregen keineswegs so gut überstanden, wie es von der Plattform aus den Anschein gehabt hatte. Jedes einzelne Mauerstück war mit einem Spinnennetz aus Rissen überzogen.

Kein Wort – sonst bist du tot.

Auch Liki warf dem hölzernen Parder nun einen argwöhnischen Blick zu. Sie war sich keineswegs sicher, ob dieser Gedankenbefehl gerade jetzt in ihrem Kopf ertönte – oder ob es ein Nachhall von letzter Nacht war.

Sie beschloss zu schweigen. Schließlich hatten der Professor und die Magistra genauso Augen im Kopf wie sie, doch sie schienen den Rissen im Mauerwerk keine Bedeutung beizumessen.

Das Allerheiligste eines Moliattempels befand sich nicht im Bauwerk selbst, sondern darunter, das wusste auch Liki und so wunderte sie sich nicht, als sich Hergo neben dem Bodenloch niederkauerte. Es war kreisrund und mit einem Steinpfropf verschlossen, den der Professor und Sico mit vereinten Kräften hervorzerrten und zur Seite wälzten. Sie zurrten ihre Seile fest und stiegen einer nach dem anderen hinab. Die beiden Forscher vorneweg, dann das Moliarenpärchen und Liki im Nachtrab. Auch die Wände des Schachts, der in das Allerheiligste hinunterführte, waren mit Rissen überzogen. Sie meinte nun bereits so etwas wie leises Knirschen im Mauerwerk zu hören.

Unten angekommen, folgten Hergo und Lona Markan einem schmalen Gang, der nach wenigen Metern wiederum vor einer vermauerten Türöffnung endete. Abermals schwang der Professor seinen Hammer und legte den Zugang frei.

Der Professor und die Magistra traten in das Allerheiligste. »Seit mindestens zehntausend Jahren«, sagte Hergo, »hat kein Fuß diese Stätte betreten.« Die Kammer war eng bemessen, aber Liki blieb ohnehin lieber in der Nähe des Ausgangs. Über Sicos und Makis Schultern hinweg sah sie zu, wie die beiden Forscher mit großen Augen die Wandzeichnungen musterten.

Was diese Bildtafeln zeigten, konnte Liki nicht erkennen und sie war auch entschlossen, es dabei zu belassen. In den Mauern um sie herum knirschte und ächzte es mittlerweile so vernehmlich, dass eigentlich auch Hergo und Lona Markan es nicht mehr überhören konnten. Doch die beiden machten keinerlei Anstalten, den Rückzug anzutreten. Sie kramten Wachspapierbögen und Stifte aus ihren Rucksäcken und begannen, in fiebriger Eile die Bildtafeln von den Wänden abzupausen.

»Hörst du die Trommeln und Flöten auch immer noch?«, fragte Lona Markan. Hergo nickte ihr mit gehetzter Miene zu und kritzelte hastig weiter.

»Wir müssen von hier verschwinden«, rief Liki. »Gleich kracht hier alles zusammen – dann werden wir unter den Tempeltrümmern begraben.«

Hergos einzige Antwort war ein weiterer gehetzter Blick.

Während sie von einer Bildtafel zur nächsten eilte, fand Lona Markan immerhin noch Zeit für eine herablassende Bemerkung. »Hier drin ist es sogar noch gefährlicher, als du dir vorstellen kannst, Halbblut«, sagte sie. »Auch die Pyramide wird größtenteils hohl sein und dieses Allerheiligste hier klebt also praktisch unter ihrem Dach im Leeren.«

Sie hatte ihren Satz noch nicht beendet, als die Wände um sie herum zusammensackten. Hergo und Lona Markan schrien auf vor Verzweiflung und Wut – sie hatten die Bildtafeln noch nicht vollständig kopiert. Der Boden unter ihren Füßen bebte, Steinbrocken lösten sich aus der Decke und prasselten auf sie herab. Wenn sie auch nur einen einzigen Augenblick länger in diesem allerheiligsten Schutthaufen blieben, würden sie mitsamt ihrer archäologischen Sensation darin begraben werden. »Raus hier!«, schrie Hergo. »Träger – den Parder mitnehmen!«

Buchstäblich im letzten Moment schafften sie es aus dem Allerheiligsten in den Tempel und von dort auf der Strickleiter in rasender Eile wieder auf die Plattform hinauf. Hergo und Lona Markan kletterten als Letzte empor, während unter ihnen die Pyramide mit dem Tempel darauf zu einer ungeheuren Steinlawine in sich zusammenstürzte. Eine gewaltige Staubwolke stieg empor und für einige qualvolle Augenblicke konnten anscheinend weder Hergo noch Lona Markan auch nur ihre eigenen, um das Seil geklammerten Hände vor Augen sehen.

Was genau in diesen Augenblicken passierte, hatte Liki niemals herausgefunden. Später jedenfalls, auf dem gesamten mühseligen Rückweg bis zur Grünmeerküste, beschuldigten sich die beiden Forscher gegenseitig des hinterhältigen Mordversuchs. Die Magistra bezichtigte Hergo immer wieder, er habe an ihren Fußknöcheln gezerrt, damit sie zu Tode stürzen und er allein als Entdecker der Bildtafeln von Naxoda gefeiert würde. Dagegen beharrte der Professor darauf, sie hätte ihm mit aller Kraft auf Kopf und Hände getreten, weil sie ihn tot sehen und als alleinige Naxoda-Entdeckerin unsterblich werden wollte.

So beschimpften und belauerten sie sich mehr als zwei Wochen lang und währenddessen wetteiferten sie darin, ihre lückenhaften Kopien der Bildtafeln aus dem Gedächtnis zu vervollständigen. Der Professor sollte ebenso wie seine Assistentin unversehrt die Küste erreichen, doch auch ihr Rückmarsch stand unter keinem guten Stern.

Von den dreizehn Helfern, die ihnen nach jener Nacht geblieben waren, kamen bis Zaruka weitere drei ums Leben. Ein Bursche brach sich bei einem Sturz das Genick, zwei ältere Moliaren wurden bei Nacht von Raubtieren zerfleischt – ob von Nachtpardern, blieb im Dunkeln. Als sie am siebzehnten Tag den Hafen von Zaruka erreichten, machten sich weitere sieben Moliaren im Schutz der Abenddämmerung aus dem Staub, ohne auch nur ihren Trägerlohn zu fordern. So blieben lediglich Sico und Maki übrig. Hergo wies sie an, ihre Habseligkeiten zu bewachen, bis sie am folgenden Morgen in den Ozeandampfer *Königin Lanfa* verladen würden.

Hergo und Lona Markan verbrachten die Nacht in derselben Hafenpension wie bei ihrer Ankunft in Zaketumesien, doch diesmal in getrennten Zimmern. Als sie sich morgens wieder am Überseekai einfanden, war auch das einheimische Wächterpärchen verschwunden. Stattdessen lagen neben dem Käfig mit dem hölzernen Parder zwei weitere kunstvoll gefertigte Yasnaskulpturen: ein Bursche und eine junge Frau, beide mit den unverkennbaren Zügen und der eher kleinwüchsigen Gestalt der Nebelwald-Moliaren. Hergo konnte sich nicht erinnern, wie sie in den Besitz dieser lebensgroßen Statuen gelangt waren, und Lona Markan antwortete auf alle seine Fragen nur mit einem zwischen den Zähnen hervorgezischten »Verbrecher!«.

Als die Schiffsbesatzung bereits begonnen hatte, das Gepäck der Überseepassagiere zu verladen, erschien schließlich auch noch Liki Meida am Kai. Sie war übernächtigt, doch allerbester Stimmung – in der Nacht war Axoras wieder bei ihr gewesen, in der Gestalt jenes jungen Moliatkriegers, und hatte ihr seine sonderbaren Schnalz- und Klickerlaute ins Ohr geflüstert. In ihrem Rücken pulsierte und kribbelte es seitdem, als ob sich dort Hunderte winziger Schlangen kringelten.

Auf Likis Rat hin nahm Hergo die beiden Yasnaskulpturen mit nach Phora. Als einzige von allen Expeditionsteilnehmern, die der Professor angeheuert hatte, bekam Liki ihren vereinbarten Lohn ausgezahlt: siebzig dunibische Gulden mit dem weltberühmten phoräischen Panorama auf der Vorder- und dem Porträt von König Sorno auf der Rückseite.

»Hat *er* dich nach Naxoda geschickt?« Sie klopfte mit der Spitze ihres Zeigefingernagels auf Sornos goldenes Antlitz.

»Knapp daneben.« Gol Hergo schüttelte den Kopf – dann erst schien ihm klar zu werden, dass Liki ihn übertölpelt hatte. »Halte dich da raus«, sagte er. »Frag nie mehr danach – mich nicht und auch sonst niemanden.«

Er beschwor sie, nochmals ein Jahr verstreichen zu lassen, bevor sie nach Dunibien zurückkehrte. Anstelle einer Antwort küsste sie ihn hingebungsvoll – nicht aus Liebe oder Zärtlichkeit, oder das möglicherweise auch. Aber hauptsächlich küsste Liki ihn, weil sie die Blicke der Markan hinter dem Kajütfenster auf ihnen beiden spürte.

Und gerade in diesem Moment, als Rabov mit Likis Sinnen diese ergreifende Abschiedsszene nacherlebte – gerade da geriet der Schlamm um ihn und Liki herum in eine wirbelnde Bewegung.

5

Als wenn irgendwo unter ihnen der Pfropf aus einem Ausguss gezogen worden wäre, so begann der Schlamm um sie herum gurgelnd zu kreisen und saugte sie beide in rasenden Spiraldrehungen mit sich hinab. Im selben Moment wurde Likis innere Welt für Rabov dunkel und leer.

Zu früh, dachte er, mehr erbost als erschrocken – ein paar Augenblicke noch, dann wäre er bis ans Ende von Likis Geschichte gekommen, so aber blieben immer noch einige wichtige Fragen ungeklärt.

Mit den Füßen voran schoss Rabov in einem Schacht voller Schlamm hinab. Seine Ohren waren noch immer mit den Kugeln verklebt, die er sich aus Schlangenschleim modelliert hatte, und die Röhre um ihn herum war so eng, dass er weder die eine noch die andere Hand zu seinen Ohren hochbekam. Aber Liki gab sowieso keinen Laut von sich und allem Anschein nach würde sich daran auch so bald nichts ändern.

Ihre Arme und Beine, die sie um seine Schultern und seine Mitte geschlungen hatte, fühlten sich eisenhart an. Genauso wie ihre Stirn, die gegen seine linke Wange gepresst war. Aber Liki Meida war nicht plötzlich zu einem Apparat aus Eisen geworden. Sie hatte ihm gesagt, dass Axoras sie in dem Schlammloch nicht sehen könne. Doch offenbar hatte sie nicht gewusst (oder jedenfalls nicht erwähnt), dass er sie trotzdem mit einem Zauber belegen konnte – mit der gleichen Lakori, durch die Velissa Labiano verwandelt worden war.

Rabov fühlte die rauhe Rinde auf seiner Wange und seinem Nacken. Auch wenn er sie in diesem dunklen Schacht nicht sehen konnte, spürte er doch mit untrüglicher Gewissheit, dass Liki in seinen Armen in einen Yasnabaum verwandelt worden war. Ein Geruch nach Baumrinde und frischem Laub ging von ihr aus. Ihre Gliedmaßen umschlossen ihn so eng und unnachgiebig hart, dass er nur noch mühsam Luft bekam. Selbst wenn er die rasende Fahrt durch diesen Schacht voller Schlamm mit halbwegs heilen Knochen überstehen sollte – in dieser Fesselung wäre er hilf- und wehrlos.

Nicht, dass es einen nennenswerten Unterschied machen würde – gegen einen so übermächtigen Widersacher hatte er so oder so keine Chance. Trotzdem erbitterte es ihn, dass sich sein Gegner nicht mit dem Sieg zufriedengab, sondern ihn überdies zu verspotten schien.

Selbst wenn er es irgendwie schaffte, eine Hand zwischen Liki und seinen eigenen Körper zu zwängen und die Kampfaxt aus seinem Gürtel zu ziehen – er könnte sich niemals überwinden, sich aus Likis Umschlingung freizuhacken. Denn Liki *lebte,* er spürte es klar und deutlich – sie lebte, so wie Velissa Labiano im Innern des Yasnabaums weitergelebt hatte. Ihn graute vor dem Augenblick, in dem es um sie herum wieder hell werden würde und er in Likis verwandeltes Gesicht schauen müsste – mit Rinde überzogen und in unsagbarem Entsetzen verzerrt.

Und doch würde er eher in ihren Armen sterben, als ihr die Gliedmaßen vom Rumpf zu hacken. Denn das hieße ja, wie die widerwärtig weißen Würmer zu werden, diese greulichen Ungeheuer, die Arme und Beine von ihren Opfern herunterfraßen. Aber dafür hatte er sich nicht aus der Naxoda-Bestie wieder hervorgekämpft, sagte sich Rabov – um nun selbst zu einem solchen Monstrum zu werden. Und dafür hatte er nicht damals in Raginor den Fresspriester gezwungen, ihn wieder freizulassen – um nun ein halbes Leben später Likis Gliedmaßen anstelle seiner eigenen Arme und Beine zu opfern.

»Liebste Liki«, flüsterte Rabov in ihr Ohr, während der Schlamm sie den nachtschwarzen Schacht hinabriss. »Eher komme ich mit dir um, als …«

Doch es war kein guter Moment für Liebesschwüre. Offenbar waren sie ans Ende ihrer rasenden Fahrt gelangt: Rabov wurde rücklings auf einen schmalen Wiesenstreifen geworfen, unmittelbar neben einer kümmerlichen Hütte, die ihm von irgendwoher bekannt vorkam. Der Himmel war schwarz, es musste tief in der Nacht sein. Glücklicherweise war er einigermaßen weich aufgekommen, in einem gewaltigen Schlammhaufen, in dem er gleich wieder bis über Schultern und Schläfen versank. Liki lag nun auf ihm. Drückend schwer lastete sie auf seiner Brust und er musste sie mit jedem einzelnen Atemzug mühevoll emporstemmen.

Allmählich dämmerte ihm, an welchen Ort es sie verschlagen hatte. Sie waren zurück in Phora, in der Olchostraße. In der halb zusammengekrachten Hütte linker Hand hatte er heute früher am Tag nach Liki und ihrem Schlangenklub gesucht. Wenn er sich ein wenig längermachte, könnte er mit seinen Fußspitzen wahrscheinlich die Türschwelle berühren und die Tür stand sogar noch offen von seinem Besuch. Und von der Schlammwoge, mit der sie wieder hinausgeschwemmt worden waren.

Die Uferwiese war zum Fluss hin ein wenig abschüssig und Rabov spürte, wie der Schlamm ihn träge umfloss, an seinen Armen und Schultern zog und ganz langsam unter ihm davonrann. Irgendwo da hinten gurgelte die Rote Nibra vorüber, nur ein paar Schritte hinter seinem Kopf, und aller Schlamm, der mit ihnen beiden zusammen aus dem heißen Fleck geschwappt war, floss nun mit träger Zähigkeit die Uferwiese hinab. Doch so wie sich Liki an ihn geklammert hatte, konnte Rabov seinen Kopf nicht weit genug nach hinten verdrehen, um die Nibra mit eigenen Augen zu sehen. Der volle Mond segelte über den Nachthimmel und obwohl er auf dieser Seite des Grünen Meers viel kleiner und ferner schien, reichte sein Lichtschein aus, um einen monströsen Schatten an die Hüttenwand zu malen.

Den Schatten eines riesenhaften Nachtparders, der Rabov unbewegt ansah. Aus schrägen Katzenaugen, die eindeutig einen grünen Schimmer aufwiesen, auch wenn das bei einem gewöhnlichen nachtgrauen Schemen eigentlich nicht möglich war.

Befrei dich und kämpfe – oder du bist tot.

Rabov war auf diese Gedankenstimme gefasst gewesen, trotzdem fuhr er zusammen – es klang wirklich kaum wie eine menschliche Stimme, eher wie tierisches Grollen und Fauchen. *Du hast gewonnen, Axoras,* gab er so ruhig zurück, wie das mit der Last auf seiner Brust möglich war (und das war allerdings nicht im Geringsten ruhig). *Reicht dir das nicht? Warum willst du dich auch noch an unseren Qualen weiden?*

Die Schnurrhaare des riesenhaften Parders zuckten. *Nur deshalb bin ich ja nach Phora gekommen, Dunibier – um mich an euren Schmerzen, eurer Qual und eurem Grauen zu laben. Also befreie dich endlich und kämpfe!*

Mühevoll atmete Rabov aus und ein. *Was hat Dunibien dir angetan – warum willst du gerade uns Phoräer leiden sehen?*

Der Parder stieß ein zorniges Fauchen aus. *Das fragst du, Agent eines Königreichs, dessen Macht und Reichtum seit ältesten Zeiten auf Blut und Schmerzen aller anderen Völker gegründet ist?*

Darauf fiel Rabov nicht sofort eine Antwort ein. Aber die riesenhafte Raubkatze schien auch nicht damit gerechnet zu haben. *Dunibische Eroberer,* fuhr Axoras fort, *haben die Moliaren-Städte geplündert, meine Vorfahren getötet, versklavt, zur Anbetung eures Götzen Linglu gezwungen – und du fragst mich, warum ich euch Dunibier leiden sehen will?*

Aber das, wandte Rabov ein, *ist fast zweitausend Jahre her!*

Der Parder riss sein Maul auf und ließ ihn seine dolchspitzen Reißzähne sehen. *Vergangen und vergessen,* höhnte Axoras, *ich kenne sie alle, eure hohlen Lügenformeln – als ob irgendetwas je wirklich vergangen und vorbei wäre! Dunibier haben unser Kultur zerstört – und seit damals sind wir Gefangene im eigenen Land! Dunibier haben ihre Städte auf unserem Boden errichtet, haben unsere Wälder abgeholzt, unsere Goldminen geplündert – und bis heute sind es ihre Nachkommen, die über Zaketumesien herrschen: hellhäutig wie ihr, nur allenfalls mit ein paar Tropfen Moliatblut in ihren kostbaren Adern! Und waren es nicht auch Dunibier, die ihren Linglu so erzürnten, dass er die große Strafflut geschickt hat? Aber Linglu ist ja ein dunibischer Götze und Dunibier haben nun einmal die Gewohnheit, den ganzen Planeten als ihre Bühne und ihr Besitztum anzusehen – also hat euer Linglu als Strafe für eure Sünden auch gleich alle anderen Länder dieser Erde in der Großen Flut ersäuft.*

Diese Zornpredigt blieb nicht ohne Wirkung auf Rabov, doch vor allem gingen ihm nun langsam die Kräfte aus. *Du hast recht,* erwiderte er mühsam, *wir Dunibier haben die anderen Völker nicht immer gerecht behandelt.* Er rang um Atem. Mittlerweile war in ihm ein Entschluss gereift, doch es war fraglich, ob ihm genügend Zeit bliebe, ihn in die Tat umzusetzen. *Aber wie kannst du uns deshalb anklagen,* fuhr er fort, *wenn du selbst es doch nicht anders machst? Du benutzt Liki, um mich zu quälen – Liki, die dich wie einen zweiten Vater liebt und verehrt!*

Das ist etwas anderes. Der Parder hob ruckartig eine Vordertatze, so als wollte er Rabov einen Schlag versetzen. *Liki hätte sich niemals mit dir einlassen dürfen. Aber das spielt jetzt keine Rolle mehr. Sie hätte so oder so sterben müssen – wie ihr alle hier in Phora.*

Rabov begannen die Sinne zu schwinden. Gleißende Lichtpunkte wirbelten vor seinen Augen. Selbst das Kribbeln und Pulsieren in seinem Rücken wurde schwächer – ein kleiner Trost, dachte Rabov, wenn er sterben müsste, bevor die Schlange aus ihm schlüpfen könnte, dann wäre es auch mit dem Biest vorbei. Unendlich mühevoll stemmte er Liki ein weiteres Mal mit seinem Brustkorb empor und sog ein wenig Atemluft ein. *Wenn Dunibier, wie du sagst, andere um ihrer Ziele willen leiden lassen und wenn Moliaren so etwas nicht machen würden …* Er unterbrach sich und diesmal dauerte es lange, bis er wieder genug Atem beisammen hatte, um seinen Satz zu Ende zu bringen. *… dann scheinst du ein Dunibier zu sein, Axoras – und ich ein Moliare. Ich liebe Liki und ich würde sie niemals töten oder auch nur verletzen – um keinen … Preis … auf gar keinen …*

Weiter kam er nicht – es wurde stockfinster um ihn. Rabov bewegte lautlos seine Lippen. »Allmächtiger Linglu, in Deine Hände …« Und auch dieses Stoßgebet blieb unvollendet.

Gerade eben wollte er seinen allerletzten Seufzer hervorröcheln, als sich die eisenharte Spange um seinen Brustkorb ein wenig lockerte – nur eine Ahnung, einen halben Hauch weit. Aus dem Seufzer wurde ein pfeifender Atemzug. Liki hat mich erhört, dachte Rabov, oder Linglu, oder wer auch immer – jedenfalls lebte er und er bekam Luft, wenn auch nur gerade so viel, dass er halbwegs bei Sinnen blieb.

Abermals stieß der Schattenparder ein zorniges Fauchen aus. *Der große Schlangengott Chizocca selbst, der höchste und mächtigste unserer Götter, hat mich dazu auserwählt, alles Unrecht, das ihr Dunibier jemals verübt habt, an euch zu rächen. Also befreie dich und kämpfe!*

Rabov überkam ein heftiger Schwindel – nicht allein aus Atemnot, sondern mehr noch, weil er mit einem Mal verstand. Weil in einem einzigen Augenblick alle Bruch- und Splitterstücke in seinem Kopf zu einem schwindelerregenden Ganzen zusammengeschossen waren. Weil auf einmal alles, was er in letzter Zeit erlebt hatte und was an größtenteils grauenvollen Dingen um ihn herum passiert war, einen Sinn ergab.

Axoras war auserwählt, um Dunibien zu vernichten? Wohlan, sagte sich Rabov – wenn er Calins Erzählung von der Tiefseefahrt jenes Lidor und seine eigenen Traumgesichte nicht ganz und gar missverstanden hatte, dann war er selbst gleichfalls auserwählt, und zwar, um sein geliebtes Dunibien und (so wie Linglu die Dinge nun einmal im Allgemeinen anging) die ganze Welt vor dem Untergang zu bewahren.

Sorgsam achtete er darauf, dass die riesenhafte Schattenkatze von den Gedanken, die nun hinter seiner Stirn umherwirbelten, nichts mitbekam. Behutsam atmete er aus und ein und ermahnte sich, bei jedem Atemzug so vernehmlich zu röcheln, als ob er weiterhin gegen das Ersticken ankämpfen müsste.

In dem allerdings ungewissen Licht, das der Mond über die nächtliche Nibrawiese ergoss, sah er, dass ein Lächeln Likis Yasna-Antlitz erhellte – ein sehr schwaches, Schmerz und Entsetzen abgetrotztes Lächeln, aber es war ein Lächeln und das gab ihm weitere Kraft.

Kraft für einen so ungeheuren wie unumgänglichen Verrat.

Warum Velissa Labiano?, fragte er. *Was hat sie dir angetan – wofür hast du sie so grauenvoll gestraft?*

Die Schnurrhaare des Schattenparders zuckten. *Sie hat Hergo erpresst – er sollte sie in die Geheimnisse von Naxoda einweihen oder sie würde den Zeitungen verraten, wer ihn nach Naxoda geschickt hat.*

Du meinst Prinz Lugo? Rabov spürte, dass sich Axoras nicht mehr lange hinhalten lassen würde. Aber noch war seine Wissbegierde nicht gänzlich gestillt und vor allem fühlte er sich noch nicht stark genug für den Verrat, den er gleich verüben müsste. *Aber warum nur hat der Prinz das getan?*

Er wusste gar nicht, was er da machte, so wenig wie Hergo. Das Fauchen des Parders klang verachtungsvoll. *Lugo wollte einfach ein bisschen Schlangenzauber, um die Flutangst der Phoräer anzustacheln. Und Hergo hat allen Ernstes geglaubt, dass er die mächtige Schlangen-Lakori von Naxoda beherrschen und im Handumdrehen wieder beenden könnte, sobald Lugo auf dem Königsthron sitzt. Was für Idioten ihr Dunibier doch seid.* Wieder hob der Parder eine Pfote. *Eigentlich bin ich nur deshalb mit Hergo hierhergekommen, um mich am Schauspiel des dunibischen Untergangs zu weiden. Aber der großartige Altertumsforscher und seine Assistentin waren nicht einmal imstande, die Lakori von Naxoda richtig zu entfesseln, und Liki …* Er unterbrach sich und versetzte der Luft vor sich einen heftigen Tatzenhieb. *Also werde ich die Sache jetzt selbst zu Ende bringen. Rette dein Land vor Chizoccas Zorn, wenn du es vermagst,* fauchte der Parder, *oder ich werde noch diese Nacht in jedem einzelnen Phoräer die Schlange erwecken und ihr alle werdet in einem blutigen Gemetzel verrecken.*

Keine Sorge, Axoras, ich werde dir Dunibien nicht überlassen. In rasender Hast überdachte Rabov noch einmal seine Entscheidung. Alles lief darauf hinaus, dass er den König und sein Reich verraten musste, um Sorno vor dem Sturz und Dunibien vor dem Untergang zu retten. Denn hinter der Persönlichkeit »allerhöchsten Ortes« verbarg sich niemand anderer als Prinz Lugo, der so lange Zeit namenlose Reichssekretär im Innenministerium. Der Prinz war dafür verantwortlich, dass Hergo und Lona Markan die Bildtafeln von Naxoda entdeckt und die Kopien nach Phora geschafft hatten, zusammen mit der hölzernen Nachtparder-Statue, in die Axoras sich selbst verwandelt hatte. Prinz Lugo wusste und wollte, dass der Naxoda-Zauber Schlangenfieber und Flutangst in Phora entfachen und ihm so den gewünschten Vorwand liefern würde, um seinen Bruder vom Thron zu stürzen. Lugo war also ein Hochverräter und seinen Plan konnte Rabov nur auf eine einzige Weise noch zunichtemachen oder jedenfalls blockieren – indem er selber Hochverrat beging. Indem er den einzigen Magier um Hilfe rief, der Axoras die Stirn bieten konnte. Und indem er als Gegenleistung versprach, was immer der Angerufene für seine Hilfe verlangte.

Noch einmal hielt Rabov inne. War ihm das alles womöglich nur von seinem Dunkeldu eingeflüstert worden? Gab es in Wahrheit vielleicht gar keinen hochverräterischen Prinzen und demnach auch für ihn keinen Grund, zum Hochverräter zu werden?

Zweimal nein.

Rabov atmete so tief ein, wie Liki ihm das seit kurzem erlaubte. Dann rief er mit aller Gedankenkraft, die er noch zusammenraffen konnte, den Namen des Mannes, mit dem dieser ganze Ärger für ihn begonnen hatte.

6

Großmächtiger Magier Radschi Varusa, rief Rabov, *Hohepriester der Ragadhani, hören Sie mich?*

Der Schatten des Parders erstarrte.

Anscheinend brauchte auch Varusa einen Augenblick, um seiner Verwunderung Herr zu werden. *Der Herr königliche Ordnungsbeamte Rabov?,* vergewisserte er sich. *Was verschafft mir die Ehre?*

Ehrwürdiger Radschi Varusa, sagte Rabov, *lassen wir das Geplänkel – ich flehe Sie an. Ich bin königlicher Spezialagent und ich bitte Sie hiermit um Hilfe. Dunibien ist in großer Gefahr. König Sorno gewährt Ihrer verkörperten Gottheit Ragadhani und Ihnen selbst Gastrecht und Religionsfreiheit. Im Namen des Königs bitte ich Sie – stehen Sie Dunibien bei in dieser Stunde höchster Not. Der moliarische Magier Axoras will einen Schlangenzauber entfesseln, an dem alle Dunibier zugrunde gehen sollen – allein Sie, ehrwürdiger Radschi Varusa, und Ihre Gottheit Ragadhani sind mächtig genug, seine Pläne zu durchkreuzen.*

Nach diesem flehentlichen Appell waren Rabovs allerletzte Kräfte erschöpft. Er wartete angespannt, doch Radschi Varusa blieb still.

Aus Sekunden wurden Minuten.

Ehrwürdiger Radschi Varusa …

Keine Antwort. In den Parderschatten an der Hüttenwand kam allmählich wieder Bewegung – er richtete sich auf alle vier Beine auf und streckte sich, als würde es für ihn nun Zeit, ans Werk zu gehen.

Ehrwürdiger Radschi Varusa …

Der Bakusier schwieg noch immer. Aus und vorbei, dachte Rabov – er hatte versucht, was in seinen Kräften stand. Doch es hatte nicht gereicht.

Wie würde Axoras es anstellen, die Würmer in allen Phoräern auf einen Schlag zu erwecken? Bestimmt würde er dafür keine Trommeln und Flöten und auch kein Dampfmelodophon brauchen. Er war einer der mächtigsten Magier des Planeten und höchstwahrscheinlich war er imstande, die grauenvollen Zauberlaute ohne jeden Umweg in die Köpfe sämtlicher Dunibier zu senden. Jenes Trillern und Schnalzen und Keckern, das Rabov mit Likis Sinnen nacherlebt hatte, so wie alles andere, was damals im Moliat passiert war.

Der Parderschatten an der Hüttenwand hockte sich auf seine Hinterbeine und richtete sich gerade auf. Gleich würde es losgehen: »das Ende«, hatte Liki gesagt. »Was sonst.«

Rabovs Gedanken schweiften in das Allerheiligste unter Hergos Tempelnachbildung zurück – dort hatte er mit Milar darüber diskutiert, ob das Geschehen auf den Bildtafeln zyklisch aufzufassen sei. Ob auf den Untergang der Welt von Naxoda die neuerliche Versklavung der Schlangenwesen folge, und wenn er sich richtig erinnerte, hatten sie beide, Milar und er selbst, dieser Sicht der Dinge zugeneigt.

Aber auch das spielte jetzt wohl keine Rolle mehr. So wie es gleichgültig war, dass seine Ohren noch immer mit Wurmschleim versiegelt waren – wenn Axoras den Zauber direkt in allen Köpfen entfesselte, half ihm auch das nichts mehr. Zumindest aber konnte Axoras in Liki, solange sie in einen Yasnabaum verwandelt war, keine Schlange erwecken.

Doch auch das war alles andere als ein tröstlicher Gedanke – Liki, in ihrem Baum gefangen, während sich ringsumher Menschen und Tiere im Todeskampf krümmten, Schlangen aus zerfetzten Leibern hervorschnellten, sich über die Sterbenden hermachten, ihnen Arme und Beine von den Rümpfen herunterfraßen.

Der Parder an der Hüttenwand legte seinen Kopf zurück und schloss die Augen.

Liki, dachte Rabov beschwörend, halte mich fest, so wie auch ich dich festhalten will, solange wie irgend möglich. Er hörte Axoras' Gedankenstimme, die eine Folge grollender Donnerlaute hervorbrachte. Doch dieses Getöse wurde mit einem Mal von einer mächtigen Stimme übertönt.

Rabov! Ich habe Ragadhani befragt – und weil der dunibische König selbst sie durch deinen Mund darum gebeten hat, ist die Gottheit bereit, ihren Schutzfächer über Phora zu spannen.

Die riesenhafte Raubkatze erstarrte aufs Neue. Das Donnern und Grollen erstarb.

Nur ganz allmählich sickerte der Sinn dieser Worte in Rabov ein. *Sie will … uns schützen?*, stammelte er. *Ganz Dunibien wird der großen Ragadhani und Ihnen, ehrwürdiger Varusa, für alle Zeiten dankbar sein.*

Damit allein ist es nicht getan.

Nun war es an Rabov zu erstarren. *Was verlangen Sie?*

Eine angemessene Gegengabe – nichts, was unbillig wäre. Ein Opfer für jeden Tag, an dem die mächtige Ragadhani euch beschützt. Zum Zeichen der Ehrfurcht vor dem dunibischen König soll euch der Schutz für den Rest des heutigen Tages ohne Gegenleistung gewährt werden. Wir erwarten also die erste Gabe morgen zur Opferstunde, wenn sich die Sonne neigt.

Rabov presste die Kiefer aufeinander. *Menschenopfer?*, erkundigte er sich so beiläufig wie möglich (und das war allerdings nicht sehr beiläufig).

Menschen, bestätigte der Hohepriester, *was sonst, Agent? Und als erstes Opfer verlangen wir den Jungen, den Sie vom Altar der Gottheit gestohlen haben.*

Nein, auf gar keinen Fall! Rabov schrie es mit überkippender Gedankenstimme. *Das können Sie nicht verlangen, Varusa. Sie waren es, Ihre*

Tempelwächter, die den Jungen geraubt und verschleppt haben – ich habe dieses Unrecht nur wiedergutgemacht und ihn befreit.

Er hatte es befürchtet, natürlich hatte er die ganze Zeit über befürchtet, dass Varusa genau das von ihm verlangen würde. Aber er würde es nicht zulassen, das schwor sich Rabov – sowenig wie er bereit war, mit der Axt auf Liki loszugehen, sowenig würde er sich dazu hergeben, Zoran zu opfern.

Noch während er das dachte, erschien an der Hüttenwand ein zweiter gewaltiger Schatten – die gigantische Lyrissa, in der sich die Gottheit Ragadhani verkörperte. Neben dieser Riesenschlange nahm sich sogar der übergroße Parder kläglich aus. Sie hatte ihren ungeheuren Leib zusammengeringelt und zu einem halben Dutzend baumstammdicker Wülste übereinandergelagert. Darüber schwebte ihr Halsfächer und je länger Rabov hinsah, desto gewaltiger dehnte sich dieser Fächer aus und desto höher schwebte er in den Nachthimmel empor. Ein goldgelbes Strahlen ging von der göttlichen Ragadhani aus. Schon nach kürzester Zeit hatte ihr Schutzfächer eine solche Höhe und Ausdehnung erreicht, dass er ganz Phora zu überwölben schien.

Ragadhanis unbezwingbaren Schutz – im Tausch gegen den Jungen. Entscheiden Sie sich – jetzt!

Aber das kann ich nicht!, schrie Rabov. *In Linglus – oder auch in Ragadhanis Namen, das kann ich einfach nicht tun! Wir werden Freiwillige finden, ich bin sicher, dass viele Dunibier bereit sind, ihr Leben hinzugeben – aber sie selbst müssen sich dazu bereiterklären.*

Unaufhörlich rann unter seinem Rücken, seinem Nacken und Hinterkopf der zähe Schlamm zur Nibra hinunter – und genauso verrannen seine und ihrer aller letzte Augenblicke.

Ihr Zögern erzürnt die mächtige Ragadhani, warnte der bakusische Hohepriester. *Sie müssen sich auf der Stelle entscheiden – Schutz für Dunibien oder Untergang.*

Rabov wurde bewusst, dass das Pulsieren in seinem Rückgrat nahezu aufgehört hatte – zum ersten Mal seit vielen Tagen war von der Schlange in ihm so gut wie nichts mehr zu spüren. Der Schutzfächer der Ragadhani wirkte also tatsächlich, er hinderte Axoras, die Schlangen in den Dunibiern zu erwecken – und trotzdem, dachte Rabov, konnte er Varusas Forderung nicht erfüllen. *Ich habe geschworen, dich zu beschützen, Zoran,* dachte er. *Dafür habe ich dich nicht aus dem Rachen der Ragadhani herausgerissen – um dich jetzt doch noch dieser gierigen Gottheit zu opfern!*

Und eine Stimme in ihm erwiderte: *Doch, Sam, gerade deshalb hast du es getan. Es ist uns beiden nur jetzt erst klargeworden.* Vor Schreck setzte Rabovs Herz für einen halben Schlag aus. *Hörst du mich, Sam?,* fragte Zoran, denn niemand anderes war es, der sich in Rabovs Gedanken und sein erbittertes Zwiegespräch mit Radschi Varusa eingemischt hatte. *Du hast mich damals befreit, Sam, weil die Zeit für mich noch nicht gekommen war – jetzt aber ist es genau der richtige Zeitpunkt. Und ich will es so – hörst du mich, ehrwürdiger Radschi Varusa?,* fügte Zoran mit erhobener Gedankenstimme hinzu. *Ich will es so, ich schwöre, dass ich morgen aus freiem Willen kommen werde, um mich auf dem Altar der Ragadhani zu opfern.*

Der Junge schwieg einen Moment lang und als er seine Gedankenstimme aufs Neue erhob, klang er leicht und unbeschwert. *Es hört sich vielleicht ein bisschen blöd an, Sam, aber mir kommt das alles hier wie gerufen. Seit du mich in den Sarissentempel gebracht hast, denke ich ununterbrochen darüber nach, wie ich hier wieder rauskommen und mich den Tempelwächtern der Ragadhani ausliefern kann, die da draußen auf der Lauer liegen.*

Dann ist es also entschieden. Das war wiederum Radschi Varusa und auch er klang nun ausgesprochen zufrieden. *Schwören Sie, dass Sie den Jungen morgen zur Opferstunde in den Tempel bringen werden? Geben Sie Ihr Wort – dann steht Phora ab sofort unter Ragadhanis Schutz – zu den ausgehandelten Bedingungen, die wir hier nicht eigens wiederholen müssen. Aber seien Sie gewarnt, Agent – sagen Sie unverzüglich zu, sonst wird Ragadhani ihren Zorn gegen Dunibien wenden.*

Der Schattenparder beobachtete Rabov mit lauerndem Blick. Solange die mächtige Ragadhani da oben am Himmel schwebte und mit ihrem goldenen Fächer ganz Phora beschirmte, würde Axoras ganz bestimmt nicht wagen, ihn anzugreifen. Aber wenn Varusa und seine Schlangengottheit Rabov fallenließen, würde die Raubkatze ihn im nächsten Moment mit einem einzigen Tatzenhieb zerschmettern.

Ich schwöre, antwortete Rabov und wog jedes seiner Worte. *Ich schwöre, dass Zoran morgen zur vereinbarten Abendstunde zum Tempelzelt der Ragadhani kommen wird – unter meinem Schutz oder in Begleitung einer anderen dunibischen Amtsperson.* Dann werden wir ja sehen, ob der Junge sich wirklich in den Rachen dieser gefräßigen Gottheit stürzen will, fügte er im Stillen hinzu und achtete sorgsamer als jemals zuvor darauf, dass weder Varusa noch Axoras seine Gedanken mitlesen konnten.

Und der Junge schon gar nicht.

Bis dahin nämlich, bis zur bakusischen Opferstunde morgen Abend hatte Rabov noch etwas Wichtiges zu erledigen, und wenn Zoran mitbekäme, dass er ohne ihn zum Meeresgrund hinabfahren wollte, gäbe es doch wieder nur Gezeter und Gezänk. Wenn er aber von dort erst wieder zurückgekehrt wäre, dann könnte er den mächtigsten Magiern der Welt die Stirn bieten – Axoras ebenso wie Radschi Varusa.

Majestätisch schwebte der Fächer der Riesenschlange über dem Nachthimmel von Phora. Von dem Schattenparder dagegen war kein grünes Augenfunkeln und kein Schnurrhaar mehr zu sehen.

Unter Rabovs Rücken rannen die letzten Überreste jenes Schlamms aus dem heißen Fleck dahin – nun hieß es wieder einmal, sich zu sputen. Rabov drehte sich einmal um seine Längsachse, sodass Liki unter ihm zu liegen kam. *Verzeih mir,* flüsterte er ihr zu, *aber du bist für diese Rutschpartie besser gerüstet – jedenfalls im Moment.*

Er stieß sich mit Händen und Füßen ab, wie er es als kleiner Junge gemacht hatte, wenn er mit seiner Mutter während der Winterferien in den verschneiten Bergen des Nordens war und auf dem Bauch liegend mit seinem Holzschlitten einen haarsträubend steilen Abhang hinabsauste. Nun, das hier war nur eine mäßig abfallende Uferwiese, aber Liki war allerdings auch kein Schlitten, wenn auch gegenwärtig in Holz gebannt.

Eng umschlungen glitten Rabov und Liki zur Nibra hinab und tauchten in die lehmigen Fluten ein. Die Strömung ergriff sie, schaukelte und wiegte sie und trug sie dem Grünen Meer entgegen. Sie trieben am Alten Schiffstor vorbei, unter der baufälligen Holzbrücke hindurch und niemals vorher hatte sich Rabov so leicht gefühlt, so frei.

Die trägen Nibrafluten mäanderten in den Ozean und Rabov bedauerte, dass er von dem weltberühmten Farbendrama wenig mitbekam, das tagsüber immer Scharen von Schaulustigen anlockte: Wie mit roten Riesenklauen schien sich die Nibra in die strahlend grüne Bucht zu bohren – *»ein schmutziges Ungeheuer«,* hatte Rabov einmal im *Nachtboten* gelesen, *»das Phoras makellosen Smaragdbusen beschmiert.«* (Was *Nachtboten* eben so schreiben.)

Die Strömung der Nibra trieb sie noch ein paar Dutzend Meter weit in die Bucht hinaus, dann wurden sie von den Wogen des Grünen Meeres ergriffen und schaukelten in weitem Bogen gemächlich zurück in Richtung Strand. Wohlig räkelte sich Rabov hin und her. Liki hielt ihn nur noch ganz luftig umklammert – vielleicht, weil ihre Gliedmaßen im warmen Fluss- und dann im Meerwasser aufgequollen waren, vielleicht aber auch, weil sie mit jedem Augenblick, den sie so dahintrieben, seine Liebe noch inniger fühlte.

Sie landeten sanft am Smaragdstrand, nicht weit von der Stelle, an der Rabov vor Jahren einmal mit Calin gewesen war. Er erinnerte sich klar und deutlich an jenen Abend, an das Gewisper der Liebespärchen im Dunkeln und an Calin, die starr und wortkarg neben ihm im Sand gesessen hatte. Er horchte in sich hinein und es schmerzte ihn nicht mehr.

»Ich bin ganz weit offen für dich«, hatte Liki in jenem Schlammloch zu ihm gesagt. Und es war die reine Wahrheit, noch immer – er schlängelte sich aus ihrer Umarmung heraus und kauerte sich neben ihr in den Sand.

Sie lag auf dem Rücken und lächelte zu ihm herauf. Es war ein echtes Lächeln, liebe- und vertrauensvoll, und er schwor ihr und sich selbst, dass er einen Weg finden würde, sie in die Liki zurückzuverwandeln, die sie unter dem Purpurinenbaum gewesen war.

7

Doch alles sollte ganz anders kommen. Unglaublich viel ungeheuerlicher, als Rabov es sich jemals vorgestellt hatte.

Wahrscheinlich war es schon sein erster Fehler, dass er Port Sola vom Strand aus mit seiner Lakori herbeirief und ihm befahl, ihn abzuholen. Es war weit nach Mitternacht, aber Rabov kannte kein Mitleid.

Eine halbe Stunde später erschien Port Sola schlafzerzaust am dunklen Strand und konnte sich gar nicht wieder beruhigen vor Erstaunen über seinen Vorgesetzten, der sich gerade die letzten Fasern zähen Wurmschleims aus den Ohren kratzte. »Wo waren Sie nur die ganze Zeit, Sam? Calin hat Sie gesucht, Oberrat Milar auch – von mir gar nicht zu reden!«

»Dann reden Sie aber auch nicht von sich«, brummte Rabov und wrang seinen Überwurf aus – von allem Schlamm und Schlangendreck gereinigt, stattdessen nun glitzernd vor Meersalz. Doch die Ära der Überwürfe war in seinem Leben ohnehin vorbei.

Er wies Sola an, den Yasnabaum vorsichtig am Fußende anzuheben und mit ihm zusammen zum Dampfmobil zu tragen. Der Stamm war mit Wasser vollgesogen und so schwer, dass sie um die Wette keuchten.

»Wozu soll das gut sein?« Der Assistent war außer Atem und allem Anschein nach kurz davor, den Gehorsam zu verweigern. »Was wollen Sie mit diesem Treibholz, Sam?«

Im Dunkel der Nacht war Likis Lächeln in der Yasnarinde nicht zu sehen.

»Das lassen Sie mal meine Sorge sein«, gab Rabov zurück. »Auf den Rücksitz damit – aber Obacht!«

Ohne weitere Erklärung wies er Sola an, ihn in die Flötenmachergasse zu fahren. Dampfend und polternd, ansonsten aber schweigsam fuhren sie durch die schlafende Stadt.

»Wollen Sie denn gar nicht wissen«, fragte schließlich Sola, »was heute so alles passiert ist – ich meine, in der ganzen Zeit, in der Sie verschwunden waren?«

Rabov wandte sich zu ihm und fuhr sich dabei mit einer Hand über den Nacken. Unter seinen tastenden Fingern fühlte sich alles glatt und ebenmäßig an – Ragadhani sei Dank. »Ich war in Zaketumesien«, sagte er im Tonfall allergrößter Selbstverständlichkeit. »Und ich vermute stark, dass es unterdessen hier in Phora noch weitere Todesfälle nach Naxoda-Muster gegeben hat.«

»Siebenundzwanzig«, vermeldete der Assistent mit Bestatterstimme. »Nochmals einundzwanzig Personen wurden im gleichen Zeitraum von Schlangen angegriffen und an Armen oder Beinen verstümmelt. Siebzehn von ihnen sind ebenfalls tot.«

»Von *Schlangen* angegriffen?«, wiederholte Rabov. Er klappte das Fenster in der Beifahrertür auf, steckte seinen Kopf durch die Öffnung und sah zum nächtlichen Himmel hinauf. In der Dunkelheit fiel nicht weiter auf, was mit dem Himmel passiert war. Aber spätestens, wenn der Morgen zu dämmern begann, würden die Leute den Unterschied merken.

»Naxoda-Würmer«, sagte Sola. »Fangen Sie nur nicht wieder damit an. Ja, Sie hatten recht, Chef – dieses Wurmzeug ist tausendmal gefährlicher, als ich anfangs glauben wollte. Aber lassen Sie uns doch endlich zusammenarbeiten, wie es in einer solchen Notsituation geboten ist – Linglu noch mal!«

»Was für eine Notsituation meinen Sie?« Rabov zog seinen Kopf ins Innere des Dampfmobils zurück. »Seit ungefähr einer Stunde müsste der Naxoda-Schrecken vorbei sein. Sie haben doch bestimmt noch mal mit Ralla telefoniert, bevor Sie eben losgefahren sind?«

Sola sah trotzig nach vorn. »Habe ich. Und ja, es stimmt, was Sie sagen – seit Mitternacht scheint alles ruhig zu sein. Die Polizisten haben den ganzen Tag über Jagd auf die Schlangenbiester gemacht. Allerdings haben sie noch längst nicht alle erwischt.«

»Von denen geht keine Gefahr mehr aus«, sagte Rabov. »Es ist vorbei – richten Sie das Ihren Horchs oder wem auch immer aus.«

»Was soll das heißen, Sam?« Der Assistent hieb mit seiner kleinen Faust auf das Lenkrad und verzog anschließend das Gesicht. »Reden

Sie mit mir! Geben Sie mir Antwort, ich flehe Sie an, Chef: Was soll das heißen – ›es ist vorbei‹?«

Mittlerweile fuhren sie den Donarberg hinauf und Rabov sah sich nach allen Seiten um, ob nicht vielleicht irgendwo noch eine Bar oder Künstlerkneipe geöffnet hatte. Aber ausgerechnet heute war alles dunkel, die Straßen menschenleer. »Schade«, sagte er. »Heute hätte ich wirklich einmal Lust gehabt, noch ein paar Noïli-Schnäpse oder so etwas zu kippen – notfalls sogar mit Ihnen zusammen. Aber wie es aussieht, ist alles zu.«

»Nächtliche Ausgangssperre«, gab Sola zurück. »Ralla hat außerdem angeordnet, dass die Schankstätten geschlossen bleiben, bis der ›irrsinnige Schlangenmagier‹ hinter Gittern sitzt.«

Rabov bekam einen Lachanfall. »Hinter Gittern!«, prustete er. »Da war er wochen- oder wahrscheinlich sogar monatelang, Port, stellen Sie sich das nur mal vor. Die einheimischen Lastenschlepper haben ihn in seinem Käfig von Naxoda bis nach Zaruka geschleppt – das ist so eine kleine Hafenstadt, in der die Überseedampfer aus Phora anlegen.«

Sola lenkte das Dienstmobil an den Straßenrand und bremste so ruppig ab, dass Liki fast von der Rückbank gekollert wäre.

»Passen Sie doch auf!«, blaffte Rabov. Er drehte sich nach hinten und streichelte über Likis rauhe Yasnahaut.

»Nein, jetzt passen *Sie* mal auf. *Ich* weiß, wo und was Zaruka ist, weil ich nämlich letzten Sommer wochenlang in Zaketumesien herumgereist bin. Und ich weiß genauso, dass *Sie* noch nie da drüben gewesen sind, Sam – warum also erzählen Sie so etwas? Und wieso müssen wir dieses triefnasse Treibholz um zwei Uhr nachts durch die Gegend fahren? Ich will Ihnen sagen, was meiner Meinung nach mit Ihnen los ist.« Sola ballte abermals seine Rechte zur Faust. »Meiner Meinung nach«, sagte er so langsam, als ob ihm die richtige Anordnung der Silben plötzlich Mühe machte, »sind Sie ein Fall für die Harmonika. Sie haben leichtfertig mit Ihrer Lakori rumgespielt und Ihr Dunkeldu in unverantwortlicher Weise gestärkt. Und deshalb, Sam …« Er sprach mittlerweile so langsam, dass Rabov die Buchstaben hätte mitzählen können, wenn er gewollt hätte. »Und deshalb rate ich Ihnen dringend, dass Sie sich gleich morgen früh krankmelden und mich diese Sache hier allein zu Ende bringen lassen. Sie müssen sich erst mal auskurieren, Chef.«

»Sehr fürsorglich.« Rabov kämpfte eine weitere Heiterkeitswelle nieder. »Was also unseren Schlangenmagier in seinem Käfig angeht – nachdem ihn die Moliat-Träger bis nach Zaruka geschleppt haben, lassen Gol Hergo und Lona Markan das Ding mit ihrem sonstigen Gepäck an Bord der *Königin Lanfa* verfrachten. Sie erinnern sich doch, Port – an den leeren Steinholzkäfig in dem Schuppen am alten Ostkai? Na, er war nicht immer so leer, ganz im Gegenteil: Die längste Zeit saß ein Nachtparder drin – und während Hergo zweifellos glaubte, dass es sich um eine kunstvoll geschnitzte Holzskulptur handelte, war es tatsächlich unser ›irrsinniger Schlangenmagier‹, der sich zwischenzeitlich in diese Steinholz-Skulptur verwandelt hatte. Wie gut er solche Lakori beherrscht, hat er uns ja anhand der bedauernswerten Velissa Labiano vorgeführt. Und als Sie ihm gestern auf einem der Schiffswracks bei den Sandbänken begegnet sind, Port – da sah er doch bereits wieder wie eine ziemlich lebendige Raubkatze aus, oder?«

Darauf sagte Sola erst einmal gar nichts mehr. Er starrte vor sich hin, dann sah er Rabov an, schließlich warf er einen scheuen Blick nach hinten. Er schien eine Bemerkung zu erwägen und schluckte sie wieder herunter. »Was glauben Sie, wer es ist«, fragte er schließlich in neutralem Tonfall, »der Parder, meine ich?«

»Sagt Ihnen der Name Axoras etwas?«

Der Assistent fuhr so heftig zusammen, dass Rabov selbst einen Schreck bekam. »Der massenmörderische Moliat-Magier? Sie meinen – der ist hier in … und er hat all das …?«

»Ja, Port.« Rabov hob seine Linke und klopfte Sola zwischen die Schulterblätter. »Haben Sie öfter Schwierigkeiten, Ihre Sätze zu Ende zu kriegen? Dann sollten Sie sich bald einmal von einer Harmonika Ihres Vertrauens durchtesten lassen. Aber vorher fahren Sie mich nach Hause.«

Sola wütete im Tentakelgestänge und brachte das Dampfmobil wieder in Gang.

»Axoras hat den Professor und die Magistra letztes Jahr nach Naxoda geführt«, fuhr Rabov fort. »Damals nannte er sich Chalóxo und trat in der unauffälligen Gestalt eines alten Nebelwaldläufers auf. Hergo scheint gewusst zu haben, auf wen er sich da in Wahrheit eingelassen hatte – er hätte alles getan, um sich eine so mächtige Lakori wie den Naxoda-Zauber anzueignen. Aber Sie und ich wissen, dass Professor Hergo als Wissenschaftler eigentlich längst erledigt war. Niemand hat ihn mehr ernst genommen und er allein hätte nie das nötige Geld auftreiben können, um eine solche Expedition auf die Beine zu stellen – ganz zu schweigen von den Ausgrabungsgenehmigungen, ohne die er nicht mal in die Nähe der Fundstelle gekommen wäre.«

Er rieb sich mit der flachen Hand über Stirn und Augen. Nicht mehr lange, dann würde er in sein Bett fallen und zumindest noch ein paar Stunden Schlaf nachholen.

»Dann hat ihm also jemand geholfen?«, fragte Sola. »Wollen Sie das andeuten, Sam?«

»Mehr als nur andeuten.«

Solas Kopf schnellte regelrecht zu Rabov herum. Der Assistent starrte ihn an, so als ob Rabov ein Packen Sprengstoff wäre, der im nächsten Moment hochgehen könnte. Durch alle Müdigkeit hindurch spürte Rabov, dass er es vorerst bei dieser Andeutung belassen sollte.

»Aber das braucht Sie nicht zu scheren«, fuhr er fort, »denn wie gesagt, Port – für Sie ist die Sache vorbei.«

Sie bogen in die Flötenmachergasse ein. Vor seiner Tür stieg Rabov aus und hörte schon von der Straße her, wie die Pendeluhr in seinem Hinterraum lärmend die Stunde schlug – drei Uhr früh.

»Gute Nacht«, sagte Sola und machte Anstalten, gleich weiterzufahren – zu Calin oder vielleicht auch zu Horch Barott? Es war Rabov egal. Aber vorher musste der Assistent noch mit anpacken.

Mit einigem Gepolter schleppten sie den Yasnabaum die Stufen hinunter zu Rabovs »Laden« und durch den »Verkaufsraum« ins Hinterzimmer. Ein Blinder hätte aus Solas Gesicht ablesen können, dass der Assistent an den Geisteskräften seines Vorgesetzten keineswegs nur zweifelte. Er schien sie vielmehr verloren zu geben, aber auch das war Rabov von Herzen egal.

Er befahl Sola den Baum festzuhalten, während er selbst die Tür zu seinem Hinterhof aufriegelte. In dem Beet neben seiner Zisternenbrause wuchs lediglich eine kümmerliche Syrasse, die er vor zwei Jahren dort eingepflanzt hatte. »Graben Sie daneben ein Loch«, befahl er, »und pflanzen Sie sie ein.«

»Sie?«, wiederholte Sola stirnrunzelnd. »Haben Sie gerade ›sie‹ gesagt?« Rabov sah ihn wortlos an und der Zorn kochte in ihm hoch. Doch Sola schien nicht zu bemerken, dass er seinen Vorgesetzten jetzt besser nicht mit weiterem Widerspruch reizen sollte. »Sie glauben doch nicht im Ernst«, plusterte er sich auf, »dass ich hier mitten in der Nacht für dieses Stück Treibholz die Schaufel schwinge?«

»O doch, das glaube ich«, sagte Rabov. »Im Graben haben Sie doch Übung, oder etwa nicht?« Er schrie es dem um einen Kopf Kleineren ins Gesicht. »Sie und Ihre Hintermänner sind doch sowieso nichts anderes als die Totengräber unseres Königreichs!«

Der Assistent machte einen Satz nach hinten. Der Yasnabaum fiel Rabov entgegen und er umfing ihn mit seinen Armen und hielt ihn fest. Mit aschfarbenen Wangen starrte ihn Sola von der Schwelle zu seinem »Verkaufsraum« aus an. Rabov hatte es weder gewusst noch gar gewollt und er selbst begriff auch erst mit einiger Verspätung, was da gerade mit ihm passiert war.

Ohnehin war es nur eine Transformation ersten Grades gewesen, eine flüchtige Illusion. Aber es war passiert und nun war es nicht mehr zurückzunehmen. Für den Bruchteil eines Wimpernschlags hatte Port Sola denjenigen vor sich gesehen, der nach allem, was Rabov wusste, der oberste Totengräber Dunibiens war.

Eine schlaksige Gestalt, scheu und düster – Prinz Lugo.

8

Nachdem er Sola auf diese Weise vertrieben hatte, grub Rabov eigenhändig ein knietiefes Loch in seinem Hinterhofbeet und stellte Liki hinein. Der Yasnastamm hatte unter ihren Füßen bereits Wurzeln ausgetrieben – Liki würde prächtig neben der Syrasse gedeihen und sowieso würde er sie sehr bald wieder aus ihrer Baumgestalt befreien.

Er begoss sie hingebungsvoll mit Wasser aus seiner Zisterne, dann stellte er sich selbst unter die Brause, um sich von Meersalz und Erdkrumen und allerletzten Wurmschleimresten zu reinigen.

Träume schön, Liki. Er warf einen Blick zum Himmel hinauf – der Morgen dämmerte. Allerhöchste Zeit, dass er sich ein wenig hinlegte. Wenn die Leute erst einmal mitbekommen hatten, dass der Himmel über Phora neuerdings mit durchscheinenden goldgelben Schuppen überzogen war, war an Schlaf bestimmt nicht mehr zu denken.

Rabov sank auf sein Bett. Er hatte seine Wange noch nicht richtig ins Kissen gebettet, als das Wandtelefon zu gongen begann. Er drückte sich ein zweites Kissen auf seine andere Kopfseite, doch das half nicht sehr viel. Das Telefon gongte und gongte.

Es war ein Fehler gewesen, dass er Sola herbeigerufen hatte, das wurde ihm nun klar. Vor allem, weil er am Ende ihres Zusammentreffens auch noch ganz kurz wie Prinz Lugo ausgesehen hatte, aber nicht nur deshalb.

Er setzte sich auf und nahm Hörrohr und Sprechmuschel ab. »Mysto – Kostüme & Kulissen. Geschäftsführer Rabov am Apparat.«

»Hier spricht Oberrat Milar.« Der alte Herr klang wie immer hundertprozentig beherrscht. »Halten Sie sich bereit, Agent – die Gardisten Kurb und Mirschek holen Sie in fünf Minuten ab.«

»In fünf Stunden wäre mir lieber«, antwortete Rabov. »Ich bin gerade erst heimgekommen …«

»Hüten Sie Ihre Zunge, Rabov. Die Gardisten haben Befehl, Sie direkt ins Innenministerium zu bringen. Sie werden uns Rechenschaft ablegen.«

»Rechenschaft?«, wiederholte Rabov. »Worüber denn?« Aber da hatte der Oberrat bereits eingehängt.

Rabov folgte seinem Beispiel. Eilends warf er sich die froschgrünen Kleidungsstücke über, die er in dem Schutzraum am Smaragdtorplatz angezogen hatte, nachdem er mit Zoran zum subphoräischen Meer hinabgefahren war. Er durfte sich keinen weiteren Fehler erlauben, das wurde ihm mit jedem lärmenden Pendelschlag klarer. Er steckte seine Silbersichel und die anderen Habseligkeiten ein – abgesehen von seiner Kladde, die zu einem Klumpen aufgequollen war. Doch auch die Ära geflissentlicher Notizen war in seinem Leben vorbei.

Als Kurb (oder Mirschek) das innenministerielle Dienstmobil vor seiner Haustür stoppte, stand Rabov bereits auf dem Bürgersteig, seinen Zopf frisch gezurrt und im Mund einen letzten Happen von der Räucherzignelle, die er rasch noch gegessen hatte.

Erneut sah er zum Morgenhimmel hinauf. Die geschuppte Fächerstruktur war gut zu erkennen, jedenfalls dann, wenn man wusste, worauf man zu achten hatte. Darüber schwebten Wolken und der verblassende Mond wie eh und je. Doch in weniger als einer Stunde, wenn es richtig taghell wäre, konnten nicht einmal mehr die achtlosesten Passanten übersehen, dass sich zwischen Phora und das Firmament ein Schlangenhalsfächer von unabsehbarer Ausdehnung geschoben hatte. Und es würde nicht ganz leicht werden, den Leuten zu erklären, dass diese Entwicklung zu ihrer aller Bestem war.

Rabov zwängte sich in den Fond des Dienstmobils und Mirschek (oder Kurb) fuhr im selben Moment wieder an. Keiner der beiden Gardisten hatte ihn begrüßt oder sich auch nur anmerken lassen, dass ihres Wissens eine dritte Person zugestiegen war. Über dieses rüpelhafte Gebaren hätte Rabov vielleicht sogar hinweggesehen, wenn nicht einer der beiden Gardisten neben ihm auf der Rückbank gethront hätte – den Blick starr nach vorn gerichtet und seinen Schlagstock einsatzbereit in der Hand. Es konnte Zufall oder eine bizarre Angewohnheit sein, aber an derlei glaubte Rabov grundsätzlich nicht. Und nach dem Totengräber-Zwischenfall mit Sola schon gar nicht mehr.

Doch er hatte eigentlich überhaupt keine Lust, sich von den beiden Muskelprotzen die Stimmung verderben zu lassen. Er hatte praktisch im Alleingang die zweitgrößte vorstellbare Katastrophe von Dunibien abgewendet und darauf allein kam es letzten Endes an. Außerdem hatten Calin und Milar schon im PLATINPARDER nicht unbedingt den Eindruck gemacht, als würden die Umsturzgelüste von Prinz Lugo sie glücklich stimmen.

Aber warum nur hatten sie ausgerechnet Port Sola zum Mysto-Assistenten ernannt? Dieser offenkundige – oder eben nur scheinbare – Fehlgriff gab Rabov noch immer Rätsel auf. Sollte Sola die »Maschinenbrüder« innerhalb der Horch-Loge besänftigen – die Befürworter der königlichen Dampfmaschinenpolitik, nach deren Ansicht Rabovs Ermittlungsmethoden den Schlangen-und-Flut-Aberglauben der Dunibier nur unnötig schürten? Aber Sola konnte auch aus dem genau entgegengesetzten Beweggrund ins Rennen geschickt worden sein: damit er sicherstellte, dass der »irrsinnige Schlangenmagier« so lange sein Unwesen treiben konnte, bis Prinz Lugo von der anschwellenden Flutangst auf den Königsthron geschwemmt worden war.

Nun, das alles würde sich jetzt hoffentlich klären, sagte sich Rabov, während ihr Dampfmobil vor einem zweistöckigen Gebäude anhielt, das ganz und gar unscheinbar aussah. Mit seinem an den Seiten übermäßig heruntergezogenen Dach und der im Verhältnis zur Fassade zu klein geratenen Eingangstür erinnerte es Rabov immer an ein ältliches Mütterchen aus der dunibischen Provinz, das sich sein bestes Kopftuch umgebunden hatte und mit erwartungsvoll gespitztem Mund durch Phoras Prachtstraßen schlurfte. Doch dieses steinerne Mütterchen beherbergte das Ministerium für Innere Angelegenheiten des Dunibischen Königreichs und der weitaus größte Teil seiner Verwaltungs- und Verhörräume befand sich unter der Erde.

In den letzten drei Jahren war Rabov nur drei- oder viermal hier gewesen und jedes Mal hatte er sich unbehaglich gefühlt. Hinter der Eingangstür gab es eine Kontrollschleuse, in der man bis auf die Haut nach Waffen und sonstigen unerwünschten Mitbringseln durchsucht wurde. Rabov hob ergeben seine Hände und ließ die Prozedur über sich ergehen. Kurb und Mirschek sahen mit leeren Gesichtern zu und die beiden Kontrolleure, die ruppig an ihm herumrupften, glichen Calins Leibgardisten mehr oder weniger aufs Haar.

Vielleicht war man in den Manufakturen der Handelsherren Hagdiff und Seelbitt ja schon viel weiter fortgeschritten, als irgendein Phoräer sich träumen ließ? In diesem Augenblick, während er zwischen den beiden Gardisten aus der Schleuse marschierte, kam es Rabov jedenfalls nicht ganz und gar unwahrscheinlich vor, dass all diese ununterscheidbaren Muskelmänner, die im Innenministerium ihren Dienst verrichteten, hinter ihrer Haut- und Fleischfassade aus Rädern und Federn bestanden, konstruiert nach ausgebuddelten Bauplänen aus dem Alten Reich.

Der Gedanke heiterte ihn ein wenig auf und das hatte Rabov auch dringend nötig: Je länger er hinter Kurb (oder Mirschek) hermarschierte, Treppen hinab und Gänge entlang, mit Mirschek (oder Kurb) im Schlepptau, desto tiefer sank seine Zuversicht. Dies war ganz entschieden nicht der Weg zu Calins Diensträumen. Die Geheime Rätin hatte ein sonnenhelles Dienstzimmer im ersten Obergeschoss, während sie sich mittlerweile mindestens in der dritten unterirdischen Etage befanden.

Zum ersten Mal kam Rabov der Gedanke, dass er vielleicht bereits verhaftet worden war und die Gardisten es lediglich versäumt (oder absichtlich unterlassen) hatten, diese im Grunde unübersehbare Tatsache eigens auszusprechen. Doch immerhin hatten ihm die Kontrollwächter am Eingang nicht seine Silbersichel abgenommen und das hieß doch wohl, dass man ihn zumindest erst noch anhören würde.

Fragte sich nur, was Oberrat Milar und die Geheime Rätin Stingard eigentlich von ihm hören wollten. Dass er handeln musste, wie er gehandelt hatte, um den geplanten Hochverrat ihres gemeinsamen prinzlichen Vorgesetzten zu vereiteln? Das war, je länger er es sich durch den Kopf gehen ließ, eher nicht die Version, mit der man sich in diesem Haus Freunde machen konnte.

Aber es war eben die Wahrheit – die einzige jedenfalls, die er anzubieten hatte.

Der Gardist vor ihm blieb unvermittelt stehen und stieß eine Tür zu ihrer Linken auf. Von dem zweiten Wächter in seinem Rücken mehr gerempelt als geleitet, trat Rabov ein. »Hier soll die Freudenfeier stattfinden?« Ein schummrig beleuchteter Raum, die Decke zu niedrig, die Möblierung schmucklos – ein einfacher Holztisch, ein paar ebenso zweckmäßige Stühle drum herum.

Er ließ sich auf den erstbesten Stuhl fallen. Das hier war ein Verhörzimmer, eindeutig, und die Gardisten hatten ganz offensichtlich nicht den Auftrag bekommen, irgendetwas schönzureden.

Eine erkleckliche Weile saß er einfach nur herum, sah den Flämmchen in den Gaslampen beim Tanzen zu und versuchte zu erraten, was Calin und Milar ihm vorwerfen würden. Aber seine Gedanken schweiften immer wieder ab – zu Liki und zu Zoran und zu der großen Reise, die er heute unbedingt noch antreten musste. Er konnte nur hoffen, dass sie ihn hier nicht noch stundenlang festhalten würden.

Aber eigentlich hatte er doch nach wie vor allen Grund zur Zuversicht. Schließlich hatte er die schrecklichste Gefahr, in der Phora und ganz Dunibien seit den Zeiten der Großen Flut jemals geschwebt hatten, praktisch im Alleingang abgewendet. Und mit einem vertrauenswürdigen Assistenten hätte er auch liebend gerne zusammen gegen die Naxoda-Würmer und ihren verrückten Meister gekämpft – aber Sola hatte ihn bei jeder sich bietenden Gelegenheit hintergangen und folglich war Rabov gar keine andere Wahl geblieben, als allein in die Schlacht zu ziehen.

Jedenfalls legte er es sich so zurecht, und zwar kurz bevor ihm sein Kopf vornüber auf die Brust fiel.

9

Rabov schreckte hoch, als jemand ihn an der Schulter rempelte. Er hob seinen Kopf von der Tischplatte: Ihm gegenüber saß nicht mehr Calins Gardist, sondern die Geheime Rätin selbst. Bleich vor Übernächtigung, mit einem Gesichtsausdruck, als würde sie nun gleich in Tränen ausbrechen. Stocksteif aufgerichtet stand Oberrat Milar hinter ihr, im königsgrünen Umhang, und seine zarten Greisenhände lagen libellenleicht auf Calins Schultern.

»Wir kommen gerade eben von einer Unterredung mit Varusa«, sagte der Oberrat und sah weniger Rabov an als durch ihn hindurch. Selbst Milar schien am Rand seiner Kräfte und Selbstbeherrschung angelangt. »Er behauptet, Sie hätten ihn aufgefordert – *im Namen des Königs* aufgefordert –, die Kontrolle über Phora und ganz Dunibien zu übernehmen. Ist das wahr?«

Rabov sah von Milar zu Calin. »Die Kontrolle über Phora? Das ist eine seltsame Interpretation, Herr Oberrat.«

»Antworten Sie mit ja oder nein, Rabov: Haben Sie Varusa aufgefordert, einen magischen Fächer zu errichten, der Phora und ganz Dunibien von Linglus Sieben Himmeln abschirmt?«

»Von Linglus ...?« Rabov riss die Augen auf. Diese Unterredung bewegte sich entschieden in die falsche Richtung.

»Haben Sie Varusa gebeten, diesen magischen Schlangenfächer über unserem Königreich zu errichten – ja oder nein?« Milar deutete mit seinem Kopf zur Zimmerdecke, die nur eine Handbreit von seinem schütteren schneeweißen Scheitel entfernt war.

»Ja.« Rabov breitete die Arme aus. »Aber lassen Sie mich das erklären!«

»Ihre Erklärungen haben wir uns lange genug angehört. Nächste Frage – antworten Sie mit ja oder nein. Willst du, Cali?« Milar drückte Calins Schultern sacht mit seinen Libellenfingern und sie gab sich einen sichtbaren Ruck.

»Samu.« Sie sah Rabov beschwörend an. »Bitte sage uns die Wahrheit – hast du Varusa im Namen des Königs versprochen, ihm täglich einen Dunibier als Opfergabe für seine Schlangengottheit Ragadhani auszuliefern – Tag für Tag, solange sie diesen Fächer über unserem Land aufgespannt halten?«

»Ja oder nein«, erinnerte Milar in warnendem Tonfall.

Rabov dachte erst einmal über diese Frage nach. Er fühlte sich angespannt bis in seine Finger- und Zehenspitzen, doch sein Verstand arbeitete ruhig und klar. Er hatte es Varusa nicht ausdrücklich versprochen, aber er hatte sich auch nicht unmissverständlich dagegen gesträubt. »Ja«, sagte er. »Wenn die Antwort nur ja oder nein heißen darf, dann ist sie ja.«

»Und was hat Sie zu diesem ungeheuerlichen Hochverrat veranlasst?« Das war wiederum Milar. »Warum haben Sie die Macht über Dunibien in die Hände unserer bakusischen Feinde gegeben – was hat Varusa Ihnen dafür versprochen?«

Rabov schüttelte ungläubig den Kopf. Er durfte sich zu keinen unbedachten Antworten oder gar Wutausbrüchen hinreißen lassen, das war ihm nur allzu klar. Auch wenn er ansonsten überhaupt nichts mehr verstand. Aber zumindest hatten sie ihm nun eine Frage gestellt, auf die man nicht einfach mit Ja oder Nein antworten konnte. »Ich konnte nicht anders handeln, Herr Oberrat, zum Besten Dunibiens und des Königs«, sagte er und sah zu Milar auf. »Ich bin dem Magier auf die Spur gekommen, der den Naxoda-Zauber nach Dunibien gebracht hat. Er ist einer der mächtigsten Lakoris auf diesem Planeten und er hat gedroht, die Naxoda-Schlangen in allen Phoräern zu erwecken – aus Hass auf Dunibien. Er hat nicht einmal irgendeine Forderung gestellt, über die man mit ihm hätte verhandeln können.«

Er unterbrach sich und versuchte in Milars und Calins Gesichtern zu lesen, ob sie vielleicht anfingen, ihm ein wenig Glauben zu schenken, aber er konnte keinerlei Anzeichen dafür entdecken. »Wenn Sie den Namen dieses Mannes hören«, fuhr er fort, »werden Sie verstehen, dass ich so und nicht anders handeln musste: Es ist Axoras, der berüchtigte Magier und seit vielen Jahren weltweit gesuchte Massenmörder aus dem Moliat. Mir ist gar keine Wahl geblieben, als Varusa um Hilfe zu bitten: Niemand außer ihm wäre imstande gewesen, Axoras an der Ausführung seines Plans zu hindern. Verstehen Sie, was ich sage, Milar?«, warf er ein, da ihn der Oberrat nach wie vor ausdruckslos ansah. »Axoras wollte umgehend in allen Dunibiern die Naxoda-Schlange erwecken. Wenn ich nicht gleichfalls auf der Stelle gehandelt hätte, wären Hunderttausende dieser greulichen Schlangen ausgeschlüpft und mittlerweile wäre höchstwahrscheinlich in ganz Dunibien niemand mehr am Leben.«

Calin legte ihren Kopf zurück und sah zu Milar empor. Der Oberrat nickte ihr zu und für einen Moment schien ein zärtliches Lächeln über sein Gesicht zu fliegen. Calins Gesicht dagegen, als sie wieder zu Rabov schaute, war von Schmerz und Zorn verdüstert und noch ehe sie den Mund aufmachte, wusste er, was jetzt kommen würde.

»Das alles haben wir so ähnlich auch von Varusa gehört«, sagte sie mit dieser kalten Stimme, die Rabov so lange Zeit an ihr gefürchtet hatte. Und die ihm auch diesmal Angst machte, wenn auch aus gänzlich anderen Gründen. »Aber der Bakusier«, fuhr sie fort, »an den du unser Land verraten hast, Samu – Varusa hat noch ein paar weitere Einzelheiten erwähnt und die lassen deine angebliche Heldentat in einem ganz anderen Licht erscheinen.«

»Was für Einzelheiten?«, fragte Rabov, obwohl er sich die Antwort mehr oder weniger schon zusammenreimen konnte.

»Willst du das wirklich alles hören?«, gab Calin zurück. »Und gerade aus meinem Mund?« Ihre Stimme drohte zu versagen. »Von Varusa wissen wir, in welcher eindeutigen Situation du warst, als du ihn um Hilfe angefleht hast. Gefangen in den Armen einer Frau, die Axoras in einen Yasnabaum verwandelt hatte, so dass du von ihrer Umschlingung beinahe erdrosselt wurdest.« Sie unterbrach sich kurz und atmete stoßweise ein und aus. »Mittlerweile wissen wir auch«, fuhr sie fort, »um wen es sich bei dieser Frau handelte. Ihr Name ist Liki Meida und sie ist praktisch als Ziehtochter dieses Axoras im Moliat aufgewachsen. Und du hast dich von ihr einwickeln lassen – du Verräter!«, brach es aus ihr heraus und Rabov las von ihrem hassverzerrten Gesicht ab, welchen speziellen Verrat sie meinte.

»Leugnen hat keinen Sinn«, fuhr sie mit mühsam beherrschter Stimme fort, »die Hellseherin Selda hat Port offenbart, dass du sie wegen der Meida unter Druck gesetzt hast. Du wusstest, dass diese Liki es war, die sich bei Selda wegen Velissa Labiano erkundigt hat – also war dir auch klar, dass sie bis zum Hals in dem Naxoda-Sumpf drinsteckt. Oder willst du uns wirklich erzählen, du hättest dir nichts weiter dabei gedacht, als sie sich dir vor diesem Studentenhaus auf dem Forschungsgelände an den Hals geworfen hat?«

Rabov wollte aufspringen, doch die Pranke, die sich auf seine Schulter legte, überzeugte ihn davon, dass er besser sitzen blieb. Allem Anschein nach hatte sich Mirschek (oder Kurb) mittlerweile hinter seinem Rücken postiert. Und genauso offensichtlich hatte Sola die Hellseherin Selda dazu gebracht, nochmals einen Blick in Likis Vergangenheit zu werfen.

»Calin, um Linglus willen«, sagte er, »du siehst das falsch! Oder nicht gänzlich falsch«, lenkte er ein, denn Calins Gesicht hatte sich bei seinen ersten Worten schon wieder in einer Mischung aus Zorn und Schmerz verzerrt. »Du hast recht, sie hat mir da vor dem Waldhaus wahrscheinlich aufgelauert, um mich … zu umgarnen. Aber ich habe erst viel später – erst letzte Nacht – erfahren, dass sie als kleines Mädchen bei Axoras im Nebelwald gelebt hat und dass dieser verfluchte Moliat-Magier hinter der ganzen Sache steckt. Und ich habe es von ihr erfahren, von Liki selbst, verstehst du, Calin: Axoras wollte sie gegen mich einsetzen, aber Liki hat sich wirklich in mich verliebt, so wie ich mich in sie verliebt habe – gerade darum hat er sie ja mit diesem grausamen Transformationszauber bestraft. Ohne Liki wäre ich niemals auf Axoras gekommen und auf all das, was letztes Jahr in Naxoda passiert ist. Und auf den Drahtzieher im Hintergrund«, fügte er hinzu, »willst du übrigens nicht wissen, wer das ist?«

Er hatte Calin gefragt, doch an ihrer Stelle schüttelte Milar fast unmerklich den Kopf. Calin dagegen schien seine Frage überhaupt nicht mitbekommen zu haben und Rabov fragte sich, ob er sich Milars Kopfschütteln vielleicht nur eingebildet hatte. Doch so oder so kam er nicht dazu, sein Wissen über den hochgestellten Hintermann auszubreiten – draußen auf dem Gang kamen Schritte näher, begleitet von zwei männlichen Stimmen in emsigem Gespräch.

»Also kurz und gut«, sagte Milar. »Es wird Zeit, dass wir hier zu einem Ende kommen.« Er nahm seine Hände von Calins Schultern und setzte sich neben sie auf einen Stuhl. »Sie geben also zu, Agent Rabov, dass Sie hinsichtlich der sogenannten Naxoda-Verbrechen Kenntnis von der Existenz und Identität einer tatverdächtigen Person namens Liki Meida hatten und dieses Wissen vor Ihren Vorgesetzten und Ihrem Assistenten geheim hielten. Ihr Beweggrund hierfür war ein heimliches Liebesverhältnis mit besagter Meida. Gestern Abend erfuhren Sie von ihr, dass sie die Ziehtochter eines gewissen Axoras ist, eines verurteilten und auf allen Kontinenten gesuchten Massenmörders, und dass dieser Axoras auch für die Serie Mysteriöser Morde verantwortlich ist, die sich in jüngster Zeit in Phora ereignet haben. Ist das so weit richtig, Rabov – ja oder nein?«

Angespannt horchte Rabov nach draußen. Die jüngere der beiden Stimmen klang ungut vertraut – Port Sola. Die andere hörte sich an, als ob der Sprecher Staub geschluckt hätte und alle drei oder vier Worte versuchte, sich freizuhusten. »Ja«, sagte er.

Milar hatte unterdessen ein königsgrün gebundenes Heft und einen goldenen Füllfederhalter aus seinem Umhang gezogen. Er schlug das Heft auf und begann mit einer klaren, vorandrängenden Handschrift zu schreiben, die Rabov mühelos lesen konnte, auch wenn die Worte für ihn auf dem Kopf standen.

»Des Weiteren haben Sie bereits eingeräumt«, fuhr er fort, ohne im Schreiben innezuhalten, »dass Sie gestern Abend, als Ihnen klargeworden war, dass Sie Axoras in die Falle gegangen waren, den bakusischen Magier Radschi Varusa gegen besagten Axoras zu Hilfe riefen. Sie erklärten sich im Namen des dunibischen Königs bereit, Varusa die Macht über Phora und ganz Dunibien zu übertragen, und Sie versprachen ihm außerdem ein Menschenopfer pro Tag, damit er im Gegenzug einen lakorischen Schutzfächer errichtete, um die massenmörderischen Pläne des besagten Axoras zu vereiteln. Trifft auch dieser Sachverhalt zu, Agent Rabov – ja oder nein?«

Rabov lauschte abermals nach draußen. Die beiden Männer – Sola und der ältere mit dem Staub in der Kehle – waren anscheinend vor der Tür stehen geblieben und unterhielten sich so gedämpft, dass nichts zu verstehen war. »Nein.«

»Nein?«, wiederholte Milar und sein Füllfederhalter schwebte reglos über dem halb vollgeschriebenen Blatt.

»Ja, ich habe Varusa um Hilfe gerufen«, sagte Rabov, »weil es keine andere Möglichkeit gab, um Dunibien zu retten. Und nein, ich habe ihm nicht die Macht übertragen, sondern ihn lediglich gebeten, Phora durch den Fächer der Ragadhani vor Axoras zu beschützen.«

Milar hatte eifrig mitgeschrieben und nachdem er diesen Absatz durch einen kräftigen Tintenpunkt abgeschlossen hatte, blies er mit gespitzten Lippen ein paarmal auf das Blatt. »Nun gut, Agent«, sagte er dann, »Ihre Fähigkeit, Ursachen und Folgen abzuschätzen, scheint erheblich beeinträchtigt zu sein. Das haben Sie bei Ihrer Affäre mit besagter Liki bewiesen und das gilt erst recht für Ihre Vereinbarung mit Varusa. Wenn der König von Dunibien eine bakusische Schlangengottheit und ihren Hohepriester zu Hilfe rufen muss, weil er selbst und der große Linglu dieses Reich aus eigener Kraft nicht verteidigen können – wer übt dann Ihrer Ansicht nach die Macht über Phora aus?«

Er sah Rabov erwartungsvoll an, so als ob er selbst sich über die richtige Antwort noch nicht im Klaren wäre. Dann beugte er sich wieder über sein Heft und las murmelnd mit, was er gleichzeitig so rasch wie akkurat niederschrieb: »Agent Rabov wird hiermit von seinen dienstlichen Verpflichtungen bis auf weiteres entbunden. Er hat sich erhebliche Verstöße gegen die Dienstvorschriften zuschulden kommen lassen und er hat das Königreich in ernsthafte Gefahr gebracht. Aber wir erkennen an, dass er in gutem Glauben gehandelt hat, auf diese Weise ein noch größeres Übel von Dunibien abzuwenden. – Unterschreiben Sie hier.«

Während der Oberrat ihm das Heft mitsamt seinem goldenen Füller über den Tisch schob, ging die Tür auf und ein hochgewachsener Mann trat ein. Calin und Milar sprangen von ihren Sitzen auf und dieselbe Pranke, die Rabov vorhin so nachdrücklich auf seinem Stuhl zurückgehalten hatte, zerrte ihn nun ebenso entschieden wieder hoch.

Der Eingetretene war von ausgedörrter Gestalt und beinahe so hohlwangig wie Lasse Duban, der halbverhungerte Archäologiestudent. Obwohl er kaum älter als Rabov sein mochte, Ende dreißig oder allenfalls ein paar Jahre darüber, wirkte alles an ihm schwach und kränklich – seine Haltung, seine Bewegungen, sein düsterer Gesichtsausdruck.

»Wir sind fast so weit, Hoheit«, vermeldete Milar, seine Rechte, zur Faust geballt, auf dem Herzen. »Agent Rabov hat eingeräumt, dass ihm einige Fehler unterlaufen sind, auch wenn er stets nur Dunibiens Wohl im Auge hatte.«

Der Prinz – denn nur er konnte es sein – musterte Rabov aus entzündet zwinkernden Augen. Unter seinem königsgrünen Umhang bauschten sich goldfarbene Rüschen. »Sie nennen es Schutzfächer«, sagte er und unterbrach sich, um zu husten. »Ich dagegen nenne es Kriegserklärung, heimtückische Invasion!«

Prinz Lugo hustete wieder. Rabov sah ihm dabei zu und versuchte, zu einem Entschluss zu gelangen. Hinter dem Prinzen war Sola in den Verhörraum geschlüpft. Er lehnte neben einem der beiden Gardisten an der Wand und Rabov ignorierte ihn nach Kräften. Er musste sich endlich entscheiden. Milar hatte ihn durch sein verborgenes Kopfschütteln ermahnt, den hochgestellten Hintermann nicht noch einmal zu erwähnen. Aber Rabov war sich ganz und gar nicht sicher, ob dies ein uneigennütziger Ratschlag war. In einem allerdings hatte Milar recht, wie sich Rabov reumütig sagte: Seine Fähigkeit, Ursachen und Folgen abzuschätzen, oder, rundheraus gesagt, sein Lichtich hatte in jüngster Zeit stark gelitten. Er konnte nur hoffen, dass Selda nicht recht behalten würde mit ihrer Vorhersage, dass er wie Tarek und seinesgleichen enden würde – außerstande, auch nur ein paar Augenblicke lang ein und derselbe zu sein.

»Warum nur hast du Dunibien an den bakusischen Feind verraten, Rabov?«, fragte der Prinz und hustete.

Entschlossen rang Rabov die trübselige Stimmung nieder, die auf einmal wie Nebelschwaden in ihm aufgestiegen war. Die mächtige Schlange am Meeresgrund, die Urschlange der Urmeere, dachte er, sie wird mich stärken, mein Lichtich genauso wie mein Dunkeldu. »Mit Verlaub, Hoheit«, antwortete er, »ich habe Dunibien nicht verraten. Mir blieb nur die Wahl, Varusa um Hilfe zu bitten – oder aber das gesamte dunibische Volk dem blutgierigen Moliat-Magier Axoras auszuliefern.«

Es kam Rabov so vor, als sei der Prinz bei dem Namen Axoras zusammengezuckt. Aber bevor er sich darüber halbwegs klargeworden war, trat der hochwohlgeborene Reichssekretär so nahe vor ihn, dass Rabov jede einzelne Pore in seinem Antlitz erforschen konnte. »Die

Wahl also«, sagte Lugo und blies ihm seinen Staubatem ins Gesicht, »zwischen einem zaketumesischen Schlangenmagier, der alle Dunibier auf einmal umbringen will, und einem bakusischen Schlangenmagier, der sie einen nach dem anderen opfern wird. Und da hast du Bakus den Vorzug gegeben – im Namen des Königs?«

Auch diese Zusammenfassung seiner Taten und Beweggründe wollte Rabov überhaupt nicht gefallen. »Dazu wird es nicht kommen, Hoheit«, versicherte er dem Prinzen, dessen Augen sich auf genau derselben Höhe wie seine eigenen befanden. »Ich selbst werde dafür sorgen, dass Axoras noch heute unschädlich gemacht wird – bevor auch nur ein einziger Dunibier geopfert wurde.« Ganz kurz sah er Zoran vor sich, wie er ihn vertrauensvoll anlächelte, und Rabov schwor sich erneut, dass er die Opferung des Jungen niemals zulassen würde.

»Lügen und Widersprüche – das ist alles, was du zu deiner Verteidigung vorzubringen weißt.« Lugo hustete ihm ins Gesicht und Rabov biss die Zähne zusammen. »Den Moliat-Magier willst du heute noch unschädlich machen? Wie wirst du das anstellen? Gestern noch hattest du angeblich keine andere Wahl, als Bakus um Phoras Schändung anzuflehen.«

Rabov schüttelte den Kopf. Der Prinz mochte ihn beschuldigen, soviel er wollte, er würde sich zu keinen hitzigen Reaktionen hinreißen lassen. Und vor allem würde er, solange er keine handfesten Beweise besaß, Lugo nicht bezichtigen, jener Drahtzieher »allerhöchsten Ortes« zu sein. »Mit Verlaub, Hoheit«, sagt er, »Oberrat Milar hat mich gerade eben meines Postens enthoben. Ich vermute, dass mein bisheriger Assistent als mein Nachfolger vorgesehen ist.« Er deutete in Solas Richtung und wandte sich wieder Milar zu – es wurde allerhöchste Zeit, dass er sich auf den Weg machte.

Aber der Prinz war noch nicht fertig mit ihm. »Fehler, Agent?«, rief er aus und hustete und schrie hustend weiter auf ihn ein. »Verbrechen! Du bist ein Verbrecher, Rabov, du selbst bist der Massenmörder, vor dem du Dunibien angeblich gerettet hast! Heute Abend wird die bakusische Bestie das erste dunibische Opfer verschlingen – ganz egal, ob der zaketumesische Magier bis dahin überwältigt wurde oder nicht! Der bakusische Hohepriester hat uns durchaus nicht im Unklaren gelassen – die einmal versprochenen Opfer müssen wir seiner Schlangengottheit nun auch pünktlich in den Rachen werfen, damit das Ungeheuer nicht in Zorn gegen Phora entbrennt. Hörst du, Rabov – Tag für Tag sollen wir fortan die bakusische Riesenschlange mit Dunibiern mästen! Wie lange wird unser Volk dieser Erniedrigung tatenlos zusehen? Zwei Tage – oder drei? Spätestens dann wird Phora einen Aufruhr erleben wie seit den Zeiten von König Lugo VI. nicht mehr. Die Straßen und Plätze werden schwarz sein vor Phoräern, die aus der Mästung des Schlangengötzen und aus den furchtbaren Zeichen am Himmel immer nur eines herauslesen werden: dass Linglu uns für unsere Sünden mit einer neuen Flut strafen wird. Und jedes einzelne Opfer, Rabov, das die bakusische Bestie verschlingt, wird dir als blutiger Verrat an deinem eigenen Volk angerechnet werden und jedes Mal wird Dunibien noch verzweifelter nach einem Retter rufen – so lange, bis ein unerschrockener Recke es wagt, alle Verräter und Ungeheuer aus unserem heiligen Phora zu verjagen. Im Namen des allmächtigen Linglu!«

Nach diesem Ausruf hörte der Prinz urplötzlich auf zu schreien und zu husten und wandte sich ab. Mehr noch verblüfft als erschrocken sah Rabov hinter ihm her – Lugo ging auf den Assistenten zu, der ihm mit bubenhaftem Lächeln und parodistisch übertriebenen Verneigungen entgegensah. So lächerlich Rabov der Gedanke auch vorkam, dass Prinz Lugo mit dem unerschrockenen Recken sich selbst gemeint hatte – seine Drohungen waren kaum misszuverstehen. Wenn der Fächer über Phora nicht schleunigst wieder verschwinden würde, dann würde er sich selbst zum »Retter« ausrufen lassen, und der erste »Verräter«, den er aus Phora verjagen würde, wäre König Sorno. Der Prinz hatte nicht einmal so getan, als ob er im Namen des Königs sprechen würde oder ihm Sornos Wohl zumindest am Herzen läge – er hatte sich allein auf Linglu berufen, von dessen Sieben Himmeln Phora nun durch den Schlangenfächer abgeschnitten war.

Rabov schüttelte die Pranke unter seiner Achsel ab. Noch etwas war ihm gerade eben klargeworden: Port Solas lächelnde Unterwürfigkeit galt weder den »Maschinenbrüdern« noch den »Schlangenmännern« im Besonderen, weder Horch Barott und seinesgleichen noch Prinz Lugo – oder vielmehr ihnen allen zugleich. Der Fluch oder eben die Gabe des Assistenten bestand gerade darin, es jederzeit jedem recht zu machen, der auch nur ein wenig Macht besaß. Ob Milar und Calin sich dessen bewusst waren oder nicht, sagte sich Rabov – gerade deshalb hatten sie Sola zum Mysto-Agenten gemacht. Den Zwiespalt, in dem sie von Amts wegen gefangen waren – zwischen Schlangenfieber und Maschinenwahn –, konnte der Assistent so wenig wie irgendwer lösen, aber durch immerwährendes Charmieren immerhin ein wenig mildern. Er war so geschmeidig wie eine Schlange und so ungreifbar wie Dampf und so gefiel er allen, weil ein jeder sich in ihm schmeichelhaft gespiegelt fand. Nur er selbst (so sagte sich Rabov im Stillen) war für Solas Versöhnungszauber unempfänglich geblieben – weil er im Grunde seines Herzens nichts so sehr verabscheute wie Harmonie. Alles in ihm hatte immer schon ins Dunkel hinabgedrängt, in die lakorische Tiefe – zu Liki.

Er beugte sich über den Tisch und unterschrieb mit Milars goldenem Füller, ohne noch einmal zu überfliegen, was er da angeblich alles gestand. Es wurde jetzt wirklich allerhöchste Zeit.

»Herr Oberrat, ich bin Ihnen sehr dankbar …«, begann er und unterbrach sich mitten im Satz. Wieder hatte Milar ihm ein verstohlenes Zeichen gemacht – diesmal hatte er seine Augenbrauen mehrfach auf seiner Stirn emporschnellen lassen und Rabov fragte sich, was diese neue Botschaft besagen sollte.

»Danken Sie mir lieber nicht zu früh«, sagte Milar mit erhobener Stimme. »Die Gardisten Kurb und Mirschek werden Sie jetzt zum Zolltor bringen – Sie stehen bis auf weiteres unter Arrest.« Noch einmal jagten seine Brauen auf der tief zerfurchten Stirn umher wie Rettungsboote bei schwerer See.

Rabov deutete eine Verneigung an. Die Gardistenpranke kehrte unter seine Achsel zurück und zerrte ihn, vorbei an dem hustenden Prinzen und dem liebedienerischen Assistenten, aus der Tür.

Wenn er Oberrat Milar nicht völlig missverstanden hatte, sagte sich Rabov, während er zwischen Kurb und Mirschek Gänge entlang-

und Treppen aufwärtsmarschierte – wenn er die Botschaft der gischtfarbenen Brauen richtig aufgefasst hatte, dann riet ihm Oberrat Milar, genau das zu tun, was er ohnehin im Sinn hatte.

10

Die beiden Gardisten verfrachteten ihn abermals in ihr Dienstmobil und Mirschek (gegebenenfalls) ließ die Dampfsirene ertönen, bevor er schwungvoll losfuhr. Sie hatten den Auftrag, ihn ins Gefängnis zu bringen, und Gardist Nummer zwei, der wiederum neben Rabov auf dem Rücksitz thronte, beobachtete ihn unentwegt, eine Pratze auf seinem Schlagstock.

Rabov klappte das Fenster in der oberen Hälfte seiner Tür auf und schob seinen Kopf ins Freie. Die Sonne stand schon hoch am Himmel und der durchscheinende Schlangenfächer ließ sich jetzt wirklich nicht mehr übersehen.

»Riesenschlange über Phora!«, hörte er im Vorüberdonnern einen Zeitungsjungen schreien. Doch die Passanten schienen sich um die Sonderausgabe des *Phoräischen Nachtboten*, die der Junge wie eine Kriegsfahne schwenkte, nicht eben zu reißen. Sie schauten zum geschuppten Himmel empor oder zeigten einander die rätselhaften Veränderungen, die sich da oben abzuspielen schienen, aber Rabov kamen sie nicht allzu bekümmert oder gar verstört vor. Im Gegenteil – nachdem das Schlangenfieber zumindest fürs Erste abgeklungen war, schien sich eine Stimmung träger Ergebenheit über die Stadt zu senken. Ein gelassener Fatalismus, wie er für Bakus charakteristisch war – im Gegensatz zu Zaketumesien und vor allem zum Moliat-Gebiet, das immerwährend von Fieberschauern geschüttelt schien. Moliat, das Land der erweckten Schlange, dachte Rabov – und Bakus, das Reich der Schicksalsergebenheit, dessen Priester weltberühmt waren für ihre Kunst, die Schlange mit ihren Flötenklängen in Trance zu wiegen. Und Dunibien – ein halbherziges Dazwischen.

Rabov zog seinen Kopf ins Innere des Dampfmobils zurück.

Anscheinend war es für ihn ein Tag der Erleuchtungen, der kleineren und größeren.

»Durch die Fenster passt du nicht durch«, sagte Kurb (falls er es war), »und die Türen sind verriegelt. Also mach dir besser keine Hoffnungen, Kerl.«

Einige Augenblicke lang spürte Rabov noch den Gefühlen hinterher, die diese Worte in ihm hervorriefen. Kränkung, Schmerz über sein Scheitern als Spezialagent, aber das alles waren nur Kratzer auf der Oberfläche. Darunter empfand er etwas anderes, ungleich Mächtigeres: Er war frei. Frei, endlich dorthin zu gehen, wohin es ihn seit so vielen Jahren zog.

Es wurde Zeit, dass er aufhörte, sich dagegen zu wehren.

Rabov hatte es kaum gedacht, als er sich mit rasender Hast zu verwandeln begann. Und diesmal, das spürte er, war es weit mehr als eine flüchtige Täuschung im Auge des Betrachters. Unbändige Kraft durchpulste seinen Körper bis in die Spitzen seiner Schnurrhaare und Krallen hinein.

Der Schlagstock fiel aus der Pratze des Gardisten neben ihm. Er riss seinen Mund auf, doch nur ein klägliches Wimmern kam heraus. Im Rückspiegel sah Rabov die Augen des anderen Gardisten, der erschrocken nach hinten blickte und anstelle eines Hilfeschreis gleichfalls nur ein Winseln zuwege brachte. Im Spiegel konnte Rabov ganz kurz noch betrachten, was die beiden so sehr verstörte – seine verheerenden Reißzähne, die funkelnd grünen Augen und alles andere. Dann warf er sich auf dem Rücksitz des Dampfmobils herum und sprang mit einem Satz durch das Seitenfenster auf die Straße hinaus.

Er war noch kilometerweit von seinem Ziel entfernt, aber in seiner gegenwärtigen Gestalt machte es ihm überhaupt nichts aus, große Strecken zu Fuß zurückzulegen. Ganz im Gegenteil – es war ein wundervolles Gefühl, auf vier Beinen voranzueilen, mit mühelosen Sprüngen, rascher und geschmeidiger als jede Dampfmaschine und jedes Federwerk.

Es würde nicht lange dauern, bis Kurb und Mirschek im Innenministerium Alarm geschlagen hätten. Auch Calin würde sich daraufhin zusammenreimen, was Oberrat Milar nach Rabovs Ansicht bereits wusste und ihm sogar selbst ans Herz gelegt hatte – dass er versuchen würde, sich bis zu jener Seekreatur durchzuschlagen, die ihn zum Grund des subphoräischen Meeres bringen würde.

Calin selbst hatte ihm schließlich die Geschichte von der Tauchfahrt jenes Lidor (oder Ludor) erzählt und ihn darauf aufmerksam gemacht, wie sehr sie mit seiner eigenen Vision übereinstimmte. Sie hatte sogar angedeutet, was aus dieser Übereinstimmung ihrer Ansicht nach zu folgern war – dass er, Rabov, auserwählt sei, Dunibien vor einer neuen Strafflut zu bewahren, so wie Lidor damals durch seine wagemutige Tat die Große Flut beendet hatte.

Allerdings hatte Calin in jener Nacht im *Platinparder* nicht erwähnt, wo genau sich die Balustrade befand, von deren Geländer Ludor (oder Lidor) in die Nackenblase seines lebenden Unterseeschiffs hinabgesprungen war. Und zweifellos hatte sie der Vorstellung, dass ausgerechnet Rabov zur Rettung Dunibiens ausersehen sein könnte, mittlerweile wieder abgeschworen, da er in ihren Augen nur noch ein Verräter war.

O ja, Li, dachte Rabov, während er mit kräftigen Sprüngen durch stille Seitenstraßen rannte, über Mauern und Zäune setzte, durch Parks und Gärten parderte, nun schon nahe der prachtvollen Dämmerungsallee – o ja, Li, ich weiß sehr gut, wie weh ein solcher Verrat tut. Aber er selbst hatte seine Liebe zu Calin noch jahrelang lebendig gehalten, obwohl sie ihn ein ums andere Mal betrogen und verraten hatte, mit immer neuen Liebhabern und vielleicht mehr noch mit den erlogenen Hoffnungsbrocken, die sie ihm ab und zu hingeworfen hatte wie einem Kettenhund, der ansonsten nur Prügel bekam. Sammo! Was für ein Narr er doch gewesen war – sie hatte nur seinen Kosenamen aus alten Zeiten gurren müssen und schon war er gekrochen gekommen und hatte ihr aus der Hand gefressen, was immer sie ihm an fragwürdigen Happen hinhielt.

Jetzt allerdings war sie zu seiner Feindin geworden, das hatte er von ihrem Gesicht, ihren Augen ablesen können – einer Feindin, die ihn aus tiefstem Herzen hasste. Nicht wegen seines angeblichen Hochverrats, wie sie sich selbst einzureden versuchte, sondern weil er Liki liebte, wie er sie niemals geliebt hatte.

Bestimmt glaubte sie, dass er versuchen würde, durch einen der wohlbekannten Schutzräume in die subphoräische Anlage vorzudringen. Folglich brauchte sie nur an den großen Innenstadtplätzen die Bauwerke mit der Hausnummer Sieben überwachen lassen – und früher oder später musste er ihr am Rossmarkt oder am Smaragdtorplatz in die Falle gehen, am Platz der Sieben Tempel oder (falls er dreist genug wäre, sich dorthin zu wagen) sogar am Zolltor.

Aber diesen Gefallen würde er Calin nicht tun. Sie hatte ihm während ihrer nostalgischen Nacht im *Platinparder* absichtlich verschwiegen, von wo genau jener Lidor damals zu seiner Tiefseereise aufgebrochen war. Umgekehrt hatte Rabov mit Vorbedacht niemals erwähnt, dass er selbst einen weiteren derartigen Schutzraum entdeckt hatte, ein »Ei« oder eine »Membran« oder einen »Donnertropfen«, wie sich der Palastkommandeur gegenüber Lidor ausgedrückt hatte.

Mit jedem Sprung, der ihn der Lanfastraße näher brachte, war sich Rabov noch sicherer, dass er gerade dort jene Balustrade finden würde. Möglicherweise hätte er auch von irgendeiner anderen subphoräischen Station aus in See stechen können und vielleicht wäre es sogar erheblich bequemer, vom Waggon der Drahtseilbahn unter dem Schiffstorplatz geradewegs in die Nackenblase seines lebenden Tauchboots umzusteigen.

Aber da war dieser eine Satz aus der Geschichte von Lidors Reise zum Meeresgrund, der Rabov nicht mehr aus dem Kopf gehen wollte. »Alles, was im Leben wirklich wichtig ist«, hatte Lidor dem Palastkommandeur erklärt, »wird am besten mit einem Kopfsprung erledigt.« Und dann war er vom Geländer der Balustrade kopfüber in die Nackenblase hinabgetaucht.

Noch vor ein paar Stunden hätte Rabov zumindest gezaudert, ob er sich selbst einen solchen Kopfsprung zutrauen durfte. Immerhin war er kein gelernter Klippenspringer wie jener Lidor. Aber seit er sich in einen Nachtparder verwandelt hatte, schien ihm ein solcher Satz von der Balustrade geradezu lachhaft leicht.

In der Lanfastraße setzte er mit einem mühelosen Sprung über den Zaun hinweg, der den verwilderten Garten gegenüber dem Archäologischen Institut säumte. Er rechnete die Tage zusammen, seit sie Velissa Labiano in ihrer Wohnung gefunden hatten. Seitdem war gerade mal eine Woche vergangen, doch es kam ihm wie ein halbes Leben vor.

Er konzentrierte sich darauf, wieder er selbst zu werden. Es kostete ihn viel mehr Mühe und Kraft als bei den Malen davor, als er sich nur ganz äußerlich und für kurze Zeit transformiert hatte. Etwas in ihm hatte schon begonnen, wie eine Raubkatze zu denken und zu fühlen. In den Lehrbüchern war er während seiner Ausbildung mehrmals auf einen Warnhinweis gestoßen, der ihm damals stark übertrieben erschienen war: Sich in ein anderes Lebewesen zu verwandeln, hieß es dort, sei leichter, als in seine ursprüngliche Gestalt zurückzukehren. Man müsse während der Verwandlung fortwährend eine gewisse *»Sammlung und Spannung auf das nächste Ziel hin«* bewahren, sonst laufe man Gefahr, in der einmal angenommenen Gestalt gebannt zu bleiben.

Nun wusste Rabov, dass die Lehrbücher keineswegs übertrieben hatten – in seinem Innern spürte er ein wildes Bedauern, weil er die Pardergestalt wieder gegen seine Menschengestalt eingetauscht hatte, unbekümmerte Grausamkeit gegen unaufhörlich kreisende Zweifel, kraftvolle Raubkatzenbeine gegen Gliedmaßen, die wie künstlich angesetzt an seinem Rumpf schlackerten. Doch an Spannung und Sammlung auf das nächste Ziel hin fehlte es ihm keineswegs.

Rabov trat zwischen den verwilderten Büschen vor Velissa Labianos Fenster hervor und ihm war bewusst, dass ihm in den nächsten Minuten kein einziger Fehler unterlaufen durfte. Er spähte nach links und rechts – menschenleer lag die Lanfastraße im Schatten des Archäologischen Instituts. Die Mittagshitze schien ihm heute noch drückender als in den letzten Tagen, das Sonnenlicht fast ein wenig gelbstichig – sicher lag das an dem Schlangenhalsfächer, den die Gottheit Ragadhani hoch über Phora aufgespannt hatte.

Während Rabov über die Straße eilte, achtete er darauf, dass er von Horch Barotts Fenster aus nicht zu sehen war. Die Syrassen an den Straßenrändern, so verkümmert sie auch sein mochten, gaben ihm

Deckung und vielleicht hatte er von dem Parder ein wenig mit hinübergerettet – im nächsten Augenblick stand er vor dem riesenhaften schwarzen Tor.

Anstatt den eisernen Klopfer gegen die Stahlplatte krachen zu lassen, hob sich Rabov auf seine Zehenspitzen und brachte seinen Mund nah an die Torwächterluke, die allerdings verrammelt war. »Lasse Duban!«, rief er mit gedämpfter Stimme. »Lasse Duban!«

Nur einen halben Herzschlag später ging der kleine Holzladen im rechten Torflügel auf. Dahinter erschien das wohlbekannte Gesicht des jungen Archäologiestudenten – noch immer hohlwangig und bleich, aber dem Hungertod offenbar nicht mehr ganz so nah wie beim letzten Mal.

Anscheinend erkannte Lasse Duban, wen er vor sich hatte – sein Lächeln wirkte freudig und gleichzeitig besorgt. »Sie, Herr«, begrüßte er Rabov, »ich darf Sie nicht einlassen, der Herr Direktor hat mich gerade erst unlängst wieder ermahnt.«

Rabov lächelte zurück. »Öffne das Tor, Lasse Duban«, sagte er, »und zu niemandem ein Wort. Über deinen Lohn wirst du noch weniger als bisher zu klagen haben: Ich gebe dir alles, was ich an Münzen bei mir habe – und wenn ich zurückgekehrt bin, werde ich dich überall rühmen, weil du mir beigestanden hast.«

Lasse Duban sah ihn unschlüssig an. »Zurückgekehrt, Herr – von wo?«

»Das wirst du gleich sehen – aber jetzt spute dich!« Er wühlte in seinen Hosentaschen herum und brachte eine Handvoll Goldmünzen zum Vorschein.

Der Student leckte sich die Lippen. Seine letzte Mahlzeit schien schon wieder einige Zeit zurückzuliegen und die Aussicht auf Töpfe voll dampfendem Ammerfleisch verlieh ihm Flügel. Im Nu hatte er das Tor aufgeriegelt und kurz darauf folgte Rabov ihm bereits durch die riesenhafte Säulenhalle, die glücklicherweise gänzlich verlassen dalag. »Der Herr Direktor und der größte Teil der Studenten befinden sich auf einer Exkursion in den Sümpfen«, erklärte Lasse Duban. »Aber mit wem wollen Sie denn eigentlich heute sprechen, Herr?«

»Geredet habe ich genug.« Rabov legte ihm eine Hand auf die knochige Schulter und dirigierte ihn zu der Mauernische unter der Wendeltreppe, die er letzte Woche mit Port Sola erklommen hatte. »Jetzt will ich tauchen gehen«, fuhr er fort, »bis zum Grund des Ozeans hinab. Und du sollst Wache halten, bis ich in See gestochen bin – nur für alle Fälle, verstehst du?«

Lasse Duban riss die Augen auf und kratzte sich den Kopf unter den schwarzen Locken. »Nein, Herr«, sagte er.

»Das kommt schon noch«, tröstete ihn Rabov. »Kannst du mit einer Armbrust schießen?«

Der Student bejahte zögernd. »Ich komme aus dem Nibratal, da lernt jeder Junge auf Sumpfwild zu schießen.«

»Du bist aus dem Nibratal?«, wiederholte Rabov. »Das ist gut, das ist sehr gut!« Ohne sich mit irgendwelchen weiteren Erklärungen aufzuhalten, stopfte er Lasse Duban sämtliche Münzen links und rechts in die Taschen seines lumpigen Umhangs. Dann nahm er den Studenten bei der Hand, versetzte sich in Agosch-Trance und glitt mit ihm in die Membran hinüber.

»Falls das Telefon gongt – geh auf keinen Fall dran«, wies er den Studenten an, der sich mit großen Augen umsah. »Such dir schon mal eine Armbrust aus«, fuhr er fort und riss sich dabei mit rücksichtslosem Ritsch und Ratsch die Kleidungsstücke herunter. »Na, mach schon!«, fuhr er den Burschen an, denn Lasse Duban stand einfach nur da und man konnte förmlich dabei zusehen, wie die Angst in ihm hochkroch.

»Und – und Sie, Herr?«, fragte er.

»Ich ziehe jetzt einen solchen Anzug hier an, siehst du? Der stammt aus der Zeit der Großen Flut – genauso wie das eigentümliche Ei, in dem wir uns gerade befinden.« Geschickt wand er sich in den Schutzanzug hinein, der ihn wie eine zweite, glänzend schwarze Haut umschloss. Er verschnürte die Stiefel und gerade als er damit fertig geworden war, begann das Telefon zu gongen. Lasse Duban zuckte zusammen.

»Was hältst du von dieser Armbrust?«, fragte Rabov. Er nahm mehr oder weniger wahllos eine der ölig schimmernden Waffen aus dem Schrank und drückte sie dem Studenten gegen die Brust. Das kalte Metall in seinen Händen schien ihn ein wenig zu beleben – Lasse trat nun auch seinerseits zu der Waffensammlung und wählte einen Köcher aus, der eine Sammlung metallisch glänzender Pfeile von furchterregender Länge und Dicke enthielt.

Das Telefon gongte unablässig weiter. Bevor der Student doch noch auf dumme Gedanken kommen konnte, fasste Rabov ihn abermals bei der Hand und zog ihn zu der Stelle, wo im Boden des Donnertropfens eine Sichel abgebildet war.

»Einen Augenblick noch, Herr.« Mit geübten Bewegungen spannte Lasse Duban die Armbrust und legte einen Pfeil ein.

Dann zog Rabov ihn mit sich in die subphoräische Anlage hinab.

Sie fanden sich vor einer Eisentür wieder und ohne auch nur einen Augenblick lang zu zögern, drückte Rabov die Klinke herunter. Hinter der Tür kam eine Treppe mit rostigen Stahlgitterstufen zum Vorschein. Es roch nach nassem Stein, nach Salzwasser und Eisen. Rabov trat auf die oberste Stufe hinaus und die Stahlbeschläge seiner Stiefel erzeugten ein schepperndes Geräusch. Unter ihm zog sich die Balustrade an der nassen Felswand entlang, mit den Gaslampen in unregelmäßigen Abständen darunter. Es war alles noch da und es sah alles genauso aus, wie bereits Lidor es vor mehr als siebenhundert Jahren vorgefunden hatte, nur eben reichlich verrostet und verwahrlost.

Außerdem lag der Wasserspiegel natürlich um einiges tiefer, als Lidor und der Palastkommandeur ihn zu Zeiten der Großen Flut vorgefunden hatten. Für einen Moment wurde Rabov nun doch noch einmal Angst und Bange. Er beugte sich über das Geländer der Balustrade: Bis zur Wasseroberfläche mussten es mindestens fünfzig Meter sein. Wenn er von hier oben aus mit einem Kopfsprung sein lebendes Unterseeschiff entern würde, würde das ihnen beiden höchstwahrscheinlich schlecht bekommen.

Aber das würde er selbstverständlich nicht machen. Von dieser obersten Galerie führte eine Treppe zur nächsttieferen Balustrade und so immer weiter bis zur untersten Galerie, die lediglich ein paar Meter über dem Meer gelegen war. Von dort aus würde er seine Reise beginnen.

»Hören Sie das, Herr?« Lasse Duban deutete mit der Spitze des eingelegten Pfeils in Richtung Eisentür. Tatsächlich waren undeutliche Geräusche von dort zu hören – ein Trappeln wie von Schritten, dazu ein Durcheinander von Stimmen.

Doch gleichzeitig hörte Rabov noch eine ganz andere Art von Geräuschen, ein langgezogenes Grunzen und Keuchen und Stöhnen, in ansteigender Tonfolge von der Tiefe des Meeres her. Die Seekreatur war auf dem Weg zu ihm herauf.

»Verteidige diesen Zugang.« Rabov schlängelte seine Finger tiefer in die Handschuhe hinein. »Nur so lange, bis ich mein Schiff bestiegen habe. Dann lässt du die Waffe fallen und ergibst dich.«

Lasse Duban hatte sich kurz über das Geländer gebeugt. Er richtete sich wieder auf und sah Rabov mit geweiteten Augen an. »Ihr Schiff, Herr?«

Rabov nickte ihm zu. »Alles Gute, Lasse. Sage den Polizisten einfach, dass ich dich gezwungen hätte, mir zu helfen. Sie werden dir glauben, denn sie wurden ausgeschickt, den Verräter zu ergreifen, der an Dunibiens Untergang schuld ist.«

Er klopfte dem Studenten zum Abschied auf die knochenspitze Schulter und lief gleich darauf zur nächsten Galerie hinab, so leise wie irgend möglich, um die Seekreatur nicht mit Stiefelgeklapper zu vertreiben.

»Aber Sie sind doch kein Verräter, Herr?«, rief ihm Lasse Duban hinterher.

Rabov lief und lief, bis er auf der untersten Balustrade angekommen war. Außer Atem lehnte er sich mit dem Rücken gegen das Geländer und sah zu dem Studenten hinauf. »Nein, ich glaube nicht«, rief er zurück, »auf jeden Fall hatte ich nie etwas anderes im Sinn, als Dunibien zu dienen.«

Er wandte sich um und sprang mit einem wagemutigen Satz auf das Geländer der Galerie. Es war glitschig feucht wie alles hier unten, die Felswand hinter ihm und jede einzelne Gitterstrebe in den Treppenstufen und der Balustrade. Nur ein paar Meter unter ihm brach gerade eben die Seekreatur durch den Wasserspiegel, ein ungeheurer, unförmiger grauer Leib, mit hunderttausend Silbersicheln gepanzert.

Die gewaltig großen Augen, schwarz wie erloschene Monde, sahen starr zu ihm empor, und aus der Nackenblase stieg eine schüttere Fontäne auf, der letzte Überrest der Wassermassen, mit denen das Seewesen seine Auftriebskräfte regulierte.

Von hier oben sah es kolossal groß aus, es füllte mehr als die Hälfte des Wasserbeckens. Doch umso winziger kam Rabov das Austrittsloch oben in der Nackenblase vor, durch das mittlerweile bloß noch ein dünner Gischtstrahl emporflog.

Alles, was wirklich wichtig ist, wird am besten mit einem Kopfsprung erledigt, sagte sich Rabov. Er würde mit seinem lebenden Tauchboot zum Grund des subphoräischen Meeres hinabfahren und obwohl er eigentlich keine Ahnung hatte, was ihn dort unten erwartete, spürte er mit unerschütterlicher Gewissheit, dass er die einzig richtige Entscheidung getroffen hatte. Er war ausersehen, um zu der erdumgürtenden Urschlange in ihrem Felsspalt am Boden des Ozeans hinabzutauchen und auf diese Weise Dunibien vor dem Untergang zu bewahren, und das konnte einzig und allein bedeuten, dass er als mächtiger Magier nach Phora zurückkehren würde – mit so viel hochgradiger Lakori ausgestattet, dass er Axoras bezwingen und Liki befreien und Zoran retten und Radschi Varusa dazu bringen konnte, sich mitsamt seiner Schlangengottheit nach Bakus zurückzuziehen. Jedenfalls legte sich Rabov das alles so zurecht und für ausschweifendes Grübeln war dies sowieso der allerungünstigste Zeitpunkt.

Von der obersten Galerie schallten aufgeregte Rufe zu ihm herunter, mit stählernem Sirren schnellte ein Pfeil von der Sehne und gerade in diesem Moment drückte Rabov seine Beine durch, beugte seinen Oberkörper nach vorn und sprang. Wie so häufig kamen ihm seine Gliedmaßen in die Quere – seine Arme hingen unter ihm herab, anstatt seinen Kopf zu flankieren, und seine Unterschenkel hatte er froschhaft angewinkelt, anstatt sie auszustrecken. Beinahe wäre er im Flug hintenübergekippt und mit seinem Rücken auf dem gepanzerten Leib des Ungeheuers aufgeschlagen, doch im allerletzten Moment korrigierte er seinen Fehler.

Rabov streckte Beine und Arme aus und tauchte pfeilgerade in die

Nackenblase ein. Triumphale Trompetentöne hießen ihn willkommen und ihre absteigende Klangfolge kündigte an, dass die Tauchpartie im nächsten Augenblick beginnen würde.

Er spaziert mit seiner Liebsten am Nibra-Ufer entlang. Im Schatten einer üppig blühenden Syrasse bleibt sie stehen und schlingt ihre Arme um seinen Nacken und zieht seinen Kopf zu sich hinab. Mit einem Lächeln hebt sie ihm ihre Lippen entgegen und er küsst sie und weiß, dass er niemals mehr jenen Schmerz in seinem Nacken verspüren wird, nicht im Traum und nicht in Wirklichkeit.

»Endlich, Sam«, sagt Odea, »endlich bist du heimgekehrt.«

PHORA
Boulevard des Inneren Friedens
XVIII
Ring d. vollk. Harmonie
ROTE NIBRA
XIX
XXI
XVII
DONARBERG
Dämmerungsallee
XX
I
II
III
Olchostraße
Ring d. vollk. Harmonie
Smaragdtorplatz
Smaragdtor
SCHIFFSTOR-/
NIBRAVIERTEL
VII
VI
HAFENVIERTEL
SMARAGDBUS
V
IV
Nibramündung
Grüner
Ozean